dtv

Am Mittwoch, dem 8. Mai, verschwindet in der nordnorwegischen Stadt Tromsø die Studentin Beate Moberg auf dem Heimweg von einer Kneipentour. Am Sonntagmorgen findet eine Freundin sie tot auf einer Bank an einem kleinen See. Kommissar Aslak Eira und seine neue Kollegin, die ehrgeizige Kine Berger, nehmen die Ermittlungen auf. Man vermutet zunächst Selbstmord – Routinesache –, doch die Todesumstände wirken verdächtig. Als Oberarzt Vennestad von der Gerichtsmedizin an der Tromsøer Uniklinik nach dem Hormonimplantat sucht, das Beate Moberg zur Verhütung im Oberarm trug, findet er zufällig einen kaum sichtbaren Einstich in einem Leberfleck. Das dünne Röhrchen, das sich darunter verbirgt, enthält das Pflanzengift Rizin: es wirkt schon in kleinsten Mengen tödlich. Inzwischen loggt sich Beates Mörder unter dem Usernamen »Totto88« auf einer von Studenten betriebenen Pornoseite ein und bereitet sich auf sein nächstes Opfer vor …

Jorun Thørring, 1955 in Tromsø, Norwegen, geboren, ist Gynäkologin und hat eine Praxis in Trondheim. ›Glaspuppen‹ bildet den Auftakt zu einer Krimiserie um den samischen Ermittler Aslak Eira in Tromsø. Derzeit schreibt die Autorin am nächsten Fall für Aslak Eira. Einen Namen gemacht hat Jorun Thørring sich bereits mit dem Thriller ›Schattenhände‹ – dem ersten Band zu einer Serie mit der in Paris lebenden norwegischen Gerichtsmedizinerin Orla Os. ›Tarantellen‹ (2007) ist der zweite Teil dieser Serie, die bereits in verschiedene Sprachen übersetzt wurde.

Jorun Thørring

Glaspuppen

Kriminalroman

Aus dem Norwegischen
von Sigrid Engeler

Deutscher Taschenbuch Verlag

Von Jorun Thørring
ist im Deutschen Taschenbuch Verlag erschienen:
Schattenhände (24640)

Ungekürzte Ausgabe
Oktober 2008
Deutscher Taschenbuch Verlag GmbH & Co. KG, München
www.dtv.de

Titel der norwegischen Originalausgabe: ›Glasdukkene‹

Deutsche Erstveröffentlichung: Der Club Bertelsmann,
RM Buch und Medien Vertrieb GmbH, Berlin
Umschlagkonzept: Balk & Brumshagen
Umschlaggestaltung: Wildes Blut, Atelier für Gestaltung, Stephanie Weischer
Umschlagbilder: getty images/Pal Hermansen (Hintergrund)
und Corbis/zefa/Joerg Steffens
Satz: Buch-Werkstatt GmbH, Bad Aibling
Druck und Bindung: Druckerei C. H. Beck, Nördlingen
Gedruckt auf säuerfreiem, chlorfrei gebleichtem Papier
Printed in Germany
ISBN 978-3-423-21093-5

Kleine Vorbemerkung

Der mit den norwegischen Verhältnissen vertraute Leser wird in der vorliegenden Übersetzung das in Norwegen durchgängig gebrauchte Du als Anredeform vermissen. Es wurde, soweit es sich nicht um ein kollegiales oder freundschaftliches Du handelt, durch das den deutschen Gepflogenheiten entsprechende Sie ersetzt, auch wenn damit ein Stück norwegischer Authentizität des Textes verloren geht.

1

Er glaubte an Zeichen. Alles war vorherbestimmt.

Er wusste, dass wenige Menschen mit diesen besonderen Fähigkeiten ausgestattet waren. Nur sie waren in der Lage, die Zeichen zu deuten. Nur sie hatten diese Art sechsten Sinn, eine Eigenschaft jenseits des Verstandes, jenseits aller Wissenschaft.

Das Foto vor ihm auf dem Bildschirm erschien ihm wie eine heilige Offenbarung. Er starrte lange darauf und spürte wieder dieses Zittern, das ihn immer dann überfiel, wenn er merkte, dass etwas für *ihn* bestimmt war und nur für ihn allein. Zeile um Zeile kam das Foto aus dem Drucker. Vorsichtig nahm er es in die Hand und spürte, wie sich ihm die Kehle zuschnürte. Er glühte innerlich. Das hatte er schon lange nicht mehr gespürt, dieses Gefühl, das ihn unerbittlich auf die Quelle zutrieb, die es lindern würde.

Nach einigen Minuten schaltete er den Computer ab und setzte sich auf einen Stuhl am Fenster.

In aller Ruhe sah er den Menschen nach, die draußen vorbeigingen. Gelangweilt glitt sein Blick über fremde Männer und Frauen. Sobald sie außer Sicht waren, hatte er sie schon wieder vergessen. Unbewegt saß er hinter der Gardine, spürte weder die Anspannung noch dass die Schatten an den Wänden rings um ihn immer länger wurden.

Er hatte ein Zeichen bekommen. Jetzt musste er nur noch warten.

Als er sie auf die Hauptstraße einbiegen sah, zuckte er zusammen. Obwohl sie eine Mütze trug und eine dicke Winterjacke, wusste er, dass ihr Haar weizenblond und ihr Körper unter der unförmigen Daunenjacke schlank und wohlgeformt war. Sie ging zielstrebig die Straße entlang. Als sie sich den Riemen ihrer Tasche über die Schulter schob, drehte sie sich um und schaute zurück. Für den Bruchteil einer Sekunde streifte ihr Blick sein Fenster und riss ihn aus seinem tranceähnlichen Zustand.

Es war der 8. Mai, 20:08 Uhr. Die Zahl Acht bedeutete Glück. Sie warf einen Blick zurück, um ihn zu sich zu locken.

Als er aufstand, um seine Jacke zu holen, zitterten seine Hände leicht. Heute waren die Zeichen nicht schwer zu deuten. Sie war für ihn bestimmt.

2

Warme Luft und Stimmengewirr schlugen Beate Moberg entgegen, als sie die Tür zur Kneipe öffnete. Im Driv war es brechend voll. Sie hängte ihre Jacke an die Garderobe und nickte einem jungen Mann zu, der an der Wand lehnte. Ehe sie weiterging, schob sie die Gürtelschnalle der engen Jeans zurecht und fuhr mit der Hand über den Spitzenbesatz und die Spaghettiträger des Tops. Alles saß wie angegossen. Sie trug die blonden Haare ganz kurz geschnitten. Ihr gefiel der Kontrast zwischen dem jungenhaften Haarschnitt und der figurbetonenden Kleidung. Und sie genoss die Blicke der Männer.

Dumpf dröhnte die Musik aus den Lautsprechern. Sie spürte die Bässe in ihrem Brustkorb, stärker als den eigenen Herzschlag. Heute waren nicht viele Leute da, die sie kannte – und keiner von denen, die sie gern getroffen hätte.

Weiter hinten in der Kneipe lehnte Lise Beck an der Bar. Beate beobachtete sie. Tiefer Ausschnitt, viel nackte Haut. Das lange rotbraune Haar fiel Lise über den Rücken. Sie hatte die Hand in den Nacken eines jungen Mannes gelegt, und mit einer zarten Bewegung fuhr sie um seinen Hals, während drei weitere Männer um sie herum standen. Im Umgang mit ihren Bewunderern war Lise eine Zauberin. Jonglierte mit ihnen wie mit Bällen – möglichst vier auf einmal in der Luft.

Beate zögerte und überlegte einen Augenblick, ob sie rübergehen sollte. Sie schienen ganz interessant zu sein. Lise umgab sich mit richtigen Männern, nicht mit so jungen Typen, und immer waren es die mit dem meisten Geld und dem besten Aussehen. Beate verwarf ihren Plan und bahnte sich stattdessen einen Weg zur Theke. In Lises Jagdrevier hatte sie ohnehin keine Chance. Sie sah noch, wie der Mann, den Lise so zart gestreichelt hatte, sie an sich zog. Lise warf den Kopf in den Nacken und lachte. Sie war ganz in ihrem Element.

Beate quetschte sich durch die Menge hindurch zur Bar. Hinter einem eng umschlungenen Paar blieb sie stehen. Die zwei waren vollständig mit sich selbst beschäftigt. Rechts von ihr drängte sich ein Mann an die Theke. Es schien so gut wie unmöglich, die Aufmerksamkeit des Barkeepers auf sich zu ziehen. Sie spürte den Blick des Mannes auf sich ruhen.

»Kennen wir uns nicht?«

Sie seufzte und machte dem Barkeeper noch mal ein Zeichen.

»Allein?« Er gab nicht auf.

»Hm?« Beate drehte sich zu ihm um. Nie im Leben, dachte sie. Und wenn er noch so charmant ist. Endlich kam der Barkeeper und sie konnte bestellen.

»Was machst du denn so?« Er war näher gerückt, und sie spürte, wie er sie interessiert betrachtete.

»Dreh meine Runde in der Stadt«, sagte sie kurz. Er lachte.

»Gut! Aber ich hab mehr an das gedacht, was du so jeden Tag machst.«

»Studieren. Psychologie«, ergänzte sie. Jetzt hatte sie ihren Wein, aber keinen Platz.

»Sieh an«, hörte sie ihn dicht an ihrem Ohr. »Also interessiert an anderen Menschen.«

Der Typ stand jetzt direkt neben ihr und erging sich in einer Interpretation der Sorte Mensch, die sich für ein Psychologiestudium entscheidet. Da entdeckte sie Hilde Samuelsen, die ihr vom anderen Ende des Lokals zuwinkte. Mit Hilde ging sie fast am liebsten aus. Beate nahm ihr Glas und wollte gehen.

Der Mann runzelte die Stirn und packte ihren Arm.

Sie riss sich los und bahnte sich schnell einen Weg zur Freundin. Körper drängten von allen Seiten gegen sie, und sie hatte das Gefühl, als würde sie von der Menschenmenge vorwärtsgeschoben. Auch Hilde drängelte sich mit zwei Weingläsern durchs Lokal. Sie studierte zusammen mit Beate Psychologie. Wenn man von ihren schrillen Klamotten absah, war sie eine schöne Frau. Heute Abend trug sie einen rosa Pulli, einen orangefarbenen Rock mit schwarzen Karos und lila Strümpfe. Dazu schwarze Schnürstiefel.

Beate grinste, als Hilde endlich vor ihr stand. »Wenn man dich so anschaut, glaubt man glatt, man hätte zu viel getrunken.« Sie griff nach einer Haarsträhne. »Cool, der lila Pony, passt gut zu deinen dunklen Haaren.« Sie sah sich um. »Hast du einen Tisch?«

»Ja und nein.« An einem der nächsten Tische saß ein langhaariger Typ und reckte ungeduldig den Hals nach ihr. »Ich unterhalte mich gerade mit Per Roan, und an dem bist du vermutlich nicht sonderlich interessiert, oder? Bis später.« Sie blinzelte ihr aufmunternd zu und schob sich mit ihren Gläsern weiter.

Beate Moberg blieb unschlüssig in der pulsierenden Menge stehen. Die Bandmitglieder griffen gerade wieder zu ihren Instrumenten. Lise stand immer noch von Männern umringt an der Ecke der Bar, und Hilde Samuelsen widmete sich schon wieder dem Langhaarigen. Sie engagiert sich, dachte Beate, erstaunt über die Tendenz der Freundin, als Seelsorgerin für andere da zu sein, wenn sie doch eigentlich ausging, um sich zu amüsieren. Sie spürte den Blick des Mannes, den sie an der Theke zurückgelassen hatte. In dem überfüllten Lokal fühlte sie sich plötzlich ganz allein. Die Aufmerksamkeit fremder Männer nervte sie heute Abend.

»Nein, sieh da …« Ein Mann mit straßenköterbraunen halblangen Haaren stand vor ihr. Sein grauer Isländerpulli sah aus wie einer von denen, die ihr Vater an den Wochenenden auf der Hütte in den Bergen anzog, und die ausgebeulten Jeans schlackerten um seine Beine. Sein Gesicht erinnerte sie an einen Schimpansen, aus einem dichten Netz von Falten blinzelten ihr kleine Augen entgegen. Der Mann war ständig in der Stadt unterwegs, gehörte fast zum Inventar der Kneipen. Er war viel älter als der Durchschnitt, aber das hinderte ihn nicht daran, sich unter die Studenten zu mischen. Lise hatte einmal behauptet, er bereite sich immer noch auf das Diplom in Sozialwissenschaften vor.

»Du wirkst heute Abend ja so einsam und verlassen«, fing er an und lächelte. Sein Mund erinnerte sie an einen Briefkastenschlitz.

Sie würdigte ihn keines Blickes und versuchte sich an ihm vorbeizuschieben.

»Ich sitze da in der Ecke. Komm mit.« Er hatte ihr den Arm um die Schultern gelegt.

Beate erstarrte. Dann drehte sie sich zu ihm um und sagte kühl: »Weißt du was? Gleich da unten an der Straße gibt es das Heraculeum, ein schönes Zentrum für unsere älteren Mitbürger. Da wird gemeinsam gesungen, gebastelt und gekocht …« Energisch schüttelte sie seinen Arm ab.

Sie sah die Wut in seinen Augen aufblitzen. »Soweit ich

mitbekommen habe, bist du sonst nicht so zimperlich«, zischte er zurück.

Blitzschnell drehte Beate sich um und näherte sich seinem Gesicht bis auf wenige Zentimeter, so dass ihr der Gestank von Pfeifentabak in die Nase stieg. »Mir fällt nichts ein, ich wiederhole: *nichts,* was mich an dir interessieren könnte.« Sie machte auf dem Absatz kehrt und war zufrieden mit sich und gleichzeitig total geschafft. Solche Typen abzuwimmeln, strengte sie an. Das war einfach nicht ihr Abend. Die Männer, deren Aufmerksamkeit sie erregen wollte, waren bisher nicht aufgetaucht. Und solange sie allein blieb, hatte sie sofort alle schrägen Typen am Hals.

Für heute reichte es ihr. Sie ging zur Garderobe und holte ihren Mantel. Die Nacht war kalt und klar. Sie blieb kurz stehen und holte tief und frustriert Luft. Das Meer schlug sanft und graublau an die Kaimauer. Hier draußen hingen auch noch etliche ab. Sie blieb bei Anniken Ås stehen, eine von Lises Studienfreundinnen, und begrüßte sie. Annikens rundes, ungeschminktes Gesicht leuchtete auf, als sich Beate zu ihr stellte.

»Gott sei Dank, ein bekanntes Gesicht. Ich wollte gerade reingehen.« Sie schob sich die hellbraunen, strähnigen Haare aus dem Gesicht. »Sonst noch jemand da?«

»Lise und Hilde«, murmelte Beate und spürte die Enttäuschung, weil der Abend dermaßen langweilig endete. »Hilde unterhält Per Roan, weil sich Lise um vier Typen gleichzeitig kümmern muss.«

Anniken sah sie aufmerksam an. »Stimmt was nicht? Du gehst doch wohl noch nicht nach Hause?«

»Fühl mich nicht so gut«, log sie. »Ist wohl eine Grippe im Anzug.« Sie nickte und ging. »Bis dann. Ich muss los.«

Noch bis zur nächsten Straßenecke spürte Beate Moberg Annikens Blick im Rücken.

3

Eine dünne Schicht gefrorenen Schmelzwassers überzog den Asphalt wie eine Glasur. Das Frühlingsgefühl des strahlenden Vormittags hatte sich in Wohlgefallen aufgelöst. Doch die Stadt war immer noch in das Licht einer merkwürdig gelben Sonne getaucht, die einfach am Himmel hing und sich weigerte, unterzugehen.

Der Weg vom Zentrum bis nach ganz oben auf den Hügel, wo das Studentenwohnheim lag, kam ihr unendlich vor. Beate Moberg bewegte sich langsam vorwärts, sie ärgerte sich, dass der Abend zu Ende ging, ohne dass irgendetwas Spannendes passiert war. Sie blieb an der Kreuzung bei der Wetterstation stehen, nur gut hundert Meter von zu Hause entfernt, und zog die Jacke fester um sich. Es ging ihr wirklich nicht gut, ihr war jetzt abwechselnd heiß und kalt. Vielleicht ist tatsächlich eine Grippe im Anmarsch, dachte sie.

Plötzlich knirschte hinter ihr das Eis auf einer gefrorenen Pfütze. Sie drehte sich um. Eine Gestalt, eingewickelt in einen dicken Schal, die Mütze bis in die Stirn gezogen, bewegte sich langsam auf sie zu. Die Hände tief in den Taschen vergraben, kam er mit hochgezogenen Schultern näher. Er sah zu Boden. Beate kam es so vor, als hätte sie ihn schon einmal gesehen, und sie hatte die leise Hoffnung, sie könnte sich ihm anschließen. Aber er schien sie nicht zu kennen, denn er ging ohne aufzublicken an ihr vorbei.

Sie sah ihm stumm hinterher. Er wandte den Kopf in beide Richtungen, ehe er in den Sommerlystvei einbog und an der Wetterstation vorbeiging. Bald war er verschwunden.

Schnee und Eis knirschten unter ihren Schuhsohlen, der Wind blies ihr kalt ins Gesicht.

Plötzlich hörte sie wieder ein Geräusch hinter sich und warf einen schnellen Blick über die Schulter. Ihr Herz klopfte heftiger. Es war derselbe Mann.

Er ging jetzt schneller, aber genauso in sich versunken wie beim letzten Mal. Wieder sah er zu Boden. Die Mütze hatte er über die Ohren gezogen, und der Kopf steckte so tief wie möglich im Schal. Als er vorbeiging, sah sie, dass er ihr kurz zunickte. Beate ging langsamer, damit er einen guten Vorsprung bekam. Wie hatte er es angestellt, ein zweites Mal denselben Weg zu nehmen? Und wieso tat er das? Mit einem Mal hatte sie es sehr eilig, nach Hause zu kommen.

Weiter vorn bei der Einfahrt zum Studentenwohnheim lehnte er am Transformatorenhaus an der Ecke und wartete. Irgendetwas stimmte hier nicht, und plötzlich schrillten in ihr sämtliche Alarmglocken. Sie hatte das unbehagliche Gefühl, sie sei der Grund, weshalb er dort stand.

Als sie näher kam, setzte er sich langsam in Bewegung und ging direkt auf sie zu. »Hallo.«

Sie überlegte kurz, nicht zu antworten, murmelte dann aber doch ein knappes »Hallo«. Alle möglichen Gedanken schossen ihr durch den Kopf.

Er ging neben ihr her. »Ich wusste, dass ich dich schon mal gesehen habe. Unter der Mütze bist du blond«, sagte er hinter dem dicken Schal.

Beate wandte sich ab, und er griff nach ihrem Arm. »Kommst du mit zu mir?«

Abrupt blieb sie stehen und starrte ihn wütend an. Sie hätte ihm am liebsten den Schal vom Gesicht gezerrt. Es war doch idiotisch, in einen Berg Wolle zu sprechen. »Warum sollte ich?«

»Wir könnten uns ein Glas … und … na, du weißt schon.« Seine Hand lag noch immer auf ihrem Arm, und sie merkte, wie er versuchte, sie an sich zu ziehen.

»Zu dir?« Sie riss sich los. »Was um Himmels willen bringt dich auf die Idee, ich könnte mich auf so ein Niveau herablassen?« Höhnisch lachte sie ihm ins Gesicht. »Auf keinen Fall, und wenn du der letzte Mann auf Erden wärst.«

Ihr lagen noch ganz andere Bösartigkeiten auf der Zunge. Demonstrativ wandte sie ihm den Rücken zu und ging weiter. Seine Schritte konnte sie nicht mehr hören, nur das laute Klopfen ihres Herzens und das Pochen in ihrem Schädel.

Sie umrundete einen hohen, schmutzigen Schneehaufen. Tagsüber war der Schnee auf den Wegen angetaut, inzwischen aber wieder gefroren. Alles schien den Kampf des Frühlings gegen die Schneemassen zu demonstrieren. Wegen der Eisbuckel überall musste sie vorsichtig sein. Auf einmal waren ihre Beine wie aus Gummi. Tief atmete sie die kühle Nachtluft ein, damit das Schwächegefühl vorüberginge. Die Kälte biss in der Nase, und ihre Augen brannten.

Das Studentenwohnheim, das nun direkt vor ihr lag, war ein zweistöckiger flacher Kasten. Links davon lag der Parkplatz. Ein Motor wurde angelassen und lief im Leerlauf. Sie fühlte in der Jackentasche nach den Wohnungsschlüsseln, ihre Hand schloss sich fest um das kalte Metall, während sie sich darauf konzentrierte, ihr Gleichgewicht zu halten und nicht auszurutschen.

Von der lautstarken Musik im Driv dröhnte es ihr immer noch in den Ohren. Sie war vor Müdigkeit wie benommen und sehnte sich nach ihrem Bett. Aber sie wusste, es würde heute Stunden dauern, ehe sie einschlief. Sie befand sich in einem Zustand exaltierter Erschöpfung, an Schlaf war erst mal nicht zu denken.

Sie hatte ihn nicht kommen gehört, aber plötzlich stand er direkt neben ihr. »Du siehst nicht gut aus.« Er beugte sich vor und senkte die Stimme, obwohl sonst niemand in der Nähe war. »Du musst müde sein. Sehr müde.« Er hob die Hand und zog sich den Schal vom Mund. »Sonst bist du doch immer so freizügig, heißt es. Wenn nur das … Angebot stimmt.«

Mit aufgerissenen Augen sah sie den Hügel auf sich zurasen. Sie knallte mit dem Gesicht auf den steilen Schneeberg am Straßenrand. Körnige Eiskristalle drangen durch den offenen Mund bis in ihren Hals und erstickten ihre Schreie. Das Geräusch in den Ohren steigerte sich zu einem gewaltigen Crescendo, bis es explodierte und alles um sie herum schwarz wurde.

4

Er starrte ungeduldig auf den Bildschirm, während er sich einloggte. Sekunden später erschien das Eingabefeld für das Passwort.

Totto88, schrieb er. Während er darauf wartete, dass der Computer sein Passwort akzeptierte, wanderte sein Blick vom blauen Bildschirmhintergrund zum ebenso blauen Himmel draußen.

Noch ein Doppelklick, und er war auf der Seite, die er eines Tages per Zufall entdeckt hatte. Er spürte wieder dieses Kribbeln wie beim ersten Mal, als er etwas abgebildet sah, was er tatsächlich wiedererkannte, weil er die Zeichen sah und wusste – das hier war für ihn.

Er studierte das Foto auf dem Bildschirm und empfand dabei ein tiefes Zusammengehörigkeitsgefühl. Ein auf ihn gerichteter, offener Blick, verheißungsvoll weit geöffnete Augen. Es gab auch nicht mehr den Abstand zwischen ihnen und ihm, denn wenn er jetzt die Hand ausstreckte, konnte er warme, nackte Haut berühren.

In den letzten vierundzwanzig Stunden war er wie auf Speed gewesen. Rastlos und voller Kraft. Er hatte weder gegessen noch geschlafen.

Nicht weit von seiner Wohnung entfernt lag ein Kiosk. Er loggte sich aus und griff nach den Autoschlüsseln.

Der Mann, der den Kiosk betrieb, war ein Türke, der immer viel redete. Die Würstchen seien ausgezeichnet, behauptete er. Da sei mehr Fleisch drin als anderswo, und sie seien ohne Haut. Überhaupt seien es die besten in der ganzen Stadt. Der Mann nahm mit der Zange eines, klappte mit Daumen und Mittelfinger der anderen Hand das Brötchen auf und steckte das Würstchen dazwischen.

Obszön, dachte Totto plötzlich. Lächelnd nahm er den Hotdog, sagte irgendetwas Freundliches und bezahlte.

Das Lächeln war sein Schutzschild. Ein scheinbar sorgloses Gesicht führte selbst die Aufmerksamsten hinters Licht. Es verdeckte die Gedanken und verbarg noch die dunkelsten Geheimnisse. Das war die Quintessenz all seiner Erfahrungen, es gehörte mit zum Wichtigsten, was er gelernt hatte.

Draußen warf er das Würstchen in den Mülleimer. Der Mann hatte es mit seinen Fingern berührt.

Das Licht vom Bildschirm flackerte über die nackten weißen Wände. Er holte sich ein großes Glas Wasser, um das nagende Gefühl in seinem Magen zu beschwichtigen. Er hatte nicht vorgehabt, Beate Moberg mit in seine Wohnung zu nehmen. Das war leichtsinnig gewesen. Aber sie hatte anders reagiert, als er erwartete. Sie hatte ihn provoziert. Deshalb war gestern Nacht seine Wohnung die optimale Lösung gewesen. Hinter dem vielen Schnee am Straßenrand hatte man sie nicht sehen können. Sein Auto hatte er etwa zwanzig Meter entfernt geparkt gehabt. Keine zwei Minuten hatte er gebraucht, um sie dorthin zu tragen, und es hatte keinerlei Probleme gegeben. Wer doch etwas gesehen hatte, würde glauben, sie sei betrunken gewesen.

Wenige Eingaben über die Tastatur, und schon hatte er wieder die Bilder vor sich, von denen er nie genug bekam.

Eines zeigte zwei junge Frauen auf einem Sofa, sie trugen nicht mehr als ein Bauchnabelpiercing, ihre Slips waren fast durchsichtig. An ihren Augen sah er, dass sie nicht mehr warten konnten. Auf einem anderen Foto saß eine nackte Frau allein auf einem Bett, die Haare verdeckten das Gesicht zur Hälfte, und sie schien sich vor Schmerzen zu winden. Dazu kamen noch die letzten Bilder, die er von Beate Moberg eingescannt hatte. Sie lag immer noch ausgestreckt da, aber dieses Mal genau so, wie er sie haben wollte. Nackt, die Hände gefesselt. Dein Wille geschehe …

Im Zimmer nebenan bewegte sich etwas, durch die halboffene Tür hörte er ein schwaches Stöhnen.

Näher als in diesem Moment würde sie ihm nie mehr sein.

5

Anniken Ås stand mit Lise Beck vor der Tür des Studentenwohnheims. Heute wollte sie sich doch mal wieder Lises Trainingsrunde anschließen – einer ihrer unzähligen Versuche. Doch die guten Vorsätze hielten nie lange an. Sie atmete tief die kühle Morgenluft ein. »Wie komme ich eigentlich auf die Idee, dass mir das hier guttun soll?«, fragte sie ihre Freundin. Die Trainingshose hatte sie schon in der Oberstufe getragen. Sie saß an den Schenkeln reichlich knapp und war in der Taille so eng, dass Anniken gar nicht richtig durchatmen konnte. Eine Leidenschaft fürs Kuchenbacken in Kombination mit ihrer Vorliebe für ein geruhsames Leben und einer Aversion gegenüber jeglicher körperlicher Aktivität, das hatte nun mal seinen Preis. Aber manchmal überkamen sie eben akute Anfälle schlechten Gewissens. Dazu kam ihre Tendenz, die Symptome aller möglichen

Krankheiten an sich zu spüren, sobald sie davon gelesen hatte. Derzeit nahmen sie Herzerkrankungen durch, und Anniken war sofort voll darauf eingestiegen.

Lise lachte. Sie trug ein modisches Trainingsoutfit, das perfekt saß. »Weil du so ein verdammter Hypochonder bist«, sagte sie mit der Haarspange im Mund. Sie bändigte ihre lange, üppige Mähne und begann, locker auf der Stelle zu laufen. »Das schlechte Gewissen piesackt dich, weil du das ganze Wochenende drinnen in der schlechten Luft gesessen und dich von Fastfood und Kuchen ernährt und deine Leber mit Alkohol vergiftet hast.«

Anniken sah sie nicht an. Sie war wütend auf Lise. Aber noch wütender war sie auf sich selbst, dass sie sich überhaupt darüber aufregte. Lise joggte dreimal in der Woche *vor* dem Frühstück, und sie hatte ihre festen Zeiten im Fitnessstudio des Studentenwerks.

»Du willst wie ich sein, sportlich und konsequent.« Lise stemmte die Arme in die Seiten und posierte. Schob die schlanke Hüfte und den wohlgeformten Busen vor.

Es hatte keinen Zweck. Anniken sehnte sich nach ihrem warmen Bett, nach einer großen Tasse heißem Kakao. »Du betreibst doch diese Selbstquälerei bloß, weil du bewundert werden willst. Und damit du deinen Körper halbnackt vorzeigen kannst.« Es tat richtig gut, die ganze Galle mal loszuwerden.

Wie immer prallte das an Lises solidem Ego ab.

»Jetzt bist du aber ungerecht.« Lise zog sie energisch am Arm und setzte sich in Bewegung.

Anniken kam sich plötzlich nicht nur plump, sondern auch lächerlich vor. Resigniert ließ sie sich mitziehen. Als sie sich mit schnellen Schritten vom Studentenwohnheim entfernten, warf sie einen Blick zu Beate Mobergs Fenster. »Ganz schön spontan: Beate ist Donnerstag kurzentschlossen nach Trondheim geflogen.«

Lise zuckte die Achseln. »Das hat sie schon öfter gemacht.

Sie fliegt dann irre früh los. Ich hab eine SMS bekommen, als ich unter der Dusche war. Sie kommt am Sonntag im Laufe des Tages zurück.« Lise begann loszulaufen. »Eine Runde um den See schaffst du«, rief sie. »Danach kannst du machen, was du willst.«

Anniken rannte ihr hinterher, die Stirn in Falten gelegt, die Gesichtsfarbe vertiefte sich mit jedem Schritt. Mit bleischweren Beinen hechelte sie hinter Lise her, die leicht und federnd lief. Lises Anblick konnte ihr noch die letzte Motivation rauben. Inzwischen lag sie schon zwanzig Meter zurück. Sie überquerten den Langnesvei und bogen auf den Pfad ein, der am Ufer entlang rund um den See führte. So früh am Sonntagmorgen erfüllten nur die Schreie der Vögel die Luft, hoch und schrill über dem schwach bewegten Wasser.

Fünfzig Meter weiter blieb Lise plötzlich stehen. Sekundenlang stand sie stocksteif da, machte dann zögernd einige Schritte. Blieb wieder stehen und deutete auf eine Bank.

»Beate«, rief sie, als Anniken sie keuchend eingeholt hatte und neben ihr stand. »Sitzt hier und … schläft?« Das Letzte kam zögernd, fast fragend.

Auf der Bank am Nordende des Sees saß Beate Moberg, die langen Beine übergeschlagen, die Hände im Schoß. Ihr Kopf war nach vorn gefallen, das Kinn lag auf ihrer Brust.

Sie liefen zu ihr. Anniken ging zögernd auf sie zu und nahm ihre Hand. »Beate.« Keine Reaktion. Sie schüttelte sie heftig. »Beate?«

Langsam bewegte sich Beate Moberg. Ihr Oberkörper kippte nach vorn und schlug dumpf vor den Füßen der beiden Studentinnen auf den Boden. Dort blieb sie regungslos liegen.

6

Kriminalhauptkommissar Aslak Eira zog sich die Mütze so weit über die Ohren, dass von seinen langen sandfarbenen Haaren nichts mehr zu sehen war. Es war Sonntag, acht Uhr morgens. Weder die Bergstiefel noch die winddichte Jacke oder dieser Wollpulli aus Militärbeständen schützten ausreichend gegen den Nordwind. Die Bettwärme war längst aus seinem Körper gewichen, und er fühlte sich kalt und leblos wie die Gestalt vor ihm auf dem Boden. Eine junge Frau, die aussah, als schliefe sie.

Neben ihm stand der Arzt, ein langer blasser Mann aus dem Namdal, der die ganze Nacht ohne Unterbrechung unterwegs gewesen war.

Eira richtete sich auf. »Was meinen Sie?«

»Ich kann nicht sagen, woran sie gestorben ist. Aber es ist nicht ausgeschlossen, dass sie sich das Leben genommen hat«, sagte er ohne Zögern.

»Selbstmord?« Eira starrte ihn aus grauen, tiefliegenden Augen an, die so schmal waren, dass man seinen Blick leicht als Skepsis deuten konnte.

»Im Gesicht hat sie Hautabschürfungen, wahrscheinlich vom Sturz. Das ist bisher das Einzige, was ich gefunden habe. Aber die Untersuchung war nur oberflächlich«, betonte er. »Ich sehe keinen Anlass, hier vor Ort weiterzumachen. Sie war vollständig bekleidet, als sie gefunden wurde. Zugeknöpft bis zum obersten Jackenknopf.«

Eira knetete seine klammen Hände.

»Zuletzt hat man sie am Mittwoch gegen Mitternacht gesehen, als sie aus einem Lokal kam. Donnerstagvormittag schickte sie einer Freundin eine SMS, sie sei nach Trondheim geflogen. Heute wollte sie zurückkommen.«

Der Arzt nickte kurz. »Sie ist noch nicht lange tot, maximal vierundzwanzig Stunden.«

Eira nahm diese Information mit einem leichten Kopfnicken zur Kenntnis. Aus den beiden schockierten Mädchen war nicht viel mehr herauszubekommen als halberstickten Schluchzen und einzelne konfuse Worte. Sie waren mit Eiras Kollegin Kine Berger zur Polizeiwache gefahren.

Der Arzt presste zwei Finger gegen die Nasenwurzel. »Eventuell eine gerade grassierende Gehirnhautentzündung?« Sekunden später beantwortete er seine Frage selbst. »Ziemlich unwahrscheinlich. Dann hätte man sie eher im Bett gefunden.« Eilig packte er seine Sachen zusammen. »Sie muss obduziert werden. Dann sehen wir weiter.« Er verschwand in Richtung seines Autos.

Eira blieb am See stehen. Er lag erhöht auf der Insel Tromsøya, im Grunde mitten in der Stadt Tromsø. Es gab hier immer noch große, unbebaute Areale, wo sich im Winter die beleuchtete Loipe bis nach Varden hin erstreckte. Die Insel Tromsøya war mandelförmig, mit einem Umfang von fünfundzwanzig Kilometern. Sie lag mitten in einem schmalen Sund – zwischen der Insel Kvaløya als äußerer Begrenzung zum Nordatlantik hin und dem Festland auf der anderen Seite. Dort gab es so berühmte Sehenswürdigkeiten wie die Eismeerkathedrale und den 1238 Meter hohen Tromsdalstind. Das Zentrum und überhaupt der größte Teil der Stadt lagen im Osten der Insel, also dem Festland zugewandt. Aber Jahr für Jahr dehnte sich die Stadt weiter aus, sowohl jenseits des Sundes auf dem Festland als auch auf Kvaløya. Die grünen Areale auf der Insel auch in Zukunft vor der Bebauung zu schützen, war ein fortwährender, harter Kampf.

Über den Langnesvei, die Straße, die parallel zum Prestvannet verlief, rauschte normalerweise ununterbrochen der Verkehr, aber so früh am Sonntagmorgen war es hier ganz still. Auf der anderen Straßenseite lag das Studentenwohnheim. Hinter kahlen braunen Büschen schwappte das Wasser des Sees, auf dem noch immer ein paar Eisschollen trieben. Eira betrachtete das leere, sandige Ufer, den halb geschmolzenen Schnee, der überall herumlag. Nichts deutete darauf hin, dass er kein gewöhnlicher Spaziergänger war, der einfach nur dort stand, um den See zu bewundern. In Böen trug der Wind hellen Sand über den Hügel, und Eira fiel auf, wie sich der Tatort veränderte, als der Wind den Sand auf dem verharschten Schnee zu immer neuen Mustern verwehte.

Die Kriminaltechniker hatten am Fundort der Leiche nichts von Interesse gefunden. Es gab also keinen Grund, sich noch länger dort aufzuhalten. Eira setzte sich ins Auto und fuhr durch die menschenleeren Straßen hinunter zur Polizeiwache in der Grønnegata. Die Tromsøpalmen vom letzten Jahr standen wie meterhohe Stangen an den Straßenrändern, aber ringsum trieb schon alles aus und bezeugte, dass sich einzelne Organismen von dem harten Klima nicht unterkriegen ließen. Der Mai ist ein Monat, den man einfach überstehen muss, dachte Eira. Dann bog er zur Polizeiwache ein.

7

Als Eira hereinkam, saß Kine Berger mit einem Becher Kaffee allein im Gemeinschaftsraum. Die Kriminalkommissarin war neu in Tromsø, und sie hatten bisher erst wenige Worte miteinander gewechselt. Kine Berger war mittelgroß und sehr schlank, fast mager. Sie hatte etwas Ruheloses an sich, irgendwie erinnerte sie ihn vage an ein Tier im Käfig. In Bergers Fall war es wohl aufgestaute Energie, die sie so unruhig erscheinen ließ. Eira wusste, dass sie bei Wind und Wetter über die Insel joggte, sofern sie Zeit dafür fand. Er hatte sie schon mehrmals dabei gesehen, obwohl sie erst vor einem Monat hier in den Norden gezogen war. Jetzt saß sie ganz vorne auf der Stuhlkante, ein Bein unter dem Stuhl angewinkelt, als sei sie auf dem Sprung. Mit einer Hand umfasste sie den Kaffeebecher, die andere lag auf dem Knie. Ohne ihn direkt anzusehen, verfolgte sie seine Bewegungen aus dem Augenwinkel.

Auf die Plätze – fertig – los, dachte Eira und schälte sich aus seiner Jacke. Er holte sich Kaffee und ließ sich ihr gegenüber auf einen Stuhl fallen. Dann lehnte er sich zurück und wartete darauf, dass sie etwas sagen würde.

Plötzlich hob sie den Blick von dem vor ihr liegenden Block und sah ihn fragend an. »Und?«

Eira antwortete mit einer Gegenfrage: »Was hast du aus den beiden herausbekommen, die sie gefunden haben?« Er sah auf den Block. »Lise Beck und Anniken Ås.«

»So gut wie nichts.« Kine Berger erzählte, die Mädchen hätten so unter Schock gestanden, dass sie keine zwei zusammenhängenden Sätze herausgebracht hatten. »Die beiden müssen erst mal wieder zu sich kommen. Aber sie sagten mehrmals, dass sie Beate Moberg zuletzt Mittwochnacht gesehen haben, als sie allein das Lokal verließ. Alles habe völlig normal gewirkt. Danach sei sie heimgefahren nach Trondheim. Keiner hat gecheckt, ob das stimmte, denn sie fuhr wohl öfters mal nach Hause.«

»Sonst noch was?«

Berger blätterte in ihren Notizen und schüttelte den Kopf. Sie warf ihm einen flüchtigen Blick zu. »Wenn man so jung ist, wird man dann einfach krank und stirbt?«

Eira zuckte die Achseln. »Fehlte ihr was?«

Berger zögerte. »Tja ... Die eine meinte, Beate Moberg sei nicht besonders gut drauf gewesen, als sie das Driv verließ. Sie glauben nicht, dass sie irgendwelche Medikamente nahm, und mit Drogen hatte sie angeblich auch nichts am Hut.« Berger sah von ihren Papieren auf. Sie schwieg, und Eira spürte, wie ihr Blick kurz auf seinem Gesicht ruhte, dann rasch über den Wollpulli und die

Jeans schweifte und bei den Bergstiefeln hängen blieb, so als bekäme sie das, was sie sah, nicht in Übereinstimmung mit dem Kalender. Sie blickte wieder auf ihre Notizen und fuhr fort: »Die drei kannten sich noch nicht besonders lange. Sie sind hier an der Uni eingeschrieben, studieren Medizin und Psychologie.« Sie rückte mit dem Stuhl näher zum Tisch, dann wieder zurück. »Der Mittwochabend war eher langweilig, keine besonderen Vorkommnisse. Keine neuen Bekanntschaften. Die Mädchen drehten ihre ›Runde‹, wie sie das nennen. Die Studentenkneipe, Driv oder wie es nun heißt, war die letzte Station.« Sie schwieg und sah aus dem Fenster. Das rote Haar hatte sie zu einem Pferdeschwanz zusammengefasst. Blasse, fast weiße Haut bildete den Rahmen für blaue, ganz ungeschminkte Augen. Die jüngeren Kollegen hatten viel über Kine Berger geredet, seit sie hier angefangen hatte zu arbeiten, und er konnte es verstehen; so einer hübschen jungen Frau begegnete man nicht alle Tage. Aber im Augenblick hatte sie einen müden Zug um den Mund, und er überlegte, ob an den Schatten unter ihren Augen nur die Beleuchtung schuld war.

»Wie gehen wir weiter vor, Eira?« Die Augen, die ihn nun anstarrten, waren kobaltblau, und von dem müden Zug, den er in ihrem Gesicht zu sehen meinte, war in dem intensiven Blick nichts zu spüren.

Er faltete die Hände im Nacken und lehnte sich zurück. »Was meinst *du* denn, Berger?«

»Hat es denn etwas zu bedeuten, was *ich* meine?«, entgegnete sie spitz und errötete.

»Es gibt doch die gängigen Verfahren. Ich gehe davon aus, dass die Landeskriminalpolizei eingeschaltet werden muss.«

Er überlegte einen Moment, ob er zu persönlich geworden war, und begriff, dass er sie irgendwie verunsichert hatte. Lag es vielleicht am für sie noch neuen Umgangston? Auf der Polizeiwache duzte man sich, nannte einander jedoch beim Nachnamen, um ein Mindestmaß an Distanz unter den Kollegen zu wahren. »Die Landeskriminalpolizei muss vorläufig noch nicht hinzugezogen werden«, sagte er knapp. »Nicht vor den Laboruntersuchungen. Die technischen Untersuchungen machen wir alle selbst. Aber wie willst du den Fall melden?«

»Ich bin zwar neu, aber nicht grün.« Kine Berger sah zur Deckenlampe, die über ihm hing, und Eira hatte den Verdacht, sie wünschte, die Lampe möge ihm auf den Kopf fallen. »Sie ist natürlich als verdächtiger Todesfall gemeldet«, sagte sie. »Das Übliche. Die ganze Prozedur.«

Eira nickte. Der Kaffee hatte ihn etwas aufgewärmt. Rasch zog er seinen Wollpullover über den Kopf und warf ihn achtlos auf den Overheadprojektor. »Die Obduktion ist heute Mittag, sobald alle anderen Untersuchungen abgeschlossen sind. Wir fahren kurz vor halb eins ins Gerichtsmedizinische Institut. Wir müssen herausfinden, ob es sich um einen natürlichen Todesfall handelt. Die Selbstmordtheorie wird erst aktuell, wenn alles andere ausgeschlossen ist.«

Der Arzt hatte bei der ersten Untersuchung keine Anzeichen für äußere Einwirkungen finden können, alles wirkte wie ein gewöhnlicher Fall. Routinesache. Man hatte eine junge Frau tot aufgefunden. Möglich, dass sie sich das Leben genommen hatte. Aber das Wort *Routine* hatte für Eira einen üblen Beigeschmack. Vielleicht hatte sie tagelang deprimiert in ihrem Zimmer gelegen, geplant, sich das Leben zu nehmen. Hatte es einfach nicht geschafft, sich an ihre Freundinnen zu wenden. Oder sollte es sich trotz fehlender Anzeichen um ein Verbrechen handeln?

Die Tür ging auf und Jon Benjaminsen kam herein. Er war außer Atem. Eine hochschwangere Frau und ein rebellisches dreijähriges Kind zu Hause, das zehrte am Nachtschlaf und dem ohnehin mageren Körper des Kriminalkommissars. Er fuhr sich mit der Hand durch die kurz geschnittenen Haare, die dicht und borstig waren wie ein

Perserteppich, und setzte sich zu ihnen. »Beate Mobergs Familie ist unterrichtet. Man hat sie vernommen, soweit das in dieser Situation möglich war«, sagte er und fuhr ohne Umschweife fort: »Von einer Reise nach Trondheim kann keine Rede sein. Die Eltern haben seit einer Woche nichts von ihrer Tochter gehört. Als sie zuletzt mit ihr sprachen, hat sie nicht erwähnt, dass sie an diesem Wochenende nach Hause kommen wollte.«

Eira brauchte einige Sekunden, um die Auskünfte zu verdauen. »Kann es sein, dass sie doch gefahren ist und jemand anders besucht hat?«

»Wir checken gerade die Fluggesellschaften. Und Hurtigruta, die Schiffsverbindung.«

»Am wahrscheinlichsten ist es wohl, dass sie die ganze Zeit hier in der Stadt war.«

Es wurde still am Tisch. Schließlich ergriff Benjaminsen wieder das Wort und berichtete, die Kriminaltechniker würden sich das Zimmer der Studentin vornehmen. Die Universität sei informiert, dort wolle man mit Krisenhilfe bei ihren Kommilitonen Unterstützungsarbeit leisten.

Es war zehn Uhr vorbei, die Aufgaben verteilt, und jeder wandte sich seinen Angelegenheiten zu. Die Runde löste sich auf. Draußen war ein schöner Sonntagmorgen. Dann und wann fuhr ein Auto vorbei, waren Frühaufsteher beim Morgenspaziergang zu sehen. Stille inmitten einer Stadt ist doch etwas ganz anderes als Stille in der Natur, dachte Eira. Diese Stille war nervig und unnatürlich, als stehe eine Katastrophe oder eine Invasion bevor. Wenn er jetzt nach Hause käme, würde er nicht schlafen können. Tote junge Frauen wirkten auf ihn alles andere als beruhigend. Er fuhr sich mit der Hand übers Gesicht und drehte sich zu Kine Berger um. »Soll ich dich nach Hause fahren?«

Sie schüttelte den Kopf. »Ich habe mein Auto draußen stehen. Außerdem wohne ich im Tromsdal, also nicht gerade um die Ecke. Über die Brücke und an der Seilbahn vorbei, das dauert so lange, dass ich vorm Haus eben noch wenden kann, ehe ich zurückmuss.«

Eira verzog leicht den Mund. »Du wirst dich hier im Norden bestimmt schnell zurechtfinden.« Seine grauen Augen musterten sie amüsiert. »Die Kunst zu übertreiben beherrschst du immerhin schon genauso gut wie jeder Nordländer.«

Die Sonne schien, und keine Wolke war am Himmel zu sehen, als sie auf die Stufen vor der Polizeiwache traten. »Das mit dem Licht hier im Norden ist so seltsam«, sagte Berger und blickte über den Hügel. Die niedrigen Holzhäuser wirkten neben dem großen Gebäude der Polizei noch kleiner. »Gewöhnt man sich irgendwann daran? Im Sommer vierundzwanzig Stunden taghell und mitten im Winter nichts als Dunkelheit?«

Um sich warm zu halten, stampfte Eira in seinen Bergstiefeln auf der Stelle. »Manche von uns denken darüber nicht mal nach«, antwortete er, »während andere an nichts anderes denken.« Er nickte ihr zum Abschied zu, und noch ehe sie über die Antwort stutzen konnte, saß er bereits in seinem Wagen.

8

Die Nordre Tollbugate lag ganz in der Nähe der Polizeiwache, etwa hundert Meter den Hügel hinauf. Eiras Haus war ein winziges, frisch renoviertes Arbeiterhaus inmitten niedriger alter Holzhäuser. Wahrscheinlich war es nur eine Frage der Zeit, bis die Immobilienhaie kommen und alles in der Gegend abreißen lassen würden, damit sie einen weiteren Häuserblock ins Zentrum quetschen konnten. Bald hätte die Stadt keine architektonische Seele mehr. Altes und Neues wurde einfach zusammengestoppelt, alles wirkte planlos, fast chaotisch. Macht und Unvernunft arbeiteten hier Hand in Hand, dachte er und parkte in der engen Einfahrt. Aber das war nicht seine Stadt, also was scherte es ihn? Er war einer der Zugezogenen und sollte wohl einfach freundlich und zufrieden sein. Aber der Ärger meldete sich trotzdem täglich, wenn er beim Blick aus dem Küchenfenster mit ansehen musste, wie der denkmalgeschützte alte Hof an der Straßenecke derzeit in einen Wohnkomplex umgestaltet wurde und dabei nur Teile der ursprünglichen Holzfassade stehen blieben. Niillas, sein Sohn, behauptete, er würde langsam alt. War aus ihm ein Mann mittleren Alters geworden, der gegen den Fortschritt ankämpfte?

Vielleicht hat Niillas recht, dachte er, während er die Haustür aufschloss und ins Haus trat. War alles Alte es wirklich wert, bewahrt zu werden? Zum Beispiel seine Vergangenheit? Erinnerungen tauchten auf wie nächtliche Gespenster und schlugen seinen Seelenfrieden in die Flucht. Er hatte eine Vergangenheit, auf die er nicht ausschließlich stolz war. Das war eine Zeit, als er alles ausprobieren musste und nur das Gesetz Grenzen setzte, nicht die Moral.

Sein Sohn war ein Produkt dieser Zeit. Einer stürmischen Begegnung. Danach die schockierende Erkenntnis, sich dieses Kind zu wünschen, das die Mutter nicht haben wollte. Das hatte ihn verändert, und seither war nichts mehr so gewesen, wie es einmal war. Alleinerziehender Vater zu sein, stellte ihn jeden Tag auf eine harte Probe. Jeden Tag aufs Neue bewegte er sich auf unbekanntem Terrain, und immerzu war er ängstlich.

Das Telefon klingelte und riss ihn aus seinen Gedanken. Eine unerwartet angenehme Frauenstimme stellte sich als Mona Lie vor, Psychiaterin im Gesundheitsdienst des Studentenwerks. Wenn die Studentinnen erneut verhört werden sollten, würde sie gerne informiert werden. Sie wolle dabei sein.

»Warum das?«

»Weil die Mädchen darum gebeten haben. Und weil es gut ist, in schwierigen Situationen jemanden zur Seite zu haben.«

»Das lässt sich sicher machen ...« Er klemmte sich den Hörer zwischen Ohr und Schulter und wartete, dass die Frau weiterredete, aber in der Leitung blieb es still. Als er schon glaubte, sie habe aufgelegt, sagte sie: »Ich unterliege der Schweigepflicht. Nur damit das klar ist.« Am Klicken hörte er, dass sie aufgelegt hatte.

Er nahm eine Bratpfanne und machte sich ein Spiegelei. Schnitt Brot ab und legte die dicken Scheiben auf einen Teller. Der Kaffee verströmte seinen Duft, als er durch den Filter lief. Eira bekam eine Gänsehaut. Von diesem Stimulans war er wirklich abhängig.

Er setzte sich an den Tisch, wippte mit dem Küchenstuhl nach hinten und lehnte sich gegen die Wand. Er schloss die Augen und dachte an das junge Mädchen, das dort auf dem Boden gelegen hatte, als schliefe es. Viel zu blass, Haut und Lippen bläulich schimmernd. Keinerlei Anzeichen, dass jemand Gewalt gegen sie angewendet hatte, und dennoch war das beunruhigend wahrscheinlich.

Der Fall Marie Bengtsson tauchte in seiner Erinnerung auf, er hatte ihn nie ganz aus dem Kopf bekommen können. Die junge Frau, dreiundzwanzig Jahre alt, war im Mai letzten Jahres spurlos aus Tromsø verschwunden. Der Fall war bis heute nicht aufgeklärt. Er hatte alle Details im Kopf, erinnerte sich nur allzu gut an sie. Das Wetter hatte an jenem Tag den Menschen einen Streich gespielt. Es war trüb gewesen, als habe der Herrgott eine dicke, dunkelgraue Daunendecke über der Stadt ausgeschüttelt, und es hatte geschneit, obwohl sich nur wenige Stunden vorher die Frühlingssonne im Asphalt gespiegelt hatte.

Zwei Personen hatten vage Zeugenaussagen abgegeben. Die eine hatte Marie Bengtsson an der Ecke beim Kiosk

Wi-To gesehen, als sie in die Storgata stolperte. Der Zeuge hatte von Schneegestöber geredet; Marie habe sich gegen den Wind gestemmt und den schwarzen Mantel enger um sich gezogen. Sie habe Stiefeletten mit extrem hohen Absätzen getragen, der Zeuge hatte gedacht, dass ihre dünnen Beine wie Streichhölzer brechen würden, wenn sie auf dem Neuschnee ausgleiten und hinfallen würde.

Der andere Zeuge war eine Frau, die aus dem Juweliergeschäft Wintervold kam. Sie erinnerte sich an Marie, weil die junge Frau ausrutschte und gegen das Schaufenster prallte. Die Pfennigabsätze, völlig verrückt angesichts des Wetters, waren ihr auch aufgefallen, die Zeugin konnte die Stiefeletten detailliert beschreiben. Viel mehr hatte sie nicht gesagt, nur noch, dass Marie eine dicke Mütze aus Schnee auf dem Kopf gehabt habe. Und dass sie selbst gedacht habe, der Frühling sei ein Fluch.

Keiner der beiden Zeugen konnte mit Sicherheit sagen, ob Marie Bengtsson allein gewesen war oder in Begleitung.

Das Verschwinden hatte zu einer landesweiten Fahndung mit Fotos in allen Medien geführt. Eine junge Frau, die unbekümmert direkt in die Kamera lächelte. In der Zeit nach ihrem Verschwinden erschienen viele Artikel, in denen spekuliert wurde, was möglicherweise geschehen war, außerdem Interviews mit den Angehörigen, die alle schrecklich in Sorge waren. Die Kriminalpolizei kam mit ihren Ermittlungen nicht weiter. Und die junge Frau war nie wieder aufgetaucht.

Genau ein Jahr war seither vergangen.

Wieder kämpften Winter und Frühling nördlich des Polarkreises um die Vorherrschaft. Wieder war eine junge Frau verschwunden, dieses Mal aber, um tot wieder aufzutauchen.

Eira schob die Gedanken beiseite. Er starrte auf den Teller, auf dem das Fett kalt und fest geworden war und das Eidotter wie ein gelbes, verschrumpeltes Auge lag. Ihm war der Appetit vergangen. Es war elf Uhr. Nach der Obduktion würde er der Beantwortung der Frage, was mit der jungen Frau geschehen war, vermutlich näher sein.

Mit langsamen Schritten ging er ins Wohnzimmer und setzte sich an seinen Arbeitstisch. Er holte die Tüte mit den Federn hervor und entschied sich für eine orangefarbene *Chinese Cock Neck*. Die Feder glühte intensiver als die Mitternachtssonne im Juni. Eira befestigte einen winzigen Haken an einem Faden und begann an etwas zu arbeiten, das den Fisch hoffentlich überlisten würde. Er sollte an etwas anbeißen, von dem er glaubte, es sei ein anmutiges Insekt. Das Harz, mit dem graue Wolle an dem Haken befestigt wurde, duftete intensiv nach einem Sommer, der hoffentlich nicht mehr allzu weit entfernt war. Mit ruhiger Hand und scharfem Auge wickelte Eira den Faden um den Trockenhaken. Seine Gedanken kreisten dabei weiter um die junge Frau am See.

Eira war eine schöne Fliegenimitation gelungen. Er hielt sie bewundernd ins Licht. Da fiel ihm plötzlich etwas ein. Ihm blieb noch eine Stunde, bis Beate Moberg obduziert werden würde.

Er wählte die Nummer der Frau, die ihn gerade angerufen hatte. Mona Lie, hatte er auf den vor ihm liegenden Block gekritzelt.

»Warum wollten die beiden Studentinnen, die Beate Moberg beim Prestvannet gefunden haben, dass ausgerechnet Sie bei einem Verhör dabei sind?«

Er merkte, dass er sie mit seiner Frage überrumpelt hatte, denn es dauerte einen Moment, bevor sie antwortete.

»Wir sind in gewisser Weise vertraut miteinander«, sagte sie.

»Ah ja?«

»Neben meiner Tätigkeit im Gesundheitsdienst des Studentenwerks leite ich einige Seminare, an denen sowohl Psychologie- als auch Medizinstudenten teilnehmen. Daher kenne ich die Mädchen. Die Gruppen sind klein, und nach dem Unterricht reden wir oft noch miteinander. Ich denke, dass ich für die Studentinnen innerhalb des Universitätsbetriebs so eine Art Vertrauensperson bin.«

Das konnte er nachvollziehen. Mit Mona Lie zu sprechen hatte etwas geradezu suggestiv Angenehmes, und seine Fantasie produzierte schon Bilder von einem Aussehen, das zur Stimme passen könnte. »Ich verstehe.« Er zögerte. »Würden Sie sich bitte mit mir in Verbindung setzen, falls Sie auf etwas stoßen, das für die Nachforschungen wichtig sein könnte?«

»Etwas, das für die Nachforschungen Bedeutung haben könnte?« Sie klang eher ablehnend.

»Denken Sie darüber nach«, sagte er ermunternd. »Was auch immer Ihnen auffällt, zögern Sie nicht, mich einfach anzurufen.«

Sie lachte und überraschte ihn, indem sie ihm nun ihrerseits Fragen stellte, unerwartete Fragen. Verwundert hörte er sich selbst beinahe persönlich mit einer Frau reden, die er nie zuvor getroffen hatte. Es schienen nur wenige Minuten vergangen zu sein, aber als er zur Uhr sah, war schon eine Viertelstunde um.

Er starrte noch minutenlang nach Ende des Gesprächs auf das Telefon in seiner Hand. Er hätte die Person zur Stimme gern gesehen.

9

Eira betrat den kühlen Raum, in dem die Obduktion stattfinden sollte. Er betrachtete den breiten, geraden Rücken des Gerichtsmediziners im grünen Kittel. Vennestad beugte sich über den Tisch mit den Instrumenten und prüfte, ob alles bereitlag. Das schüttere blonde Haar hatte er zurückgekämmt, es schaute ein bisschen unter der Haube hervor. Oberarzt Vennestad pflegte pünktlich und präzise wie ein Uhrwerk zu sein. Punkt halb eins war er bereit anzufangen.

»Eira«, Vennestad drehte sich um und nickte ihm begrüßend zu. Sein Gesicht war so glatt und ausdruckslos, dass Eira sich fragte, ob Formalin nicht nur auf die Leichenteile konservierend wirkte. »Ich hatte gehofft, Sie würden mir eines Tages mal etwas Angenehmeres als ausgerechnet das hier servieren.« Er deutete mit dem Kopf zum Obduktionstisch, auf dem Beate Moberg lag, und streifte sich die dünnen Gummihandschuhe über. »Zum Beispiel könnten Sie mich mal zum Rentieressen einladen. Besonders die legendären Markknochen, von denen Sie immer so schwärmen, würden mich locken. Aber das wird wohl nie passieren.«

»Ganz richtig«, murmelte Eira. »Das wird nie passieren.« Vennestad war Vegetarier.

»Hab's schon begriffen«, seufzte Vennestad und trat an den Tisch, auf dem die Frau lag. Ihre makellose Haut leuchtete kreidebleich unter dem starken Licht der Lampen, die auf sie gerichtet waren. Eira versuchte sich innerlich zu stählen gegenüber dem, woran er sich wohl nie gewöhnen würde: junge Menschen auf dem Obduktionstisch.

Er wurde in seinen Gedanken unterbrochen, als Kine Berger eintrat und am anderen Ende des Raums stehen blieb. Sie verschwand fast in dem knöchellangen Kittel und den viel zu großen Gummistiefeln.

Vennestad wandte sich wieder Eira zu. »Habe ich das richtig in Erinnerung, dass sie vollständig bekleidet war, als man sie fand?«

Eira nickte bloß.

»Und die Todesursache ist … schwierig zu sagen. Rein

äußerlich gibt es keine Hinweise, woran sie gestorben sein könnte.« Seine Hand mit dem Latexhandschuh strich über den weißen Hals der Frau und an der Achselhöhle entlang. »Geschwollene Lymphknoten, besonders links.« Er fuhr mit der Untersuchung fort. »Die Freundinnen sagen, sie habe sich krank gefühlt?«

Eira nickte. »Ja, das stimmt.« Seine Stimme klang in dem sterilen Raum merkwürdig hohl. »Der Arzt am Fundort der Leiche deutete etwas von einer Gehirnhautentzündung an.«

Vennestad runzelte die Stirn. »Schwierige Jahreszeit. Wenn man in dieser arktischen Umgebung Nabelschmuck vorzeigen will, muss man schon abgehärtet sein und darf nicht so leicht frieren.« Mit einer Zange packte er das Piercing am Bauchnabel und knipste es ab. »So.« Das Piercing fiel klirrend in die Metallschale. »Wir haben alle üblichen Untersuchungen durchgeführt. Und Rückenmarksflüssigkeit entnommen. Falls sie eine ernsthafte Infektion hatte, werden wir das auf diese Weise herausfinden. Die Röntgenaufnahmen sind in Ordnung.« Er sah in Augen, Nase und Mund, während er weiterredete. »Kontaktlinsen«, murmelte er, »die rechte sitzt richtig. Die linke ist schwerer zu lokalisieren. Ist vielleicht unters Augenlid gerutscht.« Konzentriert untersuchte er weiter. »Nur eine Linse gefunden.« Er murmelte leise vor sich hin, ehe er weitermachte. »Wir haben auf ihrer Kleidung keine Spuren von Sperma gefunden.« Er führte Wattestäbchen in Vagina und Anus ein. »Das hier müssen wir wohl auch checken, Markussen«, sagte er und überließ die Stäbchen seinem Assistenten. »Eigentlich überrascht mich das, denn vieles deutet darauf hin, dass sie einem sexuellen Übergriff ausgesetzt war, ohne dass wir dadurch allerdings mehr über die Todesursache wissen.« Er hob eine Hand und deutete zur Brust. »Spuren von Bissen an den Brüsten.« Er fuhr mit dem Zeigefinger über die Bereiche. »Jede Menge blaue Flecken oben an den Schenkeln und ein Riss am Anus.« Dann nahm er das Skalpell und legte den Y-Schnitt von den Schultern hinunter zum Schambein.

Eira ließ die Worte auf sich wirken. Unterdessen sah er zu, wie das Skalpell eine dunkle Linie in der hellen Haut hinterließ. Erstaunlich, mit welcher Präzision Vennestad den Schnitt durchführte. Wie oft mochte er das schon getan haben? Eira versuchte an etwas anderes zu denken. An das Präparieren eines Rentierfells oder das Rupfen von Schneehühnern. Nur nicht an sie, die dort lag und gerade mal zweiundzwanzig Jahre alt geworden war. Berger, die auf der anderen Seite des Tisches stand, war blasser als sonst. Sie war neu. Eira hatte vergessen, sie zu fragen, ob sie an das hier gewöhnt war. Dann merkte er, was für eine lächerliche Frage das war. Niemand gewöhnte sich je daran.

Vennestad war verstummt. Eira verfolgte das Tun des Arztes aufmerksam. Den Bereich des Gehirns, der für Gefühle zuständig war, hatte er jetzt abgekoppelt, er konzentrierte sich auf die leise gemurmelten Kommentare, als der Arzt systematisch die Organe der toten Frau untersuchte. Doch als Vennestad den Schädel öffnete, wurde es Eira unter dem grünen Kittel heiß, und er bereute, dass er das Ei nicht trotzdem gegessen hatte, statt nur den Kaffee zu trinken.

»Nichts«, murmelte Vennestad abschließend, als er fertig war; er trat einen Schritt zurück und studierte die Leiche mit vor dem Bauch gefalteten Händen. »Schwanger war sie auch nicht.«

Eira nickte bekräftigend. »Solche Freundinnen wissen zum Glück wirklich viel voneinander. Sie verhütete.«

»Ein Hormonimplantat, das haben die Freundinnen beim Verhör ausgesagt«, kam es von Berger.

Der Gerichtsmediziner hob den Blick und sah sie an. »Ach ja? Etwas Neues?« Er klang verblüfft, entweder weil Berger gesprochen hatte oder weil die Tote mit einem Implantat verhütet hatte, das wurde nicht deutlich.

Sie nickte. »Ganz neu. Es sitzt unter der Haut am Oberarm.« Sie errötete und wandte den Blick ab, als hätte sie etwas Intimes über sich selbst preisgegeben.

»Dann hätten wir das doch sehen sollen, oder? Zumindest die Einstichstelle, wenn es erst vor Kurzem eingesetzt worden ist.« Vennestad betrachtete sorgfältig Beate Mobergs linken Oberarm und fuhr mit dem Daumen an der Innenseite entlang. »Doch, ich kann es spüren, und ich glaube, ihr Körper hat darauf reagiert. Das Gewebe in der Umgebung ist etwas verhärtet.« Er nahm die Vergrößerungslampe und beugte sich darüber. »Da! Der Einstich sitzt genau in einem dunklen Muttermal.« Eine Weile tastete er mit der Pinzette herum, ohne etwas zu finden. »Verflixt schwierig zu erwischen«, murmelte er.

»Leicht einzusetzen. Schwer zu entfernen.« Berger sprach wie eine Expertin.

Vennestad fischte schließlich ein dünnes, plastikähnliches Stäbchen von etwa zwei Zentimetern Länge hervor. Er hielt es in die Höhe. »Sehen die so aus?« Er wirkte äußerst skeptisch und betrachtete es aus allen Richtungen. »Es ist hohl.« Er drehte sich wieder um. »Sind die Hormone in diesem Stäbchen enthalten?«

Niemand im Raum konnte ihm das beantworten. Er legte den Gegenstand in die Metallschale und wandte sich an den Mann, der ihm assistierte. »Markussen, besorgen Sie einen Gynäkologen. Sofort«, kommandierte er. »Erklären Sie das Problem und sagen Sie, ich stünde hier und wartete. Ich will wissen, was die heutzutage in junge Frauen stecken.«

Markussen verschwand, und Vennestad fuhr mit seiner Untersuchung fort. Er war noch nicht weit gekommen, da ging die Tür auf, und ein großer dünner Mann erschien. Er schob sich die blonden Haare unter die Papierhaube und kam langsam näher.

»Nanu, Vennestad. Seit wann interessiert sich Ihre Berufsgruppe für Verhütung?« Er sprach langsam, mit dem nasalen Dialekt der Menschen aus dem Ostland.

Vennestad, der sich noch über den Tisch beugte, warf ihm von schräg unten einen Blick zu. »Ach herrje, *Sie?* Sollte es gelungen sein, Sie aus Ihrem Büro zu locken? Wird die gynäkologische Abteilung jetzt geschlossen?«

»Vorsichtig, Vennestad. Formalin greift das Gehirn an. Sie wissen doch, Lösungsmittel.«

Eira verlagerte das Gewicht auf den anderen Fuß. Er merkte, dass er von diesen internen Späßen unter Ärzten genug hatte.

Der Assistent hatte dem Gynäkologen die Metallschale gereicht. »Ist es das hier, was Sie aus der Patientin geholt haben?«, fragte er. Der humoristische Ton war verschwunden.

Vennestad nickte. »Linker Oberarm.«

»Wo Sie es auch hergeholt haben, ich habe so was noch nie gesehen.« Er ging auf den Flur, wo sein Mantel hing. Einen Augenblick später war er zurück. »Nur zur Demonstration«, sagte er. »Sie sehen hier eine dicke Kanüle, darin liegt das Implantat. Die Kanüle wird eingeführt, das Implantat heraus- und unter die Haut geschoben. Danach wird die Kanüle wieder herausgezogen.« Er hielt ein dünnes Plastikstäbchen hoch, mehr als doppelt so lang wie das, was Vennestad bereits entfernt hatte. »So sieht das Implantat aus. Das Stäbchen, das Sie herausgeholt haben – keine Ahnung, was das ist.«

Eira hatte der Diskussion schweigend zugehört. Er trat einen Schritt vor, nickte kurz und stellte sich vor. »Soll das heißen, dass dieser Gegenstand, der entnommen wurde, keinerlei medizinische Bestimmung hat?«

Der Gynäkologe betrachtete ihn einige Sekunden lang aufmerksam. »Es sei denn, das Teil ist heute Vormittag ganz neu auf den Markt gekommen. In dem Fall habe ich davon noch nichts mitbekommen.«

Vennestad hatte stumm zugehört. Dann verlängerte er den Schnitt in der Haut, wo er das Stäbchen herausgeholt hatte. »Wahrscheinlich befindet sich das eigentliche Implantat ein bisschen weiter drinnen«, murmelte er, »in derselben Gegend.« Tatsächlich zog er etwas heraus und hielt es dem verblüfften Gynäkologen entgegen.

Der nickte. »Ja, das ist es.«

Eira wandte sich an Vennestad. »Was machen Sie mit dem ersten Stäbchen?«

»Ich behandle es als etwas Verdächtiges«, sagte Vennestad langsam. »Natürlich analysieren wir es. Bleibt noch herauszufinden, wie es in ihren Arm gelangt ist.«

Totto sah sich einer Herausforderung gegenüber.

Was er als das perfekte Verbrechen angesehen hatte, unmöglich zu entdecken, war misslungen. Das wenige Millimeter starke Stäbchen unter der Haut des Oberarms hatte nicht entdeckt werden, nicht den Hauch eines Verdachts erregen sollen. Das Muttermal hatte die kleine Wunde des Einstichs verdecken sollen.

Zum Glück schätzte er Herausforderungen, sie waren weitaus stimulierender als Ärger. Sich ärgern blockiert die Kreativität. Hemmt den Gedankenfluss, hemmt Impulse, hemmt alle Prozesse, die durch die Gehirnwindungen wirbeln und geniale Erfindungen und unanfechtbare Lösungen möglich machen.

Wieder waren die Zeichen eindeutig. Dass ausgerechnet Aslak Eira mit den Untersuchungen betraut war, erlaubte besondere Möglichkeiten. Man konnte die funktionierende Polizeimaschinerie von der Spur abbringen. Jedenfalls lange genug, bis er sich umorientiert hatte.

Aslak Eira war als zählebige Natur bekannt, als einer, der bis in alle Ewigkeiten weitermachte, wenn er erst einmal eine Spur aufgenommen hatte. Er hatte die irritierende Tendenz, sich festzubeißen, sich in Details zu vertiefen und sie so lange zu drehen und zu wenden, bis sie einen Sinn ergaben. Darüber konnte er brüten wie eine Legehenne über den Eiern, noch lange, nachdem alle anderen längst aufgegeben hatten.

Zum Glück hat jeder eine Vergangenheit, dachte er, irgendetwas, das man ausgraben und ans Licht zerren kann. Etwas, das sich interpretieren lässt, wenn nötig auch falsch. Was scherte es ihn, wenn es nur seinen Absichten diente?

Eira hatte wahrhaftig eine Vergangenheit. Aus der ließ sich allerhand machen.

Dem Schicksal sei Dank für die Boulevardpresse. Für ihren unersättlichen Hunger nach Sensationen und Skandalen, die uns veranlassen, unser Fähnchen nach dem Wind zu drehen.

Er würde alles ausgraben, was er nur finden konnte. Für Verbreitung sorgen. Eira würde nach und nach seine Glaubwürdigkeit einbüßen, die Aufmerksamkeit würde sich von dem Fall abwenden, und sogar Eiras zähe Zielstrebigkeit würde Risse bekommen. Nicht einmal sein Kopf war bei zu vielen Ablenkungen voll funktionsfähig. Im günstigsten Fall würde man Eira von dem Fall suspendieren.

Er notierte sich systematisch Stichworte zu verschiedenen Ereignissen und spürte, wie sich der Triumph als warmes Gefühl in seinem Körper ausbreitete. *Alta-Staudamm. Stilla im Tverrelv-Tal. Politische Aufsässigkeit. Anketten. Sprengung. Kommunistische Arbeiterpartei AKP.*

Andere, privatere und heiklere Themen lagerten in den Köpfen der Beteiligten, sie ließen sich vielleicht wieder hervorlocken. Außerdem hatte Erinnerung die Tendenz, angenehm unzuverlässig zu sein, war also eine Quelle, die sich leicht manipulieren ließ.

Dann war da noch der Sohn. Aber man musste die Dinge nicht unnötig verkomplizieren.

Den Sohn hatte er immer noch in der Hinterhand, falls alles andere nicht funktionieren sollte. Er hatte sich das Entscheidende über ihn notiert. Über seinen Bekanntenkreis Bescheid zu wissen, konnte sich als nützlich erweisen. Wo er hinging, wenn er ausging. Wann er Proben hatte und nicht zuletzt, wo. Aber noch war er nicht wichtig. Jetzt drehte es sich in erster Line um Aslak Eira.

Er rieb sich den verspannten Nacken und machte mit seiner Arbeit weiter.

10

Die drei jungen Frauen waren so verschieden, dass Aslak Eira sich fragte, wie sie Freundinnen sein konnten.

Lise Becks Kleidung, an den richtigen Stellen maximal ausgeschnitten, war viel zu teuer und exklusiv für eine Studentin. Anniken Ås war mollig und hatte auch den entsprechenden Busen. Sie war in jeder Hinsicht grau – oder eigentlich hellbraun: hellbraunes strähniges Haar, hellbrauner Pulli. Der Hosenbund saß in der Taille, sie trug praktische flache Schuhe. Dagegen war Hilde Samuelsen eine Studie in Exhibitionismus. Haare und Kleidung bildeten ein halluzinatorisches Farberlebnis, das förmlich in den Augen schmerzte.

Berger und Eira beobachteten, wie die drei auf die offene Tür zukamen.

»Ach du liebe …«, stöhnte Kine Berger leise.

»Wir sind alle verschieden, Berger.«

»Die eine hat das Thema für ihre Diplomarbeit bereits gewählt: ›Psychologische Analyse weiblicher Kleiderwahl‹.«

»Und welche?«, fragte er lächelnd, als die drei eintraten. Er merkte, wie er nach Mona Lie Ausschau hielt, aber sie war nicht bei ihnen.

»Irgendwas hatte sie an dem Abend«, rief Anniken Ås,

noch ehe sie sich gesetzt hatten. »Ich habe es euch gleich gesagt. Sie wirkte, als sei sie nicht ganz auf dem Damm. Und außerdem war sie so mürrisch und irgendwie komisch.«

»Genau deshalb müssen wir uns unterhalten«, sagte Eira freundlich.

Lise Beck presste sich ein Taschentuch an die Nase. »Ich hab nicht mal gesehen, dass sie im selben Lokal war wie ich«, sagte sie mit erstickter Stimme. »Ich weiß nichts.«

»Zu mir hat sie nichts davon gesagt, dass sie sich krank fühlte.« Hilde Samuelsen schlug die rosa-grün bestrumpften Beine übereinander und strich mit beiden Händen über den Minifaltenrock. »Sie war allein, und ehrlich gesagt hab ich geglaubt, dass sie deshalb gegangen ist.« Sie strich immer weiter über die Falten ihres Rocks, ohne den Blick zu heben.

»Was war mit dem Verhütungsmittel, hatten Sie sich darüber unterhalten?«

Plötzlich starrten ihn alle drei an, als sei er ein archäologisches Fundstück. »Hören Sie mal, so lange haben wir uns nicht gekannt«, fing Anniken Ås an.

»Außerdem ist das nun nicht gerade der *big deal,* was man zur Verhütung benutzt.« Lise beugte sich vor. Der Ausschnitt ihres hautengen Tops schien den Busen kaum noch halten zu können. »Und wenn man neu hierher kommt zum Studium, sagt man doch nicht gleich: ›Hej, ich bin Lise Beck, nehm die Pille, und wer bist du?‹« Sie verdrehte die Augen.

Berger richtete sich etwas auf. »Das mag ja sein. Aber wir sind gezwungen, Ihnen Fragen zu stellen, die Ihnen selbstverständlich oder vielleicht auch sehr persönlich vorkommen. Hatte Beate Moberg erwähnt, dass sie beabsichtigte, sich ein Hormon-Implantat einsetzen zu lassen? Und nicht zuletzt, von wem?«

Die drei sahen sich an.

»Sie hat mir gesagt, dass sie darüber nachdachte«, sagte Hilde Samuelsen schließlich. »Wir haben ein bisschen hin und her diskutiert, das war im Grunde alles. Mehr weiß ich nicht.« Sie sah Eira an. Sie schien ein sehr direkter Mensch zu sein. Uneitel, selbst wenn sie sich die Haare lila und schwarz färbte und sich exzentrisch kleidete.

»Hatte sie einen Freund?«

Die Mädchen tauschten schnell einen Blick, dann sahen sie weg. Zwei studierten ihre Schuhspitzen. Die eine trug Gucci mit Pfennigabsätzen, die andere schwarze Schnürstiefel mit Traktorsohlen.

»Sie war auf dem Markt unterwegs und orientierte sich, sagen wir mal so«, sagte Anniken endlich und presste die Hände zwischen den Knien zusammen.

»Sie war bei den Jungens sehr beliebt«, sagte Hilde einfach. »Sie hatte die freie Wahl.« Achselzuckend sah sie ihn an. »So habe ich das beobachtet. Details kenne ich keine.«

»Sie haben Beate Moberg an dem Abend, an dem sie verschwunden ist, unterwegs getroffen?«

Zwei Köpfe nickten gleichzeitig. Anniken und Hilde sahen sich unsicher an. Hilde Samuelsen ergriff wieder das Wort. »Ich hab mit ihr geredet, aber nur ganz kurz. Es war an dem Abend irre voll, man konnte unmöglich mitbekommen, wer mit wem redete. Es herrschte ein einziges Gedränge.«

Lise nickte nur. »Ich hab gar nicht gemerkt, dass sie da war«, wiederholte sie.

»Ich … ich hätte vielleicht aufmerksamer sein sollen.« Anniken schluckte mehrmals schwer, ehe sie fortfuhr: »Sie war auf dem Heimweg, und sie sagte, sie fühlte sich nicht gut.«

»Okay.« Berger klappte ihren Notizblock zusammen, die Seite war so gut wie leer. »Beate Moberg wirkte an dem Abend krank, aber haben Sie irgendeine Idee, was ihr fehlte?« Alle drei schüttelten den Kopf. »Sie haben sie vorher nicht krank gesehen?«

»Sie war nie krank. Höchstens mal einen Tag oder so.«

»Insgesamt wissen Sie also nichts über Beate Moberg, was wir wissen müssten?«

Die Mädchen schüttelten die Köpfe.

Die folgende Stille beendete das Verhör.

»Wir haben soweit kein Motiv feststellen können. Beate Moberg hatte gerade angefangen zu studieren.« Eira sah Berger mit gerunzelter Stirn an. »Für die Selbstmordtheorie gibt es auch keine Anhaltspunkte. Psychologiestudentin, hatte bisher nie was mit Drogen zu tun und auch sonst keinen Eintrag im Strafregister. Die wir verhört haben, sagten alle, sie habe physisch und psychisch gesund gewirkt.« Er schüttelte den Kopf. »Der Ordnung halber müssen wir den Hintergrund von allen vieren noch mal überprüfen: ihre Führungszeugnisse checken, Vorstrafen, Auffälligkeiten, was auch immer.« Er blätterte nachdenklich in den Papieren, die vor ihm lagen.

»Wie lange werden die brauchen, um das Stäbchen zu analysieren, das Vennestad in ihrem Oberarm gefunden hat?«, fragte Berger.

»Ich nehme an, dass wir das Ergebnis in den nächsten Tagen erfahren.«

»Es liegen nur ein paar hundert Meter zwischen ihrem Zimmer und der Bank, wo wir sie gefunden haben.«

»Die große Frage ist doch, was passierte, nachdem sie das Driv verlassen hatte. Ob sie überhaupt nach Hause gekommen ist.«

»Du redest, als sei sie ihrem Mörder begegnet.«

Eira nickte. Er hatte sich von dem Gedanken eines natürlichen Todes innerlich bereits verabschiedet. Deutete nicht die ganze Situation darauf hin, dass etwas nicht stimmte? Die Frau, die tot auf einer Bank saß. Das dubiose Stäbchen im Arm. Die Anzeichen sexuellen Missbrauchs. Aber war sie dort am See ermordet worden? Oder hatte der Mörder sie an einem anderen Ort umgebracht und dann zur Bank am Prestvannet gebracht?

Eira hatte am Ende viel mehr Fragen als Antworten.

11

»Wir sind der Ansicht, dass sie irgendetwas bekommen haben muss, Eira. Irgendwelche Medikamente oder Giftstoffe. Unsere Annahme gründet sich in erster Linie auf dieses zusätzliche Stäbchen, das wir in ihrem Arm gefunden haben.« Drei Tage waren vergangen, und Vennestad gab gerade die vorläufigen Ergebnisse telefonisch durch. Die inneren Organe wiesen nachweislich Veränderungen auf. Man hatte eine Infektion vermutet, aber keine Bakterien im Körper gefunden, die diese Vermutung untermauern würden.

Der Arzt war Schritt für Schritt die Untersuchungen und ihre Ergebnisse durchgegangen. Am Schluss machte er eine Pause. »Eine aufmerksame Kollegin hast du da, alle Achtung. Solche Implantate können tief eingesetzt und daher schwer aufzuspüren sein. Ehe nicht die Ergebnisse der Analysen vorliegen, wissen wir ja nicht genau, was wir da vor uns haben. Aber einen natürlichen Todesfall können wir schon jetzt ausschließen.«

Es war nachts um halb zwölf gewesen, als zuletzt jemand Beate Moberg gesehen hatte. Sie hatten sämtliche Studenten aus dem Wohnheim verhört. Die meisten waren an dem Abend unterwegs gewesen, und in dem Stockwerk, in dem auch Beate wohnte, hatte in einem der Zimmer eine Party stattgefunden. Aber keiner konnte sich erinnern, gesehen zu haben, dass sie nach Hause kam.

Eira rief Berger zu sich ins Büro und berichtete ihr von Vennestads Erläuterungen. »Entweder freiwillig oder unfreiwillig ist sie mit irgendwem mitgegangen. Ich tippe mal, dass sie irgendwo einige Tage lang gefangen gehalten wurde.«

»Von jemandem, den sie kannte?«

»Vielleicht. Aber es ist schon merkwürdig, dass sie freiwillig mit jemandem mitgegangen sein soll, vor allem, wenn sie sich doch krank fühlte.« Er schüttelte den Kopf.

»Ich fürchte, dass ihr da einer auf ganz andere Weise geholfen hat, als sie es sich erträumte.«

Eira rieb sich mit dem Zeigefinger die Nase. »Die medizinische Untersuchung konnte kein Sperma an der Frau nachweisen, auch nicht an ihrer Kleidung. Also keine DNA.« Er stand auf. »Beate Moberg war höchstwahrscheinlich schon tot, als jemand sie auf dieser Bank platziert hat. Es könnte durchaus sein, dass sich der Mörder die Mühe gemacht hat, sie dort hinzubringen und sie dann in dieser Stellung zu drapieren. Das muss strapaziös für ihn gewesen sein. Und obendrein äußerst riskant.«

»Aber warum um alles in der Welt? Warum soll er das getan haben?«

»Weil wir sie finden sollten.« Er fand die Antwort logisch, aber Bergers Gesichtsausdruck verriet ihm, dass eine solche Theorie bei ihr wenig Unterstützung fand. »Ich glaube, er hat uns unterschätzt. Er hat geglaubt, wir würden die Leiche finden, aber nicht das Stäbchen.«

Eira blieb nachdenklich an seinem Schreibtisch sitzen, nachdem Berger gegangen war. Er blätterte in den Protokollen und sah sich die Fotos an. Eine Porträtaufnahme zeigte eine lächelnde Beate Moberg. Ihre Augen strahlten, selbstsicher und charmant blickte sie in die Kamera. Das superkurze blonde Haar betonte die femininen Gesichtszüge.

Er blätterte weiter und studierte die Fotos, die gemacht worden waren, nachdem man sie tot vor der Bank gefunden hatte. Sie lag etwas verdreht auf dem schmutzigen Schnee in der Nähe des Ufers, das zum Wasser hin leicht abfiel. Der Hals leuchtete lang und weiß, die Augen standen offen und starrten leer in die Kameralinse. Man hatte sie aus allen Richtungen fotografiert. Aus der Nähe und mit Abstand. Etwas unterhalb lag die Wasserfläche wie ein schwarzer Spiegel, und nackte Zweige schienen wie warnende Finger auf die Tote zu deuten.

Die Fotos berührten ihn, zwanzig Jahre bei der Polizei hatten daran nichts ändern können. Beate Moberg war jung gewesen. Sie hatte Psychologin werden wollen, sie hatte doch ihr Leben gerade erst begonnen. Sie war in einem Lokal gewesen und beobachtet worden, als sie es allein verließ. Seither hatte niemand sie mehr lebend gesehen.

Mit Ausnahme des Mörders, dachte Eira und schloss langsam den Aktendeckel.

12

Eira ging zu Fuß die Storgata hinunter. Es war erst halb vier, doch ein frustrierender Arbeitstag lag hinter ihm, und er wollte einfach nur nach Hause.

Er senkte den Kopf gegen den Wind und stopfte die Hände tief in die Jackentaschen, damit sie wieder warm wurden. Er fühlte sich, als steckte ihm seit letztem Sonntag in dem kalten Obduktionssaal der Frost in den Knochen. Im Zickzack bewegte er sich durch den Strom von Menschen, passte auf, mit den hochgezogenen Schultern nicht an jemanden zu stoßen oder gar Damen in viel zu dünnen Schuhen auf die Zehen zu treten. Er überquerte die Straße. Die Hände zog er erst aus der Tasche, um bei Delikatessen

Helmersen ein paar Dinge zu besorgen und einen schwarzen Kaffee zu trinken. Aus den hinteren Räumen duftete es nach gegrilltem Lammfleisch und so etwas wie Fenchel. Gerüche, bei denen ihm normalerweise das Wasser im Munde zusammengelaufen wäre, die ihm heute aber nur Übelkeit bereiteten.

Nachdem er eingekauft hatte, wandte er den Delikatessen in der Theke den Rücken zu und nahm einen der vier Sitzplätze, die es hier gab, in Beschlag. Die Tüte mit den Filetsteaks und der frischen Pasta für Niillas' Geburtstag stellte er vor sich ab. Das Lieblingsessen seines Sohns. Das vergaß er nie.

Als er von der Obduktion gekommen war, hatten die Journalisten schon mit ihren Fragen auf ihn gewartet. Ihre Spürnasen hatten sogleich Unheil gewittert, als bekannt wurde, dass man die Studentin Beate Moberg tot aufgefunden hatte. Etliche hatten sofort den Fall vom letzten Jahr damit in Verbindung gebracht, das Verschwinden der Schwedin Marie Bengtsson.

Schon wurden in den Medien Spekulationen laut. Es war immer ein Problem, ihnen gerade so viel zu geben, dass sie sich fürs Erste beruhigten und nicht jetzt schon zu sensationshungrig wurden.

Er blickte auf das schwarze Getränk und sah zu, wie die Bläschen von der Oberfläche verschwanden. Die Kriminalpolizei hatte ein paar telefonische Hinweise bekommen, aber weitaus weniger, als man erhofft hatte. Nichts davon hatte sie bisher weitergebracht. Sie hatten die Freundinnen befragt sowie sämtliche Hochschullehrer des Mädchens. Alle kamen zu demselben Schluss. Beate Mobergs Tod war ihnen unbegreiflich. Nichts hatte darauf hingedeutet, dass etwas nicht stimmte. Seit der Nacht, als sie verschwunden war, hatte es auf ihrem Konto keinerlei Bewegung gegeben.

Er trank seinen Kaffee aus und war im Begriff zu gehen, als die Tür aufging und eine bekannte Gestalt hereinkam.

»Aslak, wie nett.« Es war Birger Krogh. Er hatte bei einer kleinen radikalen Zeitung im Westland als Redakteur gearbeitet. Vor drei Jahren war er in den vorzeitigen Ruhestand gegangen. Mit 58 hatte er angefangen, an der Universität Staatswissenschaften zu studieren.

Eira fragte sich, wie viele wohl noch herumliefen, die ebenfalls vor 25 Jahren an den Unruhen teilgenommen hatten, als es um den Bau des Alta-Staudamms ging, und die sich noch an ihn erinnerten. »Ich wollte gerade gehen.«

»Doch nicht jetzt. Ich brauche Gesellschaft.« Krogh musterte Eira durch seine Nickelbrille. Seine Haut war wie gegerbtes Leder, und sein Haarkranz verriet, dass er nicht jeden Tag duschte. Er roch bereits um diese Tageszeit nach Bier.

»Filetsteaks?« Er hatte Eiras Einkaufstüte aufgemacht und hineingeschaut.

»Festessen«, erwiderte Eira kurz.

»Du hast ja feine Gewohnheiten angenommen. Schluss mit Dosensuppen und in Kaffee eingeweichtem Trockenfleisch?« Krogh stopfte sich die Pfeife, zündete sie aber nicht an. »Verdammtes Rauchergesetz.«

Eira setzte sich wieder und starrte auf die Menschen, die draußen vorbeigingen. Er hörte Krogh schwatzen, über den gefälschten Bootsführerschein des Millionärs Kjell Røkke und über Kaufmann Hagen, der Prinzessin Märta ein Reitpferd geschenkt hatte, und über Demokratien, die schon im Ansatz faul waren. Lauter viel zu alte und überholte Themen, als dass Eira Lust gehabt hätte, sich auf ein Gespräch einzulassen. Kroghs Stimme war heiser und monoton, und sie machte ihn schläfrig, wie sie es schon immer getan hatte.

Eira starrte hinüber zu dem roten Backsteingebäude der Bank auf der anderen Straßenseite. Er ließ den Blick nach Süden zur Domkirche wandern und weiter bis zu dem kleinen Holzhaus mit dem Feinschmeckerrestaurant Emmas

Traumküche. Sich wegzuträumen, Krogh einfach weiterschwatzen zu lassen, bis er irgendwann das Interesse verlieren und gehen würde, fiel ihm nicht schwer. Aber plötzlich änderte er seine Meinung und fragte den ehemaligen Journalisten: »Würdest du eine Tochter hier in der Stadt nachts allein losziehen lassen?«

Krogh paffte mit der kalten Pfeife. »Na ja. Doch, schon.« Er sah Eira an. »Spielt es denn eine Rolle, ob hier oder woanders?«

»War nur eine Frage.«

Krogh kniff ein Auge zusammen, als würde ihn imaginärer Rauch dazu zwingen. »Die Bordelle zu legalisieren wäre eine Lösung.« Der Blick, mit dem Eira ihn anstarrte, drückte Verachtung und Mitleid aus. »Wessen Interessen bedeuten dir in dem Fall eigentlich am meisten?«

Krogh nahm endlich die nervige Pfeife aus dem Mund. »Bordelle holen die Prostituierten von der Straße. Schafft organisierte und klare Bedingungen für Prostitution, und das Geschäft wird vorhersagbar, und die Übergriffe auf junge Frauen gehen zurück.«

»In was für einer Traumwelt lebst du eigentlich«, schnaubte Eira.

Krogh legte ihm eine knochige Hand auf den Arm. »Begreifst du denn nicht, was rings um dich vor sich geht? Du scheinst ja keine Ahnung zu haben. Bist du wirklich so ein Naivling? Schon die Kleinsten stehlen, um sich die richtigen Statussymbole zu beschaffen. Und die Mädchen treffen längst im Internet Verabredungen und verkaufen sich an Männer, während ihre Eltern immer noch glauben, sie seien in der Tanzstunde oder beim Geigenunterricht.«

Eira stand auf. Bis ins Zwerchfell spürte er seine Abscheu Krogh gegenüber. »Krogh, ich bin bei der Kriminalpolizei. Das ist doch alles längst bekannt.« Er wandte sich zur Tür, Krogh folgte.

»Aslak, ich glaube fast, du bist im innersten Kern weich geworden.«

»Du bist nie auch nur in die Nähe meines innersten Kerns gekommen, Krogh.« Er lächelte schwach.

Doch Krogh redete einfach weiter: »Wenn ich eine Tochter hätte, würde ich mich überhaupt nicht sicher fühlen«, sagte er langsam. »Alle spielen doch verrückt. Egal welche soziale Klasse oder Schicht, ob mit oder ohne Geld oder Status. Da ist das Studentenmilieu nur eines unter vielen. Ich habe natürlich von der toten Studentin gehört.« Die Pfeife steckte wieder zwischen seinen Zähnen. »Die Welt der Jungen ist eine andere als die, über die wir Alten trotten. Internet und Cyberspace haben uns die Jungen entfremdet. Wir Alten stehen doch noch hier mit Donald Duck in der Hand. Und über allem thront der Profit.« Bevor er die Tür öffnete, zündete er ein Streichholz an. Seine Augen leuchteten gelb auf, als der Tabak mit großer Flamme anbrannte. »Ach ja, Aslak. Ich glaube, die Welt ist gefährlicher geworden. Wir fühlen uns hier fremd. Für nichts gibt es mehr Grenzen. Gewalt und Gier nehmen unablässig zu. Klar passieren da Morde.« Er nahm die Pfeife aus dem Mund. »Aber das Pils schmeckt noch genauso gut wie früher. Wollen wir uns eins genehmigen?«

Eira wehrte ab, schützte Arbeit vor. »Halt Augen und Ohren offen«, sagte er nur.

Erleichtert ließ er Krogh stehen. Aber der Mann konnte nützlich sein. Er war immerzu in der Stadt unterwegs und redete mit den unterschiedlichsten Menschen. Wenn es irgendwelche Gerüchte gäbe, hätte Krogh bestimmt von ihnen gehört. Er hatte ihn nicht direkt danach gefragt. Aber Krogh brauchte immer Geld und lebte davon, sich als freier Journalist ein Zubrot zu verdienen. Wüsste Birger Krogh etwas, würde er die Story dem Meistbietenden verkaufen.

Das war nicht passiert.

13

Eira war am nächsten Morgen kaum in der Tür, da klingelte das Telefon. Thomassen von der kriminaltechnischen Abteilung der Landeskriminalpolizei war am Apparat.

»Dieses Röhrchen, das ihr uns geschickt habt«, sagte er ernst, »das war neu für mich.« Seine Stimme klang wie immer etwas nasal. Er blätterte offenbar in den Unterlagen, denn es raschelte in der Leitung.

»Und was habt ihr gefunden?«

»Ricin, stellen Sie sich das vor.«

»Ricin?« Eira überlegte. Dann dämmerte es ihm. »Das Gift?«

»Pflanzengift. *Ricinis communis.* So giftig, dass Sie mit einem Gramm die Hälfte der Einwohner von Tromsø umbringen könnten. Gehört heutzutage mit zu den viel diskutierten Stoffen. Zum Beispiel im Zusammenhang mit diesen hysterischen Diskussionen um mögliche Terrorangriffe.«

Eira starrte auf die Buchstaben, die er auf seinen Notizblock gekritzelt hatte. »Wie um Himmels willen kommt man an so was ran?«

»Ich bin kein Botaniker, Eira. Da müssen Sie schon andere fragen. Ich kann Ihnen nur sagen, dass in dem Plastikstäbchen, das übrigens ein hauchdünner kleiner Plastikkatheter war, wie man ihn überall kaufen kann, dass wir darin Ricin gefunden haben.« Er schwieg einen Moment. »Wir haben hier natürlich auch darüber gesprochen; ein Kollege meinte, es könnte aus den Bohnen dieser Pflanze gewonnen werden.« Er räusperte sich. »Verdammt findiges Ungeheuer, mit dem ihr es da zu tun habt, Eira. Wie weit habt ihr den Täter eigentlich schon eingekreist?«

»Glaube nicht, dass die passende Maßeinheit für diese Art von Entfernung schon erfunden ist«, sagte Eira. Er schloss die Augen und rieb sie mit Daumen und Zeigefinger. Dann umkringelte er das Wort, das er gerade auf den Block geschrieben hatte. Das Gefühl, sich einer wirklich infamen Teufelei gegenüberzusehen, verstärkte sich. »Wir wissen noch viel zu wenig, fürchte ich.«

Er stützte den Kopf schwer auf die Hand und beendete das Telefongespräch. Da, wo ein Verhütungsmittel platziert worden war, hatte man zusätzlich ein Röhrchen mit einem extrem wirkungsvollen Gift gefunden. Er zermarterte sich den Kopf, um einen gescheiten Ansatz für das Problem zu finden. Botanik war das eine. Wie ein Gift tötete, etwas anderes. Aber er kannte nicht besonders viele Mediziner. Er überlegte hin und her, welche Personen eventuell in der Lage wären, auf diesem Gebiet etwas Vernünftiges beizutragen. Er wollte schon aufgeben, als ihm plötzlich Dr. Gerhard Eng einfiel. Eng war ein alter Kumpel von früher, von damals, als er sich noch mehr für gesellschaftliche Themen engagiert hatte als heute. Er griff nach dem Telefon und rief im Krankenhaus an. Dr. Eng war immer schon um halb acht da. Er nahm das Gespräch im OP entgegen.

»Ricin?«

Eira konnte hören, dass er mit Mundschutz sprach.

»Rufst du mich nach zwanzig Jahren Funkstille an und redest von Gift? Einem Gift, das in Zusammenhang mit biologischer Kriegsführung und Sabotage und Massenvernichtung und so weiter diskutiert wird?«

»Das Gift, Gerhard. Erzähl mir was darüber. Über alte Zeiten reden wir dann ein andermal. Ich will wissen, wie der Körper darauf reagiert.«

Eng schwieg zwei Sekunden. Eira hätte sicher zu keinem ungünstigeren Zeitpunkt anrufen können, aber er fragte sich, ob es bei einem Arzt eigentlich überhaupt je passte. Im Hintergrund hörte er das Stimmengewirr der Menschen, die einen Patienten unter Narkose auf die Operation vorbereiteten.

»Ich habe dafür jetzt wirklich keine Zeit«, sagte Eng kurz. »Vielleicht später. Im Augenblick geht es hier rund. Ich muss los.« Im nächsten Augenblick vernahm Eira ein Tuten in der Leitung – Eng hatte aufgelegt.

Die Stimmung im Besprechungsraum war düster, als Eira eine Stunde später das Ergebnis der kriminaltechnischen Analyse vorstellte.

»Ricin?« Polizeidirektor Hagen kratzte sich nachdenklich am Hinterkopf. »Wie beschafft man sich das?« Eiras Vorgesetzter, ein kompakter Mann Mitte fünfzig mit graumeliertem Haar, war nicht für große Gefühlsausbrüche bekannt. Sein von Wind und Wetter gegerbtes Gesicht zeigte ausnahmsweise einmal einen erstaunten Ausdruck. »Könnte das jemand irgendwo in den eigenen vier Wänden produzieren?«

»Warum nicht?« Berger hatte sich mittlerweile etwas eingewöhnt, was man besonders daran merkte, dass sie sich viel lebhafter an Diskussionen beteiligte als noch in den ersten Wochen. »Die Norweger haben doch eine lange Tradition im heimischen Brennen von Schnaps. Vielleicht einer, der von selbst gebranntem Schnaps zu selbst gebrautem Gift aufgerückt ist?«

»Das Röhrchen war so winzig, man muss es wohl fast schon als Zufall bezeichnen, dass es überhaupt entdeckt wurde«, hob Eira hervor.

»Hätte er das Gift nicht einfach in der üblichen Weise spritzen können und fertig?«, fragte Berger. »Warum dieser ganze Aufwand mit dem Röhrchen?«

Eine ganze Weile sagte niemand etwas. Dann meinte Eira: »Von Injektionen verstehe ich nichts. Aber ich könnte mir vorstellen, dass es nicht alles in flüssiger Form gibt. Vielleicht war der Stoff gekörnt, pulverisiert, breiig. Weil das Gift keine Kanüle passieren konnte, hat der Mörder es eben in eine hauchfeine Röhre gefüllt und diese dann wie ein Hormon-Implantat eingesetzt.« Er blickte in die Runde, aber keiner hatte einen besseren Vorschlag. »Der Mörder wollte ganz einfach sichergehen, dass die Dosis für sie ausreichend war«, sagte er abschließend und zog den Notizblock näher zu sich heran.

»Beate Moberg ist an diesem Abend nicht weit gekommen«, stellte Henriksen fest. Er war einer der Kriminalkommissare, ein magerer, großer Mann mit einem langen Pferdegesicht und einer Sechzigerjahrebrille. Jedenfalls hatte Eira nicht gesehen, dass der Mann je die Brillenfassung gewechselt hätte. Zum ersten Mal waren sie anlässlich einer erregten Diskussion in einem Forum zum Alta-Staudamm aufeinandergetroffen. Henriksen war damals beim Militär gewesen, ultrakonservativ und ein eingeschworener Anhänger des Staudammprojekts. Die Art, wie er beim Reden den Kopf leicht zur Seite und nach hinten neigte, als messe er etwas von oben herab, war immer noch dieselbe. Und die Tendenz, andere zu unterbrechen, anderen ins Wort zu fallen, ohne wirklich Entscheidendes zur Diskussion beizutragen, ebenfalls. Offenbar hatte sich seit damals nichts an ihm verändert.

Eira hatte für einen Augenblick den Faden verloren. »Hm … Richtig. Sie hat jemanden getroffen. Aber ob sie freiwillig mitgegangen ist oder nicht, das bleibt offen.«

»Klingt nicht unbedingt nach Traumprinz«, murmelte Berger. »Ein Typ, der einen gemütlichen Abend mit einer Dosis Pflanzengift abschließt. Unglaublich.«

Eira warf ihr einen Blick zu. »Kine Berger, mir scheint, du weißt beängstigend wenig über Traumprinzen. Außerdem steckte das Gift vielleicht zu diesem Zeitpunkt bereits in ihr, da sie sich schon früher am Abend schlecht gefühlt hatte.« Er blätterte in seinem Notizblock. »Ich habe heute Morgen versucht, etwas über das Gift herauszufinden. Niemand konnte mir bisher eine vernünftige Auskunft geben. Es sieht aber ganz so aus, als dauerte es mindestens einen

Tag, wenn nicht mehrere, um jemanden mit Ricin umzubringen.«

»Reizender Gedanke«, murmelte Berger. »Und wie sollen wir nun diesen Medizinmann ausfindig machen? Ricin ist wohl kein Stoff, der normalerweise in den Kühlschränken der Arztpraxen zu finden ist?«

»Das muss wohl eher so eine Art Hexendoktor sein. Baut Giftpflanzen an und braut in seiner Küche gefährliche Essenzen. Vielleicht ein Schamane?« Henriksen lachte herzlich. »Darüber weißt du vielleicht Bescheid, Eira?«

Eira hatte plötzlich einen angestrengten Zug um den Mund, und als er sich zu Henriksen umdrehte, waren seine Nackenmuskeln angespannt.

Noch ehe er den Mund aufmachen konnte, hatte Polizeidirektor Hagen schon das Wort ergriffen: »Absolut *alle* in der Umgebung der Studentin werden als Nächstes aufgesucht und verhört. Tür-zu-Tür-Aktion in der gesamten Umgegend ist angesagt. Die Nachbarn im Studentenwohnheim könnten etwas gesehen haben. Kurz und gut: Hier ist mehr als genug zu tun. Eira, du übernimmst die Koordination. Und wir wägen regelmäßig neu ab, ob die Landeskriminalpolizei eingeschaltet werden muss.«

14

Er verließ die Arztpraxis, wo er eine junge Ärztin schockiert und kopfschüttelnd zurückließ. Eira hatte sie mit den Ergebnissen der Analysen konfrontiert. Die Allgemeinmedizinerin hatte Beate Moberg nur ein einziges Mal getroffen. Die Studentin war bei ihr gewesen und hatte sich ein Rezept für ein Verhütungsstäbchen abgeholt. Wer das Implantat eingesetzt hatte, wusste die Ärztin nicht. Sie hatte Beate Moberg nie wieder gesehen.

Auf dem Weg zum Auto kam Eira an einem Zeitungskiosk vorbei. Als sein Blick auf die Schlagzeilen fiel, blieb er abrupt stehen. Das Interesse der lokalen Zeitungen ging jetzt offenbar weit über den Mordfall hinaus. In großen Lettern stand da: FRÜHERER MILITANTER AKTIVIST ERMITTELT IN MORDFALL.

Die großen überregionalen Zeitungen waren in ihren Aussagen moderater. Der Mordfall war auch da auf der ersten Seite gelandet, aber beim ›Dagbladet‹ nahm er nur ein Drittel des Platzes ein. »NACKTMODELL AISHA ALLERGISCH GEGEN SILIKONEINLAGEN. SCHÖNHEITSCHIRURG ANGEKLAGT«, war dort die größere Neuigkeit.

›VG‹ hatte den Mord oben rechts in die Ecke geschoben: »Junge Studentin Opfer eines Giftmords?«

Während er noch in der regionalen Zeitung ›Nordlys‹ blätterte, merkte er, dass jemand hinter ihm stand.

»Schlechte Zeiten, wie?«

Er erkannte die Stimme und drehte sich um. Tatsächlich, Birger Krogh. Schon wieder. Dieses Mal brannte die Pfeife. Das war der Fluch kleiner Städte, man lief sich dauernd über den Weg.

»Könnte bestimmt schlechter gehen.« Er hatte keine Lust, schon wieder mit Krogh zu diskutieren, auch wenn dessen lästige Neugier ihn natürlich zu einem interessanten Informanten machte. Andere, mit denen er redete, fragte er ja genauso aus. Deshalb fuhr Eira etwas verbindlicher fort: »Kommt im Übrigen darauf an, was du meinst.«

»Dass du gerade kräftig Wind von vorn bekommst. Mit dem Fall kommt ihr doch nicht weiter, wenn ich das richtig sehe.« Er paffte und ließ die Pfeife zwischen den Zähnen hängen.

»Ehemaliger samischer Aktivist. Alter Kontakt bestätigt die Verbindung des Kriminalhauptkommissars Aslak Eira zu radikalen Gruppierungen in den Achtzigern«, las Eira laut vor. Es gelang ihm, seine Stimme neutral zu halten. »Gut, dass da nicht steht ›alter Freund‹«, sagte er mit mühsam unterdrücktem Ärger.

»Nach dem, was da steht, vermute ich mal, dass du der Informant warst.«

»Na, na, Aslak. Nicht so empfindlich. Du stehst nun mal im Licht der Öffentlichkeit. Da musst du es auch ertragen können, wenn sich die Aufmerksamkeit auf dich richtet.« Krogh kniff ein Auge zu. Das war immer schon ein schlechtes Zeichen gewesen, erinnerte sich Eira. »Ich wüsste Saftigeres von dir zu berichten. Oder hast du vergessen, wie du vor dem Parlament in Oslo das Samenzelt aufgebaut und mit Hungerstreik gedroht hast? Wen schert es denn heute, ob du damals zu den Liberalen oder den Extremisten gehört hast?« Er gestikulierte und deutete mit der Pfeife auf die Schlagzeilen der Zeitungen. »Die Leute interessieren sich nicht für Politik. Die wollen viel lieber wissen, womit und mit wem ihr euch in dem Zelt vor dem Parlament die Zeit vertrieben habt.«

Das folgende Schweigen war geladen. Die beiden Männer starrten sich aufgebracht an. Abrupt nahm Eira die Zeitung an sich und bezahlte. Im Weggehen drehte er sich noch einmal um. »Hast du Informationen zu der Ermittlung, von denen wir nichts wissen?« Auf Kroghs Tendenz, auch Geheimnisse zu verraten, wenn sich auf die Weise etwas verdienen ließ, war Verlass.

»Ich lese halt die Zeitungen. Die Leute reden doch. Eine der überregionalen Tageszeitungen hat sogar einen kleinen Artikel gebracht, wo an das Verschwinden der Schwedin vom letzten Jahr erinnert wird. Da seid ihr doch auch zu keinem Ergebnis gekommen. Die fragen sich halt, ob sich das jetzt vielleicht wiederholt.«

»Hast du denn bei deinen Leuten etwas über Beate Moberg gehört?«

Krogh biss an. »Dies und das, aber meistens Räuberpistolen. Zum Beispiel, dass sie in lukrative Geschäfte verwickelt war. Häusliche Pflegedienste, um es mal so auszudrücken.« Er hustete. »Da kann man ja in alles Mögliche geraten.«

»Häusliche Pflegedienste?« Er merkte es, als er es aussprach. »Verdammt, Krogh! Stehst du denn nur rum und redest Scheiße?«

»Nicht zu fassen, was für ein Jammerlappen aus dir geworden ist. Ist doch ein hübsches Zusatzeinkommen für so eine Studentin. Sexy Lady übrigens, du hast ja keine Ahnung.« Er lächelte verschlagen wie ein Fuchs mit seinen gelben Zähnen.

Eira starrte ihn an und spürte Widerwillen und Abscheu in sich aufsteigen. »Nicht ganz deine Altersklasse, oder?« Er konnte es sich nicht verkneifen. Der Mann hatte doch etwas durch und durch Abstoßendes.

Krogh lachte sein heiseres Lachen. »Eira, ich erkenn dich ja kaum wieder. Was für ein prüder alter Mönch ist denn aus dir geworden? Man sieht dich auch nie mehr zusammen mit Frauen, aber alle, die dich kennen, wissen schon, dass du es mindestens einmal gemacht hast. Hat das vielleicht gereicht? Na, na, war nur ein Scherz.« Er packte Eiras rechten Arm, als er sah, wie der die Hand zur Faust ballte. »Es heißt ja, man soll sich nie mit einem Samen überwerfen. Die können einen nämlich verfluchen und auf ewig Unglück über einen bringen. Stimmt's etwa nicht?«

Eira riss seinen Arm los. »Fahr zur Hölle, Krogh.« Er stopfte sich die Zeitung in die Jackentasche. Auf dem Weg zum Auto hörte er noch lange das heisere Lachen hinter sich. Er beschloss, Krogh in der nächsten Zeit überwachen zu lassen.

Glücklicherweise hatte Eira nicht jeden Tag mit Pathologen und Rechtsmedizinern zu tun. Aber wenn es denn sein musste, dann zog er es vor, den Kreis so klein wie möglich zu halten. Am liebsten war ihm der Chef, Oberarzt Vennestad. Oder Lindberg. Der Mann schien immer da zu sein, früh und spät. Dadurch war er verfügbar, und etwas Positiveres fiel Eira zu einem Arzt so leicht nicht ein.

»Dr. Lindberg ist unten, wo unterrichtet wird.« Der Mann, der seinen Kopf aus der Tür des angrenzenden Büros steckte, nachdem Eira bei Lindberg angeklopft hatte, stellte sich als Åge Markussen vor. »Er hat eine Vorlesung«, ergänzte er und lächelte gewinnend wie ein Staubsaugervertreter. Als Eira ihm zur Begrüßung die Hand gab, erinnerte er sich wieder an ihn. Der Mann hatte dem Oberarzt bei Beate Mobergs Obduktion assistiert.

Er mochte etwa Anfang dreißig sein, war mittelgroß und eher sehnig als mager. Die relativ dünnen Haare hatte er aus dem langen schmalen Gesicht gekämmt und zu einem Pferdeschwanz gebunden. Er trug unter dem Laborkittel T-Shirt und saubere Jeans. Mit dem Lederriemen um den Hals sah er aus wie eine auf Hochglanz polierte, weißbekittelte Ausgabe eines Hippies aus den Siebzigern.

Eira blickte unschlüssig über den leeren Flur. Er war auf der Suche nach jemandem, der etwas über Ricinvergiftung wusste.

»Kann ich Ihnen helfen?« Åge Markussen trat aus dem Büro und schloss die Tür hinter sich. »Vielleicht könnten Sie mit jemand anderem reden? Statt Lindberg, meine ich. Zum Beispiel Vennestad?«, schlug er vor, noch ehe Eira hatte antworten können. »Oder nein, der ist auch beschäftigt …« Markussen strich sich mit langen, dünnen Fingern über Kinn und Hals. Der Adamsapfel schien im selben Rhythmus auf und ab zu hüpfen, wie sich seine Augenlider bewegten.

Er hatte etwas Angespanntes, das Eira irritierte. Einen Diensteifer, der überdosiert wirkte. Zu viel des Guten. Eira hob eine Hand. »Ich glaube, ich warte hier auf Lindberg. Kann ich vielleicht in Ihrem Zimmer warten?«

Åge Markussen sah ihn erschrocken an. »Bei mir?«

Eira nickte und griff nach der Türklinke. »Warum nicht?«

»Dann checke ich mal, ob Lindberg bald fertig ist.«

Eira sah den Pferdeschwanz die Treppe hinunter verschwinden und betrat Markussens Reich. Einen Moment lang dachte er, ob es sich wohl bei dem Chaos, in dem er hier war, um das Lager des lokalen Klettervereins handelte. Fotos von Berggipfeln und Bergsteigern unter brennender Sonne und tiefblauem Himmel bedeckten die Wände. Zwei Kartons in einer Ecke auf dem Fußboden enthielten aufgerollte Kletterseile, und im Bücherregal stapelten sich Karten und Trinkflaschen.

Auf dem einen der beiden Stühle lag ein Stoß mit Broschüren über Bergsteiger- und Kletterausrüstung, obenauf balancierte der Straßenatlas des norwegischen Autoclubs NAF, auf dem anderen lagen Markussens Goretex-Jacke und sein Rucksack. Eira machte auf dem Absatz kehrt, um das Zimmer zu verlassen, als die Tür aufging. Es war Lindberg.

»Kommen Sie lieber heraus«, sagte er und schüttelte den Kopf. »Ihre Füße haben den einzigen freien Platz im Raum belegt. Dort drinnen ist kein Platz für zwei.«

Das Alter des Mannes war schwer zu bestimmen. Die aschblonden Haare waren schütter, und tiefe Falten auf der Stirn ließen vermuten, dass er ungefähr in Eiras Alter war. Andererseits schien er energiegeladen, seine Schritte wirkten so federnd, als wöge er kaum etwas. Das passte wieder mehr zu einem Mann in Markussens Alter.

Eira folgte ihm in sein Büro, das nebenan lag. Es war das genaue Gegenteil zu dem von Markussen. Nichts, aber auch rein gar nichts schien irgendwo zufällig herumzuliegen.

»Ricinvergiftung«, sagte Eira und blieb mitten im Raum stehen. »Was wissen Sie darüber, Lindberg?«

Der ging langsam zu seinem Platz, setzte sich und deutete auf den leeren Stuhl auf der anderen Seite des Schreibtischs. »Leider so gut wie gar nichts. Jedenfalls nichts, das von praktischem Nutzen wäre. Warum fragen Sie?«

Er zog überrascht die Augenbrauen hoch, als ihm Eira eine kurze Zusammenfassung der Analyseergebnisse gab.

»Interessant.«

Eira hatte gehofft, dass ein Rechtsmediziner vielleicht etwas Differenzierteres beisteuern würde. »Na, darüber herrscht wohl Einigkeit«, rief er ungeduldig, stützte beide Hände auf die Knie und lehnte sich vor. »Aber was noch? Wir brauchen dringend mehr als nur Erstaunen.«

Lindberg verschränkte die Arme und betrachtete Eira. Sein scharf geschnittenes Gesicht war unbewegt, als habe er sich gerade innerlich gestählt, um einem Patienten eine schlechte Nachricht zu überbringen. »Ich glaube kaum, dass Ihnen dabei jemand weiterhelfen kann, Eira. In meiner ganzen Laufbahn habe ich keinen Patienten gehabt, bei dem der Tod infolge einer Ricinvergiftung eingetreten ist. Vennestad wohl auch nicht.«

Er stand auf, trat ans Fenster und wandte Eira den Rücken zu. »Ich werde ihn selbstverständlich fragen, aber ich glaube, dass wir in diesem Fall mit unserem Latein bereits am Ende sind.« Er starrte über den Sund. »Ein Rechtsmediziner kann nichts anderes tun, als beschreiben, was er findet. Wir können um Analysen bitten, aber wir können nicht über die Herkunft von Gift spekulieren, auch nicht die Wahrscheinlichkeit des Todes berechnen oder die Potenz des Giftes oder worauf Sie sonst noch Antworten haben wollen. Wir würden Ihnen gerne weiterhelfen. Aber bitten Sie uns nicht um etwas, wofür wir kein Mandat haben. Da müssen Sie sich schon um andere Quellen bemühen.« Er sah auf die Uhr. »Bedauere, aber die Veranstaltung geht weiter. Die Viertelstunde Pause ist um.« Damit trat er zur Tür, und Eira folgte ihm aus dem Büro.

Lindberg schloss die Tür hinter sich ab und war im nächsten Moment zur Treppe hin verschwunden. Eira starrte wieder über den stillen Flur. Die meisten Büros schienen leer zu sein. Um diese Zeit war Unterricht. Er fixierte Markussens Tür, die jetzt geschlossen war. »Assistent & Präparator« stand auf dem Schild. Er klopfte und griff nach der Klinke. Die Tür war offen, aber Markussen war gegangen. Er schloss offenbar seine Tür nicht so sorgfältig ab wie Lindberg und Vennestad. Eira fiel auf, dass er in Markussens Zimmer auch keine Unterlagen über Patienten gesehen hatte, nur Bergsteigerausrüstung und Broschüren. Beim bloßen Gedanken an einen Fluss oder an einen fischreichen See verspürte er ein Ziehen im Zwerchfell. Mal wieder den Geruch von feuchtem Moos einatmen oder von frischem Fisch auf dem Grill! Er merkte, wie er die Lippen zusammenpresste und die Luft anhielt wegen des Formalingeruchs, der hier überall in der Luft hing. Dieser Geruch und dazu der Gestank eines kaltblütigen Mordes, der für ihn immer stärker wurde.

15

»Tschüs!«

Eira sah vom Arbeitstisch auf. Sein Sohn Niillas stand fertig zum Ausgehen in der Tür. »Wo gehst du hin?« Es war zehn Uhr am Abend, und es wäre ihm lieber gewesen, wenn Niillas um diese Zeit heimgekommen wäre, statt auszugehen.

»Konzert im Blå Rock. Wart nicht auf mich.« Er lächelte, und Eira verstand die Anspielung. Er bemühte sich wirklich, abends nicht so lange aufzubleiben, bis sein Sohn wieder zu Hause war.

Es klingelte. »Ich mach schon auf. Tschüs dann.« Niillas verschwand im Flur.

Stimmengemurmel drang zu ihm herein, und gleich darauf stand Gerhard Eng in der Tür. Eira starrte ihn verblüfft an. »Na, das ist ja eine Überraschung. Hast du den Weg ganz allein gefunden?«

Er legte das Messerheft, an dem er gearbeitet hatte, beiseite und stand auf.

Eng bedeutete ihm mit einer Geste, sich doch wieder hinzusetzen. »Ich war auf dem Heimweg, Aslak. Und du wohnst doch fast an der Hauptstraße. Dieses Wochenende geht es raus zur Hütte. Ich würde am liebsten noch heute Abend losfahren.« Er nahm das Messerheft auf. »Machst du so was immer noch?«

Eira verstand nicht recht, was er meinte. Das, was Eng »so was« nannte, war sein Hobby, so lange er zurückdenken konnte. Er gestaltete Messergriffe. Aber vielleicht hatte ihn Eng ja nur fragen wollen, ob er noch immer Messerwerfen als Sportart betrieb. Schon als Junge war er in seiner Präzision beim Messerwerfen einem Scharfschützen ebenbürtig gewesen. Angefangen hatte er damit, eine Wand zu treffen. Dann folgten breite Baumstämme, dann immer schmalere Baumstämme, und jetzt konnte er, wenn er wollte, einen Skistock aufspalten. Er nickte. »*Duodji,* samisches Handwerk. So was mache ich immer noch. Das gibt Seelenfrieden.« Er musterte Eng. »Wenn ich zwischendurch mal fünf Minuten für mich habe. Selten genug zurzeit.«

»Was bin ich froh, dass du nicht mein Feind bist«, lächelte Eng und legte das Messer zwischen die Federn. »Und Fliegen bindest du auch immer noch.« Sein Blick wanderte durchs Zimmer. »Die Fahne der Sami … und da hängt ja sogar eine Schamanentrommel!« Gequält lächelnd sah er Eira an. »Jetzt erzähl mir nicht, dass du tiefsinnigen ethnischen Grübeleien nachhängst und im Grunde dabei bist, dich vollständig auf deine Wurzeln zurückzubesinnen.«

Ruhig bezwang Eira seinen Ärger. »Ethnische Grübeleien?«

Eng zuckte die Achseln. »Ich erinnere mich vage an Sachen, die du damals erzählt hast, als wir noch sehr jung waren. Nach fünf Pils fingst du gerne davon an, wie es sei, sich nirgendwo zugehörig zu fühlen, zu keinem Menschen und keinem Ort …«

»Kann mir echt nicht vorstellen, dass ich je so unkritisch in der Auswahl meiner Psychologen gewesen sein sollte«, unterbrach Eira ihn unwirsch. Eng hatte den Finger auf seinen wunden Punkt gelegt. Zugehörigkeit war für ihn ein schwieriges Thema. Wenn er die Augen schloss, konnte er noch immer die rot angestrichene Internatsschule vor sich sehen. Wenn er und seine Freunde untereinander samisch sprechen wollten, hatten sie miteinander geflüstert oder sich versteckt. Er konnte sich an die Tadel erinnern, wenn sie dabei erwischt wurden. Aber schon dem kleinen Jungen war bewusst gewesen, dass die Alternative zum Internat eine Pflegefamilie war. Die Chancen standen schlecht für einen sechsjährigen kleinen Jungen, wenn seine Mutter starb und der Vater daraufhin dem Schnaps erlag. Die Großeltern in Kåfjord waren gute Menschen, aber schon damals alt. Die Tanten und Onkel in der Finnmark halfen einem da auch wenig. Einige waren umherziehende Sami, die den Rentierherden folgten und ihre Kinder ebenfalls wegschicken mussten. Ein Onkel hatte mit allem gebrochen und lebte im Süden, er verleugnete hartnäckig seine samische Herkunft. Die vielen sich widersprechenden Signale des Daseins hatten den Jungen lange Zeit verwirrt. Er begriff nicht, was man von ihm erwartete, und er wusste nie richtig, auf welchem Bein man am sichersten stand. Aber die Sommer waren schön gewesen. Dann wurde er irgendwie wieder heil. Endlose Tage mit der Angelrute am Flussufer, bei jedem Wetter, während die Mücken der Finnmark ihnen um die Köpfe schwirrten und sie für alle Zeit immun wurden – sowohl gegen das Sirren als auch gegen die Stiche.

Eng bewegte sich unruhig und riss ihn aus seinen Gedanken. Unmerklich seufzte Eira. »Was hat dich denn nun hergeführt, Gerhard?«, fragte er und schenkte ihnen beiden Kaffee ein.

»Ich hatte heute Früh keine Möglichkeit, mit dir zu sprechen. Du hast wegen des Giftes angerufen«, sagte er neugierig. Eira betrachtete Eng. Vor mehr als zwanzig Jahren hatten sie sich kennengelernt und angefreundet. Eng war damals als Mediziner gerade mit dem Studium fertig, er stand politisch weit links und lebte in Opposition zu allem und jedem. Er stellte alle Institutionen in Frage, und er akzeptierte und verwarf Normen mit einem Engagement, das grenzenlos zu sein schien. Aber auch wenn Eira sich freute, den Kumpel von damals wiederzusehen, schien Eng bei der erneuten Begegnung in ihm doch nicht die richtigen Saiten zum Klingen zu bringen. Auch wenn der Mann Arzt war und somit der Schweigepflicht unterlag, sah Eira keinen Grund, ihn in die Details einzuweihen. »Ich habe nur überlegt, wie Ricin wirkt«, entgegnete er wortkarg.

Eng schlug ein Bein übers andere und ließ ihn nicht aus den Augen. »Ricin«, sagte er langsam, »um jemanden zu töten? Das ist ungewöhnlich.«

»Den Eindruck habe ich auch. Die meisten stutzen, wenn ich es erwähne.«

»Ich kann mich wirklich nicht erinnern, dass es hier zu meiner Zeit mal einen Patienten mit Ricinvergiftung gegeben hat.« Eng schwieg, als müsse er nachdenken. »Was deine Frage berührt, das liegt an der Grenze zur Botanik. Ich habe mich dafür etwas interessiert. In Zeiten des Terrors, du weißt schon. Als Arzt weiß man ja nie, in was für Situationen man mal gerät.« Er machte eine Pause, wie um sich zu orientieren, als wartete er auf etwas. Aber Eira blieb stumm, und nach einigen Sekunden fuhr Eng fort: »Es handelt sich um eine wild wachsende Pflanze. In Afrika und Indien und in Teilen Amerikas, meine ich. Bei uns zählt sie zu den Zierpflanzen, sie wird in Gewächshäusern gezogen. Aus den Bohnen der Pflanze wird ein Öl gewonnen und daraus wiederum in einem besonderen Prozess das Gift. Die Bohnen als solche sind sehr hart. Selbst wenn man sie schluckt, wird das Gift nur schwerlich freigesetzt, so hart sind sie.«

»Gewächshaus«, griff Eira auf, und schon sah er eine unüberschaubare Anzahl von Gewächshäusern vor sich. Die müssten überprüft werden, zumindest in dieser Stadt.

»Es gibt Möglichkeiten, sie auch ohne Gewächshaus zu ziehen. Zum Beispiel im warmen Bad oder im Wohnzimmer.«

»Kannst du mir etwas über die Symptome bei Ricinvergiftung sagen?« Sobald das durchsickerte, würden sich die Medien mit Informationen zu dem Gift überschlagen, und er wollte ihnen gern eine Nasenlänge voraus sein.

»Es kommt darauf an, wie das Gift in den Körper gelangt.«

»Indem es unter die Haut gespritzt wird.«

»Wenn das Gift gespritzt wird, rechnet man mit etwa acht Stunden, ehe sich die Symptome voll ausgeprägt haben. Die Krankheitszeichen können den unterschiedlichsten Geschichten ähneln, Botulismus zum Beispiel, oder Diphtherie oder Cholera. Magenschmerzen, Durchfall, Übelkeit, Frieren. Schließlich Erbrechen.« Er räusperte sich. »Hast du einen konkreten Fall, wo du diesen Typ Vergiftung vermutest?«

»Wir haben dafür Beweise«, antwortete Eira kurz angebunden.

»Der Betreffende ist tot?« Eng schien nicht zu merken, dass Eira immer knapper reagierte. Er saß vornübergebeugt da und starrte ihn unentwegt an, beharrlich und nachdrücklich wie immer.

»Ja.« Eira überlegte. Dann fragte er: »Kann man das Gift im Körper nachweisen?«

Eng nickte. »Die Symptome der Vergiftung ähneln dem, was im Volksmund Blutvergiftung genannt wird.« Er machte eine Pause, als überlege er. »Außerdem, Aslak, nur damit du Bescheid weißt: Ein Gegengift ist nicht bekannt.« Er schwieg. Abwartend lehnte er sich im Stuhl zurück.

Eiras Miene war nicht zu deuten. »Interessant. Damit hast du mir im Grunde alle Informationen zu Ricin gegeben, die ich im Augenblick brauche.«

Eng war offensichtlich alles andere als zufrieden über den sparsamen Dank. Er versuchte, ihm mehr Auskünfte zu entlocken. Aber das brachte Eira nicht aus der Ruhe. Es hatte keinen Zweck, den Fall mit Personen zu diskutieren, die nicht direkt involviert waren.

Er nahm das Messer, an dem er gearbeitet hatte, und drehte und wendete es. Vielleicht war er zu skeptisch. Aber das war seine Art. Bei Unbefugten musste man mit allen Äußerungen zu wichtigen Dingen vorsichtig sein. Er erinnerte sich, wie sich sein Onkel immer die Pfeife zwischen die Zähne steckte und sich abwandte, wenn Fremde ihn nach der Anzahl seiner Rentiere fragten. Die Botschaft war glasklar: Außer dir selbst muss niemand ganz genau wissen, wie viele Tiere du hast. Er schmunzelte in Gedanken. Da merkte er, dass Eng unruhig wurde.

»Es macht mich ein bisschen nervös, wenn du so dasitzt, ein riesiges Messer betrachtest und dabei in dich hineinlachst.«

Eira kniff ein Auge zu und sah ihn an. »Kein Grund zur Sorge.«

Eng riss die Augen auf und schüttelte den Kopf. »Aslak, du bist ein komischer Kauz. Wahrscheinlich sollte man sich hüten, Dinge persönlich zu nehmen, die du so dahinsagst.« Er knallte die Hände auf die Armlehnen und erhob sich. »Aber ich verstehe den Hinweis und sehe, dass du Angenehmeres vorhast, als ungelöste Morde mit mir zu diskutieren.« Er knöpfte sich die Jacke zu und warf einen Blick aus dem Fenster. »Ich mache mich besser auf den Weg, ehe der Regen noch stärker wird. Das letzte Stück bis zur Hütte ist eine Schotterpiste, und um diese Zeit sind die Straßen elend matschig.«

Eira begleitete ihn nach draußen. Eng schloss das Auto auf.

»Schafft der es bis zur Hütte?« Eira trat einen Schritt näher und studierte Engs alten Ford Fiesta.

»89er Modell, der ist Gold wert. Läuft wie eine Eins. Und normalerweise nehm ich das Fahrrad.«

Eira klopfte mit dem Fuß an den hinteren Kotflügel. »Keiner kann dir vorwerfen, an Statussymbolen zu hängen«, grinste er und klopfte Eng auf die Schulter. »Wenn es dir eines Tages gelungen sein sollte, die Diktatur des Proletariats einzuführen, kannst du in dem hier wirklich hoch erhobenen Hauptes herumfahren. Aber ich glaube nicht, dass ich meinen Sohn damit Autofahren üben lassen möchte.«

Eng schüttelte seine Hand ab und setzte sich hinters Steuer. Er legte den Sicherheitsgurt an. Äußerst reserviert sagte er zu Eira, ohne ihn anzusehen: »Halt mich auf dem Laufenden, Aslak. Das hier ist eine Kleinstadt.« Er legte den Rückwärtsgang ein. »Wir, die mit den Studenten arbeiten, finden, dass wir ein Recht darauf haben, Bescheid zu wissen.«

16

Es war weit nach Mitternacht. Der Regen, unter den sich immer wieder Schnee mischte, schlug gegen die Windschutzscheibe. Totto fror. Nach zwei Stunden im kalten Auto, bei abgeschaltetem Motor, waren seine Knie steif und die Zehen gefühllos geworden.

Aber er merkte es kaum, es war fast, als genieße er das Gefühl. Läuterung durch Leiden.

Er wischte mit dem Handschuh über die Innenseite der Scheibe. Ein Stück weiter an der Straße lag das Einfamilienhaus, das er beobachtete. Das Haus schien leer zu sein, nur in der Wohnung im Souterrain wurde gefeiert. Die ganze Zeit kamen und gingen Leute. Er hatte sie vor zwei Stunden hineingehen sehen. Aber wegen des Regens, der permanent über die Scheibe lief, war es schwierig, alles genau zu beobachten. Sie wiederzuerkennen war allerdings nicht schwer. Ihr Hüftschwung, die Art, wie ihre Knie beim Gehen einknickten und wie sie sich dauernd umschaute, als hielte sie nach jemandem Ausschau. Ehe sie ins Haus trat, war sie kurz stehen geblieben, hatte sich umgedreht und einen Blick in die Richtung des dunklen Autos geworfen, in dem er saß. Dieser Blick hatte ihn wie ein elektrischer Schlag getroffen. Die Anziehung zwischen ihnen beiden war so intensiv. Schon als er beim ersten Mal auf dem Bildschirm in ihre blauen Augen starrte, hatte er es gemerkt. Er hatte das Bild ihrer Augen vergrößert, bis sie wie zwei große Waldseen waren, in denen er ertrinken konnte.

Er wusste nicht, ob es der richtige Abend war. Mehrmals war er ihr auf Abstand gefolgt, aber nichts hatte gepasst. Sie war nie allein. Dann ging er wieder. Wenn es so weit war, würden die Zeichen eindeutig sein.

Wieder wischte er über die Windschutzscheibe, und da sah er, wie die Haustür aufging. Auch wenn die Scheibe beschlagen war, er täuschte sich nicht. Das war sie. Und dieses Mal war sie allein. Vor der Tür blieb sie stehen und schaute in beide Richtungen die Straße hinauf und hinunter. An einer Hand baumelte ein Handtäschchen, während sie mit der anderen die Jacke über der Brust zusammenhielt. Die Jacke war so kurz, dass mindestens zehn Zentimeter über der Taille nackt waren. Sie hob den Arm, um sich das Haar aus dem Gesicht zu streichen. Der Nabelschmuck blinzelte wie ein feuchtes Auge zu ihm hinüber.

»Ich weiß«, murmelte er. »Ich sehe, dass du da stehst.«

Sie drehte sich in seine Richtung, und ihr Blick ruhte lange auf dem Auto.

Das Zittern, das Totto überkam, verdrängte Hunger und Kälte. In seinen Schläfen pochte das Blut. Sie begriff, dass er auf sie wartete. »Ja, ich warte«, murmelte er.

Endlich setzte sie sich in Bewegung. Sie ging nicht auf das Zentrum zu, wo sie ihr Zimmer hatte, sondern in die entgegengesetzte Richtung. In seine Richtung.

Das war das Zeichen. Endlich war sie bereit.

Lise Beck sah den Mann in dem Wartehäuschen der Bushaltestelle am Stakkevollveien schon von Weitem.

Mit steifen Schritten lief sie die Straße entlang und suchte dabei in der Handtasche nach ihrem Handy. Eiskalter Regen lief über ihre nackte Taille und sickerte unter den breiten Hüftgürtel. Die Hose klebte an den Beinen. Das war die blödeste Studentenfete des Jahres gewesen, und sie war wütend weggegangen. Von der verräucherten Luft und zu viel Alkohol war ihr übel.

Sie versuchte mit ihren Bleistiftabsätzen über die Pfützen hinwegzusteigen, und kämpfte sich zusammengekrümmt gegen den peitschenden Regen vorwärts. Und das in die falsche Richtung – im Hinblick auf das Zentrum. Aber sie wollte in dem ramponierten Wartehäuschen Schutz suchen. Dort wäre sie wenigstens im Trockenen, bis ein Taxi käme.

Beim Näherkommen sah sie, dass der Mann den Jackenkragen hochgeschlagen und seine Schultern hochgezogen hatte. Außerdem hatte er die Kapuze über den Kopf gezogen.

Seine Regenjacke wirkte zwei Nummern zu groß. Er lehnte mit verschränkten Armen und ineinander verflochtenen Beinen in einer Ecke; offensichtlich fror er. Als sie unter das Dach trat und sich in die andere Ecke stellte, tat er so, als bemerkte er sie nicht. Er schaute zum Sund und schien mit seinen Gedanken weit weg zu sein.

Wahrscheinlich war er betrunken, und sie beschloss, ihn einfach zu ignorieren. Einen uninteressanten Mann in Luft zu verwandeln, diese Kunst beherrschte sie bestens. Sie rieb sich mit dem Jackenärmel übers Gesicht, dann wählte sie die Nummer der Taxizentrale. Eine weibliche Stimme sang mit heftigem Vibrato an ihrem Ohr. Nummer 25 in der Schlange! Verdammt! Sie zitterte vor Kälte. Nummer 24 in der Schlange. Jetzt auch noch eine Panflöte. So ein Mist! Sie fluchte laut.

Vom anderen Ende des Wartehäuschens hörte sie die Regenjacke knistern, und sie merkte, dass der Mann in der Ecke sie betrachtete.

»Lange Warteschlange?« Er klang nicht sonderlich interessiert, eher so, als frage er aus reiner Höflichkeit.

Sie nickte steif und starrte auf das Display des Handys. Aus dem Augenwinkel sah sie, dass er den Kopf an die Wand lehnte und wieder über den Sund starrte. Er hatte das Interesse an ihr verloren, und sie konzentrierte sich erleichtert auf die Taxizentrale. Panflöten und Schnulzensänger klangen mehrstimmig in ihrem Ohr. Scheißmusik! Scheißtaxi! Sie stampfte mit dem Fuß auf, nahm das Handy in die andere Hand und sah auf die Uhr. Zwei. Bei diesem Wetter wollten alle ein Taxi. Das würde Stunden dauern! Jetzt war sie Nummer 23 in der Schlange. Fünf Minuten waren bereits vergangen, und sie war erst um zwei Plätze vorgerückt. Sie überschlug die Zeiten kurz im Kopf. Sie würde über eine Stunde warten müssen! Sie legte auf und steckte das Handy in die Tasche. Es war besser, sie vergaß, wie sehr sie fror und wie nass sie werden würde. Sie musste einfach in Richtung Zentrum losstapfen. Allerdings wusste sie nicht genau, wo sie war. Jemand hatte gesagt, auf der Straße rings um die Insel wären es ungefähr 10 Kilometer bis zum Wohnheim. Es hatte keinen Zweck, auf gut Glück loszugehen. Der Wind kam in Böen, und der Regen trommelte auf das Wartehäuschen.

Lise Beck zögerte einen Moment und spähte über den Sund. Das Meer war eine bleigrau schimmernde Masse in heftiger Bewegung und mit weißen Schaumkronen. Die Wellen schäumten über die Steine am Ufer. Der Himmel, die Berge, das Meer; nichts als Abstufungen in Schwarz und Grau. Lieber Gott, wie sie fror!

Es gab so gut wie keinen Verkehr mehr. Als sie die Lichter eines Pkw näher kommen sah, machte sie einen Schritt auf die Straße und hob zögernd einen Arm. Als der Wagen vorbeifuhr, spritzte das Wasser von der Straße hoch auf. Jetzt war sie vollkommen nass. Sie fluchte.

»Das hat er nicht gesehen.«

Sie drehte sich halb um. »Was?«

»Wenn das ein Versuch war, zu trampen, meine ich.« Er hatte sich in die Ecke des Bushäuschens gesetzt. »Es sah aus, als würdest du den Arm nur heben, um dich am Kopf zu kratzen.« Er lächelte. Ein markantes Gesicht. Die Haut sah aus, als sei sie straff über Schläfen- und Wangenknochen gespannt, der Ausdruck seiner Augen war wach, abschätzend. Betrunken war er bestimmt nicht.

»Du musst auf die Straße treten. Energisch sein. Die Autos gewissermaßen physisch anhalten.« Sie antwortete nicht. »Du trampst wohl nicht oft?« Sie spürte seinen Blick im Nacken. Griff nach dem kurzen Pulli und zog ihn hinunter. Der Mann stand auf und stellte sich neben sie.

»Du hast ja recht. Trampen ist gefährlich, oder?« Sie konnte ihm nicht antworten, so heftig klapperten ihre Zähne. Sie würde sich eine Lungenentzündung holen.

»Du kannst bei mir mitfahren. Oder vielleicht ist es am besten, du rufst wieder die Taxizentrale an. War übrigens dumm von dir, das Gespräch zu beenden, auch wenn es teuer ist. In die Stadt zu kommen wird jetzt immer nur noch schwieriger.«

Sie drehte sich langsam zu ihm um. »Du hast ein Auto?«

Er deutete zur Seite. »Da drüben.« Ein Stück entfernt parkte in Fahrtrichtung zu ihnen tatsächlich ein Wagen.

»Warum sitzt du dann bei diesem Wetter in einem Wartehäuschen?« Sie konnte selbst hören, wie misstrauisch das klang.

Er ließ sich nichts anmerken. »Ich musste mal.« Er zog die Hände aus den Taschen und schnürte sich die Kapuze noch enger ums Gesicht. »Der Wagen kochte wie ein Kaffeekessel. Kühlerflüssigkeit alle. Ich hab nachgefüllt und mich hierhergesetzt, um zu warten, bis er sich beruhigt hat.«

Er war so zugeschnürt und zugeknöpft, wie es nur ging, und sah aus, als sei er bereit aufzubrechen. »Hast du's weit?«

Sie zögerte. Der eiskalte Wind, der vom Sund her wehte, drang durch die nassen Kleider. Die Taille war mittlerweile gefühllos. Es war zwei Uhr nachts, sie stand an einer einsamen Straße und war kurz vorm Erfrieren. »Studentenwohnheim beim Prestvannet.« Jetzt hatte sie es gesagt. Verdammt.

»Ach nee.« Er klang überrascht. »In welchem Block?«

Nun konnte sie es genauso gut sagen. »In Block C.«

»Ich hab mal in A gewohnt. Bist du neu hier?«

Lise nickte. Noch immer war ihr Widerwille groß, sich auf ein Gespräch mit ihm einzulassen.

»Hab ich mir gedacht. Kann jedenfalls nicht behaupten, dass du mir bisher aufgefallen bist«, lächelte er.

Es interessierte sie nicht, was er tat, nichts an ihm interessierte sie. Sie hatten schon viel zu viele Worte gewechselt, und sie wollte auf gar keinen Fall, dass er sich etwas darauf einbildete. Sie wünschte sich nichts als trockene Sachen und eine warme Bettdecke, und allein schon bei dem Gedanken daran wäre sie fast zusammengeklappt.

»Übrigens wohn ich in derselben Gegend.« Er schauderte und zog die Schultern hoch bis an die Ohren. »Ich fahr jetzt. Kommst du mit oder willst du lieber noch ein Weilchen an der frischen Luft bleiben?«

»Nee, bloß nicht.« Innerlich stöhnte sie vor Erleichterung. »Es wär doch idiotisch, hier stehen zu bleiben, wenn wir beide in dieselbe Ecke müssen.«

Steifbeinig setzte sie sich in Bewegung. Er ging die wenigen Meter vor ihr zum Auto, rasch und federnd. Der Wagen glänzte neu.

»Ich muss schon sagen, du hast ein tolles Auto. Deins?«

Er hob den Arm, und sie hörte das Klicken der Zentralverriegelung. »Ist ein Jahreswagen.«

Sie nickte desinteressiert. »Ach so.«

»Spring rein.« Er drehte die Heizung voll auf. »Das Auftauen kann beginnen.«

Er bog auf die Straße.

Sie lehnte sich zurück und schloss die Augen. Die Wärme kroch in ihre Zehen und bis in die Kopfhaut. Der Körper versank bleiern in dem warmen Sitz. Sie war todmüde. Nach wenigen Sekunden öffnete sie die Augen wieder. Die Nähe des fremden Mannes war ihr unangenehm. Sie war auf der Hut.

Er schaute nach vorn, beide Hände lagen ruhig auf dem Lenkrad. Er hatte ungewöhnlich lange, dünne Finger. Musikerhände, wie geschaffen für Klavier oder Gitarre. Aber die Nägel waren extrem kurz. Das würde auf jeden Fall zu einem Mediziner passen. Wenn er einer war. Die Tromsøbrücke lag vor ihnen, aber er machte keine Anstalten, abzubiegen. Sie näherten sich dem Zentrum, das unten am Hafen lag.

»Fahren wir ins Zentrum?«, fragte sie erstaunt.

Er nickte. »Yess.«

»Aber wäre denn die andere Strecke nicht schneller?« Sie setzte sich auf. »Wenn wir einfach weitergefahren wären, um die Nordspitze der Insel, am Flughafen vorbei und direkt hinauf zum Prestvannet?«

Er zuckte die Achseln. »Schon möglich. Gehupft wie gesprungen, glaube ich. Die Insel ist rund, und die Straße führt am Ufer entlang. Es ist bloß so viel langweiliger, in der entgegengesetzten Richtung zu fahren.« Sie schwieg. Kämpfte gegen eine zunehmende Unruhe an. Warum hatte sie sich auch bei einem Fremden ins Auto gesetzt!

Das Zentrum war wie ausgestorben. Der Wind spielte mit allem, was in den Straßen herumlag, Papierabfällen, leeren Flaschen. Der Taxistand bei Nordlys Avis war leer. Der Regen war wieder in Schneeregen übergegangen, der gegen die Windschutzscheibe klatschte. Sie sah das Spiegelbild des Wagens in den großen neuen Fensterflächen der Bibliothek und des Kinos, als sie an der nächsten Kreuzung bei Rot anhielten. »Da lang!« Eifrig deutete sie nach rechts. »Fahr doch Kongsbakken hinauf!«

Es wurde Grün, und das Auto rollte geradeaus weiter.

»Das war der kürzeste Weg nach Hause, wo du eben dran vorbeigefahren bist.« Sie starrte ihn an. »Warum fahren wir hier lang?« Sie löste den Sicherheitsgurt. »Lass mich raus!« Ihre Stimme zitterte.

Sie waren an der Ecke zur Brauerei. Er bog ruhig in die Strandgata ein. »Ich dachte, du wolltest dich umschauen. Neu in der Stadt und so … Ich könnte dir eine Menge zeigen … wenn du willst …« Er konzentrierte sich weiter nur aufs Fahren und nahm die Augen nicht von der Straße. Sie kamen an der Brauerei Mack vorbei. »Geradeaus ist zum Beispiel der Kunstverein.« Er nickte in die Richtung.

»Ich scheiß auf den Kunstverein. Bin nicht interessiert!« Sie suchte nach dem Türgriff. »Wie kannst du dir einbilden, dass ich irgendwas von dir will!« Sie starrte ihn aufgebracht an. »Ich will nach Hause!«

»Ach ja? Und ich war überzeugt, dass du was ganz anderes wolltest.« Er packte das Steuer fester. Die Haut der mageren Hände leuchtete weiß über den Knöcheln. »Natürlich sollst du nach Hause.« Zum ersten Mal wandte er ihr das

Gesicht zu. Aus weit aufgerissenen Augen starrte er sie an. »Klar. Verdammt. Erster Klasse.« Er beschleunigte.

»Was willst du?« Sie drückte den Handgriff nach unten. Die Tür ließ sich nicht öffnen. »Sag es. Was willst du? Geld? Handy?« Sie bemühte sich, mit ruhiger Stimme zu sprechen und unmerklich das Handy aus der Tasche zu fischen. Die Polizei. Sie konnte sie mit einem Tastendruck kontaktieren. »Ich wollte nicht so ordinär sein. Sag einfach, was ich machen soll. Es ist okay«, flüsterte sie. Aber ihre Hände zitterten, und der Daumen ließ sich nicht kontrollieren. Plötzlich fiel ihr nicht mal mehr die Nummer ein.

Wortlos riss er ihr das Handy aus der Hand und drückte noch mehr aufs Gaspedal. Ein paar Jugendliche kamen aus dem Wohnheim der Lehrerhochschule, und Lise winkte ihnen verzweifelt zu, als sie vorbeifuhren. Sie winkten begeistert zurück.

»Halt dich zurück!«, fauchte er und packte ihren Arm.

»Rühr mich nicht an!« Sie biss ihm kräftig ins Handgelenk.

Er fluchte und ließ sie los. Die Bremsen quietschten, und sie schlug mit dem Kopf auf das Armaturenbrett. »Kapierst du es jetzt?«, schrie er ihr ins Ohr und startete wieder durch.

Ihr war schwindlig. Etwas lief ihr übers Kinn. Der Geschmack von Blut und Tränen mischte sich in ihrem Mund. Beim Aufprall war die Lippe aufgeplatzt.

Sie waren an der Telegrafbukta, der beliebten Badebucht, vorbeigerast, danach bog er von der Straße ab. Ein schmaler, holperiger Weg führte am leeren Campingplatz vorbei zu einem weißen Haus unten am Ufer. Es wirkte leer und verlassen.

»Was willst du hier?« Ihre Stimme klang sonderbar. Das Sprechen tat weh, die Lippe war dick geschwollen.

»Da du keine Lust hattest, dir etwas im Zentrum anzuschauen, will ich dir wenigstens das alte Aquarium zeigen.

Eine Perle, von den meisten vergessen.« Er stieg aus dem Wagen, öffnete ihre Tür und zog sie heraus. »Jetzt benimm dich.« Ein eiskalter Wind fegte über sie hinweg. Er drehte ihr beide Hände auf den Rücken und zog sie hinter das Auto. Schreien war sinnlos. Hier gab es nur einen leeren Campingplatz, dichtes Gebüsch und das Meer.

Sie leckte zitternd über die aufgesprungene Lippe. »Du hattest … die Kühlerflüssigkeit … gar nicht aufgefüllt … stimmt's? Du hast mich beobachtet, als ich aus dem Haus kam.« Sie schrie leise auf, als er fester zupackte. »Und dann hast du an der Bushaltestelle auf mich gewartet …«

Das hier war nicht sie, sie war nicht in diese Situation geraten. Der steife, schmerzende Körper war eine fremde Hülle. Sie wollte hier raus. Sie wollte hier weg! Das war nicht sie, die da redete. Die idiotische Fragen stellte. Es war überhaupt bescheuert, mit ihm zu reden.

»Klar hab ich dich gesehen.« Er lachte leise. »Ich hab dich schon oft gesehen … überall.« Er beugte sich nahe zu ihr hin. Seine Haut und die Haare rochen merkwürdig und streng. Sie wandte sich ab. »Wer hat dich im Übrigen nicht gesehen? Dafür sorgst du doch selbst.« Er sprach leise, fast flüsternd. »Dass wir alle dich sehen, meine ich. Das willst du doch, oder? Also warum sich so kostbar machen?« Seine Hand griff um ihre Hüfte. »So ein Körper. So unglaubliches Haar.« Sie spürte seine Hand, die sich den Rücken hinauf bewegte und schließlich mit festem Griff ihren Nacken packte.

Sie jammerte wie ein kleines Tier. »Kann ich mir nicht mal den Mund abwischen, nur ganz kurz?«, bettelte sie. »Das Blut ist so eklig.«

»Okay.« Er lockerte den Griff um ihren Nacken.

Sie hob langsam die Hand zum Mund und betupfte ihn vorsichtig. Dann drehte sie sich blitzschnell um und fuhr mit zwei Fingern auf seine Augen los. Er schrie auf vor Schmerz. Der Griff um ihren Nacken löste sich.

Starre nasse Äste schlugen ihr ins Gesicht, ihre Haare blieben an den Zweigen hängen, als sie durchs Gebüsch stolperte. Sie rutschte auf glitschigem Gras und über glatte Steine zum Ufer. Ihre dünnen Wildlederstiefeletten sogen das Wasser auf wie ein Schwamm. Schließlich stand sie unmittelbar am Uferrand auf einem glatten, unzugänglichen Felsen, vor sich das eisige Meer, mit der Erkenntnis, den falschen Fluchtweg gewählt zu haben.

Sie konnte nichts anderes tun, als sich zwischen zwei Felsbrocken ins Wasser gleiten zu lassen. Bis zur Taille stand sie im eiskalten Wasser. Über sich hörte sie, wie er durchs Gebüsch brach und stehen blieb. Wenige hundert Meter weiter war die Badestelle. Dort konnten eventuell Menschen sein. *Lieber Gott, lass mich dahin kommen,* betete sie innerlich. Aber nicht einmal der Herrgott konnte sie dorthin bringen, das sah sie selbst. Auf der ganzen Strecke bis zur Telegrafbukta bestand das Ufer aus scharfkantigen Felsbrocken. Sie bewegte sich etwas nach links und legte sich ins Wasser. Es hatte sicher nicht mehr als fünf Grad, und die eisige Kälte nahm ihr den Atem.

Sie keuchte und schnappte nach Luft. Auf dem Bauch schob sie sich an der Uferkante entlang. Kauerte sich hin und presste den Rücken zwischen die beiden nächsten großen Felsen. Das Wasser schwappte über den Hosenbund, die aufgeschürfte Haut am Rücken brannte. Sie war nicht weiter als fünf Meter gekommen.

Nach und nach verließ den unteren Teil ihres Körpers alles Gefühl. Es konnte sich nur um Minuten handeln, bis er sie fand.

Sie hörte, wie er von Stein zu Stein sprang und immer näher kam, schließlich anhielt, direkt über ihr. Sie schloss die Augen, tauchte unter und presste sich an den harten Fels. Versuchte, mit dem Stein hinter sich eins zu werden. Das Wasser machte sie taub und gefühllos, die Lungen brannten. Sie musste wieder auftauchen.

»Rapunzel, Rapunzel ...« Die Stimme war leise, fast flüsterte er. »Warum machst du es mir so schwer?« Seine langen Finger schlossen sich fest um ihr Haar, und mit der anderen Hand drückte er ihren Kopf wieder unter Wasser.

Sie wollte dagegen ankämpfen. Wollte kratzen, beißen, sich aus seinem Griff losreißen. Aber ihr Körper gehorchte ihr in dem eiskalten Wasser nicht mehr. Da packte er ihre Haare fester, und sie spürte, dass er sie nach oben zog.

17

Die Polizei hatte alle Hände voll zu tun. Von den rostigen Kähnen aus Russland wurde das Land mit Alkohol und Zigaretten überschwemmt. Eine Bande aus dem ehemaligen Osteuropa – Männer, Frauen und Kinder – wurde gefilmt, wie sie Ladenketten für Computerausstattungen und Jeans ausräumten. Zum dritten Mal! Nachdem man sie ebenso oft schon aus dem Land ausgewiesen hatte. Es ging das Gerücht von immer mehr Prostituierten in den Straßen. Aus dem Aufnahmelager vor Ort waren vier Asylanten verschwunden. In den Zeitungen wurde geklagt und gejammert. Immer öfter wurde behauptet, der fehlende Wille und die mangelnde Fähigkeit der Polizei, die Bürger der Stadt vor immer mehr Kriminellen zu schützen, bedrohten die Stabilität der Gesellschaft.

Und als sei das alles nicht genug, wollte die Polizeiverwaltung ihr Gebäude umbauen. Die Verantwortlichen bei der Polizei und die Architekten mussten sich ständig den Medien stellen und verteidigen, wie sich der große steinerne Bau zwischen die Holzhäuser in der Nachbarschaft eingliedern würde. Der sogenannte gute Wille war derzeit unterrepräsentiert.

Hauptkommissar Aslak Eira blätterte die Zeitungen durch, sein Kaffee war inzwischen kalt geworden. Dieser Ruf nach mehr *sichtbarer* Polizei zerrte derart an seinen Nerven, dass es ihm die Pause zu vergällen drohte. Zuerst mussten mal die Gelder sichtbarer werden! Er wusste auch nicht, ob all die Umstrukturierungen, die in den letzten Jahren durchgeführt worden waren, wirklich Verbesserungen gebracht hatten. Die Kürzungen definitiv nicht. Es war wohl wie im Gesundheitswesen, dachte er und überblätterte die Reportage von einem Mann, der total vergrätzt war, weil man seine Hüftoperation zum dritten Mal verschoben hatte. Ob Polizei- oder Gesundheitswesen – es war eben immer nur das *Wesen,* für das die Politiker bereit waren, Gelder lockerzumachen, wenn überhaupt.

Er hatte gerade seine Lederjacke genommen, um zu gehen, da erschien Henriksen in der Tür.

»Eira, der Polizeidirektor fragt, ob wir einen Fall übernehmen können. Kannst du dich darum kümmern?« Das war keine Frage, sondern ein Befehl.

Eira drehte sich zu ihm um und spürte wieder die Aversion. Diese Abneigung ließ offenbar nie nach, auch nach zwanzig Jahren nicht. Es war bei ihm wie mit Dorschzungen und Tran. Ihm wurde jedes Mal übel, da reichten ihm schon der Anblick und die Vorstellung, was er da vor sich hatte. Henriksen würde er immer durch die Brille der Vergangenheit sehen. »Um was geht es, Henriksen?«

»Unten auf der Wache sitzt eine aufgeregte Dame.« Er schloss die Tür hinter sich und senkte die Stimme: »Sie hat ihre Tochter als vermisst gemeldet.«

»Wie lange ist die Tochter denn schon verschwunden?«

»Vierundzwanzig Stunden.«

»Seit vierundzwanzig Stunden?« Eiras Augen wurden schmal wie zwei Striche. »Henriksen, was soll *ich* denn da machen? Meine Jacke nehmen und losrennen und nach ihr suchen?«

»Dem wachhabenden Polizisten zufolge fürchtet sie, ihre Tochter könne das Opfer eines Verbrechens geworden sein.«

»Soso, fürchtet sie das?« Eira hatte mit beiden Händen in seine Haare gegriffen, um nicht kurzerhand Henriksen zu packen und vor die Tür zu setzen.

»Das ist wohl eher nur so ein Gefühl«, meinte Henriksen. »Die berühmte weibliche Intuition, vermute ich. Es gibt nichts Konkretes. Offenbar war die Tochter nicht zu Hause, als die Mutter unangemeldet zu Besuch kam. Das Mädchen geht auch nicht ans Handy. Der Diensthabende schlug vor, eine Vermisstenanzeige aufzugeben.« Er senkte die Stimme noch weiter: »Die Dame ist leicht aufbrausend, vorsichtig ausgedrückt. Sie verlangt, ausführlicher aussagen zu können.«

»Ausführlicher aussagen?« Eira ließ sich zurück auf seinen Stuhl fallen. »Wofür haben wir da unten eine Wache? Dort kann sie nach Herzenslust Aussagen machen. Wir schauen es uns dann an.« Er war wieder auf den Füßen. »Ich bin schon fast weg.«

»Zehn Minuten, Eira, zehn Minuten. Ich bin beschäftigt, und im Augenblick ist sonst keiner frei. Die Neue aus dem Ostland ist gerade weggegangen.«

Henriksen gab sich keine Mühe mehr, neue Namen zu lernen. Eira war klar, dass er Kine Berger meinte.

Henriksen starrte zerstreut aus dem Fenster. Der Dampf aus der Reinigung auf der anderen Straßenseite nahm offenbar seine ganze Aufmerksamkeit gefangen. Die Sonne brach gerade durch die Wolkendecke und traf wie Laserstrahlen auf seine fettigen Brillengläser. Er blinzelte. Ein winziges Zucken war im rechten Augenlid auszumachen.

»Im Herbst, Eira, gehe ich in Pension. Dann bin ich 60. Du bist einer der Ersten, denen ich das erzähle.«

Eira suchte nach den richtigen Worten. Spontan fiel ihm

nur »Halleluja« ein. Fast empfand er Mitleid mit dem Mann. Henriksen hatte auch seinen Teil abbekommen, er war defensiv und ängstlich geworden. Wie ein Chirurg, der plötzlich spürte, dass er das Skalpell nicht mehr beherrschte. Er war bald sechzig und mental schon pensioniert.

»Eine gute Lösung für alle Parteien«, sagte er ehrlich und ging zur Tür.

Henriksen gab nicht auf. »Wir können es wirklich nicht brauchen, dass sie sich vor die Tür gesetzt fühlt«, rief er erregt. »Von hier bis zur größten Tageszeitung von Nordnorwegen sind es nur 200 Meter, keine fünf Minuten zu Fuß.« Er wand sich. »Du weißt doch selbst, wie sie zurzeit sind. Viel reißerischer, seit sie den neuen Chefredakteur haben. Viel reißerischer«, wiederholte er seufzend.

Eira riss die Tür auf. »Henriksen, du bist eine Qual. Ich hätte *ganne* lernen sollen: jemanden nach Art der Sami so richtig zu verfluchen. Dann wärst du bald dran, das kannst du mir glauben.«

Henriksen ging schnell an ihm vorbei und verließ den Raum. »Reiß doch die Tür nicht so aus den Angeln, Eira. Wir sollten nur möglichst dem Chef nicht schon wieder beim Frühstück auf der ersten Seite der Tageszeitung begegnen. Geh nach unten und sei höflich und servicebetont, so wie wir derzeit gern nach außen erscheinen möchten. Lass sie reden und sag selbst so wenig wie möglich.« Er nickte und war schon auf der Treppe nach oben verschwunden, noch ehe Eira sich gefasst hatte.

»*Beargalat*«, fluchte er leise und ging in die entgegengesetzte Richtung.

Als er die Treppe hinunterkam, sah er von ihr als Erstes den kupferroten Schopf. Das volle Haar war zu einer luftigen Frisur geschnitten, die bis knapp über die Ohren reichte. Sie hatte sich nicht gesetzt. Den Rücken aufrecht wie ein Lineal, wanderte sie ruhelos auf und ab und sah dabei zu

Boden. Sie trug einen hellbraunen Nerzmantel und Stiefeletten, die so eng waren, dass sie für die Füße eine Qual sein mussten. Sie hob den Kopf, als sie seine Schritte auf der Treppe hörte. Als er ihr Gesicht sah, war ihm, als fiel in seinem Hinterkopf etwas an seinen Platz. Er gab ihr die Hand, aber sie berührte nur seine Fingerspitzen.

»Katrine Beck.«

Er hatte es sofort gesehen. Eine ältere Kopie von Lise Beck. »Aslak Eira. Lassen Sie uns in mein Büro gehen.«

Die Frau folgte ihm wortlos. Als sie durch die Tür traten, warf er rasch einen Blick von der Seite auf sie. Ihr angespannter Gesichtsausdruck zeugte von Frustration und Furcht. Ihre Miene sagte ihm, dass es nicht einfach werden würde. Furcht und Unruhe, die sich in Aggression und Wut äußerten – damit hatte er viele Male zu tun gehabt.

Sie nahm auf der Stuhlkante Platz, Handschuhe und Mantel behielt sie an. »Es ist wahrhaftig nicht leicht, bis ins Allerheiligste vorzudringen.«

Eira musterte sie einen Augenblick. »Womit kann ich Ihnen helfen?«, fragte er ruhig.

»Meine Tochter ist verschwunden.« Sie platzte förmlich damit heraus, als hätte er es längst begriffen haben müssen, wenn er kein Schwachkopf war.

»Soweit ich verstanden habe, hat sie sich seit 24 Stunden nicht gemeldet.« Unter normalen Umständen hätte er versucht, sie zu beschwichtigen, aber in der gegenwärtigen Situation, nach Beate Mobergs Tod, nahm er ihre Befürchtung ernster.

Die Geschichte war dieselbe, wie sie die Freundinnen vorher von Beate Moberg erzählt hatten. Auch zu Lise Beck war nichts sonderlich Auffälliges anzumerken. Eira erinnerte sich an die Begegnung mit ihr. Als ein *babe* würde sein Sohn sie bezeichnen, eine von diesen Frauen, die für mehr Geld durchgestylt waren, als er ausrechnen konnte.

Aber ihr Verhalten wurde als ambitioniert und stromlinienförmig beschrieben.

Frau Beck besaß einen Schlüssel zum Zimmer ihrer Tochter. Sie hatte dort Bargeld gefunden, und überhaupt hatte es nicht so ausgesehen, als fehlte etwas, weder Kleidung noch sonst etwas.

»Warum sollte sie heimlich verschwinden wollen?« Katrine Beck spuckte die Worte förmlich aus, als er die Möglichkeit auch nur andeutete. »Sie hat zwei Jahre lang wie verrückt gearbeitet, um einen Studienplatz zu bekommen. Tromsø war eine wirklich gute Alternative, viel besser als irgend so ein komplizierter altmodischer Staat in Osteuropa, wo sie heute alle hingehen. Das hier ist immerhin Norwegen.« Sie gestikulierte. »Es heißt, das Niveau hier sei genauso gut wie sonst im Land.«

»Wie gut kennen Sie Ihre Tochter, Frau Beck?«

»Weitaus besser als Mütter normalerweise«, sagte sie im Brustton der Überzeugung. »Lise ruft jeden Tag an.« Sie sah ihm direkt ins Gesicht.

Mit einer heftigen Bewegung zog sie die Handschuhe aus und faltete fest die Hände. »Ich war schon in Sorge wegen des Todesfalls, von dem ich in der Zeitung gelesen habe. Lise hat auch davon erzählt. Deshalb bin ich sicher, es stimmt etwas nicht, wenn sie keinen Ton von sich gibt. Sie weiß, dass ich mir Sorgen mache.« Die Frau presste die Lippen zusammen. Eira warf diskret einen prüfenden Blick auf die Ecke des Schreibtischs, um zu sehen, ob da noch Papierservietten lagen, falls sie anfangen würde zu weinen.

Doch das tat sie nicht. Sie holte tief Luft, und der Ausdruck ihrer Augen wurde hart. »Ich sage es ohne Umschweife, Hauptkommissar. Wenn ihr etwas passiert ist, bin ich mir nicht sicher, ob Sie imstande sind, mit der Situation umzugehen. Ich glaube nicht, dass Sie hier im Norden dieselbe Erfahrung haben wie die Polizei in den großen Städten. Ich glaube, Sie werden Verstärkung aus dem Süden brauchen.«

Eira beugte sich vor und stützte beide Hände auf die Knie. »Ich bin die Verstärkung aus dem Süden, Frau Beck«, sagte er lächelnd. Dabei entblößte er kräftige Zähne. Die auffälligen Eckzähne und die schmalen Augen gaben seinem Gesicht die Anmutung eines Wolfs. Katrine Beck schloss den Mund und nickte stumm.

»Im Übrigen kann ich Ihnen versichern, dass wir alles tun, was in unseren Kräften steht«, ergänzte er. Er berichtete ihr wie beiläufig, dass die Landeskriminalpolizei im Bedarfsfall auch kurzfristig eingeschaltet würde, wenn nötig. »Ich werde dafür sorgen, dass Sie laufend unterrichtet werden.«

»Der Rest ist für dich«, sagte er später. »Berger, melde Lise Beck als vermisst, und sorg dafür, dass die Angehörigen regelmäßig unterrichtet werden.«

»Ich sehe überhaupt nicht ein, warum der Rest für mich sein sollte«, erwiderte sie heftig. »Erzähl mir mal, aus welchem Grund aufgeregte Mütter und Kaffeekochen mein Part sein sollen. Als hätte ich ein eigenes Gen für so etwas!« Sie stand auf und ging mit schnellen Schritten vor dem Fenster auf und ab. Die Sonnenstrahlen fielen auf ihr Haar, das ihn an frisch geputztes Kupfer erinnerte. Ihre Wangen hatten Farbe bekommen, als hätte sie eine längere Joggingtour unternommen.

Eira erkannte Ehrgeiz, wenn er ihm begegnete. Berger war begieriger, erfolgreich zu sein, als viele andere. Das war nicht zu übersehen. Etwas sagte ihm, dass sie dadurch empfindlicher war, was Kritik anbelangte. Durch Niederlagen verletzbar. Sie war immer zur Stelle, überaus engagiert bei allem, was geschah, und er fragte sich, ob ihr Streben nach Anerkennung und Erfolg nicht das überstieg, wovon er selbst einmal geträumt hatte.

Er streckte versöhnlich beide Hände vor. »So war es nicht gemeint! Aber bring eine Vermisstenmeldung auf den Weg. Das hier kann tatsächlich mehr sein als eine hysterische Mutter und ihre durchgebrannte Tochter.« Er ließ die Hände sinken. Mit einem Mal presste er die Lippen zusammen, wirkte zerstreut. Ein kleiner Muskel am Kiefer bewegte sich. »Was glaubst du denn? Warum sollte jemand junge Mädchen umbringen wollen? Anscheinend ohne Motiv?«

Er wandte sich direkt der Kollegin zu, als hoffe er auf eine Erklärung, aber sie schwieg. »So etwas passiert hier eigentlich nicht«, sagte er langsam. »Oder müssen wir vielleicht gerade darauf unser Augenmerk richten? Dass es eben genau *hier* passiert ist?«

Er schüttelte den Kopf, wie um ihn freizubekommen. »Wenn es so ist, haben wir ein Problem. Wenn sich noch weitere in der Gefahrenzone befinden, wie schützen wir diese jungen Mädchen dann? Wir haben keine Ahnung, wie der Mörder sie ausgesucht, was die Opfer besonders verletzbar gemacht hat.« Er stand auf und trat ans Fenster, steckte die Hände in die Hosentaschen und starrte nach unten auf die Straße. Eine Haarsträhne fiel ihm ins Gesicht, und im Nacken reichten die Haare über den Hemdkragen. Berger dachte unvermittelt, dass Eira seinem Aussehen gar keinen Wert beimaß und dass ihm das vermutlich besser stand, als wenn er sich nach der neuesten Mode gekleidet hätte.

Er drehte sich zu ihr um, und seine Stimme unterbrach ihre Gedanken: »Vielleicht sind die jungen Frauen zur falschen Zeit am falschen Ort gewesen. Oder der Mörder besitzt einen konkreten Plan und hat seine Opfer längst ausgesucht.«

Berger hatte sich gesetzt und hörte ihm zu, entspannter jetzt, nicht mehr so auf dem Sprung. »Also ehrlich, Eira. Sind das nicht ein bisschen übereilte Schlussfolgerungen? Über Lise Beck wissen wir doch gar nichts. Sie ist gerade mal vierundzwanzig Stunden weg, die kann doch jederzeit wieder auftauchen.«

Er schüttelte den Kopf. »Das passt nicht. Jedenfalls für mich nicht. Ihrer Mutter zufolge ist dieses vermeintliche Abhauen der Tochter völlig untypisch für Lise.«

Berger schien nicht überzeugt zu sein. »Das klingt wie eine ungesunde Mutter-Tochter-Beziehung. Vielleicht handelt es sich um eine verspätete pubertäre Reaktion? Rebellion gegen die scharfe Kontrolle? Sie macht einmal etwas, ohne es der Mama vorher anzukündigen.«

Eira lächelte so breit, dass seine Augen verschwanden. »Berger, du bist Kriminalkommissarin. Versuch dich nicht als Psychologin, um Himmels willen! Bis Lise Beck tatsächlich wieder aufkreuzt, behandeln wir das hier als weitaus bedenklicher, als wir es normalerweise tun würden.« Er nickte zur Tür hin. »Lass die Vermisstenanzeige raus. An alle Instanzen.«

Totto sah lange auf das Display der Digitalkamera. Er bewegte den Apparat in unterschiedliche Richtungen und genoss das Szenario, das er betrachtete. Hinter dieser Scheibe lag eine eigene Welt, eine, die er selbst geschaffen hatte. Die Kamera fing alle Facetten darin auf, sammelte die Augenblicke, verewigte sie. Er brauchte nicht zu befürchten, auch nur einen Einzigen zu vergessen. Oder sich zu sorgen, dass seine Gefühle schwächer würden, weil die Bilder in der unzuverlässigen Erinnerung verblassten.

Sie war seine Kreation. Dies war sein Stillleben. Wenn das Werk vollendet war, übertrug er es von der Kamera auf den Computer. Ein weiteres Fenster zu einer Welt, die er selbst schuf und zu der nur er Zugang hatte.

Jeder Künstler weiß, wie ein einfacher Hintergrund ein Kunstwerk hervorzuheben vermag. Einfache Holzwände, eine nackte Holzbank. Das volle feuchte Haar über der nackten Haut war wie Bernstein auf einem weißen Strand. Und die Augen, in die er sich lange Zeit versenkt hatte, als seien es große blaue Waldseen. Er konnte sich nicht sattsehen.

18

Es war noch früh am Montagmorgen, erst neun Uhr. Die fremde Frau war unangemeldet erschienen. Sie hatte nach Aslak Eira gefragt und war den Korridor entlangspaziert, begleitet von Henriksen, der perplex und tatsächlich mal schweigsam neben ihr herging. Sie stellte sich als Mona Lie vor, Psychiaterin. Sie habe in dem Fall der Studentin einige Informationen für ihn.

Ausnahmsweise schien Henriksen eine unvorhergesehene Aufgabe freudig übernehmen zu wollen. Eira allerdings auch. Ihren Namen mochte er vergessen haben, nicht aber ihre Stimme. Er begleitete sie zur Tür seines Büros und schloss diese buchstäblich vor Henriksens Nase, ehe der Kollege noch seine Brille zurechtrücken konnte.

»Kaffee?«

Die Frau nickte. Ein kleines ovales Gesicht, eingerahmt von dunkelbraunem, gewelltem Haar.

Eira beobachtete sie verstohlen, während er Kaffee in zwei Pappbecher füllte. Er gab ihr den einen und ließ sich dann auf seinen Stuhl fallen. Alles an ihr war klein und zierlich. Die Hände, der eng anliegende Mantel, die Füße in den hohen Stiefeln.

Sie blieb stehen. Er hatte wohl etwas an sich, dachte er, etwas Schroffes, das nicht unbedingt dazu verleitete, sich wie zu Hause zu fühlen. Er deutete mit einem Kopfnicken zum Besucherstuhl. »Nett, Sie tatsächlich kennenzulernen«, sagte er. »Setzen Sie sich doch bitte.«

Mona Lie zog sich den Stuhl heran, ohne ihn aus den Augen zu lassen. Ihre Bewegungen waren so gleitend und graziös, als bewegte sie sich im Wasser und nicht in der trockenen Luft seines Büros. Es kam ihm vor, als habe sie den Blick nicht von ihm abgewendet, seit er sie begrüßt hatte. Nicht neugierig oder musternd; sie schien ihn ganz einfach offen zu betrachten, den Kopf leicht zur Seite geneigt. Plötzlich wurde ihm bewusst, dass er die Ärmel hochgekrempelt hatte und dass seine Haare bestimmt in alle Richtungen standen. Mit der Hand fuhr er sich übers Kinn und merkte, dass er heute Morgen das Rasieren vergessen hatte. Zwischen Dusche und Frühstückskaffee war er meist noch nicht richtig wach.

Typisch Psychiater, dachte er ärgerlich und schob einen Stoß Papiere so heftig zur Seite, dass er beinahe über den Rand des Schreibtischs gekippt wäre. Die Frau wirkte so jung. Heilfroh, dass sie keine Gedanken lesen konnte, schob er den Papierstapel an seinen Platz zurück. Er überlegte, ob er vielleicht etwas überreagierte. Er sammelte sich, hob schließlich den Kopf und begegnete ihrem prüfenden Blick.

»Sie hatten etwas, worüber Sie mit uns reden wollten?«

»Mit Ihnen jedenfalls. Sie hatten mich doch dazu aufgefordert, oder?« Sie lächelte, wurde aber schnell wieder ernst. »Wie Sie bereits wissen, bin ich Psychiaterin und an der Uniklinik angestellt, genauer gesagt im Gesundheitsdienst des Studentenwerks. Außerdem arbeite ich an einem Nachmittag pro Woche in einem Büro in der Stadt.«

Eira nickte nur und wartete, dass sie zur Sache kommen würde. *Psychiater* war ihm Erklärung genug.

»Wir unterliegen der Schweigepflicht, wie Sie bestimmt wissen. Aber ich muss das mit jemandem besprechen.« Auf einmal sah sie besorgt, fast ängstlich aus. »Dann und wann bewegen wir uns in einem Grenzland, wenn wir mit Patienten reden. Sie berichten von Dingen, von denen man wünschte, sie hätten sie ganz anderen Berufsgruppen anvertraut, zum Beispiel der Polizei. Und dann sitzt man mit Informationen da, die der Schweigepflicht unterliegen und auf keinen Fall weitergegeben werden dürfen, auch wenn man vielleicht damit schnellstens zur nächsten Instanz laufen sollte.«

Das alles war ihm nicht neu. Sie schien sich erst warm reden, sich langsam zum Kern der Sache vortasten zu müssen. Falls es einen gab. Ihm war es recht, sie bot einen angenehmen Anblick, er fühlte sich entspannt, und er hörte ihre Stimme gern, wie sie sachlich und systematisch an einem Punkt begann.

»Vor einigen Tagen bekam ich eine sonderbare Geschichte zu hören, die kurz gesagt darauf hinauslief, dass jemand sich verfolgt fühlte, ohne auf einen speziellen Verfolger hinweisen zu können.« Mona Lie sah ihn wieder direkt an.

»Aha.«

»Genau dieses Phänomen ist für uns in meiner Praxis nichts Neues. Paranoia in der einen oder anderen Ausprägung kommt selbst bei den ganz ›Normalen‹ unter uns vor.«

Sie hatte beide Hände gehoben und beim Wort »normal« mit den Zeigefingern Anführungszeichen gemacht.

Das war das erste Negative, das ihm an ihr auffiel, dachte er und runzelte die Stirn.

»Es gab wenig Konkretes, womit sie ihr Gefühl hätte untermauern können. Keine obszönen Anrufe oder Briefe.«

Eira leerte seinen Pappbecher und warf ihn in den Papierkorb. »Gar nichts Konkretes, nur ein Gefühl?«

Die Psychiaterin nickte. Sie schwieg. Lange saßen sie so da und sahen sich an, ohne ein Wort zu sagen.

Eira überlegte, ob er wohl an einem idiotischen Gesellschaftsspiel teilnahm, bei dem es darum ging, so lange wie möglich ernst zu bleiben und zu schweigen. Unruhig rutschte er auf seinem Stuhl hin und her. »Vielleicht hätte sie sich mehr auf ihr Studium konzentrieren und weniger fantasieren sollen?«

»Ich bin noch nicht beim Kern der Sache.« Sie sah ihn vorwurfsvoll an. »Sie müssen die Menschen reden lassen, sonst kann Ihnen das Entscheidende verborgen bleiben.«

»Dr. Lie, ich habe keine gut bezahlte Stelle als Psychiater«, sagte er kurz angebunden. »Ich kann nicht den ganzen Tag aufs Überlegen und Philosophieren verwenden, so wie Sie und Ihre Studenten. Sie sagten, Sie hätten mir etwas mitzuteilen.« Ihre Porzellanhaut hatte etwas Farbe bekommen. »Wenn Sie mich einfach ausreden ließen.«

Er starrte sie an. »Dann sagen Sie's.«

»Ich war bis vorgestern auf einer Tagung in Oslo«, erklärte sie. »Ich habe die Vermisstenmeldung heute in der Zeitung gelesen.« Sie zögerte. »Ich muss Ihnen mitteilen, dass es Lise Beck war, die nur wenige Tage, ehe sie verschwand, in meinem Büro war.«

Eira richtete sich auf. »Lise Beck?«

Sie nickte.

»Und wenn Sie uns diese Information vor«, er sah auf die Uhr, »zehn Minuten gegeben hätten? Geduld ist ein Luxus, den wir uns nicht in unbegrenzter Menge leisten können.«

Mona Lie hatte sich zurückgelehnt. Eira dachte mit Schaudern, dass sie ihn abschätzte, ihn auseinandernahm, seine Persönlichkeit zerpflückte und eine Liste anlegte über das, was man hätte anders machen können, damals, als man ihn zusammengesetzt hatte.

Sie legte eine Hand unters Kinn und sah aus, als konzentrierte sie sich. Dabei beobachtete sie ihn unablässig. »Nichts hat mich sonderlich beunruhigt, als ich mit Lise redete. Ich dachte wie Sie, nämlich dass sie eine lebhafte Fantasie hat. Höchstens noch, dass sie ängstlich geworden war nach dem, was mit ihrer Freundin Beate Moberg passiert war.«

»Was hat sie denn erzählt?«

»Nicht viel.« Mona Lie zuckte die Achseln. »Kleinigkeiten. Zum Beispiel, dass sie öfter das Gefühl hatte, jemand sei in ihrem Zimmer gewesen, ohne dass etwas fehlte. Oder dass jemand direkt hinter ihr stünde oder sie aus der Entfernung studierte. Und dieses Gefühl sei immer so intensiv und unangenehm gewesen, dass sie davon Herzklopfen bekam.«

»Warum hatte sie diese Gefühle?«

»Es waren mehr vage Wahrnehmungen. Als würde sie überwacht. Ich bat sie, mit Ihnen darüber zu sprechen.« Sie schwieg und hob die Augenbrauen. »Hat sie es getan?«

Eira schüttelte den Kopf. »Haben Sie Lise Beck nur das eine Mal getroffen?«

Sie nickte.

»Welchen Eindruck hat sie insgesamt auf Sie gemacht? Wirkte sie unausgeglichen, gestört?«

»Das Mädchen wirkte völlig okay.« Sie lehnte sich vor, starrte ihn bekümmert an. Die Augen waren seltsam hellblau, ein interessanter Kontrast zu dem dunklen Haar. »Weiß man, was geschehen ist? Ich meine, ist ihr etwas zugestoßen oder ist sie abgehauen?« Sie zögerte, schüttelte den Kopf und korrigierte sich selbst: »Lise macht nicht den Eindruck, als sei sie der Typ, der in irgendwelche dummen Geschichten hineingerät. Warum sollte sie auch? Sie hat gerade ihr Studium begonnen. Und sie hat hart gearbeitet, um diesen Studienplatz zu bekommen. Sie wirkte auf mich wie eine junge Frau, die genau weiß, was sie will, und die das auch durchzieht.«

»Haben Sie Beate Moberg einmal getroffen?«

Sie schwieg, schien zu überlegen. Eira war nun wahrhaftig kein Psychiater, aber er spürte, dass sie die ganze Zeit angespannt war, und zwar trotz des anscheinend entspannten und professionellen Tons ihres Gesprächs. Sie schien eine Mauer um sich errichtet zu haben, die sich unmöglich durchdringen ließ. Das weckte seine Neugier. Er überlegte, was sich wohl dahinter verbarg, aber er bezweifelte, dass er es herausfinden würde.

»Ich habe mit den Studenten in den Pausen zwischen den Seminaren über alles Mögliche geredet«, sagte sie schließlich. »Auch mit Beate Moberg. Aber ich kann nicht sagen, dass ich sie gekannt hätte. Und ich erinnere mich auch nicht, dass wir über etwas Spezielles geredet hätten.«

»Gab es irgendwelche jungen Männer, mit denen die Mädchen besonders oft zusammen waren?«

»Nicht dass ich wüsste.« Sie zuckte die Achseln. »Bewunderer hatten sie viele. Mit manchen waren sie etwas öfter zusammen als mit anderen, zum Beispiel mit Per Roan. Aber vielleicht war die Bewunderung eher einseitig.«

»Also gut. – Würden Sie bitte mit uns in Kontakt bleiben und es mich wissen lassen, sobald etwas auftaucht, das für den Fall von Bedeutung sein könnte?«

Zu seinem Erstaunen nickte sie, und zwar, wie er es interpretierte, aufrichtig entgegenkommend. »Unbedingt. Sie werden bestimmt wieder von mir hören, Eira.«

Sie hob die Hand, als er aufstand, um sie nach draußen zu begleiten. »Danke, ich finde den Weg allein.«

Er hob die Augenbrauen. »Das war keine Höflichkeitsgeste, Dr. Lie. Ich muss Ihnen aufschließen.«

Vom Fenster aus beobachtete er, wie Mona Lie die Straße entlangging, sich ins Auto setzte und die Grønnegata hinunterfuhr. Er sah ihr nach, bis der Wagen außer Sicht war. Er nahm ihren leeren Pappbecher und studierte den Lippenstiftabdruck, dann knüllte er ihn zusammen. Sein Ton war zu schroff gewesen, wie ein Unteroffizier, der sich wichtig machen muss. Nicht nötig, über den Grund zu philosophieren. Eira. Dr. Lie … Mona Lies hellblauer Blick hatte in ihm eine Saite berührt, die er nur allzu gut kannte. Er war nur ein Mensch. Um nicht zu sagen, nur ein Mann. Über Unwesentliches zu spekulieren, war reine Zeitverschwendung. Mona Lie hatte sich als eine Art Zeugin gemeldet. Sie war wirklich nicht gekommen, um ihm ein Rendezvous vorzuschlagen. Es galt jetzt nur, sich selbst einen Tritt zu versetzen und wieder in der Realität aufzuwachen. Sie ermittelten in einem Mordfall.

Er warf den Pappbecher in den Papierkorb und zwang sich, an das zu denken, wovon sie gesprochen hatte. Lise

Beck hatte also das vage Gefühl gehabt, jemand observiere sie. Nur so ein Gefühl. Aber offenbar doch so stark, dass die Studentin das Bedürfnis gehabt hatte, mit jemandem darüber zu sprechen.

Er blätterte in seinen Notizen und suchte die Handynummer von Per Roan heraus.

19

Der junge Mann kam langsam auf das Auto zu, in dem Eira und Berger auf ihn warteten. Er hatte die Hände tief in den weiten Jeans vergraben und die Kapuze des Sweatshirts über den Kopf gezogen. Per Roan war groß, aber ob er dünn war wie eine Bohnenstange oder durchschnittlich in den Proportionen, ließ sich wegen der überdimensionierten und ausgebeulten Kleidung nicht sagen. Die Schultern hatte er bis an die Ohren hochgezogen, und er schlurfte, als wenn er durch Wasser watete. Der Mann schien alle Zeit der Welt zu haben. Unter der Kapuze schaute ein Ohrläppchen heraus, an dem zwei dicke goldene Ohrringe zu sehen waren. Als er sich ins Auto setzte, nickte er kurz.

Eira war mürrische junge Männer gewöhnt, und Roan war höchstens vierundzwanzig Jahre alt. Er zeigte dieselbe unzugängliche Miene wie Niillas, sein Sohn. Hinter maskuliner Schroffheit verbarg sich meistens nichts als Verlegenheit.

Oder Angst, dachte Eira und startete den Wagen.

»Das ist ein informelles Gespräch und reine Routine«, sagte Berger beruhigend. »Wir dachten, Sie wollten vielleicht nicht so gern in Ihrer eigenen Umgebung mit uns reden.« Sie bemühte sich um ein verbindliches Lächeln. Diese kleine Bewegung des Mundes veränderte ihr Gesicht derart, dass Eira sich nicht vorstellen konnte, wie es ihr sonst gelang, so streng auszusehen.

Auf Roan schien Bergers Lächeln dagegen keinen Eindruck zu machen. Er schaute einfach nur misstrauisch.

»Wir fahren in ein Café und suchen uns einen ruhigen Platz«, sagte Eira.

Im Café Sagatun saßen an einem Tisch drei ältere Damen und an einem anderen ein jüngeres Paar. Sie fanden einen Ecktisch, und die Bedienung brachte ihnen drei Tassen Kaffee, den Eira bestellt hatte, ohne Roan zu fragen, ob er überhaupt welchen trank. Der junge Mann schwieg beharrlich.

Eira kam gleich zur Sache. »Wie gut kennen Sie Lise Beck?«

Per Roan zuckte die Schultern. »Im Grunde gar nicht«, sagte er schließlich. »Ich kenne Anniken Ås. Die beiden sind wohl befreundet.«

Der kommt auch aus dem Westland, bemerkte Eira. »Kannten Sie Anniken schon vor Beginn des Studiums?«

Roan nickte.

»Kommen Sie aus demselben Ort?«

Wieder Nicken. Eira rutschte auf dem Stuhl hin und her.

»Roan, nun hören Sie mir mal gut zu. Die Situation ist ernst. Eine Frau ist wahrscheinlich ermordet worden, eine zweite ist verschwunden. Ich schlage vor, Sie machen jetzt mit, und ich muss Ihnen nicht länger die Wörter einzeln aus der Nase ziehen. Falls das zu schwierig ist, müssen wir einen Ausflug in die Grønnegata machen. Hier ist es allerdings viel gemütlicher, und der Kaffee ist deutlich besser.« Er wartete einen Augenblick, bis er sah, dass Roan begriffen hatte. »Wann sind Sie Lise Beck zuletzt begegnet?«

»Ich war auf derselben Fete wie sie, an dem Abend, als sie verschwunden ist.« Er hatte sich vorgebeugt und beide Hände auf die Knie gelegt. Die Schultern hatte er immer noch bis an die Ohren hochgezogen. »Ich bin allerdings erst nachts dort hingegangen, und sie war schon weg, als ich ankam.«

Defensivhaltung, dachte Eira. »Und wann sind Sie gekommen?«

Roan überlegte. »Gegen drei. Ich habe keine Ahnung, was sie gemacht hat, nachdem sie gegangen ist«, ergänzte er; die bleichen Wangen hatten nun etwas Farbe bekommen. »Sie wollen doch nicht etwa sagen, ich sei verdächtig, nur weil ich auf derselben Party war wie Lise?« Seine Augen, klein und dunkelbraun, blitzten plötzlich heftig.

Eira antwortete nicht. Stattdessen wechselte er das Thema. »Haben Sie sich im Driv mit Beate Moberg unterhalten, an dem Abend, als sie verschwand? Es heißt, Sie seien auch dort gewesen.«

Roan stöhnte auf und sah weg. »Heiliger Himmel ...«

»Nun?«

Roan wandte sich wieder Eira zu. »Wenn Sie alle befragen wollen, die mit einem der Mädchen ausgegangen sind oder mal in derselben Kneipe waren, dann haben Sie noch allerhand vor sich.«

»Haben Sie an dem Abend mit Beate Moberg geredet?«, wiederholte Berger die Frage.

Roan wandte sich ihr zu. »Das ist doch wohl total daneben«, entgegnete er, trotz allem etwas ruhiger. »Es war ein ganz gewöhnlicher Abend. Ich hab mich vor allem mit Hilde Samuelsen unterhalten. Und ich hab gesehen, dass Beate ging. Das ist alles.«

Er hielt inne, dann platzte es förmlich aus ihm heraus: »Beate Moberg und ich haben nichts miteinander zu bereden. Der hab ich schon längst gesagt, was ich von einer ihres Kalibers halte.«

»Ihres Kalibers?« Eira beugte sich vor. »Was soll das heißen? Sag's lieber gleich.« Eira sah aus, als meinte er es ernst.

»Ich hab von ein paar Kumpels gehört, dass sie leicht zu haben sei. Ode…r«, er dehnte das Wort. »Na ja, sie war eine, die Gegenleistungen für eine Nummer verlangte.«

»Und was bedeutet das konkret?« Berger saß ganz vorn auf der Stuhlkante.

»Die hatten das von einem gehört, der mit ihr zusammen in der Mittelstufe war. Er hat einen älteren Bruder, und der hatte von ihr eine Nummer bekommen, weil er ihr eine spezielle Winterjacke besorgt hat. Die war zu teuer, ihre Mutter hätte sie ihr nicht kaufen können.« Plötzlich sprudelten die Sätze nur so aus ihm heraus. Es war, als wäre ein Damm gebrochen.

»Die Verhältnisse bei denen zu Hause waren chaotisch, sie hatten wenig Geld. Beate war schlau. Die machte nie was, wobei man *sie* erwischt hätte. Das machten andere für sie. Für Gegenleistungen.«

»Heißt das …« Berger hatte plötzlich einen angestrengten Zug um den Mund.

Roan hatte tief Luft geholt und war nun offenbar wieder in seine anfängliche Apathie zurückgefallen. »Sie haben doch gefragt.«

Eira nickte beruhigend. »Aber was Sie erzählen, ist lange her. Schulgeschichten. In der letzten Zeit, gab es da etwas Spezielles? Etwas, das wir wissen sollten?«

»Ich weiß nicht.«

»Was haben Sie gemacht, nachdem Beate das Lokal verlassen hatte?«

Roan starrte Eira an. »Was ich gemacht habe?« Er wandte sich ab, schüttelte den Kopf.

»Hören Sie.« Eira faltete die Hände auf dem Tisch und bemühte sich um Augenkontakt mit Roan. »Wir wissen, wie schwierig das alles ist. Aber wir müssen so viele Details wie möglich erfahren, und Sie müssen uns dabei helfen.«

»Ich bin kurz nach ihr gegangen.« Er sah immer noch zu Boden. »Nach Hause.«

»Okay, lassen Sie uns das Thema wechseln.« Kine Berger drehte ihren Pferdeschwanz langsam zwischen den Fingern. »Wissen Sie etwas über die Nacht, in der Lise Beck verschwunden ist? Abgesehen davon, dass das Wetter abscheulich war?«

Roan zuckte die Achseln. »Ich war so sauer und wütend, da passte das Wetter perfekt zu meiner Stimmung.«

»Waren Sie mit jemand zusammen, der bestätigen kann, was Sie uns erzählen?«

Roan hob den Kopf und starrte Eira an, als begriffe er mit einem Mal, wovon sie redeten. »Fragen Sie mich nach einem Alibi? Ob ich für die Nacht, in der Lise Beck verschwunden ist, ein Alibi habe?« Die dunklen Augen spiegelten plötzlich sein Erschrecken. Eira nickte.

»Ich bin allein gewesen«, sagte er leise. »Und ich bin niemandem begegnet.«

Eira parkte den Wagen vor dem Studentischen Gesundheitsdienst und biss in einen Apfel. Als Mona Lie um halb sechs aus dem Büro kam, hielt er nur noch den Stiel in der Hand.

Erstaunt riss sie die Augen auf, als er aus dem Auto stieg und auf sie zuging. »Ist etwas passiert?«

Er schüttelte den Kopf und öffnete ihr die Beifahrertür. »Zwei Minuten, falls Sie Zeit haben.«

Sie nickte und stieg ein.

»Sie kennen wohl nicht alle Studenten, oder?«

Die Antwort war klar, aber sie schüttelte trotzdem den Kopf.

»Per Roan ist auch kein Name, der Ihnen etwas sagt?« Er kurbelte die Scheibe herunter und schnipste den Apfelstiel aus dem Fenster.

Sie sah ihn skeptisch an. »Hören Sie, Eira, ich finde es spannend und interessant, dass Sie mich fragen, aber auch ein bisschen problematisch. Ihnen ist doch wohl klar, dass ich nicht Gott und die Welt mit Ihnen diskutieren kann?«

»Okay. Ist klar. Aber Sie können doch aufmerksam sein und mir Bescheid geben, wenn Sie etwas hören? Gerüchte, Vermutungen, solche Sachen?« Er hob eine Tüte vom Armaturenbrett und legte sie ihr vorsichtig auf den Schoß. »Falls Sie zwei Stunden erübrigen können, würde ich mich freuen, wenn Sie mir etwas über das studentische Leben hier in der Stadt erzählen. Ich muss mehr über das Milieu wissen. Bisher kann ich mich noch nicht so recht hineinversetzen. Was da so vor sich geht, was sie tun und was nicht.« Er fuhr rückwärts aus der Parklücke. »Halten Sie die Tüte bitte fest, aber vorsichtig. Das sind Möweneier. Die Vögel mag ich nicht, aber ich liebe die Eier. Einfaches Essen. Sie müssen nur etwas länger kochen als gewöhnliche Eier. Zu Ihren Füßen steht eine Tüte mit Mack-Bier. Natürlich das leichte. Später, wenn Sie mir alles über das hiesige Studentenleben erzählt haben, bringe ich Sie wieder zu Ihrem Auto.«

20

Aslak Eira war schon wach, er lag im Bett und starrte an die Decke, als die Abiturienten am 17. Mai traditionsgemäß mit Pfeifen und Tuten und lautem Gejohle in aller Herrgottsfrühe begannen, die Stadtbewohner zu wecken. Niillas war erst vor einer halben Stunde nach Hause gekommen. Eira glaubte, dass ihn das geweckt hatte. Andererseits war er nicht sicher, ob er überhaupt geschlafen hatte.

Den Nationalfeiertag mit Flaggen und Jubel zu feiern, während man in einem Mordfall ermittelte, war bizarr und verstörend. Der Prozess wurde für mindestens einen Tag unterbrochen und dadurch gebremst. Und irgendwie fand er es in der gegenwärtigen Situation auch völlig sinnlos und unangemessen, zu feiern. Er stand auf, aber beim Gedanken an den neuen Tag wurde er ganz trübsinnig.

Eira machte für sich allein Frühstück, Niillas war vom nächtlichen Feiern erledigt und allenfalls gerade erst in Tiefschlaf gesunken. Er würde sicher nicht vor Mittag aufwachen. Das Vernünftigste war, das zu tun, was alle taten. Durch die Stadt zu schlendern, dem Kinderumzug und all den festlich gekleideten und ebenso gestimmten Menschen zuzusehen. Am Spätnachmittag konnte er sich dann wieder in die Arbeit vertiefen.

Die Wettergötter meinten es gut. Einige wenige schneeweiße Wattewolken schwebten hoch oben am blauen Himmel. Heute brauchten die Kinder keine Fäustlinge zu tragen, wenn sie ihr Eis schleckten, das war als Zeichen für den Frühlingsanfang eindeutiger als die Leberblümchen, die im Übrigen so weit im Norden auch gar nicht mehr wuchsen.

Er schloss den Gürtel über der Samenkofta, dem traditionellen tunikaähnlichen Kleidungsstück, und steckte das Messer in die Scheide. Dieses Exemplar benutzte er schon lange, und er war damit besonders zufrieden, um nicht zu sagen, er war stolz darauf. Von der Storgata aus starrte er über die Flaggen und die Menschenmenge, die sich in Erwartung des Kinderumzugs auf den Bürgersteigen versammelt hatte. Er schlenderte langsam die Straße hinunter, mischte sich unter die Menge, zwischen all den Trachten fiel seine Samenkofta plötzlich überhaupt nicht mehr auf. Er bewegte sich mit dem eigenartigen Gefühl, trotz des Gewimmels mutterseelenallein zu sein. Das lag an dem Mordfall, dachte er. Die Ermittlungen und das Gefühl, auf der Stelle zu treten, bedrückten ihn.

Als er gerade umkehren wollte, entdeckte er zwei bekannte Gestalten, die vor dem alten Kino standen und sich unterhielten. Auch Gerhard Eng trug das Gewand der Samen. Er nickte mehrfach, während er dem Mann zuhörte, der neben ihm stand und in einem fort redete. Den Isländerpulli hatte er gegen Hemd und Anzugjacke getauscht, und Eira hätte ihn kaum wiedererkannt, aber das war eindeutig Birger Krogh. Krogh, du alter Fuchs, dachte er. Was versuchst du gerade aus Eng herauszulocken? Eira verlangsamte seine Schritte und überlegte, ob er sich zu erkennen geben oder einfach weitergehen sollte. Er konnte sich nicht erinnern, dass die zwei sich jemals viel zu sagen gehabt hätten. Eher im Gegenteil, Eng hatte immer auf Krogh geblickt wie ein Puritaner, der beim Striptease zusieht. Mit einer Mischung aus Neugier und heftiger Abscheu. Aber vielleicht diskutierten sie gar nicht den Mordfall, dachte Eira und bahnte sich seinen Weg zu der Stelle, wo sie standen. Als er dort angekommen war, waren beide verschwunden.

Er schlenderte weiter durch die Volksmenge und stellte sich an die Ecke beim Marktplatz. Dass er meinte, alle anderen beschäftigte der Fall genauso sehr wie ihn, kam ihm wie eine lästige Nebenwirkung der Ermittlungen vor.

Als das Handy klingelte, erschien Mona Lies Nummer. Sie hatten gestern anderthalb Stunden miteinander verbracht, es war nett und entspannt gewesen. Sie hatte misstrauisch die Möweneier probiert, die großen orangefarbenen Dotter und das Weiß, das fast wie Glas aussah. Dabei hatten sie tatsächlich über das studentische Leben in der Stadt gesprochen. Sie waren zu dem Schluss gekommen, das Studentenmilieu sei hier wohl kaum anders als in anderen Universitätsstädten. Nur eben kleiner und überschaubarer.

»Herzlichen Glückwunsch. Sie haben wohl den Kinderumzug gesehen?« Für ihre Verhältnisse redete sie schnell, beinahe hastig.

Ihm wollte kein Grund einfallen, warum sie ihn an einem Tag wie diesem anrief, es sei denn, sie hatte neue Informationen oder schlechte Nachrichten. »Ja, klar.« Er konnte seinen ungeduldigen Tonfall selbst hören, und am anderen Ende wurde es still. »Was gibt's denn?«, fragte er rundheraus.

Sie lachte verlegen. »Uff … vielleicht keine so gute Idee … Ich hab nur überlegt, ob Sie schon zu Mittag gegessen haben oder ob Sie verabredet sind? Selbst wenn heute Feiertag ist, hat ja nicht jeder schon was vor.«

Er zögerte. »Nein.« Normalerweise nicht, dann hätte er beim Verein der Samen vorbeigeschaut, hätte in der Tromsø Sameforening eine Tasse Kaffee getrunken und mit den Leuten geredet. Aber das tat er nur, wenn ihm nicht mehrere ungelöste Fälle wie Mühlsteine um den Hals hingen.

Sie nahm noch einen Anlauf. »Mögen Sie nicht herkommen? Ich habe eine riesige Lasagne fertig und nur einen Magen, der satt werden muss.«

Er hatte für sich und Niillas am Abend einen Platz im Restaurant bestellt. Aber etwas in ihrer Stimme sagte ihm, dass eine Absage herzlos wäre.

Er überlegte, ob sie wohl den ganzen Tag allein herumgelaufen war, so wie er selbst.

»Niillas schläft immer noch. Er war die halbe Nacht auf einer Fete und ist ein bisschen aus dem Rhythmus, um es so auszudrücken. Ich glaub nicht, dass er so bald aufwacht, aber ich kann nicht einfach abhauen, so dass er ausgerechnet heute allein ist, wenn er aufwacht.«

Es war lange still auf der anderen Seite. »Niillas?«

»Mein Sohn.«

»Ihr Sohn?« Er konnte hören, wie sie schluckte. »Tut mir leid. Ich wusste nicht …«

Ihm fiel plötzlich ein, dass Niillas gestern nicht zu Hause gewesen war. Ihr Gespräch hatte ja keine persönlichen Themen berührt, und ihm wurde bewusst, dass Mona Lie geglaubt hatte, er lebte allein. »Kein Problem. Es gibt nur uns beide. Auch im Alltag.«

Wieder drei Sekunden Stille. »Ich verstehe. Und was, wenn ich die Form auf den Rücksitz stelle und zu Ihnen komme? Mohammed und der Berg, oder wie war das noch? Es dürfte ungefähr eine halbe Stunde dauern, dann hat sich die Lasagne gesetzt und wäre perfekt.«

Ihre Hartnäckigkeit verblüffte ihn, war ihm aber extrem sympathisch. Im Grunde gab es keinen Zweifel, was er antworten sollte.

»Ist das in Ordnung?«, wiederholte sie, fast etwas außer Atem.

»Kommen Sie einfach.« Dann fiel ihm noch etwas ein, und er sagte: »Sehr nett von Ihnen.«

Fünfundzwanzig Minuten später parkte sie hinter seinem Auto. Sie brachte sowohl eine große Auflaufform mit Lasagne als auch eine Schüssel Salat mit. »Ich dachte, es wäre schön, mit jemandem zusammen zu essen«, sagte sie schlicht.

Er fragte sich, warum sie an einem solchen Tag nicht mit Freunden zusammen war. Stattdessen fragte er: »Haben Sie im Stillen über meine Situation nachgedacht und beschlossen, ich bräuchte moralische Unterstützung?«

»Aber nein«, lachte sie. »Vielleicht brauche ich moralische Unterstützung.« Sie wurde ernst und senkte den Blick.

Er sah sie lange an. »Wie lange sind Sie schon hier?«

»Acht Monate.«

»Alleine?«

Er merkte, wie sie zögerte. Vermutlich schirmte sie ihr Privatleben ebenso sehr ab, wie er es tat, dachte er. So gesehen war sie eine perfekte weibliche Bekannte.

»Ich bin geschieden, seit einem Jahr.« Er nickte nur.

»Und hab keine Kinder, falls Sie das wissen wollen.« Sie biss sich auf die Lippe. »Wir waren acht Jahre verheiratet. Ich weiß nicht, warum wir keine Kinder bekommen haben. Wir haben es nie untersuchen lassen.«

Wieder nickte Eira. Seine Augen ruhten auf ihrem Gesicht, während sie sprach.

Sie stützte die Ellbogen auf und neigte den Kopf zur Seite, während sie ihn musterte. »Vor einem Jahr dachte ich, nun muss ich etwas unternehmen. Etwas anderes, etwas ganz Neues machen. Ich war 31 Jahre alt, alleinstehend, kinderlos und Psychiaterin von Beruf. Alles schien bereit für ein neues Leben. Und hier war eine Stelle frei, die ich mir für mich vorstellen konnte.« Sie legte beide Handflächen auf den Tisch und sah wieder nach unten. »So viel habe ich nicht mehr über mich geredet, seit ich zu meinem vorletzten Vorstellungsgespräch eingeladen war. Es ging um eine Stelle in Oslo, um die ich mich vor drei Jahren beworben habe. Und die ich nicht bekam«, ergänzte sie mit einem schiefen Lächeln.

Eira betrachtete sie. »Sind Sie nur wegen des Jobs hierhergekommen?« Das Lächeln verschwand, und ihm wurde bewusst, dass er eine Grenze überschritten hatte. Sie schwieg und sah weg. Aber dann sagte sie plötzlich: »Ich bin … überfallen worden … am Arbeitsplatz. So etwas kann vorkommen in der Ambulanz mit psychotischen Patienten, die man nicht so gut kennt. Ich hatte mich überschätzt und hielt mich nicht an die Regeln. Es war meine eigene Schuld.«

Ihre Augen waren fest auf sein Gesicht gerichtet, wie um seine Reaktion abzulesen. »Das war einigermaßen traumatisch. Ich habe lange gebraucht, um darüber hinwegzukommen.« Sie lächelte, aber das Lächeln erreichte nicht ihre Augen. »An einen unbekannten Ort umzuziehen heißt nicht einfach nur neu zu beginnen. Es heißt, sich selbst zu erproben.« Abrupt griff sie nach dem Salatbesteck und mischte energisch den Salat. »So. Jetzt essen wir. Dann sind Sie an der Reihe.«

Er lachte auf und hielt ihr den Teller hin. »Meine Geschichte ist nicht sehr lustig«, sagte er einfach. »Sie ist außerdem so lang und ausufernd, das würde viel länger dauern, als Sie bleiben wollten. Und so war es ja wohl nicht gedacht, oder?« Er registrierte, dass sie leicht errötete. Und dass er selbst beinahe über die Vergangenheit hätte reden können. Das muss wohl ein Fortschritt sein, dachte er und biss sich auf die Zunge, um nicht zu fluchen, als das Handy klingelte. Es war Berger.

»Vier Uhr hatten wir verabredet«, unterbrach sie ihn, als er gerade zu einer Erklärung ansetzen wollte. »Jetzt ist es fünf. Ich schlage vor, dass du kommst und dir hier etwas ansiehst.«

Der Mordfall und das vermisste Mädchen waren mit keinem Wort erwähnt worden, und Eira registrierte, dass er in den letzten beiden Stunden fast nicht daran gedacht hatte.

21

Berger saß über die Papiere gebeugt an ihrem Schreibtisch, als Eira ihr Büro betrat. Er erklärte ihr, weshalb er eine ganze Stunde später kam. Dass sie schlechte Laune hatte, sah er sofort, ging aber darüber weg.

»Alles okay?« Gut gelaunt lächelte er sie an. Er war richtig guter Dinge, und das nur, weil er mit einem anderen Menschen zusammen gegessen und sich unterhalten hatte.

Sie zuckte die Achseln. »Hast dich ja herausgeputzt, wie ich sehe«, sagte sie mit Blick auf seine Samenkofta.

»Kautokeino-Kofta.« Er drehte sich einmal um die eigene Achse und führte ihr die üppig dekorierte Tracht mit breiten, farbenfrohen Bändern und dem sechsteiligen Rückenstück vor. »Gefällt sie dir?«

Sie musterte ihn kritisch und deutete auf das Messer. »Hast du eine Genehmigung, so etwas zu tragen?«

Eira schloss die Tür hinter sich. »Nun komm schon, Berger. Heraus mit der Sprache. Was ist los?«

»Was soll los sein?« Sie sah ihn empört an. »Nichts weiter, als dass wieder eine junge Frau verschwunden ist. Vielleicht wurde sie ermordet. Nichts weiter.«

Sie wedelte mit der Hand. »Nein, komm schon, lass uns was Leckeres kochen. Eine Flasche Wein öffnen. Entspannen.«

»Berger, ich wusste gar nicht, dass du keinen Humor hast. Heute ist trotz allem Feiertag, und da ist es doch wohl kein Verbrechen, dass ich ein bisschen zu spät komme.« Er ließ sich auf einen Stuhl fallen und streckte sich. »Nun sag schon, dass du heute auch ordentlich gefeiert hast!«

Sie sah ihn bitterböse an. »Gib dir keine Mühe, Eira. Ich sehe die Hinweise durch, die wir im Zusammenhang mit Beate Mobergs Ermordung bekommen haben.« Sie richtete sich auf und zog ein Blatt Papier aus dem Stoß. »Einer besagt, dass sie beobachtet wurde, wie sie mit einem älteren Mann sprach, nur wenige Minuten, ehe sie das Driv verließ und ermordet wurde.«

»Einem Mann?«

Berger nickte. »Der Mann wird als erheblich älter als sie beschrieben. Er trug eine Nickelbrille und einen Strickpulli. Er schien sie anzumachen. Sie soll eindeutig wütend gewesen sein, als sie hinausging.«

Eira hatte sich vorgebeugt. »Von wem stammt diese Information?«

»Anonym. Aber dort heißt es außerdem, der Mann habe das Lokal nur wenige Minuten nach Beate Moberg verlassen.«

Eira starrte auf den Tisch. Diese Person, die sich mit Beate Moberg unterhalten hatte, an jenem Abend, als sie verschwand, konnte Birger Krogh gewesen sein. Aber warum hatte er nichts davon gesagt, als sie miteinander gesprochen hatten?

Es spielte keine Rolle, dass Nationalfeiertag war und gefeiert wurde. Noch ehe Berger den letzten Satz beendet hatte, war Eira aus der Tür und saß im Auto. Krogh würde ihm das eine oder andere erklären müssen.

Eira ging schnurstracks an Krogh vorbei in die Dreizimmerwohnung, die Krogh in einem der Blocks am Elverhøy gemietet hatte. Er ließ sich auf den Schreibtischstuhl fallen und wandte dem Computer den Rücken zu. Der Bildschirmfond zeigte eine nackte Frau, die reichlich in den Silikonmarkt investiert hatte.

»Aslak?« Krogh runzelte die Stirn. Er schien sich nicht nach diesem Besuch gesehnt zu haben.

»Ich hab dich heute Vormittag in der Stadt gesehen«, sagte Eira direkt, während sein Blick über die leeren Wände wanderte.

»Überwachst du mich?« Kroghs Stimme war plötzlich stahlhart.

»Noch nicht.« Eira blickte auf den Fußboden und sah die Wollmäuse neben einem breiten alten Flickenteppich. »Aber vielleicht bald, wenn du mir nicht auf der Stelle sagst, worüber du dich mit Beate Moberg unterhalten hast, an dem Abend, an dem sie ermordet wurde.«

Für den Bruchteil einer Sekunde flackerte Kroghs Blick, dann wurden die Augen wieder hart und schmal. »Was zum Teufel soll das, Aslak? Hast du eine gescheite Spur so bitter nötig, dass du schon Blindschüsse abfeuerst? Versuchst du etwa, mich in diese Geschichte hineinzuziehen?«

Eira lehnte sich vor und starrte Krogh unbewegt an. »Ich weiß, dass du mit ihr geredet hast, ehe sie an dem Abend ging. Sie war wütend auf dich.« Er sah ihn unverwandt an, und sein Gefühl im Bauch sagte ihm, dass er ins Schwarze getroffen hatte. »Was hast du zu ihr gesagt?«

Krogh lehnte sich auf dem Sofa zurück. »Okay, Aslak, aber das wirst du eh nicht begreifen. Ich hab versucht, sie anzumachen.« Ein sarkastisches Grinsen ging über sein Gesicht. Jetzt hatte er sich wieder gefasst, und Eira kannte ihn gut genug, um zu wissen, dass Krogh nichts so leicht umhaute.

»Wie konntest du glauben, dass ein Mädchen wie Beate Moberg auf ein Angebot von einem wie dir eingehen würde? Hast du sie gekannt?«

Krogh lachte laut. »Na, Aslak, jetzt hast du mich aber verletzt.« Er senkte die Stimme: »Ich kannte sie nicht, und sie lehnte eine nähere Bekanntschaft dankend ab. Sie hatte ja keine Ahnung, was ihr entgangen ist«, ergänzte er noch, fast flüsternd.

»Uns liegt eine Zeugenaussage vor, dass du direkt nach ihr gegangen bist. Wohin, Krogh?«

Krogh zog die Augenbrauen hoch. »Ob ich gegangen bin, um sie umzubringen, meinst du das?« Seine Augen wurden wieder eiskalt. »Ich bin nach Hause gegangen. Hierher.« Er starrte Eira an, dann stand er auf und öffnete die Wohnungstür. »Versuch nur, mir etwas anzuhängen, Aslak. Das wirst du bitter bereuen. Ich hab mehr interessante Geschichten über dich auf Lager, als du dir überhaupt vorstellen kannst.«

Eira baute sich dicht vor ihm auf. »Hattet ihr einen angenehmen Vormittag, Gerhard Eng und du? Worüber habt ihr euch unterhalten?«

Krogh hatte sein gewohnt selbstsicheres Fuchsgrinsen aufgesetzt. »Gerhard und ich? Wir haben immer viel zu bereden.« Er hob die Hand zu einem militärischen Gruß an die Schläfe und schlug die Tür hinter Eira zu.

Aslak Eira legte seinem Sohn einen Arm um die Schultern, als sie am selben Abend gemeinsam das Haus verließen. Beide trugen immer noch die Samentrachten. Niillas sagte etwas und klopfte seinem Vater kameradschaftlich auf den Rücken.

Totto hatte das Auto ein gutes Stück entfernt geparkt. Er sah Vater und Sohn gebannt zu, der enge Kontakt zwischen ihnen, diese Intimität wirkte auf ihn abstoßend.

Sein Vater hatte ihm den Kosenamen Totto gegeben, weil er als Kind gern aß und rundlich war. Der phlegmatische Totto mit dem Babyspeck, der anfangs immer so gern auf dem Schoß saß, den man auch noch auf den Schoß nahm und mit dem man noch schmuste, als die Gleichaltrigen längst mit Mädchen ausgingen.

Seine fromme und verschüchterte Mutter sah immer weg. Nur einmal hatte sie Gefühle gezeigt, da hatte sie die Hand gehoben und ihm eine Ohrfeige versetzt, als er nämlich beichten wollte. Weil er vom Teufel besessen war und der ihm seine Saat in die Seele gelegt hatte, sündige Gedanken, die wie Schlangen aus seinem Mund krochen.

Er sah Eiras Hand auf der Schulter des Sohnes und erinnerte sich an Hände, die überall waren. Mehr als nur Hände. Räume, in denen geflüstert und gedroht wurde.

Hände. Er verabscheute Hände.

Mit der Erinnerung schoss der Hass in ihm auf. Ein Gefühl von Unreinheit, das ihn zur reinigenden Läuterung trieb. Nicht zu *ihrer,* der heiligen, göttlichen. Aber zu der, bei der er Schmerz verspürte, den eigenen oder den anderer. Wenn sein Körper schmerzte, blutete, hungerte. Wenn er totale Kontrolle ausübte.

Nicht nur der Gott der Kindheit war Herr über Leben und Tod. Es war eine berauschende Erfahrung. Lange Zeit hatte er nun seine Gefühle im Zaum gehalten.

Er sah Vater und Sohn um die Ecke des Bockeligården verschwinden und startete den Wagen. Der Anblick der beiden hatte eine Flut von Erinnerungen ausgelöst. Wieder erlebte er dieses klaustrophobische Gefühl. Er hatte nie geschafft, es in Worte zu fassen. Langsam bog er auf die Straße. Mona Lie war diese Straße hinunterspaziert, als sie vor einigen Stunden Eiras Haus verlassen hatte. Es überraschte ihn, dass Eira einer Frau wie ihr ins Netz gegangen war. Er konnte sich keinen anderen Grund vorstellen, warum sie sonst bei Eira hätte sein sollen. Diensteifer war es wohl kaum, das Studentenwerk hatte heute geschlossen. Sie wusste auch nichts über den Fall, was für Eira interessant sein könnte. Da war er ganz sicher.

Inzwischen war es ruhiger geworden, nur noch wenige Menschen waren unterwegs. Die Straßen glichen Schlachtfeldern, übersät von Papier und geplatzten Luftballons, und Schwärmen von Möwen, die sich über die Essensreste auf den Bürgersteigen hermachten. Um diese Zeit wurde zu Hause weitergefeiert, wurden Besuche gemacht, Gäste bewirtet. Er hatte keinen Bedarf, weder in die eine noch in die andere Richtung. Das klaustrophobische Gefühl war nicht mehr von ihm gewichen. Es zwängte seinen Körper ein wie eine Zwangsjacke.

Der Wagen fuhr langsam an seiner eigenen Wohnung vorbei und weiter hinaus, dorthin, wo es weniger dicht besiedelt war. *Reinigung und Läuterung.* Er war auf dem Weg.

22

Der Langneshügel steigt vom Meeresspiegel aus gleichmäßig an, um schließlich oben, dort, wo der See Prestvannet liegt, zu einer Art Plateau abzuflachen. Henning Gabrielsen joggte langsam den letzten Teil des Hügels hinauf. Seine Hand umklammerte die Hundeleine, als sei sie der berühmte letzte Strohhalm. Er spuckte aus, versuchte, die Atmung unter Kontrolle zu bringen. »Hier entlang, Hund, wir laufen zum Abkühlen eine Runde um den See. So können wir uns doch nicht den Nachbarn präsentieren. Der Kopf muss zumindest wieder rot aussehen statt lila.« Er war richtig wackelig auf den Beinen. Inzwischen gab es nur noch wenig Verkehr, so dass er sein halbersticktes Stöhnen in der Stille grässlich laut fand. Um diese Tageszeit fiel die Temperatur rasch. Es war jetzt schon deutlich kühler als noch vor einer Stunde, als er losgerannt war. Der durchgeschwitzte Kragen seines Polohemdes fühlte sich an wie ein kalter Würgegriff um den Hals.

Schwer atmend bogen Herr und Hund auf den Weg um den See ein, das Muskelpaket von einem rauhaarigen Vorstehhund rannte gehorsam hinter ihm her. Das war seine schlechteste Investition überhaupt gewesen. Der Hund hatte den Rücksitz des neuen Mercedes zerfetzt und im Kaminzimmer die Tapete abgerissen. Aber er brauchte ihn als Begleitung, um die Hügel hinaufzurennen, oder als Ansporn, überhaupt vor die Tür zu kommen. Er hoffte nur, dass die zusätzlichen Ausgaben, die ihm der Hund beschert hatte, auf die Dauer durch bessere Gesundheit und körperliche Fitness abgegolten würden.

Kaum hatte er die Leine gelöst, da sauste der Hund schon den Pfad entlang, vor und zurück. Nach kurzer Zeit war er verschwunden. Gabrielsen hörte ihn auf der anderen Seeseite bellen. Stockenten flogen erschrocken vom Wasser auf. Er seufzte. Einen Jagdhund ausgerechnet hier frei laufen zu lassen, war nicht sehr schlau gewesen. Am See wimmelte es von Vögeln. Fünfzig Meter weiter fuhr ein PKW langsam vom Parkplatz. Er drehte automatisch sein erhitztes Gesicht weg, als der Wagen an ihm vorbeifuhr. Das beklemmende, beschämende Gefühl, beinahe krankhaft mit seinem Äußeren befasst zu sein, überkam ihn, als er sich die Trainingsjacke über den Bauch zog. Fast wie die Weiber. Als wenn sich irgendjemand um sein Aussehen scherte.

Der Hund stand unten am Ufer. Ein Stück entfernt saßen drei Abiturientinnen auf einer Bank. Eines der Mädchen stand auf und ging zum Wasser, um den aufgeregten Hund zu beruhigen. Der bellte noch immer.

Als Gabrielsen bei ihm angekommen war, machte er

die Leine am Halsband fest. »Nun lass gut sein. So wie du bellst, gibt es ja bald weit und breit keinen Vogel mehr …« Der Hund jaulte und bellte abwechselnd. Gabrielsen ging in die Hocke und tätschelte ihn. Das Mädchen war jetzt auf allen vieren, das Gesicht hatte sie dem Mann zugewandt. Die eine Hand presste sie fest auf den Mund, als müsse sie sich übergeben.

»Lieber Himmel, was ist denn mit dir los?« Gabrielsen streichelte den Hund, ihm war, als müsse er etwas sagen. Der Hund zitterte nervös, war unablässig in Bewegung, setzte sich hin und stand wieder auf.

Das Wasser plätscherte ruhig ans Seeufer. Die Vögel hatten sich in sicherem Abstand am entgegengesetzten Ufer niedergelassen.

Gekrümmt wie eine Klaue hingen die Zweige einer alten Weide übers Wasser. Das junge Mädchen, immer noch auf allen vieren, hatte eine Hand gehoben und zeigte hinüber zur Weide.

Gabrielsen war mühsam wieder auf die Füße gekommen. Er beugte sich vor. Unter der Weide bewegte sich etwas im Wasser, langsam und im Takt mit dem schwachen Auf und Ab der Wellen. Ein Körper … Hinterkopf und Rücken tauchten rhythmisch auf und unter, wie der Bug eines havarierten Schiffs, lange Haare schwammen auf der Wasseroberfläche. Mit dem Hund an der Leine rannte der Mann wie noch nie in seinem Leben.

23

Es war der 18. Mai. Breitbeinig stand Aslak Eira auf dem winzigen hölzernen Steg am nördlichen Ende des Prestvannet und sah sich suchend um. Die Hände hatte er tief in den Jackentaschen vergraben.

Am Horizont war im Südosten der Tromsdalstind zu sehen, eine Eiskuppel in Grau und Weiß, deren Hänge in der Abendsonne wie Katzengold glitzerten.

In der schwachen Brise hoben und senkten die Wellen sich sanft. Sie schlugen ans Ufer und leckten weg, was nach der Schneeschmelze wieder zum Vorschein kam, welkes Laub und Sand, einfach alles. Der Schilfgürtel an den Ufern dehnte sich immer weiter aus, der See wuchs zu, wie ein stahlgraues Auge, das dabei war, sich zu schließen.

Eira hockte sich hin und beugte sich zu dem Schilfdickicht rechts vom Steg vor. Der Arm, der daraus hervorragte, schaukelte ruhig im Wasser. Die weiße Hand schien sich um die Schilfrohre zu krümmen, als versuchte sie, die Halme zur Seite zu biegen.

Er hörte, wie der Krankenwagen vom Langnesvei abbog und direkt bei dem Spazierweg anhielt, der rings um den See führte.

»Bringt sie weg«, sagte er zu der Polizistin, die ein verstörtes junges Mädchen hielt, von dessen Mützenschirm gänzlich unpassend ein Smiley grinste. »Nehmt ihre Aussage auf und bringt sie nach Hause. Oder zum Arzt, wenn sie es möchte.«

Er sah auf die Tote im Wasser. Um den Hinterkopf schwamm das Haar wirr wie Tangbüschel. Er trat zur Seite, als die Leiche auf den Steg gehievt wurde. Es war eine junge Frau. Sie trug Jeans, Jacke und Pulli. Spitze und sehr hohe Stiefeletten. Obwohl er fünf Meter entfernt stand, erkannte er Lise Beck sofort.

Er ging zu ihr hinüber und leerte ihre Jackentaschen aus. Kleingeld und ein Schlüsselbund. »Wie lange hat sie im Wasser gelegen?«

Der diensthabende Arzt, ein großer, dünner Mann mit einer Helly-Hansen-Seglerjacke und einer Strickmütze, sah auf. Es war Dr. Lindberg. In regelmäßigen Abständen übernahm er Schichten in der Unfallambulanz. Eira war erleichtert, dass es einer war, den er kannte. So hatte das Ganze zumindest ein bisschen was von Routine. Oder vielleicht war es die Effizienz. Lindberg arbeitete systematisch. Als er sich aufrichtete, schüttelte er nur den Kopf. »Sie hat einen oder zwei Tage im Wasser gelegen. Nicht länger.«

Eira legte eine Hand auf die feuchte Erde. »Zwei Tage …« Er strich mit der Hand über den glitschigen braunen Boden. »Hier lag vor zwei Tagen noch Schnee.« Er erinnerte sich auf einmal wieder daran, dass es vor zwei Tagen ununterbrochen geschneit hatte. Aber das war jetzt alles weggeschmolzen.

Lindberg deutete auf die Tote. »Sie hat einen Schlag an die Stirn bekommen, und ihre Unterlippe ist aufgeplatzt.« Er zog die Handschuhe aus. »Vorläufig würde ich aber sagen, dass der Schlag nicht die Todesursache war. Der Schlag gegen den Kopf war nicht sonderlich kräftig. Der Schädel ist völlig intakt … Stumpfer Gegenstand.« Er sah sich um. »Kaum etwas hier, woran sie sich verletzt haben könnte.«

»Wie können Sie sich da so sicher sein?«

»Natürlich kann hier ein Handgemenge stattgefunden haben, ehe sie im Wasser landete. Eine Schlägerei, meine ich.« Er zuckte die Achseln. »Jedenfalls hat sie sich nicht im Fallen verletzt. Kein Zahn ist ausgeschlagen. Hier gibt es doch kaum Steine, sondern vor allem Schilf und Sandboden.« Schweigend richtete er sich auf. Sein Blick ruhte auf dem Gesicht der Frau. Er schien in Gedanken versunken zu sein. Plötzlich sagte er: »Diesen Schlag auf die Lippe hat sie sicher gespürt. Aber der hat sie nicht umgebracht.«

»Das heißt, sie lebte noch, bevor sie im Wasser landete?«

»Das wird man dann sehen«, seufzte Lindberg.

»Junges Mädchen …« Nachdenklich kaute Eira auf seiner Unterlippe.

»Anfang zwanzig«, vermutete der Arzt. Er sammelte seine Sachen zusammen. »Sucht die Polizei nicht gerade nach einem jungen Mädchen?«

Eira stand unbeweglich neben dem Leichnam und betrachtete die junge Frau. Lindberg schnalzte mit der Zunge. »Hallo, Eira. Ich fragte gerade, vermisst ihr nicht …«

»Doch«, fiel Eira ihm ins Wort, ohne ihn anzusehen. »Sie haben also auch schon davon gehört?«

Lindberg stand mit dem Koffer in der Hand vor ihm. Er wischte sich mit dem Handrücken unter der Nase entlang. »Was, glauben Sie, ist passiert? Selbstmord? Missgeschick?« Sie traten ein Stück beiseite, um den Sanitätern Platz zu machen. »Also ehrlich, Eira. Irgendwie ist die Zeit, in der wir leben, total verrückt. Haben die Eltern überhaupt eine Ahnung, womit ihre Kinder sich befassen?« Er schüttelte sich. »Wenn die wüssten, mit wie viel Suff und Rausch und Rabatz man sich nachts in den Krankenhäusern rumschlagen muss.«

Eira verlagerte das Gewicht auf das andere Bein, ohne den Blick von der jungen Frau abzuwenden. Das ungewöhnlich lange, volle Haar lag wie rotbrauner Tang um ihren Kopf herum ausgebreitet. Es klebte am Kopf und verdeckte das halbe Gesicht. Er erinnerte sich plötzlich an etwas, das Lise Becks Mutter gesagt hatte. Lise hatte am Haaransatz hinter dem linken Ohr ein Muttermal, so groß wie eine Fünfzigöremünze. Er beugte sich vor und strich das steife, schwere Haar aus ihrem Gesicht. Das Muttermal zeichnete sich auf der farblosen Haut scharf ab. Dunkelbraun, fast schwarz. »Das ist sie«, sagte er langsam.

Lindberg starrte ihn verwirrt an. »Wer denn, *sie?*«

Eira richtete sich auf. »Lindberg, Sie reden zu viel. Über zu vieles auf einmal.« Er übersah die beleidigte Miene des Arztes. »Ich sehe, dass sie ein Muttermal hat. Haargenau an derselben Stelle wie eine seit Kurzem vermisste Person. Sie heißt Lise Beck und ist Studentin.«

»So ein Muttermal haben fast alle Menschen«, murmelte der Arzt verstimmt.

»Vielleicht. Ich sage nur, dass hier eins vorliegt.« Er drehte den Kopf und sah über die Schulter zu den beiden Sanitätern, die darauf warteten, die Tote wegtransportieren zu können. »Ab wann ist der See normalerweise eisfrei?«

Der eine, ein stämmiger, kahlköpfiger Mann um die fünfzig mit unverkennbarem Senja-Dialekt, setzte sich langsam in Bewegung. »Das Eis?« Er kam ruhig auf ihn zu. »Kommt darauf an. Wie der Winter war. Ob zwei Meter Schnee gefallen sind oder vier. 1997 hielt das Eis bis in den Juni.«

»Sie übertreiben ...«

»Klar.« Er grinste. »Mensch, Eira, Sie sind doch Same! Naturmensch! Sie wissen doch wohl, wann sich das Eis zurückzieht und die Rentiere kalben und das alles. Ich hab keine Ahnung. Können wir jetzt anfangen?«

Eiras Augen wurden schmal. Er sah den Mann lange an. »Sobald Sie mit Ihren sachkundigen Betrachtungen zum Abschluss gekommen sind«, sagte er schließlich. »Und wenn der Arzt fertig ist.«

»Ich bin fertig.« Lindberg drehte sich um.

Sie gingen zusammen zum Parkplatz. Plötzlich hätte Eira am liebsten mit der Faust die rückwärtige Scheibe des Krankenwagens eingeschlagen. Stattdessen versenkte er sie tief in der Jackentasche.

»Tragische Geschichte.« Der Arzt schüttelte den Kopf. »Selbstmord bei den jungen Leuten ist ja derzeit wieder angesagt. Denn es ist wohl unwahrscheinlich, dass sie ausgerutscht und ertrunken ist?«

Aslak Eira antwortete nicht, und der Arzt gab auf und insistierte nicht weiter.

»Ich weiß auch nicht mehr als Sie«, antwortete Eira schließlich. »Die ärztliche Untersuchung wird wohl auf einige der Fragen Antwort geben. Bislang wissen wir nichts weiter, als dass sie tot ist.« Wieder schwieg er.

Lindberg betrachtete ihn, dann nickte er. Er schloss die Autotür auf und warf den Koffer auf den Beifahrersitz, hob die Hand zum Gruß und fuhr davon.

Eira machte sich langsam auf den Weg um den See herum. Die Erde war nass und schlüpfrig, und jede Menge fleißige Wanderer und Jogger hatten ihre Fußabdrücke im Boden hinterlassen. Die meisten Spuren zeugten von den Abitursfeiern. Er kickte ein paar leere Flaschen zur Seite und einen Styroporkarton, in dem Reste von Brot und Ketchup übrig geblieben waren. Kreischende Möwen segelten dicht über seinen Kopf hinweg und jagten im Sturzflug dem Brot hinterher, das er den Stockenten zuwarf, die friedlich im Wasser dümpelten. Er blieb am Nordende des Sees stehen. Jemand sollte die verfluchten Möwen abschießen! Sie machten es ihm unmöglich, nachzudenken. Er vergrub die Hände tief in den Taschen und ging zurück zum Steg, wo sie die Tote gefunden hatten.

Eira kraulte den unruhigen Hund lange hinter den Ohren und beobachtete dabei den erschütterten Mann. Er hatte einige Kilos zu viel auf den Rippen und saß tropfnass von Schweiß auf einer der Bänke am See. Er stand unter Schock, wie sein gläserner Blick verriet.

»Erst war er total wild«, japste der Mann. »Dann fing er an zu jaulen und benahm sich überhaupt ganz merkwürdig.« Seine Hand zitterte, als er sich über die Stirn fuhr. »Als ich schließlich bei ihm ankam, stand er am Ufer und hörte gar nicht mehr auf zu bellen. Und … und … da sah ich die Leiche. Oder nur eine Hand und an der Wasseroberfläche jede Menge Haare, und alles bewegte sich.« Er hustete und spuckte wieder aus.

»Joggen Sie oft um den See?«

»In den letzten zwei Wochen ungefähr jeden zweiten Tag. Habe gerade angefangen zu trainieren«, erklärte er.

Das war nicht zu übersehen. Er musste sich in das Training geworfen haben wie ein Stuntman von einem Hochhaus. Eira hatte wenig Lust, ihm mit seinen Fragen den Rest zu geben und sich dann für den Herzinfarkt verantwortlich zu fühlen. »Wann sind Sie hier zuletzt gelaufen?«

Der Mann überlegte. »Vor drei Tagen.« Sein Kopf hing vornüber, die Ellbogen ruhten auf den Knien.

»Mit dem Hund?«

»Der ist immer dabei.« Er verschränkte die Arme, ganz offenkundig fror er. »So hat er sich die letzten Male nicht aufgeführt. Klar jagt er Enten und andere Vögel, aber dann sehe ich doch, wie die Vögel auffliegen und … und … Nein, so hat er sich noch nie verhalten.«

Eira schwieg und blickte wieder über den See. Die Vögel waren zur Ruhe gekommen und hatten sich ans andere Ende des Sees verzogen. Sie waren recht zahm und daran gewöhnt, dass man sie fütterte. Sie würden wohl kaum ein großes Spektakel veranstaltet haben, wenn jemand zum Beispiel einen Plastiksack hinter sich her bis zum Wasser geschleppt hätte.

»Ist Ihnen irgendetwas Besonderes aufgefallen, als Sie sie gefunden haben?«

»Nichts weiter, als dass eine der Abiturientinnen offenbar ziemlich unter Schock stand.«

Eira ließ den Blick über den Hügel wandern. Er sah sie alle vor sich, die dort herumgelaufen waren und dafür gesorgt hatten, dass der Tatort reichlich verwüstet war. »Und wie steht's mit ganz gewöhnlichen Dingen?«, hakte er nach. »Mit Dingen, die Sie als unwesentlich bezeichnen würden? Die Sie vielleicht nicht der Rede wert finden?«

Der Mann starrte ihn verwirrt an. »Nicht der Rede wert?«

Eira nickte. »Sind Sie auf dem Weg an jemandem vorbeigekommen? Menschen? Autos?« Der Mann war schließlich in der letzten halben Stunde durch diese Gegend hier gelaufen.

»Wer denkt schon daran, sich ganz gewöhnliche Dinge zu merken? Autos sind immer mal vorbeigekommen. Irgendwelche Kinder.« Er schwieg. »Unten am Wasser parkte ein Auto. Das fuhr los, als wir von der Straße auf den Spazierpfad abgebogen sind.« Er dachte nach. »Ich habe nicht genau hingeschaut. Es war ein dunkles Auto. Ein Kombi.« Eira wartete, aber der Mann schüttelte den Kopf. »Das ist alles.« Er zog die Ärmel der Trainingsjacke über die Handgelenke. »Kann ich jetzt gehen?«

Eira hatte nicht den Eindruck, dass der Mann in der Lage war, zu gehen. Er notierte sich Namen und Telefonnummer, brachte ihn wortlos zum Auto und fuhr ihn nach Hause.

24

Im Büro lächelte ihn von der Ecke des Schreibtisches hinter Glas und Rahmen Niillas an, in der einen Hand einen drei Kilo schweren Lachs, in der anderen die Angelrute. Wie eine Ironie des Schicksals war der erste Mensch auf dem Anrufbeantworter Lise Becks Mutter. Eira wollte an die Frau am liebsten nicht als die Mutter von irgendwem denken.

Sie habe ihm eine E-Mail geschickt, sagte sie. Als wenn das etwas Neues wäre. Das hatte sie seit Lises Verschwinden vor fünf Tagen jeden Tag gemacht. Oft sogar mehrmals am Tag. Der Ton war zunehmend schärfer, und die Mails waren immer länger geworden. Selbst wenn sich die Lage nun geklärt hatte, war er keineswegs erleichtert, wenn er an das Gespräch mit ihr dachte, das ihm bevorstand. Eine schlimmere Methode, sie loszuwerden, konnte er sich nicht vorstellen.

»Eine Freundin muss sie identifizieren, ehe wir den Eltern Bescheid geben«, sagte er kurz zu Berger. »Sie hat mehrere Tage im Wasser gelegen, und wir hatten sie vorher nur einmal gesehen. Nimm Kontakt auf zu Hilde Samuelsen. Sie wirkte am ehesten so, als sei sie robust genug.« Während er Katrine Becks Mail las, stopfte er sich Schokolade in den Mund. In der Nachricht stand nichts anderes als sonst auch, und ihm fiel erst ein, Berger Schokolade anzubieten, als die Packung alle war. Er wollte sich gerade bei ihr entschuldigen, als ihm einfiel, dass sie keine Schokolade aß.

Er hörte ein kurzes Klopfen, und schon öffnete sich die Tür. Polizeidirektor Hagen trat ein. Er nickte ihnen beiden kurz zu. Mit schweren Schritten durchquerte er das Zimmer. Der große Mann ging immer leicht vornübergebeugt. Er setzte sich und verschränkte abwartend die Arme. Die chronische Falte zwischen den Augenbrauen war tiefer als sonst. »Ich will hören, was ihr habt, ehe wir die ganze Gruppe zusammenrufen.« Als Eira berichtete, hörte er völlig unbewegt zu. Sein Gesichtsausdruck war ebenso wenig zu deuten, wie sein Alter zu erraten war. »Bei den weiteren Ermittlungen muss die Landeskriminalpolizei eingeschaltet werden«, sagte er langsam, nachdem Eira zum Ende gekommen war und schwieg. »Da wir nichts Sicheres über den Tathergang sagen können, wird die rechtsmedizinische Untersuchung morgen entscheidend sein.« Er stand auf. »Zwei ermordete junge Frauen in zwei Wochen. Ich rechne damit, dass in den Medien die Hölle los sein wird. Pressekonferenz morgen Früh um zehn. Wir haben nichts anderes mitzuteilen, als dass die Spurensicherung erfolgt ist und wir weiterermitteln. Aus taktischen Gründen können wir selbstverständlich keine Details veröffentlichen.« Hagen nickte ihnen zu und verließ das Büro.

Berger hatte stumm und angespannt an ihrem Platz gesessen, seit Hagen in den Raum gekommen war. Eira wollte sie gerade fragen, ob sie Angst vor Autoritäten oder Männern im Allgemeinen habe, oder weshalb sie dermaßen unter Hochspannung stehe. Aber dann sagte er nur: »Der Hagen ist schon okay«, was als Information gemeint war.

Aber Kine Berger entspannte sich kein bisschen. »Es ist haargenau so, wie er gesagt hat. Lise Beck ist die zweite junge Frau, die wir tot auffinden. Innerhalb von vierzehn Tagen!«

»Na, das wissen wir doch.« Eira erhob sich und ging im Zimmer auf und ab. »Bei dieser jetzt gibt es allerdings noch keine Hinweise, die uns mit hundertprozentiger Sicherheit sagen, dass sie ermordet wurde.«

»Was soll denn wohl sonst passiert sein?« Sie reckte das Kinn vor, und auch ihre Stimme hatte einen herausfordernden Ton angenommen. »Eine Art von beinahe-kollektivem Harakiri?«

Eira ließ sich auf seinen Schreibtischstuhl fallen. »Berger, in diesem Fall leite ich die Ermittlungen«, sagte er mit harter Stimme und sah sie an. »Ich beabsichtige nicht, draufloszustürzen und voreilige Schlussfolgerungen von mir zu geben. Hier sind meines Erachtens kleine Schritte angebracht. Spuren müssen gesichert und die Fälle so dokumentiert werden, dass, wenn es so ist, wie wir beide fürchten, nicht irgend so ein Idiot kommen und uns vorwerfen kann, die Polizei hätte schlechte Arbeit geleistet.« Seine Miene hatte nichts Gemütliches mehr.

Berger starrte ihn an und holte tief Luft. Er konnte an ihrem Gesicht ablesen, was sie dachte. Dass er schwerfällig war. Langsam in allem, am Abzug, in seinen Bewegungen. Zurückhaltend in seinen Schlussfolgerungen. Sie wiederum erinnerte ihn vor allem an den Hund, dem sie dort am Prestvannet begegnet waren. Ein zitterndes Muskelpaket von einem Vorstehhund, bereit, den gesamten Vogelbestand aufzuscheuchen und alles andere Lebendige, auf das er stoßen würde, ebenfalls.

»Wir müssen für alles Mögliche offen sein. Vergiftung, das ist die Methode, die Frauen bei Selbstmord am häufigsten wählen. Zum Beispiel eine Kanüle mit Gift unter die Haut. Oder sie entscheiden sich für Ertrinken.« Als Berger protestieren wollte, schüttelte er den Kopf. »Ich weiß, Berger. Aber wir müssen die *Möglichkeit* in Erwägung ziehen.« Er stand auf und ging zum Fenster.

Sie starrte ihn an, in ihren Augen las er eine Mischung aus Skepsis und Eigensinn. »Komm schon, Eira, heraus damit. Du brauchst keinen halben Meter hohen Stapel an Beweismaterial, um deine Theorie zu lancieren.«

Er drehte sich zu ihr um. »Selbstverständlich denke ich, dass wir es mit einem Serienmörder zu tun haben könnten. Aber das Vorgehen ist jeweils sehr verschieden.« Wieder wandte er sich dem Fenster zu, und sein Rücken demonstrierte eindeutig, dass er noch nicht bereit war, die Hypothese im Einzelnen zu diskutieren.

»Berger, check alles, was es an botanischen Vereinen in der Stadt gibt. Setz dich mit der Uni in Verbindung. Finde heraus, ob Beate Moberg selbst etwas mit Pflanzen zu tun hatte. Geh noch einmal ihre Bücherregale durch und check ihren Freundeskreis und die Bankauszüge. Finde heraus, ob Lise Beck vielleicht doch irgendwelche Geheimnisse hatte, von denen wir etwas wissen sollten.« Er starrte aus dem Fenster, bis er hörte, wie die Tür hinter ihr zufiel. Dann ging er zurück zu seinem Schreibtisch. Die Akte mit dem Fall der Schwedin Marie Bengtsson von vor einem Jahr lag ganz allein auf der linken Seite. Er hatte sie aus dem Archivschrank geholt, die wichtigsten Informationen über den Fall, die inzwischen lau waren, um nicht zu sagen kalt. Die Akte wirkte wie Salz in der Wunde, wie eine Erinnerung, dass sie das hier schon einmal durchgemacht hatten. Und nicht zuletzt wie etwas, das Eira ständig an eine Frage erinnerte, die er sich schon die ganze Zeit stellte: Gab es eine Verbindung? Gab es einen Zusammenhang, den sie noch nicht entdeckt hatten?

25

Hilde Samuelsen nickte wortlos, als sie Lise Beck identifizieren sollte. Ihre großen dunklen Augen blinzelten kurz, und der rotschwarze Mund in ihrem kreideweißen Gesicht war nicht mehr als ein Strich. Die schrillen Farben ihrer Haare und ihrer Kleidung standen in absurdem Kontrast zur sterilen Umgebung.

Sie bewältigte die Situation genau so, wie er es erwartet hatte. Konzentriert, beherrscht, ohne eine Träne zu vergießen. Nicht einen Laut gab sie von sich. Schock, hatte Eira gedacht. Oder war das ihre Persönlichkeit? Besaß sie die Fähigkeit, ihre Gefühle abzuschalten, sich gewissermaßen innerlich zu stählen und jegliche Emotion abzuwehren?

Dr. Vennestad hielt sich mit gesenktem Kopf im Hintergrund, bis Hilde Samuelsen gegangen war. Er hatte die Hände gefaltet, es sah beinahe so aus, als betete er. Eine törichte Assoziation, dachte Eira plötzlich. Die Welt da draußen war so kalt geworden wie dieser Obduktionsraum, und die meisten Götter schienen den Planeten verlassen zu haben.

»Sie hat nicht sehr lange im Wasser gelegen«, begann Vennestad. »Außerdem hat man sie noch vor einer Woche höchst lebendig gesehen.« Er runzelte die Stirn und sah Eira und Berger an. »Sie hatten wissen wollen, ob die Frau ertrunken ist oder ob sie schon tot war, als sie im Wasser landete.« Während er redete, studierte er die Leiche genau von allen Seiten.

»Der Binnensee hat um diese Jahreszeit kaum mehr als zehn Grad. Die Temperaturen, sowohl die des Wassers als auch die der Luft, sind in diesem Prozess ein wichtiger Faktor«, betonte er und untersuchte Nasenlöcher und Mundhöhle. Dann drückte er fest auf die Brust. Aus Nasenlöchern und Mund trat rosa Schaum aus. »Lungenflüssigkeit«, erklärte Vennestad. »Aber das ist nicht nur typisch für Ertrinken. Auch bei einem durch jegliche Art von Überdosierung verursachten Tod würde aus der Lunge Flüssigkeit oder Schaum austreten.« Er füllte eine dicke Kanüle mit der Flüssigkeit. »Auf diese Weise zu überprüfen, ob es sich um Ertrinken handelt, ist umstritten. Wir sehen nach, ob wir Diatome finden, kleine einzellige Algen, die in jeder Art von Gewässer leben und die sich dann im Gewebe eines Ertrunkenen finden lassen.« Er zuckte die Achseln. »Die Wissenschaftler sind sich da allerdings nicht einig. Viele vertreten die Ansicht, diese Organismen seien so verbreitet, dass man nicht den Schluss ziehen könne, die Person sei ertrunken, auch wenn in ihrem Körper Diatome gefunden werden.«

Eira nickte und verlagerte das Gewicht auf den anderen Fuß. Er kannte das schon. Vennestad war die Gründlichkeit in Person und keiner, der sich zu voreiligen Schlüssen hinreißen ließ.

Der Mediziner ergriff den Arm der Toten. »Schauen Sie sich die Hände an. Wenn man längere Zeit im Wasser liegt, fängt die Haut mächtig an zu schrumpeln. Es scheint, als hätte sie um die Handgelenke Hautabschürfungen. Ich weiß nicht, ob das etwas zu bedeuten hat.« Er legte die Hand ab. »Sie müssen sich über eins im Klaren sein: Im Grunde gibt es keine Hinweise, die zweifelsfrei bestätigen, dass jemand ertrunken ist«, sagte er langsam. »Wenn man einen Menschen unter solchen Umständen findet, wird man Ertrinken als Todesursache erst dann angeben, wenn man alle anderen Todesursachen ausgeschlossen hat«, dozierte er. »Bei einem jungen Menschen ist es deshalb wichtig, Blutproben zu nehmen und das Blut auf alle möglichen Drogen hin zu analysieren. Des Weiteren gilt es zu klären, ob sie nicht bereits tot war, ehe sie im Wasser landete«, fügte er hinzu. »Haben Sie schon eine Theorie, was ihr zugestoßen sein könnte?«

Eira schüttelte den Kopf. »Nein, nichts.«

»Wir haben unter ihren Nägeln Tang gefunden. Erklären Sie mir das, Eira.«

»Können Sie herausfinden, ob sie in Salzwasser oder in Süßwasser ertrunken ist?«

Vennestad runzelte die Stirn. »Entschuldigen Sie, wenn ich mich zu etwas äußere, was gar nicht in mein Gebiet fällt. Aber es wirkt auf mich völlig abwegig, dass sie im Meer ertrunken sein soll, um danach kilometerweit entfernt in einem Binnensee zu landen. Was wäre der Witz an der Sache, ein so großes Risiko einzugehen?«

Eira schüttelte den Kopf. »Das sind Überlegungen, die wir erst in der nächsten Runde anstellen«, sagte er nur. »Versuchen Sie jetzt erst mal, etwas herauszufinden. Falls Sie Anzeichen dafür finden, dass sie im Salzwasser gelegen hat und danach zum Süßwasser geschafft wurde, wäre das zum Beispiel ein eindeutiger Beweis, dass wir es mit einem kriminellen Delikt zu tun haben.«

Vennestad nickte. »Ich tue, was ich kann, Eira. Aber Sie verlangen wie immer sehr viel.« Er seufzte. »Ein Aufenthalt im Wasser macht für uns alles so viel komplizierter. Wasser beseitigt nämlich all die kleinen, wichtigen Spuren, mit denen man sonst arbeiten kann.« Er hatte bereits mehr als zwei Stunden für die Untersuchung aufgewendet. »Ich kann Ihnen nicht viel mehr sagen, als dass die Patientin tot ist. Wahrscheinlich ertrunken. Unter ihren Nägeln befindet sich Tang. Aber den kann sie auch am Meer unter die Fingernägel bekommen haben, als sie noch am Leben war. Sie kann danach durchaus im Prestvannet ertrunken sein. Und das ist kein Delikt.« Er blickte auf. »Noch etwas. Ich weiß nicht, ob das etwas für Sie ist, Eira«, sagte er langsam. »Aber trotz des Aufenthaltes im Wasser finden wir an ihren Brüsten an mehreren Stellen deutliche Male. Auch in diesem Fall Spuren von Bissen. Gewiss ist das nicht die Todesursache, aber es könnte von Bedeutung sein. Das müssen Sie allerdings selbst bewerten.«

»Wir fragen uns natürlich, was in den Tagen geschehen ist, für die es keinerlei Nachweis gibt, in denen keine Menschenseele etwas von ihr gesehen oder gehört hat.«

»Sie kann verreist gewesen sein. Sich mit Gedanken an Selbstmord im Kopf irgendwo eingeschlossen haben.« Vennestad sah Eira lange nachdenklich an. »Wissen Sie eigentlich überhaupt irgendetwas über diese junge Frau?«

Eine halbe Stunde später saßen sie in der Runde aller beteiligten Ermittler zusammen.

Eira rieb sich lange gedankenverloren die Stirn. »Vennestad meint, sie sei ertrunken, und wir vermuten im Prestvannet.« Er klopfte mit dem Stift auf den Aktenstoß und sagte endlich laut, was so absurd klang: »Sie hatte Tang unter den Fingernägeln. Und Bissspuren an den Brüsten.«

Moe und Hansson von der Landeskriminalpolizei waren inzwischen dazugestoßen und hörten aufmerksam zu. »Damit könnte jetzt zum zweiten Mal der Fall eingetreten sein, dass der Mörder sich die Mühe machte, sein Opfer an einen anderen Ort zu bringen«, sagte Hansson. Seiner Ausdrucksweise hörte Eira an, dass er aus dem südlicheren Norwegen kam, aus Hedemarken. Er hatte eine Glatze und war mit dem Alter etwas fülliger geworden. »Das ergibt eine Art Muster.«

»Es wäre ja denkbar, dass es sich um einen Mörder handelt, der es darauf anlegt, dass sein Opfer entdeckt wird.«

»Aber um Himmels willen: warum denn?«, rief Berger.

»Part of the game, wenn ich es mal so sagen darf. Nehmen wir mal an, dass für diesen Menschen die äußeren Umstände wichtig sind, unter denen er die Tat begeht. Es gibt bestimmte Dinge, die er tun muss oder die eingehalten werden müssen, damit er sein Tun als zufriedenstellend erleben kann.«

Berger drehte sich zu Hansson um: »Als zufriedenstellend erleben …?«

»Dieser Mensch tickt nicht wie du oder ich«, sagte Hansson ruhig.

»Sie hat nicht länger als zwei Tage im Wasser gelegen«, fuhr Eira fort. »Und das bedeutet doch im Klartext, er muss sie irgendwo gefangen gehalten haben.«

»Die berühmte Nadel im Heuhaufen.« Berger klang müde. »Lise Beck hat mitten in der Nacht eine Party verlassen. Danach war sie wie vom Erdboden verschluckt. Sechzigtausend Einwohner hat diese Stadt, das Zentrum liegt auf einer Insel. Wie können so viele so wenig sehen?« Sie lehnte sich zurück und wischte sich mit einer müden Geste über die Augen.

»Irgendwo dort draußen«, sagte Eira langsam, »ist einer, der etwas gesehen hat. Irgendjemand hat etwas gesehen, war Zeuge von irgendwelchen Einzelheiten, die uns in die richtige Richtung führen können. Früher oder später wird sich der Betreffende daran erinnern, und er oder sie wird wissen, dass diese Details wichtig sind und uns weiterhelfen.« Er starrte die versammelten Kollegen an, die überhaupt nicht überzeugt zu sein schienen. »Oder, was noch wahrscheinlicher ist: Der Mörder macht einen Fehler. Wird übermütig, fühlt sich uns überlegen. Dann wird er uns ganz von selbst den richtigen Weg zeigen.«

Um halb zwölf war die Pressekonferenz schon beinahe vorbei. Die Polizei hatte gerade so viele Informationen herausgegeben, wie zu verantworten war. Auch weiterhin gab es keinen konkreten Verdächtigen. Die Konferenz war fast zu Ende, als sich einer der Journalisten schnell von der Seite nach vorn schob und am Ende der vordersten Stuhlreihe stehen blieb. Er hielt ein Mikrofon in der Hand, und über seiner Schulter hing eine Tasche mit Aufnahmegerät. Ein Kameramann folgte ihm auf den Fersen.

»Eira, ist das hier in Tromsø Ihr erster großer Fall als Kriminalhauptkommissar?«

Eira drehte sich zu ihm um und nickte kurz.

»Da Sie eine so wichtige Position innehaben: Sind Ihnen zu Ihrer Person jemals Fragen gestellt worden?«

Die Frage erwischte Eira kalt, aber er verzog keine Miene. »Zu meiner Person?«

»Es gibt doch eine Akte über Sie, Eira.«

»Eine Akte?« Es begann ihm zu dämmern, aber er ließ sich nichts anmerken.

»Eira, Sie wissen doch, was ich meine. So lange liegen die Achtzigerjahre noch nicht zurück, und wir haben gute Archive, was den Staudammbau am Alta angeht. Im Widerstand gegen den Ausbau gehörten Sie doch zu den Aktivisten …«

»Die meisten Samen waren Gegner.«

Er gab sich selbst einen mentalen Rüffel, dass er dem Journalisten auf den Leim gegangen war und überhaupt auf die Frage reagiert hatte. »Heute geht es um einen ganz anderen Fall …«

Eira sah, dass der Journalist von einem der Lokalblätter kam. Er war ein stämmiger rothaariger Terrier Anfang dreißig, der seine Chance für eine große Schlagzeile witterte. Eira hatte schon die fettgedruckte Überschrift vor Augen, und ihm drehte sich fast der Magen um. Bis heute war der Mordfall das große Thema gewesen, nicht seine Person. Jetzt, wo sie nicht weiterkamen, sah er das Gegenteil auf sich zukommen.

»Zum Teil waren die Aktivisten unter den Samen ziemlich militant«, fuhr der Journalist fort. »Sie wollten die Regierung stürzen, sogar die Staatsform ändern. Sie haben in diesen Kreisen verkehrt, dazwischen …«

Eira hob die Hand, wie um ihn zu stoppen. »Das hat nichts mit dem Fall zu tun, wegen dem wir heute hier zusammengekommen sind«, unterbrach er ihn.

»Ich frage ja auch nur nach Ihrer Qualifikation. Wie kann es angehen, dass Sie heute dort sitzen, wo Sie sitzen? Denn Sie werden ja wohl nicht leugnen, dass damals ultraradikale, teils sogar staatsfeindliche Kreise mit den Samen konspirieren wollten. Auch ausländische, wie Sinn Fein …«

Jetzt sah Eira rot. »Die Bewegung der Samen war gewaltfrei«, donnerte er. »Dass etliche politische Kreise das auszunutzen versuchten, war klar.« Er schlug mit der Faust auf den Tisch; sämtliche Kameras waren auf sein Gesicht gerichtet. »In derselben Weise, wie Sie es jetzt auszunutzen versuchen und irgendeine verzerrte Geschichte konstruieren, um Ihrer Zeitung Schlagzeilen zu bescheren!« Er ignorierte die Kameras und Mikrofone, die ihm vors Gesicht gehalten wurden, und stand wütend auf. Er stützte sich mit beiden Händen auf den Tisch und lehnte sich vor. »Sie versuchen mir Motive zu unterstellen, die damals weder ich noch einer von denen hatte, mit denen ich zusammenarbeitete. Sie versuchen einen Fall aufzurollen, von dem Sie nichts wissen und von dem Sie auch nichts begriffen haben, wie man sieht. Das werde ich nicht zulassen!« Gereizt schob er seinen Stuhl unter den Tisch und verließ den Raum.

26

Kine Berger kam ins Büro und machte die Tür hinter sich zu. »Eira, das war nicht sehr schlau.«

»Erzähl mir lieber etwas, das ich noch nicht weiß.« Er war immer noch aufgebracht. »Ich werde das nicht hinnehmen, verdammt noch mal.«

»Du wirst deine Kniescheiben vor der Chefredaktion der Zeitung abnutzen, indem du vor ihnen zu Kreuze kriechst und Abbitte leistest.«

»Kommt überhaupt nicht in Frage! Für so was hab ich einen Chef. Soll der sich doch beim Journalistenverband bis in die obersten Ränge entschuldigen.« Er schüttelte nachdrücklich den Kopf. »Aber ich bestimmt nicht«, wiederholte er verbissen. »Hast du so etwas schon mal erlebt? Hat der doch versucht, mich in die Extremistenecke zu drängen!« Er starrte sie an, als sei sie aus dem Fußboden gewachsen. »Dieser Typ, der lief doch damals noch mit Windeln rum. Und jetzt glaubt er zu wissen, was damals passiert ist, nur weil er ein paar alte Zeitungen gelesen hat.« Mit der flachen Hand wischte er einen Stoß Akten zur Seite.

»Verzeih, dass ich das sage, Eira«, Berger sah ihn nur kurz an. »Aber dieser Stilbruch war echt beachtlich. Ausgerechnet du! Wo du doch sonst gerade so emotional reagierst wie ein buddhistischer Mönch bei der Meditation.« Sie schüttelte den Kopf. »Ich hab echt nicht geglaubt, dass du so sauer werden kannst.«

»Na, dann weißt du's eben jetzt, Berger«, schnappte er zurück, wohl wissend, dass so ein mittlerer Vulkanausbruch bei ihm nur alle Schaltjahre einmal vorkam.

Aber das ging Berger nichts an. Als er allerdings ihr Gesicht sah, bereute er sofort seine Worte.

»Entschuldige, aber du kannst ja nun wirklich nichts dafür«, murmelte er. »Diese Geschichte ist wie ein Hühnerauge, das ich nicht loswerde. Auf *den* Zeh sollte mir möglichst niemand mehr treten.«

Er war jetzt etwas ruhiger und lehnte sich zurück. Doch dann brach es erneut aus ihm heraus.

»Natürlich bin ich gegen den Ausbau gewesen! Es war ein Fehler. Das hat selbst Gro Harlem Brundtland in der Zwischenzeit öffentlich verkündet.« Er legte sich die Hand auf die Brust und sah sie an. »Aber ansonsten ist meine Biografie tadellos«, sagte er mit einem leicht sarkastischen Unterton. »Wie sonst, glaubst du, wäre ich auf diesem Platz hier gelandet?«

Da steckte Henriksen den Kopf zur Tür herein. »Der Chef«, sagte er nur. »Er will mit dir reden. Jetzt.« Sein unverhohlen triumphierender Blick war unmissverständlich.

»Na, Henriksen, diensteifrig wie immer?«, rief er zur Tür hin, die schon wieder geschlossen war. »Na, das ist doch super, Berger.« Er gab dem Papierkorb einen solchen Tritt, dass er an der gegenüberliegenden Wand landete. »Jetzt bekommen wir genau die Abwechslung, die man sich nur wünschen kann. Also dann.« Er stand auf und verließ mit schweren Schritten das Büro.

Es war noch keine vier Uhr, als Eira die drei Stufen zum Bierkeller hinunterging. Gleich hinter der Tür blieb er stehen und wartete einen Augenblick, bis sich die Augen an das Dunkel gewöhnt hatten.

Der alte Bierkeller unter der Brauerei Mack war eine klassische Kneipe mit Tischen und Bänken an den Wänden ringsum und Stehplätzen in der Mitte. Hinter der Theke an der Eingangstür wurde ausschließlich Bier gezapft. Etwas anderes gab es gar nicht, weder zu essen noch zu trinken. Das Lokal, eröffnet im Jahre 1928, war lange Zeit eine reine Männerbastion gewesen, für die Fischer und die Besatzungen der Fischfangflotte. Bis Ende der Sechziger war es Frauen verboten gewesen, das Lokal zu betreten. Die ersten Frauen, die danach ihren Fuß über die Schwelle setzten, ließen ihren guten Ruf auf der Treppe draußen zurück.

Freitagnachmittags war es immer brechend voll, doch heute waren noch nicht so viele da, bisher ausschließlich Männer.

Krogh saß strategisch geschickt rechts von der Eingangstür. Er hatte eine Halbe vor sich. Eira setzte sich zu ihm und durchbohrte ihn mit seinem Blick. »Wie viel bekommst du eigentlich für deine Informationen an die Presse?«

Krogh nahm einen großen Schluck aus dem Glas. »Bei der Presse?«

Eira starrte ihn an. »Ach, hör doch auf, Krogh. Warum sind die Journalisten denn auf einmal an meiner politischen Vergangenheit interessiert? Fünfzehn Jahre lang habe ich bei der Osloer Polizei gearbeitet, und zwar mehr oder weniger, ohne dass jemand Fragen stellte.«

Kroghs Augen waren schon glasig. Er hob die zwei buschigen Augenbrauen: »Alter Freund, hat dich jetzt die Paranoia gepackt?«

Freunde waren sie nun wirklich nie gewesen.

»Tja«, fuhr Krogh fort. »Kann das sein, dass ihr mit den Hinterrädern im Schlamm feststeckt, genau wie bei dem Fall im letzten Jahr?«

Eira lehnte sich zurück. Sein Puls lief auf Hochtouren, und die Nackenmuskeln waren angespannt. »Wie viel hast du bekommen? Tausend? Zehntausend?«

Krogh steckte sich die kalte Pfeife zwischen die Zähne und biss darauf herum.

Er starrte zurück, aber der glasige Blick verriet nichts anderes als seine beginnende Trunkenheit. Er leerte das Glas in einem Zug und stand auf. Einen Moment später war er mit einem neuen zurück. »Eira, du bist doch ein verdammter Überläufer. Unglaublich, dass du bei der Polizei gelandet bist.«

Jetzt war Eira an der Reihe, überrascht die Augenbrauen hochzuziehen.

»Hast du so ein schlechtes Gedächtnis, Aslak? Ausgerechnet du, der so mäßig trinkt und so durchtrainiert ist?« Er lehnte sich vor. »Der nicht mehr jeden Abend eine Neue abschleppt, bis es eines Tages peng macht und sie schwanger ist? Worauf der Schock ihn für die nächsten zwanzig Jahre in eine Art Dauertrance versetzt?«

Eiras rechte Hand schoss nach oben und packte Kroghs selbstgestrickten Schal. Er zog ihn über den Tisch und verdrehte ihn, bis Krogh die Augen aus dem Kopf traten. »Wenn du noch einmal meinen Sohn erwähnst, koche ich

Suppe aus deinen verrotteten Knochen«, zischte er ihm ins Ohr. »Untersteh dich.« Heftig schubste er Krogh zurück auf den Stuhl und nickte beruhigend dem Barkeeper zu, der seine Arbeit unterbrochen hatte und mit Glas und Geschirrtuch in der Hand zu ihnen herüberstarrte.

Krogh lockerte den Schal und hatte sich rasch wieder gefangen. Der glasige Ausdruck war aus seinen Augen verschwunden. »Weißt du noch, wer die Leute von Stilla weggeschleppt hat, als wir die Zufahrtsstraße blockieren wollten? Kannst du dich an den Diensteifer erinnern? Der heutige Polizeipräsident, der gar nicht schnell genug rennen konnte, um die Befehle der Obrigkeit auszuführen? Um das Sprungbrett zu schmieren für eine anschließende steile Karriere innerhalb des Polizeiapparates unten im Süden?«

Eira lehnte sich über den Tisch. Zwischen zusammengebissenen Zähnen zischte er: »Ich hab kein Problem mit meiner Erinnerung, Krogh. Ich erinnere mich an alles, was vor 25 Jahren passiert ist. Dein benebelter Kopf ist es, der Probleme hat mit den Details. Unter anderem erinnere ich mich noch ausgezeichnet daran, wie du den einen Tag bei uns auf den Barrikaden gestanden hast und am nächsten Tag bei einem Pils in ein vertrauliches Gespräch mit unseren Gegnern vertieft warst. Konnte man wirklich nicht so recht schlau draus werden.« Er spürte, wie der Puls in seinen Ohren pochte. »Bei dem Fall, an dem wir derzeit arbeiten, geht es um junge Frauen, die verschleppt und ermordet werden. Darum geht es heute. Um nichts anderes. Und nichts von dem, worin ich vor Jahren involviert war, wird die Aufmerksamkeit davon ablenken. Weder die Politik noch die Frauen.« Hart starrte er in das zerfurchte Gesicht seines Gegenübers, in dem noch immer nichts zu lesen war. »Ich glaube ja, dass hinter diesem Vorstoß etwas ganz anderes steckt. Du bist für so was doch niemals idealistisch genug gewesen. Aber warum du diesen Fall für mich verkomplizieren willst, das verstehe ich echt nicht.«

Krogh antwortete nicht.

»Warum, Krogh? Rache?«

Krogh machte eine abwehrende Handbewegung. »Quatsch nicht, Aslak. So wichtig bist du nicht. Aber wir wollen doch mal Klartext reden. Du hast deine Leute im Stich gelassen. Statt die markante Gestalt zu werden – wozu du das Zeug gehabt hättest! –, machst du so was Reaktionäres und arbeitest für die Polizei.« Er setzte das Glas an und trank. Wischte sich mit dem Handrücken den Mund ab. »Das ist einfach nur tragisch.«

Eira schüttelte langsam den Kopf und starrte auf den Tisch. »Ist das etwa alles, Krogh?« Er wartete ein paar Sekunden auf eine Antwort, aber Krogh hatte schon die Streichholzschachtel geöffnet und war auf dem Weg nach draußen, um sich die Pfeife anzustecken.

27

Dr. Lindbergs Büro war leer. Die Tür war tatsächlich einmal nicht abgeschlossen, und als Eira den Kopf ins Zimmer steckte, war der Schreibtisch wie immer aufgeräumt. Einzig die Jacke und der Fahrradhelm auf einem Stuhl in der Ecke deuteten darauf hin, dass Lindberg da gewesen war. Eira stand unschlüssig im Zimmer und sah sich um. Auf dem Korridor war es still, auch in den Laboren war keine Menschenseele zu sehen.

Da tauchte wie der Geist aus der Flasche Markussen aus einem der Labore auf. »War mir doch, als hätte ich jemand gehört«, nickte er. Er legte mit seinen langen Fingern einen Schalter um, und im Labor ging das Licht aus. »Sie suchen Vennestad oder Lindberg, nehme ich an?« Er blinzelte Eira fragend an, während er sich die Hände am Laborkittel abrieb. »Vennestad ist schon weg«, gab er auf Eiras kurzes Nicken zur Antwort. »Aber Lindberg ist noch da. Er ist in einem der Hörsäle mit einer kleinen Gruppe Studenten.«

Eira sah zur Uhr. Bald sechs. Das war weit jenseits der regulären Arbeitszeit.

Markussen verstand ihn intuitiv. »Wenn er nicht überzieht, sollte er jetzt fertig sein. Kommen Sie mit.« Er ging zur Treppe, die zu den Hörsälen führte.

Eira hätte am liebsten im Büro gewartet. Aber Markussen hielt ihm schon die Tür zum Treppenhaus auf. Ein schwacher, nicht zu verkennender Formalingeruch schlug ihnen entgegen. Eira folgte Markussen die Treppe hinunter. An den Wänden standen Schaukästen aus Glas, die Präparate aus der Pathologie enthielten. Ganze Lungen mit Krebsgeschwüren. Nieren. Herzen. Eira kam diese Zurschaustellung der körperlichen Gebrechlichkeit und der Vergänglichkeit des Lebens schon fast obszön vor.

»Könnten Sie nicht an Stelle dieser Sachen hier etwas Angenehmeres ausstellen? Dekorative Kunstwerke?«, murmelte er, als sie gerade an einer riesigen Gebärmutter in Formalin vorbeigingen.

»Na, das ist ja wohl auch nicht als Dekoration gedacht«, erklärte Markussen, »das sind Anschauungsobjekte für die Studenten.« Er ging mit leichten, federnden Schritten vor Eira her. Ein Gang, der auf mehr Kraft und Energie deutete, als Markussen im Laufe eines Arbeitstages verbrauchen konnte. »Man gewöhnt sich daran.« Markussen blieb stehen und deutete zur Tür ganz hinten links. »Da ist es. Lindberg ist im Grunde immer zu spät dran. Es heißt, er sei so leicht abzulenken.« Wieder lächelte er. Dabei entblößte er das Zahnfleisch im Oberkiefer. Ein ziemliches Haifischgrinsen, fand Eira.

Markussen war im Grunde die Personifizierung des Begriffs *serviceorientiert,* dachte Eira bei sich. Sicher hatten die Angestellten der Universität dieselben Prozeduren durchlaufen wie alle anderen Angestellten des öffentlichen Dienstes, auch die der Polizei. Er hätte Markussen gern gefragt, warum er nicht schon längst nach Hause gegangen war. Aber die Frage stand nicht auf seinem Block, und sie war auch nicht relevant. Das hier war kein gewöhnlicher Arbeitsplatz, und der Mann machte auch nicht den Eindruck eines gewöhnlichen Familienmenschen.

»Lindberg überzieht eigentlich meistens«, bemerkte Markussen noch einmal, als hätte er Eiras Gedanken gelesen. »Er behauptet, nur engagierte Lehrer seien in der Lage, bei Studenten Engagement zu wecken. Sie dazu zu bringen, im Studium und in der Arbeit das Maximum herauszuholen.«

»Klingt doch wunderbar«, murmelte Eira. Der harte Alltag würde seiner Erfahrung nach die guten Vorsätze aller neu eingestellten Polizisten oder Ärzte schnell genug zunichtemachen.

»Wie lange arbeiten Sie schon hier?«, fragte er.

Der Mann blinzelte überrascht. »Ich?« Wieder blinzelte er.

Diese schlechte Angewohnheit faszinierte Eira, der für einen Augenblick fast die eigene Frage vergessen hatte. »Äh, ja, wie lange?«

»Fünf Jahre. Wieso?«

»Ich frage mich bloß, wie Sie es anstellen, dass Sie sich Ihren Humor und Enthusiasmus bewahren.«

Da war das Lächeln wieder da. »Es macht einfach Spaß. Die Arbeit, meine ich. Und ich bin gerne hier.« Markussen wurde ganz eifrig, und ein Teil seiner Anspannung und Nervosität war verschwunden. »Die Arbeitsgebiete sind so verschieden. Und mit den Studenten, das ist interessant, es kommen ja dauernd neue, auch sehr nette.« Er zögerte. »Ich kann doch auch sonst nichts.« Er sprach langsam weiter, als würde er Eira etwas anvertrauen: »Nach sechs

Semestern Biologie habe ich abgebrochen, und seitdem bin ich hier. Ich habe all die Sachen gelernt, die ich hier mache, und das hier ist der einzige Ort, wo ich Verwendung für diese Kenntnisse habe.«

Sie waren am Ende des Flurs angelangt. Markussen deutete auf eine geschlossene Tür. »Lindberg wird jeden Moment fertig sein – wenn Sie warten wollen.« Er nickte Eira zu und ging zurück.

Eira atmete den Formalingeruch ein. Als er sich umdrehte, fiel sein Blick wieder auf die ringsum ausgestellten Präparate. Er brauchte nicht mal eine Minute, um zu entscheiden, dass er lieber in Lindbergs Büro warten wollte, machte kehrt und ging zurück.

Dort angekommen, stellte er sich ans Fenster und blickte hinaus auf den Tromsøsund. Der Tag war grau, und die dicke Wolkendecke hing so tief, dass es aussah, als dämmerte es. Eira nahm das Fernglas, das auf der Fensterbank stand, und sah den Möwen zu, die auf den unruhigen Wellen schaukelten. Er fragte sich, wonach sie suchten, wenn sie in Ufernähe die Köpfe untertauchten. Da sind bestimmt Abwässer, dachte er. Verdammte Aasfresser! Er drehte sich um und stellte sich mit dem Rücken zum Fenster. Er fand das Zimmer klaustrophobisch eng. Es hätte eines von denen sein können, wie er sie aus den Baracken des Straßenbauamtes kannte. Eine Zimmerpflanze verkümmerte auf dem Schreibtisch. An der Wand hing ein Plakat mit irgendeinem Berggipfel. Eira bevorzugte Hochebenen. Offene Landschaften, in denen er seine Gedanken frei ins Unendliche laufen lassen konnte.

Er setzte sich auf Lindbergs Schreibtischstuhl und stützte die Ellbogen auf den Tisch. Nichts lag herum, bis auf eine Akte an der Tischecke, auf der Lise Becks Name stand. Das war der Obduktionsbericht. Wegen dieses Berichts war er gekommen. Er wollte ihn mit Lindberg besprechen.

Er widerstand der Versuchung, in der Mappe zu blättern. Da er Lindberg bei der Untersuchung des Tatorts dabeihaben wollte, beschloss er, auf ihn zu warten. Der Mann ist extrem klar und organisiert, dache Eira. Professionell. Wohl deshalb mochte er ihn.

Nichts in dem Büroraum verriet irgendeine Zugehörigkeit, weder persönlich noch politisch. Kein Familienfoto an der Wand, keine Devise, nicht einmal ein Witz oder sonst irgendetwas Amüsantes. Ihm fiel ein, dass Lindberg Junggeselle war, so wie er. Vielleicht war es das, was sie verband?

Es war fast halb sieben, und Eira griff wieder nach dem Fernglas. Stünde er am Hafen, könnte er die Ankunft des nordwärts fahrenden Schiffs der Hurtigruta beobachten. Er wusste, dass sich das Schiff als beweglicher Punkt am Horizont näherte. Inzwischen hatte es die Insel Håkøya passiert und würde in knapp fünf Minuten um die Südspitze der Insel Tromsøya biegen. Er fragte sich, in welchem Zeitintervall der Mörder arbeiten mochte. Schon zwei. Und genauso zuverlässig, wie sich das Postschiff mit gleichmäßiger Fahrt auf seinem Kurs dem Hafen näherte, würde der Mörder wieder zuschlagen.

Lindberg hingegen tauchte nicht auf. Eira beschloss, ihn aus dem Hörsaal zu holen.

28

Er war auf halbem Wege den Flur hinunter, als sich die Tür öffnete und Lindberg mit drei Studenten herauskam. Der weiße Kittel war zwei Nummern zu klein und saß straff um den Oberkörper, der dem von Markussen an Spannkraft in nichts nachstand. Ob das vielleicht an den Gläsern mit den kranken Organen liegen mag?, dachte Eira. Deren Anblick musste die reinste Peitsche sein, die sie das ganze Jahr über mit dem Fahrrad hinaustrieb, hinauf ins Gebirge, und das selbst im Winter. »Wir gehen nach oben in Ihr Büro«, bestimmte er, noch ehe Lindberg den Mund aufmachen konnte.

»Eira?« Lindberg klang überrascht. »Ich hoffe, Sie haben nicht gewartet.«

»Meine Güte, warten. Das habe ich lernen müssen.«

Lindberg lächelte breit. »Das ist ein Glück. Ich hatte übrigens vor, Sie anzurufen. Die Untersuchung ist seit heute Nachmittag abgeschlossen.« Sie betraten das Büro, und Lindberg setzte sich an den Schreibtisch. »Wenn Sie wollen, können wir den Obduktionsbericht gern gleich durchsprechen.« Er warf einen Blick auf die Uhr. »Es ist vielleicht schon ein bisschen spät, zehn nach halb sieben, aber das entscheiden Sie.«

Eira nickte. Auf ihn wartete niemand. Sein Sohn probte ganz bestimmt um diese Zeit mit der Band. »Zwei junge Mädchen im Laufe von zwei Wochen. Das hat die Stadt ins Gespräch gebracht, wenn auch wohl nicht ganz so, wie sich das Fremdenverkehrsamt das wünscht. Und dann ausgerechnet am Prestvannet.« Kein Wunder, dass sich in der Bevölkerung Angst breitmachte. Die Gegend um den See gehörte zu den beliebtesten Naherholungsgebieten. Mitten in der Stadt gelegen, nahe an der Hauptverkehrsstraße und den Wohngebieten. »Es ist Ihnen wahrscheinlich klar, unter welchem Druck die Polizei steht.«

Lindberg nickte zerstreut. Dieser Aspekt war für seine Betrachtungen natürlich erheblich unwichtiger. Er blätterte in dem kleinen Aktenstoß, der ordentlich an der Kante lag. »Die Untersuchungen hat Vennestad durchgeführt, Sie waren ja die meiste Zeit dabei.« Er saß mit hängenden Schultern hinter dem Schreibtisch, schien völlig in sich zusammengesunken. Er sah kurz auf, wirkte aber alles andere als konzentriert. »Im Institut herrscht derzeit eine Stimmung, die ist jenseits von Gut und Böse. Nun.« Er blätterte weiter. »Ich beschränke mich auf das Wesentliche. Alles andere können Sie im Bericht nachlesen. Wir vertreten die These, dass sie ertrunken ist.«

»Wissen Sie schon, wo? Meer oder Süßwasser?«

»Das können wir nicht eindeutig sagen.«

»Vennestad sprach vom Prestvannet.«

»Wir vermuten, dass sie dort ertrunken ist.«

»Wurde sie ermordet?«

»Das wissen wir nicht. Aber sollte man sie tatsächlich vom Meer zum Binnensee verfrachtet haben, liegt eine solche Folgerung doch wohl nahe.«

»Ja, was wisst ihr denn, Lindberg!« Die letzten Worte kamen mit frustriertem Aufstöhnen.

»Dass sie tot ist, Eira.«

Eira verdaute die Informationen. In der Region Tromsø gab es mehr als genug Meer und entsprechend viel Ufer. Hatte der Mörder die Leiche zum Prestvannet transportiert, so war das ein Ort, an dem er riskierte, beim Abladen gesehen zu werden. Um diese Zeit des Jahres wurde es nie dunkel. Deshalb war es im Grunde unbegreiflich, denn es war nicht nur mühevoll, sondern auch riskant. Er wandte sich wieder Lindberg zu.

»Was ist mit den Stellen an Hand- und Fußgelenken, die Vennestad erwähnte?«

Lindberg runzelte die Stirn. »Sie könnten von einem Strick herrühren, aber sicher können wir das nicht sagen. Vennestad erwähnt es im Bericht, will daraus aber keine Schlüsse ziehen. Wasser, wissen Sie …« Er starrte auf die Papiere.

»Bissspuren?«

Lindberg zuckte die Achseln. »Was soll man dazu sagen? Die Leute haben alle möglichen sexuellen Praktiken. Daran ist sie nicht gestorben.« Er legte den Bericht ordentlich zurück in die Mappe. »In einer Hinsicht bin ich jedenfalls sicher. Dass nämlich alles in eine Richtung deutet.«

»Lise Beck wurde entführt und umgebracht.«

Lindberg nickte langsam.

Eira fand, Lindberg sah erschöpft aus, und er überlegte kurz, das Gespräch auf eine persönliche Ebene zu verlagern. Ihn zu fragen, ob ihm das Ganze so sehr an die Nieren ging wie ihm selbst. Aber stattdessen sagte er nur: »Noch etwas?«

»Ja, die Nägel. Unter den Fingernägeln wurde Tang gefunden. Ansonsten haben wir bedauerlich wenig.« Lindberg klopfte mit dem Kuli auf die Handfläche und sah zerstreut aus dem Fenster. »Ach ja, die Ärmsten. So weit weg von zu Hause, so junge Mädchen …«

»Tja …« Eira sah auf seinen Block. Das junge Mädchen war dreiundzwanzig Jahre alt gewesen. Er schwieg und dachte an das Internat, auf das man ihn als Siebenjährigen geschickt hatte, dreihundert Kilometer von zu Hause entfernt. Nie hatte ihn jemand besucht, sei es aus Protest gegen das System der Norwegisierung oder wegen der Entfernung.

Er hatte seither fast immer dieses Gefühl gehabt, fremd und allein zu sein, egal, wo er war und wie viele Menschen um ihn waren.

Er zwang sich, das Gespräch wieder aufzugreifen. »Kannten Sie Lise Beck?«

Lindberg zuckte die Achseln. »Ich kann nicht behaupten, dass ich die Studenten persönlich kenne. Aber der Rahmen hier ist überschaubar. Und sie war nicht zu übersehen. Ihre langen Haare. Das ist heutzutage eher ungewöhnlich«, ergänzte er.

»Wie lange hat sie im Wasser gelegen?«

»Zwei Tage. Das hat sich bestätigt.«

Zwei Tage hat er uns voraus, dachte Eira, und steckte den Block in die Tasche. Eine Zeitspanne, die die Bilder und Eindrücke in der Erinnerung möglicher Zeugen bereits verschwimmen ließ. Nicht zuletzt konnte der Mörder längst über alle Berge sein. Aber das glaubte Eira nicht. Irgendetwas sagte ihm, dass er sich in der Nähe aufhielt.

»Hier im Haus begreift keiner, warum sie ermordet wurde.« Lindbergs Stimme knickte weg. »Wahrscheinlich war sie einfach zur falschen Zeit am falschen Ort. Bildhübsch. Beliebt. Tolles Mädchen, heißt es.«

»Zur falschen Zeit am falschen Ort«, wiederholte Eira ruhig. »Ein Blick oder ein Wort kann da schon reichen. Vielleicht sogar die bloße Anwesenheit.«

Er beugte sich über den Tisch, sah Lindberg eindringlich an. »Dafür muss man in keiner Weise aufsehenerregend sein. Aber alles muss mit einem Bild oder einer Vorstellung zusammenpassen.«

»Was meinen Sie damit?«

Eira ließ sich Zeit. »Das Opfer muss beim Täter einen ganz bestimmten Punkt treffen und aktivieren, eine Art Knopf drücken.« Er suchte nach Worten: »Natürlich den Knopf von jemandem, der die entsprechende Disposition besitzt. Die Neigung zum Morden.«

»Sie meinen: einen Mord im Affekt?« Lindberg rieb sich nachdenklich den Nacken. »Dafür haben Sie aber doch nicht viele Anhaltspunkte, oder?«

Interessiert wartete er auf die Fortsetzung, aber es kam nichts mehr.

Eira stellte sich ans Fenster, die Hände hatte er tief in den Taschen vergraben. Als er das Fenster öffnete, drang das Kreischen der Möwen draußen über dem Wasser zu ihnen herein. »Werden hier Abwässer eingeleitet?«

Lindberg zuckte die Achseln. »Keine Ahnung.«

»Hier muss eine Abwasserleitung sein, denn in der Gegend wimmelt es von Möwen. Warum schießen Sie diese verdammten Vögel nicht ab, wo Sie so nah dran sind?« Er lehnte sich aus dem Fenster und spuckte weit.

»Ich schieße auf gar nichts.« Lindbergs geduldiger Tonfall war plötzlich knapp. »Sind wir fertig, Eira?«

»Sie hatte keinerlei Drogen genommen?« Eira schloss das Fenster wieder und blieb daneben stehen.

»Wasser in der Lunge, sonst nichts. Wir haben keine Spuren von Drogen oder Medikamenten gefunden.«

»Lindberg, uns fehlen fünf volle Tage«, sagte Eira langsam. »Fünf Tage, seit man sie die Straße entlanglaufen sah und bis sie gefunden wurde. Zwei Tage im Wasser und drei, für die niemand eine Erklärung hat.«

Es klopfte an der Tür, und Markussen steckte gleich darauf den Kopf herein. »Sind Sie immer noch da? Ich hatte geglaubt, Sie wären gegangen, und habe deshalb die Institutssekretärin gebeten, morgen wieder anzurufen.« Er blinzelte entschuldigend.

»Ich *bin* gegangen. Alles in Ordnung.«

»Ihre Kollegin Berger hat nach Ihnen gefragt. Sie wartet unten mit einem weiteren Kollegen.« Er sah Eira an. »Ich habe ihr gesagt, dass ich nicht wüsste, ob Sie noch da sind.«

Eira nickte, und der Mann zog sich zurück.

Lindberg knöpfte seine Jacke zu. Den Fahrradhelm hatte er schon aufgesetzt.

»Markussen ist hier Assistent und Präparator«, erklärte er. »Und kümmert sich um alles Mögliche, was so anfällt. Er arbeitet im Labor, assistiert bei Obduktionen, solche Sachen …« Er wandte sich zum Fenster. »Können Sie sich das vorstellen? Bald ist Juni, und es hat angefangen zu schneien!«

29

Die Kriminalkommissare Berger und Benjaminsen lehnten am Kopierer neben dem Eingang des Universitätsgebäudes. Kine Berger trank aus einer Mineralwasserflasche, und etwas in ihrem Blick sagte Eira, dass sie schon eine Weile dort standen und dass sie versucht hatte, ihn nicht warten zu lassen.

»Wartet ihr schon lange?« Das war weniger eine Frage als vielmehr der Hinweis, dass er sich dessen bewusst war.

»Nein, gar nicht. Erst seit Brundtland Präsidentin war.« Sie stellte die halbvolle Flasche auf den Kopierer. »Wir haben jetzt alles abgegrast. Sonderlich viel ist nicht dabei herausgekommen. Anniken Ås hat gemeinsam mit Lise Beck hier studiert, sie gehörten aber zu verschiedenen Jahrgängen und waren nicht eng befreundet. Man hat den Eindruck, als sei Anniken Ås vor allem so eine Art Anhängsel gewesen. Ein Stützpfeiler, der helfend einspringt, wenn das Partyleben überhandnahm.«

Benjaminsen nickte bekräftigend.

»Lise Beck ist morgens um acht gekommen und nie vor sechs gegangen. Der Tenor ist allgemein, dass keiner begreift, wie das passieren konnte. Sie war ganz neu. Sie hatte noch gar keine Gelegenheit, die verschiedenen Milieus kennenzulernen.«

»Ein fester Freund?« Sie hatten das Gebäude verlassen und gingen langsam zum Parkplatz.

Benjaminsen schüttelte den Kopf. »Wir haben nicht den Eindruck. Lise Beck war beliebt und begehrt, und man sah sie ständig mit neuen Männern.«

»Per Roan wird genannt, nicht unerwartet.« Berger zögerte. »Sie war am Abend, als sie verschwand, auf derselben Fete wie er, aber nicht zur gleichen Zeit, das wissen wir schon. Im Übrigen scheint er oft da zu sein, wo auch die Mädchen hingehen, wenn sie unterwegs sind und feiern. Er war heute nicht bei den Vorlesungen. Und ich finde, dass das, was wir vor ein paar Tagen aus ihm herausbekommen haben, nicht besonders erhellend war. Weil ich damit gerechnet habe, dass du ihn noch mal verhören willst, habe ich ihn gebeten, sich zu melden.«

Der Schneeschauer dauerte nicht lange. Er hatte den Asphalt mit einer feinen weißen Schicht überzogen. Benjaminsen hatte es eilig, zu seiner Schwiegermutter zu kommen, die sich kurzfristig bereit erklärt hatte, die Kinder vom Kindergarten abzuholen. Eira und Berger fuhren zusammen ins Zentrum. Um diese Zeit war wenig Verkehr.

»Das Wetter war eklig in der Nacht, als sie verschwunden ist«, murmelte Eira. »Eine der Nächte, wo man durchnässt und müde schon mal der Versuchung erliegen kann, sich in ein fremdes Auto zu setzen.«

Schweigend fuhren sie weiter.

Er merkte, dass sie ihn forschend ansah. »Wieso weißt du, wie das Wetter war?«, fragte Berger mit einem Mal.

»Weil ich da mit dem Auto unterwegs gewesen bin.«

»Ich dachte, du hattest frei.«

Eira lächelte schwach. »Richtig.«

Ihre Neugier siegte. »Aber du hast kein Wort davon gesagt, dass du in der Nacht draußen warst.«

Er nahm den Blick nicht von der Fahrbahn. »Das war privat.«

Er war die fünf Meter von der Haustür zum Auto im Halbschlaf gestolpert, aber die Luft war so eisig gewesen, dass er jäh wach geworden war. Auf der Fahrt durchs Zentrum hatte er kaum eine Menschenseele gesehen. Schneeregen und Wind waren durch die Straßen gejagt und hatten im Sund die See zu weißen Schaumkronen aufgepeitscht. Er konnte sich vorstellen, wie Lise Beck in jener Nacht halb nackt den Stakkevollveien entlangspaziert war.

»Warst du auf einer Feier?«

»Im Gegenteil. Ich hatte den größten Teil der Nacht geschlafen.« Er konzentrierte sich wieder auf den Verkehr. »Ich hab meinen Sohn abgeholt. Der war auf einer Fete. Und hat auch kein Taxi bekommen.«

Sie seufzte. »Ach so.«

Er erwiderte nichts, trommelte nur leicht aufs Lenkrad.

Die Ampel brauchte ewig, ehe sie auf Grün umsprang, und die Fußgänger schoben sich wie eine graue Masse über die Straße. Er sah ihnen nach. Seine Kiefermuskeln waren in Aktion. Ihr war aufgefallen, dass sie das immer dann waren, wenn er eigentlich etwas sagen wollte, es sich dann aber doch verkniff.

»Soll ich dich bei deinem Auto absetzen?«, fragte er schließlich. Sie öffnete den Mund, um zu antworten, aber da sprach er schon weiter: »Ich muss was in den Magen bekommen. Vielleicht hast du auch Lust, einen Happen zu essen?«

»Gerne.« Wenn sie es sich recht überlegte, hatte sie einen Bärenhunger.

Sie fuhren am Kulturhaus vorbei und an der Redaktion des ›Nordlys‹ und bogen zum Folkets Hus ab. »Hier konnte man früher die beste Erbsensuppe der Welt essen«, sagte er. »Aber dann wurde das Haus plötzlich geschlossen und in ein Museum umgewandelt. Es gibt nichts mehr von Dauer. Alles verändert sich. Wenn ich daran denke, fühle ich mich alt.«

Kurze Zeit später saßen sie im Café Sagatun. Lange aßen sie schweigend, genossen die Aussicht auf den wehrhaften hölzernen Dom, der gegen den Verfall ankämpfte, und auf das Denkmal für Roald Amundsen. Noch blickte er auf den Hafen, aber bald würde er hinter dem geplanten neuen Terminal verschwinden. Eira kam es manchmal vor, als litte die Stadt an langsam fortschreitendem Muskelschwund. Das ging so sachte vonstatten, dass niemand wirklich etwas davon mitbekommen würde, bis der Tod eingetreten war und die Modernisierung, dieser Heilige Geist, hinzutrat und die Stadt in einem neuen, fremden Körper wieder auferstand.

Berger hatte angefangen, sich an sein Schweigen zu gewöhnen, sie fühlte sich nicht mehr so unwohl dabei wie noch in den ersten Wochen. »Was hat Lindberg gesagt?«

Während er von den Untersuchungsergebnissen berichtete, die kaum etwas zutage gefördert hatten, was sie nicht schon vorher gewusst oder zumindest geahnt hatten, aß sie weiter. Mit Kopfschütteln reagierte sie auf Lindbergs vage Vermutung, Lise Beck sei an einen anderen Ort gebracht worden. »Klingt für mich völlig sinnlos. Die Chance, sie im Meer zu finden, ist doch deutlich geringer, als wenn sie zu einem kleinen Gewässer gebracht wird, um das in der Freizeit die halbe Stadt spaziert.« Sie schob den leeren Teller beiseite. »Zeugen haben sich keine gemeldet. Und die Aktion von Tür zu Tür rings um den See hat ebenfalls nichts gebracht.«

Eira trank seinen Kaffee aus und gab dem Kellner ein Zeichen. Er hatte Geld auf den Tisch gelegt und war schon auf den Beinen. »Ich hab gedacht, ich geh noch einmal eine Runde um den See.« Er war in der letzten Zeit täglich am Prestvannet gewesen. Hatte auf der kleinen hölzernen Brücke gestanden und über das Wasser geblickt. Auf der Bank gesessen, auf der sie Beate Moberg gefunden hatten, und zu den schaukelnden Enten geblickt, als könnte eine von ihnen wie von Zauberhand in Menschengestalt aus dem Wasser steigen und Zeugnis ablegen von dem, was dort geschehen war. Unzählige Male war er dem Pfad um den See herum gefolgt. Hatte nach neuen Spuren und Aspekten gesucht, sowohl vor Ort als auch in seinem Kopf. »Kommst du mit?«

30

Zwanzig Minuten später hatten sie den Wagen hinter den Büschen am Langnesvei geparkt. Von Norden her wehte ein kalter Wind, und Berger wickelte sich ihren Schal mehrfach um den Hals.

Die Hände in den Taschen vergraben, stand Eira neben ihr und sah sich um. »Dies hier ist die kürzeste Entfernung von der Straße zum See. Aber auch die übersichtlichste Stelle. Der Verkehr, die Wohnhäuser an der Straße, das Studentenwohnheim. Wenn man eine Leiche hierherschafft, geht man ein ziemliches Risiko ein.« Er betrachtete aufmerksam den Boden, die Oberfläche sah wie überpudert aus, kleine Unebenheiten waren vom Schnee überdeckt. »Nicht ganz leicht um diese Jahreszeit, wo es nie richtig dunkel wird«, fügte er hinzu.

Sie gingen den Pfad entlang und knapp fünfzig Meter durch spärliches Gebüsch bis an den See. Die Wellen schwappten gemächlich ans Ufer.

»Er kann sie nicht weit getragen haben«, murmelte Eira. »Nicht, wenn er sie tropfnass aus dem Meer gezogen hat. Bleischwer. Ich schätze, er ist auf die kleine Brücke gegangen und hat sie dort fallen lassen.«

Sie schlenderten nachdenklich dorthin, standen auf der Brücke und schauten über den See, hinüber zu der krummen Weide, die sich über das Wasser neigte. Dort war der Boden nackt und hart.

Der Himmel zeigte einen silberblauen Schimmer. Auf dem Wasser, das ruhig vor ihnen lag, dümpelten Scharen von Enten. »Kannte er sie?« Eira stellte die Frage ins Nichts und erwartete auch keine Antwort. »Oder ist er ein Fremder? War Lise Beck eine schöne junge Frau, die er sich ausgeguckt hatte und der er eine Zeit lang gefolgt war? Oder trafen sie sich zufällig, und aus irgendeinem Grund machte es bei ihm genau in dem Augenblick klick?«

Berger stellte den Kragen hoch und folgte seinem Blick über den See. »Ich finde, du illustrierst den Fall ausgezeichnet, so wie du das jetzt beschreibst. Ein Haufen unbeantworteter Fragen nämlich.«

»Er kann nicht unsichtbar sein.« Eira starrte noch immer über das Wasser. »Er hat ein Auto, und in dem Kofferraum befinden sich Spuren von ihr. Fasern, Haare, das getrocknete Salzwasser.«

Die an sich idyllische Gegend um den See mit den nackten Büschen und den schmelzenden Schneehaufen bildete eine sonderbare Mischung aus friedlich und düster. Dass man hier die Leichen von zwei jungen Frauen gefunden hatte, schien den Ort irgendwie besudelt zu haben.

»Pass auf«, sagte Eira nachdenklich. »Wahrscheinlich kennt er die Stadt gut und bewegt sich selbstsicher über große Gebiete. Zuerst ertränkt er sie im Meer. Dann verfrachtet er sie zum Prestvannet, und er weiß auch genau, um welche Zeit er sie ins Wasser werfen kann, ohne von Spaziergängern dabei gesehen zu werden.« Sie setzten sich auf eine der Bänke am Ufer. »Das ist kein Mensch, der nur kurz in der Stadt zu Besuch ist, und auch keiner, der gerade erst hierhergekommen ist«, fuhr Eira fort. »Er arbeitet hier, vielleicht ist er hier geboren, oder er hat hier studiert. So in der Art«, murmelte er.

»Solche Theorien lassen sich irgendwie nicht in Einklang bringen mit dieser Idylle hier.« Sie deutete zum See und zog dann die Jacke enger um sich, als fröstelte sie.

»Abschaum findest du überall. Man darf sich von schönen Umgebungen nicht täuschen lassen. Ebenso wenig von schönen Gesichtern und auf Hochglanz polierten Oberflächen.« Wieder schwieg er, und sie glaubte schon nicht mehr, dass er noch etwas sagen würde, als er dann doch fortfuhr: »Es gibt auf dem Gebiet ein paar notorische Berühmtheiten. Ende der Siebziger wütete in den USA Ted Bundy, ein gut aussehender, gebildeter Mann, der Traum aller Schwiegermütter. Zog Frauen an wie Honig die Bienen. Regelmäßig suchte er sich junge weiße Collegestudentinnen aus, denen er anbot, sie nach Hause zu fahren. Er hat mindestens fünfundvierzig erwürgt, vielleicht viel mehr, niemand weiß es mit Sicherheit. Die Polizei hatte keine Ahnung.« Er wandte sich ihr zu. »Weißt du, wie er erwischt wurde?« Sie schüttelte den Kopf. »Bei einer Verkehrskontrolle. Die Polizei fuhr mit Blaulicht hinter ihm her und stoppte ihn, als er mit seinem Wagen jemand überholte und kein Licht anhatte. Und dann machten sie in seinem Auto einen überraschenden Fund. Eine Leiche.« Er stand auf. »Das zeigt ein bisschen, wie die Polizei im Dunkeln tappen kann.« Sie standen auf und gingen nebeneinander her, am Wegrand lag schmutziger Schnee, und kleine zugefrorene Pfützen knirschten unter ihren Schuhen.

Am südlichen Ende des Sees blieb Eira stehen. »Vielleicht wohnt er in der Nähe. Beobachtet, wie wir hier entlanggehen. Nach allem zu urteilen, was wir wissen, könnte er hinter einem Fenster sitzen und uns jetzt zusehen. Oder in einem geparkten Wagen in der Nähe. Abgehauen ist er wohl kaum.«

Inzwischen waren sie einmal rund um den See gegangen und zum Ausgangspunkt zurückgekehrt. »Es sind immer noch drei Stunden, bis ich meinen Sohn von der Probe abholen muss«, sagte er. »Lass uns ins Studentenwohnheim gehen und noch mal mit den Freundinnen der beiden Mädchen reden. Wir lassen das Auto stehen. Das Wohnheim liegt gleich auf der anderen Straßenseite.«

31

Anniken Ås starrte sie durch den Türschlitz an. Die braunen Haare bildeten einen strähnigen Rahmen zu ihrem runden Gesicht, und die Augen wirkten wegen der dunklen Ringe größer als sonst. Ihr Zimmer hatte nicht mehr als die üblichen Quadratmeter, das Los aller Studenten, aber Anniken hatte das Beste daraus gemacht. Es gab Topfpflanzen und jede Menge Bücher, im Sessel lag Strickzeug. An den Wänden hingen Plakate von Amnesty International und

Ärzte ohne Grenzen, und über dem Schreibtisch war eine Korkplatte angebracht, wo sie alle möglichen Zeitungsausschnitte und Notizen sammelte. Eiras Blick wanderte über die Teetasse auf ihrem Schreibtisch und den aufgeschlagenen Wälzer, der sicher mit ihrem Studienfach zu tun hatte. »Sie arbeiten noch?«, fragte er unverbindlich, während sein Blick an dem Foto ihres afrikanischen Patenkindes hängen blieb und der Schlagzeile, Firmen zu boykottieren, die Teakmöbel aus Regenwaldholz verkauften. Wieder fiel ihm auf, wie sonderbar ihm die Freundschaft zwischen Lise Beck und Anniken Ås vorkam. Lise trug Jeans, die so teuer waren, dass von dem Geld eine moldawische Großfamilie ein Jahr lang hätte leben können.

Sie nickte. »Ich kann einfach nicht bis spätabends im Lesesaal sitzen«, erklärte sie. »Selten länger als bis sechs.«

»Was habt ihr an dem Abend gemacht, als Lise Beck entführt wurde?«, kam Eira ohne Umschweife zur Sache.

Annikens Gesicht verdüsterte sich. »Es ist so schrecklich ...«, begann sie.

Berger legte ihr eine Hand auf die Schulter. »Setzen Sie sich, und dann reden wir.«

Anniken ließ sich aufs Sofa fallen und presste die Hände zwischen die Knie, offenbar eine Angewohnheit von ihr. »Wir waren auf einer Fete. In Gimle. Sie fand es langweilig und ist vor uns gegangen.«

»Fangen Sie am Anfang an. Erzählen Sie, was Sie vorher gemacht haben.«

»Wir haben am Nachmittag angefangen, mit der üblichen Tour von einer Kneipe zur nächsten«, begann sie, und dann zählte sie alles auf. Gegen vier, fünf Uhr ging das bereits im Bierkeller los, und dann zogen sie von einer Kneipe zur anderen durchs Stadtzentrum. »Gegen sieben haben wir im Skarven gegessen, und dann sind wir ins Studentenhaus gegangen. Dort sind wir etwa bis eins geblieben.« Der Rest der Geschichte war typisch. Irgendwo in einer studentischen Wohngemeinschaft gab es eine Party. Wie sich herausstellte, war das eher eine langweilige Angelegenheit, viele waren betrunken, keine interessanten neuen Bekanntschaften, nichts, wo es funkte, aber jede Menge unerwünschte Annäherungsversuche von Typen, die man sonst wohin verwünscht. »Lise ist … war immer wahnsinnig beliebt«, fuhr Anniken fort. »Sie war so ein bisschen … üppig … und sexy, und so wie sie redete, konnte sie leicht missverstanden werden.«

»Wie das?«

»Sehr direkt. Von manchen Männern wird das als Einladung aufgefasst. Dann wieder haute sie drauf und beleidigte die Leute, ohne dass sie es eigentlich so meinte.« Sie schluckte und presste sich die Hand vor den Mund. »Ich glaub, ich schaff es nicht. Immer wenn ich von ihr rede, fang ich an zu weinen.«

»Das macht gar nichts.« Vorsichtig fasste Eira nach: »Sie hat also die Party als Erste verlassen?«

»Lise war ungeduldig. Die ganze Zeit musste was passieren. Sie war sehr beliebt bei den Jungs, und sie ist nie auf einer Fete geblieben, wenn es da nicht spannende Typen gab.« Anniken fing an zu weinen.

Berger legte ihr den Arm um die Schultern. Sie warteten ein bisschen, und erst jetzt hörte Eira leise Musik aus dem CD-Player am Bett.

»Hatte sie mit jemandem Zoff?«

Anniken zuckte die Achseln. »Sie hat immer mit irgendwelchen Typen geflirtet, und klar wurde immer jemand sauer. Ich weiß nicht mal, ob sie das selbst gemerkt hat. Konnte sozusagen nicht mit einem Kerl reden, ohne den Busen vorzuschieben.« Sie errötete und sah weg.

»Hat sie gesagt, wie sie nach Hause kommen würde?«

»Eins von den anderen Mädchen hatte vorgeschlagen, dass sie noch kurz warten sollte, dann hätten wir alle zusammen ein Taxi nehmen können. Aber Lise ist einfach gegangen.« Anniken beugte sich vor und legte beide Hände vors Gesicht; die Schultern bebten, und ihre schweren Brüste wurden zwischen den Ellbogen zusammengedrückt.

Eira stand auf und stellte sich ans Fenster. Schaute zum Parkplatz und zum Langnesvei, hinter den nackten Büschen war das Wasser zu erahnen. Er steckte die Hände in die Gesäßtaschen und dachte, dass die meisten, mit denen er in diesem Fall reden musste, junge Menschen waren. Junge Frauen, die gut in der Schule waren, wie diese hier, und den meisten hatte das Leben bisher keine größeren Katastrophen beschert als zu schlechte Noten, um das Medizinstudium aufnehmen zu können. Er drehte sich kurz zu ihr um. »Kann sie in schlechte Gesellschaft geraten sein?«

Anniken streckte sich nach dem Teebecher und nahm schnell ein paar Schlucke. Sie beruhigte sich etwas und wandte ihm ihr tränennasses Gesicht zu. »Was für eine Gesellschaft soll das denn gewesen sein? Lise ist dreimal die Woche joggen gegangen, und mindestens genauso oft war sie im Fitnessstudio. Sie hatte dauernd neue Freunde, und das waren alles Studenten, was auch sonst? Wir sind ja sonst nirgends.« Anniken schüttelte den Kopf. »Sie war gegen alles Mögliche. Nikotin, Alkohol, Drogen. An der Grenze zum Unerträglichen ichbezogen und egoistisch, alles drehte sich um sie. Die Mutter hat viel geerbt, soweit ich weiß. Der Vater hat im Ostland ein privates Labor, und das war gewissermaßen das Ziel. Dort zu arbeiten. Im Grunde passte das auch am besten zu ihr … ein Labor.« Sie biss sich auf die Lippe und blickte zu Boden. »Ich wollte nicht gehässig über sie sprechen …«, flüsterte sie kaum noch hörbar.

Eira wandte sich vom Fenster ab und setzte sich in den Sessel, ein verschlissenes Exemplar aus braun gebeiztem Holz mit orangefarbenem Bezug, ein Stück aus den Siebzigern; er war überrascht, dass es die noch gab. »Anniken, hören Sie. Mir ist klar, das alles war ein Schock. Aber Sie müssen versuchen, sich ganz genau an alle Begebenheiten in der letzten Zeit zu erinnern.« Er klopfte sich mit einem Stift auf die Handfläche, wie um ihr seine Worte einzuhämmern. »Alle noch so unwichtig erscheinenden Details in der letzten Zeit.« Er hielt ihren Blick fest, aber sie schüttelte nur den Kopf. »Wenn Sie sich gefangen haben, melden Sie sich bei uns, sobald Ihnen etwas einfällt. Und wenn es Ihnen noch so absurd erscheint.«

Sie nickte gehorsam, und da konnte er sich nicht mehr zurückhalten. »Das hier ist kein Examen oder irgendetwas, bei dem Sie eine gute Figur abgeben müssen«, sagte er nachdrücklich. »Es gibt keine richtigen oder falschen Antworten, verstehen Sie? Melden Sie sich bei uns, was auch immer es ist.« Er sah sie an und hatte das Gefühl, als hielte sie noch etwas zurück. »Überlassen Sie uns die Entscheidung, ob die Information wichtig ist oder nicht«, ergänzte er ruhig.

Anniken sah aus dem Fenster. »Sie war viel im Internet«, sagte sie leise.

32

»Was wollen Sie damit sagen, dass Lise viel im Internet war?«

Ihr Blick flackerte. »Sie hat viel gechattet. Fand es spannend, auf diese Weise mit Fremden in Kontakt zu kommen. Lise meinte, das sei sicher, das passiere ja alles nur in der ›Inbox‹. So hat sie es ausgedrückt.«

»Hat sie sich mit denen getroffen, mit denen sie in Kontakt war?«

Anniken zuckte die Achseln. »Nicht dass ich wüsste.«

Sie schien sich immer noch unwohl zu fühlen und sah weder Berger noch Eira an. Berger rückte etwas näher an sie heran. »Davon haben Sie bisher nichts erwähnt«, sagte sie vorsichtig.

»Ich hab nicht geglaubt, dass es wichtig ist.«

»Und jetzt glauben Sie es?«

Sie schob das Kinn vor und wirkte mit einem Mal wie ein trotziges Kind. »Ich weiß nicht. Das wollen Sie doch selbst herausfinden.«

»Es ist wichtig, dass Sie uns alles erzählen«, sagte Eira eindringlich. »Sie kommen nicht mehr in Loyalitätskonflikte. Es gibt keinen Grund, etwas zu verheimlichen. Lise ist tot.«

Bei den letzten Worten zuckte sie zusammen und sah ihn aus großen Augen an. »Sie hat Fotos von sich ins Internet gestellt«, sagte sie tonlos.

»Was für Fotos?«, fragte Eira, obwohl er augenblicklich Bescheid wusste. »Und wo im Netz?«

Anniken holte tief Luft. »Das ist so eine hiesige Website, also soweit ich weiß«, sagte sie langsam. »Zwei Studenten hier in der Stadt haben das vor einiger Zeit gestartet. Sie sagen, das sei legal.«

Wieder verspürte Eira dieses Ziehen im Bauch. Dasselbe Gefühl wie dann, wenn ihn die Sorgen um die Zukunft seines Sohnes in dieser harten Welt überfielen. »Heißt das, Studentinnen stellen dort Fotos von sich ein?«

Sie nickte. »Zum Großteil sind es Studentinnen von hier.«

»Nacktfotos?«

Sie schluckte. »Meistens.«

»Und Lise Beck war eine von denen, die das getan haben?«

Anniken nickte. »Ich hab die Fotos gesehen.« Sie errötete. »Lise fand das einfach nur witzig. Sie war stolz auf ihren Körper.« Sie zog den Pulli über ihre eigene füllige Gestalt nach unten. »Ich glaube, ihr gefiel der Gedanke, dass jemand sie bewundern könnte. Und völlig nackt war sie ja nicht. Aber es fehlte nicht viel.«

Eira blickte sich um. Anniken hatte in ihrem Zimmer keinen Computer.

»Haben noch andere außer Lise das gemacht?« Der Blick, mit dem er Anniken anschaute, zeigte, dass es sich nicht lohnte, Informationen zurückzuhalten.

Sie nickte langsam, holte tief Luft und seufzte: »Beate Moberg auch. Das haben sie zusammen gemacht.«

Totto hängte sich die Tasche mit dem Notebook über die Schulter und erhob sich von der Bank, auf der *sie* gesessen hatte. Er schaute hinüber zu der alten Weide, die sich über das Wasser krümmte, erinnerte sich an die braunrote Haarpracht, die wie Tang im Wasser schwamm. Er lächelte vor sich hin. Wie Tang, genau. Aber wie sie das missverstanden, wie sie es mit dem Meer in Verbindung brachten und glaubten, sie sei dort ertrunken! Ein hämischer Ausdruck legte sich auf sein Gesicht. Er hatte sie an den Haaren wieder herausgezogen. Aber nur, um seine Freude an der Frau zu haben, solange sie am Leben war.

Er spürte die kleine Digitalkamera in der Innentasche seiner Jacke. Darin war alles gespeichert, er würde es zusammen mit den anderen Aufnahmen für immer aufbewahren. Er drehte sich um und sah über den See, füllte seine Lungen mit Luft und warf einen raschen Blick zum Studentenwohnheim, in dem sich Eira gerade aufhielt. Dann ging er zurück durch das Gebüsch, zurück in Gebiete, wo er sich aufhalten konnte, ohne dass jemand auf seine Anwesenheit reagierte. Das beste Versteck war wie immer mitten unter Menschen.

Mit leichten, federnden Schritten überquerte er die Straße. In zehn Minuten würde er zu Hause sein. Er fühlte sich unbesiegbar.

Als sie Anniken eine halbe Stunde später verließen, warf Eira noch einmal einen Blick über die Schulter und sah ihr Gesicht im Türrahmen, mit einem Ausdruck, als wollte Anniken sie so lange wie möglich festhalten, wenn nicht physisch, so wenigstens mit dem Blick. Er blieb stehen und nahm den Anblick des Flurs in sich auf – den dunkelbraunen Teppichboden, die weißen Wände, die geschlossenen Türen. Es war viel zu still hinter ihnen. Sie war allein. Aber war sie in Gefahr? Er hörte das Klicken, als sie die Tür zumachte und den Schlüssel im Schloss umdrehte. Anniken Ås konnte auf sich aufpassen. Und warum sollte sie gefährdet sein? Sie war keine enge Freundin. Und sie war anders als Beate Moberg und Lise Beck.

Berger schien seine Gedanken zu erraten. »Sie macht nicht den Eindruck, als sei sie der Typ, der irgendeine Dummheit begeht«, sagte sie. »Ich glaube, sie kommt zurecht.«

Eira nickte. »Das muss sie auch«, sagte er langsam. »Denn noch wissen wir nicht, ob es besonderen Bedarf gibt, einige der Mädchen zusätzlich zu schützen. Und wenn, wen.«

Es hatte aufgehört zu schneien. Die schwere graue Wolkendecke war schließlich aufgerissen und nun wie weggeblasen. Nur ein paar Reste hingen noch wie Wattebäusche am Horizont.

Eira legte den Kopf in den Nacken und starrte in den blauen Himmel. »So ist der Frühling. Voller Überraschungen. Man muss es nehmen, wie es kommt.« Er wickelte sich den Schal wieder um den Hals und steckte die Hände tief in die Jackentaschen. »Nicht nur der Frühling bringt Überraschungen. Das, was uns Anniken Ås erzählt hat, kam unerwartet. Eher untypisch fürs Studentenmilieu, wenn du mich fragst.«

Berger sah ihn von der Seite an. Hin und wieder wechselte Eira das Thema so schnell, wie sich das Wetter hier im Norden änderte. Es dauerte ein paar Minuten, bis sie zum Auto kamen. Als sie kurz davor waren, packte er plötzlich ihren Arm und blieb stehen. »Siehst du das?« Er starrte auf den Boden. »Spuren.«

Sie beugte sich vor. Jemand war nach dem Schneeschauer zu seinem Auto gestapft. Grobe, kräftige Sohlen hatten deutliche Abdrücke hinterlassen. Sie waren eine knappe Dreiviertelstunde im Studentenwohnheim gewesen. Als sie dorthin gingen, hatte es noch geschneit. Der Betreffende musste gerade erst da gewesen sein.

Sie sah ihn an. »Was meinst du?«

»Mein Landrover ist gut für winterliche Straßenverhältnisse und wenn man zur Jagd fährt.« Er schloss auf.

»Da ist wohl jemand vorbeigekommen und hat ihn sich etwas genauer angesehen. Wahrscheinlich nur jemand, der sich so einen wünscht. Vielleicht ein neugieriger Spaziergänger. Er scheint nichts berührt zu haben.« Er öffnete die Fahrertür, steckte die Hand unter das Armaturenbrett und holte eine kleine Digitalkamera und ein Lineal heraus, das er neben die Fußabdrücke legte. »Wir wollen sie trotzdem verewigen. Nur der Ordnung halber.«

Dann startete er den Motor, fuhr aber nicht sofort los. »Wir sind auf einer Insel«, sagte er nachdenklich. »Er ist hier, auf dieser Insel, davon bin ich überzeugt.« Er wandte ihr das Gesicht zu, das halb im Schatten lag. Ihr fiel auf, wie Licht und Schatten das Eigentümliche an seinen Zügen hervorhoben. Hohe Wangenknochen, eine ungewöhnlich gerade Nase, gespaltenes Kinn. Augen, die, wenn er lächelte, fast verschwanden.

Sie starrte ihn fasziniert an. »Wie kannst du dir da so sicher sein?«

»Geduld.« Er lächelte. »Es ist wie bei der Jagd. Wir sitzen im Ansitz und warten. Und wir versuchen ihn einzukreisen, ohne dass er es merkt. Treiben ihn auf uns zu. Früher oder später haben wir ihn in Schussweite.«

Er fuhr los.

»Nach dem, was Anniken uns erzählt hat, müssen wir uns die Computer gleich noch einmal ansehen. Ruf Benjaminsen an und sorg dafür, dass er die Schwiegermutter nicht aus dem Haus lässt. Heute wird er Überstunden machen müssen.«

Henning Gabrielsen hatte angerufen, während er unterwegs war. Es dauerte zwei Sekunden, bis Eira sich erinnerte, wer das war: der Jogger mit dem zitternden Vorstehhund.

»Sie rufen an?« Gabrielsen klang überrascht.

»Weil Sie mich angerufen haben«, sagte Eira und hörte selbst, wie ungeduldig das klang. Aber er konnte es nicht leiden, Selbstverständlichkeiten zu erläutern. »Ich hoffe, Sie haben Informationen für mich.«

Eiras Strategiewechsel half. »Ja, genau«, rief Gabrielsen. Er lachte kurz auf, räusperte sich nervös. »Also, das Auto.« Er schwieg wieder. Dann fuhr er schließlich fort: »Ich sagte, ich hätte nichts Besonderes gesehen, und das hatte ich auch nicht. Ich jogge übrigens nicht mehr um den See.« Eira wartete mit zusammengekniffenen Augen. »Ja, und?«

»Aber ich laufe noch auf dem Langnesvei am See entlang, und da komme ich an denen vorbei, die eventuell dort am Prestvannet geparkt haben.« Eira nickte vor sich hin. »Heute Nachmittag war ich joggen, und da parkte dort ein Auto, das so aussah wie das, was ich an jenem Tag gesehen habe. Es fiel mir auf, weil die Situation die gleiche war. Ich kam den Hügel herauf, der Hund lief vor mir an der Leine, und da stand das Auto.«

Es war wieder still am anderen Ende. Eira kam es vor, als könne er seinen eigenen Herzschlag hören. »War der Wagen leer?«

Gabrielsen wurde eifrig. »Nein, genau das war es ja. Der Wagen war nicht leer.« Wieder räusperte er sich. »Die ganze Situation mit der Leiche im Wasser kam mir plötzlich wieder in den Sinn, und ich blieb wie angewurzelt oben auf dem Hügel stehen, während der Hund bellte und jaulte und zog. Er wollte weiter. Ich habe gestutzt, weil das Auto plötzlich gestartet wurde und wie der geölte Blitz davonfuhr. Ich konnte mir nicht vorstellen, warum es derjenige so eilig hatte. Es sei denn, dass es das Auto war, an dem ich an jenem Tag vorbeigekommen bin. Und dass der Betreffende Angst hatte, wiedererkannt zu werden.«

Und das wird der Fall gewesen sein, dachte Eira. Nachdem er den ganzen Langneshügel hinaufgejoggt war, würden Gabrielsens Hautfarbe und Erscheinung so sein, dass kaum Gefahr bestand, ihn mit einem anderen zu verwechseln. »Und was haben Sie gesehen, Gabrielsen?«, fragte Eira, unendlich langsam.

»Ich war noch zu weit weg, um die Automarke zu erkennen. Aber es war ein blauer Kombi. Vermutlich war es ein Mann, der fuhr. Aber auch da bin ich wirklich nicht sicher. Bei all den Mützen und Schals«, ergänzte er entschuldigend.

»Danke für Ihre Hilfe.« Eira legte auf. Es konnte reiner Zufall sein, dass der Wagen gestartet wurde und so schnell losgefahren war. Aber wenn das wirklich mit den Mordfällen zu tun hatte, dann konnte es ein Indiz dafür sein, dass sich der Mörder in der Nähe aufhielt. Er war in der Gegend, und er kehrte zum Tatort zurück, und sei es nur, um ihn mit Abstand zu beobachten.

Der Charakter des Mörders wurde langsam klarer. Er war sehr gut organisiert, und die Übergriffe waren hervorragend geplant. Kalt und ruhig bewegte er sich im System, und nichts von dem, was er tat, wies Anzeichen von Zufall oder Panik auf.

Er hatte die Übersicht, und bisher hatte er auch die absolute Kontrolle gehabt.

33

Eira erkannte sie inzwischen an ihrem Gang, und am nächsten Morgen, sieben Uhr, hörte er ihre Schritte auf dem Flur. »Berger?«

Sie steckte den Kopf zur Tür herein. »Frühes Meeting?«

Er winkte ihr, in sein Büro zu kommen. »Setz dich.« Er sah dauernd auf die Uhr.

Die Tür öffnete sich ein zweites Mal, und Benjaminsen trat ein, wie meist außer Atem. Mit einer ungeduldigen Handbewegung unterbrach Eira seine Entschuldigungen und informierte ihn dann über die letzten Erkenntnisse.

»Wir gehen von der Theorie aus, dass beide Mädchen von derselben Person umgebracht worden sind.« Benjaminsen hatte sich inzwischen erholt und schlürfte seinen Kaffee.

»Jedenfalls ist das die Arbeitsthese.« Eira legte die Füße auf den Tisch. Er trug immer noch die soliden Wanderstiefel, denen man ansah, dass sie gut eingelaufen waren. »Aber wir bewegen uns auf dünnem Eis. Im Hinblick auf Lise Beck haben die Pathologen festgestellt, dass sie höchstwahrscheinlich ertrunken ist. Wir vermuten, dass der Leichnam an einen anderen Ort gebracht wurde, und wir nehmen an, dass es sich um einen kriminellen Tatbestand handelt. Wir müssen in diesen Fällen nach Gemeinsamkeiten suchen.« Er schwieg und starrte vor sich hin. »Zum Beispiel die Geschichte von diesen pornografischen Aufnahmen im Internet, wovon wir gestern erfahren haben«, fuhr er fort. »Das ist zumindest ein kleiner Anhaltspunkt, dem wir nachgehen können. Wir müssen überprüfen, ob mehr daran ist. Davon abgesehen haben wir kaum andere Informationen, an die wir uns halten können.«

»Die Handys sind geprüft«, warf Berger ein.

»Die E-Mails auf den Computern, die sie an der Uni benutzen, auch. Alles negativ«, nickte Benjaminsen und setzte sich an den Computer. »Aber Anniken Ås hat uns einen guten Tipp gegeben. Daraufhin sind wir gestern noch gründlicher vorgegangen.« Er schnaufte resigniert, während seine Finger über die Tastatur flogen. »E-Mails, Chatrooms und was die heute so alles machen. Auf die Weise kommt man mit vielen obskuren Typen in Kontakt. Die Mädchen sitzen zu Hause und langweilen sich, und wenn sie dann so einen total Fremden im Netz treffen, gibt ihnen das einen Kick. Die glauben, das sei alles bloß ein Spiel. Und völlig ungefährlich.« Er seufzte. »Aber Fotos von sich einzustellen, das ist der komplette Wahnsinn.«

Berger tätschelte ihm mütterlich den kurzgeschorenen Kopf. »Was bist du süß, Benjaminsen. Redest wie deine Großmutter. So ist nun mal die Welt.«

Verärgert errötete Benjaminsen und stieß ihre Hand weg. »Halbpornografische Fotos wie diese hier locken mit Sicherheit ganz bestimmte Typen an.« Er schob den Stuhl zurück und deutete auf den Bildschirm. »Seht sie euch an. Die Stadt ist klein genug, dass man die Mädchen erkennen kann.«

Sie starrten auf die Fotoserie. Zwei Frauen auf einem Sofa, halb sitzend, halb liegend. Wie sie in die Kamera sahen – dieser Blick konnte durchaus als Einladung aufgefasst werden. Nur der winzige Slip, den beide trugen, mochte die Bezeichnung »halbpornografisch« rechtfertigen, dachte Eira. Es verblüffte ihn, dass sie nichts unternommen hatten, um ihre Identität zu verschleiern. Lise Beck war eindeutig zu erkennen. Sogar Beate Moberg, die schon tot war, als er sie zum ersten Mal sah, erkannte er wieder.

»Müssten wir einen gemeinsamen Bekannten oder Freund verdächtigen? Einen Kommilitonen?«

»Auf jeden Fall ist es einer, der sich im Studentenmilieu so gut auskennt, dass er von dieser Site weiß.«

»Die Stadt ist doch so klein, da verbreiten sich Gerüchte über Pornos von mehr oder weniger hiesigen Mädchen wie ein Lauffeuer«, gab Benjaminsen zu bedenken.

Eira wandte den Blick vom Bildschirm ab und stand auf. Er ging zum Fenster und sah den Autokolonnen zu, die an der Bispegata darauf warteten, dass die Ampel endlich auf Grün umsprang. Ein kommunaler »Staubsauger« fuhr am

Rand des Bürgersteigs entlang und saugte jede Menge Sand auf. »Jetzt hat es der Frühling aber verdammt eilig«, murmelte er plötzlich, immer noch mit Blick aus dem Fenster. »Wenn er es hier überhaupt noch schafft, einmal durchzuziehen, ehe der Sommer da ist.«

Er drehte sich zu Kine Berger um. »Woher kommst du noch gleich?«

»Oslo.«

»Ah ja.«

»Was soll das heißen?«

»Nichts, nur dass du dir ein Paar richtige Schuhe kaufen solltest.« Er deutete auf ihre Füße. »Das sind Stoffschuhe. Die sind zu dünn. Nach ein paar Stunden draußen sind sie durchgeweicht. Zieh dich nach dem Wetter an. Nicht nach der Jahreszeit.«

Sie war aufgestanden und starrte ihn an. »Warum erzählst du mir das?« Eiras plötzliche Themenwechsel konnten eine Herausforderung sein. Aber das hier war vollständig daneben.

»Weil er glaubt, er sei dein Vater«, grinste Benjaminsen. »Er glaubt auch, er sei meiner.«

»Weil ich es einfach nicht aushalte, wenn du draußen stehst und zitterst und frierst, weil du zu dünn angezogen bist. Wie willst du kreative Lösungen herbeiführen, wenn dein Blutkreislauf nicht funktioniert, wo er doch bis in die Füße reicht?« Seine Hände beschrieben eine Bewegung vom Kopf zu den Füßen, als verscheuche er einen bösen Geist aus ihrem Körper.

Berger starrte ihn säuerlich an. »Die Dinge sind für mich wohl kaum problematischer als für dich«, entgegnete sie mürrisch.

»Ach?« Es kam Leben in seine Augen. »Was weißt du schon von mir?«

Sie zögerte. »Nichts. Im Grunde genommen.«

Seine schmalen Augen wirkten irgendwie erheitert.

»Eigentlich reicht das völlig.« Er erhob sich und hielt ihr die Tür auf. »Wir müssen uns näher mit denen befassen, die viel Zeit mit den Studenten verbringen. Es muss Gerüchte gegeben haben.«

Lindberg ging den Flur hinunter, unter dem Arm hatte er einen Stapel dicker Bücher. Er blieb stehen. »Gibt's was Neues?« Er schien es eilig zu haben und in erster Linie aus Höflichkeit zu fragen.

»Benutzen die Studenten die Computer der Universität häufig für anderes als Fachliches und für ihre Hausarbeiten?«

»Die Computer für die Studenten?« Dr. Lindberg starrte Eira über die randlose Brille an, die weit unten auf seiner spitzen Adlernase hing. Eira hatte einen ganzen Ständer davon im Drogeriemarkt gesehen, sie kosteten gerade mal 60 Kronen. »Keine Ahnung, woher soll man das wissen?«

Eira zögerte. »Sagen Sie, Lindberg, was wisst ihr hier eigentlich von den Studenten und davon, was sie so treiben?«

Lindberg zog die Augenbrauen hoch. »Was soll das heißen?« Etwas in seinem Tonfall sagte Eira, dass Lindberg langsam genug hatte von all dem Raus und Rein in seinem Büro und von all den nichtmedizinischen Fragen, die keiner beantworten konnte.

»Habt ihr eigentlich eine Ahnung von dem, was die Studenten in ihrer Freizeit machen?«

»Kaum«, sagte er ausweichend und zuckte die Achseln. »Kann auch nicht sagen, dass es mich sonderlich interessiert, was sie außerhalb dieser Mauern hier tun.«

»Dass einige eine Porno-Site im Internet betreiben oder Nacktfotos von sich selbst ins Netz stellen, darüber wird hier nicht geredet?«

Der erstaunt glotzende Gesichtsausdruck stand Lindberg definitiv nicht.

»Also nichts, wovon Sie gehört hätten?«, hakte Eira nach.

Lindberg schüttelte langsam den Kopf, fast als versuchte er aufzuwachen, dann verlagerte er den dicken Bücherstapel auf den anderen Arm. »Sind Sie sich darüber im Klaren, wie viele Studenten hier im Laufe eines Jahres durchgeschleust werden?«

Nun war es an Eira, mit den Achseln zu zucken.

»Mich interessiert nur, und das sage ich ganz offen«, fuhr Lindberg fort, »dass sie genug lernen und dass sie das können, was sie sollen, nachdem ich mit ihnen zu tun hatte. Und Sie können mir glauben, das ist die übliche Einstellung eines durchschnittlichen Universitätsangestellten.« Er nickte und ging weiter.

Eira studierte Lindbergs Rücken, der sich eilends zum Hörsaal hin entfernte.

Lindberg war ein gut geschmiertes Rädchen in der Maschinerie, durch die täglich Massen von Studenten geschleust wurden bis hin zu den fertig geformten Produkten. Vielleicht wollte der Mann gar nicht wissen, dass er seine Energie und sein Wissen auf Menschen verschwendete, die in ihrer Freizeit nackte Brüste und Schenkel im Internet ausstellten.

»Der trägt nicht seine Bücher unter dem Arm«, murmelte Eira zwischen zusammengebissenen Zähnen, »sondern den verdammten Kopf.«

34

Später am Nachmittag ging Eira langsam die Grønnegata hinunter. Es herrschte Tauwetter. Das graue Steingebäude der Tromsøer Polizei kam schneller näher, als ihm lieb war. Er spürte die Sonnenwärme im Gesicht, ein Gefühl, das er nun seit Monaten entbehrt hatte. Das Schmelzwasser gluckerte im Rinnstein, und wie lustige kleine Farbkleckse streckte der Huflattich seine gelben Blüten zwischen den trockenen braunen Grasbüscheln aus. Jetzt ist der Frühling eindeutig da, dachte Eira, blieb kurz stehen und streckte sein Gesicht noch einmal genießerisch in die Sonne.

Die beiden Studenten, die für die Porno-Site im Internet verantwortlich waren, hatte man zum Verhör einbestellt. Sie waren in der letzten Woche im Urlaub gewesen und gerade erst nach Tromsø zurückgekehrt. Urlaub im Süden um die Zeit des Jahres, wo Studenten gewöhnlich besonders knapp bei Kasse sind. Einen Monat vor den eigentlichen Semesterferien.

Eira machte einem Auto Platz und trat dabei mitten in eine große, schlammige Pfütze. Er fluchte lauthals und rieb die Schuhe im Gras am Straßenrand ab. Doch es war nicht dieser Morast, den er am meisten verfluchte. Sondern den, der aus kaum erwachsenen Jungen bestand, die Porno-Sites im Internet betrieben, wo Mädchen Dinge taten, die sie für den Rest ihres Lebens bereuen würden.

Zu allem Überfluss kamen die Studenten fünfzehn Minuten zu spät. Eira wartete bereits ungeduldig auf der Polizeiwache.

»Die akademische Viertelstunde«, sagte der eine mit einer lässigen Handbewegung, als wären sie Bill Clinton und der Chef des Unternehmerverbandes auf Betriebsbesichtigung.

»Ich bin kein Akademiker.« Eiras Gesicht erinnerte an Sitting Bull, und die Stimme war tonlos. Er wies barsch auf zwei Stühle. Benjaminsen fuhr den Computer hoch.

Berger saß am anderen Ende des Tischs, den Mund zu einem Strich zusammengepresst, ihre Arme verschränkt und die Beine übergeschlagen, hatte sie sich so weit wie möglich zurückgezogen. Eira verstand etwas von Körpersprache. Er sah, dass bei ihr mehr als nur Arme und Beine verknotet waren. Insbesondere, nachdem nun vier Männer und sie selbst auf ein Foto starrten, auf dem sich zwei junge Mädchen mit nichts als einem Stringtanga bekleidet auf dem Sofa räkelten.

Die beiden jungen Männer hatten die Arme verschränkt und studierten die Bilder, wie gestandene Künstler ein Werk betrachten, mit dem sie besonders zufrieden sind und von dem sie ahnen, dass man sich darum reißen wird.

»Euer Werk, das da?« Eira nickte zum Bildschirm.

»Ja«, antwortete der eine. Sie waren beide Anfang zwanzig, sahen blass und ungesund aus, obwohl sie gerade eine Woche im Süden gewesen waren. Der eine mit schmalen Schultern und eingesunkenem Brustkorb, der andere mit beginnendem Fettansatz, das Gesicht glatt und rund wie ein dickes Baby.

»Studiert ihr?«

»Ja, und?«

»Warum verwendet ihr eure Zeit auf solche Geschichten?«

Beide starrten Eira an, als sei er irgendein interessantes Fossil.

»Weil wir das … *sehr spannend* finden.« Babyface übernahm das Reden. Er war aus Tromsø, hörte Eira. Er sprach so langsam und schleppend, wie es für diese Generation Jugendliche aus Tromsø typisch war. Vornehm. Ohne all die Besonderheiten oder Dialektausdrücke.

Umso deutlicher war der höhnische Tonfall des jungen Mannes.

»*Spannend!*« Sie sprangen fast von ihren Stühlen auf, als Berger das Wort über den Tisch fauchte.

Beide wandten synchron ihre Köpfe mit hochgezogenen Augenbrauen zu ihr, als entdeckten sie in diesem Augenblick ein weiteres erstaunliches Wesen am anderen Ende des Tischs, das sogar sprechen konnte.

»Ja, und? Haben Sie damit ein Problem?« Nun redete der Dünne. Er war eindeutig aus dem Ostland und offenkundig genauso selbstsicher wie sein Kompagnon. Er schob seine ovale Brille zurück, die weit auf der Nase nach unten gerutscht war. »D&G«, stand auf dem Bügel.

Das war ein anderes Zeichen für Dollar, wusste Eira.

»Das ist eine Site, wo tolle Mädchen Fotos von ihren wohlgeformten Körpern hinterlegen und sich von anderen bewundern lassen können. Gar nicht zu reden von dem Neid der Mädchen, die nicht so lecker sind.« Sie schauten sich an, und Babyface feixte.

Bergers Stuhl kippte fast hintenüber, als sie mit hochrotem Kopf aufsprang.

Eira warf ihr einen kalten Blick zu, der sie zurück auf ihren Platz verwies. Ohne die beiden aus den Augen zu lassen, sank sie wieder auf ihren Stuhl. Man konnte sehen, dass ihr das Herz bis in den Hals schlug. »Und was bekommt ihr dafür?«

»Was meinen Sie wohl?« Babyface ließ sich nicht so leicht aus der Ruhe bringen. »Erlebnisse.«

Der andere lächelte. »Und Geld. Auch nicht zu verachten.«

»Hören Sie.« Babyface übernahm wieder das Reden. »Es hat überhaupt keinen Sinn. Sie haben keinen Grund, uns hierher zu schleppen. Wir tun nichts Ungesetzliches. Das sind keine Pornos«, fügte er noch hinzu. »Die Mädchen sind über 18 und machen das absolut freiwillig. Alles in bester Ordnung. Das haben wir vorher gecheckt.«

»So. ›In Ordnung‹. Ist es das?« Berger hielt sich an den Armlehnen des Stuhls fest.

Eira sah ein, dass es ein Fehler gewesen war, ihr für heute nicht andere Aufgaben gegeben zu haben. Man hatte ihm erzählt, Berger habe ein Problem, sich Pornografie gegenüber professionell zu verhalten, ebenso Verbrechen, bei denen es um Übergriffe auf Kinder ging. So weit hatten

Krisenintervention und Beratungsgespräche ihr also doch nicht geholfen.

»Bei denen, die dort zu sehen sind, handelt es sich also um zwei der Mädchen, die euer Geschäft sponsern. Ist das so?« Eiras Ton war sachlich.

»Ja, ganz genau.«

»Beide wurden ermordet.«

Sie warfen sich einen Blick zu und rutschten kurz auf den Stühlen hin und her. »Wir haben davon gehört«, murmelte Babyface.

Die aufgeblasene Fassade der beiden zeigte plötzlich Sprünge. »Und was hat das mit uns zu tun?« Sein Kumpel hatte sich wieder gefasst, verschränkte die Arme und sah Eira herausfordernd an.

»Das genau fragen wir uns auch. Wie ist es den Mädchen ergangen, nachdem ihr die Fotos veröffentlicht habt? Sind sie angemacht worden?«

Da kam Leben in die beiden. »Wegen dieser unschuldigen Fotos? Bei all dem *richtigen* Porno im Internet?« Der Dünne schob den Brustkorb vor und verschränkte die Arme darüber. »Verdammt, das ist ja wohl total absurd.«

Babyface haute sich auf die Schenkel. »Das ist doch echt daneben. Kein Wunder, dass es hierzulande so leicht ist, Verbrecher zu sein.«

Eira drehte sich langsam zu ihnen um, sein Gesicht war ausdruckslos, aber in den kleinen Kiefermuskeln war Bewegung. »An eurer Stelle würde ich den Ton schleunigst runterfahren«, sagte er scharf. »Wir sind noch nicht fertig.« Sein Zeigefinger pochte auf die Tischplatte vor ihm. »Fürs Erste will ich eine komplette Übersicht über das haben, was ihr treibt, egal ob gesetzlich oder nicht. Ich will alles über eure Finanzen wissen. Eure Freizeit. Mit wem ihr Kontakt habt. Und wenn ihr noch mit den Teddys schlafen geht, muss auch das aufs Tapet. Kollege Benjaminsen hier hat eine Reihe von Fragen«, sagte er und stand auf.

Eira hatte sich mit Hilde Samuelsen nach den Vorlesungen verabredet, um mit ihr unter vier Augen zu sprechen. Sie errötete heftig, als er sie mit den Pornofotos der Freundinnen konfrontierte.

Aber genau wie zuvor mit den beiden jungen Männern fühlte sich Eira wie ein Fossil, als er andeutete, solche Fotos könnten problematisch sein. Er brauche sich doch nur mal umzusehen, sagte sie. Stellten nicht sogar die großen Ladenketten überall in der Stadt auf Riesenplakaten halb nackte Frauen aus? Busen und Hintern in aller Öffentlichkeit, wohin man sah. Wo also war das Problem?

Eira wusste es nicht. Langsam, aber sicher kam es ihm so vor, als existierte es vielleicht nur in seinem eigenen Kopf.

35

»*Buore beaivvi,* Berger. Früh unterwegs für einen Samstag, wie?« Eira saß schon über den Akten, als Berger hereinkam.

»Gibt's was Neues?« Sie schaute ihm über die Schulter.

Er schüttelte langsam den Kopf. »Wir prüfen die Hinweise, die per Telefon eingegangen sind. Aber bisher ist nichts dabei herausgekommen. Lise Becks Anruf bei der Taxizentrale in der Nacht, als sie verschwand, scheint das letzte Lebenszeichen von ihr zu sein. Es hat sich niemand gemeldet, der sich erinnert, sie danach gesehen zu haben. Oder sonst etwas Verdächtiges.«

Auf einmal verstand er selbst nicht mehr, wieso er sie eben noch so munter hatte begrüßen können. Denn als er nach und nach alles aufzählte, was *nicht* zu etwas geführt hatte, da hätte er plötzlich am liebsten alles stehen und liegen gelassen. Und wäre nach Hause gegangen, um Fliegen zu binden.

»Hat man bei der Durchsicht älterer Anzeigen etwas gefunden? Irgendeinen Hinweis?«

»Nichts, was überzeugt. In erster Linie irgendwelche kleinere Übertretungen. Wir haben alles durchgesehen, was die Leute so anzeigen, Exhibitionismus, Begrapschen, versuchte Vergewaltigung. Und die Alibis unserer eifrigsten Wiederholungstäter sind auch schon überprüft. Für die Mordnacht haben sie alle mehr oder weniger gute Alibis.« Er lehnte sich zurück. »Weißt du, Berger, im Stoß mit den ungelösten Fällen liegt noch die Akte vom letzten Jahr, der Fall dieser Marie Bengtsson, die damals einfach verschwunden ist. Inzwischen haben sich einige Meter an Dokumenten angesammelt. Der Fall ist ja noch nicht abgeschlossen, genießt allerdings nicht mehr höchste Priorität. Aber nun sitzen wir schon wieder da mit einem Fall, bei dem es nur so wenige Spuren gibt. Und ich zerbreche mir die ganze Zeit den Kopf, ob das etwas zu bedeuten hat.« Er beugte sich vor. »Nicht, weil für mich persönliches Prestige damit verbunden wäre. Aber ich habe mich entschieden, hier in dieser Stadt zu leben. Und ich habe einen Sohn. Deshalb. Ich will mir noch einbilden können, dass er hier sicher ist.«

Er machte eine einladende Handbewegung zum Besucherstuhl und knallte im selben Moment die Füße auf den Tisch. Berger merkte, dass er seine gesprächigen fünf Minuten hatte. »Wäre ich ganz allein, würde ich das wahrscheinlich mit anderen Augen sehen. Aber ich bin nicht allein, Berger, ich bin ein Mann von 47 Jahren, der sich Sorgen macht. Und der bald 18 Jahre lang gleichzeitig Vater und Mutter gewesen ist. Das stellt etwas mit deinem Kopf an, das kannst du mir glauben.«

Eira klopfte sich mit beiden Händen energisch auf den Kopf. Das glatte Haar glich so sehr dem seines Sohnes. Es hätte längst geschnitten werden müssen, fand Berger. Seine Hände waren voller Schwielen, und sie fragte sich, warum. »Ich glaub's dir, Eira«, nickte sie, überrumpelt von der sehr persönlichen Wendung, die das Gespräch genommen hatte. »Der Fall Marie Bengtsson, sagst du, ist noch nicht gelöst?«

Er nickte.

»Welche vorläufigen Schlüsse hat man denn damals gezogen?«

»Wir haben alle denkbaren Hypothesen abgearbeitet. Angefangen bei schlichtem Abhauen bis zu weißem Sklavenhandel. Und natürlich Mord. Einschließlich Selbstmord. Ich persönlich war immer überzeugt, dass eine Straftat hinter ihrem Verschwinden steckt.«

Marie Bengtsson war in einem der Labors des Krankenhauses angestellt gewesen. Sie war eine junge Schwedin, alleinstehend, die immer klar zu erkennen gab, dass sie das Leben liebte, und die so viel wie möglich von der Welt sehen wollte. Auch von Norwegen. Niemand hatte je den Eindruck bekommen, sie habe psychische Probleme oder lebe irgendwie gefährlich. Sie war vom Typus her sozial und extrovertiert und hatte in Tromsø leicht Freunde gefunden.

Nun schwieg Eira. Es sah so aus, als sei er losgeworden, was ihm auf dem Herzen lag. Berger stand auf. Beim Hinausgehen formulierte sie die Frage, die er sich schon lange stellte: »Wo siehst du denn einen Zusammenhang zwischen den beiden Fällen und Marie Bengtsson?«

»Wir wissen nicht sicher, ob sie einer kriminellen Tat zum Opfer gefallen ist, schließlich hat man sie nie gefunden. Und es ist inzwischen ein Jahr her, seit sie verschwunden ist. Die Zeitspanne zwischen dem Fall Bengtsson und den beiden neuen Fällen ist also lang. Ganz schön lang, um an ein und denselben Täter zu glauben. Aber das kann natürlich auch falsch sein.« Er holte Atem. »Ich sehe nicht mit Sicherheit Züge, die sich gleichen. Und das Motiv, was für ein Motiv soll es sein? Und warum sollte der Mörder ein ganzes Jahr warten, ehe er wieder zuschlägt?«

Weil seine Uhr eben so tickt, und die hat ihn erst nach einem Jahr wieder geweckt, sagte er zu sich, als Berger die Tür hinter sich geschlossen hatte. Außerdem fand der dritte Mord ja nicht erst nach einem weiteren Jahr statt, sondern bereits nach zwei Wochen. Die Intervalle zwischen den Morden wurden also kürzer. Er wurde mutiger.

Er starrte auf seine Papiere.

»Serienmörder«, sagte er laut, wie um das Wort auszuprobieren. »Verdammt.«

Totto hatte die Verandatür weit geöffnet und ließ sich vom kalten Wind abkühlen. Es war sehr früh am Morgen, eine bleischwere Wolkendecke hing tief am Himmel. Er hatte das tägliche Trainingsprogramm im strömenden Regen durchgezogen, war schneller, länger und härter denn je gelaufen – bis ihn Blutgeschmack im Mund, schmerzende Muskeln und brennende Atemwege fast zum Straucheln brachten.

Mehrere Tage war es jetzt still gewesen. Eine Art Vakuum hatte ihn besetzt gehalten. Danach hatte sich wieder eine Unruhe bemerkbar gemacht, die langsam zunahm. Diese Rastlosigkeit unter Kontrolle zu halten, war immer schwieriger geworden. Jetzt ging es schon wenige Stunden nach dem Joggen wieder los.

Sie hatte es verdient. Sie hatte ihn dorthin geleitet, sie hatte es selbst so gewollt.

Ihn traf keine Schuld.

Niemand würde je auf die Idee kommen, ihn zu verdächtigen. Er war ihnen nun schon so viele Jahre entwischt. Er hatte alles in Zeitungen und im Internet verfolgt, nie hatte jemand den Zusammenhang gesehen. Er war ihnen überlegen. Er wusste, was er wissen musste, und er hatte dafür gesorgt, die Methoden zu ändern. Diese falsch verstandene Statistik, nach der die Polizei glaubte, er würde alle Frauen gleich behandeln! Das war sein Vorteil gewesen.

Die Menschen waren doch verschieden, Intelligenz nahm unterschiedliche Formen an. Keine zwei Individuen waren gleich, auch nicht die Frauen, die er sich aussuchte. Und auch er war wie niemand sonst.

Wie oft konnte man wohl die Vorgehensweise ändern, ehe man zur Wiederholung *gezwungen* war?

Der Regen prasselte schon den ganzen Vormittag auf die Lyngenfähre. Es wehte eine kräftige Brise, und der Seegang war höher als normal. Wie aus lauter dicken Wattebäuschen zusammengesetzt hing die niedrige Wolkendecke vor den Bergen und wischte die Reihe der Gipfel vollständig aus.

Hilde Samuelsen stand auf dem Oberdeck. Sie hing über der Reling. Das Festland war als dünner Streifen unterhalb all der Watte zu erahnen, aber noch war es so weit entfernt, dass sie nicht glaubte, die Tour bis dahin zu überleben.

Die Überfahrt mit der Fähre zwischen Lyngseidet und Olderdalen dauerte unendliche vierzig Minuten. Sie hatte die erste Fähre über den Ullsfjord bereits hinter sich gebracht, bei diesen zwanzig Minuten Seegang hatte ihr Magen revoltiert. Sie verfluchte, dass sie für den Heimweg nach Kåfjord die »Abkürzung« genommen hatte, denn dazu gehörten zwei Überfahrten mit Fähren. Die Strecke über die E 6 um den Fjord herum war zwar doppelt so lang, aber da hätte sich zumindest die Fahrbahn nicht bewegt.

Schwere dunkelgraue Wellen rollten längsseits, und die riesige Fähre bewegte sich auf dem Fjord wie eine Eierschale auf und ab. Ihr war schon seit der Busfahrt auf der kurvenreichen Strecke mit den ständigen Stopps an den Haltestellen übel. In dem überfüllten Bus hatte eine gewaltige Matrone neben ihr gesessen, die intensiv nach Schweiß roch. Hilde vermochte den unerwünschten Körperkontakt kaum zu ertragen, aber die Frau schien sie gar nicht zu bemerken. Hilde hatte schon gebangt, wie sie unbeschadet auch nur bis zur Fähre kommen sollte.

Die Haare klebten ihr am Kopf. Der viel zu dünne, rote Ledermantel aus den Sechzigern, den sie spottbillig in einem Secondhand-Laden erstanden hatte, saugte das Wasser nur so auf. Den lila Wollschal hatte sie mehrfach um den Hals geschlungen, sie hatte ihn selbst gestrickt. Er fühlte sich an wie ein nasser Lappen. Bald würde sie bis auf die Haut durchnässt sein. Aber sie musste an der frischen Luft bleiben, drinnen konnte sie es heute nicht ertragen.

Die Fähre wurde erneut von einer Welle angehoben. Hilde spürte, wie sich ihr Magen synchron mit der Fähre hob, und beinahe hätte er das bisschen, das sie gefrühstückt hatte, wieder von sich gegeben. Sie schluckte und bemühte sich, einen festen Punkt am Horizont zu fixieren. Aber am Horizont gab es keine festen Punkte. Um sie herum war nichts als Grau in allen Schattierungen und Bewegung. Nur Himmel und Meer in einem wütend tobenden Chaos.

Hilde lehnte sich schwer an den eiskalten Rand der Reling und schaute auf das halbvolle Autodeck. Die Touristen waren wieder unterwegs, sie entdeckte zwei deutsche Wohnmobile und ein italienisches. Alle hatten sie ihre Autos verlassen und saßen oben in der Cafeteria.

Abgesehen von einem. Er lehnte einige Meter neben ihr an der Reling. Seine Regenjacke war ihm mindestens zwei Nummern zu groß, sie reichte ihm bis zur Mitte der Oberschenkel. Die Kapuze war so straff ums Gesicht geschnürt, dass nur Brille und Nase herausschauten. Sein Alter war deshalb schwer zu bestimmen. Sie betrachtete ihn aus dem Augenwinkel. Manchmal spähte er über die schäumenden Wellen. Dann wieder lehnte er mit dem Rücken und verschränkten Armen an der Reling und besah sich Oberdeck oder Steuerhaus oder starrte in den Himmel, genau konnte sie das nicht erkennen. Gerade betrachtete er sie. Hilde wandte sich demonstrativ ab.

Er kam näher. Sie merkte, wie er mit einem Schirm gegen den Wind ankämpfte. Weil es so absurd war, bei diesem Wetter einen Schirm aufspannen zu wollen, sah sie zu ihm hinüber.

Der Mann bemerkte es und schüttelte lachend den Kopf. »Ich glaube, ich gebe auf.«

Sie nickte nur.

»Sie sehen ziemlich nass aus. Aber Sie können das bestimmt aushalten. Auch wenn Sie blass sind wie ein Laken.« Als sie nicht darauf einging, zögerte er ein wenig. »Fahren Sie mit dem Bus?«

Hilde kämpfte mit der Abneigung und mit dem Druck auf der Brust, der ihr das Atmen erschwerte und Sprechen fast unmöglich machte. Sie war aus der Stadt geradezu geflohen, weil sie es nicht fertigbrachte, mit jemandem zu sprechen. Mit Fremden schon gar nicht. Sie nickte nur steif.

»Oh.« Er schwieg.

Sie rückte ein Stück weg von ihm. Wie würde das Wochenende werden? Seit Ostern war sie nicht mehr zu Hause gewesen. Sie musste sich um ihre Schwester kümmern. Mit ihr reden, mit ihr nach draußen gehen, sie zum Lachen bringen oder zumindest versuchen, den traurigen Zug zu vertreiben, der wie ein dunkler Schatten über ihrem Gesicht lag. Sie hatte die Mutter längst aufgegeben. Die saß den ganzen Tag im Sessel und bildete sich ein, niemand sähe die Flasche auf dem Fußboden hinter dem Stuhlbein. Hilde hatte keine Lust mehr, herauszufinden, was in einem Dasein wie dem, in das sich ihre Mutter eingeschlossen hatte, vor sich ging.

»Verflixte Busfahrerei.« Seine Stimme brach jäh in ihre Gedanken ein. »Dieses dauernde Anhalten. Ewig steigen Leute ein und aus. Und dazu muss man die ganze Zeit neben irgendwelchem fremdem Fleisch sitzen.«

Sie musste unwillkürlich lächeln, auch wenn sie es gar nicht wollte. So wie er sprach, war er definitiv kein Rentner. Sie fand ihre Situation äußerst treffend wiedergegeben. Sie hatte sofort das Gesicht der dicken Matrone vor Augen, wie sie sich in ihrem tropfnassen Ledermantel auf den Platz daneben quetschte. Denn sie konnte den Mantel unmöglich ausziehen. Sie *war* nass bis auf die Haut.

Immerhin schien er so viel Verständnis zu haben, dass er schwieg, wenn sie nicht antwortete. Aber er blieb mit dem nutzlosen Schirm in der Hand neben ihr stehen und starrte über das aufgewühlte Meer. In der Ferne kam Olderdalen in Sicht und damit für sie das Ende dieses Albtraums. 35 km Landstraße beziehungsweise eine halbstündige Busfahrt hatte sie trotzdem noch vor sich. In einem schwachen Moment bereute sie, dass sie seinen Versuch, mit ihr zu reden, im Keim erstickt hatte.

Autoschlüssel klimperten. »Wie weit müssen Sie?« Er schob die Kapuze zurück. Die dunkelblaue Strickmütze hatte er tief in die Stirn gezogen, bis an die dunkle Fassung seiner Brille, durch die er im Moment bestimmt nicht viel sehen konnte.

Irgendwie war ihr, als habe sie ihn schon einmal gesehen. Sie *hatte* ihn schon einmal gesehen, in irgendeinem Zusammenhang in der Stadt oder am wahrscheinlichsten an der Uni. Er sah auf hoffnungslos altmodische Weise intellektuell aus, wie das Klischee eines Professors oder eines Philosophen. Erleichtert ließ sie die Schultern sinken und dachte, ganz sicher war er in Ordnung. Es war wohl okay, wenn er sie nach Hause bringen würde. »Manndalen«, hörte sie sich selbst sagen. »Hinter Birtavarre.«

»Ich muss in dieselbe Richtung. Wenn Sie den Bus nicht unbedingt bevorzugen, können Sie bei mir mitfahren.«

»Gern.« Eigentlich hätte sie ihn zum Teufel schicken und in den Bus steigen sollen. Aber bei der Vorstellung, dieser Tortur zu entkommen, sank sie vor Erleichterung fast in sich zusammen.

»Sie gewinnen so bestimmt etwas Zeit.« Die Fähre stieß heftig gegen den Anleger. »Gehen Sie schon mal an Land, ich sammle Sie dann auf.«

Sie hatte keine zwei Minuten am Fähranleger gewartet, da glitt ein Audi Quattro neben sie. Hilde konnte sehen, dass er neu war und schwarz, obwohl er von den regennassen Straßen so vollgespritzt und verschlammt war, dass von der Farbe und den Nummernschildern kaum etwas zu erkennen war. Es goss in Strömen, und sie machte einen Satz, als er durch eine riesige Pfütze fuhr. Als Hilde die Beifahrertür öffnete, sah sie den Bus in Richtung Birtavarre verschwinden. Seufzend sank sie in den Beifahrersitz. Die Sitzheizung funktionierte, und die Wärme kroch langsam in ihren Körper. Sie schloss die Augen.

»Dann wollen wir mal.« Er bog auf die Straße und beschleunigte auf der jetzt leeren Landstraße.

»Sagen Sie Bescheid, wenn wir uns Birtavarre nähern. Ich muss gleich danach aussteigen.« Sie hatte auf keinen Fall die Absicht, sich mit ihm zu unterhalten. Sie hatte auch nicht nachgefragt, wo sie ihm schon einmal begegnet war. Ganz bewusst nicht. Der Kerl würde sich höchstens noch was darauf einbilden. Sie schloss wieder die Augen und dachte, wer immer er auch war, sie wollte nichts als ihre Ruhe haben. Die Wärme, in der sie langsam auftaute, und das Auto, das jetzt richtig abzischte, mehr brauchte sie im Moment nicht. Ihr Körper war bleischwer. Sie war völlig erledigt!

»Klar musst du das.«

Sie öffnete die Augen und erinnerte sich nicht einmal, worauf er antwortete. Sie begegnete dem Blick, mit dem er sie ansah, einem plötzlich merkwürdig übererregten, glühenden Blick.

Er schaltete in den nächsten Gang, und seine Hand fuhr über ihren Schenkel. Sie erstarrte. Mit einer langsamen, fast unmerklichen Bewegung zog sie sich Richtung Tür zurück.

Er ließ die flache Hand auf dem Schaltknüppel ruhen. Aus dem Augenwinkel sah sie lange, sehnige Finger, die sich streckten, um den Steuerknüppel griffen und sich wieder streckten. Sie bewegten sich in einer Art pumpender Wiederholung. Der Wagen schoss über die Landstraße. Sie sandte ein Stoßgebet himmelwärts. Rechts von der Straße lag stahlgrau und ziemlich bewegt der lange Ausläufer des Kåfjords, während auf der anderen Seite dunkel und steil die Berge aufragten.

»Sie sagen nicht viel.«

Sie öffnete den Mund, schloss ihn aber gleich wieder. Nur ein paar Kilometer weiter am Ende des Fjords lag Birtavarre. Die E 6 machte dort eine scharfe Kurve und führte dann um den Fjord herum südwärts weiter in Richtung Tromsø. Nur wenig später ging es linker Hand nach Manndalen, immer am Flussbett entlang, das zum Ende des Fjords führte.

Blitzschnell waren sie an dem Schild, das die Abzweigung nach Manndalen anzeigte, vorbeigerast. Der Wagen sauste wie ein Pfeil weiter geradeaus.

»Wir hätten hier abbiegen müssen!« Sie wandte sich ihm zu.

Er reagierte nicht, bog aber kurz darauf in eine schmale Straße ein, die tief ins Kåfjordtal hineinführte. Viel schneller als erlaubt passierten sie vereinzelte Häuser und niedriges Gehölz.

»Das hätten Sie mir früher sagen müssen.« Er schaltete wieder und beschleunigte. »Ich nehme lieber einen anderen Weg.«

»Es gibt keinen anderen Weg!« Sie hörte ihre eigene Stimme, schrill, angespannt, kurz vor der Panik.

Sie fuhren jetzt auf einer Straße, die immer weiter von der Besiedlung wegführte. Schneebedeckte Gipfel türmten sich wie spitze Zähne vor ihr auf. Die Straße wand sich tiefer und tiefer hinauf in die Einöde.

36

Niillas Eira ist seinem Vater wirklich wie aus dem Gesicht geschnitten, dachte Kine Berger, als die Tür aufging und sie sich einem Paar schmaler Augen gegenübersah. Er war etwa achtzehn. Trug abgewetzte Jeans und ein blaues T-Shirt mit Che Guevara auf der Brust.

»Hallo.« Sie versuchte ein Lächeln. »Ist dein Vater zu Hause?«

Er betrachtete sie prüfend, und sie musterte ihn ebenfalls. Er hatte ein schmales, unbewegtes Gesicht, eingerahmt von halblangem Haar. Die Haut, glatt und makellos, saß straff über hohen Wangenknochen. Mit seinem sinnlichen Mund war er auf fast feminine Weise gut aussehend. Aber sein Körper wirkte sehnig und stark. »Geh einfach rein. Er ist in der Küche.« Ohne abzuwarten, ob sie der halbherzigen Einladung folgte, verschwand er in seinem Zimmer.

Sie ging dem Geruch nach. Fischfrikadellen.

Eira stand am Herd, die Dunstabzugshaube lief. Berger blieb in der Tür stehen. Er merkte nicht, dass sie da war. Er goss die Kartoffeln ab, und als er sie schließlich sah, nickte er nur. »Ach, du bist da. Gerade rechtzeitig. Es gibt Fischfrikadellen.«

»Du gehst nicht an dein Handy«, sagte sie und blieb stehen. Sie war verblüfft, ihn in einer so ungewohnten Rolle zu erleben.

Er stellte die Dunstabzugshaube ab. »Ich höre nichts, wenn das Ding hier läuft«, erklärte er. »Außerdem steckt das Handy in meiner Jackentasche.« Er stellte die Töpfe auf den Tisch. »Hungrig?« Er machte eine einladende Handbewegung.

Sie schüttelte den Kopf. »Nein, danke. Aber iss ruhig. Ich kann warten.«

»Worum geht es denn?«

Die Tür zum Zimmer seines Sohns war geschlossen. Sie senkte die Stimme. »Ich will dir ungern den Appetit verderben, aber wir haben diesen Nachmittag eine Suchmeldung hereinbekommen. Hilde Samuelsen ist heute nicht bei der Vorlesung erschienen. Sie hat offenbar seit Freitagnachmittag, seit sie von der Uni nach Hause gegangen ist, kein Lebenszeichen mehr von sich gegeben. Heute ist Montag«, ergänzte sie noch, als fehlte Eira der Überblick.

Eira fuhr sich mit der Hand durch die Haare und murmelte etwas, das sie nicht verstand. »Schon wieder?«

»Iss erst mal«, wiederholte sie. »Dann können wir darüber reden.«

Er nickte und schickte sie mit einer Handbewegung ins Nebenzimmer.

Berger schloss die Tür hinter sich. Sie stand in einem kleinen Wohnzimmer, die Gardinen waren zugezogen. Silberweißes Licht presste sich durch die Ritzen der dichten Vorhänge und fiel auf Berge von Federn auf dem Tisch vor dem Fenster. Hahnenfedern und andere, exotischere Varianten leuchteten in allen Regenbogenfarben. Ein Kästchen mit kleinen Flaschen, Zangen und Haken stand daneben. An der Ecke des Tischs lag aufgeschlagen ein Buch über das Fliegenbinden. Da verstand Berger, was Eira mit all den bunten Federn wollte. Mitten auf dem Tisch sah sie zwei unterschiedlich große Messer, daneben noch zwei lose Messerklingen. Eira fertigte offenkundig Fahrtenmesser mit Horngriffen an. Er verzierte die Griffe, indem er Muster in den Knochen schnitzte. Sie nahm ein Messer und betrachtete es eingehend von allen Seiten. Es war schön. Bestimmt traditionelles samisches Handwerk und eine gewaltige Fummelarbeit.

Sie setzte sich in einen tiefen Sessel und ließ den Blick durchs Zimmer schweifen. In einer Ecke die Musikanlage mit Bergen von CDs. Volle Bücherregale, Fotos an den Wänden und die samische Flagge als Wimpel. Auf der einen

Seite des Sessels lag ein Stoß Zeitungen und Zeitschriften, auf der anderen eine Gitarre.

Plötzlich verstand sie: Das Zimmer hier war ein Gebrauchszimmer. Nicht ein einziger Dekorationsgegenstand war zu sehen. Alles, was es hier gab, war zu gebrauchen, zu benutzen, oder es hing da als Erinnerung an einen Menschen oder ein Ereignis. Das Zimmer war auf eine so persönliche Weise bewohnt, dass sie sich mit einem Mal wie ein Eindringling fühlte.

Er hatte die Mahlzeit offenbar schnell beendet, denn aus der Küche drang kein Klappern von Besteck und Geschirr mehr, und auch das Stimmengemurmel hatte aufgehört.

Eira kam herein und schloss die Tür zur Küche hinter sich. In der einen Hand balancierte er zwei Becher Kaffee. »Hier. Und gib mir schnell einen Abriss, ehe wir gehen.«

»Die Institutssekretärin hat angerufen und eine Meldung durchgegeben«, erklärte sie. »Sie war besorgt. Den Kommilitonen sei aufgefallen, dass Hilde im Laufe des Tages nicht aufgetaucht war und dass sie nicht ans Handy ging.« Berger nippte am Kaffee. »Normalerweise hätten sie nicht so schnell reagiert. Du weißt schon, so ungewöhnlich ist es nicht, dass Studenten mal ein paar Tage nicht in die Vorlesungen kommen. Aber durch die Ereignisse der letzten Zeit sind alle etwas wachsamer geworden und irgendwie alarmiert.«

Eira hielt die Kaffeetasse in der Hand, und der Blick, mit dem er Berger ansah, wirkte fast hilflos. »Hat schon jemand etwas unternommen?«

»Die Meldung ist gegen vier Uhr bei der Polizei eingegangen. Ich bin sofort hierhergefahren, weil du auf unsere Anrufe nicht reagiert hast.«

Er zog das Handy aus der Tasche. Vier Anrufe in Abwesenheit. »Es sind hundert Meter vom Büro bis hier nach Hause«, erklärte er. »Ich stehe eine halbe Stunde in der Küche, weil der Junge etwas Richtiges zu essen haben soll.« Er hatte das Kinn vorgeschoben, und seine Miene zeigte Berger, dass er keine Vorwürfe zuließ.

Sie nickte bloß. »Ich frage nur, wie wir vorgehen wollen. Müssen wir es im Zusammenhang mit den beiden anderen Fällen sehen? Sie ist ja noch nicht länger als einen Tag weg, wenn man das Wochenende außer Acht lässt.« Berger zog einen Block aus der Tasche. »Hilde Samuelsen. 22 Jahre. Aus Manndalen, Raum Kåfjord.« Sie steckte den Block wieder ein. »Wir haben uns ein bisschen bei den Studenten umgehört, die ihr Verschwinden gemeldet haben. Sie haben keine Ahnung, wo sie sein könnte. Hilde fuhr nur selten nach Hause, und wenn, dann hat sie auch nicht immer jemandem Bescheid gesagt.« Berger zögerte, sie sah in den Kaffeebecher. »Natürlich habe ich bei ihr zu Hause in Manndalen angerufen. Es dauerte eine Ewigkeit, bis jemand abnahm. Es war Hildes Mutter. Und sie klang, als sei sie gerade aus tiefstem Dornröschenschlaf aufgewacht. Total groggy …«

»Betrunken?«

Berger zuckte die Achseln. »Als ich ihr erzählte, Hilde sei verschwunden, kam nur so ein gelangweiltes ›Ach ja?‹. Ungefähr so, als habe eine Meinungsfrage ergeben, dass die Linke bei der letzten Umfrage ein Prozent an Stimmen verloren habe. Du weißt, was ich meine?« Er nickte. »Ich fand das merkwürdig. Und irgendwie abstoßend.«

Sie steckte den Block in die Tasche. »Kennst du dich in Kåfjord aus?«

Er nickte und trommelte mit dem Finger an den Becher. »In welchem Stadtteil wohnt Hilde Samuelsen hier in Tromsø?«

»Sie hat eine Kellerwohnung in Storskogen, im Norden.«

Eira nahm ihr den Becher ab. »Dann wollen wir mal.«

37

Die Wohnung lag in einem typischen Fünfzigerjahre-Haus, ganz oben auf einem Hügel. Dort hinzukommen wäre mit den Schneemengen vor zwei Monaten noch problematisch gewesen. Der Keller war als kleine Einzimmerwohnung eingerichtet. Vor den Fenstern hingen keine Gardinen, man konnte direkt hineinschauen.

»Im Winter in so was zu wohnen, das geht doch nicht«, murmelte Eira, als er bei der Hausbesitzerin klingelte. »Das sind alte Häuser. Der Keller ist was für Kartoffeln, aber nicht für Menschen.«

Die Hauswirtin öffnete, eine magere Frau Anfang siebzig mit kleingeblümter Schürze und blauem Schimmer in den grauen Haaren. Sie wirkte misstrauisch. Eira wies sich aus und fragte nach Hilde Samuelsen.

Die Frau starrte ihn sprachlos an. »Gott im Himmel. Die Polizei! Was hat sie getan?«

Eira überbrachte die Suchmeldung, und die Frau schien sich zu entspannen. »Ach, nichts Schlimmeres also«, sagte sie und ließ die beiden eintreten. »Das ist nicht ungewöhnlich, dass sie mal mehrere Tage am Stück nicht da ist.« Sie studierte ihre Dienstausweise gründlich. Während sie vor ihnen die Kellertreppe hinabstieg, erzählte sie weiter: »Nicht dass ich so genau darauf achte, aber ich merke doch, wenn von hier unten kein Ton zu hören ist.«

»Wo ist sie dann?«

Verblüfft sah sie auf. »Sie glauben doch wohl nicht, dass ich Ihnen darauf eine Antwort geben kann? Eine Frau über zwanzig kann doch wohl auf sich selbst aufpassen. Ich hab sie nie gefragt, wo sie gewesen ist. Das fehlte gerade noch.« Sie schloss die Wohnung auf. »Wenn ich's mir recht überlege, hat sie Anfang letzter Woche gesagt, dass sie vielleicht am Wochenende heimfahren will nach Kåfjord. Wenn sie so was sagt, dann nur, weil sie sich um ihre Topfpflanzen sorgt, aus keinem anderen Grund.«

»Und niemand war dort drinnen, seit sie gefahren ist? In ihrem Auftrag, meine ich. Und hat zum Beispiel etwas geholt?«

Die Frau schüttelte energisch den Kopf. »Ich würde doch keine Fremden in ihre Wohnung lassen, wenn sie nicht da ist.«

Sie traten ein. Hilde Samuelsen mochte Pflanzen und hatte dabei offenkundig einen Favoriten. »Wie heißen die?«, fragte Eira und deutete auf die roten und rosa Blüten, die auf Tisch und Regalen standen; insgesamt zählte er sieben Töpfe.

»Azaleen.« Die Vermieterin steckte einen knochigen Finger in die Blumentopferde und nickte anerkennend. »Die liebt sie über alles. Vielleicht ein bisschen ungewöhnlich für Frauen in ihrem Alter.«

Eira nickte nur und sah sich um. Die Wohnung war alles andere als aufgeräumt. Überall lag etwas herum, Aufzeichnungen, Bücher. Die Schränke waren voller Klamotten. Im Bad standen ihre Toilettensachen, der Koffer lag unterm Bett. Es sah nicht so aus, als habe sie geplant, länger wegzubleiben.

»Wann haben Sie Hilde Samuelsen zuletzt gesehen?« Eira drehte sich zur Vermieterin um.

Sie überlegte. »Das muss am Samstagmorgen gewesen sein. Sie ging gegen halb acht. Ich hatte gerade die Zeitung hereingeholt und mich damit ans Fenster gesetzt. Von dort aus sehe ich sie immer, wenn sie den Hügel hinuntergeht zur Bushaltestelle.« Während sie redete, lief die Frau durch die kleine Wohnung, öffnete eine Schranktür, zog eine Schublade heraus, hob Papiere auf, und das alles mit kleinen, raschen Bewegungen. Dabei bewegte sie den Kopf unablässig hin und her. Sie erinnerte Eira an ein Huhn.

»Ihnen ist nichts Besonderes aufgefallen?«

»Nichts.« Sie steckte ihre Hand in eine halbvolle Einkaufstasche und hielt plötzlich inne. »Alles war wie immer. Mir ging nur gerade wieder durch den Kopf, dass ich einfach nicht begreife, wie man sich dermaßen schrecklich anziehen kann.« Die Frau fuhr mit ihrer systematischen Durchsuchung von Hildes Eigentum fort. »Sie trug eine ziemlich große Schultertasche, aber ich dachte mir nichts dabei. Glaubte, darin seien Bücher oder so.«

Kine Berger lehnte am Schreibtisch, an der Wand darüber waren auf einer Korktafel Fotos befestigt. »Das ist sie, oder?«

Die Frau kam näher. »Ja, beides, da und da.« Sie deutete auf die Fotografien. »Hübsches Mädchen.«

Alle drei starrten sie auf die Bilder des Mädchens mit dem Grübchen am Kinn, mit den schwarzen Haaren und dem lila Pony. Sie starrte zurück, sah sie aus zusammengekniffenen Augen an, was sie in Kombination mit dem energischen Mund eigensinnig, fast trotzig wirken ließ.

»Na, es sieht jedenfalls nicht so aus, als hätte sie besonders lange wegbleiben wollen«, sagte Eira und richtete sich auf.

Sie gingen zur Tür, und Eira gab der Hauswirtin seine Karte. »Seien Sie bitte so gut und geben uns sofort Bescheid, wenn sie wieder da ist.«

»Aber natürlich.« Die Frau blinzelte. Zwei kleine rosa Flecken zeichneten sich auf ihren blassen, weichen Wangen ab. Sie fingerte unbeholfen an ihrem Schürzenzipfel herum. »Glauben Sie wirklich …«

»Wir rechnen damit, dass sie demnächst wieder auftaucht.« Eira fischte die Autoschlüssel aus der Tasche. »Erst einmal vielen Dank für Ihre Hilfe.« Mit zwei langen Schritten war er beim Wagen, Berger folgte ihm. Noch ehe die Frau Gelegenheit hatte, die Frage zu stellen, die ihr auf der Zunge lag, hatte er den Motor angelassen und war rückwärts auf die Straße gebogen.

»Diese ungelösten Morde werden noch jede Menge Fehlalarm auslösen«, sagte Eira stirnrunzelnd, während sie zurückfuhren. »Langsam breitet sich Angst aus. Mädchen, die Verabredungen nicht einhalten oder länger wegbleiben, landen seit ein paar Tagen auf unserem Tisch, ehe sie wissen, wie ihnen geschieht. Bis sie dann lieber doch erzählen, wo sie stecken.« Der Wagen rollte hinunter Richtung Zentrum. Eira parkte draußen an einem der Kais. Schweigend blieben sie im Auto sitzen, gleich bei den alten Packhäusern, von denen eins die Studentenkneipe Driv beherbergte.

»Und trotzdem ...« Berger zögerte. »Dies hier ist etwas anderes.«

Er nickte. »Bei ihrem Verschwinden hier habe ich ganz stark das Gefühl, dass etwas nicht stimmt. Wenn sie nicht zu einem kurzen Besuch nach Kåfjord gefahren ist, wo ist sie dann?«

Berger sah der Drahtseilbahn zu, die auf der anderen Seite des Sunds in regelmäßigen kurzen Abständen den Berg hinauf- und wieder hinunterfuhr. »Hilde ist nicht dumm. Und sie ist auch nicht der Typ, der Verwirrung stiften will. Ihr ist bewusst, wie wenig derzeit dazu gehört, dass Alarm ausgelöst wird. Außerdem finden im Moment Prüfungen statt.«

Er ließ das Steuer los und starrte auf seine Handflächen, als könnte er an den Linien Hilde Samuelsens Bewegungen ablesen. »Sie bleibt nicht einfach so weg. Wenn sie bis Mitternacht nicht wieder aufgetaucht ist, melden wir sie als vermisst und lösen die Fahndung aus.«

38

Der Weg zum morgendlichen Informationsmeeting zwischen all den Journalisten hindurch war für Eira der reinste Spießrutenlauf. Das Stimmengewirr erinnerte ihn an das

Summen der Mücken vor dem Moskitonetz in seiner Hütte in der Finnmark, wenn die Fenster offen standen und sie das Blut witterten. »Das war für heute alles.« Er öffnete die Tür zum Besprechungsraum. »Wir werden Sie laufend über den neuesten Stand der Ermittlungen unterrichten.«

Er zog die Tür heftig hinter sich ins Schloss und nahm am Tisch Platz. Die Ermittlungsgruppe wartete bereits. Hilde Samuelsen war nicht wieder aufgetaucht. Eine Reihe von Hinweisen, die Tür-zu-Tür-Aktion in den benachbarten Wohngebieten und die Befragung hunderter Menschen hatten bisher nichts ergeben. Sie hatten alles, was sie über die beiden Studenten wussten, die die obskure Site im Netz betrieben, genauestens untersucht und geprüft. Aber die zwei waren schlau und hatten sich haarscharf an das Gesetz gehalten. Die Untersuchungen brachten keine nennenswerten Auskünfte.

»Drei junge Frauen Anfang zwanzig verschwinden, zwei werden ermordet aufgefunden, die dritte ist als vermisst gemeldet.« Er wandte sich an die Ermittlungsgruppe, die wie der Fall selbst immer weiter anwuchs und inzwischen den Besprechungsraum bis auf den letzten Platz füllte. »Wir haben keinen Tatort nachweisen können, unsere Indizien sind bislang nicht ergiebig, und es gibt keine glaubwürdigen Zeugen.« Die Stille hing schwer im Raum, während die Gruppe diese nüchternen Informationen verdaute. »Nach meinem Dafürhalten kann es keinen Zweifel mehr geben«, sagte er langsam. »Dahinter muss ein und dieselbe Person stehen.«

»Du meinst, es handelt sich um einen Serienmörder?« Berger spielte nachdenklich mit dem Uhrarmband. »Und die Morde sind sexuell motiviert?«

»Auch wenn bei keinem der Opfer Sperma gefunden wurde, haben wir stark den Verdacht, dass es sich um sexuell motivierte Verbrechen handelt. Ein Teil dessen, was wir observiert haben, scheint mit dem Bild eines Serienmörders übereinzustimmen. Zum Beispiel die Tendenz zu immer kürzeren Intervallen zwischen den Morden. Gleichzeitig spricht vieles dagegen.« Eira schüttelte den Kopf. »Er geht zwar genauso diszipliniert vor, aber hält sich nicht an eine Methode.« Er nahm einen Filzschreiber und klopfte damit an die Tafel. »Gewöhnlich heißt es, dass der Mörder nach und nach das Augenmaß verliert, weil ihm alles so gut gelingt. Er wird unvorsichtig und riskiert etwas, weil er findet, er sei cleverer als die Polizei.« Er zog einen Kreis um Hilde Samuelsens Namen. »Meines Erachtens ist das Motiv in mindestens zwei Fällen klar erkennbar. Zwei der Opfer zeigen Spuren von Bissen an den Brüsten sowie blaue Flecken und tiefe Kratzspuren am Unterleib. Auch wenn wir kein Sperma finden, gibt es keinerlei Zweifel, dass der Mörder die Opfer sexuell missbraucht.«

Er deutete auf die Tafel an der Wand daneben, die mit Filzstiftzeichnungen und Fotos bedeckt war. »Wir versuchen ein Schema in diesem Wahnsinn zu finden. Einen gemeinsamen Nenner. Haben diese Mädchen etwas Besonderes an sich? Irgendeinen Risikofaktor? Gibt es irgendwas in ihrem Verhalten? In ihrem Aussehen? Machen sie irgendetwas, wovon wir nichts wissen?«

Moe von der Landeskriminalpolizei unterbrach ihn: »Habt ihr ähnliche Fälle herangezogen?«

»Ja, aber unsere Kandidaten konnten alle Alibis nachweisen oder sie sitzen ein.«

»Was erwartest du zu finden?« Henriksen schob sich die ewig rutschende Brille auf der Nase nach oben.

»Ich weiß es nicht«, antwortete Eira ehrlich. »Aber ich achte auf Namen, die wiederkehren. Wiederholungstäter, die immer wieder in verschiedene Straftaten verwickelt sind oder eine Form von Progression in die durchgeknallte Richtung zeigen.«

Er setzte sich. »Eine Verbrecherkarriere ist wie alle anderen Karrieren. Die fängt auch oft klein an. Kein gesetzestreuer Mensch bringt aus heiterem Himmel das fertig, was wir hier sehen, das anscheinend perfekt geplante Verbrechen in großem Stil. Ich glaube, er bewegt sich in einer Gewaltspirale, seine Erfahrung nimmt ständig zu und dementsprechend sein Selbstvertrauen. Er fängt vielleicht als Spanner an, als Exhibitionist, so in der Art. Schließlich reicht ihm das nicht mehr, er vergreift sich. Vergewaltigung. Mord. Seine Fantasie treibt ihn immer weiter.«

»Vor allem du hast Fantasie, Eira«, protestierte Henriksen. »Mir scheint, du gehst mit deinen Spekulationen ein bisschen zu weit.«

Eiras Augen wurden schmal. »Was meinst du denn, Henriksen? Dass wir es hier mit einem angepassten, gut funktionierenden Typ zu tun haben, ohne jede Macke, weder in der Psyche noch in der Fassade?«

Hinter seinen dicken Brillengläsern kniff Henriksen die Augen zusammen. »Ich meine lediglich, dass wir auf dem Boden der Tatsachen bleiben sollen, Eira. Okay, ein Mord ist geschehen, vielleicht auch zwei. Aber du solltest nicht versuchen, da mehr hineinzuinterpretieren, als belegt ist.« Er lehnte sich zurück und verschränkte die Hände im Nacken. »Berger erzählte, dass du zu Hause eine Schamanentrommel an der Wand hängen hast. Wenn du mich fragst, kannst du dich ebenso gut hinsetzen und mit dem Knochen auf so ein Ding schlagen. Das Ohr an die Trommel legen und hören, was sie prophezeit. Das ist mutmaßlich genauso clever, wie hier zu sitzen und zu spekulieren, mit was für einem Typ wir es zu tun haben, ohne irgendwas von ihm zu wissen.«

Berger wurde knallrot. Einer von der Landeskriminalpolizei stand auf und holte sich Kaffee. Die beiden anderen blickten vor sich auf den Tisch. Eira hatte langjährige Erfahrung darin, die Zähne zusammenzubeißen. Er wartete, bis er sich einigermaßen beruhigt hatte. »Henriksen. Ich versuche, ein Muster zu erkennen. Zu begreifen, was den

Mörder antreibt, so dass wir ihn vielleicht einkreisen können. Oder ihm zuvorkommen, bevor er wieder auf Abwege gerät.«

Polizeidirektor Hagen unterbrach ihn: »Prima.« Hagen erhob selten die Stimme. Die Falten zu beiden Seiten der Nase waren tiefer als normal. Dasselbe galt für die zwischen den Augenbrauen.

Eira registrierte verblüfft, dass Henriksens an sich unterentwickelte Antennen die Botschaft zu empfangen schienen, denn er schwieg und wirkte mit einem Mal resigniert.

»Ich gebe Ihnen vollkommen recht – wir müssen *alles* in Betracht ziehen«, nickte Hagen. »Wir können uns nicht erlauben, uns in diesem Wahnsinn das Geringste entgehen zu lassen.«

Moe nahm wieder die Spur auf. »Was dagegen spricht, dass es sich um dieselbe Person handelt, ist der Wechsel der ›Methode‹, um es mal mit so einem Ausdruck zu bezeichnen. Wie Eira sagt, man würde erwarten, dass der Betreffende sich wiederholt, dass er die Methode, mit der er früher mordete, eventuell verbessert.«

»Soll das heißen, dass hier eventuell zwei Mörder frei herumlaufen?« Benjaminsen verlieh der Skepsis Ausdruck, die sie alle empfanden.

»Die Statistik würde das verneinen. Es handelt sich nur um eine kleine Stadt, und Serienmörder sind selten. Bestimmt nicht so selten, wie wir bisher glaubten, aber dennoch. Könnte es sich um zwei handeln?« Eira verschränkte die Arme vor der Brust und schüttelte nachdenklich den Kopf. »Die Theorie ist problematisch, meiner Meinung nach. Wir haben es mit jemandem zu tun, der intelligent und uns ganz einfach einen Schritt voraus ist. Doch dann entdeckte der Pathologe das winzige Röhrchen mit Gift, das der Täter dem ersten Opfer unter die Haut implantierte. Pech für ihn, oder? Denn nachdem das aufgedeckt war, musste er diese Tötungsart aufgeben.«

Hagen rutschte auf seinem Stuhl hin und her. »Die Telefonzentrale läuft heiß wegen des dritten Mädchens, das vermisst gemeldet ist.«

»Noch haben wir keinen Anhaltspunkt, dass ihr etwas zugestoßen ist«, sagte Eira. »Ins Schema passt sie auch nicht, denn sie hat nicht wie die beiden Ermordeten bei dieser Pornogeschichte mitgemacht. Aber ganz klar gefällt uns die Sache überhaupt nicht. Und wir befürchten das Schlimmste.« Er stand auf und nahm seine Jacke. »Wenn sie bis morgen nicht aufgetaucht ist, fahre ich nach Kåfjord und rede dort mit denen, die Hilde Samuelsen kennen.«

»Kåfjord!« Henriksen rümpfte die Nase. »Ist dir bewusst, wie man nach Kåfjord kommt? Kurvenreiche Straßen und obendrein mehr als eine Fähre. Kannst du nicht einfach zum Telefon greifen?«

»Ach, halt doch einfach die Klappe«, murmelte Eira und war schon fast aus der Tür. Beinahe wäre er mit Per Vang zusammengestoßen, einem der Kriminalkommissare, der oft die Techniker bei ihrer Arbeit unterstützte.

»Wir haben gerade einen Tipp bekommen.« Vang wirkte aufgeregt. »Endlich.« Er legte ein Blatt Papier vor ihnen auf den Tisch. »Ich habe gerade mit vier Studenten geredet. Sie berichten, dass in der Nacht, als Lise Beck verschwand, ein Auto an ihnen vorbeigefahren sei, in der Nähe der Telegrafbukta. Die Uhrzeit stimmt, und sie erinnern sich, dass der Wagen dunkelblau oder schwarz war. Sie sind sich nicht ganz über die Marke einig«, ergänzte er.

»Worüber sind sie sich denn einig?«

»Im Auto saß ein Paar, und sie erinnern sich, dass die Frau ihnen wie eine Verrückte zuwinkte. Sie hätten einfach zurückgewunken.« Er räusperte sich. »Alle erinnern sich daran, dass die Frau tolles Haar hatte, ganz lang, weil sie sich anschließend darüber unterhalten haben.«

»Und der Fahrer?«

»Von ihm haben sie nichts gesehen.«

Eira wurde still. Telegrafbukta war die Badestelle für die Hartgesottenen, für diejenigen, die bei zehn Grad Wassertemperatur baden gingen. Die Bucht war wunderbar gelegen, nahe dem Freilichtmuseum Folkepark im südlichen Teil der Insel mit Strand und Rasen. Die Studenten hatten sich erst jetzt gemeldet, weil sie bis vor zwei Tagen auf Exkursion in Dänemark gewesen waren. An jenem Abend waren sie zu Fuß unterwegs zu einer Fete gewesen, und sie hatten das Auto wieder zurückfahren sehen, als sie sich der Telegrafbukta näherten. Es war in Richtung Zentrum abgebogen, und keiner von ihnen konnte sich erinnern, ob zu dem Zeitpunkt eine oder zwei Personen in dem Auto gesessen hatten.

Vang fuhr fort: »Sie hatten nicht den Eindruck, als sei der Wagen unten in der Telegrafbukta gewesen. Er schien mit ziemlich hoher Geschwindigkeit vorbeizufahren.«

Eira nickte ungeduldig. »Vang, nimm dir jemanden mit und fahr hin. Geh die Strecke ab, die die Jugendlichen beschrieben haben. Das Auto muss kurz vor dem ehemaligen Aquarium gewendet haben.«

»Aslak.« Die Stimme kam von einem der Sofas in der Eingangshalle im Erdgeschoss der Polizeiwache.

Eira drehte sich langsam um.

Birger Krogh ließ die Zeitung sinken und winkte ihn zu sich. »Sieh dir das an, Eira. Noch eine, die verschwunden ist.« Er breitete die Zeitung aus und deutete auf die Vermisstenmeldung für Hilde Samuelsen.

»Wir halten regelmäßig Pressekonferenzen ab. Du bist herzlich willkommen.« Eira wollte gehen, wandte sich aber noch einmal zu Krogh um. »Warum interessiert dich eigentlich dieser Fall so?«

»Schöne Frauen haben mich immer interessiert.«

Eira zuckte die Achseln. »Könntest du etwas Vernünftiges beitragen, würde ich mir Zeit für dich nehmen.« Er sah Berger die Treppe herunterkommen und etwas weiter entfernt stehen bleiben. »Hast du es eigentlich immer noch nötig, Geld für deine windigen Informationen zu kassieren?«

Krogh legte ungerührt die Zeitung zusammen. »Sie hat ja wirklich dafür gesorgt, aus der Menge herauszustechen«, sagte er und lachte glucksend. »Das ganze Mädchen war doch eine einzige psychedelische Farbkarte.«

Eiras Augen wurden schmal. »Hast du Hilde Samuelsen gekannt?«

Krogh zog die Pfeife aus der Tasche und steckte sie zwischen die Zähne. »Kennen und kennen …«, sagte er und suchte nach Streichhölzern. »Wie du weißt, bin ich viel in der Stadt unterwegs.« Er nahm die Pfeife in die Hand. »Du könntest viel mehr erfahren, wenn du die Quellen richtig nutztest.«

Eira starrte ihn an. Die Sonne, die durch das große Fenster hereinschien, hob die Furchen in Kroghs Gesicht und die flusige Oberfläche des Isländerpullis hervor. Sensationshungrig war Krogh immer gewesen, und er hatte immer viel geschwätzt und die Wahrheit gedehnt, wie es ihm gerade passte.

Eira traute ihm ebenso wenig über den Weg wie einer Kreuzotter, die in der Sonne schläft. »Wenn du etwas weißt, musst du damit rausrücken«, sagte er langsam. »Du kennst das System.«

»Wovon ein Teil zu werden du ja bestrebt warst.« Wieder lachte er. »Und ob ich es kenne.« Er wurde plötzlich ernst. »Streng genommen solltest nicht du die Fragen stellen, finde ich.« Er betrachtete Eira mit einem Blick, der eines Pokerspielers würdig gewesen wäre. Einer, der ein gutes Blatt in der Hand hat. »Ich habe einige Fragen zu Hilde Samuelsen.«

Eira starrte ihn an, sich voll bewusst, dass Krogh die Karten noch immer dicht vor der Brust hielt.

»Komm zur Sache, Krogh«, sagte er barsch. Hinter ihm raschelte Bergers Goretex-Jacke.

Krogh stand auf und trat näher an Eira heran. Er senkte die Stimme, als er fortfuhr: »Der Name Hilde Samuelsen sagt dir kaum etwas. Aber ihre Mutter hast du eine Zeit lang gut gekannt. Marit Bang …«

Er hielt einen Moment inne, um Eiras Reaktion abzuwarten. Als nichts kam, fuhr er fort: »Ich hab mit eigenen Augen gesehen, wie du sie abgeschleppt hast – oder war es umgekehrt? – aus einer Kneipe, mitten in der Nacht.«

»Krogh!«

»Ja, ja. Vor langer Zeit. Lass mich schnell überschlagen – das ist mindestens zwanzig Jahre her.« Die Pfeife hing zwischen den Zähnen. Jetzt kniff er wieder ein Auge zu und wurde der Fuchs, wie ihn Eira in Erinnerung hatte. »Sollen wir sagen 25 Jahre?« Er lehnte sich vor. »Es kann auch früher gewesen sein. Zum Beispiel vor 22 Jahren. Wie alt ist Hilde Samuelsen? 22? 23?« Er zog genüsslich an seiner Pfeife. »Sie ist 22 Jahre alt.«

In Eiras Ohren rauschte es, und es war Bergers Hand auf seinem Arm, die ihn daran hinderte, zuzuschlagen. Sie stand plötzlich neben ihm.

»Eira.«

Er schüttelte ihre Hand ab.

»Worauf willst du hinaus, Krogh? Was deutest du da an?«

Kroghs Zungenspitze fuhr über die trockenen Lippen. »Die Wahrheit, Aslak. Sind wir nicht alle auf der Suche nach der Wahrheit? Wie unangenehm sie auch sein mag.«

39

Gestern hatte es geschneit. Heute waren die Temperaturen fast schon sommerlich. Der Frühling war wie eine Klammer, etwas, das man in den großen Zusammenhängen überspringen könnte, dachte Eira. Wie ein kleiner Kobold war der Frühling, verscheucht vom großen Wintertier und vom Sommer, die ihr Revier zu markieren versuchten. An der Treppe blieb er stehen und wandte das Gesicht der Sonne zu. »Spürst du es, Berger?«, sagte er. Er bemühte sich nach Kräften, den Schock abzuschütteln, den Kroghs Unterstellung ausgelöst hatte, aber sie saß tief. Krogh hatte es auf ihn abgesehen, es sah ganz danach aus. Der Himmel mochte wissen, warum. Er zwang sich dazu, sich aufmerksam seiner Kollegin zuzuwenden. »Nur einen kleinen Moment so stehen und spüren, dass du schmilzt wie Butter.« Aber in ihm schmolz nichts. Kälte hatte ein Eigenleben, und sie loszuwerden, war wahrlich nicht einfach.

Sein Handy klingelte. Vang war dran. »Wir stehen vor dem ehemaligen Aquarium. Hier ist alles zugewachsen und einsam, aber im Schlamm finden sich ziemlich frische Reifenspuren. Gut erhalten. Die Erde ist inzwischen getrocknet. Ich finde, du solltest dich auf den Weg machen.«

Eira und Berger fuhren schweigend an der Küste entlang, den Blick gerichtet auf stahlblaues Meer, umgeben von schroffen, noch immer schneebedeckten Berggipfeln. Gemächlich rollten die Wellen ans Ufer, über Steine und getrockneten Tang. Durch die halb geöffneten Fenster drang der intensive Geruch vom Meer. Dann bremste Eira und bog nach links ab.

Versteckt hinter dichtem Gebüsch lag ein weißes steinernes Gebäude. Dahinter befand sich zwischen den Bäumen ein kleiner Campingplatz mit braunen Campinghütten, nah am Ufersaum gelegen. Das Wasser glitzerte, und die

Wellen schlugen am Ufer gegen große Felsen. Sie gingen langsam zum Gebüsch beim Parkplatz. Die Umgebung war abgesperrt. Vang lehnte am Auto. »Seht euch mal an, was da im Gebüsch hängt.« Er deutete auf etwas, das sich im leichten Windhauch kaum merklich bewegte.

Nur durch den Widerschein der Sonne sahen sie es überhaupt. Dünne Fäden, fast wie Spinnweben. »Haare!«, rief Berger. »Ein richtiges Büschel Haare, und obendrein ziemlich lang. Mindestens einen halben Meter.«

Eira nickte. Er erinnerte sich an die Mähne, die sich im Wasser des Prestvannet bewegte. Rötlichbraunes Haar. Der Anblick hatte ihn an Tang erinnert. Er fuhr sich mit der Hand übers Kinn und starrte auf die glitzernde Wasserfläche. »Denkt ihr dasselbe wie ich? Die Stelle ist ideal. Hierher kommt selten jemand. Das Gebüsch verdeckt zum Teil das Gebäude, das wiederum den Ufersaum verdeckt. Das Wasser hier ist tief und wird von Felsen begrenzt.«

Vang hatte aus dem Auto Handschuhe und eine Plastiktüte geholt. »Wir wollen hoffen, dass ein paar Haarwurzeln mit ausgerissen wurden. Dann hätten wir eine prima DNA.« Die Tüte mit dem Haarbüschel wurde versiegelt. »So eine Mähne haben nicht viele. Wenn das tatsächlich Lise Becks Haare sind, hat er sie geschleppt, entweder ins Wasser oder aus dem Wasser. Vielleicht beides.« Er deutete auf die Reifenspuren, die zum Gebäude führten. »Deutliche Abdrücke.«

»In der Nacht hat es gegossen, und die Erde war weich. Seither ist vielleicht niemand hier gewesen.« Eira zog das Handy aus der Tasche. »Wir müssen das Gebüsch durchkämmen, und die Taucher sollen den Uferbereich untersuchen.«

Berger beugte sich vor. »Hier ist jemand langgegangen«, sagte sie. »Da, man sieht, dass mehrere Zweige abgeknickt sind.« Sie beugte sich noch weiter vor. »Was hatte sie an, Eira?«

Er überlegte. »Jeans und Jeansjacke und einen kurzen, dünnen Pulli. So ein gehäkeltes Teil mit vielen Löchern. Und darunter ein enges, ärmelloses Top.«

»Der Pulli, welche Farbe?«

»Grün. Der erinnerte mich nämlich an ein Fischernetz.«

Berger deutete auf etwas. »Was ist das da? Ein Faden?«

Vang zog eine neue Tüte aus der Tasche. »Genau.«

Sie untersuchten den Boden und die Zweige in der Umgebung. Aber mehr war nicht zu finden. Nach einer halben Stunde kam ein Auto mit den Tauchern und zwei weiteren Kriminaltechnikern. Die Gegend wurde weiträumig abgesperrt und durchkämmt. Die Reifenabdrücke beim Eingang zum alten Aquarium waren gut erhalten, sie stammten von einem Auto mit neuen Reifen. Eira lehnte sich gegen den Wagen und wartete auf den Taucher, der vor den Felsen unten am Ufer verschwunden war. Schon nach wenigen Minuten kam er wieder an die Oberfläche und hielt ein weißes Täschchen in der Hand.

In der Tasche befanden sich eine Geldbörse und ein Studentenausweis.

»Da. Damit haben wir aller Wahrscheinlichkeit nach den Tatort gefunden. Lise Beck ist hier ertrunken. Dem Mörder war die kleine Handtasche, die sie bei sich hatte, nicht weiter aufgefallen. Was mich allerdings erstaunt. Aber wir wissen natürlich nicht, was genau passiert ist. Jemand hat sie aufgesammelt und ist mit ihr hierhergefahren. Vieles deutet darauf hin, dass sie noch lebte, als sie hier ankam.«

»Aber das erklärt noch lange nicht alles«, sagte Berger.

»Nein.« Er holte tief Luft. »Wo ist sie in den Tagen gewesen, über die wir keinerlei Aussagen haben?«

Er entfernte sich ein paar Schritte von Berger und sah sich konzentriert um. Dann kam er zurück. »Vang, hör mal. Die Campinghütten dort drüben.« Er deutete zum Campingplatz direkt beim Aquarium. »Um diese Jahreszeit ist dort keine Menschenseele. Checkt jede einzelne Hütte. Und anschließend macht ihr noch eine Runde durch das ehemalige Aquarium.«

40

Im Büro der Polizei war inzwischen eine interessante Nachricht eingegangen. Der Fahrer eines blauen Pkw, eines Renault, hatte sich gemeldet. In der Nacht, als Lise Beck ermordet wurde, war der Mann gegen zwei Uhr über den Stakkevollveien gefahren. Er hatte dabei von hinten kommend eine junge Frau überholt, die in der Nähe der Bushaltestelle direkt an der Straße stand. Er erinnerte sich daran, weil er sehr schnell gefahren war, dabei zu wenig Abstand gehalten und sie total vollgespritzt hatte.

Der Mann saß noch auf der Wache und wartete, offenkundig sehr nervös. Er fingerte unablässig an seinem Handy herum. »Ich weiß auch nichts Genaueres«, sagte er fast entschuldigend. »Ich hab überhaupt nicht mehr daran gedacht. Erst als sie gefunden wurde und die ganze Geschichte in den Zeitungen gebracht wurde, auch jede Menge Fotos, da fiel es mir wieder ein. Aber das muss die Frau gewesen sein, an der ich vorbeigefahren bin. Ich kam von hinten und hab sie nur ganz kurz gesehen.«

»Und warum glauben Sie, dass es sich bei der nächtlichen Fußgängerin um Lise Beck handelte?«

»Wegen der Haare«, sagte er und zupfte sich am rechten Ohrläppchen. »Sonst wäre mir vielleicht gar nicht groß aufgefallen, dass da eine Person an der Haltestelle stand. Ist ja nichts Ungewöhnliches. Obwohl es natürlich mitten in der Nacht war. Und das Wetter war ja schrecklich.«

Eira nickte aufmunternd. »Die Haare?«

Der Mann rutschte unruhig auf dem Stuhl herum, schlug

ein Bein über das andere. »Ja, die waren sensationell. Eine richtige Mähne. Und so lang. Rotbraun, glaube ich.«

»War sie allein?«

Der Mann nickte.

»Wie weit entfernt von der Haltestelle war sie?«

»Nur ein paar Schritte. Ich hab selbst schon dann und wann in dem Wartehäuschen auf ein Taxi gewartet.«

»Haben Sie jemand in der Nähe gesehen? Personen? Autos? Was auch immer.«

Der Mann überlegte lange. »Da stand ein Auto«, sagte er schließlich, »gleich neben dem Wartehäuschen. Das fiel mir auf, weil der Stakkevollveien eine Straße ist, an der man eigentlich nicht parkt. Außerdem könnte man ein Auto ohne Weiteres ein kleines Stück weiter oben abstellen, da, wo mal die Läden waren, die jetzt geschlossen sind.« Er lachte verlegen. »Ich erinnere mich nur deshalb daran, weil ich mich darüber geärgert hatte. Die Sicht war wegen des Schneeregens sowieso schlecht, und dann parkt da plötzlich einer an der Straße.«

»Haben Sie jemand im Auto oder in der Nähe gesehen?«

Er schüttelte den Kopf. »Im Wartehäuschen könnte jemand gestanden haben. Aber ich hab mich auf die Fahrbahn konzentriert.«

»Also nichts weiter, das Ihnen besonders aufgefallen wäre?«

Er zuckte die Achseln. »Nee … Sie schien mir ein bisschen zu leicht bekleidet. Hatte die Schultern hochgezogen und die Hände in die Taschen gesteckt.« Er sah unter sich. »Muss eiskalt gewesen sein. Ich sah im Rückspiegel, wie sie einen Satz auf den Fahrbahnrand machte und mit beiden Armen hinter mir herwinkte, als ich vorbei war. Ich war vielleicht ein bisschen schnell gefahren. Bei dem ganzen Schneematsch.«

Allzu ergiebig war seine Aussage nicht. Sie hatte an der Bushaltestelle gestanden, und in der Nähe hatte ein leeres

Auto geparkt. »Dieses Auto«, sagte Eira, »welche Marke war das?«

Der Mann sah erleichtert auf. »Das jedenfalls hab ich mitbekommen«, sagte er eifrig. »Ein dunkler BMW-Kombi. Eines der neuesten Modelle. Dunkelblau oder schwarz.«

Eine Übersicht über die zuletzt in der Stadt registrierten BMW-Kombis war schnell erstellt. Und kurz darauf kam Berger außerdem mit einem Zettel, den sie Eira unter die Nase hielt. »Den da müssen wir checken«, konstatierte sie. Eira starrte auf das Stück Papier.

»Ein dunkelblauer BMW-Kombi, Modell vom letzten Jahr, war an dem Tag, ehe Lise Beck ermordet wurde, gestohlen gemeldet. Der Besitzer hat eine Hütte auf Kvaløya. Er hatte den Wagen dort geparkt, um ihn auszuladen, als er geklaut wurde. Der Schlüssel steckte.«

Eira schob das, was vor ihm auf dem Schreibtisch lag, zur Seite. »Und der Kombi wurde seither gesucht? Ohne wieder aufzutauchen?«

»Ja, für den gab es eine Suchmeldung. Aber nur kurz.« Sie ließ sich auf einen Stuhl fallen und verschränkte die Arme. »Zwei Tage später wurde er gefunden. War am Flugplatz geparkt. Dort wurde er abgeschleppt, weil der Parkschein fehlte.« Sie zuckte die Achseln. »Das war alles. Das Auto hatte nicht mal eine Schramme und wurde dem glücklichen Besitzer zurückgegeben. Die Schlüssel steckten obendrein noch.«

Eira schnappte sich seine Jacke. »Das Auto muss her«, sagte er.

Der Besitzer des dunkelblauen BMW stapfte ärgerlich über den Bürgersteig vor dem Elektroladen, dessen Mitbesitzer er war. Man hatte ihn von einem Kunden weggerufen, und er hatte eine Arbeit halb fertig zurücklassen müssen, um der Polizei die Autoschlüssel zu übergeben.

»Verdammt«, sagte er nur, als er seinem Auto nachsah, das abtransportiert wurde. »Das gibt's doch gar nicht. Erst wird es gestohlen, dann konfisziert.«

»Es wird nicht lange dauern«, sagte Eira. »Und für die Arbeit haben Sie ja Ihren Lieferwagen. Der BMW ist wohl für mehr gut?«

Der Mann warf Eira einen eiskalten Blick zu. »Für *gut?*« Die Worte troffen geradezu von Verachtung. »Ich weiß ja nicht, wo Sie herkommen, aber wir hier in der Stadt benutzen Autos als notwendige Transportmittel. Weil das schneller geht, als wenn man die Füße benutzt.« Er hielt einen Moment inne. »Oder *Rentiere.*«

Da ist es ja wieder, dachte Eira. Er hielt sich bedeckt. Starrte den Mann nur an – sein Gesicht war ausdruckslos, aber die Augen wurden schmal, und die kleinen Kiefermuskeln bewegten sich. Bis der Mann wegsah. »Interessant«, sagte er langsam. »Aber wir interessieren uns am meisten für Ihr Auto. Ist Ihnen etwas aufgefallen, als Sie den Wagen zurückbekamen?«

»Nur, dass er nicht mal eine Schramme hatte. Spiegel und Scheinwerfer in Ordnung. Tank halb voll.« Er zuckte die Achseln. »Ich nehme an, jemand konnte der Versuchung nicht widerstehen, sich den Wagen für eine Probefahrt auszuleihen. Weil das ein klasse Auto ist.«

»Und inwendig?«

»Perfekt«, sagte er nur. »Makellos rein.«

»Haben Sie den Wagen innen sauber gemacht, nachdem Sie ihn zurückhatten?«

Der Mann schüttelte den Kopf. »Nein. Der hatte eine Innenreinigung gehabt, ehe ich zur Hütte fuhr. Und war wie neu, als ich ihn zurückbekam. *That's it.*« Er kaute auf der Unterlippe, dann fuhr er fort: »Ich war vielleicht ein bisschen unvorsichtig, als ich den Wagen offen stehen ließ, während wir die Sachen wegräumten, die wir zur Hütte gebracht hatten. Aber dasselbe haben wir schon hundertmal gemacht, und mir wäre nicht im Traum eingefallen, dass sich einfach jemand ins Auto setzen und damit abhauen würde.« Er schüttelte den Kopf.

»Gibt es dort in der Gegend viele Hütten?«

»Nur ganz wenige. Aber das Auto stand auf einem kleinen privaten Parkplatz, und die Straße führt daran vorbei ins Gebirge.« Er zuckte die Achseln. »Ich persönlich glaube, jemand kam vorbei und sah, dass die Kofferraumklappe offen stand. Wir hatten gerade die letzte Fuhre ins Haus getragen.«

Eira glaubte das auch. Ein neues, leeres Auto mit offenem Kofferraum, in perfekter Größe, um darin einen Menschen zu transportieren. Der Mörder kam allerdings nicht zufällig vorbei. Er war die Strecke schon oft gefahren, auf dem Weg in die Berge oder zur eigenen Hütte. Er hatte den Mann gesehen, der an den Wochenenden kam und der das Auto auf dem Parkplatz an der Straße stehen ließ, während er es auslud, ohne sonderlich aufmerksam oder vorsichtig zu sein. Eira wandte sich an Vang: »Nimm dir einen Mann mit und leg eine Karte der Umgebung rings um die Hütte an. Befragt mögliche Nachbarn, ob die sich erinnern, etwas gesehen zu haben.«

»Das zehrt so langsam an den Kräften und an den Reserven.« Mona Lies Augen ruhten auf Eiras Gesicht. Er hatte gerade einen Termin mit der Universitätsleitung und den wichtigsten Hochschullehrern der drei Studentinnen beendet, bei dem er von Hilde Samuelsens Verschwinden berichtet hatte.

Er brauchte unbedingt mehr Informationen, Orientierungshilfen, etwas, das ihn in die richtige Richtung führen könnte. Mona Lie hatte an der Besprechung teilgenommen, meistens hatte sie nur zugehört, nicht selbst das Wort ergriffen.

Eira nickte müde. »Dass Hilde verschwindet, widerlegt

die Theorie, dass es mit den Geschichten im Internet, den pornografischen Aufnahmen und all dem zu tun hat. In der Richtung finden wir bei ihr nichts.«

»Nein, aber sie war mit den beiden anderen zusammen. Freundschaft ist ein sehr wichtiger gemeinsamer Faktor. Außerdem weiß die Polizei ja kaum alles.« Sie zögerte. »Vielleicht hat die ganze Geschichte ja auch gar nichts mit dem zu tun, was die Mädchen getan haben, nicht speziell mit ihren Personen?«

Eira schüttelte den Kopf. Sie hatten alle denkbaren Theorien hin und her diskutiert und in alle Einzelheiten zerlegt. »Ich weiß es nicht, Mona.«

Sie sah ihn skeptisch an, biss sich auf die Unterlippe. »Vennestad hält für die beiden letzten Fälle Selbstmord als Trauerreaktion auf Beate Mobergs Tod für möglich, denn nur in ihrem Fall liegt zweifelsfrei Mord vor. Lindberg neigt sehr in die Richtung von etwas Selbstverschuldetem, etwas, worin sie sich verstrickt haben.«

Eira kniff die Augen zusammen. »Und was sagst du als Fachfrau?«

Sie zögerte. »Ich fand an dem, was heute herauskam, überhaupt nichts Erhellendes. Nichts von dem, was gesagt wurde, war sonderlich fruchtbar, und nichts deutete darauf hin, dass sie die Frauen wirklich kannten. Ganz im Gegenteil diente es doch mehr dazu, dass die Lehrer etwas über die Studentinnen erfahren. Licht auf das Geschehene hat es nicht geworfen.« Sie streckte das Kinn vor. »Gerhard Eng sah alles nur unter dem Aspekt der Unterdrückung der Frau und des abscheulichen Kapitalismus. Vielleicht war er der Wahrheit am nächsten.« Sie seufzte.

Eira sah auf die Uhr und stand auf. Er hatte eine Stunde damit verschwendet, sich im Kreis zu drehen.

41

Die Kriminaltechniker waren am nächsten Morgen bereits früh an ihrem Platz.

Als Berger ankam, war Eira schon dabei, zusammen mit einem der Techniker die Innenseite des Fahrersitzes zu untersuchen. Dieser hatte alle Flächen des Wagens mit Luminol eingesprüht und beugte sich gerade über das Armaturenbrett vor dem Beifahrersitz. »Siehst du den winzigen Fleck?« Eira nickte. »Blut. Nichts, was getropft ist oder gespritzt hat, sondern was da drangeschmiert wurde.«

»Reicht das für eine DNA?« Der Fleck am Armaturenbrett war mikroskopisch klein.

Er schüttelte den Kopf. »Hier hat einer richtig sauber gemacht. Aber Luminol ist fantastisch empfindlich. Auch nach so gründlicher Reinigung können chemische Substanzen in Luminol das ursprüngliche Muster das Blutflecks aufzeigen.« Während er redete, wurden mehrere Aufnahmen gemacht. »Aber für eine DNA reicht es doch nicht.«

Eira ging um den Wagen herum und stellte sich neben den anderen Techniker, der am Kofferraum arbeitete. Als das Auto gefunden wurde, war die Rückbank umgeklappt, und der Besitzer bestritt, das getan zu haben.

Der Techniker stützte beide Hände auf die Stoßstange und lehnte sich weit in den Kofferraum hinein. »Da, sieh dir das an.« Er deutete ganz nach hinten. »Dort unten in der Ritze, da, zwischen der Rückbank und dem Boden, ist Salz.« Er richtete sich wieder auf. »Hier ist nicht nur der Staubsauger zum Einsatz gekommen. Der Bezugsstoff des Kofferraums wurde richtig sauber gemacht, wahrscheinlich mit Schaum in solchen Sprühflaschen, wie man ihn für Teppichböden kaufen kann. Wir haben Proben genommen, und ich vermute, die werden das bestätigen.« Er knallte die Kofferraumklappe zu. »Hier muss Salzwasser gewesen sein«, sagte er. »Er ist nicht gründlich genug gewesen, als er sauber gemacht hat. Aber das Salz aus so engen Ritzen herauszubekommen, ist fast unmöglich.«

Eira und Berger gingen zurück zu ihrem Auto. Eira ließ den Motor nicht an, sondern blieb eine Weile einfach so sitzen. »Lise Beck hat alle diese verrückten Dinge getan. Ging mitten in der Nacht alleine los. Glaubte, sie würde ein Taxi erwischen. War frustriert und todmüde. Fror und wollte nach Hause. Vertraute darauf, dass das in einer so kleinen Stadt auf einer so kleinen Insel ungefährlich ist.« Er fuhr sich mit der Hand durch die dichten Haare und blickte starr vor sich hin. »Aber da stand er und wartete.«

Berger biss sich nachdenklich auf die Unterlippe. »Er stand und wartete?«

Eira drehte den Kopf und sah sie an. »Was meinst du? Ist er im Auto an ihr vorbeigefahren, als sie die Straße entlangging, beschloss er dann anzuhalten und ausgerechnet *sie* aufzusammeln? Oder hatte er sich an der Bushaltestelle versteckt und wartete nur darauf, dass irgendeine schon aufkreuzen würde?«

»Noch eine Möglichkeit: War Lise Beck eine, die er schon seit Langem im Visier hatte?«

»Dass sie sich kannten, meinst du?«

Sie zuckte die Achseln. »Das kann gut sein. Zumindest, dass sie sich früher mal begegnet sind. Oder in demselben Umfeld verkehrten.«

Eira startete den Wagen. »Ein Meer an Möglichkeiten. Aber du hast recht, hier in dieser Stadt sieht man sich durchaus. Bist du sozial aktiv, musst du dich schon anstrengen, nicht im Stadtzentrum gesehen zu werden oder da, wo alle anderen hingehen. Sie fiel den Leuten auf. Außerdem wollte sie ja gern gesehen werden und tat was dafür, und zwar nicht zu knapp!«

Berger betrachtete ihn von der Seite. »Würdest du nicht einer Frau hinterherschauen, die du schön findest?« Sie rutschte ein bisschen auf ihrem Platz hin und her, als er nicht antwortete. »Liebe Güte, Eira, mach doch jetzt keinen Staatsakt aus der Frage.«

Ein Lächeln glitt über sein Gesicht. »Ich bin weit davon entfernt, immun zu sein. Ich habe Augen im Kopf.« Er warf ihr rasch einen Blick zu. »Sie muss ihm nicht unbedingt aufgefallen sein, weil sie schön war. Aber *irgendetwas* muss da gewesen sein.«

Irgendetwas, dachte Eira und versuchte sich den Mörder vorzustellen. Irgendetwas machte ihn an. Schönheit. Die roten Haare. Die nackte Taille. Oder einfach, dass sie dort die Straße entlangkam? Der Mörder musste physisch stark sein. Er hatte eine Frau aus dem Wasser gezogen und in ein Auto verfrachtet. Dafür brauchte man Kraft.

Er setzte Berger bei der Polizeiwache ab und fuhr weiter zu seinem nächsten Termin.

Es war halb zwölf vorbei, als Eira vor dem Studentenhaus einbog und mit Blick zum Meer hin parkte. Er stieg aus und stellte sich an den Rand des Kais. Das Holz war trocken und roch nach Teer. Die Sonne glitzerte in den Öllachen auf dem Wasser, sie wärmte inzwischen schon ganz gut und hatte Tag für Tag den Schnee an den Berghängen auf der anderen Seite des Sunds ein Stück weiter nach oben gedrängt. Im Torghuken lagen zwei Fischerboote, auf denen Krabben verkauft wurden. Er merkte, dass er Hunger hatte. Bei Helmersens Delikatessen hatte er zwei Sandwiches gekauft. Wenigstens zwanzig Minuten Zeit wollte er sich für einen Mittagsimbiss im Stehen nehmen, ehe er zurückmusste.

Wenig später kam Mona Lie um die Ecke und stellte sich neben ihn. Er gab ihr eines der Sandwiches.

Sie hielt das Gesicht in die Sonne und schloss die Augen. »Du wolltest mit mir sprechen?«

Er nickte. Er genoss diesen friedlichen und einträchtigen

Augenblick und verspürte gar keine Lust, ihn schon gleich wieder zunichtezumachen. »Sieh dir den Schnee auf dem Tinden an«, sagte er. »Der glitzert wie ein frisch geputzter, makelloser Zahn. Was hätten wir für eine Skitour unternehmen können.« Dann setzte er die Mütze auf und machte seine Jacke zu. Ehe er wieder Gelegenheit haben würde, sich auf Skier zu stellen, würde der Schnee längst geschmolzen sein. Er sah Mona Lie an. »Hilde Samuelsen ist immer noch nicht wieder aufgetaucht.«

Sie nickte langsam. In den Augen, dunkel vor Sorge, konnte er ihre Frage lesen.

Er schüttelte den Kopf. »Vorläufig wissen wir nichts.« Er ballte eine Faust, presste die Nägel in die Innenfläche der Hand. »Aber natürlich können wir gar nicht anders, als ihr Verschwinden in Verbindung mit den beiden anderen Fällen zu sehen.« Er schlug mit der Faust auf seinen Oberschenkel. »Erzähl mir, um was es in den Kreisen geht, in denen sich diese Mädchen bewegen, Mona. Gibt es Dinge, von denen wir immer noch nichts wissen?« Als sie nicht antwortete, fuhr er fort: »Hattest du je Kontakt zu Hilde? So wie zu Lise Beck?«

Sie schien gründlich nachzudenken. »Hilde Samuelsen hat nie den Kontakt zu mir gesucht. Als Lise gefunden worden war, habe ich mich kurz mit ihr unterhalten, so wie mit vielen anderen. Sie scheint der Typ zu sein, der alles allein hinbekommt. Ich glaube, falls sie sich wirklich um etwas Sorgen machte, hätte sie es nicht einmal erwähnt. Für sie ist ›sich sorgen‹ gleichbedeutend mit Schwäche. Angst ist Niederlage.«

»Wusstest du, dass Beate und Lise halbpornografische Fotos von sich auf eine hiesige Site gestellt hatten?«

»Ob ich das wusste?« Sie lachte erstaunt auf. »Nein, das hätte ich nie gedacht.« Sie schüttelte langsam den Kopf. »Ich bin offenbar genauso sehr von stereotypem Denken geprägt wie alle anderen auch. Du weißt schon. Man hat automatisch ein bestimmtes Bild von einer Person, weil sie so ordentlich aussieht und so vernünftig redet, und wenn sie mal groß ist, dann wird aus ihr was Tolles.« Sie starrte vor sich hin. »Und du meinst, es gibt da einen Zusammenhang?« Er antwortete nicht, aber sie gab nicht auf. »Was für ein Motiv sollte es denn in Hildes Fall sein?«

»Unter anderem darüber wollte ich mit dir reden. Ich hatte gehofft, dass du etwas beisteuern kannst. Etwas, was du von den Studenten gehört hast. Die reden doch darüber!« Sie gingen langsam am Kai entlang. »Mona, was geht dir durch den Kopf?«

Sie biss in das Sandwich und sah sich um. Am Smørtorget setzten sie sich direkt am Wasser auf seine Jacke. »Ab und zu sehe ich mich um und frage mich, ob der Betreffende vielleicht gerade ganz in der Nähe ist.« Bedächtig leckte sie ihre Finger ab. »Ob er zum Beispiel bei dem, was wir reden, zuhört.«

»Mona, mir wäre etwas Konstruktives lieber.«

»Versuch dir mal vorzustellen, dass der Betreffende einfach in die Umgebung hineinschlüpft. Nicht drohend, nicht auffällig, überhaupt nicht verdächtig. Er hat eine dunkle Seite, die er gut versteckt hält, aber es gibt sie.« Sie schwieg einen Moment, dann fuhr sie fort: »Möglich, dass Lise Beck ein ungewöhnlich sensibles Mädchen war, das enorm viel mitbekam. Vielleicht hatte sie längere Fühler als der Durchschnitt und witterte Gefahr in ihrer Nähe, wie manche Tiere ja schon meilenweit Raubtiere wittern.«

»Willst du damit sagen, dass sich der Mörder womöglich in allernächster Nähe aufhält?«

»Ja. Aber wenn du mit diesem ›in allernächster Nähe‹ das studentische Umfeld meinst, denk dran, wie groß das ist. Ich kann mich natürlich auch irren. Es könnte jemand sein, der aus der Distanz heraus beobachtet und handelt. Und auftaucht, wenn niemand sonst zur Stelle ist.«

»Warum hat er sich genau diese Mädchen ausgesucht?

Mit anderen Worten – welches Motiv hatte er?« Er biss sich auf die Unterlippe. »Okay, wir haben diese Fotos. Aber reicht das tatsächlich, um so etwas auszulösen? Besonders wenn man mal berücksichtigt, was sich sonst so alles im Internet findet?« Er seufzte. Im nächsten Augenblick widersprach er sich selbst: »Ich glaub trotzdem, dass die Fotos der Auslöser waren.«

»Das Motiv, Aslak, ist nicht immer das Motiv die Kernfrage?« Sie betrachtete ihn von der Seite, sah, wie er unbewegt dasaß und starr geradeaus blickte, als könnte er den Tromsdalstind unmöglich loslassen.

Dabei nickte er. »Es fällt uns einfach schwer zu akzeptieren, das Böse könnte zufällig zuschlagen. Im Innersten hoffen wir nämlich, dass jeder bekommt, was er verdient.« Eine kleine Wolke schob sich vor die Sonne, und sie saßen auf einmal im Schatten. »Mona, du hast dir zu diesen Fällen doch bestimmt viele Gedanken gemacht, von denen du mir nichts erzählst, oder? Diagnosen auf Latein und etwas in der Art, bei dem du damit rechnest, dass ich es nicht verstehe?«

Ihr Lachen war echt und ansteckend, und er musste einfach mitlachen. »Ich glaube, du verstehst das meiste, Aslak. Einschließlich Latein.« Sie wurde wieder ernst. »Aber ja, du hast recht. Ich habe darüber nachgedacht, was für ein Mensch das ist. Vielleicht der Persönlichkeitstyp, den wir passiv-aggressiv nennen. Kontrolliert, in den meisten Zusammenhängen fast unterwürfig – so lange, bis ihn etwas reizt und ihn so weit bringt, dass er vollständig die Kontrolle verliert. Manche erleben Befriedigung, indem sie anderen Schmerz zufügen. Und nur dann.«

Wind war aufgekommen, und Mona Lie zog ihre Handschuhe an. »Ich versuche, am Ball zu bleiben. Ich rede jeden Tag mit den Studenten.«

Sie studierte die Nähte ihrer Handschuhe, als suchte sie nach Löchern.

»Ich habe sogar angefangen, die Informationen, die ich habe, zu systematisieren. Ich versuche, aus anderen Blickwinkeln darauf zu schauen, damit möglichst nichts der Aufmerksamkeit entgeht.«

»Systematisieren?«

»Ich habe viel mit den Studenten geredet. Teilweise haben sie Tagebuch geführt. Aber vieles von dem, was sie erzählen, wird nirgendwo notiert, weil es Kleinigkeiten sind. Vielleicht etwas, das zunächst unwesentlich zu sein scheint.« Mit einem Mal wirkte sie fast verlegen. »Das ist nur so eine Idee von mir. Ich kann nicht garantieren, dass dabei etwas herauskommt.«

Ein Schatten glitt über sein Gesicht, und er sah weg. »Nein, aber wer kann das schon? Bleib einfach dran.«

Sie spielte mit ihren Autoschlüsseln. »Das werde ich.« Dann war sie weg.

42

Am nächsten Tag lag eine Reihe Ergebnisse der technischen Untersuchungen vor. Eira ging zusammen mit den Kollegen von der Tatortgruppe die Papiere durch.

Die Reifenabdrücke, die man vor dem Aquarium gefunden hatte, waren identisch mit denen des BMW. Demnach bestand die Möglichkeit, dass es sich um dasselbe Auto handelte. Die feinen Fäden aus den Sträuchern passten genau zu denen aus Lise Becks Pulli, einer Mischung aus Leinen- und Baumwollfasern. Das Ergebnis der DNA aus der Haarprobe würde im Laufe des Tages vorliegen. In einer der Campinghütten fanden sie frische Spuren von Erde, Meerwasser und nicht zuletzt von Haaren. Langen, dunklen Haaren. Seit Beginn der Ermittlungen hellte sich die Stimmung zum ersten Mal ein klein wenig auf.

»Ganz klar, Lise Beck war dort.« Vang öffnete eine Flasche Limonade, und als er sie erhob, machte er dabei eine kleine Bewegung, als wollte er den anderen zuprosten.

Doch sie hatten keinesfalls genügend Spuren, um bereits von einem Durchbruch zu sprechen, fand Eira. »Wenn wir nur ihre DNA mit dem gestohlenen BMW in Verbindung bringen könnten.«

»Der Wagen wurde am 13. Mai gestohlen und zwei Tage später wieder gefunden?«

Eira nickte. »Du hast ihn selbst gesehen. In perfektem Zustand. Den hat jemand gründlich sauber gemacht. Meines Erachtens können wir daraus lediglich schließen, dass der Betreffende Lise aus dem Meer gezogen haben muss, und zwar lebend. Anders kann ich mir die Salzwasserflecken im Kofferraum und die zeitliche Abfolge nicht erklären. Denn das Salzwasser muss schon zwischen dem 13. und 15. Mai dort hingekommen sein. Aber Lise wurde erst fünf Tage später aufgefunden, und da war sie nicht länger als 48 Stunden tot.«

»Aber was passierte in der Zeit zwischen ihrem Verschwinden und dem Zeitpunkt, an dem sie ertrank?«

Keiner hatte Lust, es laut zu sagen. »Er muss sie irgendwo versteckt haben«, sagte Berger schließlich. »Und wie es jetzt aussieht, könnte es in einer der Campinghütten gleich in der Nähe gewesen sein.«

»Sie hat noch mehrere Tage gelebt, nachdem sie aus dem Meer gezogen worden war.« Eira klopfte mit einem Stift auf die Papiere. »Der Wagen, mit dem sie zum Prestvannet gefahren wurde, ist nicht identisch mit dem BMW, der sie aufgelesen hat. Sie wurde aus dem Meer gefischt, lebend, und aller Wahrscheinlichkeit nach in die Hütte verfrachtet. Erst später wurde sie in den See geworfen. Wüssten wir, wo wir suchen müssen, würden wir auch in dem anderen Wagen getrocknete Salzwasserflecken finden und vielleicht sogar Spuren des Opfers.«

»Warum macht er sich die Umstände, ein Auto zu stehlen, wenn er selbst eins hat?«

»Dafür kann es unendlich viele Gründe geben«, warf Hansson ein. »Einer davon – das Auto des Mörders ist eine alte Schrottlaube, in die eine anspruchsvolle Dame wie Lise Beck gar nicht erst eingestiegen wäre. Er wollte ihr vielleicht imponieren.«

»Du meinst, vielleicht ein armer Kommilitone?«

»Im Grunde jeder ohne Einkünfte.« Er schwieg, aber dann fuhr er fort: »Der Mörder will außerdem nicht, dass jemand den Wagen wiedererkennt, wenn er damit unterwegs ist. Er parkt hier und da und überall dort, wo er weiß, dass Lise Beck sich aufhält. Er kann nicht riskieren, dass jemand auf ihn aufmerksam wird.«

Aslak Eira wühlte die Unterlagen auf seinem Schreibtisch durch und fand den Zettel schließlich unter einem Stoß Papiere. Nachdem er das Telefon hartnäckig hatte läuten lassen, hob Henning Gabrielsen endlich ab. Er klang groggy, als sei er gerade erst aufgestanden.

»Hier ist Eira. Es geht um das Auto, weswegen Sie letzte Woche angerufen haben. Kann das ein BMW-Kombi gewesen sein?«

Gabrielsen schnaufte und hustete. »Schon möglich«, sagte er nur, sonderbar desinteressiert. »Ich hab doch gesagt, dass ich es wegen der Entfernung nicht richtig gesehen habe.«

»Ist Ihnen bei Ihren Joggingtouren in der letzten Zeit etwas aufgefallen?«

»Ich jogge nicht mehr.«

»Nein?« Eira merkte, wie enttäuscht er war. Irgendwie hatte er das Gefühl, als habe ein wichtiger Ermittler den Job gekündigt.

»Der Hund ist gestorben. Da ist es nicht mehr so leicht, rauszukommen.«

»Der Hund ist gestorben?« Ungläubig wiederholte Eira die Worte. In seinem Hinterkopf schlug eine kleine Glocke an, und er überlegte, ob er inzwischen überempfindlich war und bereits bei hellem Tageslicht Gespenster sah. »Wie das?«

»Wurde halt krank und ist gestorben.« Gabrielsen war sehr kurz angebunden. »Wieso?«

»Wollen Sie damit sagen, dass ein junger, gesunder Vorstehhund einfach tot umfällt?«

»Hören Sie, was geht Sie das an? Dem Hund ging es auffällig schlecht. Wollte sich nicht mehr bewegen, lag nur da und keuchte. Kaum vierundzwanzig Stunden später war er tot.«

Eira verdaute die Informationen, brachte es aber nicht fertig, das Gespräch zu beenden. »Was meinte der Tierarzt dazu?«

Gabrielsens Stimme gellte in seinem Ohr. »Verdammt noch mal, da war doch kein Tierarzt eingeschaltet«, brüllte er. »Wozu denn auch, wo der Hund doch sowieso schon tot war!« Seine Stimme sank zu einem kläglichen Flüstern: »Tut mir leid … Es … war in den letzten Monaten ein bisschen viel auf einmal. Meine Frau …« Er räusperte sich. »Sie ist ausgezogen.«

Eira rieb mit dem linken Zeigefinger die Schläfe und überlegte, warum er das Gespräch nicht längst beendet hatte. »Was haben Sie mit dem Hund gemacht?«

»Ich hab ihn draußen begraben. Bei der Hütte«, ergänzte er, als er Eiras stummes Erschrecken spürte. »Ich war am Wochenende in Skibotn. In der Hütte. Ich hatte ja vor, einen Tierarzt zu rufen, wollte nur erst eine Weile beobachten, wie es dem Hund geht, ehe ich anfing, nach einem zu suchen. Aber dann war es zu spät …«

Eira konnte sich die zittrige Unruhe, die ihn erfasst hatte, selbst nicht erklären. Er sah auf die Uhr, es war halb sechs. »Der Hund muss untersucht werden«, sagte er kurz. »Wir werden der Polizei vor Ort Bescheid geben, dass der Hund ausgegraben und hierhergeschickt werden muss.«

Er legte auf, ehe Gabrielsen überhaupt dazu kam, zu reagieren. Gleichzeitig überlegte er, ob er inzwischen seiner Intuition zu großen Wert beimaß. Ein toter Hund war in diesem Fall streng genommen nicht gerade ein Durchbruch. Und trotzdem war auch er eine Art Zeuge.

Vielleicht hatte Gabrielsen wirklich das Revier des Mörders gestört, indem er seine Laufstrecke rund um den Prestvannet verlegt hatte, und nicht zuletzt, indem er womöglich den Mörder im Auto auf dem Parkplatz beobachtet hatte.

Er war dabei, den Computer herunterzufahren und die Lampen auszuschalten. Er legte die Hände auf den Schreibtisch und überlegte.

Auf keinen Fall durfte er die Möglichkeit außer Acht lassen, dass Gabrielsen vielleicht aus ganz anderen Gründen nicht mehr um den See joggte. Außerdem – vielleicht war der Tod des Hundes ja gar nicht so unerklärlich, wie Gabrielsen meinte.

43

Die Nächte waren mühsam. Zwischen langen Traumsequenzen voller Unruhe und dem Gefühl, sich im Kreis zu drehen, erschien ihm der Schlaf selbst wie bloße Phasen der Bewusstlosigkeit. Gut geschlafen hatte er noch nie. Schlaf war wie der Nordwind. Kalte Windstöße drückten die Tür zu ordentlich abgeschlossenen Räumen auf. Sorgten für Unordnung und Chaos im Kopf. Irgendwo hatte er mal von einem Mann gelesen, dem zwei Stunden Schlaf jede Nacht ausreichten. Das klang so verlockend, dass er in Versuchung war, es auszuprobieren. Aber er hatte einen

Körper, der mit der obersten Etage nicht auf gutem Fuße stand und zeitweise heftig protestierte.

In der letzten Stunde hatte er am Küchentisch gesessen und beim Frühstück auf die Nordre Tollbugate hinausgestarrt. Gegen halb sieben klingelte nicht der Wecker, sondern sein Handy.

Der Redakteur der Zeitung ›VG‹ klang, als habe er ausgezeichnet geschlafen. »Eira, gut, dass ich Sie erwische.«

»Um ganz sicherzugehen, hätten Sie ja noch ein bisschen früher anrufen können.«

»Eira, ich will gleich zur Sache kommen, es ist wichtig für uns. Die Polizei hat sichere Hinweise auf Lises Aufenthalt in der Nähe der Telegrafbukta gefunden. Reifenabdrücke …« Er räusperte sich: »Ich frage nicht, ob das stimmt. Ich weiß, dass es stimmt. Sie sollen es nur bestätigen.«

Eira hörte weit weg Niillas' Wecker klingeln. »Wo zum Teufel haben Sie das her? Wir haben überhaupt keine Informationen weitergegeben, gar nichts.«

Der Journalist ließ sich nicht ablenken. »Eira, diese Informationen sind von öffentlichem Interesse. Die Menschen haben lange gewartet, und sie haben ein Recht darauf, etwas zu erfahren. In wenigen Stunden wird es auf der Pressekonferenz bekannt gegeben. Wir sind nur ein bisschen früher dran.«

Eira umklammerte das Telefon, er spürte den Puls, der in den Schläfen pochte. »Wer ist eure Quelle?«

Der Journalist am anderen Ende schnaubte: »Wir schützen unsere Quellen, und das wissen Sie ganz genau.«

»Kein Kommentar.« Er beendete das Gespräch und rief sofort auf der Polizeiwache an. Treffen um halb acht. Neue Runde. Intern würde es Krach geben wegen undichter Stellen, die der Presse Informationen zuspielten und so den Ermittlungen schadeten. Das Vertrauen der Gerichte und der meisten Leute würde sinken und natürlich auch bei den

Medien nachlassen, die nicht das »Glück« hatten, von der undichten Stelle zu profitieren.

Er hörte, wie Niillas im Badezimmer die Dusche aufdrehte. Automatisch stand Eira auf und stellte ihm Tasse und Teller hin. Er hatte jetzt eine halbe Stunde für sich, und er zwang sich, den Ärger wegen des Anrufs beiseitezuschieben. In der Oberstufe standen Klausuren an, und Niillas war entsprechend gestresst. Er brachte zu viel Zeit mit der Musik zu, aber Eira fiel es schwer, ihm Grenzen zu setzen bei etwas, wo er mit Leib und Seele bei der Sache war. Wenn man sowohl Vater als auch Mutter sein sollte, gab es wenig Spielraum.

Sein Sohn kam gähnend und mit tropfnassen Haaren in die Küche. Eira fragte sich manchmal, ob sein Sohn eigentlich gepiesackt wurde, weil er so klein war, kleiner als der Durchschnitt. Aber gleichzeitig war der Junge unglaublich charmant, die meisten Mädchen mochten ihn sehr. Das kompensierte bestimmt so einiges.

Niillas murmelte etwas und griff nach der Kaffeekanne.

»Na, war wohl spät gestern?« Eira ging ins Samische über, so hatte er es mit dem Jungen schon immer gemacht, wenn sie sich allein unterhielten. Lange nachdem er selbst schlafen gegangen war, hatte er aus dem Wohnzimmer leise Geräusche gehört, und später auch, dass im Bad Wasser lief.

»Ging so.« Niillas nahm sich eine Scheibe Brot und hobelte Braunkäse darüber. Er aß schweigend. Nach ein paar Minuten sagte er plötzlich: »Alle reden über das Mädchen, das verschwunden ist. Und die anderen beiden. Du weißt schon. Was ist da los? Kommt ihr nicht weiter?«

Der Vater drehte nachdenklich seine Kaffeetasse zwischen den Fingern. »Vorerst nicht«, sagte er und betrachtete seinen Sohn. »Was sagen denn die Leute?«

Niillas zuckte die Achseln. »Es gibt alle möglichen Gerüchte. Vor allem von einem Massenmörder.«

»Serienmörder«, korrigierte Eira.

»Stimmt das?«

»Das wissen wir noch nicht«, antwortete Eira ruhig. »Aber wenn du was aufschnappst, würde ich es gern hören. Kennst du eins von diesen Mädchen?«

Niillas zögerte. »Mit Hilde Samuelsen hab ich mich ein paar Mal unterhalten. Sie interessiert sich sehr für Musik und ist manchmal auf unseren Konzerten gewesen.« Eira sah, wie Niillas stockte. Dann schob er nach: »Es heißt, sie seien viel in der Stadt unterwegs gewesen, und dass sie ein bisschen laut und dominant aufgetreten seien. Und exhibitionistisch.«

»Äh?«

»Die sahen toll aus.« Er schaute auf und warf seinem Vater einen Blick zu. »Und sie waren sexy, das wussten sie genau. Ein Kumpel von mir hat gesagt, die hätten Typen geradezu gesammelt.«

Eira kämpfte mit einer Mischung aus Erstaunen und Amüsement, seinen Sohn auf diese Weise über Frauen reden zu hören. »Pass nur auf«, sagte er lächelnd. »Männlicher Chauvinismus ist auch nicht viel besser als Exhibitionismus.«

Niillas schmierte sich noch eine Scheibe Brot. »Du hast gefragt«, sagte er ungerührt. »Und viele glauben, die Mädchen hätten mit jemandem Ärger gehabt. Oder dass sie zu weit gegangen sind mit einem, der sich nicht so rumkommandieren ließ und plötzlich keinen Spaß mehr verstand.«

»Ach, und deshalb wurden sie umgebracht?« Eira trank seinen Kaffee aus. »Solchen Kram habt ihr im Kopf? Klingt wie die Geschichte von der Mücke und dem Elefant, wenn du mich fragst.«

Er schenkte ihnen beiden Kaffee nach, während Niillas zerstreut in der Tageszeitung blätterte und sein Brot aß. Eira konnte sich nicht von der alten Gewohnheit verabschieden, dem Sohn ein Pausenbrot zu schmieren. »Was willst du auf dein Brot?«

»Weißt du, das kann ich ganz gut selbst machen. Ich bin doch keine vier mehr«, murmelte er und legte die Zeitung weg.

Eira nickte. »Dann eben Braunkäse.« Er schlug die Brote in Butterbrotpapier ein und legte sie ihm neben den Teller. Er fragte sich, wie lange er wohl die Fürsorge, die ihm als Kind gefehlt hatte, noch dadurch kompensieren wollte, dass er sie dem eigenen Sohn angedeihen ließ. Er war sich nur zu bewusst, wie sehr ihm selbst dieses Pausenbrot und die gemeinsamen warmen Mahlzeiten, auf denen er bestand, guttaten.

Das wärmte, nach Nächten mit Nordwind. Einige Minuten nur, wie damals, wenn ihm die Großmutter nach einem langen, kalten Tag draußen einen Teller *biðu* auffüllte.

Einmal über die Wange streicheln, das wärmte noch mehr als die heiße Suppe. Mehr brauchte es nicht, damit die Welt sich weiter drehte.

Als er kurz vor halb acht die Treppe zum Büro hinaufstieg, dachte er an Mona Lie. Er würde sie zu einer Fahrt durch den Bezirk einladen.

44

Eira lag am Prostnesset neben dem Denkmal von Roald Amundsen im staubigen, trockenen Gras und genoss den Geruch des Meers. Er schirmte seine Augen mit der Hand ab und sah Mona Lie über sich stehen.

»Es gefällt mir, wie du hier im Gras liegst. Mit geschlossenen Augen, die Hände hinterm Kopf verschränkt, die Beine ausgestreckt.«

»Und was bedeutet das deiner Meinung nach?«

Sie lächelte zu ihm herunter. »Ich würde sagen, damit signalisierst du, dass du gerade in dir selbst ruhst.«

Eira setzte sich auf und bürstete Staub und Grashalme von der Jacke. »Wie man bloß auf so was kommt«, sagte er kopfschüttelnd. »Andererseits – mach einfach so weiter. Schließlich hoffe ich, dass solche halbverrückten Gedankenspielereien mir helfen, etwas zu bemerken, worauf ich selbst noch nicht gekommen bin. Außerdem hast du sie gekannt. Ich nicht«, ergänzte er trocken. »Auf der Fahrt zum Kåfjord kannst du philosophieren, so viel du willst.« Sie schlenderten langsam zu seinem Auto, das er in der Nähe geparkt hatte. Es war erst halb neun.

Vierzig Minuten später waren sie bei der Fähre in Breivikeidet angekommen. In der Schlange vor ihnen standen nur zwei Autos. Der Fjord lag flach und still vor ihnen, Sandbänke schoben sich wie Zungen in das blaue Wasser. Der Kontrast zu der Reihe spitzer und steiler Berggipfel, die auf der anderen Seite direkt aus dem Wasser herauszuwachsen schienen, hätte nicht größer sein können. Er konnte nicht erklären, warum er jedes Mal, wenn er hier saß und auf die Fähre wartete, an einen feuchten, gierigen Schlund denken musste. Schon als kleiner Junge war es ihm so gegangen. Das musste daran liegen, dass einen das Meer aus einer Laune heraus jeden Augenblick einfach verschlingen konnte. Wie eine Krume Brot.

»Ich habe gestern mit Hilde Samuelsens Familie telefoniert. Das heißt mit der Mutter. Die Eltern sind geschieden, der Vater wohnt in Bergen, er hat eine neue Frau.« Er sah vor sich hin. »Entweder ist Hildes Mutter apathisch, oder sie steht unter Schock. Sie hat bisher nur ein einziges Mal angerufen, um zu hören, ob es Neues gibt. Lise Becks Mutter dagegen hat sich in der ersten Woche zweimal pro Stunde gemeldet.«

»Verständlich«, murmelte Mona.

Sie starrten nach draußen auf die Erde, die noch immer von braunem Straßenstaub bedeckt war, das Grün hatte sich noch nicht ganz durchgesetzt. Der Geruch nach Meer und Strand schlug ihnen durch das offene Fenster entgegen, in der schwachen Brise segelten hoch oben am Himmel ein paar Möwen.

»Wir hatten im letzten Jahr einen vergleichbaren Fall«, begann Eira schließlich. »Eine junge Frau verschwand ganz einfach. Du hast sicher davon in den Zeitungen gelesen. Marie Bengtsson.« Die Ärztin nickte. »Als sie das letzte Mal gesehen wurde, ist sie im dicksten Schneegestöber auf dem Weg in die Stadt gewesen. Danach war sie weg, wie vom Erdboden verschluckt. Wir gingen Hunderten von Hinweisen nach. Sichteten kiloweise Fotos und Amateurvideoaufnahmen aus verschiedenen Gegenden, wo man meinte, sie vielleicht gesehen zu haben. Schließlich befragten wir sogar Wahrsagerinnen und Menschen mit hellseherischen Fähigkeiten und diese Geschichten. Nicht mal einen Hauch von einer Spur.« Er rutschte auf dem Sitz hin und her.

»Aber siehst du denn da einen Zusammenhang?«

»Zwischen Marie Bengtsson und den Mädchen?« Er schüttelte den Kopf. »Nicht unmittelbar. Wir wissen ja nicht mal, ob Marie Bengtsson noch lebt, ob sie freiwillig untergetaucht oder irgendwohin auf der Welt abgehauen ist. Aber die Tatsache bleibt bestehen, dass sie verschwunden ist.«

»Ich sehe noch eine Parallele«, sagte die Psychiaterin langsam. »Das Wetter.« Sie lächelte entschuldigend zur strahlenden Sonne oben am Himmel. »Mir fällt auf, dass alle drei Mädchen bei scheußlichem Regenwetter verschwanden. Und Marie Bengtsson bei Schneetreiben.«

»Und?« Eira hörte selbst, wie seine Stimme einen Tick höher war. Es brauchte nicht viel, um seinen Optimismus zu wecken.

»Vielleicht denke ich ein bisschen anders als du«, sagte sie langsam. »Zum Beispiel sehe ich vor mir ein situationsbedingtes plötzliches und heimliches Verschwinden. Der

Mörder wählt Situationen, in denen das Opfer verletzlicher ist als sonst. Empfänglicher für Annäherungen. Es lässt sich leichter in Situationen bringen, die es sonst gemieden hätte.«

»Wie zum Beispiel sich zu einem Fremden ins Auto zu setzen?«

»Genau.«

»Dann denkst du also, dass ein Zusammenhang bestehen könnte zwischen dem Mord vor einem Jahr und dem Mord an Lise Beck?«

»Das kann ich nicht beurteilen. Ich kenne die Fälle zu wenig.«

Wieder schwiegen beide. Den Fall Marie Bengtsson anzusprechen, war für Eira, wie an einer schmerzenden offenen Wunde zu kratzen. Das war einer der Fälle, der bei allen noch im Hinterkopf präsent war, die in die Ermittlungen involviert gewesen waren.

Zwischendurch hatten sie den Fall wieder neu aufgerollt, Situationen aufs Neue durchdacht, versucht, sie aus anderen Blickwinkeln zu betrachten.

Alles, was sie hatten, waren Berge von Theorien und so viele Dokumente, dass sie mehrere Aktenordner füllten. Was ihnen fehlte, waren Beweisstücke.

Derweilen ging der Alltag weiter wie gehabt, aber für die Betroffenen doch anders. Angehörige, die ihre Trauer nicht verarbeiten. Ermittler, die das Gefühl der Niederlage nicht loswerden konnten, dass man vielleicht doch noch mehr hätte machen und noch länger hätte dabeibleiben sollen.

Mona Lie saß ganz still und konzentriert da. »Wenn die Morde zusammenhängen, geht man doch davon aus, dass es sich um denselben Mörder handelt, oder?«

Er wollte nicht nicken, zuckte deshalb leicht die Achseln.

»Ein ganzes Jahr ist eine lange Zeit.«

»Wenn ihn etwas zum Töten drängt, ob er dann wohl Probleme gehabt hat, diesen Trieb ein ganzes Jahr lang im Zaum zu halten, meinst du das?«, fragte er.

»Genau.«

»Aber dann hast du einen Mörder im Auge, der sich in der Gegend aufhält. Einer, der geografisch stabil ist. Man könnte sich doch auch jemand vorstellen, der auf der Durchreise war, zum Beispiel ein Tourist. Er kann im Januar in Newcastle morden und im Mai in Tromsø.« Er betrachtete sie von der Seite, er hatte jetzt etwas Eifriges an sich.

Sie zögerte. »Das alles, Aslak, ist doch Theorie. Aber wenn er diesen Trieb hat … zu töten, meine ich … dann hat er einen Trieb, der vielleicht zunimmt, stärker wird. Das würde erklären, warum die Abstände zwischen den Verbrechen kürzer werden.«

Eira umfasste das Steuer. Die Fältchen um die Augen vertieften sich, als er in das scharfe Sonnenlicht blinzelte. »Hör mal«, sagte er langsam. »Wenn ich losgehe und mich auf dem Rücken auf eine Wiese lege, sehe ich dort oben zarte, dünne Sommerwolken schweben. Wenn man so daliegt und in einen blauen Himmel mit Federwölkchen starrt, sieht man alle möglichen Figuren und Formen, findest du nicht?« Sie nickte. »Was man sehen will, das entscheidet man selbst. Was man gern sieht oder was die Fantasie herausbildet oder wie man es deutet.« Er warf rasch einen Blick zu ihr hinüber. »Sitzen wir hier nicht genauso herum und spekulieren?« Er dachte an die Schamanentrommel, die Henriksen bei dem Meeting erwähnt hatte. Vielleicht doch gar nicht so dumm. Der alte vorchristliche Glaube, dass der Schamane in der Lage sei, ins Totenreich hinabzusteigen und, wenn er es wollte, die toten Seelen zurückzuholen. Dann hätte man zumindest Marie Bengtssons Leichnam als einen Ausgangspunkt. Damit könnte man schon mal anfangen.

»Ich glaube, ich weiß, was du meinst.«

»All diese Theorien helfen so verdammt wenig, entweder sind sie auf dem gesunden Menschenverstand der Samen aufgebaut, oder der alte Freud hat sie ausgeheckt. Ich brauche etwas Handfestercs, um damit weiterzuarbeiten, ehe ich anfange, Verbindungen zu ziehen und neue Theorien aufzustellen.«

»Das sind aber nicht alles Gefühle oder Theorien ohne Hand und Fuß«, erklärte sie nach längerem Schweigen. »Es gibt fundierte Untersuchungen zu den Motiven von Verbrechen. Man hat Vergleiche angestellt, Gemeinsamkeiten herausgearbeitet. Statistiken erstellt und Tabellen.«

Er nickte und sah aus dem Fenster. »Als wenn uns das hier helfen würde.«

45

Langsam kehrte ihr Bewusstsein zurück.

Ihre Lider waren bleischwer und geschwollen, ihre Augen schmerzten. Sie bemühte sich, ihre Umgebung, die immer wieder verschwamm, zu erkennen. Die Zunge war dick und rau und klebte am Gaumen, es fühlte sich an, als hätte sie Baumwolle im Mund. Arme und Beine waren gefühllos und schwer.

Hilde Samuelsen blinzelte so lange, bis die Augenlider nicht immer wieder zufielen. Starrte in den Winkel an der Decke direkt über ihrem Kopf. Als Kind hatte sie so dagelegen und die Dachbalken angestarrt, wenn sie in der Hütte ihrer Eltern oben im Etagenbett gelegen hatte.

Der Raum war halb dunkel. Sie lag auf einer Holzpritsche, unter ihr hatte jemand eine große Plane ausgebreitct. Sie lag flach auf dem Rücken, Arme und Beine waren mit Nylonschnur an Holzpfählen in den vier Ecken gefesselt. Die Pritsche war weit oben an der Wand einer alten Kate oder Schutzhütte befestigt. Durch ein winziges Fenster fiel ein wenig Licht in den Raum. Das Meer musste ganz in der Nähe sein, es roch nach Salzwasser, Teer und Tang.

Das Licht drang auch durch Ritzen zwischen den Planken. Alte Spinnweben, in denen Massen kleiner Insekten hingen, zeichneten sich vor der Fensterscheibe ab. Auf dem Fensterbrett lagen jede Menge toter Fliegen. Und Mäusedreck. Bei dem Anblick bekam sie eine Gänsehaut, und die Härchen an den Armen stellten sich auf. Sie kniff die Augen wieder zu. Da bemerkte sie das schwache kratzende Geräusch direkt über ihrem Kopf. Es war der Grund, warum sie aufgewacht war. »Hilfe«, rief sie. Aber der Ruf tönte nur in ihrem Kopf. Es kam bloß ein sonderbarer, kraftloser und spröder Ton aus ihr heraus. Die Zunge ließ sich nicht bewegen, die Lippen waren dick geschwollen. Einen Augenblick lang war der Gedanke an Mäuse noch schlimmer als der an den Mann, der sie hier eingesperrt hatte.

Sie strengte sich an, sich zu erinnern; das Auto auf der Fähre fiel ihr ein, das Auto eines Mannes, von dem sie meinte, dass sie ihm schon früher begegnet war. Er wirkte so normal, so mickrig, dass sie geglaubt hatte, er sei harmlos. Die viel zu große Regenjacke mit Kapuze, die er eng um das runde Gesicht geschnürt hatte. Beschlagene Brillengläser und solche hohen braunen Gummistiefel, wie Rentner sie benutzten. Es war so schrecklich kalt gewesen, und sie war krank vom Seegang und hasste den Gedanken, dass der Bus noch hundert Mal anhalten würde, bevor sie zu Hause war. Vertrau auf deine Instinkte, hatte sie sich gesagt. Das jetzt zu bereuen, brachte gar nichts, wo sie nicht einmal wusste, wo sie war. Oder sich an das erinnerte, was zwischenzeitlich geschehen war.

Sie hatte einen Kloß im Hals und hätte am liebsten geweint. Der Hals fühlte sich dick an, innerlich geschwollen, aber nicht, weil sie durstig war, sondern als hätte er einen ordentlichen Schlag abbekommen. Die Spritze, dachte sie und wusste plötzlich, warum ihr Kopf so schwer war und sie kaum einen klaren Gedanken fassen konnte. Ganz genauso hatte sie sich nach der Blinddarmoperation gefühlt, nachdem man ihr ein schmerzstillendes Mittel in den Oberschenkel gespritzt hatte.

Sie erinnerte sich an die rasante Fahrt, seine Hand, die über ihren Schenkel strich. Wie sie ihn angeschrien hatte. Das jähe Abbremsen bei einer kleinen Abzweigung in einen Waldweg oder etwas Ähnliches. Sie hatte wie ein Löwe gegen ihn gekämpft. Schließlich hatte die Unterlage angefangen zu schaukeln, die Geräusche waren zu einem merkwürdig entfernten Sausen geworden, und sie hatte nicht länger mit den Augen einen Punkt fixieren können. Danach war alles schwarz geworden.

Irgendwo ging eine Tür auf. Das Licht traf auf die Wand vor ihr und blendete sie. Die Tür knirschte in den Angeln, wurde geschlossen. Er ging offenbar eine Weile hin und her. Dann hörte sie, wie er eine Treppe oder Leiter hinaufstieg.

Eine Silhouette zeichnete sich vor dem helleren Hintergrund ab. Noch ehe er ganz oben war, hatte er ihr den Rücken zugewandt. Sie erkannte die lange, dünne Gestalt, er hielt einen Plastikkolben mit Wasser in der Hand, den er hinter ihrem Kopf abstellte.

Hilde spürte, dass ihr Hals rau war wie Sandpapier, aber es widerstrebte ihr, ihn um irgendetwas zu bitten. »Damit kommst du nie durch, das weißt du doch«, presste sie hervor. »Viele haben uns auf der Fähre gesehen, irgendwer wird dich wiedererkennen.« Noch immer hörten sich ihre Worte an, als würde sie lallen.

Die Pritsche schaukelte, als er sich auf die Kante setzte. Eine knochige Hand drückte ihr Gesicht zur Seite, er verband ihr die Augen. Sie protestierte nicht, war froh, ihn nicht sehen zu müssen. Sie würde ihn schon wiedererkennen, auch wenn sie sein Gesicht nicht mehr zu sehen bekam. Sein Geruch. Die Stimme. Seine Aura. Das alles war für immer in ihrem Bewusstsein abgespeichert.

»Du denkst, jemand wird mich anzeigen?« Er schmiegte sich an sie, streckte sich neben ihr aus und rollte sich auf sie. »Weshalb denn? Weil ich Auto gefahren bin? Eine Fähre benutzt habe?«

»Bind mich los.«

»Ich mag es so. Jetzt haben wir zwei es gut miteinander. Viele Frauen mögen es, gefesselt zu sein.«

»Ich bin aber nicht viele Frauen.« Sie wand sich wie ein Aal, zerrte an den Fesseln. »Lass mich hier raus!«

Er hatte sich auf die Ellbogen gestützt und fuhr mit seinem langen, knochigen Zeigefinger an ihrem Kiefer entlang. Sie drehte ihr Gesicht weg. Seine Hand packte ihre Haare und riss den Kopf so hart zurück, dass ihr die Tränen in die Augen schossen. »Hilde, Hilde«, flüsterte er an ihrem Ohr. Mit eisernem Griff hielt er ihre Haare umfasst, während er mit der anderen Hand an ihrem Schenkel aufwärts strich, immer weiter bis unter ihren Pulli. Als sich die Hand um ihre Brust schloss, riss sie ihren Kopf los und biss ihm in den Unterarm.

Er schrie auf und zog die Hand zurück. Aber sie kam wie ein Projektil zurück und krachte auf ihre Wange, dass der Raum zu rotieren begann, noch ehe ihr Gehirn den Schlag registrieren konnte.

»Lass mich los«, weinte sie.

»Du willst das hier zerstören?«

»Was?«

»Uns.«

»Wovon redest du?«, flüsterte sie. »Uns?«

Schon saß er rittlings auf ihr, riss ihre Gürtelschnalle auf und zerrte die Hose über ihre Hüften. »Versuch ja nicht, es abzustreiten. Ich hab dich auf der Fähre gesehen.« Sie atmete stoßweise, während sie sich wand und er sich mit den engen Jeans abquälte. »Du hast doch da gestanden … und dich so gedreht und gewendet …« Er machte kurzen Prozess und schnitt den Hosenbund mit einem Messer auf. »Du hast dich immer wieder umgedreht und geschaut, ob ich dich auch sehe. Na klar hab ich das. Kein Mann auf der Welt könnte eine so offenkundige Einladung übersehen.«

»Du bist ja krank!«

»Du hast darum gebettelt«, fauchte er. Er hatte sich über ihr auf allen vieren aufgerichtet. Da spürte sie die Spitze des Messers an ihrer Kehle.

Sie wurde ganz still, lag unbeweglich unter ihm, während er noch keuchte. Sie war froh, dass ihre Augen verbunden waren.

»Du hast darum gebettelt, war es nicht so?« Die Messerspitze drückte fester an ihre Kehle.

Sie nickte, eine fast unmerkliche, mechanische Bewegung.

»Ich hab dich nicht verstanden.«

»Ich … hab … darum … gebettelt.«

Noch eine Weile verging, Minuten, die ihr wie Stunden vorkamen. Dann war die Messerspitze nicht länger an ihrem Hals.

Sie hielt die Luft an und hatte das Gefühl, als fehlte etwas. Sie hatte sein Gesicht an ihrem gespürt, als er ihr ins Ohr sprach. Die große dunkle Brille hatte er heute nicht auf. Sie atmete aus, unendlich langsam. Dann war jäh der Schmerz im Schenkel wieder da.

Das taube Gefühl im Gesicht verschwand. Der Körper verschmolz mit der Unterlage. Sie fiel und fiel, währenddessen griffen Hände überall nach ihr, zerrten und zogen an ihr, beugten und hoben sie an, aber nichts konnte verhindern, dass sie immer tiefer fiel …

46

Aslak Eira und Mona Lie waren die zwanzig Kilometer von Svensby quer über die Insel gefahren und näherten sich dem Fähranleger in Lyngseidet. So früh am Tag waren in der Schlange vor ihnen nur drei Autos. Die Fähre sollte in einer halben Stunde ablegen. Sie stiegen aus und setzten sich am Anleger auf eine Bank. Mona Lie holte aus ihrer geräumigen Schultertasche zwei Äpfel und eine Thermoskanne hervor. »Wenn man einen Ausflug macht, gehört das dazu.« Sie gab ihm eine Tasse.

Er lächelte. »Sind es nicht die Amerikaner, die so eine wie dich haben wie wir hierzulande unseren Zahnarzt?«

»So eine wie mich?«

»Seelenklempner«, lachte er. »Heißt das nicht so?«

Ihr wurde mit einem Mal bewusst, dass sie Aslak noch nie hatte lachen sehen. Kräftige gleichmäßige Zähne und Augen, die sich beim Lachen zu schmalen Schlitzen verengten. »Ganz genau.« Sie warf ihm einen Apfel zu. »Also, jetzt hast du die Gelegenheit. Erleichtere dein Herz. Ich sehe doch, dass dich etwas beschäftigt.«

»Sehr symbolträchtig«, erwiderte er und fing den Apfel mit einer Hand. »Ich denke, nun ist es wohl an der Zeit, dass ich mich erkundigen müsste, worum es eigentlich geht? *Ehe* ich in den Apfel beiße?«

Sie lachte. »Denk nicht. Iss deinen Apfel und erzähl.«

Er biss in den Apfel und stand urplötzlich auf. Ging mit langen Schritten ein Stück weg und setzte sich dreißig Meter weiter auf eine leere Kiste. Eine ganze Weile blieb er einfach sitzen, hielt den Apfel in der Hand und starrte über das Meer.

Mona Lie erkannte die Sphinxhaltung und fragte sich, was sie gesagt hatte, dass er so reagierte.

Nach einiger Zeit stand er auf und kam zurück. »Das, worüber wir gerade geredet haben«, sagte er und nahm den Faden auf, als wäre nichts geschehen. »Über die Zeit. Darüber, dass die Abstände zwischen den Verbrechen immer kürzer werden. Marie Bengtsson ist vor einem Jahr verschwunden. Dann fanden wir Beate Moberg auf einer Bank beim Prestvannet, und genau eine Woche später Lise Beck. Und nun ist Hilde Samuelsen verschwunden.« Er warf den Apfelstummel in hohem Bogen weg. »Sag was. Auch wenn zu dem Fall das meiste schon einmal gesagt worden ist. Eine neue Stimme, eine neue Art, die Dinge auszudrücken.«

Sie stellte sich neben ihn. Die Lyngenfähre näherte sich als kleiner weißer Punkt auf dem blauen Meer. »Er sucht sich junge Frauen aus. Dem kann ein genereller Hass auf Frauen zugrunde liegen. Oder Rache.«

»Rache?«

»Ja. Ruhig auch wegen einer Bagatelle. Vielleicht einer Zurückweisung, als er versucht hat, sich einer Frau zu nähern.«

Er sagte nichts.

»Bagatellen, die gewöhnliche Menschen an sich abprallen lassen, nehmen in seinem Kopf gewaltige Dimensionen an. Das sexuelle Motiv ist bei ihm möglicherweise sehr wichtig. Vielleicht aber ist das Gefühl von Macht, das ihm dieses ›Spiel‹ vermittelt, noch wichtiger.« Wieder machte sie mit den Fingern die Anführungszeichen in die Luft.

»Glaubst du, dass Frauen, die als ausnehmend attraktiv betrachtet werden, besonders gefährdet sind?«

»Schwer einzuschätzen, nach welchen Kriterien er sie auswählt«, erwiderte sie nachdenklich. »Entweder ist es rein zufällig. Du weißt schon, die klassische Situation, die Frau ist zur falschen Zeit am falschen Ort. Oder die Auswahl ist klar und zielstrebig, das heißt, er hat eindeutige Kriterien, nach denen er vorgeht.«

Sie zuckte die Achseln. »Das sind trotzdem nichts weiter als Spekulationen.«

Sie verschränkte die Arme, als umarmte sie sich selbst. Es war nicht kalt, aber es sah fast so aus, als fror sie. »Hast du eine Vermutung, wie er es anstellt?« Sie sah ihn direkt an. »Sind es überraschende Überfälle? Zwingt er sie, mitzukommen? Oder ist er so ein Wahnsinns-Charmeur, der sie alle um den kleinen Finger wickelt und der jedermann wie der reinste Schwiegermuttertraum erscheint – so lange, bis die Frau mit ihm allein ist?«

Eira schüttelte nur den Kopf, während sie die Möglichkeiten aufzählte. »Wir wissen so gut wie nichts. Nachdem wir ungefähr die gesamte Stadtbevölkerung unter vierzig interviewt hatten, standen wir am Schluss mit dem Eindruck da, dass nichts Besonderes passiert war. Keinem waren fremde oder suspekte Menschen in der Nähe der Mädchen aufgefallen. Sie hatten auch keine Kneipe oder Fete zusammen mit jemand verlassen.«

»Mit anderen Worten, es muss jemand sein, den sie kannten.«

»Den Gedanken hatten wir auch.« Die Fähre legte an, und sie gingen zum Auto. »Den Gedanken und in etwa alle anderen denkbaren Gedanken ebenfalls.«

»Ich hatte schon einmal von diesem Ort gehört, ehe ich hierher in den Norden kam«, bemerkte Mona Lie, als sie an dem Schild vorbeikamen, das den Namen der Gemeinde Kåfjord zweisprachig angab, auf Norwegisch und Samisch.

»Das überrascht mich nicht«, meinte Eira. »Hier findet jeden Sommer das berühmte Riddu-Riđđu-Festival statt. So eine Art ethnisches Kulturfestival mit allem, was man sich vorstellen kann, von Joik-Rock bis Kehlkopfgesang aus der Tundra. Tolle Sachen, die den Ort auf die Landkarte gesetzt haben. Außerdem haben sie hier früher eine interessante Form der Jagd betrieben. Mit Schrotflinten auf zweisprachige Straßenschilder schießen.«

Sie sah ihn lange an. »Und warum das?«

Er konzentrierte sich eine Weile aufs Fahren, ehe er antwortete: »Das kannst du dir doch denken. Kulturelle Konflikte. Meinungsverschiedenheiten im Hinblick auf die Rechte an Wasser und Land. Das hier ist eine Küstengemeinde mit den unterschiedlichsten Gruppierungen. Samen und Norweger. Es gibt Gebiete, die definieren sich als ethnisch norwegisch, in anderen ist der samische Einschlag stärker ausgeprägt. Du hast Norweger, die nicht als Samen definiert werden wollen, Samen, die das umgekehrt nicht wollen, und auf der anderen Seite hast du ausgesprochen bewusste samische Gruppen und auch Norweger, die samischer sind als die Samen selbst.« Er warf ihr von der Seite einen Blick zu. »Kommst du noch mit? Und dann gibt es obendrein noch die Læstadianer.« Ein tiefer Seufzer. »Das ist so kompliziert, dass ich fast nicht wage, es zu erklären«, sagte er. »Aber die Gemüter haben sich meines Wissens etwas beruhigt.« Er bog nach Manndalen ab. Bald darauf deutete er mit der Hand auf eine Häusergruppe. »Dort liegt das neue Samenzentrum des Bezirks, das AJA. Auf dem Gelände dahinter findet das Riddu-Riððu-Festival statt.« Er hielt gegenüber des Zentrums an. Der Fluss Manndalselva floss Richtung Meer, das still und glänzend zwischen den steilen Bergen lag. »Schön«, sagte er. »So schön. Es ist schier unbegreiflich, dass sich an einem so schönen Ort so viel Böses ereignen kann.«

»Böses?« Regungslos und stumm starrte er minutenlang über Manndalen. »Ich denke dabei nicht an Meinungsverschiedenheiten und Konflikte, wie du sie überall findest. Ich glaube, dass Hilde Samuelsen hierhergefahren ist, und seither hat sie niemand gesehen. Irgendetwas ist auf dem Weg mit ihr geschehen, oder vielleicht erst, nachdem sie hier ankam.« Er zuckte die Achseln. »Man sollte seine Intuition nicht auf die leichte Schulter nehmen. Schon gar nicht, wenn man sonst nichts hat, nichts Konkretes.« Er fuhr wieder los. »Hildes Zuhause liegt ein Stück weiter die Straße hinauf. Dort fangen wir an.«

47

Das junge Mädchen, das ihnen die Tür öffnete, war etwa sechzehn. Sie wirkte erschöpft, ihr Gesicht, eingerahmt von blonden, kurz geschnittenen Haaren, war blass, unter den Augen hatte sie dunkle Ringe. Die schmalen Schultern trugen zu viel Verantwortung. Das war Hilde Samuelsens Schwester. Sie nickte ihnen zu und zeigte ihnen den Weg ins Wohnzimmer.

Ein abgewetzter Sessel drehte sich langsam zu ihnen um. Die Frau, die darin versunken saß, war Mitte vierzig. Sie trug eine ausgebleichte Jogginghose und ein kurzärmeliges T-Shirt mit Werbung für Teneriffa. Das fettige blonde Haar zeigte am Mittelscheitel einen dunklen Streifen. Langsam wandte sie den Blick von der Soap ab, die im Fernsehen lief. Zwei blasse, glasige Augen schienen sich einen Moment zu bemühen, die Neuankömmlinge zu fokussieren. Als die beiden sich vorstellten, ließ sie die Hand mit der Zigarette sinken. »Gibt's was Neues?« Die Stimme klang flach und leblos.

Eira blieben die Worte im Halse stecken. Kroghs Behauptung fiel ihm ein, und er wusste, dass er ohne sie nie auf die Idee gekommen wäre, nie die Verbindung hergestellt hätte. Aber jetzt erkannte er sie, sah er den Schatten einer Frau, die er einmal gekannt hatte. Marit Samuelsen, damals Marit Bang. Er erinnerte sich an sie als eine vitale, charmante Frau, bei Weitem nicht schön, aber in seinen Augen dennoch attraktiv und etwas Besonderes. Die Veränderung war unbegreiflich. So wie sie aussah, schien sie kaum noch unter den Lebenden zu weilen. Die Geschichte dahinter konnte er nur vermuten. Wie ein Bleigewicht senkte sich die Begegnung auf ihn, und ihm wurde fast übel.

»Nein, nichts Neues.«

»Warum sind Sie dann hier?« Es klang wie eine Anklage,

und nichts in ihrem Blick deutete an, dass sie ihn wiedererkannte.

»Um mit Ihnen und Ihrer Tochter zu sprechen. Mir Hildes Zimmer anzusehen. Zu schauen, ob es vielleicht wichtige Informationen gibt, die uns entgangen sind.«

»Ihr Zimmer?« Da war plötzlich die Andeutung von Leben in ihrer sonst so ausdruckslosen Stimme. Eigentlich sogar Sarkasmus. Ein Hinweis auf die Sinnlosigkeit dieser ganzen Expedition. »Sie hat in den letzten drei Jahren kaum selbst ihr Zimmer gesehen. Gerade mal an Heiligabend. Alle Jubeljahre mal.« Sie stemmte sich aus dem Sessel hoch. »Was erwarten Sie da zu finden?« Sie schlurfte barfuß in Pantoffeln durchs Zimmer. »Es ist oben im ersten Stock. Seit sie verschwunden ist, hat keiner von uns da seinen Fuß reingesetzt.« Sie seufzte, und das Nuscheln klang jetzt etwas deutlicher. »Wir halten es nicht aus, da reinzugehen.«

Rosa Wände und weiße Gardinen mit Glockenblumen und Tausendschönchen bildeten den Rahmen für Hilde Samuelsens Pubertät, eine Mischung aus Teddys, Barbiepuppen und alten Ausgaben der Zeitschrift ›Romantik‹. An den Wänden hingen Plakate von Schlagersternchen, die längst in Vergessenheit geraten waren. Ein Minirock in allen Regenbogenfarben und ein ebensolches T-Shirt hingen über einem Stuhl und sahen eher so aus, als gehörten sie in die Gegenwart. Auf dem Fußboden Slip und Strümpfe. Auf dem Bett, das nicht gemacht war, lag ein zusammengeknülltes Badehandtuch. »Wann war sie das letzte Mal hier?« Eiras Augen schweiften durch den Raum, um mehr von dem Mädchen zu finden, das er kennengelernt hatte. Die Azaleen. Die schrillen Farben.

Die Mutter zuckte die Achseln und wandte sich ihrer Tochter zu. »An Ostern«, sagte das Mädchen kurz angebunden. »Sie ist drei Tage geblieben, weil an den Feiertagen kein Bus fuhr.«

Das war noch nicht so lange her. »Was hat sie in den Tagen gemacht, als sie hier zu Hause war?«, fragte Eira, während er fast leere Schubladen und einen Schrank durchsah, in dem Kleider hingen, aus denen sie schon seit Ewigkeiten herausgewachsen sein musste. »Hat sie einen festen Freund?«

Die Frau zuckte die Achsel. »Nicht dass ich wüsste.«

Eira verdaute die letzte Antwort und fragte sich, ob sie wohl je mehr von ihrer Tochter gewusst hatte. »Haben Sie Hilde mal in der Stadt besucht?«

Marit Samuelsen antwortete nicht, aber er wusste, dass sie hinter ihm den Kopf schüttelte. »Wenn sie mal zu Hause war, hat sie nichts Besonderes erzählt«, murmelte sie hinter ihm. »Saß meist nur da und glotzte auf den Bildschirm.« Sie deutete mit dem Kopf zum Computer. »Ein Fluch, dieses Ding da. Die Kinder machen die ganze Zeit nur Computerspiele, nichts anderes.«

Er hörte der monotonen und leblosen Stimme zu und durchsuchte dabei das Zimmer. Darin fanden sich im Großen und Ganzen Erinnerungsstücke aus der Kindheit und Jugend einer jungen Frau. Ein alter Computer, keine Tagebücher oder Briefe. Während er arbeitete, spürte er die wachsamen Blicke des jungen Mädchens. Es war ihm nicht eine Sekunde von der Seite gewichen, seit er das Haus betreten hatte.

»Sie ist so geworden, seit Papa eine andere gefunden hat und nach Bergen gezogen ist«, kam es überraschend von der Sechzehnjährigen, als sie Eira und Mona Lie nach draußen begleitete.

Mona Lie betrachtete sie, sah, wie die Rollenverteilung in diesem Haus auf den Kopf gestellt war. »So?«, fragte sie vorsichtig nach.

»Früher hat sie sich um alles gekümmert, wie das Haus aussah, sie selbst …« Die Stimme erstarb. »Jetzt sitzt sie nur da und raucht und sieht sich amerikanische Serien an und kümmert sich um nichts mehr. Ich bin mir nicht sicher, ob sie überhaupt merkt, wenn wir da sind oder nicht. Hilde ist sofort ausgezogen, als sie mit der Oberstufe fertig war.« Trotzig starrte sie die beiden an. »Das mach ich auch. In einem Jahr, wenn ich fertig bin.«

Eira spürte ein merkwürdiges Ziehen in der Brust. »Wie alt bist du?«

»In vier Monaten werd ich siebzehn.« Sie sah ihn an. »Hilde hat nichts Verrücktes gemacht«, sagte sie plötzlich und schob energisch das Kinn vor. »Viele finden, sie sähe ein bisschen komisch aus, aber sie hat nichts anderes im Sinn, als einen guten Job zu bekommen. Es allein zu schaffen und von hier wegzukommen.« Sie redete ohne zu zögern. Weil ihre Stimme so fest war, wirkte sie viel älter. Und schon jetzt verbittert, fast desillusioniert.

Eira sah auf die Uhr und dachte, es würde heute eine späte Mahlzeit mit seinem Sohn werden, aber eines war sicher: Sie würden gemeinsam essen. »Wann hast du zuletzt mit ihr geredet?«

»Sie hat mir am Donnerstag eine SMS geschickt. Sie würde am Samstag mit dem Bus kommen, schrieb sie. Ich glaub nicht, dass sie irgendwas wollte. Nur checken, ob alles in Ordnung ist. Ich glaub, sie hat ein schlechtes Gewissen, weil sie mich hier alleingelassen hat.«

Eira nickte. Bevor er ging, klopfte er ihr unbeholfen auf die Schulter. Vielleicht war es so einfach. Hilde Samuelsen nahm am Samstagmorgen in Tromsø den Bus, weil sie gegenüber ihrer kleinen Schwester das schlechte Gewissen quälte. Der Busfahrer erinnerte sich, dass sie in Tromsø eingestiegen war und eine Fahrkarte mit Studentenrabatt gelöst hatte. Er konnte sich nicht erinnern, dass sie an irgendeiner Haltestelle unterwegs ausgestiegen war, nur auf den Fähren. Also musste sie den Bus auf der Fähre verlassen haben und nicht wieder eingestiegen sein. »Sie muss auf der Fähre jemand getroffen haben«, sagte Eira, als er den Wagen aufschloss. »Jemand, den sie kannte. Oder einen Unbekannten, mit dem sie ins Gespräch gekommen ist und der ihr eine Mitfahrgelegenheit angeboten hat.«

»Warum sollte sie so eine Mitfahrgelegenheit von einem Fremden annehmen?«

Eira zuckte die Achseln. »Tausend Gründe. Von deinem Schwiegermuttertraum, der sie becirct hat, bis zu der einfachen Tatsache, dass der Bus für die Strecke eben länger braucht.« Er schwieg.

Dann sagte er: »Entweder befindet sie sich irgendwo hier, an der Strecke, auf der wir gekommen sind. Oder jemand hat sie umgebracht. Wir müssen das Personal auf der Fähre checken, alle, die am Samstag Dienst hatten.« Er runzelte die Stirn. »Vielleicht hat von denen jemand etwas beobachtet.«

Schweigend saßen sie eine Weile im Auto. Nach der Begegnung mit Hildes Mutter und Schwester hingen beide ihren Gedanken nach. Es war halb vier, und nichts hatte darauf hingedeutet, dass jemand eine gemeinsame Mahlzeit für die Familie vorbereitete oder das, was von dieser Familie noch übrig war.

»Das war gar nicht gut«, murmelte Mona Lie vor sich hin. »Da geht was total schief.«

»Was meinst du?«, fragte er, obwohl er sie genau verstanden hatte.

»Sie wirkt total abgestumpft.« Sie lehnte den Kopf an die Nackenstütze und schloss die Augen. »Das kann natürlich eine Reaktion auf Hildes Verschwinden sein.«

Er wusste nichts von dieser Frau und ihrem Leben. Sehr vage erinnerte er sich an eine kurze Bekanntschaft in seiner wildesten Jugendzeit, und obwohl Kroghs Andeutungen einfach nur gemein und bösartig waren, fühlte er sich trotzdem irgendwie beschämt.

»Sieh dir die jüngste Tochter an«, fuhr Mona fort. »Sie benimmt sich wie der Mann im Haus. Ich wette, dass sie dort schon seit Längerem die Erwachsenenrolle übernommen hat. Die Mutter hat sich vor langer Zeit verabschiedet. Das sagte sie selbst ja auch.« Sie sah bekümmert vor sich hin. »Ich denke an den Missbrauch«, sagte sie einfach. »Alkohol. Tabletten. Vielleicht sogar eine Mischung.«

»Gerochen hat man nichts.« Er dachte an die Flasche, die er hinter dem Sessel gesehen hatte.

»Sie hielt immer ordentlich Abstand.«

Eira holte zweimal tief Luft und dachte, dass er in der Hinsicht viel besser Bescheid wusste, als Mona Lie ahnen konnte. Seine Kenntnisse stammten aus erster Hand, sie waren von der Sorte, die man sich nicht anlesen kann. Als Sechsjähriger kam er in die Schule, als die schöne, ruhige Frau, die er vage als seine Mutter erinnerte, plötzlich starb. Der Vater suchte sich die beschwerlichste Methode der Welt aus, ihr zu folgen, indem er sich in 45-prozentigem Alkohol oder Rigabalsam ertränkte, je nachdem, was er gerade bekam. Denn Alkohol war bei den Samen längst nicht so verbreitet, wie böse Zungen behaupteten, sondern musste umständlich bestellt werden. Aber die kleinen Flaschen mit Rigabalsam gab es in der Apotheke. Ein Jahr lang hatten sie gelebt wie zwei Schiffbrüchige auf einer einsamen Insel. Er war Freitag und lernte alle möglichen Strategien, um zu überleben, denn Robinson lag permanent im Koma. Aber nichts konnte verhindern, dass er als Siebenjähriger in die verhasste Internatsschule geschickt wurde. Er hatte das als Bestrafung für etwas erlebt, und er musste erst erwachsen werden, um zu begreifen, dass ihn keine Schuld traf. Eine Zurückweisung durch jemand, den er schon verloren hatte. »Für die Tochter ist es am schlimmsten«, sagte er nur. »Sie wird der Missbrauch der Mutter zuerst ruinieren.« Er startete den Motor und tat so, als spürte er Mona Lies brennenden Blick nicht.

Sie fuhren von Manndalen zurück zur Hauptstraße. Eira bog zum Fluss ab und hielt vor dem samischen Zentrum AJA an. »Hoffentlich hast du noch einen Schluck Kaffee übrig. Ich glaube, ich brauche eine kleine Pause, ehe wir uns auf den Heimweg machen.«

Sie gingen hinter dem Haus zum Fluss hinunter. Das Grundstück, auf dem Riddu-Riđđu jedes Jahr stattfand, lag wie ein geheimer Garten hinter dem AJA-Zentrum, ganz verschwiegen und mit Gras bewachsen. Dort standen noch eine Bühne sowie Bänke für das Publikum. Am Rande gab es eine überdachte Plattform, unter die man sich bei schlechtem Wetter zurückziehen konnte. Hinter der Bühne standen drei Samenzelte. Das Ganze lag am Fluss, der sich am Rand des Grundstücks entlangschlängelte. Sie setzten sich ans Ufer.

»Es muss eine zufällige Begegnung gewesen sein«, sagte Eira. »Sonst hätte sie nicht einen Fahrschein für die ganze Strecke gelöst. Er kann ihr von der Stadt aus gefolgt sein. Sie sind mit derselben Fähre gefahren, und er hat dafür gesorgt, im Laufe der Überfahrt Kontakt zu ihr zu bekommen. Dann hat er ihr einen schnelleren und komfortableren Abschluss der Reise angeboten, und sie hat das Angebot angenommen.«

»Und seither hat niemand sie mehr gesehen.«

»Wollen wir hoffen, dass unsere Theorie stimmt, wonach derselbe Verbrecher seine Methode immer wiederholt. In dem Fall nämlich lässt er sie einige Tage am Leben.«

Mona Lie umfasste die warme Kaffeetasse. »Wenn Hilde außerdem tatsächlich so ist, wie sie wirkt, nämlich robust und zäh, besteht Hoffnung, dass sie es schafft.«

Eira saß auf einem Stein und starrte über den Fluss, der zum Fjord hinunterfloss; durch die Schneeschmelze führte er weit mehr Wasser als gewöhnlich. Er spülte die Kaffeetasse aus und füllte sie mit eiskaltem Wasser. Es war klar und schmeckte köstlich, und er trank die Tasse in einem

Zug leer. Erst dann antwortete er: »Aber was ist, wenn wir sie nicht rechtzeitig finden?« Wieder sah er die Sechzehnjährige vor sich, die davon träumte, in die Fußstapfen ihrer Schwester zu treten. Abrupt stand er auf, wie getrieben von etwas, das mehr war als nur Rastlosigkeit. »Wir sollten schnellstens zurückfahren.«

48

Wasser strömte auf das Dach, und gewaltige Bürsten setzten sich rotierend Richtung Auto in Bewegung. Totto schloss die Fenster und stellte den Motor ab. Er hatte die Reifen vorher extra abgespült und schon eine gründliche Innenreinigung durchgeführt. Nicht, dass sonderlich viel sauber zu machen gewesen wäre. Bei Weitem nicht so mühselig wie da, als er die Rothaarige aus dem Meer gezogen und in den Kofferraum gepackt hatte.

Das Auto war von außen ziemlich verdreckt, weil sie über nasse Schotterstraßen gefahren waren, und als er dort, wo er den Wagen geparkt hatte, feststeckte und die Hinterreifen durchdrehten, hatten sie ordentlich Dreck hochgeschleudert. Aber er hatte keinen einzigen Kratzer abbekommen. Nun musste er nur noch einen geeigneten Parkplatz finden. Den Wagen irgendwo abstellen, wo er sicher stand und wo niemand sah, wie er ihn parkte. Er nahm nicht gern sein eigenes Auto, aber manchmal musste es sein.

Aus der Waschstraße kommend, fuhr er langsam auf den Kai zu. Er stellte den Wagen vor der Tromsøer Hafenverwaltung ab. Beim Aussteigen rückte er seine Sonnenbrille zurecht. Die Spannung, die seinen Körper bis jetzt erfüllt hatte, wich langsam, als er den Kai entlangging in Richtung Café. Das Skarven war selbst um diese Tageszeit gut besucht. Er kannte niemanden, stellte er fest und setzte sich an den Tisch vor dem Café, der am weitesten von der Eingangstür entfernt lag. Die Gäste, die schon draußen saßen, hatten ihre Jacken ausgezogen und genossen das Gefühl von Frühling.

Er lehnte den Kopf zurück und beobachtete hellwach alles ringsum; unterdessen spielte er mit seiner Kaffeetasse. Da sah er, wie Anniken Ås zusammen mit der Psychiaterin näher kam. Aufmerksam folgte er ihnen mit dem Blick. Annikens unförmiger Körper und die Art, wie sie auf Plattfüßen heranwackelte, erinnerten ihn an eine Gans. Dicke Schenkel, die aneinanderrieben, und Brüste, die in wenigen Jahren ihre Taille erreicht haben würden. Der enge Pulli saß straff über dem wulstigen Bauch. Normalerweise hätte er gewettet, dass sie schwanger war. Nur dass dieser Wulst einmal ringsum verlief, und der Anblick des abscheulichen Fettrings erzählte seine eigene Geschichte. Kein Mann warf einen zweiten Blick auf Anniken. Darauf wettete er. Die Psychiaterin Lie war eindeutig ein anderes Kaliber. Klein und so wohlgeformt, die hätte auch feuchtes Pulver entzündet. Bis man ihr näher kam. Er mochte ihren kritischen Blick nicht, sie sah einen Mann an, als litte er an einem noch nicht diagnostizierten Ausschlag.

Lediglich Eira schien sie zu umschwirren. Wahrscheinlich benutzte er sie, um seine bunte Vergangenheit zu durchforsten. Da gab es für einen Psychiater bestimmt genug Futter.

Anniken Ås und Mona Lie waren aufgetaucht, und zwar im entscheidenden Moment. Totto begriff zwar nicht recht, was das zu bedeuten hatte. Aber es war eindeutig ein Zeichen, und es erinnerte ihn an etwas Entscheidendes. Er hatte nicht gründlich genug darüber nachgedacht, wie er mit denen umgehen sollte, die mit den Mädchen ein bisschen zu engen Kontakt gehabt hatten. Die vielleicht ein bisschen mehr wussten, als er dachte.

Er schob die Sonnenbrille zurecht und stand auf. Die nur

halb ausgetrunkene Kaffeetasse ließ er stehen. Es war Zeit, gründlich aufzuräumen.

Es war sechs. Eira war zu Hause und machte nach der warmen Mahlzeit, die er für sich und Niillas zubereitet hatte, eine kurze Pause. Durch die Wand hörte er die Musikanlage seines Sohnes dröhnen. *Hardcore* nannte sich das wohl. Ihn erinnerte die Musik an detonierende Bomben und an Stimmen, die vor Angst und Schmerz schrien. Aber davon sagte er Niillas nichts. Denn wenn er auch nichts von dieser Art Musik begriff, akzeptierte er doch, dass das Niillas' Sache war. Und um nichts in der Welt wollte er herablassend erscheinen.

Das Küchenfenster lag nur anderthalb Meter über der Erde. Die Sicht auf die Straße davor war gut, und Eira sah, dass Gerhard Eng vom Fahrrad abstieg und es an die Wand neben der Haustür lehnte.

Eng schien ungewöhnlich vertraut mit den Gegebenheiten und trat ein, als hätte man ihn längst erwartet. Im Flur hängte er seine Jacke an einen Haken. Breit grinsend nickte er zum Nebenzimmer hin: »Hast du ihm keine gescheite Musik beigebracht? The Who waren zwar Weltmeister darin, ihre Instrumente zu zertrümmern, aber die konnten wenigstens spielen. Ganz zu schweigen von Jimi Hendrix. Spielte göttlich und fraß Gitarrensaiten, als wären es Lakritzstangen.«

Eira hob fragend die Augenbrauen. »Du hast ja wohl keine Kinder, Gerhard, oder?« Er ging ihm ins Wohnzimmer voraus. »Neue Generation, neue Musik.«

Eng stand immer noch da und horchte. »Musik?«

»Bist du etwa gekommen, um über Musik zu diskutieren?« Er setzte sich an den Arbeitstisch und nahm das dolchartige kleine Schnitzmesser zur Hand, das er benutzte, um Muster in den Messergriff zu ritzen. Eng war unangemeldet erschienen, und er nutzte die kleinen Pausen gern für etwas Angenehmes. Aber aus irgendeinem Grund glaubte er nicht recht, dass Eng aus angenehmen Gründen gekommen war. »Probleme, Gerhard?«

Eng stand noch und starrte ihm über die Schulter auf den Messergriff. Urplötzlich ging er in die Küche, und Eira hörte ihn in den Küchenschränken rumoren, bis er gefunden hatte, wonach er suchte. Er kam mit einem Glas Wasser zurück. »Immer noch kein Lichtblick im Fall der Morde an den Studentinnen?« In einem langen Zug leerte er das Glas.

Eira ritzte weiter seine Muster und brauchte lange, ehe er antwortete: »Wieso fragst du?«

Eng machte eine ungeduldige Handbewegung. »Das macht etwas mit der Atmosphäre hier, Aslak. Geht uns alle was an. Betrifft unser Wohlbefinden, die Arbeitsfreude, den Enthusiasmus.« Als Eira immer noch nicht reagierte, fuhr er fort: »Nicht nur die fachliche Atmosphäre leidet unter dieser schrecklichen Geschichte. Die ganze Universität und das Krankenhaus kommen in Verruf, solange das nicht aufgeklärt ist.«

»Ich weiß nicht, ob ich verstehe, was du meinst, Gerhard.« Eira hatte den Blick noch nicht einmal von seiner Arbeit gehoben. »Du bist besorgt um den Namen und guten Ruf der Institution?«

Eng wand sich. »Hör mal, ihr wisst nichts und kommt mit dem Fall nicht weiter. Warum bezieht ihr uns nicht ein, die wir mittendrin stecken?« In seinem Bemühen, Eira zu überzeugen, gestikulierte er heftig. »Warum gebt ihr keine Informationen an uns weiter? Oder Hinweise, worauf wir achten sollen?« Er stellte das leere Glas auf dem Tisch ab und richtete seinen Blick starr auf sein Gegenüber. »Das bedeutet natürlich, dass wir in der einen oder anderen Weise involviert werden müssen. Dass uns zumindest ein Hauch von Vertrauen entgegengebracht wird.«

Eira ließ das Messer sinken und musterte Eng. »Gerhard,

dein Engagement in allen Ehren. Aber die Sache ist doch ganz einfach: Solange wir nichts wissen, vertrauen wir niemandem, und schon gar nicht, solange wir nicht wissen, wer der Mörder ist.«

Eng lehnte sich zurück und starrte ihn ungläubig an. »Ach, so ist das also. Bis auf Weiteres sind wir alle verdächtig?«

Eira legte das Messer aus der Hand. Er schaute Eng direkt an. Dessen mageres Gesicht war weiß vor Wut. »Das war vielleicht etwas hart ausgedrückt. Aber wenn du es so sehen willst, natürlich.«

Eng hatte sich ans Fenster gestellt. Stumm starrte er auf die Straße, der sehr gerade Rücken drückte seine Unversöhnlichkeit aus. Dann drehte er sich abrupt zu Eira um. »Das Universitätsmilieu ist relativ übersichtlich«, sagte er, und in seiner Stimme schwang ein herausfordernder Ton mit. »Es heißt, du habest häufig Unterredungen mit Mona Lie vom Gesundheitsdienst des Studentenwerks.« Als Eira nicht antwortete, fuhr er langsam fort: »Hat sie in irgendeiner Form einen besonders strengen Eid der Verschwiegenheit abgelegt? Denn ich gehe wohl recht in der Annahme, dass sie in diesem Fall deine Vertraute ist?«

Eira stand auf und stellte sich neben ihm ans Fenster. »Monas Situation ist etwas Besonderes, weil sie die Mädchen besser kennt als sonst jemand von den Hochschullehrern. Die Frau ist mit Krisenintervention befasst, und sie redet in dieser Phase viel mit den jungen Menschen, denn für die ist es besonders schwierig.« Er begriff nicht, warum Eng so beleidigt reagierte. Mona Lie kam doch ganz offenkundig eine zentralere Stellung zu als Eng und seinen Kollegen.

»Hör mal, Gerhard. Wir sind allesamt frustriert, und ich weiß es zu schätzen, dass du uns helfen willst. Halt einfach Augen und Ohren offen und erzähl uns, wenn du auf irgendetwas stößt …«

»Herrgott noch mal, red nicht mit mir wie mit einem nörgelnden Schuljungen«, unterbrach ihn Eng verärgert. »Mir ist jetzt klar, dass wir zwei von dem, was hier vor sich geht, völlig entgegengesetzte Vorstellungen haben.« Schon war er auf dem Weg zum Flur, wo er heftig seine Jacke vom Haken riss. »Ich glaube, eure Zurückhaltung ist ein Fehler«, sagte er kurz. »Aber selbstverständlich werde ich mich nicht mehr einmischen.« Und ehe er durch die Tür verschwand, hob er die Hand in einer resignierten Geste, die gleichzeitig wie ein Gruß wirkte.

Eira stellte sich ans Fenster und sah Eng hinterher. Der Mann trat heftig und schnell in die Pedale, als habe er es eilig. Oder als sei er sehr wütend. Warum Eng so reagierte, war ihm unbegreiflich. So wie sein Engagement und Interesse an dem Fall gleichzeitig nicht überraschend kam. Eira schüttelte den Kopf. Er wurde aus Gerhard Eng nicht schlau. Es war wohl so, dass er weder den Mann noch seine Motive gut genug kannte. Aber seinen glühenden Eifer, etwas zu tun, sich zu engagieren, konnte er wiedererkennen. Draufgängertum und Beharrlichkeit. Das hatte sich in den letzten zwanzig Jahren kein bisschen verändert.

49

Die jungen Menschen, die sich was trauen, die bringen es, dachte Eira am nächsten Tag, nachdem die Mannschaften der Lyngen- und der Ullsfjordfähren verhört worden waren. Die sich zum Beispiel die Haare grell färben und dadurch auffallen.

An dem Tag, als Hilde verschwand, hatte ein frischer Wind geweht. Die See war sehr stürmisch gewesen, so dass sich die Passagiere fröstelnd in der Cafeteria unter Deck versammelt hatten, wo heißer Kaffee und Waffeln warteten. Deshalb war einem von der Mannschaft besonders die junge Frau aufgefallen, die vorm Café über der Reling hing, offenkundig, ohne sich um Regen und Wind zu scheren. Sie war extrem blass und machte auf ihn den Eindruck, als wollte sie jeden Augenblick die Fische füttern. Aber nicht wegen ihrer Gesichtsfarbe erinnerte er sich an sie, sondern vor allem wegen des lila Ponys.

Als sie am Fähranleger anlegten, hatte er gesehen, wie sie zu einem Auto gegangen und auf der Beifahrerseite eingestiegen war. Der Fahrer hatte bereits im Wagen gesessen, so dass er ihn nicht weiter beschreiben konnte. Aber zu dem Auto konnte er etwas sagen. Es handelte sich um einen schwarzen Audi Quattro, wahrscheinlich das neueste Modell. Und wieder hatte dieses Wetter geherrscht. Das Wetteramt berichtete für diesen Tag von stürmischem Wind und sieben Grad Lufttemperatur.

An der Wand des Besprechungszimmers hing eine Karte von Tromsø und der näheren Umgebung. Eira ließ den Blick über den Tisch schweifen, ehe er drei Nadeln auf der Insel Tromsøya platzierte und eine beim Fähranleger Olderdalen. »Hier hat man Hilde zuletzt gesehen. Dazwischen liegen 70 Kilometer, wenn wir von den Fährfahrten absehen. Wir können uns also auf zwei Orte konzentrieren.« Er legte den Stift aus der Hand. »Warum sucht er sich diese beiden Orte aus?« Er nickte Moe von der Landeskriminalpolizei zu, Hanssons Kompagnon und, so lang und dünn, wie er war, das genaue Gegenteil seines Kollegen.

»Ich glaube, die Wahl des Ortes sagt etwas darüber aus, wo er zu Hause ist. Er kennt sich hier aus, wahrscheinlich wohnt er in der Umgebung, arbeitet hier oder hat in der Nähe eine Wochenendhütte.«

Mona Lie hob die Hand. Sie hatte sich im Besprechungsraum ganz an den Rand gesetzt. Eira hatte sie gebeten, teilzunehmen, auf den einen oder anderen hilfreichen Beitrag ihrerseits hoffend. »Das denke ich auch.« Die skeptischen

Gesichter der Polizeibeamten wandten sich ihr zu. »Wo ist es am wahrscheinlichsten, dass er sich seine Opfer auswählt?« Sie wartete, aber niemand sagte etwas. »Ich glaube, an Orten, an denen man ihn kennt. Denn wo er bekannt ist, muss er sich keine Sorgen machen um unliebsame Überraschungen. Er kennt Milieu und Gegend. Außerdem kann er sich nach dem Verbrechen schnell in sein eigenes Domizil zurückziehen. Aber er darf nicht in so unmittelbarer Nähe wohnen, dass er im Zusammenhang mit den Nachforschungen von der Polizei verhört wird.«

»Sie glauben also nicht an jemanden auf der Durchreise?«

»Nein, ganz und gar nicht. Dafür bewegt er sich zu sicher und effektiv. Ich glaube, er kennt sich in der Gegend gut aus.«

»Dass ein Serienmörder immer weiterzieht, ist wohl ein Mythos«, meinte Moe. »Vielleicht ein Viertel von ihnen bewegt sich über große Entfernungen. Aber die meisten halten sich innerhalb ein und derselben Region auf.«

»Aber warum Kåfjord?« Vang hatte die Mineralwasserflasche geöffnet. »Von Tromsø bis dahin ist es ein ganzes Stück.«

Wieder nickte Mona. »Man kann sich fragen, was für eine Beziehung er zu Kåfjord haben mag. Vielleicht wohnt er dort. Vielleicht hat er früher dort gewohnt oder gearbeitet.« Nachdenklich schwieg sie einen Moment. »Es läuft alles auf dasselbe hinaus: Der Ort ist nicht zufällig gewählt. Er ist dort bekannt und kennt sich aus.« Sie hob das Kinn und sah Henriksen an, der sie aus halb zusammengekniffenen Augen unverhohlen skeptisch musterte.

»Wenn wieder etwas passiert, können wir also erwarten, dass es dann in einem dieser Gebiete sein wird?«

»Zumindest in nächster Nähe.«

»Und wir sollten hier suchen?«

»So wie ich es sehe, ja.«

»Dem schließe ich mich an.« Eira wirkte zufrieden. »Wir müssen uns auf diese Gebiete konzentrieren. Als Erstes muss Kåfjord durchkämmt werden, denn Hilde Samuelsen wurde zuletzt auf der Fähre gesehen, als sie auf dem Weg dorthin war.«

Als niemand etwas sagte, deutete Eira das als Einverständnis. »Der Täter scheint außerdem gestohlene Autos zu bevorzugen, und zwar die neuesten Modelle.« Er sah auf einen Zettel vor sich. »Hilde wurde aller Wahrscheinlichkeit nach in einem neuen Audi Quattro gesehen. Am selben Tag wurde ein Auto dieses Typs in der Stadt als gestohlen gemeldet. Wiedergefunden wurde es vor dem Fußballstadion. Genau wie beim ersten Mal.«

Einer der Techniker unterbrach ihn: »Auch hier genau wie beim ersten Mal, als wir den BMW untersucht haben. Das Auto wurde innen gereinigt, keine Fingerabdrücke auf dem Lenkrad. Es riecht chemisch sauber. Aber dieses Mal haben wir kein Salz gefunden.«

»Warum bevorzugt er neue Autos?« Henriksen schob sich die Brille auf der Nase hoch.

Hansson zuckte die Achseln. »Die sind schneller. Und machen mehr Eindruck bei den Frauen.«

Eira nickte. »Und trotzdem sind sie nicht so beeindruckend, dass sie Aufsehen erregen würden. Aber für einen Kerl, der halb erfrorene Mädchen aufsammeln will, ist ein nagelneuer Audi mit Sitzheizung verlockender als ein kalter Kunstlederbezug in einem rostigen Toyota Corolla. Er hat vieles bedacht, glaube ich. Und nicht zuletzt will er natürlich ein schnelles und zuverlässiges Auto haben, wenn er ein Mädchen entführt.« Er seufzte tief. »Und natürlich will er nicht die DNA des Opfers in seinem eigenen Wagen haben, falls er ein Auto hat.«

»Wir wissen, dass sie sich am Fähranleger in sein Auto gesetzt hat, und danach muss sie irgendwo an der Strecke landeinwärts zurückgelassen worden sein.«

»Auf der Fähre zurück Richtung Tromsø ist keinem etwas aufgefallen?«

»Keinem. Keine jungen Frauen mit lila Haaren zu sehen gewesen. Der Audi kann natürlich da gewesen sein, ohne dass es ihnen aufgefallen ist. Am wahrscheinlichsten ist aber, dass er zurück in die Stadt die E6 genommen hat, auch wenn die Strecke länger ist. Ich schätze mal, dass er die Fähre vermeiden wollte.«

Die Fichtenhecke zur Straße hin war dicht, sie hatte seit Langem ungehemmt wachsen dürfen, ohne Einmischung einer Heckenschere oder einer Säge. Knapp zwanzig Meter lagen zwischen Tor und Eingangstür. Mit dicken Wollsocken über den Schuhen konnte er über die weiche Erde gehen, ohne sich um Fußabdrücke sorgen zu müssen.

Durch das Fenster im Erdgeschoss sah er den Rücken eines abgewetzten Ledersessels. Ihm gegenüber stand ein Fernsehapparat; das flackernde bläuliche Licht zeigte, dass er eingeschaltet war. Er konnte die Person im Sessel nicht sehen, aber die blasse Hand, die auf der rechten Lehne ruhte, gehörte einer Frau, und die Rauchsäule, die von der Zigarette zwischen ihren Fingern aufstieg, zeigte ihm, dass Leben in ihr sein musste.

Wie erwartet, war die Tür offen. Totto hatte die Tochter vor einer halben Stunde weggehen sehen. Die Frau im Sessel hatte sich nicht vom Fleck gerührt, als die Tochter ging, nur die Hand gehoben.

Der Fußboden im Flur war sandig, aber ansonsten wirkte das Haus aufgeräumt. Die Luft war verbraucht, stickig, es roch nach Bratfett, Zigarettenrauch und etwas, das der eigentümliche Geruch der Bewohner sein musste. Konservierter Körpergeruch, dachte er angewidert und zog sich die Latexhandschuhe sorgfältig bis über die Handgelenke. Die Tür zum Wohnzimmer war angelehnt, und als er daran vorbeiging, wurde das Schluchzen und Streiten auf Englisch lauter. Durch den Türspalt sah er die Frau. Ohne den Blick vom Bildschirm abzuwenden, führte sie eine Tasse zum Mund. Wohl kaum Kaffee, dachte Totto, der die Flasche neben ihrem Sessel bemerkt hatte.

Mit federleichten Schritten stieg er die Treppe hinauf. Er war sich darüber im Klaren, dass ein Meteor das Haus treffen konnte, ohne dass die Frau reagieren würde. Oben in der ersten Etage gab es vier Türen; rasch sah er nach, es waren ein Badezimmer und drei Schlafzimmer. In zierlicher Jungemädchenhandschrift und von rosa Kringeln eingerahmt verkündete ein Schild an einer der Türen: »Hier wohnt Hilde. Zutritt verboten«. Er schlüpfte ins Zimmer und schloss die Tür hinter sich. Das Zimmer war unaufgeräumt und kindlich, es offenbarte ihm, dass Hilde seit einigen Jahren kaum hier gewesen war. Die Kleider, die überall herumlagen, waren zu klein, die Farben zu pastellen und die Bilder an den Wänden zu alt. Nur ein T-Shirt in psychedelisch anmutenden Mustern und Farben auf dem Bett verriet ihm, dass sie in letzter Zeit da gewesen war. All der Staub und die Unordnung würden der Polizei die Arbeit ziemlich erschweren.

Aus der Jackentasche zog er einen ordentlich verschlossenen Umschlag. Er legte ihn auf den Tisch, startete den Computer und loggte sich ein. Es war ein unbeschreibliches Gefühl, fast empfand er Freude, Eira und den anderen Ermittlern bei der Arbeit weiterhelfen zu können. Insbesondere, solange er die Regie führte.

50

Anniken Ås streckte sich ein paarmal, ehe sie erneut versuchte, sich auf den Anatomieatlas zu konzentrieren, der aufgeschlagen vor ihr lag. *Musculus abductor pollicis brevis, musculus abductor pollicis, caput transversum* … Sie las das nun zum zehnten Mal und hatte immer noch kaum mehr als den Bruchteil vom Aufbau eines Daumens erfasst. Die Konstruktion der Hand war kompliziert.

Sie hatten die tägliche Runde im Pathologiesaal beendet. Ihr Magen knurrte, aber in der Mensa stand Leberragout auf dem Speiseplan. So vieles von dem, was früher zu ihren Favoriten gehört und das Leben lebenswert gemacht hatte, stand nun definitiv auf der schwarzen Liste – Kotelett, blutiges Filetsteak, Beef Tatar … Das Medizinstudium würde aus ihr noch eine Vegetarierin machen. Sie seufzte und streckte sich. Versuchte, den verspannten Nacken zu lockern. Ihre Augen waren trocken und schmerzten. Sie schlief nachts nicht genug. Alle möglichen Gedanken und Ängste quälten und beunruhigten sie. Sie waren vier Freundinnen gewesen. Drei davon waren jetzt weg. Nur sie allein war übrig.

Sie tröstete sich damit, dass sie nie wie die anderen gewesen war. Die waren selbstsicher, hungrig nach Aufmerksamkeit, hatten provoziert und die Blicke der Männer auf sich gelenkt, und das alles traf auf sie nicht zu. Ihr war bewusst, dass die anderen vermutlich mit diesen Nacktfotos irgendetwas heraufbeschworen hatten. Da draußen liefen so viele perverse Typen rum. Allerdings hatte Hildes Verschwinden sie am allermeisten erschüttert. Warum Hilde, dachte sie und rieb einen grünen Apfel am Hosenbein ab. Hilde war so ein feiner Kerl und eigentlich nicht wie Beate und Lise. Dieses eine Mal war Anniken tatsächlich überglücklich, als »graue Maus« zu gelten. Nichts wollte sie lieber sein als unsichtbar, solange dort draußen ein Verrückter herumlief, der es auf schöne Frauen abgesehen hatte.

Sie klappte den Anatomieatlas zu und schaltete den Computer an. Klickte sich schnell durch die Zeitungsnachrichten und öffnete dann ihr E-Mail-Programm. Sie ging die Absender durch; beim untersten blieb sie schließlich hängen. Sie blinzelte zweimal, als sie den Namen Hilde Samuelsen las. Das Blut schien aus ihrem Kopf zu strömen, ihr wurde schwindelig. Kannte sie denn mehr als eine Hilde Samuelsen? Unter Betreff stand »Wichtige Nachricht«. Die Mail war am Sonntag abgeschickt worden. Ihre Hand zitterte, als sie die Nachricht öffnete.

Liebe Anniken,
nur ein kleiner Gruß.
Bin zu Hause in Kåfjord, es ist wie in einem Traum. Plane, eine Weile wegzubleiben.
Ist es nicht blöd, dass Lise und Beate im Dreck landen mussten?
Aber sie haben doch selbst darum gebeten, findest du nicht auch?
Such nicht nach mir.
Hilde

Wie durch einen Nebel las sie die Mail noch einmal, dann wählte sie mit zitternden Händen Kine Bergers Handynummer.

Kriminalkommissar Benjaminsen brauchte nicht lange für seine Nachforschungen. »Die Mail wurde von einem Computer abgeschickt, der auf den Namen der Mutter von Hilde Samuelsen registriert ist. Mit anderen Worten: aus dem Raum Kåfjord. Altmodischer Mailaccount, analoger Zugang. Wurde vor sechs Jahren angeschafft, als Hilde in der Oberstufe anfing. Hilde hat keinen eigenen Computer. Diese Mail wurde am Sonntag um 18:15 Uhr abgeschickt. Um die Zeit sind Mutter und Schwester für gewöhnlich zu Hause.« Er hatte alle Details geprüft. »Das heißt, genau an dem Tag war die Schwester bei einem Handballturnier, während die Mutter darauf achtet, nie eine Folge der Soaps im Fernsehen zu verpassen. Der Eindringling wusste das vielleicht.«

»Die hat Hilde eindeutig nicht geschickt«, stellte Eira fest. »Die Wortwahl stimmt nicht, überhaupt ist das eine merkwürdige Mail. Außerdem hätte man uns informiert, wenn sie zu Hause aufgetaucht wäre.« Er starrte noch immer auf den Monitor. »Aber jemand kennt sich gut aus und weiß, dass der Computer dort steht. Und wie man das Haus betritt und verlässt, ohne dass es einer merkt.« Er las laut vor: *»Bin zu Hause in Kåfjord, es ist wie in einem Traum.«* Er hielt einen Moment inne. *»Aber sie haben doch selbst darum gebeten.«*

Er nahm den Ausdruck der E-Mail zur Hand. »Ich vermute, dass sie sich noch irgendwo dort befindet. Vielleicht ist das ein Zeichen dafür, dass sie noch lebt.« Er schüttelte den Kopf. »Wir haben keine Zeit. Niemand weiß, welche kranken Pläne der Betreffende hat. Wir müssen uns noch einmal auf Kåfjord konzentrieren.« Eine Tür-zu-Tür-Aktion in dem Gebiet rund um die Fähranleger war bereits durchgeführt worden, man hatte sämtliche Haushalte in Hildes Heimatort Manndalen aufgesucht, eine Telefonleitung für Hinweise und Tipps eingerichtet, und am Anfang waren tatsächlich einige Anrufe eingegangen, aber inzwischen war es ganz still geworden. Ein schlechtes Zeichen.

Bergers Miene hatte etwas Angestrengtes. »Anniken Ås, könnte sie irgendwie in Gefahr sein?«

Eira presste zwei Finger auf die Nasenwurzel und runzelte die Stirn. »Das können wir nicht ausschließen. Aber falls der Verbrecher die Mädchen im Internet gefunden hat, gehört Anniken nicht dazu. Auch Hilde nicht. Deren Pullis reichen über den Hosenbund, und beide tragen einen BH.« Er stand auf. »Die drei waren ungewöhnlich beliebt und hatten einen großen Bekanntenkreis.« Er sah sie lange an. »Wie sollen wir aus dem Bekanntenkreis denn die Frauen herausfinden, die als potenzielle Opfer in Frage kommen?«

Berger zuckte die Achseln und ließ sich auf einen Stuhl

fallen. »Äußerlich betrachtet sind alle drei so verschieden. Was der Auslöser ist, das ist immer noch sein Geheimnis.« Sie kratzte sich am Kopf.

»Oder umgekehrt«, nahm Eira langsam den Faden auf. »Vielleicht sind alle drei Mädchen in irgendeinem Zusammenhang mit *ihm* in Kontakt gekommen, und er fürchtet, erkannt zu werden.«

Sie nickte. »Vielleicht hat er Angst, dass sie etwas wissen. Die Mädchen könnten anfangen, eins und eins zusammenzuzählen.«

Noch einmal las Eira den Computerausdruck. »Ein wichtiger Teil des Spiels besteht für ihn darin, Angst zu verbreiten. Zu terrorisieren. Wie hiermit.« Er schnippte mit den Fingern gegen das Papier, faltete es dann zusammen und steckte es in die Jackentasche.

»Es wäre viel cleverer von ihm gewesen, wenn er sich zurückgehalten hätte«, meinte Benjaminsen. »Die Klappe gehalten. Aber das hätte ihm nicht dieselbe Befriedigung verschafft. Auf diese Weise demonstriert er Macht und Überlegenheit. Darauf zu verzichten, das schafft er nicht.«

»Sein Übermut ist günstig für uns. Wir wollen hoffen, dass er am Ende aus Leichtsinn erste Fehler macht und wir ihn uns schnappen.« Eira rief Vang an und gab ihm einen kurzen Abriss der neuesten Entwicklungen. »Nimm dir zwei Männer und fahr los. Durchsucht alles, von der Einfahrt bis in Hildes Zimmer.«

51

»Warum hat er Anniken Ås diese E-Mail geschickt?« Berger starrte noch immer auf die Tischplatte, nachdem Eira das Gespräch mit Vang beendet hatte. »Ich verstehe den Witz an der Sache nicht. Warum zieht er sie da hinein?«

»Vielleicht benutzt er sie als eine Art Medium«, meinte Eira.

»Medium?«

»Er will der Polizei etwas vermitteln, und das tut er via Anniken Ås.«

Berger sah nicht so aus, als sei sie überzeugt. »Warum sollte er? Wir können alle via E-Mail erreicht werden und sind leicht zu kontaktieren. Wir haben eine extra Telefonleitung geschaltet. Wenn er wollte, hätte er dort anrufen und Nachrichten hinterlassen können, so viel er will.«

»Aber das wäre dann nicht Teil seines Spiels, oder?«

»Du glaubst, er spielt ein Spiel?« Berger hatte die Augenbrauen hochgezogen und gab sich alle Mühe, eine Bemerkung zurückzuhalten, die dem Kriminalhauptkommissar wohl kaum gefallen hätte.

»Nenn es, wie du willst, Berger. Jetzt führt *er* Regie. Das Gefühl von Macht ist ihm wichtig.« Eira rutschte ein Stück auf seinem Stuhl vor. »Via Annikens Computer erzählt er uns, dass er in Hildes Zimmer in Kåfjord gewesen ist, sozusagen direkt vor unserer Nase. Er demonstriert Überlegenheit und Selbstvertrauen; er glaubt, er sei verdammt clever, und ist ziemlich überzeugt, dass wir ihm nicht so leicht auf die Schliche kommen.«

»Womit er im Übrigen leider recht hat«, seufzte Berger.

»So ein Mistkerl«, murmelte Benjaminsen. Eira sah ihn ein Gähnen unterdrücken. Seine Frau lag mit einem neugeborenen Mädchen im Wochenbett, und der dreijährige Sohn hatte die ganze Nacht Ohrenschmerzen gehabt.

»Aber das erklärt doch nicht, warum Anniken mit reingezogen werden muss, oder?« Berger öffnete ein Fenster, sie sah aus, als brauche sie frische Luft.

»Nicht, soweit ich das sehe«, sagte Eira nachdenklich. »Sie wirkt sehr ordentlich, um mal so einen abgegriffenen Ausdruck zu benutzen. Geht regelmäßig zum Unterricht, treibt sich nicht mit jungen Männern rum. Ein Muster an

Tugend nannte man so was früher.« Er stand auf. »Okay, Leute, macht euch fertig. Berger, wir fahren nach Kåfjord.«

Mona Lie hatte das Büro für die Mittagspause geschlossen. Sie hatte ihr Notizbuch vor sich liegen und sah eine Spalte nach der anderen durch, fand aber nichts, was irgendwie stimmig war. Es war ihr unbegreiflich, wie Menschen, die täglich mit den Studenten zu tun hatten, nicht mehr Konstruktives beizutragen hatten als das, was bei der Besprechung mit Eira und den Hochschullehrern herausgekommen war. Die Morde waren keine zufälligen Ereignisse. Zufälle trafen nicht drei Menschen aus ein und derselben Gruppe.

Mona Lie blätterte weiter bis zu einer unbeschriebenen Seite. Es war am einfachsten, mit den eigenen Kollegen anzufangen, den Medizinern. Dorthin gehörten im weitesten Sinne auch Anniken Ås und Per Roan.

Sie stand auf dem Korridor und passte Vennestad und Lindberg ab, die gerade vom Essen kamen. »Haben Sie ein paar Minuten Zeit?« Sie wartete die Antwort nicht ab, sondern gesellte sich zu ihnen, wild entschlossen, sich nicht abwimmeln zu lassen.

Vennestad nickte ihr stoisch zu und öffnete die Tür zu seinem Büro, doch Lindbergs Verärgerung war nicht zu übersehen. Nichtsdestotrotz folgte er den beiden. »Was ist denn …«

Mona Lie nahm unaufgefordert Platz und wandte sich Vennestad zu. »Die Studenten sagen, Sie beide seien sehr ›studentenfreundlich‹.« Ihre Zeigefinger beschrieben Anführungszeichen. »Sie wären meist bis spät am Nachmittag hier, beantworteten Fragen, unterrichteten in Kleingruppen, gäben Orientierungshilfe …« Sie starrte ihn an. »Um Himmels willen, begreifen Sie nicht? Die Polizei braucht Ihre Unterstützung! Ich kann nicht glauben, dass diese Mädchen einfach so verschwunden sind, ohne dass etwas vorgefallen ist. Sie müssen doch irgendetwas bemerkt haben, sich an irgendetwas erinnern, etwas, worüber sie geredet haben, ganz egal was. Fällt Ihnen denn gar nichts dazu ein?«

Vennestad starrte sie eine ganze Weile an, er war noch blasser als sonst und hatte einen strengen Zug um den Mund. »Liebe Frau Kollegin, ich begreife nicht, worauf Sie hinauswollen. Was machen Sie hier? Sollten wir uns verpflichtet fühlen, uns von Ihnen examinieren zu lassen, nur weil Sie beschlossen haben, die Rolle der Polizei zu übernehmen, ganz aus eigener Initiative? Lie, das ist einfach nur lächerlich.« Er stand auf und öffnete ihr die Tür. »Sie verschwenden unsere Zeit. Wir haben wahrhaftig oft genug die Polizei hier, und daran können wir nichts ändern. Aber das hier …« Er schüttelte missbilligend den Kopf. »Überlassen Sie Eira und seinen Kollegen die Arbeit.«

Mona Lie stand auf und stellte sich direkt vor ihn. Lange Zeit musterte sie ihn prüfend, dann ließ sie den Blick zu Lindberg wandern, der schweigend dasaß und seine Brille putzte.

Ohne ein weiteres Wort verließ sie das Büro, fest entschlossen, sich weiter umzuhören. Solange die Morde nicht aufgeklärt waren, würde sie keine Ruhe finden. Da konnte sie ihre Rastlosigkeit genauso gut zu etwas Nützlichem gebrauchen.

52

Als Eira und Berger eintrafen, hatten die Techniker die Spurensicherung fast beendet.

Vang kniete beim Schreibtisch und untersuchte den Fußboden darunter. »Recht sandig hier. Er trug Schuhe, aber Abdrücke finden wir keine.« Er stand auf und nickte, während er aus dem Fenster sah. »Wir haben am Straßenrand geparkt, weil im Schlamm frische Spuren von Autoreifen sind, gleich bei der Einfahrt. Er wird mit dem Auto gekommen sein. Zu Fuß sind die Entfernungen zu groß.« Er hielt eine Tüte hoch. »Wir haben auf dem Stuhl vor dem Computer ein einzelnes dünnes, halblanges Haar gefunden. Scheint die etwas blondere Variante zu sein. Hilde Samuelsen hat im letzten Jahr zwischen Schwarz und Signalrot gewechselt, von ihr ist es also nicht. Die Schwester hat ultrablondes und streichholzkurzes Haar. Natürlich kann es von einer Freundin sein.«

Beide nickten stumm.

Eira wandte sich an Hildes Mutter und Schwester, die schweigend die Untersuchungen verfolgten. »Keiner von Ihnen kennt jemand, der in den letzten Tagen hier gesessen und sich die Haare gebürstet hat?«

Die Antwort war negativ. »Wir brauchen von Ihnen beiden eine Speichelprobe für die DNA. Es ist wichtig, Ihre DNA von anderer unterscheiden zu können, die wir hier eventuell finden.« Er sah sich um, dann wandte er sich wieder an die beiden Frauen. »Gibt es hier eine Haarbürste von Hilde?«

Hildes Mutter schlurfte durchs Zimmer. »Im Schrank hat sie eine alte Sporttasche.« Sie öffnete die Tür und zog eine schwarze Adidas-Tasche heraus. Nach einigem Wühlen hatte sie eine Haarbürste gefunden. »Hier. Das ist ihre.«

Der Techniker öffnete eine Plastiktüte, und sie ließ die Bürste hineinfallen. Ihr Gesicht war eine starre, müde Maske, und sie hatte sich immer noch nicht die Haare gewaschen. Medikamente, dachte er wieder. Ganz sicher Alkohol. Aber man roch nichts.

Die Techniker begannen, den Computer abzubauen. Eira stellte sich ans Fenster und sah hinaus. Der Kåfjord lag still und glitzernd zwischen den majestätischen Bergen, und der Manndalselva schlängelte sich von weit dort oben herunter, bis er in den Fjord mündete. Das Haus von

Hilde Samuelsens Familie lag etwas abseits an einem Abhang, und unmittelbare Nachbarn, die am Küchentisch hätten sitzen und ihnen zusehen können, gab es keine. Dieses Einfamilienhaus war im Übrigen von dichtem Mischwald umgeben, nur vor dem Haus gab es eine kleine, ungepflegte Rasenfläche.

Der Eindringling hätte sich keinen abgeschirmteren Ort wünschen können, um sich hineinzuschleichen, und wenn er ihn selbst entworfen hätte.

Als Eira ins Wohnzimmer kam, stand Hildes Mutter am Fenster. Ihre ausgebeulte Jogginghose war zwei Nummern zu groß, und die Fersenkappen ihrer Pantoffeln hatte sie heruntergetreten.

In einer Hand hielt sie eine brennende Zigarette, aber sie schien sie vergessen zu haben, und sie drehte sich auch nicht um, als sie ihn die Tür öffnen hörte.

Die Aussicht aus dem Fenster bot keinen besonderen Anblick. Sie starrte direkt auf die dicht beieinanderstehenden Fichtenstämme. Aber eigentlich wohl vor allem ins Nichts, vermutete Eira. Hinter Glas lächelte ihn von der Wand eine jüngere Ausgabe von Hilde Samuelsen an. Aschblondes, langes Haar, ohne Pony. Alles in diesem Haus schien in *davor* und *danach* aufgeteilt zu sein.

Sie drehte sich zu ihm um, das grelle Licht vom Fenster war gnadenlos und beschönigte nichts. Ihre Haut war infolge des Mangels an Licht und Luft fahl, die Augen ohne Glut. Wie Zeugen ihres Kummers zeichneten sich tiefe Falten in ihrem Gesicht ab.

»Ach, Sie sind's.« Sie schien sich auf einmal an die Zigarette zu erinnern, und nachdem sie ein paar Mal daran gezogen hatte, fragte sie: »Werden Sie sie finden?«

Er ließ sich von dem Fehlen jeglicher Mimik und der flachen Stimme nicht erschrecken. Ihre Gefühle lagen sicher unter einem Eisenriegel verschlossen, der so schwer war, dass es mehr als einen Menschen brauchte, um ihn zu öffnen.

Er räusperte sich. »Ich hoffe und ich glaube es.« Fast schämte er sich. Die Worte waren blutleer, nahezu kalt. Aber mit ihr zu reden, war sonderbar für ihn. Als redete er mit einer Wachsfigur. Er war sich nicht mal sicher, dass sie ihm zuhörte.

Sie nickte nur. »Ich auch.«

»Sie waren an dem Freitag zu Hause, als jemand hier gewesen ist und von Hildes Computer eine Mail verschickt hat?«

Sie nickte und machte eine kleine Handbewegung in Richtung des Sessels. »Ich hab ferngesehen.«

»Ist Ihnen etwas aufgefallen?«

Sie schien zu überlegen. »Nein.«

Eira blieb noch ein paar Minuten stehen, er hoffte, dass etwas aus den Tiefen ihrer Erinnerung aufsteigen würde. Aber sie blieb stumm, und als sie die Zigarette ausdrückte, gab er auf.

»Sie haben mich nach dir gefragt.«

Er drehte sich um und sah, wie sie zum Sessel schlurfte. »Ein Journalist hat angerufen.«

Eira stand regungslos an der Tür und wusste nicht, was er sagen sollte.

Ein Strudel von Gefühlen erfasste ihn. Wut kam hoch und Scham, so dass er am liebsten im Erdboden versunken wäre. Obwohl er die Scham nicht begriff. Wofür sollte er sich denn schämen?

»Das ist absolut lächerlich. Ich sage es nur, damit du Bescheid weißt.«

Er konnte an ihrem Gesicht gar nichts ablesen. »Was hast du ihm gesagt?«, brachte er heraus.

»Dass das völlig daneben ist.« Sie nahm die Fernbedienung. »Ich war schon schwanger, als ich dir begegnet bin. Hildes Vater wollte das Kind nicht, weil wir so jung waren.

Ich hab versucht, ihn mit dir eifersüchtig zu machen. Es hat gewirkt.«

Es war ein komisches Gefühl. Als hätte er eine Betäubungsspritze bekommen, und auf der Stelle war der Schmerz weg. Hinterließ nur ein sonderbares und fremdes Gefühl im Körper. Gott sei Dank. Sie wusste es also auch. Er begegnete ihrem Blick und sah darin etwas Festes und Stures aufblitzen, das einmal zu diesen Augen gehört hatte. Und das ihn an Hilde erinnerte. Aber noch ehe er etwas sagen konnte, hatte sie auf den Knopf gedrückt, und das durchgestylte Gesicht eines Serienstars erschien auf dem Bildschirm vor ihr.

»Hilde ist zäh«, sagte sie nur, ohne den Blick vom Fernseher abzuwenden. »Sie wird es schon schaffen.«

53

Der Polizeikommissar von Kåfjord war ein kompakter, vierschrötiger Mann Mitte vierzig, dessen Kopf direkt auf den Schultern zu sitzen schien. Als er das Kinn in die rechte Hand stützte, fiel Eira auf, dass er keinen Ring trug. Er sprach eine waschechte Variante des regionalen Dialekts, aber Eira konnte sich nicht daran erinnern, ihm schon einmal begegnet zu sein. Dabei mussten sie doch beide ihre Kindheit hier verbracht haben. Er fragte ihn nicht. Es gab aus der Zeit so wenig, worüber er Lust hatte zu reden.

Der Polizeikommissar hingegen erinnerte sich. »Kann es sein, dass du als Kind oft hier gewesen bist?« Lebhafte Augen musterten ihn. Eira dachte kurz nach, dann nickte er. »Klar doch, ich weiß noch, dass du ständig mit deinem Großvater zusammenhingst.« Er hob zwei Finger und schnipste. »Also, wenn du nicht mit deinen Messern zugange warst.« Sein Lächeln wurde noch breiter, und er wandte sich Berger zu, die sich bisher stumm im Hintergrund gehalten hatte. »Der stand echt die ganze Zeit da und warf Messer an die Holzwand des Bootshauses. So lange, bis sie aussah, als hätte jemand mit Schrot darauf geschossen.«

Er lachte, bis ihm die Tränen kamen.

Unwillig nickte Eira. »Gibt es Neues in dem Fall, in dem wir ermitteln?«

Der Mann kratzte sich hinterm Ohr. »Da ist nicht viel hinzugekommen, aber es gibt jede Menge Spekulationen.«

»Ist sie irgendwann mal abgehauen?«

Er schüttelte den Kopf. »Sie war schon was Besonderes. Wollte gern auffallen, alternativ sein. Hat bei allen möglichen Bewegungen mitgemacht, Greenpeace, ›Atomkraft – nein danke‹ und solche Sachen. Aber sie war gleichzeitig gut in der Schule und wollte an die Uni. Ich glaube, sie wollte gern einen guten Job haben in dem System, gegen das sie nach außen hin so sehr rebellierte.«

»Gab's Krach mit ihr?«

»Nein. Der Ort ist klein, und wir haben meistens schon die Übersicht. Glauben wir jedenfalls.« Der Polizeikommissar schüttelte langsam den Kopf. »Man konnte nicht anders, sie fiel einem auf. Sie trug Kleider vom Flohmarkt und färbte sich die Haare in den wildesten Varianten. Aber von der Grundstruktur her war sie wie der Berg da drüben.« Er deutete aus dem Fenster. »Grundsolide und ordentlich. Man konnte fast den Verdacht bekommen, dass sie hinter der schrillen Fassade verstecken wollte, wie ordentlich und strebsam sie im Grunde ihres Herzens war …« Er seufzte. »Und ein Glück, dass sie so solide war. Du bist ja bei ihr zu Hause gewesen. Da geht es ziemlich drunter und drüber. Aber irgendwie geht es.«

»Könnte jemand ins Haus kommen, ohne dass ihre Mutter es merkt?«

»Ohne jeden Zweifel.«

Eira stellte sich ans Fenster und schaute hinaus, wie er es gern tat, wenn er nachdachte. Er überlegte, wie er den Verdacht formulieren sollte, dass Hilde irgendwo in der Gegend gefangen gehalten wurde. Es war eine Hypothese, Beweise hatte er dafür keine. Schließlich beschloss er, sich anders auszudrücken. »Gibt es hier in der Gegend viele leerstehende Häuser? Hütten, Wirtschaftsgebäude, so was in der Art?«

Der Polizeikommissar spürte, dass ihm etwas vorenthalten wurde. »Klar, hier und da. Wieso?«

»Hat jemand Anzeige erstattet wegen unerlaubten Benutzens von Privateigentum?«

Da lachte der Polizeikommissar auf. »Es gibt den hiesigen Meckerpott, der immerzu meint, mit seinen Sachen passiere etwas.« Er klang resigniert. »Ein Eigenbrötler, der zu niemandem Kontakt pflegt und absolut allen gegenüber feindlich eingestellt ist.«

»Wer ist das?«

»Jørgen Bakken.«

Eira lachte leise. »Ach ja, der alte Bakken. Er war schon in meiner Kindheit ein Misanthrop, und das ist Ewigkeiten her. Ich kann mich erinnern, dass ihm mehrere Häuser und Bootshäuser gehörten.« Der andere nickte. »Vermietet er an Touristen?« Der Polizeikommissar zuckte die Achseln. »Hab keinen blassen Schimmer. Jedenfalls nicht an einen von hier, und nicht in großem Stil. Und wenn jemand von außerhalb hier im Ort logierte, wüsste ich es.«

Eira blickte über das Meer. Ein Freizeitparadies, traumhaft für Angler. Dass Bakken mit der örtlichen Gemeinschaft nicht gerade im besten Einvernehmen stand, machte ihn vielleicht für einen Fremden, der im Verborgenen bleiben wollte, zur idealen Kontaktperson. Falls er willens war, zu vermieten. Eira setzte sich in Bewegung. »Lasst uns doch mal rüberfahren zu Bakkens diversen Anwesen. Du könntest mir zeigen, was ihm gehört.«

Sie waren ein paar Kilometer gefahren und in die Nähe von Bakkens Grundbesitz gekommen, da hielt der Polizeikommissar an. Das Gatter am Zaun zu Bakkens Land war aus den Angeln gehoben und lag am Boden.

»Das hat er heute Morgen angezeigt.« Sie stiegen aus.

Verwitterte alte Fichtenplanken waren gebeizt und zu einem Gatter zusammengenagelt, das mit einfachen Scharnieren an einem Pfosten befestigt war. Man musste das Gatter nur etwas anheben, um es zu öffnen. Es war an einem schmalen Waldweg angebracht, höchstwahrscheinlich, um Autos daran zu hindern, auf das Privatgelände zu fahren. Der Waldweg zweigte von der Landstraße ab, und man konnte sehen, dass jemand hier geparkt oder versucht hatte, zu wenden, und sich dabei richtig festgefahren hatte. Es gab sogar Spuren von einem Spaten, im Schlamm waren einige Löcher ausgehoben worden. Eira achtete darauf, nicht in die tiefen Reifenspuren zu treten, die sich in die Erde eingegraben hatten. Der Boden hier bestand vor allem aus torfartigem Material.

»Der hat aber echt festgesteckt.« Der Polizeikommissar kratzte sich am Hinterkopf. »Komisch, dass wir nichts davon gehört haben.«

Das Gatter lag auf dem Boden, jemand war darübergefahren, es war vom Schlamm total verdreckt, und Eira dachte, dass es von demjenigen vernünftig gewesen war, auf diese Weise das Auto freizubekommen. Er beschloss, Abdrücke von den Reifenspuren nehmen zu lassen, ohne genau zu wissen, warum eigentlich. Vielleicht, weil jemand richtig festgesteckt und trotzdem nicht um Hilfe gebeten hatte.

Der Polizeikommissar stellte sich neben ihn. »Bakken behauptet, niemand hier gesehen zu haben.«

Eira zuckte die Achseln. »Jemand muss ihm helfen, das Gatter wieder anzubringen. Der Regen wird es sauber waschen, und das war's.« Er schaute sich um. »Gehört Bakken das eingezäunte Ödland hier?«

Der Polizeikommissar nickte und deutete auf den Weg, der hinter dem Gatter weiterging. »Im Winter hat er mal Anzeige erstattet, weil jemand hier mit dem Schneescooter herumgefahren ist.«

»Wohin führt der Weg?«

»Wenn du weit genug da hinaufgehst, kommst du zu einer kleinen Hütte mitten zwischen zwei guten Fischgewässern. Die gehören auch Bakken. Die Hütte ist zwar winzig und nicht isoliert, aber ein angenehmer Rastplatz und außerdem immer offen. Er schert sich nicht mehr darum, sie abzuschließen, weil das Schloss schon so oft aufgebrochen worden ist.«

»Wir reden mit ihm. So ein Eigenbrötler weiß oft mehr, als man denkt.«

Der Polizeikommissar steckte die Hände tief in die Taschen und zog die Schultern hoch. »Wenn er daran interessiert wäre, könnte da eine Menge Geld drin stecken«, murmelte er, eher zu sich selbst. »Bootsschuppen, Hütten, all so was. Er hat nie einen Finger krumm gemacht. Ich glaube, er lebt von der Mindestrente. Und sein ganzer Besitz verfällt.«

»Habt ihr seine Beschwerden registriert?«

»Wenn sie seriös sind und konkret, nehmen wir sie in der üblichen Weise auf.« Als habe er Eiras nächste Frage erraten, fuhr er fort: »Ich habe gestern alles durchgesehen. Nichts von Interesse dabei. Jahr für Jahr immer dieselben Klagen. Graffiti an den Wänden der Bootshäuser, Fahren mit Schneescootern, umgeworfene Mülleimer, zerbrochene Fensterscheiben …« Er verzog die Mundwinkel. »Das mit dem Gatter in diesem Jahr war neu.«

»Lass uns noch ein Stück weitergehen.« Eira wandte sich zu Berger, die am Auto lehnte, die Arme um sich geschlungen, als wäre ihr kalt. »Der Weg ist trocken, und wenn du weit genug gehst, kommst du so hoch, dass du den halben Ort unter dir liegen siehst.« Er nickte zum Weg hin, der sich durch leicht ansteigendes Gelände wand und weiter oben in eine Kluft zwischen steilen Felshängen mündete. In den niedrigeren Partien wuchs Nadelwald, und vertrocknete Tannennadeln bedeckten den Weg, weshalb er nicht ganz so matschig, sondern einigermaßen begehbar war. Berger folgte ihm, wenn auch widerstrebend.

»Tolles Gebiet landeinwärts für Wanderungen«, er deutete munter in die Richtung. »Und die ganze Zeit kannst du das Meer sehen.«

Berger war mürrisch und sagte kein Wort. So gerne sie sonst auch joggen ging, so sehr scheute sie alle anderen Freiluftaktivitäten außerhalb der Stadt; insbesondere wandern hasste sie wie die Pest, und heute war sie außerdem völlig durchgefroren. Wenn sie schon nicht auf Asphalt laufen konnte, bevorzugte sie diese Orientierungsloipen, die einen von Bar zu Bar führen, am liebsten in überfüllte Kneipen, in denen man den ganzen Abend dicht gedrängt und an den Nachbarn gepresst herumstand. Aber sie kannte Eira inzwischen gut genug, um keine Diskussion mit ihm anzufangen. Das hier war Drecksarbeit. Im Mai mit dünnen Joggingschuhen über einen Waldweg zu trotten, der noch immer feucht war und wo überall noch Schneereste lagen, während ihr die Kälte an den Beinen hinaufkroch – viel schlimmer konnte es nicht mehr werden.

»Hast du vor, weit zu gehen, Eira?«

»Nur ein kleines Stück landeinwärts, der guten Ordnung halber. Jemand hat mächtig an diesem Gatter geackert.« Er war ihr zehn Schritt voraus, und sie rechnete nicht mit einer näheren Begründung. Der Polizeikommissar war schon in sein Büro zurückgefahren. Der Weg führte durch ein Gebiet mit dichtem Wald und großen Felsbrocken, bis er schließlich auf einer Lichtung endete, wo feuchtes Moos den Boden bedeckte.

»Du müsstest im Herbst mal hierherkommen«, sagte Eira über die Schulter. »Perfektes Pilzrevier. Mit etwas Glück findest du hier Pfifferlinge.« Abrupt blieb er stehen.

»Sieh dir den Stein an, Berger«, rief er halblaut und deutete auf einen dreieckigen Felsen, etwa dreißig Meter abseits der Fahrspuren. »Das ist ein richtiger *sieidi.* Nur ein bisschen versteckt.«

»Sieidi?« Berger hatte schon mehr als genug; sie wollte zurück zum Auto.

Eira stand vornübergebeugt und stützte beide Hände auf die Schenkel. »Alte samische Opfersteine, bei denen man den Naturgottheiten opferte, um auf gutem Fuß mit ihnen zu stehen. Wenn es sein musste, auch mal ein ganzes Rentier oder ein Rind.« Er stapfte weiter zwischen hohen Fichten mit breit ausladenden Zweigen hindurch, an denen Flechten wie Bärte hingen, die das Tageslicht aussperrten und von denen es tropfte, wenn er sie beiseiteschob. Berger hörte ihn noch reden, konnte aber nicht mehr verstehen, was er sagte. Ihre Uhr zeigte ihr, dass sie bereits seit einer Viertelstunde unterwegs waren. Sie blieb mitten auf dem Weg stehen und hatte nicht die geringste Lust, ihm weiter zu folgen. Die Pilze, die sie brauchte, bekam sie im Laden.

Sie konnte Eiras Rücken noch erkennen. Er war bei dem riesigen Felsen stehen geblieben, unmittelbar daneben lag ein alter, vermoderter Baumstamm. Der Waldboden dort war dunkel und feucht, und es war so still, dass man hörte, wie es von den Zweigen tropfte. Sie sah, wie Eira einen Arm hob, und gleichzeitig stieg ein großer Vogel mit einem heiseren Schrei auf. Eira winkte ihr, ohne sich umzudrehen. Sie glaubte nicht, dass er ihr einen Pilz zeigen wollte, so gebannt, wie er auf etwas vor sich starrte. »Komm her«, hörte sie ihn sagen.

Der Fels war übermannshoch und über und über mit Moos bewachsen. Unten war er am breitesten und verjüngte sich nach oben hin zu einer Spitze. Der Baumstamm lag im rechten Winkel weg vom Fels, wie dicke, krumme Finger standen die Wurzeln an einem Ende ab. In dem geschützten Winkel zwischen Fels und Baumstamm war der Schnee geschmolzen.

Eira stand mit gesenktem Kopf und gebeugt wie ein Trauernder davor, seine Arme hingen kraftlos an den Seiten herunter. Stumm starrte er auf das, was dort platziert war.

54

Nur die langen schwarzen Haare deuteten darauf hin, dass dies eine Frau gewesen war. Die Reste klebten am Schädel und hingen über dem schwarzen Mantel. Die Augenhöhlen waren leer und schwarz, aber das Gebiss war vollständig und makellos, wie bei einem jungen Menschen. An einzelnen Stellen des Skeletts befanden sich noch ein paar ledrige Hautreste, aber nur der Schädel und die Hände waren zu sehen. Die glänzenden Stiefeletten waren spitz und die Bleistiftabsätze so hoch, dass sich auf ihnen eigentlich nur im Sommer balancieren ließ. Lange Hosen und Mantel, beides schwarz, hingen wie nasse Lumpen um die sterblichen Überreste dessen, was einmal eine junge Frau gewesen sein musste.

»Gott im Himmel«, flüsterte Berger schließlich. »Was ist das? Oder genauer gesagt, wer war das?«

Eira hatte schon das Handy in der Hand. »Sic hat überwintert«, sagte er nur. Die Angaben, die er ins Telefon murmelte, waren kurz und knapp. Er klappte es zusammen und steckte es wieder in die Tasche. »Hier hat sie geschützt gesessen und war bis jetzt vollkommen eingeschneit«, bemerkte er. »Wir befinden uns auf einem Pfad etwa dreißig Meter vom eigentlichen Weg entfernt, die Bäume stehen sehr dicht. Das ist kein Ort, an dem man für eine gemütliche Rast Halt macht. Zu nahe am Weg. Zu dunkel und ungemütlich.« Er betrachtete den entlegenen Platz so, wie ein eventueller Mörder ihn gesehen haben mochte: eine Lichtung inmitten von dichtem Mischwald. Ein dichter Teppich aus Moos, auf dem man absolut keine Spuren oder Abdrücke hinterließ. Ein großer Felsen und ein umgestürzter Baum, die ein perfektes Versteck für die Leiche bildeten.

Eira kaute auf seiner Unterlippe. »Es kann nicht allzu leicht für ihn gewesen sein, sie von der Straße bis hier hoch zu verfrachten.«

Berger spürte, wie ihre Zehen taub und gefühllos wurden. Ihre dünnen Joggingschuhe hatten Wasser aus dem Moos aufgesogen und waren inzwischen so nass, dass es bei jedem Schritt in den Schuhen quatschte. »Fällt dir dazu was ein?«

»Wir haben da diesen ungeklärten Fall vom letzten Jahr, weißt du. Marie Bengtsson. Meist schwarz gekleidet. Die Personenbeschreibung passt auf das, was wir hier vorfinden.« Er schloss die Augen und dachte, dass es nicht viele Details zu Marie Bengtssons Person gab, die sich nicht in seine Erinnerung eingeätzt hatten. Er öffnete die Augen und starrte auf die Stilettos. Sie waren unwahrscheinlich dünn und hoch.

»Hatte sie irgendetwas mit Kåfjord zu tun?«

»Nicht dass ich wüsste.«

Eira machte den Technikern und dem Polizeikommissar ein Zeichen, die auf seinen Anruf hin inzwischen weiter unten auf dem Pfad aufgetaucht waren. »Umso mehr sehe ich mich veranlasst, die Umgebung nach Hilde Samuelsen zu durchkämmen.« Er schwieg einen Moment. »Es ist ja nichts weiter als eine Vermutung, dass die beiden Fälle miteinander zu tun haben«, ergänzte er. »Aber trotzdem …«

Die Techniker, mit Vang an der Spitze, waren bald bei ihnen angekommen. Während sie fotografiert und vermessen wurde, studierte Eira die Leiche. »Hier liegt im Laufe des Winters mindestens ein Meter Schnee«, sagte er. »Bis zum Frühjahr war sie vollständig bedeckt. Ich schätze, sie wurde kurz nach ihrer Ermordung hierhergebracht. Dann hat sie vielleicht von Mai an hier gesessen. Bis im Oktober der Schnee kam. Vier Monate, in denen alle möglichen Tiere, Insekten und der Zahn der Zeit das Ihre tun konnten. Dann kam der Schnee, und der hat all diese Prozesse gebremst. Aber da war wahrscheinlich nicht mehr viel zu konservieren übrig.« Während die Techniker die Umgebung um die Tote gründlichst untersuchten, stand Eira unbeweglich dabei, Berger neben ihm. Ihre Zehen waren inzwischen völlig gefühllos, und sie erinnerte sich wütend an Eiras Bemerkung bezüglich vernünftigen Schuhwerks.

»Fußabdrücke?« Eira knöpfte seine Jacke zu und stellte sich neben Per Vang. Der Himmel war inzwischen bewölkt, und es war gleich deutlich kälter als noch vor ein paar Stunden, als die Sonne schien.

Vang schüttelte den Kopf. »Moos und Flechten, weißt du. Darauf geht man wie auf einem Teppich.«

»Da sie irgendwas zwischen 50 und 60 Kilo wog, glaube ich kaum, dass der Mörder sie hier heraufgetragen hat. Es sei denn, sie waren zu zweit.«

Er ging in die Hocke. »Kann auch keine Transportspuren sehen.«

»Meinst du, dass er mit dem Auto hierhergefahren ist?« Berger konnte den Sarkasmus in ihrer Stimme nicht verbergen.

Eira sah auf. »Also Berger. Glaubst du, ich bin blöd?« Er hatte sich schon von dem Pfad entfernt und bürstete vorsichtig mit den Fingern durch die Tannennadeln, die den Boden bedeckten. »Das Terrain ist uneben.« Er holte die Mütze aus der Tasche und zog sie sich über die Ohren. »Wahrscheinlich lag hier in der Gegend noch Schnee, als sie im Frühjahr hier platziert wurde. Mit dem Schneescooter, schätze ich. Vielleicht sogar der, den Bakken beobachtet und angezeigt hat.«

Der Polizeikommissar war zu ihnen getreten. Er zuckte die Achseln, ihm war ganz offensichtlich unbehaglich zumute. »Wir können nicht jedes Mal ausrücken oder Nachforschungen anstellen, wenn einer gegen das Verbot verstößt und mit dem Schneescooter durch die Wildnis fährt.«

Eira hörte nicht zu. Er war schon wieder bei der Leiche. »Der Mörder hat ein ordentliches Loch zwischen dem Fels und dem Baumstamm hier gegraben. Den ganzen Winter über fällt Schnee, und erst im Frühling offenbart sich alles wieder.« Er drehte sich zum Polizeikommissar um. »Wer hat hier in der Gegend Schneescooter?« Der Polizeikommissar rieb sich resigniert die Augen. »Du stellst vielleicht Fragen, Eira. Schneescooter sind hier so verbreitet wie Kaffeemaschinen.« Er steckte die Hände in die Taschen und zog in einer defensiven Bewegung die Schultern hoch. »Meinst du, wir können alle verhören, die einen haben?«

»Ich würde gern wissen, ob jemand einen Schneescooter auf diesem Weg beobachtet hat. Oder ob einer als gestohlen gemeldet wurde. Wie steht es mit Bakken?«

Der Polizeikommissar schüttelte den Kopf. »Kein Lebenszeichen von dort, ich hab schon mehrfach angerufen. Aber das Auto steht da, also ist er in der Gegend. Wir finden ihn schon noch.«

Eira machte Berger ein Zeichen. »Komm. Dieser Fund verlangt viele Antworten. Zum Beispiel, wie lange der Zersetzungsprozess dauert. Darüber können uns Vennestad oder Lindberg aufklären.«

55

Von der langen Autofahrt bis nach Kåfjord und zurück hatte Eira einen steifen Rücken. Das Treppensteigen hinauf zu Lindbergs Büro war für die schmerzenden Rückenmuskeln eine richtige Erleichterung. Im Treppenhaus traf er Markussen. Der Assistent blieb stehen und nickte Eira lächelnd zu. »In Eile, wie üblich?«

Für Smalltalk war heute keine Zeit. »Lindberg, ist er in der Nähe?«

»Schwer zu sagen. Hab ihn seit einer Weile nicht gesehen. Möglich, dass er heute schon gegangen ist.«

Eira fluchte und kratzte sich unschlüssig am Hinterkopf.

»Wollen Sie nicht einfach nach oben gehen und warten? Mein Büro ist offen. Setzen Sie sich doch einen Moment, ich versuche es über seinen Personensucher.« Markussen lief die Treppe hinunter.

Eira fand Markussens Büro. Er war zu unruhig, um sich hinzusetzen, ging stattdessen auf und ab, drei Schritte in jede Richtung. Vor der Wand blieb er jedes Mal stehen und schaute sich Markussens Fotos an. Das meiste waren Naturaufnahmen. Er war offensichtlich ein eifriger Wanderer, den wilde und zerklüftete Gebirgszüge faszinierten. Eira konnte allerdings keines der Gebiete wiedererkennen, die Aufnahmen waren zu amateurhaft und klein.

Fünf Minuten später platzte Lindberg herein. »Sie hier?«, rief er verblüfft. »Nicht noch mehr Leichen, hoffe ich.«

Eira wusste nicht, ob das als schlechter Scherz gemeint war. »Sie gehören nun mal zu denen, die ich zu Rate ziehen muss, wenn ich Antworten auf gewisse Fragen brauche«, sagte er und stand auf. »Wir glauben, wir haben Marie Bengtsson gefunden. Für mich ist es wichtig zu wissen, wie genau sich der Zeitpunkt des Todes feststellen lässt«, erklärte er und informierte Lindberg über die letzten Ereignisse. »Wie lange kann sie dort im Wald gewesen sein?« Lindbergs erstauntes Gesicht war schon allein den Besuch wert.

»Sie haben sie tatsächlich gefunden?«

Eira nickte kurz und hoffte inbrünstig, dass es stimmte.

Lindberg strich sich übers Kinn. »Es handelt sich also

um eine Person, die vor einem Jahr verschwunden ist.« Er dachte einen Augenblick nach, ehe er fortfuhr: »Ich glaube nicht, dass Sie eine Vorstellung davon haben, wie schwierig es ist, diese Dinge festzustellen. Sowohl den Zeitpunkt des Todes zu bestimmen wie auch zu beweisen, dass sie tatsächlich diejenige ist.«

Eira spürte, wie bei Lindbergs Worten die Frustration in ihm wuchs, weil der Pathologe all die Probleme hervorhob, die ihm ohnehin bewusst waren.

»Sie kennen doch das Datum, an dem sie im letzten Jahr verschwand«, fuhr Lindberg fort. »Glauben Sie nicht, dass das auch in etwa der Zeitpunkt ihres Todes war?«

Lindbergs »in etwa« verblüffte Eira. Der Mann sieht zu viele Leichen, dachte er resigniert. Vielleicht ist er das Ganze leid. Will damit fertig werden, will obduzieren, diagnostizieren und archivieren. Ihm war, als wüsste er plötzlich, worin der Unterschied zwischen dem Standpunkt eines Kommissars und dem eines Arztes bestand. Ein Arzt stellte den Tod einer Person fest und wie sie gestorben war. Ein Kommissar war genauso an dem Wann und Weshalb interessiert.

»Natürlich kann sie gleich nach ihrem Verschwinden ermordet worden sein«, entgegnete er ungeduldig. »Aber ich muss mich eben vergewissern, dass die Dinge tatsächlich gleichzeitig geschehen sind.« Er spürte, dass etwas an der Geschichte an ihm nagte. Deshalb reagierte er so kurz angebunden und mit so scharfem Tonfall. Vermutlich, weil so junge Menschen darin verwickelt sind, dachte er müde. Im selben Alter wie mein Sohn.

»Warum ist es so wichtig, das genau zu wissen?«, insistierte Lindberg. »So lange danach? Kommt ihr einem Täter sonderlich viel näher, wenn ihr wisst, dass er seine Tat am 3. Mai begangen hat und nicht am 13.?«

Unter Umständen ja, dachte Eira. Laut sagte er: »Ich will wissen, wie lange sie noch lebte, nachdem sie verschwunden war. Ich will wissen, ob sie entführt und gefangen gehalten wurde, ehe man sie tötete.«

Lindberg schüttelte den Kopf. »Ich weiß einfach nicht genug darüber«, sagte er schlicht und lächelte entschuldigend. »Ich bin nur ein gewöhnlicher Pathologe ohne besondere Spezialgebiete. Aber wenn Sie meine persönliche Meinung hören wollen: Ich bin mir sicher, dass sich Ihre Fragen nur schwer beantworten lassen.«

Er ging zur Tür. »Tut mir leid, Eira. Ich habe in einer Viertelstunde eine Gruppe zum Unterricht und muss mich sputen.«

Eira traf Markussen wieder auf der Treppe, und zusammen gingen sie zum Ausgang. Die Studenten verließen das Gebäude und warfen ihnen neugierige Blicke zu. Es war eine kleine Stadt.

Eira vermutete, dass sie schon wussten, wer er war. »Wollen Sie mitfahren?«

»Nein danke, ich fahre selbst.« Markussen setzte schnell hinterher: »Meist fahre ich mit dem Rad, aber heute Nachmittag will ich am Breitind klettern.« Er blickte in den klaren blauen Himmel, an dem die Sonne jeden Tag höher stieg. »Das Wetter ist super. Man muss so gute Tage ausnutzen.«

»Sie klettern?« Eira musste fast über seine Frage lachen, denn plötzlich hatte er Markussens vollgestopftes Büro wieder vor Augen.

Markussen nickte eifrig. »Und ob, schon seit vielen Jahren. Das wird mit der Zeit fast eine Lebensart. Auf jeden Fall eine Leidenschaft.«

Eira hob zum Abschied die Hand und hing noch eine Weile dem Wort Leidenschaft nach. Im Augenblick kam es ihm vor, als habe er nur eine einzige.

56

Er hatte gerade den Schlüssel ins Zündschloss gesteckt, da klingelte das Handy. Thomassen vom kriminaltechnischen Labor war dran, und Eira konnte hören, dass er aufgebracht war.

»Hör mal. Dieses Haar …« Im Hintergrund war Papierrascheln zu hören, und Eira schob die watteartige Stimme darauf, dass Thomassen den Telefonhörer zwischen Ohr und Schulter geklemmt hatte. Es dauerte einige Sekunden, bis er kapierte, dass die Rede von dem Haar aus Hilde Samuelsens Zimmer in Manndalen war. »Also echt, Eira, du hättest wirklich hier sein und selbst ins Mikroskop sehen sollen. Um es gleich zu sagen, ein Superexemplar von einem Haar. Und ich kann dir auch sagen, dass es eine Wurzel hat. Das bedeutet Zellen. Und Zellen bedeuten DNA.«

Das wusste Eira. Diese Lektion hatte ihm Thomassen früher schon erteilt.

»Es gibt nur ein Problem«, sagte er, weniger enthusiastisch. »Es gibt dazu keinen Match, weder zu der DNA von den Speichelproben der Mutter und der Schwester noch zu irgendeiner anderen DNA, die wir registriert haben, nicht in diesem Fall und auch nicht in früheren. Es stammt außerdem von einem Mann.« Eira hörte ihn wieder mit Papieren rascheln. »Sieht so aus, als würde noch jemand mitspielen.« Ohne eine Antwort von Eira abzuwarten, fuhr Thomassen fort: »Verdacht auf weitere Mitschuldige?«

»Vielleicht.« Plötzlich überlegte er, ob sie diese Möglichkeit zu früh abgeschrieben hatten. »Man kann es nicht ausschließen. Wir müssen weitergraben.« Er nahm den Hörer ans andere Ohr. »Im Übrigen fand ich es doch etwas langweilig für dich, dass du dich nur mit einem einzigen Haar beschäftigen musst. Deshalb schicken wir dir jetzt ein paar größere Funde, genauer gesagt ein Skelett, damit seid ihr ein paar Tage beschäftigt. Aber bitte nicht zu viele.«

Thomassen brauchte einige Sekunden, ehe er reagierte. »Ein Skelett?«

»Eine junge Frau, sie ist vor einem Jahr verschwunden. Sie hat im Freien überwintert, und auch wenn der Winter dazu beigetragen hat, den Prozess etwas aufzuhalten, ist doch nicht mehr viel von ihr übrig. Versucht bitte aus dem Wenigen, das wir euch schicken, so viel wie möglich herauszufinden. Es sind auch ein paar Larven dabei. Wir haben keinen blassen Schimmer, worum es sich handelt. Aber Mord steht auf der Liste ganz oben.«

»Selbstmord?«

Eira schwieg zunächst. »Schließen wir nicht aus. Sie könnte betrunken gewesen sein, dann eingeschlafen und erfroren. Eine Möglichkeit wäre es. Aber wenn, warum dann in Kåfjord? Verdammt, sie war doch Schwedin und lebte in Tromsø.« Er sah auf die Uhr. »Ich muss los, Thomassen, Pressekonferenz. Die Wölfe sind hungrig und sollen gefüttert werden, du weißt schon.«

Thomassen unterbrach ihn: »Warte mal, Eira. Da war noch etwas. Dieser Hund …« Er meinte den Hund von Henning Gabrielsen, der so plötzlich krepiert war, weshalb der Mann nicht mehr joggen ging. »Bei dem haben wir ebenfalls Ricin gefunden.«

Die zwei Joggingkumpel waren dem Mörder also doch zu lästig gewesen. Oder Gabrielsen hatte den Hund selbst loswerden wollen. Gabrielsen musste vernommen werden. Er beendete das Gespräch und wählte Benjaminsens Nummer.

Eira spürte, wie das Blut in seinem Hals pochte, als Vennestad am nächsten Nachmittag anrief. Er warf einen Blick zur Ecke des Schreibtischs, wo ein Berg Dokumente zum Fall Marie Bengtsson gestapelt war und auf das Resultat der letzten Untersuchungen wartete.

»Es handelt sich zweifelsfrei um eine Frau«, begann Vennestad, der die Untersuchung des Skeletts geleitet hatte. »Und das Beste daran, das Gebiss der Betreffenden ist perfekt erhalten. Sie hat eine Zahnregulierung durchführen lassen, und es gibt eine Karteikarte vom Zahnarzt.«

Eira kniff die Augen fest zusammen und hoffte weiter inständig, Vennestad möge ihm etwas erzählen, das er bei diesem Fall noch *nicht* wusste. Wie zum Beispiel, dass es sich bei dem Fund wirklich um Marie Bengtsson handelte.

Vennestad unterbrach ihn in seinen Gedanken: »Man hat uns die Karteikarte per Kurier zugeschickt. Es *ist* Marie Bengtsson.«

Eira hatte die Luft angehalten. Jetzt atmete er in einem hörbaren Stöhnen aus. »Und der Zeitpunkt, Vennestad, wann ist der Tod eingetreten?«

Dieses Mal war es Vennestad, der seufzte. »Es ist nicht leicht, dazu sichere Aussagen zu machen. Kälte konserviert. Wie viele tausend Jahre hatte der Mann, den sie in den Alpen gefunden haben, dort unter Schnee und Eis gelegen?«

»Sie hat nicht die ganze Zeit unter Schnee gelegen.«

»Nein, aber wie lange lag sie darunter? Im Laufe dieser Zeit wird der Zersetzungsprozess auf ein Minimum reduziert. Sie haben doch zu Hause einen Tiefkühlschrank?«

Eira hörte dem Rechtsmediziner ungeduldig zu. »Am 2. Mai im letzten Jahr ist sie verschwunden.«

»Na, dann kann sie schon geraume Zeit dort gesessen haben, ehe der Schnee kam.«

»Geben Sie mir einen Anhaltspunkt.«

»Ich betreibe dieses Fach schon seit ein paar Jahren, Eira.« Vennestads Geduld hatte auch ihre Grenzen, wie sich nun zeigte. »Als ich jünger war, da war ich überzeugt, dass wir irgendwann in der Lage sein würden, den Zeitpunkt exakt festzustellen. Selbst dann, wenn der Zersetzungsprozess des Körpers bereits weit fortgeschritten ist. Aber es hat sich gezeigt, dass es immer noch unmöglich ist, mit hundertprozentiger Sicherheit den Zeitpunkt zu bestimmen.« Er machte eine Pause, um seine Worte wirken zu lassen. »Viel zu viele Faktoren wirken mit. Lufttemperatur, Klima, Umgebung rings um die Leiche und so weiter.«

»Aber …«, begann Eira.

»Im Körper wurden Larven gefunden«, unterbrach Vennestad ihn. »Ich vermute, Fliegenlarven. Die werden analysiert. Typus, Entwicklungsstadium, alles, was uns einen Hinweis geben kann. Dann wird eine Schätzung gemacht, und anschließend könnt ihr versuchen, die fehlenden Puzzleteilchen zu finden und zu sehen, ob ihr der Antwort näher kommt.«

Eira beendete das Gespräch, reichlich unzufrieden mit Vennestads akademischen Ausführungen und seinen starken Vorbehalten, eindeutig und klar selbst auf einfachste Fragen zu antworten.

Er fand nicht, dass seine Fragen besonders kompliziert waren: Wann war Marie Bengtsson gestorben? Und wie?

57

Hilde Samuelsen ruderte verzweifelt im Dunkeln.

Mit schweren Gliedern, die ihr nicht gehorchen wollten, kämpfte sie gegen den Sog, sie schnappte nach Luft. Unsichtbare Fangarme schmiegten sich um ihren Körper, zogen sie hinab, während sie darum kämpfte, nach oben zu kommen. Nach oben, nach oben.

Der Körper gehorchte ihr nicht. Arme und Beine waren unbeweglich und schmerzten. Die Augenlider, bleischwer, ließen sich nicht öffnen.

Sie ruderte nicht mehr. Floss still im Dunkeln, konzentrierte sich darauf, die Augen zu öffnen. Ein Streifen Licht. Sie holte tief Luft und versuchte, den Blick zu fokussieren.

Breites Klebeband über dem Mund erschwerte ihr das Atmen. Sie floss nicht mehr. Ihr war, als sei ihr Körper auf einer harten Unterlage gestrandet. Langsam wurde ihr bewusst, warum sie sich nicht bewegen konnte. Sie drehte mühsam den steifen Hals, ruckte an ihren Händen. Sie waren noch immer festgebunden, die Beine ebenfalls. Langsam hob sich der Nebel in ihrem Kopf, und da erinnerte sie sich schlagartig, wo sie war.

Sie erinnerte sich an *ihn.* Widerwärtige Arme und Hände, und ein Mund an ihrer Haut, ehe alles schwarz wurde. Eindrücke, die sie auf immer besudelten. Bei diesem Gedanken wäre sie am liebsten aus ihrer eigenen Haut gekrochen. Sie erinnerte sich an den Stich, den Schmerz im Schenkel, ehe sie zu schaukeln begann, auf und ab, um dann am Ende ganz zu verschwinden.

Eine Tür knarrte, und Licht flutete herein. Sie hörte von weit unten Schritte, danach Poltern, dann die ächzenden Sprossen einer Leiter. Sie wandte den Blick bittend zum Rand, aber er streckte nur den Arm aus und drückte ihren Kopf zur Seite, so dass sie ihn nicht sah. Gleich darauf hatte sie wieder die Binde vor Augen. Der Mann blieb eine Stimme und ein fremder Geruch.

Er schnitt das Klebeband auf. Sie war zu durstig, um an Mäusekot oder Insekten zu denken, als sie gierig das Wasser schluckte, das er ihr hinhielt. »Was … willst … du … eigentlich?«, brachte sie zwischen den Schlucken heraus. »Lass mich frei … Die finden alles heraus, und du landest im Gefängnis …«, flüsterte sie außer Atem.

Eine Antwort kam nicht, nur das Geräusch der Flasche, die in einen Halter an der Wand hinter ihr gehängt wurde, und das Geräusch einer Rolle Klebeband, von der ein Stück abgerissen wurde. Verzweifelt versuchte sie den Kopf hin und her zu wenden.

Binnen Kurzem war wieder Klebeband über ihrem Mund befestigt. »Im Grunde gefällst du mir so am besten.«

Diese Stimme. Sie klang beinahe sympathisch. Leise, als spräche er zu einem trostbedürftigen Kind.

»So ist es viel besser. Dass du dich ergibst. Besser, als sich unerreichbar zu machen. Fotos, die sagen: ›Komm und nimm mich‹.« Er sang die Worte wie Kinder, die zusammen spielen. »Und wenn wir kommen«, fuhr er fort, »dann lacht ihr nur, stimmt's?« Sein Lachen schmiegte sich im Dunkeln an sie. »Ihr seid wie Glaspuppen in einer Ausstellung. Schöne Dekorationsgegenstände, die wir bewundern sollen, aber aus respektvollem Abstand. Denn ihr seid unerreichbar. *Un-er-reich-bar.*« Es klang, als schmeckte er dem Wort nach, als behielte er die Silben im Mund, rollte sie mit der Zunge herum und spuckte sie wieder aus. »Was für eine lächerliche Vorstellung. Ihr seid so zerbrechlich.« Seine Hand, die an ihrem Körper auf und ab gewandert war, schmiegte sich um ihren Nacken und blieb dort.

Ihre Angst wich Hass und Verachtung, und sie hoffte, er könnte es in ihren Gesichtszügen lesen. Da schlug er ihren Kopf hart gegen die Unterlage und setzte sich rittlings auf sie. »Natürlich bist du erreichbar. Du weißt alles über Demütigung und Unterwerfung. Diese Lektion hast du jetzt gelernt.«

Sie spürte, dass er etwas aus der Tasche zog. Da war wieder der Schmerz im Schenkel. Nach und nach zerfloss sie in neuen Gewässern. Der Schmerz in den Schultern und den Handgelenken verging. Der Rücken tat nicht mehr weh.

Wie warme Zungen schleckte etwas an ihrem Hals und über ihre Brüste. Warme Wellen über dem Bauch und zwischen den Schenkeln, sie schaukelte auf und ab, immer weiter und weiter davon, bis sie vollkommen verschwunden war.

Der Leichenfund von Kåfjord hatte die Presse wieder aufgescheucht. Dieses Mal war Eira froh darüber. Sein Wutanfall auf der Pressekonferenz war vergessen, ebenso die

Alta-Geschichte und wer wann zu welchen politischen Vereinigungen gehört hatte. Sogar der Silikonbusen des Nacktmodells Aisha musste weichen. Den Morden galt nun wieder die gesammelte Aufmerksamkeit. Aber die Ermittler stocherten weiterhin im Nebel. Die Untersuchungen des Tatorts hatten keine Hinweise ergeben, die zum Täter führten.

»Die Bilder aus der Kriminaltechnik sind gekommen.« Eira musterte die stummen Gesichter im Besprechungsraum. Er legte die Fotos auf dem Tisch aus und lehnte sich einen Augenblick zurück. Es war acht Uhr und die Stimmung bei Weitem nicht so heiter, wie das strahlende Wetter draußen vermuten ließ.

Keiner sagte etwas. Aufs Geratewohl griffen sie nach den Fotos und starrten darauf, während sie auf die Fortsetzung warteten.

»Es geht um die Reifenabdrücke beim alten Bakken in Kåfjord. Und die vor dem Haus von Hilde Samuelsens Mutter.« Er lehnte sich vor und blickte eindringlich in die Runde. »Die Erde war weich, und die Abdrücke waren super, und sie sind identisch«, erläuterte er. »Aber, Leute, das sind keinesfalls die Abdrücke von einem neuen Audi Quattro.« Man konnte einen Hauch von Verzweiflung in seiner Stimme ausmachen. »Die waren total abgefahren, und die Techniker schätzen, dass sie zu den Reifen eines mindestens fünf Jahre alten Autos gehören. Sie passen also nicht zu dem Wagen, in dem Hilde gesehen wurde, ehe sie verschwand.«

»Himmelherrgottnochmal, das wäre unser Mann gewesen«, unterstrich Polizeidirektor Hagen.

Eira sammelte die Fotos wieder ein. »Das sind natürlich auch nicht die Abdrücke des BMW, der gestohlen wurde, als Lise Beck verschwand.«

Wieder wurde es still. »Es handelt sich also um ein drittes Auto«, sagte Benjaminsen langsam.

Eira nickte. »Die Frage ist natürlich, ob diese Spuren

überhaupt eine Bedeutung haben. Kann es nicht auch der Wagen des Postboten gewesen sein? Des Zeitungsboten? Weder Hildes Mutter noch ihre Schwester haben allerdings jemand mit dem Auto kommen sehen.« Er stand auf und kickte den Stuhl mit dem Fuß beiseite. Wanderte mit schweren Schritten auf und ab, während er die Ärmel aufkrempelte. »Wir sollten uns auf jeden Fall auf Kåfjord konzentrieren, wenn Hilde nicht sehr bald wieder auftaucht. Marie Bengtsson ist dort draußen gefunden worden, und auch Hilde Samuelsen wurde zuletzt dort gesehen. Er scheint eine Vorliebe für die Gegend zu haben.«

»Eine Vorliebe für die Gegend?« Henriksen saß mit verschränkten Armen zurückgelehnt dabei. »Herrgott, Eira, nehmen denn deine sonderbaren Theorien gar kein Ende? Glaubst du, der Mörder ist ein samisches Gespenst aus dem Jenseits? Das Gebiet um den Stein sei eine Opferstätte und Marie Bengtsson als eine Art Opferlamm dort hinaufgetragen worden?« Er fuchtelte mit den Bildern der Reifenabdrücke herum und sah sich um. »Diese Besprechungen werden von Mal zu Mal abstruser!«

Eira starrte Henriksen an. Aus dem Augenwinkel sah er, dass Mona Lies Wangen Farbe bekommen hatten, und sie saß so aufrecht, als habe sie ein Lineal verschluckt. Mit anerkennendem Blick knallte Eira eine Faust auf die Handfläche, so als habe Henriksen gerade das Pulver erfunden. »Sehr gut, Henriksen. Der Gedanke an einen Opferplatz ist interessant, ich habe das auch schon bedacht. Aber glauben tue ich es nicht. Viel wahrscheinlicher ist, dass es ein Ort ist, den er besonders gut kennt und an dem er sich sicher fühlt.«

Henriksen beugte sich über den Tisch zu ihm hinüber. »Eira, warum willst du diesen Fall unbedingt mit dem der Studentinnen in Verbindung bringen? Wie steht's denn mit Selbstmord? Und wenn nun Marie Bengtsson den Bus nach Kåfjord nahm, in den Wald hinaus wanderte, um sich das

Leben zu nehmen?« Er schwieg und starrte Eira triumphierend an. Eira nickte ruhig.

»Das ist eine Möglichkeit, Henriksen. Wir haben daran auch schon gedacht.« Er drehte sich zu Benjaminsen um. »Prüf mal, ob wir etwas gegen irgendeine Person aus Kåfjord vorliegen haben. Es können ruhig kleine Sachen gewesen sein. Geh alle Anzeigen und Straftaten durch. Eines ist jedenfalls sicher: Unser Mann ist ein guter Autodieb.«

Benjaminsen verließ den Raum.

Hagen lehnte sich über den Tisch und faltete die Hände. »Ausgerechnet dort sind die Entfernungen zwischen den Menschen so verdammt groß. Die Gegend gehört zum größten Teil Bakken, sagst du? Dann müsste man sich doch mit ihm mal näher unterhalten!«

Eira nickte. »Der Mann ist ein Eigenbrötler. Aber er beobachtet alles genau, auch wenn er so tut, als verhielte es sich genau umgekehrt. Der Polizeikommissar vor Ort hat angerufen und gesagt, der Mann sei wieder zu Hause. Komm schon, Berger, zuerst noch ein paar ergänzende Fragen an Lindberg, dann fahren wir direkt hinauf nach Kåfjord.«

Eira rüttelte an der Tür zu Lindbergs Büro, aber sie war abgeschlossen. Frustriert warf er einen Blick auf die Uhr und stellte fest, dass er nicht mehr zu warten brauchte. Als er den Flur hinunterging, sah er in einem der Labors den Rücken von Markussen. Der war hier im Fachbereich eine konstante Figur, immer zur Stelle, alles unter Kontrolle. Eira ging ins Labor und stellte sich mit dem Rücken an den langen Arbeitstisch beim Fenster. »Markussen, nun brauche ich mal Ihre Hilfe.«

Markussen unterbrach abrupt seine Arbeit und drehte den Kopf in einer jähen Bewegung zu Eira. »Meine Hilfe? Wobei?« Er blinzelte heftig und verwirrt, sein Adamsapfel hüpfte.

Eira verschränkte die Arme und dachte kurz, wie sehr

doch manche Menschen unter Hochspannung standen. Sie trugen das wie eine Zwangsjacke. Äußerlich und stets sichtbar. »Entspannen Sie sich, Markussen. Ich will nur wissen, wie gut Ihr Erinnerungsvermögen ist.«

Der Mann machte nicht im Mindesten den Eindruck, als entspannte er sich. »Worum geht es, Eira?«

Eira zog sich einen unbequemen hohen Stuhl heran und setzte sich. »Sie wissen, dass unser Fund in Kåfjord Marie Bengtsson war, die Frau, die letztes Jahr im Mai hier einfach verschwunden ist?«

Auf ein steifes Nicken von Markussen hin fuhr er fort: »Das bringt es mit sich, dass wir zurückspulen und ganz neu anfangen müssen.« Er musterte sein Gegenüber. »Ausgehend von den neuesten Informationen zu dem Fall: Fällt Ihnen noch mehr zu ihr ein?«

Markussen stand einfach da und starrte ihn befremdet an. »Was sollte das sein? Sie war Schwedin. Das war wohl das einzig Besondere an ihr.« Er wandte seinen Blick ab, ging zum Wasserhahn und wusch sich die Hände. Sie traten auf den Gang. »Dass sie immer ganz schwarz gekleidet war und aussah wie die Sängerin einer Heavy-Metal-Band, war doch nicht sonderlich originell. Die meisten Studenten sind schließlich Frauen, und ich kann Ihnen sagen, wir sind hier wirklich von allen denkbaren Versionen umgeben.«

Eira nickte. Er hatte den vorigen Abend und die halbe Nacht darauf verwendet, die alten Unterlagen des Falls durchzusehen. Marie Bengtsson war Biochemikerin und hatte seit zwei Monaten in Tromsø gewohnt, als sie verschwand. Sie war alleinstehend und lebte auch alleine. Es war ihnen nicht gelungen, auch nur die geringste Verbindung zwischen ihr und den jungen Frauen zu finden, in deren Fällen sie derzeit ermittelten.

»Ihr kommt nicht so recht voran, wie?« Eira spürte Åge Markussens Augen auf sich ruhen. »Es ist wahrscheinlich nicht so leicht, hier weiterzukommen.«

Das war Frage und Feststellung zugleich. Eira verzichtete auf eine Antwort, und sie gingen weiter auf die Büros zu; das Schweigen zwischen ihnen war geladen.

Markussen blieb stehen. »Marie Bengtsson hat im Krankenhaus gearbeitet. Es kam vor, dass sie hier im Labor war, um von Patienten Proben abzuliefern, die zu Forschungszwecken verwendet werden sollten.«

Sie standen vor der Tür zu seinem Büro, und er hatte bereits den Schlüssel ins Schloss gesteckt. »Mehr weiß ich nicht, Eira. Sie war einmal alle Jubeljahre hier. Meines Wissens kannte sie unter den Studenten niemand. Was sollte zu ihr zu sagen sein? Dass sie einfach so verschwand, war für uns, die wir hier arbeiten, genauso unbegreiflich wie für alle anderen.« Er öffnete die Tür. »Gibt es sonst noch etwas?«

Selbst der geduldige und freundliche Markussen war inzwischen kurz angebunden, hörte Eira. »Nein, Markussen. Vorläufig nicht. Aber ich komme wieder.«

Åge Markussens Tür hatte sich hinter ihm geschlossen, noch ehe der letzte Satz verklungen war.

58

»Dieser Stoff verlangt euch einiges ab, Leute«, schloss Lindberg und sammelte seine Papiere zusammen. »Das ist nichts, was man sich in der Nacht vor dem Examen einpaukt.«

Er beobachtete die Studenten. Sie klappten ihre Arbeitsmappen zusammen, stopften die Schreibutensilien in die Taschen und hatten innerhalb weniger Minuten den Hörsaal verlassen. Sein Blick blieb an einem Studenten hängen, der immer noch in Gedanken versunken dort saß. Er hatte kein Wort mitgeschrieben und während der zweimal fünfundvierzig Minuten nur durch Lindberg hindurchgesehen. Nicht mal in der Pause hatte er seinen Platz verlassen.

Er war Lindberg früher schon aufgefallen. Per Roan war ein hoch aufgeschossener Typ mit femininen Zügen und, nach Lindbergs Ansicht, mit viel zu langen Haaren. Der Student hatte Probleme, sich zu konzentrieren, und war mental bei der Vorlesung heute überhaupt nicht anwesend gewesen. Er saß am Ende einer Reihe und starrte leer vor sich hin, selbst nachdem sich der Saal bereits ganz geleert hatte.

»Na, hatten Sie vor, hier sitzen zu bleiben?« Lindberg fiel nichts Originelleres ein. Könnte er besser mit Worten umgehen, wäre er Psychiater geworden, verdammt noch mal.

Per Roan wandte sich ihm langsam zu, als wäre ihm eben erst Lindbergs Anwesenheit im Hörsaal bewusst geworden. »Äh … ja, ich meine, nein.« Er sah sich um. »Leer …«, murmelte er.

Lindberg betrachtete ihn. »Kommen Sie, lassen Sie uns in mein Büro gehen. Ich sehe ja ein, dass es für euch eine schwierige Zeit ist, und darüber zu sprechen kann helfen.« Er winkte Per Roan zur Tür hin, nahm seine Unterlagen und machte das Licht aus. »Ja, ja, ich weiß, diese Psychiaterin steht euch zur Verfügung.« Er bemühte sich um einen lockeren und kumpelhaften Ton und ging auf die Tür zu seinem Büro zu.

Passiv, mit hängenden Schultern und niedergeschlagenen Augen folgte Roan ihm.

»Ich bilde mir ein, dass es trotzdem einfacher ist, mit einem gewöhnlichen Sterblichen zu reden. Mit einem, den ihr jeden Tag seht.« Er schloss die Bürotür auf und warf die Papiere auf den Tisch. »Setzen Sie sich. Sie sind Per Roan, richtig?«

Der Student nickte und setzte sich. Lindberg starrte ihn neugierig an, sah das schmale Gesicht mit der glatten, makellosen Haut. Kaum ein Anzeichen von Bartwuchs. Die

Schultern waren zart und schmal wie die einer Frau. Lindberg wusste, dass dieser, trotz seines wenig männlichen Aussehens, die Frauen wie die Fliegen anzog. Oder vielleicht genau deshalb, dachte Lindberg. Marie Bengtsson war eine seiner eifrigsten Bewunderinnen gewesen, ehe sie vor einem Jahr verschwand, erzählte man sich.

»Ich kann mir vorstellen, dass es nervt«, begann er freundlich. Roan zog ganz leicht eine Schulter hoch. »All diese Befragungen und der ganze Trubel.«

Dieses Mal nickte er kurz. Er hatte den Blick immer noch auf den Fußboden gerichtet. Die Haare fielen nach vorn und verdeckten sein Gesicht.

»Man bekommt nie Zeit, um das in Ruhe zu verarbeiten, um Abstand zu gewinnen.« Lindberg schwieg. Nicht er sollte reden, sondern der Junge. Aber der saß da, als hätte man ihn in ein mündliches Examen geholt und als wartete er nur darauf, gehen zu dürfen. »Sie hatten mit diesen Leuten von der Polizei zu tun?«

Wieder nickte er. »Wir alle«, murmelte er.

Lindberg zögerte. »Sie wissen, dass es wieder passiert ist? Dass erneut eine Studentin verschwunden ist.«

Da endlich hob er den Kopf. Der Junge hatte hellbraune Augen mit dunklen Flecken rund um die Pupillen. Wie eine Katze, dachte Lindberg. Er erinnerte ihn an einen Gepard. Schlank und geschmeidig. Angespannt, bereit zum Sprung.

»Klar wissen wir das«, sagte er leise. »Es wird von nichts anderem geredet.«

»Aber Sie wissen nichts darüber?«

Roan sah zu Boden. »Weiß denn überhaupt irgendjemand etwas? Die Chancen für Verbrecher sind hierzulande doch geradezu fantastisch. Falls du Pech hast und auffliegst, musst du schon die Beweise der Polizei unter die Nase reiben oder so blöd sein, nicht die Klappe halten zu können und über das zu reden, was du getan hast.«

Lindberg sah ihn interessiert an. »Ach so? Wissen Sie denn etwas darüber?«

»Ich weiß nichts. Ich vermute nur.«

Lindberg lehnte sich vor und stützte die Ellbogen auf den Tisch. »Kannten Sie Hilde Samuelsen?«

Roan schüttelte den Kopf. »Nein, aber ich hab sie gesehen. Es war unmöglich, sie nicht zu bemerken.«

»Hat denn jemand eine Vermutung, was mit ihr passiert ist?«

Die Katzenaugen wurden schmal, und der angestrengt blinzelnde Blick ruhte plötzlich auf ihm. »Warum fragen Sie?«

Die Frage brachte Lindberg aus dem Konzept. »Warum ich frage? Weil ich den Fall genau wie alle anderen verfolge. Weil ich mich involviert fühle, in gewisser Weise. Engagiert, interessiert – was Sie wollen. Sie nicht?« Er hörte selbst eine gewisse Schärfe in seiner Stimme.

Der junge Mann sah weg. »Wenn ich etwas wüsste, hätte ich es kaum Ihnen erzählt«, sagte er mürrisch. »Vielleicht der Polizei.«

Lindberg starrte ihn an. »Nur *vielleicht?*«

Roan strich sich die Haare aus dem Gesicht und sah ihn wieder mit diesen Augen an, in denen nichts zu lesen war. Er antwortete nicht.

»Haben Sie mit der Polizei gesprochen?«

»Nicht über Hilde Samuelsen. Aber ich rechne damit, dass sie bald auftauchen werden.«

Lindberg starrte ihn an; er hatte das Gefühl, dass der Student etwas vor ihm verbarg, und er war sich ziemlich sicher, dass er seine Zeit verschwendete. »Da ist es vielleicht am besten, Sie setzen das Gespräch mit denen fort«, sagte er mit all der Freundlichkeit, die er noch aufzubringen vermochte.

Per Roan glitt mit weichen Bewegungen vom Stuhl und war blitzschnell an der Tür. »Danke für das Gespräch«, sagte er einfach. »Hat geholfen.« Dann war er weg.

59

Bei dem schönen Wetter schmolz der Schnee in rasantem Tempo, und der Weg zu dem Felsen, bei dem sie Marie Bengtsson gefunden hatten, war mittlerweile ganz trocken. Die Sonne wärmte, es roch nach Moos und Fichten, und Eira spürte, dass er gerade stundenlang so hätte weitergehen können.

»Tut mir leid, Leute.« Der Polizeikommissar klang nicht wirklich so, als täte ihm irgendetwas leid, er stellte bloß eine Tatsache fest. »Ich kann euch mit den Schneescootern nicht weiterhelfen. Keiner hat einen an Fremde vermietet oder ausgeliehen. Aber …« Er zögerte und sah Eira resigniert an. »Die stehen doch überall herum, nicht nur in dieser Gemeinde. Glaubst du im Ernst, der Betreffende würde bei irgendwem klingeln und darum bitten, einen ausleihen zu dürfen?«

»Dann hättest du doch wohl eine Meldung wegen eines vermissten Scooters bekommen.« Berger trödelte als Letzte hinterher. Sie hatte sich einen Schal um den Hals gewickelt und den Kopf zwischen die Schultern gezogen.

»Wie steht es mit Spuren oder Abdrücken?«

»Eira, du fragst nach Reifenabdrücken oder Fußspuren, die vor einem Jahr hinterlassen wurden.« Der unterdrückte Seufzer klang mehr wie ein Grunzen. »Als würdest du die klimatischen Verhältnisse in dieser Region nicht kennen! Die Natur spielt solchen Typen doch regelrecht zu.«

»Wir gehen von der Annahme aus, dass Hilde Samuelsen ebenfalls hier draußen versteckt wird. Und hoffentlich noch am Leben ist«, ergänzte Eira ohne Überzeugung.

Der Polizeikommissar schwieg einen Moment. »Sag mir, warum er sie hier draußen verstecken sollte.« Die Skepsis ließ seine Stimme vibrieren.

Eira kniff die Augen zusammen. »Muss ich?«

Der Kommissar sagte eine Weile gar nichts mehr. »Hier ist alles so offen und sichtbar«, erklärte er schließlich. »Es würde mich wundern, wenn ein Fremder auftauchen könnte, ohne dass es jemand registriert.«

Sie waren an der Stelle angekommen, wo sie Marie Bengtsson gefunden hatten.

»Jetzt, wo der Schnee weg ist, sieht alles so anders aus. Zugänglicher.« Der Polizeikommissar bedachte Eiras Worte nur mit einem Nicken. Sie bogen vom Weg ab und gingen langsam zwischen den Bäumen hindurch. Das Moos auf dem Boden war dick und feucht.

»Warum wolltest du wieder hierherkommen?« Der Kommissar starrte ihn neugierig an.

Eira blieb stehen und sah auf. »Das ist eine Art Zwangsneurose«, bekannte er ehrlich. »So als wenn du hinter dir eine Tür abschließt und weißt, dass du die Kaffeemaschine gerade abgeschaltet hast. Trotzdem musst du wieder aufschließen und nachsehen.«

Langsam ging er weiter auf den Stein zu. »Außerdem lag immer noch Schnee, als wir zuletzt hier waren, jedenfalls ein bisschen. Ich will den Boden sehen, wenn er ganz frei ist.«

»Aber du meintest doch selbst, dass, als sie hierhergebracht wurde, noch etwas Schnee lag. Demnach werden wir auch keine Spuren oder Abdrücke im Boden finden.« Berger hatte schon wieder kalte Füße. »Was erwartest du zu finden?«

Er trat zwischen den Baum und den Fels, blieb stehen und starrte lange auf die Stelle, wo die Leiche gesessen hatte. Dann ging er um den Fels herum und hinter den Baum und schritt so immer größere Kreise ab. Er antwortete nicht auf Bergers Frage, und sie setzte sich neben dem Polizeikommissar ans Ende des umgestürzten Baums, um Eira zu beobachten. Die Untersuchung des Tatorts würde kaum mehr bringen, als dass sie Eiras Nerven beruhigte. Der

Mörder schien ein vorsichtiger Mensch zu sein, der peinlich genau darauf achtete, keine offensichtlichen Schnitzer zu machen.

Eira stand jetzt ganz am Rand der Lichtung. Er kratzte mit dem Schuh im Moos, beugte sich ab und zu hinunter, um Pflanzen oder trockene Grasbüschel zur Seite zu schieben. Berger sah, wie er sich hinhockte und eine Plastiktüte und Handschuhe aus der Tasche zog. Er fischte etwas aus dem Moos und legte es in die Tüte.

Sie stand auf. »Was hast du da?«

»Ein Kaugummi, stell dir vor«, sagte Eira langsam und hielt die Tüte hoch. Ein kleines graues Kaugummi. Wieder stellte er sich an die Stelle, wo die Leiche gesessen hatte. »Kann der Mörder so idiotisch gewesen sein, hier ein Kaugummi auszuspucken? Glaubte er, das würde niemand finden, nur weil es ein Stück von der Leiche entfernt lag und weil es im Schnee nicht auffiel?«

Der Polizeikommissar zuckte die Achseln. »Das kann doch ein Wanderer gewesen sein. Irgendwer.«

Berger erschauderte. »Glaubst du das wirklich? Und wenn, dann aber ein Wanderer mit Machete. Das hier ist doch eine ganz besonders trostlose Stelle. Dicht und dunkel und unzugänglich, abgesehen von diesem offenen Fleckchen.«

»Es wird auf jeden Fall untersucht«, sagte Eira kurz angebunden. »Spucke ist ein ausgezeichneter DNA-Träger, und in Kaugummi findet man bekanntermaßen reichlich davon.«

Eira legte die Tüte sorgsam zusammen. »Dafür muss es Finderlohn geben.« Er steckte die Tüte in die Tasche und sah hinüber zu Berger. »Ein Paar lederne Wanderstiefel, wasserabweisend und knöchelhoch mit solider Sohle, gehen an den Finder.« Ein breites Lächeln erschien auf seinem Gesicht. »Und da er von früher mindestens drei solche Paare hat, geht die Prämie an die kältesten Füße der

Dienststelle, die von Kine Berger.« Er legte ihr eine Hand auf die Schulter und sah auf ihre nassen Stoffschuhe. »Ich hab nicht den Eindruck, dass du dazulernst.«

60

Das Gatter war wieder an seinem Platz und der Boden getrocknet. Sie parkten am Straßenrand drei Kilometer weiter und gingen hundert Meter auf einem zugewachsenen Weg, ehe sie auf dem Hof vor einem kleinen Einfamilienhaus ankamen, das sehr an die Fünfziger erinnerte. Die Wände waren mit hellgrünen Eternitplatten verkleidet, deren Verbindungsstücke rosteten. An einer Schmalseite befand sich eine kleine Veranda, das Holz war grau und verwittert, vom Farbanstrich war nichts mehr zu sehen.

Davor parkte ein Mazda. Zehn Jahre altes Modell, schätzte Eira, als er ihn zweimal umrundet hatte. »Der zumindest ist gepflegt.«

»Bakken fährt selbst. Alle vierzehn Tag, den ganzen Weg bis in die Stadt, um alles einzukaufen, was er braucht«, erklärte der Polizeikommissar.

»Er fährt bis ganz in die Stadt?«, hakte Eira überrascht nach.

Der Polizeikommissar lächelte. »Er hat sich hier draußen mit Gott und der Welt überworfen. Freiwillig geht er nicht in den Lebensmittelladen oder auf die Post, da kannst du sicher sein. Fährt stattdessen alle vierzehn Tage drei Stunden hin und zurück nach Tromsø. Wenn das keine gepflegte Paranoia ist, dann weiß ich's nicht.« Während er redete, klopfte er ununterbrochen an die Haustür. »Zum Glück ist der Alte frisch und munter, es fehlt ihm nichts, es braucht sich also niemand zu kümmern oder in was auch immer einzumischen.«

Er hatte lange klopfen müssen, ehe die Tür zu guter Letzt aufgerissen wurde. Der Ärger über das beharrliche Klopfen musste der Grund gewesen sein, weshalb der Mann ihnen überhaupt öffnete.

»Was wollt ihr?« Der Tonfall ließ keine Einladung zum Kaffee vermuten. Eira musterte ihn. Bakken war dünn, sehnig, fast kahlköpfig, hatte ein rotbackiges, verschlagenes Gesicht, das eine Auge war zusammengekniffen, aus dem anderen musterte er sie mit unverhohlener Skepsis.

»Wir haben ein paar Fragen.« Eira streckte ihm die Hand hin, die Bakken ignorierte. Stattdessen blaffte er ihn an: »Worüber?«

Eira kam lieber gleich zur Sache. »Auf Ihrem Grund und Boden wurde eine Leiche gefunden. Einige hundert Meter von hier entfernt, bergan.« Er hob eine Hand und deutete in die Richtung. »Oben beim Weg, der vom Gatter aus westlich weiterführt.«

»Muss ich etwa davon wissen, nur weil die Leiche auf meinem Grund liegt?«

Ein Leichenfund schien ihn nicht nennenswert zu erschüttern. Eira sah über seine Schulter hinweg in den Flur. »Das war wohl ziemlich genau das, wonach wir fragen wollten«, nickte er. »Könnten wir vielleicht reinkommen?«

»Nein.« Er trat heraus auf die Treppe und schlug die Tür hinter sich zu. »Stellt eure Fragen und seht zu, dass wir fertig werden.« Resolut zog er den Reißverschluss seines Arbeitsoveralls zu und stieg in die Stiefel, die auf der Treppe standen. Eira lehnte sich ans Treppengeländer und sah sich um, ehe er sprach: »Hatten Sie Kontakt zu Personen, die sich auf Ihrem Grundstück aufhielten? Wie steht's mit fremden Autos, die hier geparkt haben?« Der Mann spuckte in hohem Bogen aus. »Ich hab schon oft Leute von hier weggejagt. Viele Jahre lang. Das ist eine beliebte Freizeitbeschäftigung, die Menschen hier in der Gegend zu belästigen.« Er warf dem Polizeikommissar einen Blick zu.

»Sie haben im letzten Jahr Anzeige erstattet wegen Schneescooterfahrens auf Ihrem Land?«

Bakken schnaubte: »Da ist wohl nicht viel bei rausgekommen.«

»Sie haben nicht vielleicht Bekannte oder sonstige Kontakte, an die Sie ausleihen?« Bakken schnaubte nur verächtlich, und Eira drehte sich um und sah über den Fjord, der still und ruhig vor ihnen lag. »Fischen Sie?«

Wieder spuckte Bakken aus, nicht ganz so weit dieses Mal. »Kommt vor.«

»Sie haben ein Boot im Schuppen?«

»Dafür hat man den Schuppen.«

Eira stieg langsam die Treppe hinunter. »Bakken, ich hab vor, mich etwas auf Ihrem Land umzusehen. Wollen Sie uns führen oder soll ich mich auf eigene Faust orientieren?« Er blieb in der Auffahrt stehen. »Wir fangen beim Strand an.« Er riss einen trockenen Grashalm aus und deutete damit in die Richtung. »Anschließend nehmen wir den Weg vom Gatter.« Er drehte sich zu Bakken um, und während er dem fortgesetzten Gemecker des älteren Mannes zuhörte, kaute er nachdenklich auf dem Halm.

»Bakken«, unterbrach er ihn schließlich. »Wir haben nicht die Absicht, Ihren Besitz zu konfiszieren. Wir führen hier Ermittlungen durch. Lassen Sie uns unsere Arbeit erledigen, und umso schneller sind wir wieder verschwunden.«

Die Bootsschuppen rochen nach Teer. Sie lagen an einer seichten Stelle des Fjords am Strand, wo die Wellen über die Steine spülten und Tang und Algen an der Wasseroberfläche schwammen. Der Bootsschuppen, der dem Weg am nächsten lag, war der größte. Bakken öffnete die Tür, und sie sahen zwei Ruderboote nebeneinander liegen, an den Wänden Taurollen und Ausrüstung. Auf einem Regal zuoberst lagen einige aufgerollte, trockene Netze. Durch eine Luke in der Wand fiel etwas Licht. »Ein gewöhnlicher Bootsschuppen«, murmelte Bakken und durchbrach sein minutenlanges Schweigen. »Altes Fischereizubehör und zwei Ruderboote.«

»Sind Sie manchmal mit den Booten draußen?«

Bakken zuckte die Achseln. »Kommt vor.«

Eira machte eine Runde durch den Bootsschuppen. Strich mit der Hand über alte Ruder und am Kiel der Boote entlang, kniete sich hin und schaute darunter, befühlte knochentrockene Planken an der Wand, an der verschiedenes Fischereizubehör hing. Es ist doch wirklich verrückt, dachte er, dass der Alte das alles einfach sich selbst überlässt, so dass es verfällt. »Warum vermieten Sie das nicht? Es müsste doch Leute aus der Stadt geben oder auch jemand aus der Gegend hier, gar nicht zu reden von Touristen, die Interesse daran hätten, es für kürzere oder längere Zeit zu mieten?«

»Ich bin schon mehrmals gefragt worden«, entgegnete Bakken nur und starrte über das glatte Meer. Er stand auf und zog die Schuppentür zu. »Seid ihr fertig?«

Eira steckte die Hände in die Taschen und sah zwei Möwen nach. Bei dem schönen Wetter flogen sie hoch am Himmel, segelten auf der leichten Brise, kreisten über ihren Köpfen. Eira wünschte, er hätte eine Schrotflinte dabei.

Die Stimmen holten Hilde Samuelsen aus tiefster Tiefe. Sie waren weit weg, wie in einem Traum. Gedämpft, diffus, undeutlich. Sie konnte nicht hören, was geredet wurde. Sie waren draußen. Dann knarrte die Tür, und die Stimmen kamen näher. Sie kämpfte damit, die Augen aufzubekommen, und sie schluckte schwer, um sich wegen des dicken Bündels, das ihren Mund füllte, nicht zu erbrechen. Die Kiefer schmerzten, und die Mundwinkel waren bereits an einigen Stellen eingerissen. Sie strengte sich an, ruhig und gleichmäßig zu atmen, damit sie nicht wieder von Panik übermannt wurde.

»Sind Sie manchmal mit den Booten draußen?« Die Stimme war fremd. Er sprach langsam. Sagte zu wenig, als dass sie den Dialekt hätte einordnen können.

»Kommt vor.«

Sie hörte dort unten Schritte, Murmeln. Boote, die bewegt wurden. Die Tür stand offen, und sie riss und zerrte an den Stricken und versuchte, Laute von sich zu geben, damit die dort unten merkten, dass sie hinter Netzen und Taurollen eingeklemmt auf dem Regalbrett im Bootsschuppen lag. Aber das Glucksen des Wassers und das Geschrei der Möwen übertönten alles. Die Stimmen entfernten sich rasch wieder. Dann wurde die Tür geschlossen, und von Neuem war es nur oben die kleine Luke, durch die Licht fiel.

Sie hörte, wie der Motor eines Autos gestartet wurde, und gleich darauf war sie wieder mit den glucksenden Wellen allein.

Totto ging mit langen Schritten den Weg hinauf. Das Auto hatte er hinter der Scheune eines verlassenen Kleinbauernhofs geparkt, einige hundert Meter entfernt. Trockene gelbe Tannennadeln bedeckten den Weg, bis er weiter hinaufgekommen war, wo Waldboden und Moos die Unterlage bildeten. Er achtete darauf, nicht in die Schneereste zu treten, die noch hier und da übrig geblieben waren. Das hätte Fußspuren bedeutet. Man konnte nie wissen, auch wenn selten jemand hierherkam.

Er rannte, bis er schweißgebadet war und die Kleider an seiner Haut klebten. Auf einer Anhöhe blieb er stehen und sah zurück. Das Meer lag still und glänzend da, und tief dort unten stand ein frisch gestrichener roter Bootsschuppen, wie ein Blutstropfen vor all dem Blau.

Sein Herz hämmerte nun nicht mehr vor Wut und Erregung, sondern vor Anstrengung.

Er hätte sie töten sollen.

Aber noch war es nicht so weit. Alles hatte seine Zeit, und daran konnte er nichts ändern. Sie hatte noch nicht ihre Mission erfüllt, wenn auch das Warten ihn quälte und er sich nicht mehr so viel aus all dem machte. Aber er war zu clever, um es einfach laufen zu lassen.

Zuallererst musste er seinen Platz checken. Er hatte ihn im letzten Jahr ausgewählt, er war genauso heilig wie eine der Opferstätten von Eiras Ahnen. Er war seither mehrere Male da gewesen. Hatte nur dort gestanden und sich unter Hochspannung umgeschaut und unbesiegbar gefühlt. Er glaubte nicht, dass jemand die Stelle entdecken würde, hierher kam niemand.

Es war ein strammer Marsch von zwei Stunden bis zum See und der alten Holzhütte. Dort konnte er sich ausruhen bis zum Abend und bis Eira in die Stadt zurückgefahren war. Er konnte sie dort unten sehen, wie winzige Insekten. Ihm war, als könnte er die Ferse auf sie stellen und sie zerquetschen, wenn er wollte.

Totto hatte Hunger, und er hatte so lange still gestanden, dass er fror. Er hatte nichts bei sich, und es würde noch viele Stunden dauern, ehe er zurückfuhr. Er atmete tief ein und spürte, wie gut ihm das tat.

Es überschattete die Unruhe und Rastlosigkeit, die Erwartung dessen, was vor ihm lag, alles, was er geplant hatte. Die läuternde Reinigung.

61

Das Schmelzwasser hatte sich in großen Pfützen am Straßenrand gesammelt. Eira verringerte stark die Geschwindigkeit an der Ecke, wo das Grandhotel lag, und vermied auf diese Weise geschickt, Gerhard Eng vollzuspritzen. Er öffnete die Beifahrertür. »Spring rein.«

Eng schnallte sich an und schnaubte frustriert: »Verdammt, Aslak, hast du gesehen, dass die Fortschrittspartei jetzt die zweitgrößte geworden ist? Ich glaub echt, die Zeit ist reif zum Abhauen.« Er lehnte sich zurück und schloss die Augen. »Was war es noch mal, wovon wir geträumt haben, Alaska? Kuba?«

Eira musste lachen. »Weiß ich nicht mehr, um ganz ehrlich zu sein. Ich glaub, inzwischen ist der Rücken nicht mehr so beweglich.« Lächelnd sah er ihn von der Seite an. »Ist denn überhaupt noch mehr als Staffage übrig? Oberarzteinkommen, feste Anstellung, schönes Haus. Der letzte Rest von Revoluzzertum äußert sich im Fahren mit dem Bus, vermute ich?«

Eng schnaufte. »Und ich vermute, dass du mich nicht aus reiner Freundschaft nach Hause bringen willst?«

»Birger Krogh, sag mal, triffst du dich mit ihm?«

»Wusste ich's doch, da war was.« Eng öffnete die Augen. »Krogh ist vor drei Jahren wieder hierhergezogen, etwa gleichzeitig mit mir. Jetzt strolcht er als eine Art Original durch die Stadt, hängt sich an die jungen Leute dran und wird ausgelacht. Ich habe nichts mit ihm zu tun. Sehe auch irgendwie keinen Grund dazu, früher hatte ich das schließlich auch nicht.« Er blinzelte zu Eira hinüber. »Warum fragst du?«

Eira zögerte. »Aus irgendeinem Grund interessiert er sich derzeit für mich. Auf eine Weise, die mir nicht gefällt.« Er zuckte die Achseln. »Schwafelt von alten Zeiten und was ich alles hätte werden können, wenn aus mir nicht so ein Überläufer und Verräter geworden wäre.« Er unterstrich seine Worte mit einer heftigen Handbewegung. »Lauter so schwulstiger Kram.«

Eng verzog das Gesicht. »Findest du es nicht auch erstaunlich, solche Sachen aus seinem Mund zu hören? Er war doch immer ein verdammter Opportunist. Der Mann hatte einfach keine Gesinnung. Nach meiner Meinung wechselte er die Farbe, je nachdem, was gerade am lohnendsten war. Und ich schätze, daran hat sich nichts geändert.« Er wandte sich Eira zu. »Aber du weißt doch, warum er dich nicht mag, oder?«

Eira starrte ihn an. »Keine Ahnung.«

»Die, mit der du ein Kind hast«, sagte Eng langsam. »Was ist aus ihr geworden?«

»Australien«, murmelte Eira. »Hat sich einen Schafzüchter gesucht und wohnt seit '87 dort.«

»Sie war hübsch, daran erinnere ich mich. Klein und dunkel. Samisch, stimmt's?«

Eira nickte nur und spürte Engs Blick auf sich ruhen.

»Alle haben gewusst, dass Krogh ihr hierher gefolgt ist, nachdem sie in Bergen mit der Schule fertig war. Weil er so wahnsinnig verliebt in sie war«, ergänzte er vielsagend und lehnte sich zu Eira hinüber. »Der Einzige, der überhaupt nichts davon gemerkt hat, warst du. Du warst damals mit so vielem beschäftigt.« Eira starrte ihn sprachlos an. »Vielleicht gefiel ihm eure Beziehung nicht und dass sie von dir ein Kind bekam?«

Eira lachte laut auf. »Das ist die idiotischste Begründung, die ich je gehört habe!«

»Was weiß denn ich?« Theatralisch zuckte Gerhard Eng die Achseln. »Du hast gefragt. Ich denke nur laut. Es heißt, die Wege der Liebe seien unergründlich. Ich halte mich da lieber raus, denn ich glaube, die führen schnurstracks in die Hölle.« Er zeigte nach vorn. »Dort wohne ich.«

Eira war schon oben in der Grønnegata und keine fünfzig Meter entfernt von seinem Haus, als das Handy klingelte. Benjaminsen war dran. »Es gibt hier was, das musst du dir ansehen«, sagte er kurz. »Ich sitze an Hilde Samuelsens Computer. Sie war im Internet und hat mit jemandem gechattet. Vor zwei Monaten, um genau zu sein. Da ist was dabei, das ihr einschätzen müsst.«

»Jetzt?«

»Bitte. Ich hab gerade alles da.«

Als Eira ankam, lehnte Benjaminsen am offenen Fenster und rauchte. »Endlich.«

»Geh doch raus auf die Treppe, wenn du unbedingt qualmen musst«, murmelte Eira und spürte, dass es derzeit verdammt wenig bedurfte, um ihn auf 180 zu bringen. »Was hast du denn gefunden?«

Benjaminsen verdrehte die Augen, drückte die Zigarette aus und schloss das Fenster. »Das da.« Er wies auf den Bildschirm und setzte sich, während Eira las. Es war ein Austausch zwischen Hilde und einem, der sich *Coolcat* nannte:

Ich hab dein Foto im Internet gesehen.
Da fühlte ich mich eingeladen, zu dir Kontakt aufzunehmen.
Dein Körper schreit danach, dass ihn einer nimmt, das steht über dem Ganzen geschrieben.
Es gibt viel, was ich gern mit dir machen würde. Willst du, dass ich es dir erzähle?
Ich sehe vor mir, dass du bei allen möglichen Spielen mitmachst, du bist nass und geil, und nichts ist zu derb für dich.
Ich bin der Mann für dich, ich kann deine wildesten Träume erfüllen.
Sollen wir uns treffen? Ich warte auf deine Antwort.

»Klingt wie ein kranker Widerling«, murmelte Eira und drehte sich zu Benjaminsen um. »Was meint er damit? Wir haben von Hilde Samuelsen doch kein solches Foto gesehen?« Benjaminsen schüttelte den Kopf. »Was hat sie geantwortet?« Eira wandte sich wieder dem Bildschirm zu und las:

Du bist ein perverser Scheißkerl, und ich glaub, du bist krank im Kopf. Leg dir ein Hobby zu oder am besten eine Frau, auch wenn ich bezweifle, dass jemand was mit einem Typen wie dir zu tun haben will.
Lass die Finger von meiner E-Mail, du Perversling.

Schon eine halbe Stunde, nachdem *Coolcat* seine Mail abgeschickt hatte, war Hildes Reaktion gekommen. Er hatte auf Hildes wütende Mail unmittelbar geantwortet:

Liebe Hilde,
das war kränkend. Ich glaube, du solltest erst überlegen, ehe du mit so viel Dreck auf einmal wirfst.
Du hast das selbst gestartet.
Dein Foto sendet unmissverständliche Signale.
Ich missverstehe sie jedenfalls nicht.
Ich glaube, du treibst eine Art Spiel. Du glaubst, du kannst mich manipulieren.
Aber ich sehe, was du bist, und kapiere, was du willst.
Vergiss nicht, dass für uns beide das Erlebnis ein Vergnügen sein kann.

Hilde hatte ihn keiner weiteren Antwort gewürdigt. Eine halbe Stunde später schrieb er wieder:

Liebe Hilde,
warum antwortest du mir nicht?

Die Antwort kam unmittelbar:

Weil du mich einen Dreck interessierst.

Coolcat hatte noch mehrere Versuche unternommen, sie wieder zum Sprechen zu bringen, aber Hilde hatte offenkundig nicht geantwortet.

Eira drehte sich zu Benjaminsen um. »Wer hat das geschickt?«

»*Coolcat*«, antwortete Benjaminsen langsam. »Der Betreffende kann nicht sonderlich schlau sein. Der schickt tatsächlich so ein Zeug von einem der Computer an der Uni. Den aufzuspüren, dürfte eine Kleinigkeit sein.« Er stand auf und öffnete wieder das Fenster. »Sobald die morgen Früh da sind, haben wir seinen Namen. Vielleicht ist es ein Kommilitone oder einer, der ein bisschen komisch ist.«

Eira starrte nachdenklich auf den Bildschirm. Da war etwas an der Art, wie die Mails geschrieben waren, etwas an den Formulierungen, aber er wusste nicht genau, was. »Besorg mir sofort einen Ausdruck«, sagte er nur. »Und arbeite daran weiter. Finde heraus, womit sich Hilde Samuelsen sonst noch beschäftigt hat.«

62

Das Haus war ganz still, als Eira aufschloss. Halb neun.

Niillas war unterwegs zur Probe mit seiner Band. Eira ging in die viel zu aufgeräumte Küche. Nur das Brotmesser und ein paar Krumen auf dem Holzbrett deuteten darauf hin, dass der Junge sich wenigstens eine Scheibe Brot geschmiert hatte, als er von der Schule nach Hause gekommen war. Er öffnete den Kühlschrank und machte ihn sofort wieder zu. Der Braunkäse lag wie ein havariertes Wrack einsam im mittleren Fach. Laut schimpfend warf Eira ein leeres Marmeladenglas und einen verwelkten Salat in den Müll. Der Junge war alt genug, um selbst einzukaufen und sich etwas zu kochen. Er riss ein Blatt Papier vom Block ab, der am Kühlschrank hing, und notierte die Lebensmittel, die schleunigst eingekauft werden mussten. Bräuchte er nur an sich zu denken, würde er sich im Büro ein Feldbett aufstellen und einen Zweiplattenkocher besorgen, dann müsste er wenigstens nicht so tun, als hätte er ein Zuhause.

Zwanzig Minuten vor Ladenschluss war er beim Supermarkt am Kai, schnappte sich einen Einkaufswagen und ging im Sturmschritt durch die Reihen. Den Einkaufszettel hielt er dabei wie eine Landkarte vor sich. Er legte gerade Birnen in eine Plastiktüte, als sich jemand neben ihn stellte.

»Die ist schön.«

Sein Blick folgte der Frauenhand mit der Birne zum Arm und hinauf bis zum Gesicht. Es war Mona Lie. »Du hier?«

Sie nahm sich eine Tüte und legte mit gezielten Bewegungen Äpfel hinein. »Ich musste noch einkaufen.«

»So ein Zufall.«

»Nicht wahr? Ich war auf dem Heimweg von der Arbeit, und da fiel mir ein, dass ich gar nichts mehr zu Hause habe. Wahrhaftig in letzter Minute.«

»Ich bin bei der Kriminalpolizei, Mona. Kleine Lügen sind meine Spezialität.« Er lächelte. »Du bist vorbeigefahren und hast mich hineingehen sehen.«

»Ja, stimmt.« Sie lächelte und wandte sich ab.

»Du hast noch zehn Minuten. Ich warte am Ausgang.«

Er zahlte, brachte die Sachen ins Auto und stellte sich vor das Geschäft. Um diese Zeit waren hier nur wenige Menschen. Mona Lie hatte ihr Auto direkt neben seinem geparkt. Als sie mit zwei Einkaufstüten beladen herauskam, nahm er ihr die Einkäufe ab, während sie den Wagen aufschloss. Sie war viel zu dünn bekleidet, zu schwarzen Hosen trug sie nur einen weißen Pulli mit tiefem Ausschnitt. Sie nahm den Mantel aus dem Auto. »Es muss ja aussehen, als hätte ich es so eilig gehabt, dass ich vergaß, ihn anzuziehen«, lachte sie.

Er zwang sich, den Blick von ihr abzuwenden. »Es wäre schön, dich heute zum Essen einzuladen, aber ich muss zurück ins Büro.« Er deutete mit einem Kopfnicken zu einer Würstchenbude, fünfzig Meter weiter. »Für mehr habe ich keine Zeit.« Es kam ihm so vor, als freute sie sich.

»Ich bin dabei.«

Sie bestellten zwei Würstchen mit Senf und Ketchup. Er zog die zusammengefalteten Bögen mit den E-Mails aus der Tasche und reichte sie ihr.

»Was ist das?«, fragte sie und warf einen Blick auf das Datum. »Das ist eine Weile her.«

»Die haben wir auf Hilde Samuelsens Computer gefunden. Uns ist bekannt, dass sie von einem der Computer der Uni abgeschickt wurden. Morgen wissen wir hoffentlich mehr.« Während sie die beiden Seiten durchlas, besorgte er ihnen noch ein Würstchen.

Am Ende gab sie ihm die Bögen wieder. »Glaubst du, Hilde ist in den Klauen von einem dieses Kalibers gelandet, worüber wir mal geredet haben?«

Er sah sie an. »Einer, der nicht ganz richtig tickt? Das, was die jungen Leute Perversling nennen?«

Sie zuckte die Achseln. »Ja, zum Beispiel. Auch wenn sich nicht so leicht definieren lässt, was dieses ›nicht richtig ticken‹ alles beinhaltet.«

Seiner Meinung nach war das leicht zu klären, aber vermutlich würde seine Definition fachlichen Ansprüchen kaum genügen. »Ich weiß es nicht«, sagte er bloß. »Kann nicht recht verstehen, wieso sie freiwillig Kontakt zu einem unterhält, der solche Mails schreibt.« Er schwieg und sah über den Sund. »Vielleicht ist das gar keine richtige Spur. Im Internet sind ja alle möglichen merkwürdigen Gespräche angesagt. Aber so einen Kerl dann *treffen?* Nie im Leben, das glaube ich nicht. Trotzdem müssen wir versuchen, ihn ausfindig zu machen, und herausfinden, ob er etwas weiß, das wir noch nicht wissen.«

Sie schlenderten zu den Autos.

Als das Schweigen unangenehm lang wurde, half ihm das Klingeln seines Handys aus der Verlegenheit.

Benjaminsen klang aufgeregt. »Hilde Samuelsen war auch dabei, die hat da auch mitgemacht.« Es dauerte eine Sekunde, ehe Eira begriff, dass es um die Site im Internet ging. »Aber sie posierte allein«, fuhr Benjaminsen fort. »Außerdem ist es nicht so offensichtlich, dass sie es ist auf dem Foto.« Es klang wie ein Stoßseufzer. »Man muss das Foto wirklich genau studieren, weil sie in einer etwas weniger deutlichen ... äh, Position als die anderen fotografiert ist, mit abgewandtem Gesicht, und sie hat was an. Aber sie ist es.« Er schwieg einen Moment, dann brach es aus ihm heraus: »Dieser Typ muss wirklich verdammt viel Zeit auf solchen Internetseiten verbringen, wenn du mich fragst.«

Sie beendeten das Gespräch, und Eira erzählte Mona, was Benjaminsen entdeckt hatte. Mona stockte, dann sagte sie: »Das überrascht mich.«

Ihm fiel einfach kein vernünftiger Kommentar ein, und mit einem Mal wurde das Schweigen zwischen ihnen erdrückend.

Er studierte den Asphalt zu seinen Füßen. Sich mit Mona Lie zu unterhalten, war manchmal, wie an eine Auster zu klopfen. Sie verschloss sich vollständig. Er schob den Hauch von Enttäuschung beiseite, der sich breitgemacht hatte. »Diese Sachen ab und zu mit jemand diskutieren zu können, ist sehr nützlich für mich«, sagte er und reagierte prompt auf seine eigene formelle, unpersönliche Formulierung, indem er hinzufügte: »Ich hoffe, du findest es okay, wenn ich mich in solchen Fällen bei dir melde?«

Sie nickte und zog die Handschuhe über. »Immer gern.« Sie wartete, während er seinen Wagen aufschloss. »Ich sehe zu, dass ich loskomme.«

Sie drückte kurz seine Hand, und dann war sie weg.

Es war halb eins, als Eira sich voll bekleidet aufs Bett legte. Er schloss die Augen, wollte sich nur ein bisschen ausruhen, nicht schlafen.

Die Matratze unter ihm war weich, weich und schaukelnd, so wie Mona Lies Bewegungen, wenn sie sich auf einen Stuhl setzte oder aufstand. Er floss davon, unter ihm war nicht mehr die Matratze, sondern ihr Körper. Er bewegte sich im Takt mit ihren Bewegungen, sie war über ihm und um ihn herum.

Er versank in ihr, verlor den Halt. Die Tiefe schluckte ihn. Ein schwarzes Loch, das nach feuchter Erde roch und nach dunklem, gefährlichem Keller. Das Loch, das bis ins Innere der Erde reichte und in das er gestarrt hatte, als er sechs Jahre alt war und sich von den Erwachsenen losgerissen hatte, als er bis an die Kante gerannt war und zugesehen hatte, wie der weiße Sarg mit seiner Mutter hinabgelassen wurde. Er fiel und fiel. Und er schrie.

Das Herz stockte, dann raste es davon. Das Dunkel, das sich über ihm ausdehnte, war nicht seine Mutter oder Mona, und der Mund, der zu ihm sprach, war ein anderer.

Er fuhr hoch, völlig nassgeschwitzt.

»Wach auf. Du hast geschrien.« Niillas stand neben dem Bett und betrachtete ihn. Er legte seinem Vater eine Hand auf die Schulter. »Beruhige dich und leg dich wieder schlafen. Es ist mitten in der Nacht.«

Er machte das Licht aus und zog leise die Tür hinter sich zu.

63

Am nächsten Morgen, er hatte sich gerade Kaffee holen und hinter seinem Schreibtisch Platz nehmen können, stand schon Benjaminsen in der Tür. »Wir haben den

Ausgangspunkt für die E-Mails aufgespürt, die dieser *Coolcat* an Hilde Samuelsen geschickt hat.«

Eira richtete sich auf. »Ja? Und wo ist er?«

»Du wirst es kaum glauben. Wir haben alles zurückverfolgt bis zu einem Computer, der zum pathologischen Labor gehört, wo sie Gewebeproben analysieren und solche Sachen und nicht zuletzt die meisten der Untersuchungen machen, die *du* derzeit in Auftrag gibst.« Benjaminsen wartete und ließ Eira Zeit, seine Worte zu verdauen. »Ich gehe davon aus, dass dir das etwas sagt.«

Und ob. Er hatte erst vor ein paar Tagen mit Åge Markussen im Labor gestanden und sich unterhalten.

»Der Zeitpunkt, das war zwischen acht Uhr und zehn nach halb neun am Freitagabend, haargenau einen Monat, ehe das erste Mädchen verschwand. Der Rechner ist so ein typischer Laborrechner, mit einem Passwort, das die ganze Gruppe kennt, die dort arbeitet.« Benjaminsen legte eine kleine Pause ein. »Sieht so aus, als würdest du einer ganzen Gang gegenüberstehen, was?«

Eira brummte nur etwas Unverständliches. Er sah all die Menschen vor sich, die dort arbeiteten, und dachte eine Weile über das Böse nach, das den Dingen innewohnt. Eine ganze Abteilung. Und wer erinnerte sich an einen Freitagabend vor zwei Monaten, an dem nichts Besonderes passiert war?

»Mehr habe ich nicht«, sagte Benjaminsen schließlich. »Gar nicht so dumm, einen Computer zu benutzen, zu dem viele Zugang haben, oder? Fast unmöglich herauszufinden, wer dahintersteckt.«

Er ergänzte noch das Offenkundige: »Außer, wenn jemand den Betreffenden gesehen hat.« Eira hörte Benjaminsen an, dass für ihn die Sache trotz allem keinen Sinn ergab. »Er hätte es doch total unmöglich für uns machen können. Warum hat er die Mails nicht von irgendeinem Rechner geschickt, mit dem man ihn nicht in Verbindung bringen kann? Man bekommt fast das Gefühl, dass er uns auf diese Abteilung ansetzen will.«

Eine ganze Reihe von Angestellten und Studenten hatte Zugang zum Labor. Zu den potenziellen Verdächtigen gehörte vielleicht die gesamte medizinische Abteilung, dachte Eira, zunehmend verzweifelt. Er konnte nicht sehen, wie sie die Gruppe so schnell einschränken sollten. Er brauchte Rat und Unterstützung. Vennestad war der Chef. Lindberg war derjenige, mit dem er am meisten gearbeitet hatte. Er griff zum Telefon und traf eine Verabredung. Dann leerte er den Kaffeebecher in einem Zug und eilte zur Tür.

»Einen Monat, ehe Hilde Samuelsen verschwand, wurde ihr eine ausgesprochen grobe E-Mail zugeschickt«, begann Eira und ging die Sache direkt an. Zusammen mit Lindberg saß er in Vennestads durchorganisiertem Büro. »Wir haben die Spur zurückverfolgen können bis zu einem Rechner im Labor der pathologischen Abteilung. Sie sind der Chef, Vennestad, und Sie beide unterrichten sehr viel.« Er wandte sich an Lindberg. »Ich brauche Ihre Unterstützung bei unserem weiteren Vorgehen. Die E-Mail wurde abends um acht abgeschickt. Wer hat um die Zeit Zugang zum Labor?«

Beide Männer sahen ihn ungläubig an. »Eine E-Mail? Aus dem Labor?«, kam es schließlich von Lindberg. Er wandte sich an Vennestad. »Da ist immer jemand. Wir betreiben Forschung und unterrichten und haben ständig mal was in den Labors zu erledigen.« Er runzelte die Stirn. »Wollen Sie damit sagen, wir sollen jemand benennen, den Sie als Verdächtigen verhören können?« Eiras Nicken konnte man als Bestätigung auffassen. »Eira, das ist doch verrückt. Wie stellen Sie sich das vor?«

Vennestad nahm seine Brille ab und putzte sie ausführlich mit einem Jackettzipfel. »Verstehe ich das recht: Von dort wurde eine irgendwie drohende oder kompromittierende E-Mail abgeschickt? Und wir sollen Ihnen helfen, die

Gruppe der Verdächtigen einzugrenzen?« Vennestad ging das Problem wie eine mathematische Gleichung an, dachte Eira.

Die ging aber offenbar nicht auf, denn Vennestad lehnte sich zurück und hob beide Hände. »Tut mir leid, Eira. Ich muss passen. Ganz davon abgesehen, dass ich nie riskieren würde, einen Unschuldigen aus der Abteilung zu verdächtigen. Das gehört definitiv nicht zu meinem Arbeitsgebiet.«

»Lassen Sie es uns dann auf eine andere Weise angehen. Muss man einen Schlüssel haben, um dort reinzukommen?«

Beide nickten. »Aber Schlüssel haben viele«, erklärte Vennestad. »Auch Studenten und Stipendiaten, die an Forschungsprojekten arbeiten.«

»Wann schließt das Labor?«

»Um halb vier. Aber die Leute arbeiten noch lange danach dort. Sogar nachts können Leute im Labor sein.«

Eira nickte mechanisch. »Es handelt sich um den 8. April. Gibt es ein Loggbuch? Wird gestempelt?«

Beide schüttelten den Kopf. »So läuft das hier nicht«, erläuterte Lindberg. »Außerdem, wer um Himmels willen erinnert sich an einen Abend, der so lange zurückliegt?«

Eira rutschte auf seinem Stuhl hin und her. »Lassen Sie mich einfach an einem Ende beginnen. Es tut mir leid, dass ich fragen muss, aber was haben Sie jeweils zu diesem Zeitpunkt gemacht?«

»Liebe Güte, Eira …«, murmelte Lindberg.

Vennestad räusperte sich: »Nun. Eira, Sie haben einen Job, der dann und wann genauso unangenehm sein kann wie unserer. Aber der muss einfach erledigt werden«, sagte er kurz. »Lassen Sie mich überlegen.« Er holte einen Terminkalender aus der Brusttasche. »Ich war im Elisabeth-Zentrum und sprach vor einer Gruppe Patienten in der Reha-Phase über vorbeugende Maßnahmen bei Herz- und

Gefäßkrankheiten«, sagte er und steckte den Kalender wieder ein. »Von 19 Uhr bis 20:30 Uhr.«

»Und Sie?« Eira wandte sich an Lindberg.

»Am 8. April? Abends?« Er dachte einen Moment nach. Dann zog er ebenfalls einen Taschenkalender hervor. »Ich war im Kino«, sagte er. »Hab den letzten Film mit Will Smith gesehen. Die Vorstellung um 19 Uhr.«

»Allein?«

»Allein«, nickte Lindberg. »Aber an dem Abend müssen mindestens zehn unserer Studenten da gewesen sein. Und Elin, unsere jüngste Laborantin.«

Er zuckte die Achseln. »Elin kann bestimmt bestätigen, dass ich da war. Wir haben zusammen darauf gewartet, eingelassen zu werden. Die Eintrittskarte habe ich nicht aufgehoben.«

»Okay. Das normale Personal geht um vier, halb fünf nach Hause. Ich brauche eine Liste derjenigen, die sich regelmäßig oder unregelmäßig nach der normalen Arbeitszeit im Labor aufhalten. Ich will versuchen herauszufinden, wer von denen an genau diesem Abend da gewesen ist.«

»In Ordnung.« Vennestad setzte die Brille mit den Gleitsichtgläsern ab und steckte sie langsam in ein Etui. »Mir bleibt wohl keine andere Wahl.«

»Völlig umsonst«, sagte Berger, als sie sich ins Auto setzten. »Ich bin davon überzeugt, dass der Betreffende an dem Abend allein im Labor gewesen ist. Der hat schon dafür gesorgt, dass er nicht beobachtet wird.«

»Nicht unbedingt«, sagte Eira. »Wenn der Mörder im Haus arbeitet, wird es niemand besonders auffallen, ob er am Abend aufschlägt oder nicht. Die Leute kommen und gehen doch mehr oder weniger rund um die Uhr.« Er drehte sich um und betrachtete sie. »Könntest du zum Beispiel sagen, wen du am Donnerstagabend vor einer Woche im Besprechungszimmer gesehen hast?«

Berger klopfte gegen den Fensterrahmen. »Okay, ich seh's ein.«

Sie starrten über den vollbesetzten Parkplatz, alles Autos von Angestellten der Universitätsklinik. In etlichen Etagen waren die Fenster hell erleuchtet, die meisten gehörten zu den Büros und Labors. Die Taktik des Mörders war jetzt, sich ganz ruhig zu verhalten. Er musste aber fühlen, dass rings um ihn die Erde brannte. »Wir riskieren, dass er abhaut. Anderswo von Neuem anfängt.«

Eira nickte. »Der wartet schwerlich auf eine weitere Gelegenheit hier.« Er startete den Motor und ließ ihn ungeduldig aufheulen.

»Wir müssen zumindest beobachten, ob alle wie üblich bei der Arbeit erscheinen.«

Eira trommelte mit den Fingern aufs Steuer. »Warum hat Hilde uns nie was von dieser E-Mail erzählt?«

Berger stierte vor sich hin. »Sie hat das wohl nicht mit den Morden in Verbindung gebracht. Vermutlich haben die Mädchen häufig mit Fremden im Internet gechattet. Außerdem war sie vielleicht nicht sonderlich stolz auf die Nacktaufnahmen und wollte nur ungern, dass das herauskommt.«

»Wir müssen einen Suchdurchlauf nach vergleichbaren Verbrechen starten. Entführung junger Mädchen nach Internetkontakt, Gefangenschaft, eventueller Einsatz von Medikamenten, um sie zu sedieren.« Sie fuhren eine Weile, ohne etwas zu sagen. »Wir müssen die Suche verfeinern und gleichzeitig ausweiten, sehen, was die Großrechner finden. Nicht nur hier, sondern in Skandinavien insgesamt«, sagte Eira schließlich. Sie parkten vor dem Gebäude der Polizei. Er zog den Zündschlüssel mit einem Ruck heraus. »Fang gleich damit an, Berger. Sprich mit Benjaminsen und bitte ihn, daran mitzuarbeiten.«

64

Vennestad meldete sich schon am nächsten Tag bei ihnen.

»Eira, ich bin von dieser Aufgabe, die Sie mir übertragen haben, wirklich nicht begeistert«, beklagte er sich. »Aber mir bleibt wohl keine andere Wahl?«

»Nein«, antwortete Eira. »Was haben Sie?«

»Das, worum Sie gebeten haben. Eine Übersicht über die Personen, die nach der offiziellen Arbeitszeit Zugang zu den Labors haben. Es handelt sich um fünf Studenten, die neben ihrem Studium in unserer Abteilung etwas Forschung betreiben. Ferner haben wir zwei Vollzeitstipendiaten, fünf Assistenzärzte und fünf Oberärzte. Zwei Professoren.« Er hüstelte und fuhr dann fort: »Außerdem gibt es eine Reihe anderer Angestellter. Zwei Präparatoren, den Fotografen … Ja, das war das, was mir auf die Schnelle eingefallen ist.«

Plötzlich meinte er: »Wenn es nötig ist, können natürlich abends auch andere hereinkommen. Also Krankenpfleger, Sekretärinnen, Wachleute, die Putzleute …« Er machte eine kleine Pause. »Ich vergesse immer Markussen. Er ist sehr oft abends hier. Weil wir ihn um zusätzliche Arbeiten bitten«, ergänzte er.

Eira hörte Vennestad aufmerksam zu.

Kurz erwog er, ob Vennestad versuchte, ihn zu entmutigen. Er kam ihm vor wie eine Glucke, die standhaft ihre Küken beschützt. Dann bat er Vennestad, ihm die Liste zu mailen, und legte auf. Als sie wenige Minuten später bei ihm ankam, druckte er sie aus.

Vennestad und Lindberg hatten Alibis. Berger hatte das normale Personal der Labors verhört, zumeist Frauen mit familiären Verpflichtungen, die Alibis am laufenden Band produziert hatten, obwohl das Datum schon so lange zurücklag.

Da die E-Mail an einem Freitagabend abgeschickt worden war, waren es am Ende nur zwei Studenten und zwei Stipendiaten plus ein Angestellter, die das Gebäude nicht bereits vor sechs Uhr abends verlassen hatten.

Bis zum Nachmittag hatte Eira die Stipendiatin ausgeschlossen, die nachweislich im Empfang der Klinik gesessen und die Abendnachrichten gesehen hatte. Der zweite Stipendiat war ein Mann, der kein anderes Alibi hatte, als dass er um acht Uhr den mühsam angeschafften Zellkulturen, mit denen er forschte, einen Stoff zufügen musste, um die Reaktion zu beobachten. Er erklärte mit Emphase, er käme doch nicht im Traum auf die Idee, drei Jahre Forschungsarbeit aufs Spiel zu setzen, nur um eine schlüpfrige E-Mail zu verschicken. Und die Studentin war eine dünne kleine Maus, die unter Tränen nicht begreifen konnte, warum sie so eine E-Mail an eine andere Frau hätte schicken sollen.

Der männliche Student war ein alter Bekannter. Per Roan hatte kein konkretes Alibi. Er war nur im Gebäude gewesen, weil er dort ungestört lesen konnte.

Vor Verzweiflung fuhr sich Eira mit beiden Händen durch die Haare. »Mit wem sind Sie zusammen gewesen?«

»Mit niemand.« Roan starrte ihn finster an. »Es gab keine unmittelbar bevorstehenden Examen, deshalb waren die anderen in der Stadt unterwegs.«

»Aber Sie nicht?«

»Ich hinke oft etwas hinterher, um es freundlich auszudrücken. Ich bekomme dann mal kurzfristig einen akuten Anfall von Arbeitswut, und das am liebsten freitags.« Er sank wieder in sich zusammen, und Eira war aufs Neue verblüfft, dass der Student keinerlei Versuch unternahm, den Verdacht auszuräumen, der nun auf ihm lastete.

»Sie haben immer noch keine Idee, was mit Hilde Samuelsen passiert sein könnte?«

»Dann hätten Sie längst von mir gehört.« Die Antwort kam prompt.

»Benutzen Sie manchmal die Computer im Labor im zweiten Stock?«

»Nein.« Aus dem Blick, mit dem er Eira ansah, konnte man unmöglich schlau werden. »Warum sollte ich? Wir haben Rechner im Lesesaal.«

Eira sah ihn scharf an. »Die Fragen stelle ich hier.« Er ließ Per Roan nicht aus den Augen. »Haben Sie an dem fraglichen Abend sonst jemand gesehen? Gegen acht?«

Der Student schien nachzudenken und ließ sich Zeit mit der Antwort. »Auf die Schnelle fällt mir keiner ein.« Nach einem prüfenden Blick zu Eira fragte er: »Ist das wichtig?«

»Das kann sogar sehr wichtig sein.« Er machte eine Pause, um die Bedeutung seiner Worte zu unterstreichen. Dann ergänzte er: »Wenn Ihnen etwas einfällt oder Sie sich an jemand erinnern, den Sie hier zwischen sechs und halb neun gesehen haben, dann rufen Sie mich bitte unbedingt an.« Er riss einen Zettel mit seiner Telefonnummer ab und gab ihn dem jungen Mann.

Per Roan nickte und warf schnell einen Blick auf die Nummer, ehe er ihn in die Tasche steckte.

Eira stieg die Treppe zum Labor hinauf, in dem sich Markussen meistens aufhielt. Es erstaunte ihn, dass auch der kein Alibi für den Zeitpunkt hatte, zu dem die E-Mail vom Labor aus an Hilde abgeschickt worden war. Er war an jenem Abend nachweislich bis um halb neun auf der Arbeit gewesen, aber so schnell fiel ihm niemand ein, der das hätte bestätigen können.

»Das ist nur, weil ich total blockiert bin, wenn Sie so vor mir stehen und mich verhören«, hatte er erregt gerufen. »Außerdem ist es normal, dass ich bis spätabends arbeite! Fragen Sie, wen Sie wollen!«

Eira fand die Situation in keiner Weise stressig und konnte sich gar nicht vorstellen, wieso Markussen sich dermaßen aufregte.

Er traf Berger und Vang um halb sechs in der leeren Mensa. Die beiden blätterten langsam ihre Notizen durch, und Eira brauchte sie noch nicht einmal zu fragen, um das Ergebnis zu erfahren.

»Die haben so gut wie alle stichhaltige Alibis«, sagte Vang langsam. »Abgesehen von ein paar, die sich nicht an den Tag erinnern. Ich glaube nicht, dass es einer der Angestellten gewesen ist.«

»Außerdem gibt es dafür doch auch kein Motiv«, ergänzte Berger. »Warum sollte zum Beispiel eine Frau solchen Mist verschicken?«

Eira schüttelte den Kopf. »Markussen war bei der Arbeit, das ist er abends immer. Per Roan war um die Zeit auch hier, und er hat keine vernünftige Erklärung, warum. Nur dass er lesen wollte.«

»Der weltbeste Grund hier zu sein, meiner Meinung nach«, murmelte Berger.

65

»Gut, dass ich dich erreiche.« Thomassen vom kriminaltechnischen Labor wirkte kurzatmig und redete im Telegrammstil: »Kaugummi und Haar, du weißt, was ihr in Kåfjord gefunden habt.«

Eira nickte stumm zum Telefonhörer.

»DNA vom Kaugummi und vom Haar stimmen überein.« Thomassen atmete durch, und so blieb die Information in der Luft hängen. Der Betreffende musste also sowohl in dem Haus von Hildes Mutter gewesen sein als auch in dem Waldgebiet, wo Marie Bengtsson gefunden wurde.

»Seht ihr eine Verbindung?«

Und ob sie das taten, zumindest Eira. Bisher hatten ihm nur die Beweise gefehlt. Das Kaugummi hatte höchstwahrscheinlich zusammen mit Marie Bengtsson überwintert. Aber das war wiederum ein Unsicherheitsfaktor. Die Reifenspuren vor dem Gatter waren frisch gewesen. Der Mörder konnte nach der Schneeschmelze hingefahren sein, nur um die Gegend zu checken. Eira rieb sich die Stirn; er sah nicht so recht ein, warum er das hätte tun sollen.

Langsam legte er den Hörer auf und verdaute Thomassens Informationen. Immer noch war der Täter unbekannt, aber nun hatten sie wenigstens den Beweis, dass es eine Verbindung zwischen den Fällen gab. Die Spur vom Tatort im Fall Marie Bengtsson stimmte mit der Spur bei Hilde Samuelsens Mutter überein. »Zwei Fälle mit genau einem Jahr dazwischen«, murmelte er vor sich hin. Der Mörder *musste* einfach in nächster Nähe sein.

Eine halbe Stunde später lehnte sich Eira mit grimmiger Miene in seinem Stuhl zurück. »Weder Bakken noch die Damen Samuelsen können irgendwelche Aussagen machen zu irgendwelchen Autos, die sie gesehen haben sollen. Der Polizeikommissar hingegen hat ein paar Jugendliche befragt, die beim Konsum rumzuhängen pflegen. Einer von ihnen hat einen schwarzen VW Passat mehrfach im Kåfjordtal gesehen. Neues Modell.«

Berger kniff die Augen zusammen und legte den Kopf in den Nacken. »Noch so ein verflixtes Auto? Und das soll also so was wie eine Spur sein?«

»Auf der Straße ist an sich recht wenig Verkehr«, erklärte Eira.

»Die Person im Passat könnte also dieselbe gewesen sein, die diese E-Mail an Anniken Ås geschickt hat, von Hilde Samuelsens eigenem Computer aus.« Berger schüttelte den Kopf. »Was für eine Unverfrorenheit.«

»Schließen die denn nicht ab?« Polizeidirektor Hagen war gerade hereingekommen.

»Nicht immer.«

Eira erinnerte sich, dass die Haustür, als sie dort waren, beide Male offen gewesen war. »Als die E-Mail abgeschickt wurde, war die Schwester beim Handballtraining und die Mutter vollkommen absorbiert vom Fernsehprogramm.«

»Mit anderen Worten eine Person, die sich dort auskennt. Der Betreffende ist ein Bekannter von ihnen.«

»Oder weder noch, sondern einfach wahnsinnig dreist. Er kann eine Weile dort im Auto gesessen und beobachtet haben, wie die Tochter das Haus verließ.«

»Einer, der gern ein Risiko eingeht«, sagte Eira langsam. »Wir haben bisher noch nicht so recht Witterung aufnehmen können, und das weiß er. Aber jetzt …« Eira stand auf, ging zur Karte an der Wand und zog einen Kreis um ein Areal. »Die Antwort liegt irgendwo dort.« Er drehte sich um. »Alle VW Passat in Kåfjord sollen erfasst und untersucht werden. Tür-zu-Tür-Aktion im Gebiet. Wir fahren los, sobald die heutige Pressekonferenz um ist. In einer Stunde. Ich will auch Hunde dabeihaben.«

Eira saß im Besprechungsraum an einem langen Tisch zwischen Polizeidirektor Hagen und der Haftrichterin. Die Journalisten ihnen gegenüber waren ein vielköpfiger Troll.

Er zeigte zur Tafel. »Wie Sie bereits wissen, haben wir also vier junge Frauen, die verschwunden sind, drei davon wurden tot aufgefunden. Zwei in Tromsø, eine in Kåfjord. Außerdem gibt es Indizien, die darauf hinweisen, dass sich auch die vierte in Kåfjord aufhalten könnte.«

»Was für Indizien?«, rief einer aus der Gruppe.

»Wir haben einiges an Funden, aber ich will derzeit nicht auf Details eingehen«, entgegnete Eira kurz, »nicht in diesem Stadium der Ermittlungen.«

»Haben Sie Funde, die mit dem Mörder in Verbindung gebracht werden können?«

»Das haben wir. Aber auch da will ich keine Details nennen.«

»Glauben Sie, dass dieselbe Person hinter allen vier Fällen steht?«

»Kein Kommentar.«

»Was können Sie zum Motiv sagen?«

»Auch dazu kann ich mich nicht äußern.«

»Wie groß ist die Gefahr einer Wiederholung? Was sagen Sie den Frauen im Umfeld?«

»Solange wir den Täter nicht haben, kann Wiederholung selbstverständlich nicht ausgeschlossen werden. Wir raten generell zur Vorsicht.«

Die Kameras blitzten, und die Fragen hagelten von allen Seiten auf ihn ein.

Eira hob eine Hand, um dem Stimmengewirr Einhalt zu gebieten.

»Wir haben in den Ermittlungen Fortschritte gemacht, sind von einem Durchbruch aber noch weit entfernt. Aus ermittlungstaktischen Gründen kann ich keine näheren Informationen preisgeben.« Er legte seine Unterlagen zusammen. »Wir werden Sie fortlaufend unterrichten.«

Eine Hand schoss in die Höhe. »Aslak Eira, es gibt nur wenige Fortschritte in den Ermittlungen. Stattdessen verschwinden immer Neue.« Eira hob den Blick und sah den Journalisten an.

Der Mann fuhr fort: »Hat die Aufmerksamkeit rund um Ihre Person und Ihre Vergangenheit als Alta-Aktivist die Ermittlungen verzögert?«

Dieses Mal ging er nicht auf das Manöver ein. »Dazu habe ich keinen Kommentar. Vielen Dank.«

Als er den Raum verließ, drängten sich die Journalisten um ihn und bestürmten ihn weiter mit ihren Fragen.

Sie senkten die Köpfe und bahnten sich ihren Weg zum Büro des Polizeidirektors. Eira ließ sich auf einen Stuhl fallen und atmete tief durch. »Das ist ja, als würde man bei lebendigem Leibe gefressen!«

»Die Öffentlichkeit hat ein Recht, informiert zu werden«, sagte Hagen und blickte stur vor sich hin.

»Informiert?« Eira sah ihn verblüfft an. »Findest du, das Niveau der Sachlichkeit ist besonders hoch gewesen?«

Hagen zog die Augenbrauen nach oben. »Nun …«

»Wir haben dasselbe Problem wie die Engländer. Sobald wir das große Ungeheuer ›Presse‹ nicht regelmäßig füttern, sorgen die selbst für ihr Futter. Spekulieren. Erfinden. Warum können wir es nicht wie die Franzosen machen? Die halten die Ermittlungsergebnisse so lange unter Verschluss, bis alles vorbei ist, und erst dann lüften sie *vielleicht* den Schleier etwas.«

»Die Franzosen sind anders.«

Eira starrte ihn unzufrieden an. »Ich bin es gewohnt, als etwas anders betrachtet zu werden. Ich hätte nicht im Mindesten etwas dagegen, ruhig als noch ein bisschen mehr anders zu gelten.«

Er nahm seine Unterlagen und ging, um sich mit Kine Berger zu treffen. Sie saß schon im Auto und wartete. Sie wollten nach Kåfjord.

66

Hilde Samuelsen dachte nicht mehr daran zu fliehen. Sie dachte nur noch daran, zu überleben. Energie zu sparen und zu versuchen, mit nichts auszukommen. Sie weinte nicht mehr. Der Körper brauchte die Flüssigkeit, die er hatte, und Tränen waren eine sinnlose Verschwendung von Körperflüssigkeit.

Sie fror. Aber das war besser als Hitze. Denn er war zwei Tage lang nicht mit Wasser gekommen, und die Flasche mit dem langen Schlauch an der Wand hinter ihr war seit gestern Nachmittag leer.

Sie war wie in einen unwirklichen Nebel eingehüllt, registrierte mit vager Verwunderung, dass sie auf ihn wartete, fast ersehnte, dass er kommen würde. Er war ihr einziger Kontakt mit der Außenwelt. Er gab ihr Wasser, und er redete ein bisschen mit ihr. Aber vielleicht kam er nicht mehr? Hatte sie einfach hier liegen gelassen, damit sie starb? Oder hatte er vor, sie umzubringen? Sie spürte das Brennen hinter den Augenlidern und kämpfte hart dagegen an.

Keine Tränen. Keine!

Sie döste ein und wachte wieder auf, hin- und hergetrieben zwischen Schlafen und Wachen. Alle Geräusche drangen zu ihr wie aus weiter Ferne, und selbst das Schreien der Vögel oder das Plätschern der Wellen hörte sie kaum noch. Sie hatte einfach nur Durst, wahnsinnigen Durst.

Dann war das Licht plötzlich schneidend und grell. Das Knirschen sagte ihr, dass eine Tür geöffnet wurde. Sie hatte niemand kommen gehört, aber die Leiter wurde an den Rand gestellt, und jemand kletterte langsam nach oben.

Weit, weit weg, wie im Halbschlaf, dachte sie, dass er vielleicht zum letzten Mal kam. Und dass er wohl kaum kam, um ihr Wasser zu geben.

»Der Ort hat etwas, das ihn perfekt erscheinen lässt.« Eira fuhr um elf Uhr in Olderdalen von der Fähre, mit im Auto waren Berger, Vang und zwei Hunde. »Wir müssen die Umgebung noch einmal durchkämmen, besonders die Strecke zwischen dem Haus von Hilde Samuelsens Mutter bis hinaus zum alten Bakken.« Es herrschte so gut wie kein Verkehr, und als ein Auto in entgegengesetzter Richtung an ihnen vorbeifuhr, runzelte er die Stirn. »Ein Passat«, murmelte er. »Ich reagiere inzwischen etwas empfindlich auf die Marke. Schwarz war er auch.«

»Beliebte Autos«, murmelte Vang. »Werden massenhaft verkauft.« Der Wagen war längst schon wieder außer Sicht, als sie weiterfuhren.

»Wir starten bei Bakken. Damit wir ausschließen können, dass sie dort nicht war, müssen die Hunde rein. Der Mann verweigert jegliche Zusammenarbeit, aber ich glaube, das ist eine Frage der Persönlichkeit. Sonst müsste man ja fast vermuten, er hätte was zu verbergen.«

»Ich kann nicht so ganz das Motiv sehen.« Berger saß hinten und war lange still gewesen. Sie kam Eira blass vor, und plötzlich fiel ihm ein, dass neben ihr seine Wanderstiefel standen, frisch eingefettet. Der Geruch erinnerte an gekochten ranzigen Speck. Und Berger vertrug Autofahren sowieso nicht besonders.

»Der ist doch viel zu alt«, fuhr sie fort. »Und sein Auto ebenfalls.«

»Aber er kann Kontakt zum Mörder gehabt haben, ohne zu ahnen, mit wem er es zu tun hat. Ich habe jedenfalls gedacht, dort die Hunde rauszulassen. Sie ein bisschen herumschnuppern zu lassen.«

Bakken geriet geradezu außer sich, als sie angeklopft und darum gebeten hatten, hereinkommen zu dürfen. Aber er gab nach, und die drei überhörten sein unablässiges Schimpfen und Drohen. Nach einer Weile verstummte er, und es war unmöglich, nur eine Silbe aus ihm herauszubekommen. Die Hunde suchten überall, vom Dachboden bis zum Keller, reagierten aber auf nichts. Eira setzte sich schließlich auf die Treppe vorm Haus und ließ die Hunde draußen weiterarbeiten.

»Ist in der letzten Zeit jemand hier in der Nähe gewesen? Jemand, der Ihnen aufgefallen ist?«

Bakken vergrub die Hände in den Taschen seines Overalls, grunzte etwas und schüttelte den Kopf.

»Keiner, der kürzlich gefragt hat, ob er den Bootsschuppen benutzen könnte?«

»Nein.«

Mehr kam bei der Untersuchung nicht heraus. Beim Gatter, wo sie neulich Reifenabdrücke gefunden hatten, parkten sie den Wagen und gingen gemeinsam den Weg hinauf, dorthin, wo Marie Bengtsson gefunden worden war. Die Hunde arbeiteten fleißig, aber es gab keine Resultate.

Am Ende standen sie wieder unten beim Gatter und dem Auto und blickten über die See. Eira spürte, wie unglaublich frustriert er war, als er den Hunden zusah, die unermüdlich hin und her liefen. Mit der Schnauze am Boden rannte der eine am Straßenrand entlang, der andere hatte sich auf den Weg zum Meer gemacht und stand nun an einer Stelle und grub und schnupperte und hob schließlich den Kopf und sah zu ihnen herüber.

»Der hat Witterung aufgenommen«, sagte Vang langsam und sah zu, wie der Hund weiter Richtung Bootsschuppen verschwand, jetzt gefolgt von dem zweiten Hund. Sie gingen den Hunden nach und fanden sie vor den Schuppen unruhig hin- und herlaufend.

Vang öffnete die Tür, die lautlos aufschwang.

Eira fuhr mit dem Finger an einem Scharnier entlang. »Frisch geölt.« Als sie zuletzt hier waren, war ihm das nicht aufgefallen, da hatte ihn Bakkens andauerndes Gerede abgelenkt.

Die Hunde schossen sofort nach drinnen. Der herbe Geruch von Teer, Fisch und Holz schlug ihnen entgegen. Eira konnte nur schwaches Licht und Schatten unterscheiden, bis sich die Augen an das Halbdunkel gewöhnt hatten. »Lasst uns unter die Boote schauen«, murmelte er. Gemeinsam hoben sie die schweren Boote an. Da war nichts. Der eine Hund rannte mit erhobener Schnauze in einer Ecke des Schuppens immerzu im Kreis.

»Ach du meine Güte«, murmelte Eira und schaute nach oben. »Das Regal!« Drei breite Kiefernplanken waren ganz oben an der Wand nebeneinander angenagelt. »Das ist doch viel zu schmal!« Er schnappte sich die Leiter und kletterte nach oben.

Hilde Samuelsens zierliche Gestalt lag auf einer grünen Persenning. Sie war halb zugedeckt von Taurollen und aufgerollten Netzen, Hand- und Fußgelenke waren mit Stricken an vier kleine Pflöcke gefesselt. An der Wand hinter ihr steckte eine Flasche mit einem Schlauch in einer Halterung. Die Öffnung war groß, und tote Fliegen schwammen in dem Rest, der den Boden bedeckte. Ihr Mund war mit einem breiten Klebeband verschlossen.

Sie ist viel zu blass und liegt viel zu still, dachte Eira, als er ganz oben auf der Leiter stand und ihn das erstickende Gefühl zu überwältigen drohte, zu spät gekommen zu sein. »Dieser Teufel!« Eira riss das Handy aus der Tasche und verlangte den Rettungshubschrauber und Verstärkung von der Polizei. »So ein perverser Scheißkerl!« Ihr Puls war kaum noch zu fühlen. Eira kniff in ihre Haut, rieb mit seinen Fingern ihre Stirn. Sie reagierte auf nichts.

»Sie atmet, also lebt sie. In etwa 10 bis 15 Minuten ist der Rettungshubschrauber da.«

Es kam ihnen vor, als warteten sie bis zum nächsten Jahrtausendwechsel. Der Drang, sie aufzuheben und aus dem Schuppen zu tragen, war geradezu überwältigend. »Macht mal zu!«

Vang und Berger zuckten zusammen; es klang selbst in seinen Ohren ungewöhnlich scharf. »Seht nach, ob Spuren zu finden sind. Wenn die Rettungsmannschaft hier ist, geht es darum, Leben zu retten, dann sind mögliche Spuren hin.« Vang rannte bereits zum Auto, um die Ausrüstung zur Spurensicherung zu holen.

Berger unterzog die Fußbodenplanken des Schuppens einer gründlichen Untersuchung. Sie verschob ein kleines Fass. »Hier liegt ein Knopf.«

Sie hörte Eiras Stimme von oben auf der Leiter. »Auf der Persenning ist allerhand passiert. Die darf nicht berührt werden, nachdem man das Mädchen weggebracht hat.« Er zog eine Tüte aus seiner Tasche und zupfte die Wasserflasche aus der Halterung. »Fast leer«, murmelte er und steckte Flasche und Schlauch in die Tüte.

Endlich war der Hubschrauber zu hören. Die Bergung ging schnell und routiniert vonstatten, alles dauerte nur wenige Minuten.

Berger und Eira verließen das Bootshaus, während Vang weiterarbeitete.

»Der ist wohl etwas zu selbstsicher geworden. Und übermütig«, meinte er zu seiner Kollegin. Sie sperrten das Gebiet mit gelbem Klebeband ab. »Glaubte, er könnte sein krankes Spiel noch eine Weile so weitertreiben. Sieht so aus, als sei er auch in seinen Gewohnheiten etwas leichtsinniger geworden und hat mit seiner DNA rumgekleckert. Sowohl auf die Persenning als auch auf Hilde.«

Er zog die klammen Latexhandschuhe aus und sah Berger triumphierend an. »Und wir gehen nun alle unsere Funde noch mal durch, während sie wieder zu Kräften kommt. Hilde lebt, und sie hält des Rätsels Lösung in der Hand.« Im nächsten Augenblick wurde er still; der optimistische, fast euphorische Gesichtsausdruck verschwand jäh, und die kleinen Kiefermuskeln arbeiteten. »Wie die Kronjuwelen muss sie bewacht werden, Berger. Tag und Nacht. Der Mörder weiß ganz genau, was jetzt für ihn auf dem Spiel steht.«

67

Als Eira und Berger abends gegen sieben zur Intensivstation gingen, war keine Menschenseele auf dem Korridor des Krankenhauses zu sehen. Es herrschte eine geradezu sakrale Atmosphäre. Den Blick nach unten gerichtet und die Schultern hochgezogen, sprach man leise und bewegte sich auf Gummisohlen. Eira gefiel das nicht.

Sie nickten zwei Polizisten in Zivil zu, die vor der Abteilung stationiert waren. Dann inspizierte ein Krankenpfleger sie gründlich und ließ sie erst die Intensivstation betreten, nachdem sie ihre Legitimation vorgezeigt, einen gelben Kittel und Plastiküberschuhe angezogen hatten.

Die Tür öffnete sich, und Dr. Eng trat ein. Da war etwas an seinen ruhigen Bewegungen und seiner entspannten Haltung, so dass Eira innerlich etwas loslassen konnte.

»Aslak.« Er streckte ihm die Hand entgegen. Nickte Berger kurz zu, die sich vorstellte. Er beugte sich über die Krankenakte der Patientin am Fußende des Bettes und blätterte die Seiten rasch durch. Erst dann sprach er. »Ihr Zustand ist stabil, und sie scheint außer Gefahr zu sein. Aber natürlich hat sie viel zu wenig Flüssigkeit bekommen. Sie ist völlig dehydriert. Wir bekommen nach und nach die Ergebnisse der Blutproben. Aber nichts davon erklärt, warum sie noch immer bewusstlos ist.«

Er kratzte sich am Kopf. »Wir ziehen die Verhältnisse, unter denen sie gefunden wurde, in Betracht und prüfen selbstverständlich, ob sie Medikamente im Blut hat. Das CT ihres Kopfes ist normal. Wir finden keinen anderen Grund, warum sie nicht erweckbar ist, als den, dass sie medikamentös sediert wurde.« Er zog die Decke etwas zur Seite. »Hier kannst du mehrere kleine Einstiche am linken Oberschenkel sehen.« Er deutete auf stecknadelkopfgroße Punkte in der Haut. »Wir denken, das sind Einstiche von Spritzen.«

»Wie lange dauert es, bis ihr die Ergebnisse habt?«

»Wir haben dafür um schnellstmögliche Bearbeitung gebeten. Wir bekommen sie im Laufe des Abends, hoffe ich.«

»Und Ricinvergiftung?«

»Sie zeigt keine entsprechenden Symptome.« Er deutete Eiras fragenden Blick und schüttelte den Kopf. »Nein, dieses Mal keine Implantate unter der Haut.«

»Du kannst mir nicht noch ein bisschen mehr erzählen?«

Eira spürte eine Ungeduld, die nur schwer zu kontrollieren war. Der Täter lief irgendwo dort draußen herum, wohl wissend, dass sie immer noch im Dunkeln tappten.

»Wir haben sie, kurz gesagt, einmal total durchgecheckt«, sagte Eng langsam. »Aber wir haben keine Verletzungen nachweisen können. Auch keine Spermaspuren.« Er warf einen Blick auf die Apparaturen über ihrem Kopf. »Sie erholt sich«, erklärte er. »Sie atmet normal und bekommt genug Sauerstoff.«

Eira mochte an Gerhard Eng, dass er medizinische Sachverhalte in einfacher, verständlicher Sprache ausdrückte. Er sah zu dem halbvollen Infusionsbeutel mit klarer Flüssigkeit, die heraustropfte und in Hildes Arm geleitet wurde. »Ist das alles, was sie bekommt?«

Eng nickte. »Sie ist einfach völlig ausgetrocknet. Deshalb füllen wir die fehlende Flüssigkeit sozusagen wieder auf, Volumensubstitution nennt man das.«

»Du glaubst tatsächlich, dass sie nur sediert ist?«, schaltete Berger sich ein.

»Nur …« Eng zog das Wort in die Länge. »Mit dem Vorbehalt, dass ich nicht weiß, was sie bekommen hat, ist sie *nur* sediert. Aber sie scheint es gut verkraftet zu haben. Keine gravierenden Schäden an den inneren Organen erkennbar«, erklärte er.

»Sie kann also jederzeit die Augen aufschlagen und uns erzählen, was wir wissen müssen?«

»Das kann sie«, sagte Eng in etwas nüchternerem Ton.

Eira betrachtete die schlafende Frau minutenlang. Er konnte sich die zittrige Anspannung nicht erklären, die er empfand. Es musste die Hoffnung auf eine Lösung sein. Oder Angst und Sorge um die junge Frau, die dort lag.

Irgendwo hielt sich der Mörder auf und war sich vollständig darüber im Klaren, dass Hilde Samuelsen seine Identität enthüllen würde, sobald sie aufwachte.

Atmosphäre und Luft im Krankenhaus waren einfach erstickend. Eira rannte in großen Sprüngen die Treppe hinunter. Berger hatte er mit den letzten Details auf der Station zurückgelassen. Er stieß beinahe mit Vennestad und Lindberg zusammen, die gerade nach oben unterwegs waren.

»Wie geht es dem jungen Mädchen, das Sie in letzter Minute gerettet haben?« Vennestads glattes Gesicht hatte eine für ihn ungewöhnlich tiefe Falte zwischen den Augenbrauen. »Schreckliche Geschichte.«

»Sie waren bereits bei ihr, vermute ich«, sagte Eira und betrachtete erst den einen, dann den anderen.

»Wir waren dabei, als sie eingeliefert wurde«, sagte Lindberg. »Wir sind gerade auf dem Weg zu ihr.«

»Haben Sie die Einstiche an ihrem Schenkel gesehen? Dr. Eng meint, es seien Einstiche von Kanülen. Dass ihr regelmäßig irgendetwas gespritzt wurde.«

Vennestad schüttelte den Kopf. »Nein. Als man sie brachte, hat niemand besonders auf ihre Haut geachtet. Immerhin handelte es sich um einen Notfall, und da stand die Akutbehandlung im Vordergrund. Ich kann jetzt einen Blick darauf werfen.« Er stieg weiter die Treppe hinauf. »Wir müssen in kleinen Schritten vorgehen«, erklärte er im Gehen über die Schulter. »Und auch auf Hinweise des Pflegepersonals achten, wenn die meinen, etwas von Bedeutung gefunden zu haben. Ich habe mir im Übrigen auch die Bissspuren rings um die Brustwarzen angesehen.« Er nickte anerkennend. »Sehr aufmerksam, die Krankenschwestern.«

Das Handy vibrierte, kurz bevor er die Ausgangstür passiert hatte, und er zog es schnell aus der Tasche. Die Nummer war unbekannt. Seine Besorgnis wuchs, als er Gerhard Engs Stimme am anderen Ende hörte, das musste gleichbedeutend mit schlechten Nachrichten sein. »Stimmt etwas nicht mit Hilde Samuelsen?«, rief er, noch ehe Eng zu Wort kommen konnte.

»Ganz und gar nicht …« Eng lachte kurz und überrascht auf. »Erwartest du immer gleich Katastrophen? Nein, von Hilde gibt es nichts Neues, ihr geht es unverändert. Hör mal …«

Er zögerte. »Ich hatte unter vier Augen mit dir reden wollen, ehe du gehst. Aber du warst verschwunden, ohne dass ich es mitbekommen habe. Kannst du noch mal nach oben in mein Büro kommen?«

Eine Viertelstunde später saß er zusammen mit Gerhard Eng in dessen Büro. Ein kleiner, weiß gestrichener Raum mit Schlafcouch und Bücherregalen an der einen Wand und den obligatorischen Fotos an der anderen. Menschen und Natur, jeweils für sich und in schönster Eintracht. Zwischen den Fenstern hing eingerahmt ein Vers des norwegischen Bergsteiger-Philosophen Zappffe.

Ohne Absicht, ohne Ziel:
Der Gipfelsport ist sinnlos
wie das Leben,
deshalb stirbt sein Zauber nie.
Peter Wessen Zappffe

Mit den ersten drei Zeilen war Eira auch einverstanden. Er folgerte aus dem Vers, dass Eng Bergsteigen und Klettern mochte. Er also auch. »Was für ein Leben.« Er nahm auf dem Sofa Platz und schaute nach oben. Die Bettdecke hing wie eine drohende Schneewehe ein Stück aus dem Bücherregal über ihm heraus, wo sie Seite an Seite mit dicken Büchern und mindestens zwanzig leeren Mineralwasserflaschen logierte. »Hier wohnst du also?«

Eng nahm ein Stück Brot, von dem schon abgebissen war. »Des Öfteren, ja.« Er schob sich das Brot in den Mund. »Tut mir leid, dass ich dir nichts anbiete. Verfallsdatum überschritten …« Er kaute und schluckte, und das mit einem sehr konzentrierten Gesichtsausdruck. »Immer schön, dich zu treffen, Aslak«, sagte er schließlich, »selbst wenn die Umstände dieses Mal nicht so erfreulich sind.« Er legte das Brot weg und streckte sich. »Ich denke oft an die Zeit, als wir viel miteinander zu tun hatten. Anstrengend war's, aber wie viel Spaß hatten wir damals.« Er grinste breit. »Waren manchmal super Feten.«

Wieder fiel Eira auf, dass Eng sich nicht verändert zu haben schien. Auf einmal wünschte er, den Kumpel von früher wiederzufinden. Gerhard Engs allgegenwärtiges Draufgängertum ergänzte damals seine eigene bedächtige und zielgerichtete Zähigkeit. Aber wenn er darüber nachdachte, so hatten sie sich nie über persönliche Angelegenheiten unterhalten, sondern immer nur politische Fragen diskutiert. Heute war deutlich zu sehen, dass Eng über etwas brütete, und auch, dass nicht das Auffrischen alter Erinnerungen oben auf der Tagesordnung stand. Er lehnte sich auf dem unbequemen Sofa zurück und versuchte abzuschalten.

Nachdem Eng unzählige Male seine Sitzposition verändert hatte, nahm er endlich Anlauf. »Ein Journalist hat mich nur wenige Stunden, nachdem Hilde Samuelsen eingeliefert wurde, kontaktiert«, begann er. »Er hatte ein paar Fragen, die ich recht unangenehm fand, um es mal vorsichtig auszudrücken.«

Eira zog eine Grimasse. »Er überlegte wohl, ob du bestätigen kannst, dass ich in meiner Jugend ein Extremist war. Ob man mir möglicherweise immer noch nicht so recht trauen kann und ob ich vielleicht gefährlicher bin als die Verbrecher, die ich hinter Schloss und Riegel bringe.« Er versuchte es mit Humor zu nehmen, merkte aber gleich, dass Eng nicht darauf einging.

Gerhard Eng zerknüllte das Butterbrotpapier zu einem festen Ball. »Die Mutter …«, fing er wieder an und starrte vor sich auf den Tisch.

»Er überlegte, wie eng das Verhältnis zwischen Hildes Mutter und mir gewesen ist«, half ihm Eira mit angespannter Miene.

»Mehr als das.« Gerhard Eng wand sich auf seinem Stuhl.

»Okay. Er überlegte, ob ich Hildes Vater sein könnte.«

Eng nickte.

Eira schüttelte langsam den Kopf und starrte gegen die Wand. »Hast du so ein verdammtes Hirngespinst schon mal gehört?« Er fühlte sich vollkommen ohnmächtig und kam sich vor wie Freiwild.

Eng betrachtete seine Finger, als käme die Anzahl nicht hin. »Bist du sicher?«

»Was meinst du damit?« Eira hörte seine eigene Stimme, viel zu laut in der dröhnenden Stille des Krankenhauses.

Eng zuckte die Achseln. »Wenn mich meine Erinnerung nicht ganz täuscht, warst du zu der Zeit nicht unbedingt ein Mönch …«

Das Blut stieg ihm in den Kopf, und er stand auf. »Willst du damit sagen, ich wüsste nicht …«

Eng hob abwehrend beide Hände. »Reg dich doch verdammt noch mal nicht so auf. Ich meine ja nur, das kann doch den Besten unter uns passieren. Man weiß nie. Und du hast ja …« Weiter kam er nicht.

»Es interessiert mich nicht, was du meinst.« Eira stand schon an der Tür und starrte Gerhard Eng an. »Es gibt Sachen, die weiß man ganz genau. Genauso gut wie ich weiß, wer die Quelle hinter diesem verdammten Gerücht ist.« Er schloss die Tür hinter sich, ohne sie zuzuschlagen.

Ihm kam es so vor, als ließe er nicht nur das Büro hinter sich zurück, sondern auch etwas, von dem er gehofft hatte, es sei eine Freundschaft.

68

Die Korridore des Krankenhauses waren still wie Klostergänge. Die Nachtschicht hatte gerade begonnen. Übergaben wurden gemacht, Informationen ausgetauscht und der Fortgang der Behandlung festgelegt. Die Klinikangestellten, in die unterschiedlichen Farben des Klinikums gekleidet, bewegten sich lautlos. Man flüsterte oder redete leise, Ruhe war hier nötig und selbstverständlich. Die Mitarbeiter auf der Intensivstation waren eine geschlossene Gemeinschaft, in der sich nur Eingeweihte frei bewegen konnten.

Hilde Samuelsen lag seit vier Stunden auf der Station, ihr Zustand war stabil. Der diensthabende Krankenpfleger stand am Ende des Bettes und blätterte die Krankenakte ein weiteres Mal durch, dabei folgte er auf dem Monitor dem Rhythmus des Herzschlags und senkte die Tropfgeschwindigkeit der Infusion ein wenig.

Dr. Eng kam aus dem Raum der Diensthabenden und stellte sich dazu. »Stabil?«

Der Krankenpfleger nickte. »Sie wirkt friedlich und schläft noch immer wie ein Stein. Ich werde noch mehr Flüssigkeit anhängen, dann lassen wir die in der Nacht langsam durchlaufen.«

Eng nickte und rieb sich die Augen. »Es ist gleich elf, ich denke, ich lege mich jetzt hin.«

Der Krankenpfleger nickte und begleitete ihn zum Nebengang, um einen neuen Infusionsbeutel zu holen. Wenige Minuten später war er zurück und tauschte mit ruhigen und routinierten Handgriffen den Beutel im Stativ aus. Dabei beobachtete er wie immer aus dem Augenwinkel die Patientin. Ihr Gesicht war blass, sie hatte dunkle Ringe unter den Augen. Irgendetwas stimmte nicht. Sein Blick wanderte zu ihrem Brustkorb. Er bewegte sich nicht. Der Alarm gellte durch die Stille.

»Atemstillstand!« Ringsum explodierte alles in Aktivität. Von allen Seiten stürzte Personal zum Bett. Die Schwestern brachten Material, größere Nadeln, das Intubationsbesteck, Medikamente.

Der Anästhesist stürmte durch die Tür und wurde kurz ins Bild gesetzt, währenddessen beugte er Hildes Kopf bereits nach hinten, um sie zu intubieren. »Ich sehe kaum die Luftröhre«, murmelte er, führte den Tubus ein und schloss ihn an das Beatmungsgerät an.

»Mist, Mist«, keuchte die Anästhesieschwester von der anderen Seite des Betts. »Sie hat Adern wie Zwirn. Ich komme nicht mal mit der dünnsten Nadel hinein!« Verzweifelt blickte sie auf.

»Komm schon!« Dr. Eng war inzwischen ebenfalls da und machte Tempo. »Die Herzfrequenz ist zu niedrig, sie ist bis auf 50 runter.«

Engs Kommandos klangen geradezu militärisch: »Notfalllaborwerte und Blutgase bestimmen!« Im nächsten Augenblick ergänzte er: »Proben für Medikamentenscreening!«

Der Anästhesist stand am Kopfende. »Die Pupillen sind wie Stecknadelköpfe.« Er runzelte die Stirn. »Sie ist so verdammt schwer zu beatmen!«

Engs Augen begegneten denen des Anästhesisten. »Morphium?« Beide riefen sie das Wort wie aus einem Munde.

»Unmöglich«, protestierte der Krankenpfleger heftig. »Es gibt keine Anordnung, dass sie Morphium bekommen soll.«

Neue Kommandos. »Trotzdem: Gebt ihr Naloxon, 0,4 mg. Komm schon!« Das Mittel wurde in Sekundenschnelle aufgezogen.

»Naloxon null-vier intravenös gesetzt!«

Sie warteten ein paar Minuten, dann begann sie wieder zu atmen.

»Noch mal 0,4 mg!«

Eng drehte sich zu einer der Schwestern um. »Sie muss ein morphinartiges Präparat bekommen haben. Das Ergebnis des Medikamentenscreenings wird schnellstmöglich gebraucht.«

Der Alarm schrillte immer noch, und das beteiligte Personal rannte hastig hin und her. Schließlich hatte sie die Krise überstanden. Aber die folgende Stille war anders als sonst auf der Intensivstation. Sie war bedrückend, durchsäuert von einer nagenden Erkenntnis: Das Unbegreifliche war geschehen. Hilde Samuelsen hatte trotz kompletter Überwachung einen Atemstillstand gehabt. An der Ursache bestand wenig Zweifel. Jemand hatte ihr eine Überdosis Morphium oder einen morphinähnlichen Stoff verabreicht.

69

Eira stand zusammen mit Dr. Eng am Fußende des Bettes und starrte auf Hilde Samuelsen. »Was war da geschehen? Du meintest doch, alles sei in Ordnung und ihr Zustand stabil. Dass sie sich nur ausschlafen müsse.«

Eng steckte beide Hände tief in die Taschen seiner grünen Hose.

»Das meine ich immer noch.« Er sah an Eira vorbei. Zum ersten Mal wirkte er zutiefst verunsichert. »Mir ist das absolut schleierhaft«, sagte er unverblümt. »Ich verstehe nicht, wie das passieren konnte.« Er lehnte sich über die Unterlagen und legte die Hand darauf. »Nichts deutete darauf hin. Bis zu dem Zwischenfall hat sie vollkommen normal geatmet.« Eng biss sich auf die Unterlippe. »Es gibt im Grunde keine andere Erklärung, als dass sie eine Überdosis Morphium bekommen hat oder eine verwandte Substanz. Die Art, wie sie auf das Gegenmittel reagiert hat, liefert uns praktisch schon das Ergebnis.«

Sie sahen sich schweigend an. Dann sagte Eira: »Ist jemand hier drinnen gewesen? Hatte sie Besuch?«

Eng schüttelte langsam den Kopf. »Nicht dass ich wüsste. So spät am Abend empfangen wir keine Besucher mehr. Es sei denn, ein Patient ist in einem kritischen Stadium. Und so haben wir das nicht empfunden. Am Nachmittag hatte ich mit Hilde Samuelsens Mutter telefoniert, sie kommt morgen Vormittag.«

Sie lässt sich Zeit, dachte Eira. »Wir müssen davon ausgehen, dass es sich um eine Straftat handelt.«

Eng bewegte sich unruhig. »Dass ihr jemand absichtlich den Stoff verabreicht hat?«

»Ja, natürlich. Hast du eine andere Erklärung?«

»Wir sollen also irgendjemand verdächtigen, ihr ein Medikament gegeben zu haben, ohne dass es bemerkt worden ist?«

»Du meinst, das ist unmöglich, weil die Patientin Tag und Nacht einen Krankenpfleger oder eine Schwester um sich hat?«

Der Arzt nickte. »Es ist so gut wie unmöglich. Es sei denn, jemand kommt genau in der Minute herein, wenn die Schwester draußen ist und Medizin oder Geräte holt. Oder auf der Toilette ist. In dem Fall muss derjenige blitzschnell sein. Hier drinnen war niemand, der kein Klinikangehöriger ist. Dafür sorgen ja schon zwei von deinen Leuten, die draußen sitzen.«

Eira hatte die beiden bereits verhört. Nur Krankenhauspersonal war in der Zeit, seit sie dort saßen, aus und ein gegangen. Aber auch Putzmannschaft, Krankenpfleger, Laborangestellte und Studenten konnten sich dort frei bewegen.

Eira betrachte die Gestalt, die so knapp dem Tod entkommen war, und er dachte an seinen Sohn. Plötzlich wurde es ihm eng in der Brust. »Was für eine Überwachung habt ihr hier?«, fragte er, ohne sich zu Eng umzudrehen.

»Die Videokameras in den Krankenhausfluren«, sagte er. »Der Junge an der Pforte hat ein Auge darauf.«

»Werden die Aufnahmen gespeichert?«

Eng nickte.

»Na komm. Du kennst die Leute hier im Haus. Ich will mir die Aufnahmen sofort anschauen. Gemeinsam mit den Polizisten und dem Krankenpfleger, der bei Hilde Samuelsen im Zimmer war.«

Sie hatten sich in einen der Unterrichtsräume zurückgezogen und das Video eingelegt.

»Es war ziemlich genau elf Uhr, als ich zuletzt bei ihr gewesen bin«, sagte Dr. Eng. »Da war alles normal.«

»Und dann?« Eira starrte auf den Bildschirm, wo das Videotape einen leeren Korridor vor der Intensivstation zeigte. Nichts anderes passierte, als dass ab und an ein weißer Kittel über den Flur spazierte.

»Dr. Eng und ich haben gemeinsam Hildes Zimmer verlassen«, erinnerte sich der Krankenpfleger. »Ich habe einen neuen Infusionsbeutel geholt, danach bin ich in das Medikamentenzimmer nebenan gegangen, um dem Beutel Kaliumchlorid zuzufügen.« Er überlegte. »Das dauerte höchstens fünf Minuten.«

»Und ich bin in mein Büro gegangen, um mich umzuziehen und nach Hause zu gehen. Aber so weit bin ich nie gekommen, denn der Alarm in meiner Tasche piepte los«, erklärte Eng.

Die Uhr der Videoaufzeichnung zeigte 23:03 Uhr. Ein Mann im weißen Kittel spazierte über den Flur. Er ging in gewöhnlichem Tempo von der Intensivstation weg, er war offensichtlich nicht in den Notfall involviert. Plötzlich rannte ein Arzt eilig ins Bild.

»Es ist 23:05 Uhr. Da hatte es Alarm gegeben«, nickte Eng. »Das ist der Anästhesist, der kam, um sie zu intubieren.« Sie beugten sich vor und studierten sorgfältig die Aufnahme.

»Lasst es uns noch einmal ansehen.« Eira lehnte sich noch weiter vor, während der Krankenpfleger zurückspulte.

»Wer ist der da, von dem wir nur den Rücken sehen, unmittelbar bevor der Anästhesist angerannt kommt?«

Eng schüttelte den Kopf. »Keine Ahnung. Kann ich nicht erkennen wegen der OP-Haube, die er trägt.«

»Spul noch weiter zurück.« Eiras Stimme war jetzt knapp und scharf. »Spul wieder bis kurz vor elf.«

Die Uhr auf dem Bildschirm zeigte 22:54. Ein Mann kam über den Gang, weißer Kittel über grüner Chirurgenkleidung. Auf dem Kopf trug er eine OP-Haube und vor dem Mund einen Mundschutz.

»Ist das nicht der, den wir eben gesehen haben, wie er die Intensivstation verlässt?«

»Ich glaube«, sagte Eng. »Schwer zu sagen.«

»Hier geht er also zur Intensiv, und er trägt Haube und Mundschutz.«

»Das kann der Anästhesist sein oder der Anasthäsiekrankenpfleger. Die tragen gern die ganze Zeit Haube und Mundschutz.«

»Aber den Mundschutz nehmen sie doch dann wieder ab?«

»Ja.« Eng nickte.

»Aber schau, da geht er von der Intensiv weg, in aller Ruhe, als hätte er alle Zeit der Welt …« Eira saß direkt vor dem Monitor. »Und er trägt immer noch Mundschutz und Haube!« Er drehte sich zu dem Krankenpfleger um. »Können Sie sich erinnern, ob diese Person zum Team gehört, das mit Hilde Samuelsen arbeitet?«

Der Krankenpfleger schüttelte langsam den Kopf. »Ich erinnere mich nicht an ihn. Außerdem … lässt er sich verdammt viel Zeit.«

»Der Uhr zufolge kommt und verschwindet er doch haargenau, ehe der ganze Rummel losgeht«, grübelte Eng.

»Ich erinnere mich an ihn.« Der eine Polizist lehnte sich vor. »Er nickte uns zu und deutete auf die ID-Karte, ehe er durch die Tür ging. Aber er sagte nichts.«

Der andere Polizist räusperte sich, er sah verschwitzt aus und warf Eira einen Blick zu. »Ich hab geglaubt, er gehört dazu.«

»Das gehörte er ja vielleicht auch«, sagte der Krankenpfleger langsam.

Eira deutete mit dem Zeigefinger auf den Bildschirm. »Er muss identifiziert werden.«

Niemand hatte die Gestalt besonders beachtet, und niemand erkannte sie. Die Angestellten, die Dienst hatten, sahen sich der Reihe nach die Videoaufzeichnung an.

»Es gibt doch eigentlich keinen Grund, warum wir ein zweites Mal hinschauen müssten«, sagte Eng. »Er sieht doch ganz so aus, als sei er hier zu Hause, er hat sogar die ID-Karte an seinem Kittel befestigt.«

»Aber nicht an der Brusttasche«, Eira blinzelte angestrengt auf die Aufnahme, »sie ist an der seitlichen Tasche befestigt, und die Hand verdeckt sie wie zufällig.«

»Er hat an die Kamera gedacht«, murmelte Eng. »Bedeckt Gesicht, Kopf und Karte. Und so wie er die Hand hält, möchte ich annehmen, dass es eine echte Karte ist.«

»Selbst Studenten haben eine ID-Karte«, sagte der Krankenpfleger.

»Dann haben wir die Gruppe der Verdächtigen auf den männlichen Teil der 1500 Angestellten der Klinik eingeschränkt, hinzu kommen Medizinstudenten, Krankenpfleger, Physiotherapeuten und so weiter und so fort«, zählte Eng auf.

»Ich will auch in den nächsten Tagen vor der Intensivstation Polizei in Zivil stationiert haben«, sagte Eira, »und zwar Tag und Nacht. Wie lange wird Hilde dort bleiben?«

»Bis sie zu sich kommt. Morgen Früh wissen wir genau, was ihr gespritzt wurde.«

Eira verließ das Krankenhaus mit schweren Schritten. Er fühlte sich, als habe er mehrere Runden lang gegen einen

Boxer der Schwergewichtsklasse gekämpft. Die kalte Nachtluft prickelte nadelspitz an seiner feuchten Stirn. Er holte tief Luft und atmete mit leisem Stöhnen wieder aus. Wer sagt eigentlich, dass es ein *Er* ist?, dachte er. Könnte es nicht ebenso gut eine *Sie* sein?

Totto atmete erst durch, als er die Treppe erreicht hatte, die in den Keller führte und zur Garderobe der Angestellten und der Wäschekammer. Erst als er sich außerhalb der videoüberwachten Zone befand, hob er den Blick und zog den Kittel aus. Er hatte Schweißringe unter den Armen, das grüne OP-Hemd klebte an seinem Rücken, aber nicht einen Moment lang erhöhte er die Geschwindigkeit oder sah sich um. Er stopfte den Kittel in einen der halb vollen Wäschesäcke und nahm einen neuen vom Trockengestell. Ein junger Krankenpfleger wäre beinahe mit ihm zusammengestoßen, als er wieder in den Korridor einbog, und er nickte ihm kurz zu. Sein Blick war ruhig und die Bewegungen kontrolliert, nichts verriet, dass er blitzschnell überschlug, ob der Betreffende ein Risiko für ihn darstellte und eliminiert werden müsste.

Aber der Pfleger hatte es viel zu eilig, um ein Risiko zu sein. Er beförderte Röntgenbilder zu einer Station und würdigte Totto kaum eines Blicks.

Sie hatten zu früh an die Videoaufnahmen gedacht, nämlich schon bevor er etwas dagegen unternehmen konnte. Der Polizist, an dem er an der Tür vorbeigekommen war, würde sich an ihn erinnern.

Das hässliche Gefühl, die Kontrolle zu verlieren, packte ihn. Es traf ihn wie ein Schlag ins Zwerchfell.

Totto wollte rennen. Sich hinaussprengen. Er wollte Scheiben eintreten, das Inventar zertrümmern.

Er ließ die Schultern sinken und ging unendlich ruhig weiter.

70

Als das Telefon auf dem Nachttisch um Viertel vor fünf klingelte, konnte Eira kaum glauben, dass er überhaupt geschlafen hatte, und schon gar nicht, dass es drei Stunden gewesen sein sollten.

Es war Gerhard Eng. »Aslak, wir haben ein paar Antworten.«

Eira war sofort hellwach. »Hat jemand den Betreffenden wiedererkannt?«

»Ich spreche von dem Medikament. Das Labor hat angerufen; das Ergebnis der Eilanalyse liegt vor.« Die Stimme klang irgendwie roboterhaft, aber Eira fand das um diese Tages- oder besser Nachtzeit ganz natürlich.

»Ergebnis …?«

»Die Analysen weisen Fentanyl in ihrem Blut nach. Ein Opiat …«

»Red so, dass man dich versteht.«

»Dann lass mich doch mal ausreden.« Eira hörte, dass Eng ziemlich erledigt war. »Das ist ein morphinartiger Stoff. Die Konzentration bei Hilde lag weit über jeder therapeutischen Dosis. Mit anderen Worten – Überdosis.«

»Überdosis«, wiederholte Eira.

»Die verursacht im schlimmsten Fall Atemstillstand. So wie bei Hilde.«

Gerhard Eng hatte keine weiteren Informationen. Und schon gar keine Antwort auf das, was Eira am meisten unter den Nägeln brannte: Wer hatte versucht, Hilde Samuelsen umzubringen?

Eine gute Stunde später stellte Eira den Radiowecker mit einem gezielten Schlag ab und vergrub den Kopf im Kissen. Es tat weh, die Augen weit genug aufzumachen, um registrieren zu können, dass es tatsächlich sechs Uhr war. In der letzten Zeit hatte er durchschnittlich drei bis vier Stunden Schlaf bekommen, und das fing jetzt langsam an, sich bemerkbar zu machen. Nach einer ausgiebigen Dusche war er halbwegs wach. Lange saß er mit dem Mobiltelefon in der Hand da, ehe er schließlich Mona Lies Nummer wählte. Da es erst Viertel nach sechs war, konnte er es nur auf das Konto Verzweifelungstaten setzen. Doch Mona Lie war schon auf dem Weg zum Joggen.

»Ich habe einen Vorschlag«, sagte Eira. »Setz dich ins Auto und komm zum Frühstück her. Nichts Besonderes. Brot und Kaffee. Ich muss mit dir reden.«

»Solange das im Gange ist, kommt der Nachtschlaf zu kurz.« Er stellte sich an die Arbeitsplatte und schnitt Brot, während sie sich in ihren Joggingsachen an den Tisch setzte.

Ihre Augen wanderten vom Fenster zu ihm. Sie waren so blau wie der Himmel draußen und mussten nicht durch Schminke oder Kleidung hervorgehoben werden. Sogar in der schwarzen Trainingsjacke, die bis oben hin geschlossen war, und den Leggins wirkte sie elegant. Sie hatte die Hände im Schoß gefaltet und sah ihm zu, wie er systematisch die Brotscheiben auf einem Teller anordnete.

»Du bist wohl kaum so früh auf den Beinen, weil du joggen willst?« Er warf ihr einen Blick zu und überlegte, was wohl passieren musste, um ihre Selbstkontrolle aufzubrechen.

»Ich bin immer früh auf«, sagte sie kurz und starrte aus dem Fenster.

Er konnte sich keinen Grund vorstellen, warum er nicht eine so harmlose Frage stellen durfte, und wechselte das Thema. »Nach der Episode im Krankenhaus gestern Abend ist das Ganze für mich noch unklarer geworden«, sagte er ohne Umschweife und setzte sich ihr gegenüber. »Erklär mir das, Mona. Wenn es wirklich ein Mordversuch war, und er war mit ihr allein, warum machte er nicht einfach kurzen Prozess? Erstickte sie mit dem Kissen? Oder erwürgte sie mit bloßen Händen? Er hätte sie mit einem Messer umbringen können.« Er legte das Messer aus der Hand, um nicht vor ihrem Gesicht damit zu gestikulieren. »Dann hätte er sich des Ergebnisses zumindest sicher sein können.« Er fuhr sich mit beiden Händen durch die Haare. »So wie es jetzt ist, kann Hilde Samuelsen immer noch aufwachen und reden.«

Mona legte die Scheibe Brot, von der sie nur ein Stückchen abgebissen hatte, zurück auf den Teller. »Der Zeitaspekt«, sagte sie nüchtern. »Alles, was du aufgezählt hast, dauert zu lange. Ersticken geht nicht so schnell. Aber um einem Menschen ein Medikament zu spritzen, braucht jemand mit der entsprechenden Routine weniger als zehn Sekunden.«

Eira schüttelte den Kopf. »Davon wird es nicht begreiflicher. Warum entschied er sich nicht für einen äußerst tödlichen Stoff?« In einer ratlosen Geste hob er die Hände. »So liest man es doch immer in diesen schrecklichen Geschichten aus Pflegeanstalten?«

»Curare zum Beispiel?« Sie drehte nachdenklich ihre Kaffeetasse. »Weil man nur schwer drankommt. Er kann es nicht einfach in der Apotheke kaufen, damit würde er Verdacht erregen. Am sichersten ist es, sich das in der Klinik zu beschaffen. Aber vielleicht hat er keinen Zugang. So wie ich es verstehe, wisst ihr doch nicht mal mit Sicherheit, ob er zum Personal gehört.«

Er betrachtete sie skeptisch, sagte aber nichts, sondern schien einem Gedanken nachzuhängen. Nach einer Weile fuhr Mona fort: »Und wie wäre es mit folgender Überlegung: Wenn er nun geradezu entdeckt werden will?«

Eira verschluckte sich am Kaffee. »Warum das denn? Wer will denn 21 Jahre hinter Gitter?«

»Weil er erschöpft ist und euch eine Chance geben will,

ihn aufzuhalten. Gelegentlich hat er ja vielleicht genug Selbsterkenntnis, um zu merken, dass er Hilfe braucht, um da rauszukommen!«

Eira verdrehte die Augen. »Tut mir leid. Diese Theorie landet auf meiner Liste ganz unten. Da glaube ich doch eher, dass er meint, er habe die Situation unter Kontrolle, und wir hätten keine Chance, ihn zu erwischen.«

Sie saßen eine Weile schweigend am Tisch und aßen, sahen zerstreut auf die stille Straße, auf der ab und zu ein Auto in Richtung Zentrum vorbeifuhr. Eine Möwe, die auf einem Dach gesessen hatte, flog auf, und der Himmel sah aus, als würde er den ganzen Tag so strahlend blau bleiben. Die Tür ging auf, und Eiras Sohn kam in die Küche.

Er sah kurz zu Mona hinüber, streckte ihr dann zögernd die Hand hin und begrüßte sie: »Niillas.«

»Guten Morgen. Von dir hab ich schon viel gehört. Als ich zuletzt hier war, hast du geschlafen.« Sie lächelte ihn unverwandt an, auch als er ihr den Rücken zukehrte und sich eine Scheibe Brot abschnitt. »Was treibst du so, Niillas?«

Er unterbrach kurz das Brotabschneiden, aber ohne sich umzudrehen, dann fuhr er damit fort. »Was ich treibe?«, fragte er und nahm sich Aufschnitt aus dem Kühlschrank.

Sie lachte leise. »Nicht gerade im Augenblick. Sondern so im Allgemeinen, dachte ich.«

Endlich wandte er sich ihr zu. Es ist schon erstaunlich, dachte sie, dass ein Kind einem Elternteil dermaßen ähnlich sehen kann. Er war klein, schlank und sehnig, gut proportioniert. Der Blick, mit dem er sie unter dem langen Pony ansah, entsprach genau dem seines Vaters. »Bin im zweiten Jahr auf der Oberstufe«, sagte er schließlich.

»Und welche Fachrichtung?« Es kam ihr so vor, als fühlte sie Eiras erstaunten Blick auf sich ruhen. Aber sie konnte die Vorstellung nicht ausstehen, dass der Junge in seine eigene Küche kommen und sich übersehen oder als Fremder fühlen würde.

Niillas hatte sich eine Scheibe Salami aufs Brot gelegt und kam zum Tisch.

»Allgemeine Linie.«

Sie klopfte auf den Stuhl neben sich. »Bring dir einen Becher mit und setz dich her.«

Die skeptischen Augen studierten sie noch ein paar Sekunden, aber sie hielt seinem Blick stand und zog den Stuhl für ihn zurück.

Langsam nahm er einen Becher und ließ sich auf den Stuhl fallen. »Bist du auch bei der Polizei?«

Sie schüttelte den Kopf. »Psychiaterin.«

Da lachte er auf. »Ha! Das kann er brauchen!«

»Wer braucht was?«

»Er.« Er nickte lachend zu seinem Vater. »Einen Psychiater.« Er beugte sich über den Tisch und klopfte Eira auf die Schulter. Sagte etwas auf Samisch, und beide lächelten.

Mona gab nicht auf. »Und machst du auch was in deiner Freizeit?« In dem Moment fiel ihr der Gitarrenkoffer ein, den sie auf dem Flur gesehen hatte.

»Ja«, antwortete er höflich, »da spiele ich Gitarre.«

Das Gespräch begann einen idiotischen Dreh zu bekommen. Sie setzte den Becher ab. »Falls du dich fragst, was ich um Viertel vor sieben bei euch in der Küche zu suchen habe – wir arbeiten«, sagte sie langsam. »Obwohl ich nicht bei der Polizei angestellt bin, so bin ich in gewisser Weise in den Fall, an dem dein Vater gerade arbeitet, involviert. Und ab und zu denken zwei Köpfe gemeinsam besser als einer allein.«

Er betrachtete sie einige Sekunden. Sie meinte, Heiterkeit in seinen Augen aufblitzen zu sehen. »Ich hatte auch nichts anderes geglaubt«, sagte er nur. Nach einem Moment ergänzte er: »Er ist nicht so. Also, dass er aus anderen Gründen Damen mit nach Hause bringt.« Nun lächelte er.

Mona Lie spürte, dass sie rot wurde. Das war schon lange nicht mehr passiert, und sie senkte den Blick.

Sie atmete tief durch und setzte sich gerade hin. Sah Niillas in die Augen und sagte: »Gut zu hören. Dann kann ich beruhigt dann und wann herkommen. Vielleicht lade ich euch beide mal zum Essen ein. Wenn er nicht so ist, meine ich.« Sie beugte sich zu ihm hinüber: »Ich koche für mein Leben gern«, flüsterte sie ihm zu. »Und das ziemlich gut.«

Er lachte und trank aus. »Danke für die Einladung. Ich komme bestimmt.« Er zwinkerte ihr zu, dann stand er auf und ging aus der Küche.

Eira rieb sich mit zwei Fingern die Nasenwurzel. »Ich habe das unbestimmte Gefühl, als habe mein Sohn gerade mit dir geflirtet«, sagte er. »Pass nur auf. Er hat eine Anziehungskraft auf Damen, das kannst du dir gar nicht vorstellen.«

»Doch, kann ich schon«, lächelte sie. »Ich mag ihn. Er ist so einer, der dir direkt in die Augen sieht. Der nicht versucht, sich zu verstellen. So wie du, glaube ich.« Sie schwieg abrupt und sah aus dem Fenster, dann stand sie auf. »Ich muss nach Hause, schließlich muss ich mich noch umziehen und rechtzeitig bei der Arbeit sein.« Noch ehe er aufstehen konnte, war sie schon an der Tür. »Melde dich, wenn es etwas Neues gibt.« Im nächsten Augenblick flog die Tür hinter ihr ins Schloss.

Eira starrte auf seinen leeren Teller. Dann rief er Eng an. »Wie sieht es aus?«

»Sie ist noch nicht aufgewacht.« Dr. Eng war also schon in der Klinik. Entweder das, oder er war überhaupt nicht nach Hause gegangen. »Alles unter Kontrolle.«

»Ist der Mann mit Haube und Mundschutz schon identifiziert? Oder habt ihr zumindest einen Verdächtigen?«

»Inzwischen haben sämtliche Angestellten, die gestern hier gearbeitet haben, die Aufnahmen gesehen. Sowohl die Tag- wie die Nachtschicht. Keiner hatte auch nur die leiseste Idee«, antwortete er zögernd.

Die Untersuchung von Marie Bengtsson war abgeschlossen. Als Eira in sein Büro kam, lag ein schriftlicher Bericht dazu auf seinem Tisch. Er griff nach dem Hörer und rief Oberärztin Ruud vom Gerichtsmedizinischen Institut an.

»Berichten Sie mir bitte mit verständlichen Worten, was Sie gefunden haben, Ruud«, sagte er.

»Wie Sie bereits wissen, handelt es sich um Marie Bengtsson. Der Zeitpunkt des Todes und nicht zuletzt, wie sie starb, ist der springende Punkt«, sagte sie. »Ich brauche Ihnen selbstverständlich nicht zu erzählen, wie schwierig es ist, den Eintritt des Todes genau festzustellen, wenn sich die Leiche im Freien befunden hat. Aber sie war bekleidet, und das verlangsamt den Prozess. Meine Annahme stimmt mit Ihrer überein, Eira. Nämlich, dass sie im letzten Jahr an der Stelle platziert wurde, als noch Schnee lag, wahrscheinlich zeitig im Frühjahr, und dass sie sich den ganzen Winter dort befunden hat. Der Leichnam war eingeschneit, denn der Zustand des Körpers ist auffällig anders als der des Kopfs, der sich über dem Schnee befunden haben muss. Der Zersetzungsprozess ist dort weiter fortgeschritten als beim übrigen Körper.«

»Ist es möglich zu sagen, woran sie starb?«

»Nein. Aber wir haben am Skelett Larven gefunden, die wir analysiert haben, unter anderem, um nach Medikamenten zu suchen.«

Eira war für einen Moment verstummt. »Ach«, sagte er schließlich. »Sie untersuchen Larven?«

»Es gibt, wie Sie wissen, kein Körpergewebe mehr und auch kein Blut, das wir auf die gängige Weise untersuchen könnten. Aber es gibt lebende Larven, und die haben sich von dem Leichnam ernährt. In ihnen lassen sich Spuren nachweisen.« Das klang so sachlich, als diskutierten sie die geografische Lage der Hütten des Touristenverbands im Hochgebirge. Als er nichts sagte, fuhr sie fort: »Wir fanden Reste des Medikaments Fentanyl. Daraus können wir schließen, dass sie eine recht große Dosis Fentanyl im Körper gehabt haben muss, als sie starb.« Ruud schwieg einen Augenblick. »Marie Bengtsson nahm doch nicht regelmäßig Medikamente, oder?«

»Nein«, sagte Eira. »Nichts. Sie war vollkommen gesund.«

Nachdem er aufgelegt hatte, blieb er vor dem Telefon sitzen und blätterte in dem Bericht der Rechtsmediziner. Der Zusammenhang mit dem Überfall auf Hilde Samuelsen lag auf der Hand. In beiden hatte man Fentanyl gefunden. Aber es gab keinerlei Spur von Marie Bengtsson im Bootsschuppen. Der Mörder verstand etwas davon, seine Spuren zu verwischen. Das Segeltuch, auf dem Hilde Samuelsen gelegen hatte, war groß und neu, vielleicht hatte er für Marie Bengtsson eine entsprechende Persenning gehabt und sie später entfernt.

Eira saß lange über dem Bericht, blätterte vor und zurück, bevor er schließlich wieder zum Telefonhörer griff und bei den Kriminaltechnikern anrief.

»Eira hier. Wir haben euch einen schwarzen Knopf geschickt, der im selben Bootsschuppen gefunden wurde wie Hilde Samuelsen. Würdet ihr ihn bitte mit den Knöpfen des Mantels vergleichen, den Marie Bengtsson anhatte, als wir sie fanden? Ich sitze in meinem Büro und warte.«

Nach zehn Minuten rief Thomassen zurück: »Stimmt, Eira. Passt genau, das ist der gleiche Knopf.« Er wartete, aber Eira sagte nichts. Da fuhr er fort: »Der Knopf wurde im selben Bootsschuppen gefunden?«

»Ja«, bestätigte Eira.

»Nun, die einzigen Fingerabdrücke daran gehören zu Marie Bengtsson.«

»Hab ich eigentlich nicht anders erwartet. Das Interessante an dem Knopf ist, dass mit ihm die Verbindung von Marie Bengtsson und dem Bootsschuppen hergestellt ist. Bisher hatten wir keinen anderen Tatort als die Stelle im

Wald. Davor war sie zuletzt in Tromsø gesehen worden.« Er stockte. »Und nun wissen wir auf einmal viel mehr. Wir wissen, dass ihr höchstwahrscheinlich dieselbe Art von Behandlung zuteil wurde wie Hilde Samuelsen. Deshalb warten wir nun einfach darauf, dass Hilde aufwacht. Und sich erinnert.«

71

Es war sechs Uhr, und er hatte seit dem Frühstück nichts mehr zu essen bekommen. Das Bewusstsein, dass er mehr aus Per Roan hätte rausholen müssen, nagte fast mehr an ihm als der Hunger. Der junge Mann wirkte so gleichgültig. Es war, als versuchte er nicht einmal, sich dagegen zu schützen, in den Kreis der Verdächtigen zu geraten. Liebeskummer? Eira kaute daran herum, während er den Universitätsparkplatz überquerte. War der Kontakt zwischen Per Roan und einem der Mädchen doch enger gewesen, als er einräumen wollte?

Lindberg schob sein Fahrrad über den Parkplatz. »Machen Sie eigentlich nie Feierabend, Eira? Wann essen Sie beispielsweise?« Er schüttelte den Kopf. »Sie sind schlimmer als ein altmodischer Landarzt. Die haben früher auch rund um die Uhr gearbeitet.«

Eira hörte kaum zu. »Lindberg«, sagte er in Gedanken versunken, »kennen Sie einen Studenten namens Roan? Er betreibt bei Ihnen Forschung.«

»Ach der«, sagte Lindberg, und Eira hatte sofort den Eindruck, als spürte er eine defensivere Haltung bei Lindberg. »Kann nicht behaupten, dass ich ihn kenne.«

»Wissen Sie, ob der mit den verschwundenen Studentinnen in Kontakt stand?«

Lindberg zögerte. »Na ja … Es kommt vor, dass sie uns

zu ihren Studentenfeten einladen. Ich erinnere mich an ihn. Er war ziemlich verknallt, dachte ich … in die Erste, die verschwand. Hieß sie nicht Moberg?« Er lachte. »Aber das waren wohl mehrere.«

Er schwang das Bein über die Querstange. »Wissen Sie, Eira, da unterhalten Sie sich mit dem Falschen. Meine Aufgabe besteht lediglich darin, denen die nötigen Fachkenntnisse einzutrichtern. Seelsorger bin ich definitiv nicht, auch wenn ich mich dann und wann darin versuche.« Er hob die Hand zu einem munteren Gruß und radelte davon.

»Die Liste der lokalen PKW-Zulassungsstelle über die VW Passats, die im letzten Jahr registriert wurden, liegt jetzt vor.« Berger hielt einige Papiere in der einen Hand, während die andere mit einer Plastikgabel in einem Salatteller grub und sie Dressing auf ihre Hose kleckerte, ohne es zu merken. »Zum detaillierten Lesen bin ich noch nicht gekommen. Die Untersuchung der Fußspuren, die wir im Pulverschnee vor deinem Auto fotografiert haben, scheinen denen im Matsch in Kåfjord zu entsprechen. Identische Größe«, fuhr sie fort. »Das sind keine gewöhnlichen Schuhe, sondern sollen so spezielle Bergstiefel sein. Die Sorte, die man bis über den Knöchel hoch schnürt.« Sie blätterte wieder in den Unterlagen. »Die heißen ›Lundhags original‹. Ein Foto davon ist beigefügt. Schwarzer Lederstiefel, Größe 44.«

»Die kenne ich. Gut bei der Jagd.« Er stand auf. »Ich habe eine Weile nichts von der Klinik gehört, das muss wohl als gutes Zeichen gedeutet werden. Gut genug, um mal vorbeizugehen und nachzusehen, ob Hilde schon bereit ist für ein Gespräch.«

»Ich komme.« Sie spießte die letzten Reste des Salats auf und stopfte sie sich in den Mund.

Es hatte sich bezogen, Nieselregen lag in der Luft. Inzwischen war es halb neun, zu früh für das Nachtleben und zu spät für die normalen Stadtspaziergänger. Die Straßen waren leer. Sie parkten auf dem Platz vor der Klinik. Dort standen immer noch viele Fahrräder, aber nur eine Handvoll Autos.

»Schwarze VW Passats sind inzwischen zu einer fixen Idee geworden«, sagte Eira langsam. »Da steht auch einer.« Er nahm den Block und schrieb die Nummer auf. »Der sieht neu aus. Vielleicht steht er auf deiner Liste von der Zulassungsstelle.«

Sie lächelte. »Möglich. Aber fixe Ideen taugen nichts, Eira. Die ruinieren den Scharfblick.«

»Was weißt du über fixe Ideen?« Er sah sie lächelnd von der Seite an.

Berger verdrehte die Augen. »Wenn zu dem Verbrechen ein schwarzer Passat gehört, parkt der Täter den nicht gerade vor dem Krankenhaus oder den Labors. Wo er doch weiß, dass die Polizei im Rahmen der Ermittlungen regelmäßig dort hinkommt.«

»Ich verstehe.« Sie überquerten die Straße und gingen auf den Eingang des Krankenhauses zu. »Aber du lässt etwas Wichtiges außer Acht«, hakte Eira nach. »Vielleicht weiß der Täter ja gar nicht, dass wir nach einem schwarzen Passat Ausschau halten.«

Wieder waren sie auf der Intensivstation. Eine Krankenschwester kam hinter ihnen ins Zimmer. »Dr. Eng ist sofort bei Ihnen. Ich habe ihm Bescheid gegeben, dass Sie da sind.« Sie beschäftigte sich mit der Patientin, checkte die Apparaturen und den Tropf und trug in die Krankenakte, die am Fußende des Bettes aufgeschlagen lag, ihre Werte ein.

»Ist alles in Ordnung mit ihr?« Eira wusste nicht so recht, wie er sich ausdrücken sollte. Eine junge Frau so daliegen zu sehen, war in seinem Kopf meilenweit davon entfernt, in Ordnung zu sein.

»Die Gefahr ist vorüber, Aslak.« Dr. Eng stand neben ihm. »Es geht Hilde gut, sie schläft jetzt richtig.«

Das erleichterte ihn so sehr, dass er fast eine Wut auf den Mann bekam. »Hör auf mit mir zu reden, als sei ich hysterisch.«

»Aber so ist es doch. Du warst doch wohl gelinde gesagt mehr als beunruhigt, ob mit deiner wichtigsten Zeugin alles in Ordnung ist.«

Eira war tatsächlich zutiefst beunruhigt. Er hatte eine Wahnsinnsangst. Er ertrug den Gedanken nicht, dass womöglich noch einem jungen Menschen etwas geschah. Zeugin oder nicht. »Sie hat jetzt verdammt noch mal achtundvierzig Stunden geschlafen, Gerhard! Wann kann ich mit ihr reden?«

»Grobian«, seufzte der Arzt. »Lass Hilde richtig zu sich kommen, ehe du anfängst, sie zu quälen. Diese Runde wird nämlich tough. Ich will, dass sie vorher ein bisschen zu Kräften kommt und nicht nur halb benommen hier liegt. Dann wollen wir hoffen, dass sie sich erinnert.«

»Da draußen läuft ein Mörder frei herum, während du deine Patientin abschirmst.«

Gerhard Eng holte tief Luft und zog Eira an die Seite. »Ist es nicht prima, Aslak, dass wir zwei uns nicht um dieselben Sachen Sorgen machen müssen?« Er sprach leise, verbarg aber seinen Ärger nicht. »Ich pfeif auf deine Sorgen. Meine einzige Aufgabe besteht darin, dass diese Patientin wieder so gesund wie möglich wird. So schnell wie möglich. Halt dich also zurück.«

Eira trocknete sich die Stirn; vom bloßen Stehen war er ungewohnt verschwitzt. »Ich will, dass du für eines sorgst«, entgegnete er leise. »Hilde Samuelsen darf nicht eine Sekunde sich selbst überlassen werden. Wenn die eine Krankenschwester aufs Klo muss, soll die andere hereinkommen. Die Polizisten sitzen rund um die Uhr vor der Tür, so lange, bis sie ganz wach ist und mit uns geredet hat.« Er wischte sich wieder die Stirn ab. »Sorg dafür, dass immer eine Krankenschwester bei ihr ist. Unsere Leute allein reichen nicht.«

Dr. Eng nickte. »Mir ist der Ernst der Lage wohl bewusst«, sagte er nur. »Du kannst sicher sein, dass wir tun werden, was in unseren Kräften steht. Komm morgen Früh wieder. Eine Nacht gut zu schlafen, das wird Wunder tun. Nicht nur bei Hilde Samuelsen«, ergänzte er mit vielsagendem Blick auf Eiras blasses Gesicht.

Die leisen Stimmen im Hintergrund brachten Erleichterung, genauso die Geräusche, die weichen Schuhsohlen der Krankenschwestern, das Rascheln des Stoffs, wenn das Bett gemacht wurde, das gleichmäßige Brummen der medizinischen Apparate. All das gab Trost und Geborgenheit. *Sicherheit.* Sie war in Sicherheit.

Noch immer war sie weit weg. Ihr Körper war wie eine fremde Hülle, schwer und unbeweglich, wie eine mittelalterliche Rüstung, wenn sie so zwischen Schlaf und Halbschlaf hin und her trieb.

Das Stimmengemurmel, wenn jemand in der Nähe war. Weit weg zwar, aber wie eine schützende Mauer vor all dem, wovor sie Angst hatte. Aber die Laute kamen immer näher, und die Augenlider waren nicht mehr so schwer, als dass sie es nicht schaffte, sie zu öffnen. Die Zunge war dick und rau, aber sie wusste, hier würde sie Wasser bekommen. Mühsam bewegte sie eine Hand. Sie dämmerte in halb wachem Zustand vor sich hin. Stille Schritte zum Bett hin, eine warme Hand auf der Stirn, die ihr sanft übers Haar strich. Und die Wärme von jemand, der sich über sie beugte und das Kopfkissen richtete. »Es geht uns ausgezeichnet, Hilde«, murmelte die Stimme über ihrem Kopf. Und auf einmal, ganz dicht an ihrem Ohr, hinter ihr ein leises Murmeln, ein Flüstern: »Ein Wort zu jemand, und ich bringe dich um. Ich bin die ganze Zeit in deiner Nähe.«

Der bekannte Geruch kroch ihr in die Nase, legte sich auf ihr Gesicht, und Übelkeit überwältigte sie.

Er hatte sie gefunden.

72

Berger stürmte am nächsten Morgen in Eiras Büro. »Ich habe den VW Passat auf der Liste geprüft.« Sie ließ sich auf den Stuhl ihm gegenüber fallen. »Auch die Nummer, die du vor dem Krankenhaus aufgeschrieben hast, habe ich gefunden«, fuhr sie atemlos fort. »Wir kennen den Besitzer des schwarzen Passats.«

»Nun mal ganz ruhig, Berger«, unterbrach Eira sie lächelnd. Ihr Gesicht war gerötet wie nach einer Joggingrunde, und offensichtlich hatte sie den Pferdeschwanz so oft um die Finger gewickelt, dass er nun völlig schief hing. »Hat er im Parkverbot gestanden?«

»Der gehört Åge Markussen«, sagte sie triumphierend.

Eira runzelte die Stirn. »Neues Auto?«

»Sozusagen. Jahreswagen. Schwarz.«

»Markussen besitzt also einen neuen schwarzen VW Passat.« Er wiederholte die Fakten. Er hatte den Mann nie anders als mit Fahrrad gesehen. »Was hast du damit gemacht?«

»Ich habe die Reifenabdrücke mit denen verglichen, die vor Hilde Samuelsens Wohnung fotografiert wurden, als wir bei ihr waren und den Computer gecheckt haben.«

Er hob den Blick von den Papieren auf seinem Schreibtisch. Für einen Moment war die Atmosphäre wie elektrisch geladen.

»Und?«

»Dasselbe Muster.«

»Interessant.«

»Das rückt Markussen in ein schlechtes Licht«, sagte er langsam. »Aber vorläufig wissen wir nur, dass sein Auto dort war. Nicht der Mann. Wir brauchen mehr.« Er nickte ihr zu. »Er muss zum Verhör einbestellt werden.« Im selben Moment war Berger aus der Tür.

Eira blieb sitzen und blätterte in seinen Papieren. Er las quer, was Markussen ihnen früher erzählt hatte. Der Mann war nie in irgendeiner Weise auffällig geworden. Nur dass er mittendrin arbeitete und immer Zugang zu Informationen hatte, die den Fall betrafen. Er kannte auch viele der Studenten. Er hatte jederzeit freien Zugang zu allen Labors und Büros, und er wusste im Grunde immer, wo sich Studenten und Angestellte aufhielten.

Irgendetwas war besonders an diesem Mann, daran hegte Eira keinerlei Zweifel. Es musste die Hilfsbereitschaft sein. Die Freundlichkeit, und dass er immer lächelte. Aber war das ein Verbrechen? Eira blätterte weiter. Hatte er je das Auto erwähnt? Doch, bei längerem Nachdenken fiel es ihm wieder ein. Eira erinnerte sich an einen Nachmittag, als er das Gebäude verlassen und erzählt hatte, er wolle zum Klettern. Die Erinnerung war beunruhigend. Eira fiel die Wasserflasche ein, die sie im Bootsschuppen gefunden hatten. Die Persenning, auf der Hilde gelegen hatte. Die Taurolle mit Haken, die ebenfalls auf dem Regal gelegen hatte, eine Anordnung, die der Mörder zweifelsfrei benutzt hatte, um Hilde hochzuhieven. Das alles war typische Kletterausrüstung. Er kam mit seinen Grübeleien nicht weiter. Als er in der Klinik anrief, bekam er Eng an den Apparat. »Ich hoffe, dass sie bald sprechen kann«, sagte Eira langsam. »Es gibt einen Fortschritt bei den Ermittlungen, und Hilde kann uns wahrscheinlich weiterhelfen.«

»Ach? Was für ein Fortschritt?« Wieder hatte Eng diesen knappen, sachlichen Ton, und Eira merkte, dass der Arzt neue Beunruhigungen für seine Patientin befürchtete.

Eira zögerte, aber Eng war in den Fall involviert, und er

unterlag ja immerhin der Schweigepflicht. »Wir haben ein Auto«, sagte er nur, »und einen Namen.«

»Es ist nicht sicher, dass sie sich erinnert. Sei dir dessen bewusst«, gab Eng zu bedenken. »Amnesie ist normal, besonders in der ersten Phase. Das kann so weit gehen, dass sie es eine Zeit lang nicht schafft, das Geschehene zu rekapitulieren.«

»Amnesie, Doktor, was ist das?«, unterbrach ihn Eira ungeduldig. »Dass man sich nicht erinnern kann? Oder dass man sich nicht erinnern will, weil man es nicht erträgt, das alles noch einmal zu durchleben?«

Am anderen Ende blieb es still. Dann sagte Dr. Eng langsam: »Ich weiß nicht, wann sie reif für eine Aussage ist. Aber sie braucht Zeit.«

»Der Mörder betreibt dieses Spiel nun seit über einem Jahr, Gerhard«, fiel ihm Eira ungeduldig ins Wort. »Er hat sich an allen Ermittlungen vorbeigewunden, und jetzt glaubt er, alles zu beherrschen.« Eira dachte an das, was Mona Lie zu dem Fall gesagt hatte, und warf einen Blick auf die Aktenstöße, die sich im Laufe des letzten Jahres angesammelt hatten. »Wir verdächtigen eine Person, mit der wir im Laufe des letzten Jahres unzählige Male in Kontakt gestanden haben. Ohne sie zu fassen zu bekommen.« Eira rieb sich die Augen. »Wir können nicht länger warten. Im Laufe des Nachmittags komm ich vorbei«, sagte er nur und legte auf.

Berger wartete vor dem Büro auf ihn. »Markussen sei heute nicht bei der Arbeit, wird behauptet.« Ihr Blick war düster. »Er hat frei. Feiert Überstunden ab. Aller Wahrscheinlichkeit nach ist er wieder zum Klettern gefahren, so viel habe ich immerhin herausgefunden.«

Eira fluchte. »Hast du es auf seinem Handy versucht?«

»Abgeschaltet.«

Er vergrub beide Hände in den Taschen und überlegte. »Markussen weiß nicht, dass er uns an der Angel hängt. Wir müssen reichlich Leine nachlassen. Wenn er unser

Mann ist, ziehen wir ihn an Land, sobald er lange genug gezappelt hat und fest am Haken hängt.«

Berger verzog das Gesicht. »Eira, ich angele nicht«, erwiderte sie mürrisch. »Erzähl mir, was reichlich Leine nachlassen bedeutet. Müssten wir nicht einen Wagen losschicken, der auf ihn wartet, wenn er heimkommt?«

»Wir wissen nicht genau, wo er sich aufhält. Aber wenn er aus dem Gebirge zurückkommt und nach Hause will, sind wir zur Stelle.«

»Benjaminsen ist heute schon bei seiner Wohnung gewesen und hat die Lage gecheckt. Markussens Auto ist dort geparkt. Unsere Informationen aus dem Klettermilieu besagen, dass immer mehrere gemeinsam losziehen, und die fahren auch zusammen. Mit anderen Worten, jeder ist mal mit Fahren an der Reihe. Und heute ist er eben nicht dran.«

»Ausgezeichnet«, sagte Eira kurz. »Platziert einen Wagen vor seiner Wohnung und wartet auf ihn.«

Als er eintrat, stand eine ganze Gruppe in weißen Kitteln am Fußende ihres Bettes. Dr. Eng, eine der Krankenschwestern, die Eira schon früher begrüßt hatte, ein Anästhesist und Dr. Lindberg. Sie hatten die Köpfe über die Unterlagen gebeugt, und ganz offensichtlich war die Stimmung anders als bei seinem letzten Besuch hier.

Hilde hatte den Kopf abgewendet. Sie hatte nicht ein einziges Mal die Augen geöffnet, seit sie den Raum betreten hatten. Sie war sehr blass, in dem grellen Licht vom Fenster hinter ihr wirkte ihre Haut fast gelblich. Sie war bis zum Hals zugedeckt, und ihre schwarzen und lila Haare stachen von den weißen Laken ab wie ein Mopp. Eira spürte einen wahren Mühlstein um den Hals. Er musste einfach Antworten von ihr bekommen.

Gerhard Eng stellte sich zu ihm. »Du kannst gern versuchen, mit ihr zu reden, Aslak«, sagte er leise. »Der Zeitpunkt heute ist vermutlich genauso schlecht wie jeder andere.«

Eira nickte. »Ich brauche nur ein paar Minuten.« Er zog sich einen Stuhl an ihr Bett, setzte sich und wusste auf einmal nicht mehr so genau, was er sagen sollte. »Hilde …«, begann er.

Ein kaum merkliches Zucken der geschlossenen Lider verriet ihm, dass sie ihn hörte.

»Hilde, ich bin gezwungen, mit dir zu reden, wie schrecklich sich das für dich auch anfühlen mag.«

Weiterhin keine Reaktion. Wenn er es nicht besser gewusst hätte, dann hätte er geglaubt, sie schliefe.

»Hilde, du musst uns helfen. Du musst ihn nur identifizieren.« Er zog einen Umschlag aus der Tasche. »Du brauchst nichts zu sagen. Ich zeige dir ein Farbfoto. Wenn das der Mann ist, nickst du. Wenn nicht, schüttelst du den Kopf. Du kannst auch Ja oder Nein sagen.« Er zögerte etwas. »Ich verspreche dir vollen Polizeischutz, nachdem du mir geantwortet hast. Hab keine Angst. Jetzt zeige ich dir das Foto.«

Er nahm ein Bild von Åge Markussen aus dem Umschlag und hielt es ihr hin. Sie hatte nicht einmal die Augen geöffnet.

»Bitte, Hilde«, sagte er beschwörend.

Langsam öffnete sie die Augen. Er sah, dass sie das Foto fokussierten. Der Blick ruhte lange darauf, dann schloss sie die Augen. Sie wandte den Kopf wieder ab, und er sah, wie viel Kraft sie das kostete. Sie gab keinen Mucks von sich. Keine Bestätigung und keine Ablehnung. Aber aus ihren Augenwinkeln liefen Tränen.

73

Åge Markussen schloss die Augen und lehnte den Kopf an die Nackenstütze. Das Zittern der Muskeln ließ allmählich nach. Der Ausflug war sehr schön gewesen. Sonne, kein

Wind, die Verhältnisse an der Wand gut. Im Radio spielte leise Musik, und sein Kletterpartner erzählte alles Mögliche. Er selbst trug nur dann und wann ein »Hm« oder »Ach so« zum Gespräch bei, wenn er meinte, es passte.

Als sie in die Nähe der Stadt kamen, schwieg der andere und sah ihn an. »Und was meinst *du* dazu?«

Markussen richtete sich auf, offenbar verlangte das Gespräch einen Einsatz von ihm. »Ich hab das Letzte nicht gehört.«

»Ich habe gefragt, wie du das einschätzt, dass die Polizei im Begriff sein soll, in dieser Studentinnengeschichte den Mörder einzukreisen, und dass der Betreffende aus dem Umfeld des studentischen Milieus stammen soll.« Sie fuhren jetzt auf der Brücke über den Sandnessund nach Tromsø. Über ihren Köpfen setzte eine große Maschine zur Landung auf dem nahe liegenden Flughafen an.

»Sagt man das?« Wegen des Fluglärms musste er lauter sprechen. »Wo hast du das her?«

»Ein Kumpel von mir kennt einen Journalisten, der mit einer verheiratet ist, die dort in einem der Labors arbeitet. Genaueres weiß ich nicht. Natürlich kocht die Gerüchteküche, aber dieses Mal scheint an der Geschichte mehr dran zu sein.«

»Ich arbeite doch auch dort.« Markussen starrte ihn an. »Ich hab nichts anderes gehört, als dass die mit Leuten geredet und verschiedene Routineuntersuchungen angestellt haben.«

»Du hattest drei Tage frei«, sagte der Freund und bog zum Langneshügel ab. »In der Zwischenzeit ist sicher allerhand passiert.« Er konzentrierte sich aufs Fahren, die kurvige Straße führte steil bergan. »Ich setze dich dort beim Transformatorenhaus ab«, sagte er, als sie oben waren. »Dein Rucksack ist ja nicht so schwer, du kannst die paar hundert Meter doch sicher zu Fuß gehen, oder?«

Das Transformatorenhaus war bestens. Auf die Entfernung sah er schon den Parkplatz, wo in einer Ecke sein Auto parkte. Das gute Gefühl nach einer gelungenen Klettertour war wie weggeblasen. Er hob den Rucksack an, der ihm jetzt bleischwer vorkam, aber es war mehr als das Gewicht, weshalb ihm nun fast die Beine versagten. Beim Gedanken an die Worte seines Freundes drohte ihn Panik zu überwältigen. Wie oft war Eira schon aufgekreuzt, um mit ihm zu reden. Das Auto, das gleich am Eingang zu seiner Wohnung parkte, war auch unmissverständlich. Er war doch nicht von gestern. Ein ziviles Polizeifahrzeug.

Er zog sich an die Wand des Transformatorenhauses zurück, versteckte den Rucksack in dem dichten Gebüsch auf der Rückseite und überlegte kurz, welchen Weg er nehmen sollte. Das Beste würde sein, zum Auto zu gehen. Er musste erst mal ein bisschen herumfahren, und sei es nur, um in Ruhe nachzudenken. Die würden ihm all die Fragen stellen, die er unmöglich beantworten konnte.

Er ließ den Rucksack hinter dem Haus stehen und trat wieder auf den Langnesvei. Fünfzig Meter weiter konnte er zu seinem Auto gelangen, indem er durch die Büsche an der Straße ging. Er bahnte sich einen Weg durchs Gebüsch und sah sich um, ehe er sich ins Auto setzte.

Der weiße Volvo hatte sowohl die Straße als auch sein Auto im Blick. Der Motor wurde zeitgleich mit seinem gestartet, und als er vom Parkplatz raste, kamen sie hinterher. Als er auf den Langnesvei einbiegen wollte, war er gezwungen, eine Vollbremsung zu machen. Zwei Polizeifahrzeuge blockierten die Ausfahrt, und es gab keine andere Möglichkeit, als anzuhalten.

Der Verteidiger war gekommen, und am folgenden Tag saßen Eira und Berger zusammen mit dem Haftrichter einem blassen und verschlossenen Åge Markussen gegenüber. Die Fingerabdrücke lagen bereits vor, die vorläufigen DNA-Ergebnisse wurden in einer Woche erwartet.

Nach anfänglichen Protesten, während derer Markussen unermüdlich wiederholte, er sei unschuldig, war er nun total verstummt. Sein Blick war fast apathisch.

»Mein Klient hält weiterhin daran fest, dass er in diesem Fall vollständig unschuldig ist.« Der Verteidiger, ein Mann Mitte vierzig in grauem Anzug, hatte die Hände vor sich auf dem Tisch gefaltet und sah abwechselnd Eira und den Haftrichter scharf an.

Eira öffnete die vor ihm liegende Mappe. »Zwischen Mai 2004 und Juni 2005 sind hier in der Stadt vier Frauen verschwunden. Drei von ihnen wurden ermordet aufgefunden. Die Fingerabdrücke am letzten Tatort sind die Ihres Klienten.« Eira legte eine Hand auf einen Stapel Papiere.

Markussen sah Eira an, als fasste er nicht, wovon er redete. »Ich war es nicht!«, rief er.

»Wir kommen nicht daran vorbei, dass es sich um Ihre Fingerabdrücke handelt, die wir gefunden haben«, sagte Eira ruhig. »Außerdem haben wir in der Nähe der Tatorte Abdrücke von Autoreifen gefunden. Frische Reifenabdrücke, die bei denen Ihres neuen VW Passat ihre Entsprechung finden.«

»Ich bin seit Jahr und Tag nicht mehr in Kåfjord gewesen!«, rief Markussen heiser. »Das müssen andere gewesen sein. Jemand muss mein Auto gestohlen haben, während ich bei der Arbeit war.«

Er sah Eira beschwörend an. »Sie wissen doch, dass ich immer mit dem Rad fahre! Außerdem … außerdem habe ich meine Schlüssel verloren!«

»Okay, Markussen.« Der junge Mann rutschte verzweifelt auf seinem Platz hin und her. »Aber Sie geben zu, schon mal in Kåfjord gewesen zu sein?«, insistierte Eira.

»Das war in Verbindung mit Touren im Gebirge. Ich bin nie bei einer Hilde Samuelsen gewesen.«

Er wandte dem Anwalt sein weißes Gesicht zu. »Erklären Sie ihm, dass ich niemanden dieses Namens kenne!«, rief er. Der Anwalt legte ihm beruhigend eine Hand auf den Arm.

»Dass Sie klettern, ist ein weiterer Punkt«, fuhr Eira fort. »Das letzte Opfer wurde in einem Bootsschuppen auf ein Regalbrett gepfercht, und um sie nach oben zu hieven, wurde Kletterausrüstung benutzt. Dort fand sich auch eine Trinkflasche des Typs, wie Sie sie sicher benutzen. Außerdem Segeltuch, um Ausrüstung einzupacken.« Er machte eine Pause. »Muss ich noch betonen, dass all das Sie nicht sonderlich entlastet?«

»Haben Sie die Fingerabdrücke meines Klienten auf diesen Ausrüstungsgegenständen gefunden?«

»Das haben wir. Und derselbe Typ Faser, aus dem das Seil besteht, wurde im Kofferraum seines Autos gefunden. Wir glauben, dass Seil, Haken, Persenning und Trinkflasche ihm gehören. Wir fanden jede Menge seiner Fingerabdrücke an diesen Gegenständen.« Er beugte sich über den Tisch. »Sie sind gestern zum Klettern gewesen, nicht wahr?«

Markussen nickte langsam.

»Fehlte Ihnen Ausrüstung, als Sie gepackt haben?«

Er sah Eira unsicher an. »Nein, eigentlich nicht … Ich habe massenhaft Ausrüstung.«

Der Verteidiger griff ein. »Mein Klient kann diese Ausrüstung verliehen haben. Spuren, die sich überall finden, dürfen nicht isoliert betrachtet werden. Sie müssen verglichen werden mit den Bewegungen des Beschuldigten, mit Alibis und so weiter«, betonte er.

Eira nickte. »Unbedingt. Aber in diesem Fall ist die Menge der Beweise alles in allem überzeugend.«

Er bemühte sich um Blickkontakt mit Markussen. »Als weiteren wichtigen Punkt stellen wir fest, dass sich bei den Opfern keinerlei andere Fingerabdrücke finden. Es werden DNA-Analysen angefertigt, deren Ergebnisse in Kürze vorliegen.«

Markussens Adamsapfel hüpfte mehrere Male auf und ab, ehe er etwas sagte. »Ich weiß nicht, warum Sie überall nur meine Ausrüstung und meine Fingerabdrücke finden«, sagte er und starrte leer vor sich hin. »Ich weiß nur, dass ich unschuldig bin.«

Eira betrachtete ihn schweigend. Der Mann hatte etwas Ängstliches, fast Feiges. Eira konnte sich eigentlich kaum vorstellen, wie dieser Mann es geschafft haben sollte, vier kräftige junge Frauen so zu überlisten. Aber vielleicht gab gerade dieses Feige, dieses Weiche die Erklärung. Das machte ihn vermeintlich ungefährlich. Impotent in den Augen anderer. Und vielleicht hatten die Frauen das anders interpretiert, womöglich wollten sie freundlich zu ihm sein oder ihn sozialisieren, weil man ihn so schwer abweisen konnte. Er studierte den leeren, starren Blick und den nervösen Adamsapfel und dachte, dass man sich im Nachhinein häufig fragte, wieso gerade dieser Typ solche Verbrechen begehen konnte. Das war eine der großen Täuschungen. Einem gewissen Menschentyp nicht die Fähigkeit zum Verbrechen zuzutrauen.

Er schob die Papiere zusammen und wusste, dass ihm immer noch viele Puzzleteile fehlten, um den Fall Åge Markussen zu begreifen. Und er erinnerte sich daran, dass der Mann vorläufig nur verdächtig war. Die Beweismenge allerdings wog schwer. Es war schon komisch, dass er nicht mehr getan hatte, um seine Fingerabdrücke zu kaschieren. Eira fiel keine andere Erklärung ein, als dass er geglaubt hatte, das würde er später alles entfernen, auch die Leiche, ehe jemand das Versteck gefunden hatte. Falls das überhaupt geschah.

Sie kamen nicht weiter. Er sah Markussen wieder an, die Schultern waren nach vorn gesunken, und er hielt den Blick starr auf die Tischplatte vor sich gerichtet.

Der Haftrichter ergriff das Wort: »Åge Markussen. Sie werden verdächtigt, vier Frauen entführt und drei von ihnen ermordet zu haben. Deshalb nehmen wir Sie bis auf Weiteres in Untersuchungshaft. Es besteht Besuchs- und Briefverbot in Erwartung weiterer Entscheidungen in dieser Sache.«

74

Binnen weniger Stunden hatte es sich bewölkt, und das schöne Wetter vom Morgen war wie weggeblasen. Anniken Ås sammelte ihre Bücher und Notizen zusammen. Sie warf unzufrieden einen Blick auf den Regen, der gegen die Fensterscheibe des Lesesaals trommelte, und überlegte, was sie nun machen sollte. Weil sie sich am Kalender und am strahlenden Sonnenschein vom Morgen orientiert hatte, war sie beinahe sommerlich bekleidet. So hatte sie zwar eine Jeansjacke dabei, trug aber sonst nur Rock und ärmelloses Top. Sie, die sonst nie Röcke anhatte, war den ganzen Tag in einem kurzen Rock herumgelaufen und hatte das Gefühl gehabt, völlig neben sich zu stehen. Jetzt am Abend, wo der Regen fast in Schneeregen übergegangen und die Temperatur auf acht Grad gefallen war, kam sie sich dermaßen falsch bekleidet vor, dass sie fürchtete, auf dem Heimweg einen Verkehrsunfall zu verursachen.

So spät am Abend war auch keiner mehr da, der sie ein Stück mitnehmen konnte. Abgesehen von ein paar der schlimmsten Arbeitstiere waren alle anderen Studenten bereits gegangen. Normalerweise blieb sie selbst nie so lange im Institut, doch sie hatte gehofft, der Regen würde bald wieder aufhören. Danach sah es jedoch nicht aus.

Systematisch packte sie die Sachen in ihren Rucksack. Dabei fiel ihr auf, dass die Liste mit den Räumen fehlte, in denen die Prüfungen stattfinden sollten. Die hatte wohl wieder jemand bei ihr »ausgeliehen«. Typisch. Wer seine

Sachen in Ordnung hielt, wurde meist auch noch dafür bestraft. Sie warf sich den Rucksack auf den Rücken und freute sich schon auf den Tag, wo sie einen Nine-to-five-Job haben würde. Klinikärztin würde sie nie werden. Vielleicht geht auch Laborarbeit, dachte sie und wappnete sich innerlich gegen den Regen.

Sie rannte die Treppe zum Ausgang hinunter und wollte in Richtung Bushaltestelle abbiegen, aber dann fiel ihr ein, dass ihr Fahrrad noch vor dem Krankenhaus im Regen stand, und sie beschloss, es wenigstens ins Trockene zu stellen und sich bei der Gelegenheit nach den Räumen für die Prüfungen zu erkundigen.

Totto hatte den weißen Kittel ausgezogen und über einen Stuhl geworfen. Er streckte sich auf seinem Schreibtischstuhl und öffnete das Notebook. Das mache ich mit derselben Freude, wie sich andere einen Drink genehmigen, fiel ihm dabei auf. Um zur Ruhe zu kommen, um in eine private und ungestörte Atmosphäre einzutauchen. Rings um ihn herrschte endlich Stille, die Büros waren leer und abgeschlossen. Endlich konnte er aus dem engen Kokon kriechen, der ihn tagsüber umgab. Dieses falsche Lächeln ablegen. Dieses erstickende Entgegenkommen und diese ewige Gelassenheit loswerden, für die er so angesehen war. Er konnte sich ganz ausstrecken und einfach *sein.*

Seine Finger glitten über die Tastatur. Er stellte das Notebook auf den Tisch vor sich und legte die Hände in den Schoß, während er darauf wartete, ins Allerheiligste vorzudringen. Er klickte, bis er seinen privaten Ordner mit den Fotos öffnen konnte. Fotos, die er selbst aufgenommen hatte. Es handelte sich um eine bizarre Mischung aus Lebenden und Toten. Aber nirgendwo war Blut zu sehen. Er konnte kein Blut ertragen.

Sie waren alle gefesselt, auf einem Bett ausgestreckt. Ihre Augen waren verbunden. Ihr Mund war zugeklebt.

Diese jungen Frauen. Er kannte jeden Zentimeter von ihnen. Er drückte wieder auf die Taste, und ein anderes Bild erschien. Nun füllte Lise Beck den Bildschirm. Diese kreideweiße Haut, eingerahmt von den langen nassen Haaren! Was für ein Anblick!

In gewisser Hinsicht war sie nun für immer sein. Genau wie alle anderen.

Er stand auf, um das Fenster zu schließen. Die Sonne, die am Morgen so warm geschienen hatte, war hinter einer massiven Wolkendecke verschwunden, und es regnete. Inzwischen war es neun Uhr. Fahrradständer und Parkplatz waren leer. Er starrte in den strömenden Regen, das Gefühl, am Ende eines Weges angelangt zu sein, erfüllte ihn. Schon eine Weile meldete sich dauernd der Impuls, weiterzukommen. Hier war es für ihn nicht mehr sicher. Die Anzeichen waren überdeutlich. Er musste weg. Aber nicht so schnell, dass es auffiel. Der Sommer kam näher, stand schon fast vor der Tür, und das war ein üblicher und natürlicher Zeitpunkt, zu kündigen und den Job zu wechseln. Er wusste schon, wohin er wollte. Nach Osten, in eine kleine Stadt in Russland, von der hier noch nie jemand etwas gehört hatte. Er war schon dort gewesen. Dort würde er bleiben, bis man hier alles vergessen hatte.

Er war so in seine Gedanken versunken, dass er zusammenzuckte, als es klopfte. Anniken Ås' rundliche Gestalt stand plötzlich in der Tür.

»Entschuldigen Sie, wenn ich ungelegen komme …«

Er hatte vergessen, abzuschließen. Der Schock lähmte ihn für den Bruchteil einer Sekunde, dann schlug er reflexartig den Deckel des Notebooks zu und war mit zwei Schritten bei ihr.

Sie blieb mit halboffenem Mund an der Tür stehen. Dieser feuchte klaffende Spalt in einem teigig glatten Gesicht. So unästhetisch, dass sich alles in ihm vor Widerwillen sträubte. »Womit kann ich Ihnen behilflich sein?«

Sie reichte ihm nur bis an die Schulter. Ihr Blick wanderte von seinem Gesicht über die Schultern und zurück. »Ich dachte, Sie hätten vielleicht die Liste der Räume, in denen die Prüfungen stattfinden. Meine ist weg.«

Sie sah zu dem geschlossenen Notebook hinüber. Vor lauter Angst, dass sie etwas gesehen haben könnte, reagierte er nervös und schroff. Er sah, wie sich ihr Mund bewegte, hörte aber kaum, was sie sagte. »Ich habe keine Liste. Bedaure.«

Schon hatte er die Kontrolle zurückgewonnen und widerstand der Versuchung, ihren Mund für immer zu schließen. Kaum war sie aus der Tür, klappte er den Computer wieder auf und starrte auf das Foto. Lise Beck, unmittelbar ehe er sie in den See geworfen hatte. Falls Anniken das Foto gesehen hatte, würde sie ohne Zweifel Lise Beck erkannt haben.

Er stellte sich dorthin, wo sie gestanden hatte. Versuchte, den Größenunterschied auszugleichen. Aus manchen Blickwinkeln konnte man es sehen, aus anderen nicht. Es ließ sich unmöglich entscheiden. Die Angst wich Wut, als er daran dachte, was geschehen würde, wenn sie das Foto auf dem Bildschirm gesehen hatte. Er öffnete die Tür und sah Anniken am Ende des Flurs. Sie war vor einer Anschlagtafel stehen geblieben. »Nur eine Kleinigkeit …«, sagte er und ging eilig zu ihr.

Anniken Ås drehte sich erstaunt zu ihm um. Wieder stand ihr Mund halb offen und erinnerte ihn an einen Fisch auf dem Trockenen. »Ja?« Ihr Hals unter dem konturlosen Gesicht war wie ein breiter Holzpfahl. Wenn sie schluckte, war eine winzige Bewegung am Kehlkopf zu sehen.

Er hätte ihren Hals zu gern mit beiden Händen fest umklammert, bis ihre kleinen Augen aus dem Kopf quollen und sie endlich aufhörte, in seinen Sachen herumzuschnüffeln. »Sagten Sie etwas?«

Sie starrte ihn an. »Wovon sprechen Sie?«

Die Gedanken wirbelten durch seinen Kopf. Er konnte an ihrem Gesicht nichts ablesen, und das deutete er so, als begriff sie nicht, wovon er redete. Dass sie nichts gemerkt hatte. Er schüttelte den Kopf, lächelte kurz und ging weg.

Aber als er wieder in seinem Büro stand und auf den Bildschirm starrte, fuhr er zusammen. Er wusste nicht, was sie gesehen hatte. Er musste es wissen.

Anniken Ås zog den Kopf ein und trat hinaus in den Regen. Sie schloss ihr Fahrrad auf, das sie am Morgen im Freien geparkt hatte, und kettete es unter dem überdachten Fahrradständer wieder an. Schon nach den zwei Minuten, die sie zum Abschließen brauchte, war sie völlig durchnässt. Der Wind peitschte ihr den Regen auf dem Weg zur Bushaltestelle fast waagerecht entgegen. Sie zog die Jacke über dem T-Shirt zusammen und ging so schnell sie konnte. Um sich von der Kälte abzulenken, wiederholte sie im Geist wie ein Mantra die einzelnen Schritte beim Prozess der Blutgerinnung. In der letzten Zeit war es ihr schwergefallen, sich an das zu erinnern, was sie lernte, und im Stillen verfluchte sie diese ganze Mordgeschichte, weil sie die Aufmerksamkeit von allen und allem abzog. Aber vor einer Woche hatte die Polizei, so ging das Gerücht, den Mörder festgenommen, und im Haus war von nichts anderem die Rede gewesen. Bei der Pressekonferenz am folgenden Tag hatte die Polizei die Ergreifung des Täters bestätigt. Es wurde kein Name veröffentlicht, aber das Gerücht hatte sich in Windeseile verbreitet. Markussen! Kaum hatte sich der Schock darüber einigermaßen gelegt, hatte sie sich erleichtert und froh in eine Ecke des Lesesaals zurückgezogen. Sie war wild entschlossen, sich von dem Fall so unmittelbar vor den Prüfungen nicht noch mehr Zeit und Konzentration stehlen zu lassen.

Ihre Finger und die Vorderseite der Schenkel waren taub und gefühllos. Als ein Auto von hinten langsam näher kam, trat sie einen Schritt zur Seite. Es hielt neben ihr an. Anniken atmete erleichtert auf, als die Beifahrertür aufgestoßen wurde und sie den Fahrer erkannte. »Ach, hallo, wie nett! Fahren Sie jetzt auch nach Hause? Vielen, vielen Dank.«

Mit einem verlegenen Auflachen nahm sie auf dem Beifahrersitz Platz und seufzte entspannt, als die Wärme ihr in die Zehen kroch, in die Beine und bis ins Rückenmark.

Um zwei Uhr nachts gab Mona Lie den Versuch einzuschlafen endgültig auf. Das Bettzeug lag zusammengeknüllt neben ihr. Sie fühlte sich gleichzeitig müde und aufgedreht. Sie stand auf, zog sich an, kochte Tee und setzte sich im Wohnzimmer an den Schreibtisch.

Der Fall der Studentinnen beschäftigte sie unaufhörlich. Kein Wunder, schließlich glaubte sie doch, die Mädchen zu kennen. Sie hatte zu jeder ein kleines Dossier angelegt. Darin hatte sie vieles von dem notiert, worüber sie sich unterhalten hatten. In der letzten Zeit hatte sie angefangen, all die Sachen hinzuzufügen, die ihr anfangs unwesentlich erschienen waren. Die Gespräche mit Anniken in den vergangenen Wochen waren besonders wertvoll und aufschlussreich gewesen.

Die Fotos der Mädchen lagen auf dem Tisch ausgebreitet. Sie waren so unterschiedlich. Sie entdeckte keine auffallenden Gemeinsamkeiten, abgesehen von Jugend und Schönheit. Vielleicht das Bedürfnis, sich zu exponieren, dachte sie mit gerunzelter Stirn und zog die Fast-nackt-Fotos aus dem Internet hervor. Es gab nichts, wofür sie sich zu schämen brauchten. Alle drei waren sie wohlgeformt. Mona Lie legte die Fotos zusammen. Wieder dachte sie, dass die Aufnahmen durchaus der Auslöser für das Ganze gewesen sein könnten. Aber danach?

Die beste Tarnung des Mörders war seine Zugehörigkeit zum universitären Umfeld. Das war ihr bei jedem Gespräch mit Eira klarer geworden. Das Selbstverständliche und Vertrauenerweckende daran. Weil er immer zur Stelle, weil er mitten unten den Studenten war. Sie hatte die Verhaftung Åge Markussens mit Erleichterung aufgenommen. Aber zugleich ließ sich ein nagendes Gefühl der Skepsis nicht unterdrücken, das sie sich anfangs nicht hatte erklären können. Sie konnte es schlicht und einfach nicht glauben, das war es. Markussen passte nicht. Mona runzelte die Stirn, sie musste zugeben, dass eine solche Begründung nicht taugte. Es fehlte jegliche adäquate Erklärung, jeder Beweis. Aber sie konnte es nicht anders formulieren. In allen ihren Gesprächen mit den Studenten, sowohl vor als auch nach den Morden, hatte nie jemand Åge Markussen auch nur erwähnt. Er war für sie nicht existent.

Die Informationen, die sie über Hilde Samuelsens Zustand erhalten hatte, waren nicht sonderlich ermutigend. Das Mädchen erholte sich, war aber kaum zu Weiterem zu motivieren. Sie wollte nicht glauben, dass ihr Leben wieder wie früher werden könnte. Das lag nicht an der Erinnerung oder der körperlichen Verfassung. Es war die Angst vor dem Mörder, die sich in ihr festgesetzt hatte. Mona Lie wartete ungeduldig darauf, Kontakt zu ihr aufnehmen zu können. Sobald sie Hilde zum Sprechen bekäme, könnte diese anfangen, das Geschehene zu verarbeiten.

Unter dem Vorwand, sie erwäge, selbst turnusmäßig Dienste zu übernehmen, hatte sie sich eine Kopie des ärztlichen Bereitschaftsplans der letzten drei Monate beschafft. Ihr war eine verrückte Idee gekommen, nachdem sie mit den Mädchen geredet hatte. Es gab auf der Liste viele Personen, manche übernahmen nur dann und wann einen Dienst.

Mona Lie sah schnell die Aufstellungen mit den Namen durch. Noch suchte sie nach Anknüpfungspunkten. Da blieb nichts weiter, als einfach irgendwo anzufangen.

75

Es war Morgen, eine Woche war seit Markussens Festnahme vergangen. Die vorläufigen DNA-Analysen hatten in Rekordzeit vorgelegen, und die Menge der Beweise war erdrückend. Alle waren erleichtert, die Stimmung war optimistisch. Sie waren gerade dabei, die Ergebnisse der Analysen und die Protokolle der Verhöre durchzugehen, als Eiras Handy klingelte. Er warf einen Blick auf das Display und entschuldigte sich.

Zwei Minuten später saß er wieder im Besprechungsraum. Als die anderen seinen Gesichtsausdruck bemerkten, verstummte das Gespräch rings um den Tisch.

»Das war Mona Lie«, sagte er langsam, »die Psychiaterin. Sie hat gerade einen Anruf von Anniken Ås' Kommilitonen bekommen. Anniken ist heute nicht bei den Veranstaltungen erschienen. Sie geht nicht ans Telefon. Niemand kann sich erinnern, sie seit gestern Abend um neun gesehen zu haben, als sie den Lesesaal verließ.«

Die Stille im Besprechungszimmer war mit Händen zu greifen.

»Anniken Ås ist verschwunden?« Henriksen schob die Brille, die wieder mal Richtung Nasenspitze gerutscht war, nach oben. Die anderen schwiegen und warteten darauf, was Eira noch zu berichten hatte.

»Niemand hat seither Kontakt zu ihr gehabt, und sie gibt keinen Laut von sich.«

»Das klingt in meinen Ohren beunruhigend.« Der Haftrichter verschränkte die Arme. »Wäre Markussen nicht inhaftiert, würde man sagen, der Studentinnenmörder hat wieder zugeschlagen.«

»Es ist wohl nicht anzunehmen, dass es sich doch um zwei Verbrecher handeln könnte?« Polizeidirektor Hagen sah einen nach dem anderen an.

»Wir haben diese Möglichkeit sorgfältig geprüft, besonders zu Anfang.« Eira setzte sich schwerfällig. »Aber wir haben die Theorie nach einer Weile aufgegeben. Und zwar endgültig dann, als wir nur von einer Person Fingerabdrücke fanden. Die Analysen der DNA scheinen das doch auch zu bestätigen.«

»Und die Funde der DNA bilden für uns die Grundlage zu glauben, die richtige Person festgenommen zu haben?«, fragte der Haftrichter.

»Natürlich.« Eira hatte wirklich nicht vor, noch ein weiteres Mal durchzugehen, welche Funde gemacht worden waren und ihnen zur Verfügung standen. »Ich gebe Ihnen die Kurzfassung«, sagte er nur. »Wir finden Markussens Fingerabdrücke an den Tatorten. Seine DNA ist außerdem nachgewiesen in einem Haar und im Kaugummi am Tatort. Außerdem entsprechen die gefundenen Reifenspuren denen seines Autos. Wir haben keine Spuren von DNA einer anderen Person an den Tatorten finden können.« Er schaute auf die Uhr und biss sich auf die Lippe. »Vierzehn Stunden«, sagte er langsam. »Vierzehn Stunden sind vergangen, seit jemand Anniken gesehen hat. Veranlassen Sie eine interne Vermisstenmeldung, jemand muss in ihr Zimmer gehen und das checken. Wir warten noch bis zum Nachmittag. Falls sie bis dahin nicht aufgekreuzt ist, wird die Suche nach ihr eingeleitet.«

»Verdammt noch mal!« Eira warf zum zehnten Mal im Laufe der letzten Stunde einen Blick auf sein Handy. »Journalisten«, murmelte er verdrießlich. »Unsere Arbeit interessiert immer nur mit Blick auf die Zeitungsmeldung. Sonst sind wir für die doch nur der letzte Dreck. Diese Nachricht wird morgen kommen, das kann ich schon an der Häufigkeit der Anrufe erkennen.« Er steckte das Handy wieder in die Tasche. »Das Gerücht verbreitet sich schneller als die Kakerlaken, wenn das Licht angeht.« Er riss sich zusammen und griff nach den Papieren auf dem Tisch vor sich. »Anniken Ås hat noch immer keiner gesehen. So ist es, Leute.«

Berger saß regungslos auf ihrem Stuhl und fixierte ihn. »Wir haben mit den engsten Freunden geredet. Keiner hat davon gehört, dass sie wegfahren wollte oder etwas in der Art. Sie hatte gestern einen Rock an und ein ärmelloses T-Shirt. Und ansonsten nur eine dünne Jacke. Sie war heute um sechs mit der Studentengruppe verabredet, ist aber nicht aufgetaucht.«

Eira griff mit beiden Händen in seine Haare. »Das hört sich alles nicht gut an.«

»Wir hatten den ganzen Tag die interne Vermisstenfahndung laufen.«

»Die Fluggesellschaften hatten keine Reservierungen unter diesem Namen.«

»Vang, fahr du noch mal zu ihrem Zimmer und durchsuch es gründlich. Vielleicht ist einer der Nachbarn nach Hause gekommen. Es bleibt uns nichts anderes übrig, wir müssen davon ausgehen, dass Anniken Ås in keiner Weise plante, ihr Zimmer für einen längeren Zeitraum zu verlassen, sondern dass sie gestern entführt wurde.«

»Aber wie um Himmels willen schafft es einer, junge Frauen, die so tough sind, einfach zu entführen?«, rief Vang.

»Genau darin wird vermutlich die Erklärung zu finden sein. Es wird irgendeine Art Vertrauensverhältnis zwischen dem Mann und den Mädchen bestehen, weshalb sie anfangs freiwillig mitgehen. Sie kennen ihn.« Eiras Gesicht verdunkelte sich. Er hörte seine eigenen Worte; er redete nicht mehr von einem Mörder, der gefasst war und Åge Markussen hieß. »Falls das tatsächlich stimmt, hatte Anniken keine Ahnung, was sie erwartete, als sie ihm folgte. Sie glaubte doch wie wir alle, der Mörder sei bereits gefasst.« Er ging zwei Schritte, blieb dann mitten im Raum stehen.

»Sie trug nur Rock und T-Shirt mit Jeansjacke, hast du gesagt?«

Berger nickte. »Gestern Vormittag war herrliches Wetter. Aber am Nachmittag kam Wind auf, und es fing fast an zu schneien!« Es schauderte sie.

Eira strich sich mit der linken Hand übers Kinn. *Das Wetter.* Wieder hatte das Wetter mitgespielt. Anniken war dünn bekleidet gewesen und durchgefroren und hatte sich nichts mehr gewünscht als das Angebot, von jemand in einem warmen Auto mitgenommen zu werden.

Eira parkte direkt am Haupteingang des Krankenhauses im Parkverbot. Er hatte es eilig, und er würde ja nicht lange bleiben. Die beiden Polizisten in Zivil saßen immer noch dort, und er dankte seinem Schöpfer, dass er sie nicht abgezogen hatte, nachdem Markussen verhaftet worden war.

Hilde Samuelsen saß auf einem Stuhl am Bett und blickte auf die beiden halben Scheiben Brot, die unberührt vor ihr auf dem Teller lagen. Sie hob den Blick und sah Eira aus dunklen Augen an. Sie erschien ihm blasser denn je.

Gerhard Eng kam auf der Stelle dazu und zog ihn beiseite, ehe er mit Hilde hatte reden können. »Aslak, muss das sein?«, murmelte er leise. »Sie ist geschwächt, physisch und psychisch. Isst wenig. Schläft so gut wie nicht. Wenn du sie unbedingt plagen musst, sollte es schon wegen etwas wirklich Wichtigem sein.«

Eira sah ihn verärgert an. »Wohnst du hier?«

Eng verzog keine Miene. »Ich arbeite hier. Das hier unterliegt meiner Verantwortung. Hast du etwas Wichtiges, dann heraus damit. Wenn nicht, lass sie in Ruhe.«

»Lass mich allein mit ihr reden.« Er wandte Eng den Rücken zu.

»Das ist nicht nötig!« Ihre Stimme gellte schrill durch das Zimmer, und Eira zuckte bei Hilde Samuelsens plötzlichem Ausbruch erschrocken zusammen.

»Ich … ich meine nur, dass … jeder kann hören, worüber wir reden.« Sie hielt den Kopf vorgebeugt und rieb sich mit der bandagierten Hand die Augen. »Ich erinnere mich nur schwach an einen Mann mit Mütze und dunkler Brille. Er ließ mich sein Gesicht nicht sehen.« Langsam hob sie den Kopf und sah Eira starr an. »Ich hab Ihnen nichts zu sagen«, flüsterte sie.

76

Sie trafen sich im Besprechungsraum, nachdem sie von den verschiedenen Aufträgen zurückgekommen waren. Ein Besuch in ihrem Zimmer hatte gezeigt, dass Anniken Ås nicht einmal Toilettenartikel eingepackt hatte. Im Kühlschrank stand vorbereiteter Brotteig. Der Student im Nachbarzimmer erklärte ihnen, dass sie jeden dritten Tag morgens so eine fertige Brotmischung anrührte, und am Nachmittag, wenn sie nach Hause kam, backte sie das Brot.

»Herr im Himmel«, seufzte Berger. »So was von geordnet! Nicht unbedingt eine Dame, die alles stehen und liegen lässt und Hals über Kopf abhaut mit einem, in den sie sich verliebt hat.«

Auch ihr Fahrrad stand noch angekettet beim Krankenhaus, es war leicht zu identifizieren, weil sie es eigenhändig schockpink angestrichen hatte. Weder Bus- noch Taxifahrer konnten sich erinnern, am gestrigen Abend eine dünn bekleidete Frau mit Minirock gefahren zu haben.

Höchste Alarmstufe.

»Lasst uns noch einmal die Fakten neu aufrollen«, schaltete sich Polizeidirektor Hagen ein. »Und chronologisch beim Mord an Marie Bengtsson im Mai letzten Jahres anfangen.«

»Die Untersuchung im Fall Marie Bengtsson ergab

extrem wenige Fakten. Das liegt in erster Linie daran, dass die Leiche so lange im Freien gelegen, genauer gesagt gesessen hatte. Dieses Kaugummi fanden wir in drei Metern Entfernung von ihr.«

Hansson von der Landeskriminalpolizei verschränkte die Arme. »Hätten wir das nicht gefunden, hätten wir überhaupt keine Spur. Aber wir fanden es und dachten, der Mörder habe nur etwas Pech gehabt. Er habe einfach nicht weit genug gespuckt.«

Eira nickte. »Beim nächsten Opfer, Beate Moberg, fanden wir außer dem Implantat noch Spuren von Bissen und das, was wir als Einstiche von Spritzen meinen identifizieren zu können. Das lässt uns eine Verbindung zu Hilde ziehen, die ebenfalls Spuren von Bissen und Einstiche von Spritzen aufweist, und so weit auch zu Marie Bengtsson.« Er blätterte weiter. »Bei Lise Beck gab es wegen der langen Zeit im Wasser keine weiteren Spuren als die von Bissen.« Er schob die Unterlagen zur Seite. »Das sexuelle Motiv ist ausreichend dokumentiert, denn zusätzlich fanden wir blaue Flecke und tiefe Kratzer am Unterleib.«

Eira massierte mit der Hand den schmerzenden Nacken. »Hilde Samuelsen hat den Mörder gesehen, sie war mehrfach in Kontakt mit ihm. Aber sie sagt, sie könne ihn nicht identifizieren, weil er sie nie sein Gesicht sehen ließ.« Er erwähnte nicht das komische Gefühl, das ihn beschlichen hatte, als er mit ihr sprach. Das war nicht nur ihre Angst. Es war, als versuchte sie irgendetwas zu verheimlichen. Oder irgendwen zu decken.

Er fuhr fort: »An der Wasserflasche, die im Bootsschuppen an der Wand hing, fanden wir Markussens Fingerabdrücke. Auch das Kletterseil gehört ihm. Dieselben Fasern wie am Seil sind in seinem Auto nachgewiesen, und die Haken hatten ebenfalls seine Fingerabdrücke. Das Gleiche gilt für die Persenning.«

»Brauchen wir denn noch mehr?«, fragte Hansson.

»Ja, unbedingt. Wenn wir die Theorie erwägen, es handele sich um zwei Täter«, meinte Hagen.

Eira schüttelte den Kopf. »Wenn da zwei zusammengearbeitet haben, warum ist der eine mit seiner DNA notorisch präsent, während der andere überhaupt keine Spuren hinterlässt?«

»Einer von beiden ist vielleicht das Gehirn im Hintergrund, das alle Kenntnisse besitzt, während der andere der Galeerensklave ist, der die unangenehme Arbeit tun muss?«

Eira protestierte erneut: »Es handelt sich hier doch nicht um Affektmorde oder spontane Taten, etwas, das aus dem Augenblick heraus geschehen ist. Das war alles geplant. Der Mörder scheint doch unheimlich durchtrieben und mit allen Wassern gewaschen zu sein. Da wirkt es geradezu unlogisch, so schlampig mit den eigenen Spuren umzugehen. Außerdem war doch gerade das einer der Punkte. Markussen arbeitet im Labor, und er weiß eine ganze Menge darüber, worauf man bei Nachforschungen achtet.«

Berger starrte ihn an, als könnte sie in seinen Gedanken lesen. »Na, was glaubst du also?«

»Irgendetwas stimmt hier nicht.« Er verschränkte die Arme. »Vielleicht sollten wir jetzt mal raffinierter denken. Angenommen, jemand hätte bewusst Markussens DNA *eingesetzt,* und derjenige wusste gleichzeitig haargenau, wie man es vermeidet, seine eigenen Spuren zu hinterlassen.«

»Eingesetzt?« Berger sprach das Wort langsam nach. Es wurde ganz still im Raum, die Luft war plötzlich wie geladen.

Eira nickte. »Wir könnten in Betracht ziehen, dass jemand Markussens DNA gezielt hinterlegt hat. Ein Haar, etwas, das er berührt hat. Das Kaugummi, das er in den Papierkorb gespuckt hat, ehe er das Büro verließ. Nicht so, dass es auffällig wird. Aber genau so viel oder so wenig, dass – wenn man überhaupt etwas findet, dann etwas wie Markussens DNA. Wie das Kaugummi.«

»Und ansonsten alle Stellen von der eigenen DNA chemisch rein halten.«

»Das ist zu gerissen«, protestierte Vang.

»Überhaupt nicht«, meinte Eira. »Haargenau so gerissen kann es durchaus angelegt sein.« Er schob seine Akten zusammen und legte sie zu einem ordentlichen Stoß aufeinander. »Aber vorläufig müssen wir uns an das halten, was uns gesichert vorliegt, nämlich dass Markussens DNA, Kletterausrüstung und Reifenabdrücke in sämtliche vier Fälle involviert sind. Er hat kein glänzendes Alibi vorzuweisen. Ob sich dort draußen ein Komplize befindet, wissen wir nicht.« Er rieb sich die müden Augen.

»Und selbstverständlich haben wir die Variante, die wir keinesfalls außer Acht lassen dürfen. Dass nämlich der eigentliche Mörder noch immer frei herumläuft. Er kann uns in die Irre geführt haben, und wir haben den falschen Mann festgenommen.«

77

Benjaminsen sollte die Informationen zu den Fällen systematisieren, und das sah aus wie ein ziemlich hoffnungsloses Unterfangen.

»Ich brauche eine Übersicht über alle Angestellten, die Kontakt zu den Studenten haben«, sagte Eira langsam. »In erster Linie in der Medizinischen Fakultät und in der Klinik. Alle, die dort fünf Jahre oder weniger angestellt waren.«

Benjaminsen sah ihn groß an. »Alle Angestellten?«

Eira nickte. »Sieh mich nicht so an, Benjaminsen. Irgendwo muss man anfangen.«

Benjaminsen nickte bloß. »Okay. Und dann?«

»Check mal, ob diese Personen in irgendwelche Delikte verwickelt waren. Alles, bis hinunter zu Strafzetteln oder was auch immer.« Er deutete mit dem Stift zum Bildschirm des Rechners. »Und ich meine nicht nur hier, sondern in allen nordischen Ländern, in denen diese Personen gelebt haben mögen. Die Angestellten im Gesundheitswesen haben eine Tendenz, umzuziehen und in regelmäßigen Abständen den Arbeitsplatz zu wechseln.« Er legte Benjaminsen eine Hand auf die Schulter. »Falls du da noch keinen Treffer hast, machst du mit der Gruppe weiter, die fünf bis zehn Jahre angestellt war. Dann sehen wir weiter.«

Benjaminsen richtete den Rücken gerade und wandte sich dem Bildschirm zu. »Geht in Ordnung. Das klingt zwar wie eine verdammt hoffnungslose Aufgabe, viel zu umfassend. Aber geht in Ordnung.«

Eira hatte es viel zu eilig, um an Benjaminsens Frustration einen weiteren Gedanken zu verschwenden.

78

Hilflos starrte Mona Lie auf das Handy. Ein toter Gegenstand, der an der Ecke ihres Schreibtischs lag. Immer noch war keine SMS eingegangen, dass Anniken Ås wieder aufgetaucht war. Sie fühlte sich vollkommen erschöpft und müde, aber der Schlaf schien so fern wie die Ergreifung des Täters. Er hatte doch inzwischen längst das Weite gesucht. Eigentlich war es sowieso kaum zu fassen, dass der Mann nicht schon viel früher abgehauen war. Auf die Schnelle konnte sie es sich nicht anders erklären als mit einem gigantischen Glauben an die eigene Souveränität. Oder eine regelrechte Besessenheit, wenn es darum ging, erst mit Zeugen und Spuren aufzuräumen. Bei dem letzten Gedanken standen ihr die Haare zu Berge. Sie massierte mit weichen, kreisenden Bewegungen ihre Schläfen. Der Anhaltspunkt, dieses äußere Bindeglied, von dem Eira die ganze Zeit redete, versteckte sich irgendwo in ihren Notizen. In irgendetwas Unbedeutendem, das die Mädchen gesagt oder getan hatten, etwas, dem niemand Wert beimaß. Sie studierten an verschiedenen Instituten. An irgendeiner Stelle waren sie wahrscheinlich gemeinsam dem Mörder begegnet.

Ihre Augen brannten und ihr Nacken schmerzte, als sie erneut die Notizen durchsah, die sie sich zu Lise Beck gemacht hatte: Auszüge aus Gesprächen, die sie mit den Studentinnen geführt hatte, kurz bevor sie verschwanden. *Lise erzählte, Beate Moberg hätte ein Nabelpiercing bekommen und sei in Panik geraten, als dort gelbe Flüssigkeit austrat. Sie hatte gelesen, jemand habe durchs Piercing Hepatitis bekommen. Lise wurde auch ängstlich, und beide waren sie abends um 10 zum ärztlichen Bereitschaftsdienst gegangen. Beate war beim Arzt drin gewesen, und sie muss ihn total beschwatzt haben, denn sie kam heraus mit einem Termin wegen Verhütung und Blutproben.* Sie hatten damals ein bisschen darüber gelacht. Darüber geredet, wie schlecht man sich fühlen kann, einfach nur davon, dass man über Krankheiten redet. Die Blutproben hatten sie noch am selben Abend machen lassen, an Ort und Stelle, beim ärztlichen Bereitschaftsdienst. Das war doch gar keine Aufgabe für den Bereitschaftsdienst, dachte Mona. Keines der Mädchen war ja akut krank gewesen. Das war zumindest ein Punkt, dem man nachgehen müsste.

Als sie die Notizen der Gespräche mit Beate Moberg durchlas, schmerzten die Augen nicht mehr. Sie hatte über Verhütung geredet. *Beate findet es ein bisschen unangenehm, neu zu sein und niemand Gescheites zu kennen. Besonders wenn man etwas Neues testen will und kaum jemand Erfahrung damit hat. Aber in Schweden hatten sie die Methode schon viele Jahre angewendet. Sie war froh, einen zu treffen, der dort Erfahrung damit gemacht hatte …* Mona Lie hatte genickt, ohne sich ganz darüber im Klaren zu sein, worum es ging. Sie war Psychiaterin und nicht auf dem neuesten Stand in allen medizinischen Disziplinen, schon gar nicht in Fragen der Verhütung, und war auch gar nicht darauf eingestellt gewesen, bei so etwas ins Detail zu gehen.

Mona Lie spürte ihr Herz klopfen, als sie auf einmal anfing, ein Muster zu erahnen. Sie blätterte vor und zurück in ihren Notizen, verglich Daten und Episoden, von denen die Mädchen erzählt hatten, sah auf die Listen mit den Bereitschaftsdiensten, die sie sich besorgt hatte, und nahm sich die Stundenpläne der Mädchen vor. Kleine Details, aber nicht so klein, als dass man sie hätte ignorieren können. Denn die Person, die die Studentinnen mehrfach genannt hatten, war ein und dieselbe. Aber sie musste das mit den Journalen gegenchecken, die nach den Morden zu den Mädchen erstellt worden waren, und die lagen in ihrem Büro. Erst wenn sie sich ganz sicher war, wollte sie Eira ihre Vermutungen vorlegen.

Das Geräusch des vibrierenden Handys auf dem Schreibtisch wirkte in der Stille so ohrenbetäubend, dass sie zusammenzuckte. Ihre Hand zitterte, als sie die Box für die eingegangenen SMS öffnete und der Name »Anniken Ås« erschien.

Können Sie mich jetzt sofort in Ihrem Büro im Åsgård treffen? Hab Riesenproblem. BITTE Eira nicht kontaktieren, ehe wir geredet haben!!! A.

Mona Lie sah wieder zur Uhr. Halb elf. Sie schnappte sich die Autoschlüssel und rannte zum Auto.

79

Benjaminsen saß gebeugt vor dem Bildschirm des Computers und strich sich mit einer Hand über den kurzgeschorenen Schädel, während er mit der anderen auf der Tastatur herumtippte. Es dauerte eine halbe Minute, bevor er registrierte, dass Eira und Berger hinter ihm in der Tür standen.

»Gut, dass ihr so schnell kommen konntet«, sagte er, ohne den Blick vom Monitor zu nehmen. »Ich glaub, wir haben hier was.« Er richtete sich auf. »Ich bin noch mal die Suchlisten durchgegangen, die wir bei entsprechenden Mordfällen in Skandinavien erstellt haben«, erklärte er. »Ich musste halt irgendwo anfangen, während wir auf die Listen von Universität und Krankenhaus warten, um die du gebeten hast.«

Eira und Berger hatten sich links und rechts von ihm hingesetzt.

»Wir haben hier mehrere Fälle, wo in kurzen Zeitabständen junge Frauen verschwinden oder ermordet werden. Meistens haben wir einen Täter.« Jetzt endlich sah er die beiden an. »Ich habe das vorläufig auf die Fälle der letzten fünfzehn Jahre eingegrenzt, wo zwei oder mehrere Frauen verschwanden oder ermordet aufgefunden wurden. Und wo man keinen Täter gefasst hat.« Er fing wieder an, auf die Tasten zu drücken. »Wenn wir uns die Gruppe der Frauen zwischen achtzehn und dreißig vornehmen, haben wir 1990 den Fall von Bergen, wo zwei Studentinnen ermordet aufgefunden wurden, im Abstand von nur zwei Wochen. Die Frauen waren Freundinnen. Der Fall blieb ungelöst, es gab kein offensichtliches Motiv, der Täter wurde nicht gefasst.«

Benjaminsen stand auf und holte die Kaffeekanne und drei Tassen. Er schenkte ihnen ein. »Wenn wir uns außerhalb Norwegens bewegen, haben wir noch einen interessanten Fall«, sagte er und öffnete eine Bonbondose. Seine Frau war mit dem Neugeborenen nach Hause gekommen, und nun konnte nicht mal mehr von Rauchen auf der Treppe die Rede sein.

»Wie weit außerhalb?«, fragte Eira.

»Schweden. Luleå, um genau zu sein. Vor drei Jahren.«

Er wandte sich wieder dem Bildschirm zu, um so schnell wie möglich loszulegen. »Und da fingen bei mir sämtliche Alarmglocken an zu schrillen. Zwei Freundinnen verschwanden, die eine studierte Psychologie, die andere Medizin.« Er drückte wieder eine Taste, und eine Karte von Nordschweden erschien. »Hier, gleich außerhalb von Luleå, verschwand das erste Mädchen. In der Nähe einer kleinen Hütte, die sie für den Sommer gemietet hatten. Die zweite verschwand eine Woche später und wurde nur drei Kilometer von der ersten entfernt in einer Scheune gefunden.«

Eira krempelte die Ärmel hoch. Es war warm im Raum. »Und die erste?«

Benjaminsen nickte eifrig. »Na, das war doch der Grund, weshalb wir beide, Hansson und ich, reagiert haben.« Er sah Eira aufgeregt an. »Es dauerte ein Jahr, ehe man sie fand. Anschließend dauerte es eine ganze Zeit, bis man mit Sicherheit wusste, dass sie es war. Sie fanden sie in einem Ruderboot an einem der vielen kleinen Seen in den riesigen Wäldern von Nordschweden.«

Berger hatte ganz still dabeigesessen und zugehört. »Ihr meint also, es könnte sich um denselben Mörder handeln, weil die Mädchen Studentinnen sind und Freundinnen und sie an weit entfernten Orten gefunden wurden?« Aus ihren blauen Augen sprach unverhohlene Skepsis.

»Nicht nur das«, wandte Benjaminsen ein, »Tatsache ist, dass sie auf unterschiedliche Weise ermordet wurden, und das ist ähnlich wie bei unserem Mann.«

Eira studierte die Karte von Nordschweden. »Das ist interessant, was du da hast …« Er wollte noch etwas sagen, aber da klingelte sein Handy.

»Aslak Eira?«

Die Stimme auf der anderen Seite war leise und abgehackt, und Eira konnte die Angst heraushören. »Ich … ich … Können Sie mich treffen? Sofort? Da ist was, was ich Ihnen erzählen muss, woran ich vorher nicht gedacht habe … Es ist mir plötzlich wieder eingefallen …«

»Wer ist am Apparat?«

»Per Roan.«

Eira erkannte die Stimme. »Wo sind Sie?«

»Im Lesesaal.«

»Allein?«

»Ich weiß nicht.« Eira hörte an seiner Stimme, dass er sehr schnell ging oder sogar rannte. »Ich *muss* mit Ihnen reden. Können Sie mich in zehn Minuten im Studentenhaus treffen?«

»Okay. Bin schon unterwegs.«

Unterhalb von Holt, dem Versuchgelände der Universität, bog Totto in das Dickicht ein. Nachdem er sich vergewissert hatte, dass keine Menschenseele in der Nähe war, stellte er dort das Auto ab. Er war zur Rückseite der Insel Tromsøya gefahren, einer Gegend, die noch ihren ländlicheren Charakter bewahrt hatte und weniger bebaut war. Der Wind peitschte im Sund die Wellen zu weißen Schaumkronen. Totto war dankbar für den Regen, der in Schneeregen übergegangen war und ihm in großen nassen Flocken ins Gesicht klatschte. Trotzdem lief ihm der Schweiß von der Stirn, und er spürte das Zittern der Muskeln in Armen und Beinen. Es war eine enorme physische Anstrengung gewesen, aber das Auto war wieder leer.

Er trug Überziehjacke und Joggingschuhe einer angesehenen Marke. Mit seiner tief in die Stirn gezogenen Mütze wirkte er wie ein durchtrainierter Jogger. Er lief ans Ufer und warf ein kleines schwarzes Lederetui mit Inhalt in hohem Bogen ins Wasser. Die Wellen schluckten es wie ein Sandkorn, und er joggte auf der Straße hinter dem Klinikum Åsgård weiter.

Im Auto hatte Anniken drauflosgeschwatzt. Davon, wie sehr sich vor allem Mona Lie ins Zeug gelegt hatte, um herauszufinden, wer der Mörder war, wie sie überall nachgefragt und nachgebohrt hatte. Es hatte ihn zunächst überrascht, dass Mona Lie so gründlich vorgegangen war, später war er wütend geworden.

Er rannte, ohne daran zu denken, dass ihm unterwegs Autos begegneten, ohne zu registrieren, dass Menschen in der Nähe waren, und ohne die Gesichter an den Fenstern wahrzunehmen. Die Lunge brannte und die Knie schmerzten, und die Wut nahm zu, je näher er seinem Ziel kam.

80

Der Parkplatz, der zur psychiatrischen Klinik Åsgård gehörte, war so gut wie leer. Mona Lie stellte den Motor ab und blieb im Auto sitzen. Während sie nach Anniken Ås Ausschau hielt, fingerte sie an dem Stapel Papiere herum. Das Krankenhaus bestand aus zweistöckigen Häusern, die hintereinander lagen und durch eine längs verlaufende Korridorkonstruktion mit großen Fensterflächen miteinander verbunden waren. Das Prinzip der kleinen Häuser sollte mit dem Bild der großen Krankenhauskomplexe brechen. Der Korridor verband alles zu einer Einheit. Das Negative daran war einzig, dass Mona Lie es nicht fertigbrachte, nachts allein durch den Korridor zu gehen. Oder in der Dunkelheit des Winters.

Sie sah hinaus auf den leeren Parkplatz. Die Rezeption in der Eingangshalle war geschlossen. Sie konnte Anniken nirgendwo sehen. Aber sie hatte ja auch gebeten, sie in ihrem Büro zu treffen, also wartete sie wohl besser drinnen. Auf der Fahrt waren ihr alle möglichen Überlegungen durch den Kopf gegangen, was hinter Annikens SMS stecken mochte. Vielleicht hatte die Angst sie überwältigt. Ein Zusammenbruch aufgrund der nervlichen Anspannung.

Aber womöglich steckte noch etwas ganz anderes dahinter, etwas, das überhaupt nichts mit den Morden zu tun hatte. Eine unerwünschte Schwangerschaft zum Beispiel.

Sie begann zu frösteln und stieg aus. Ein kalter Wind streifte ihre Beine, und sie bereute, keine langen Hosen angezogen zu haben.

Ein Patient saß allein in einem Winkel bei der Rezeption und rauchte. Seine Augen folgten ihr ohne jedes Zeichen von Erkennen oder Neugier. Um diese Zeit des Tages hatte er seine Ruhe vor jeder Art von Durchsetzung des Rauchverbots. Bei jedem tiefen Zug leuchtete die Glut lange auf.

Als sie die Treppe in Richtung Büro hinunterging, zog sie die Jacke enger um sich zusammen und blickte sich mehrmals um. Sie spürte ihr Herz heftig klopfen. Vergiss nicht zu atmen, dachte sie. Atme nicht zu heftig, sondern ganz normal.

Mona Lie kannte das schon. Jedes Mal, wenn sie den Korridor entlangging, kämpfte sie mit der Panik. Schloss sie die Augen, konnte sie wieder die Schritte des riesigen Patienten hören, der während eines psychotischen Schubs von Stimmen von außerhalb gesteuert wurde. Er kam in der leeren Station des Krankenhauses auf sie zu und warf sie auf den Fußboden, wobei er ihren Hals zudrückte, um den Befehl der Dämonen auszuführen. Sie war so dummdreist gewesen, zu glauben, dass ihr fester Blick und ihre ruhige Stimme die Dämonen übertönen könnten.

Sie wurde gerettet, aber nicht durch ihre vermeintliche Beredsamkeit, sondern durch heranstürmendes Personal, das sein wildes Geheul alarmiert hatte. Oh ja, dachte sie, während sie sich ihrem Büro näherte. Allmählich hatte sie das Erlebnis überwunden, sie schlief inzwischen nachts auch wieder. Fünf Stunden, um genau zu sein, selten länger. Sie trainierte jeden Tag von sechs bis acht. Das hielt die Angst auf Armeslänge weg von ihr, und ihr Körper war auf die Weise straff und fit. Es wäre eigentlich schön, wenn ich diese Herrlichkeit mit jemand teilen könnte, dachte sie auf einmal, aber so weit war sie doch noch nicht.

Eira hatte ihre innere Mauer zwar wahrgenommen, wusste aber überhaupt nicht, was sich dahinter verbarg. Mona Lie fischte die Schlüssel zum Büro aus der Tasche. Das ist auch egal, dachte sie resigniert.

Ihr Blick wanderte den Flur auf und ab, aber Anniken war noch nicht gekommen. Als Mona Lie den Schlüssel ins Schloss steckte, entschied sie sich, gegen jedes Prinzip von Vertrauen und Schweigepflicht Eira anzurufen.

Per Roan saß in einer Ecke ganz an die Wand gedrückt. Er hatte seine Jacke nicht ausgezogen. Die Haare hingen ihm in Strähnen in die Stirn. Wieder war da etwas in seiner ganzen Erscheinung, das es Eira eng ums Herz werden ließ. Der Junge war doch kaum älter als zwanzig. Er sah verloren und ängstlich aus, die Züge seines zarten Gesichts wirkten fast verlebt.

Als sich Eira zu ihm setzte, flackerte sein Blick in alle Richtungen. Er spielte nervös mit seinem Handy, drehte es immerzu auf dem Tisch herum, bis Eira kurz entschlossen seine Hand darauf legte. Per Roan zog seine Hand zurück, als habe er sich verbrannt.

»Sie wollten mit mir sprechen.« Es gelang Eira nicht, richtig Augenkontakt mit dem Studenten aufzunehmen. Schließlich beugte er sich vor und bohrte seine Augen förmlich in die des jungen Mannes. »Hören Sie mir mal zu. Sehen Sie mich an und sagen Sie, worüber Sie mit mir reden wollten. Es gibt keinen Grund, sich Sorgen zu machen«, fuhr er nach kurzer Pause freundlich fort. »Solange es nichts bahnbrechend Neues ist, wird nichts weiter passieren, als dass ich Ihnen zuhöre.«

Roan wand sich noch immer unruhig, und erst als Eira spürte, dass er kurz davor war, die Geduld zu verlieren, sagte Roan auf einmal: »Es geht um den Abend, nach dem

Sie früher mal gefragt haben …« Die Stimme erstarb, und wieder schwieg er.

Eira nickte ihm ermunternd zu. »Ich fragte, ob jemand an dem Freitagabend etwas aufgefallen war«, erinnerte er. »Aus dem Labor war eine E-Mail verschickt worden.«

Roan unterbrach ihn: »Ich habe damals nicht so viel darüber nachgedacht. Aber dann …« Er hob die Hand. »Plötzlich war ich heute in einer vergleichbaren Situation. Es war, als erlebte ich diesen Freitagabend und die Stimmung noch einmal, und … dann erinnert man sich mit einem Mal an etwas, das man vergessen hatte.« Er zögerte. »Oder … an Sachen, von denen man nicht wusste, dass man sie gesehen hat.«

Eira rutschte unruhig auf seinem Stuhl herum. »Ja, genau.«

Roan jonglierte mit dem Handy. »Ich hatte abends wieder lange im Lesesaal gesessen. Arbeitsanfall, wie üblich«, fuhr er zögernd fort. »Ich arbeite oft freitagabends, weil dann niemand da ist. Da hat man seine Ruhe.« Er sah Eira ausdruckslos an. »Als ich nach Hause wollte, beschloss ich, durch den Laborflügel zu gehen.« Er zuckte die Achseln. »Den Ausgang benutzen wir Studenten normalerweise nicht, aber ich hatte dort etwas vergessen.«

»Und dann?« Eira betrachtete ihn eingehend. Versuchte, aus diesem zusammengesunkenen Wesen schlau zu werden, den apathischen Zügen im allzu hübschen Gesicht.

»Im Flur war es dunkel«, sagte er leise und starrte auf den Tisch vor sich. »Nur einige Lampen über den Arbeitstischen in den Labors brannten. So spät am Freitagabend arbeitet nur selten jemand dort. Aber dann …« Er starrte immer noch auf den Tisch vor sich und fuhr mit einem Finger eine Furche im Holz nach. »Ich hatte das Gefühl, als sei dort jemand. Ein absolut scheußliches Gefühl, und ich wusste nicht, warum, denn wenn dort jemand war, war das doch eigentlich nichts Besonderes.« Er holte tief Luft.

»Oder wenn alle Lichter aus sind. Aber der Betreffende gab sich nicht zu erkennen … genau wie an dem anderen Abend. Ich sah nur ganz flüchtig eine Gestalt, ehe sie durch die Tür verschwand.«

Eira nickte nur, sagte nichts, um Per Roan nicht abzulenken. »Sie erkannten den Betreffenden?«

Der Student blickte starr auf den Tisch und nickte ganz kurz. »Ich denke.«

»Wer war es?«

Per Roan schüttelte langsam den Kopf.

»Warum wollen Sie es nicht sagen?«

Keine Reaktion.

»Haben Sie Angst, etwas zu sagen, weil er Sie erkannt haben könnte?«

Der Student hob den Kopf und sah Eira vollkommen ausdruckslos an.

»Hören Sie.« Eira kämpfte darum, Ruhe zu bewahren. Er spürte, wie ihn die Verzweiflung zu packen drohte, schließlich war ihm bewusst, dass Anniken Ås verschwunden war und dass sich der Mörder dieses Mal nicht so viel Zeit mit dem Opfer nehmen würde wie bei den anderen. Dieses Mal hatte er die junge Frau kaum zu seinem eigenen Vergnügen entführt, sondern um so viele Zeugen und Spuren wie möglich zu beseitigen. Eira sah auf die Uhr und stellte fest, dass sie schon seit zehn Minuten hier saßen. Er kam nicht weiter.

Im nächsten Moment rief Benjaminsen an. »Sie müssten mal schnellstens hierherkommen«, sagte er nur. »Kann sein, dass wir was haben.«

Per Roan hatte mit offenem Mund daneben gesessen, während er mit Benjaminsen sprach. Als Eira das Telefon wegsteckte, murmelte er: »Ich sah den Rucksack durch die Tür verschwinden.« Es war, als redete er mit sich selbst. »Niemand hat noch so einen Rucksack …«

»Rucksack?« Eira beugte sich vor. »Was versuchen Sie mir zu sagen, Roan?«

Der Student schüttelte nur den Kopf.

Eira stand auf, er fluchte, wegen der Zwickmühle, in der er sich befand. Benjaminsen hatte wichtige Informationen, die sofort in Augenschein genommen werden mussten. Und Per Roan wirkte, als sei er völlig erstarrt. Es blieb Eira nichts anderes übrig, als ihn mitzunehmen und das Verhör später fortzusetzen. Resolut packte er Per Roan am Arm. »Nun kommen Sie schon. Hier können wir nicht sitzen bleiben. Sie kommen mit mir auf die Wache«, beschloss er und warf einen besorgten Blick auf Roans blasses Gesicht und seine erschrockenen Augen.

Mona Lie blieb im Flur vor ihrem Büro stehen. Es war dort viel zu warm. Der Schließmechanismus des Fensters sorgte dafür, dass man es nur einen Spaltbreit öffnen konnte. Sie versuchte, das erstickende Gefühl abzuschütteln, das auf ihr lastete. Vielleicht brauche ich selbst Hilfe bei dieser Angst, im Dunkeln allein zu sein, dachte sie.

Energisch öffnete sie die Tür zu ihrem Büro. Durch die dicke Wolkendecke draußen wurde der Raum dunkel, geradezu klaustrophobisch eng und bedrückend, und zwar noch mehr wegen der Stille als wegen der Wärme. Mit Mitternachtssonne wäre es gleich bedeutend schöner, dachte sie und ging ins Zimmer. Die Rückseite der hohen Rückenlehne des Schreibtischstuhls tauchte vor ihr auf. Sie hob den Blick und sah, wie die Regentropfen an die Fensterscheibe schlugen. Bemerkte den Widerschein eines Gesichts im Fenster und einer reglosen Gestalt im Stuhl.

Wie ein Blitz kam er aus dem Schatten auf sie zu. Mona erlebte aufs Neue den Albtraum, und ihr Mund öffnete sich zu einem Schrei. Es kam kein Ton heraus, nur der dumpfe Aufprall war zu hören, als ihr Handy auf den Fußboden fiel. Aber dieses Mal gelang es ihr, loszurennen. Seine schweren langen Schritte hallten wie ein einsames Echo hinter ihr durch den leeren Korridor.

81

Eira hatte Berger in die Details eingeweiht und überließ ihr das weitere Verhör von Per Roan. In Benjaminsens Büro warf er seine Jacke über einen Stuhl und setzte sich vor den Computer.

Benjaminsen kaute Fisherman's Friend und deutete auf den Monitor. »Hier ist eine Liste der Angestellten von Universität und Klinikum in den letzten fünf Jahren. Und wonach sollten wir Ausschau halten?« Ehe Eira antworten konnte, fuhr er fort: »Frühere Konflikte mit dem Gesetz, so war es doch, oder?«

»Und was habt ihr gefunden?«

»Keiner war in besonders großen Schwierigkeiten. Bußbescheide für Falschparken und zu schnelles Fahren gibt es reichlich. Ein paar Inkassogeschichten.« Er unterbrach sich und verschränkte die Arme. »Viele von der Belegschaft sind oft umgezogen. Die Angestellten des Gesundheitswesens scheinen die Nomaden unserer Zeit zu sein, besonders die Ärzte.«

»Die wechseln oft den Job?«

»Manche sogar sehr oft. Wir finden hier nichts, womit sich weitermachen ließe.« Er sah Eira aus roten Augen an, und dieser erinnerte sich plötzlich, dass Benjaminsen zu Hause ein Neugeborenes hatte und er zurzeit wohl kaum ausreichend Schlaf bekam. »Die Liste der Angestellten zu erweitern, dauert viel zu lange«, fuhr Benjaminsen fort und massierte sich den Nacken. »Stattdessen habe ich mir noch mal genauer die neuesten ungelösten Fälle skandinavienweit angesehen.«

Eira nahm sich ein Stück kalte Pizza aus einem Karton und stopfte es in den Mund. »Den Fall der beiden ermordeten Studentinnen meinst du? Die Mädchen, die eine Hütte in Nordschweden für die Sommerferien gemietet hatten?«

Benjaminsen nickte. »Die schwedischen Ermittler hatten in Verbindung mit den Morden eine männliche Person im Visier, die ungewöhnlich viel mit den Mädchen zu tun gehabt hatte. Aber dabei ist nie etwas Konkretes rausgekommen. Und nicht lange danach hat er sich Arbeit anderswo gesucht.«

Hansson war hereingekommen. »Der Mann war von Malmö nach Nordschweden umgezogen, genauer nach Luleå. Dort blieb er ein Jahr lang.«

»Warum ist er interessant?«

»Weil er Norweger ist und Arzt. Er zog ins Ausland und war vollkommen von der Bildfläche verschwunden, bis er 2001 in Schweden auftauchte.«

»Um dann nach zwei Jahren wieder umzuziehen«, ergänzte Hansson. »Dieses Mal nach Tromsø.«

Benjaminsen starrte konzentriert auf den Bildschirm. »Wir haben Kontakt zu dem schwedischen Kollegen aufgenommen, der damals in dem Fall ermittelte«, fuhr er fort. »Er heißt Peter Bomann. Du kannst ihn anrufen.«

Der schwedische Kriminalbeamte Peter Bomann brauchte keine lange Auffrischung seines Gedächtnisses.

»Der Mann war zweimal zum Verhör hier bei uns in Luleå«, sagte er. »In einer frühen Phase des Falls war ich persönlich in seinem Büro, um mich ein bisschen umzuhören. Der Mann war stets höflich und kooperativ.« Eira hörte zu und nickte. »Er war mehr als willig, uns mit Informationen und allem behilflich zu sein. Aber wiederum nicht so willig, dass es aufgefallen wäre. Seine Alibis waren stichhaltig. Jedenfalls gelang es uns nicht, sie aufzuweichen.«

»Wer war denn der Vermieter dieser Hütte, die von den Studentinnen gemietet worden war?«

»Eine Aktiengesellschaft mit Sitz in Honduras vermietete die Hütte übers Internet. Wir haben nie zu jemand aus der Firma Kontakt bekommen können. Die Adresse war ein Postfach, und die Telefonnummer existierte nicht. Wir glauben, der Betreffende saß in Schweden und zog von dort aus die Fäden.«

»Haben Sie die Person erreicht?«

»Nein. Der Name, den wir von der AG bekamen, gehörte zu einer Person, die nicht aufzutreiben war. Ein Strohmann, ganz klar. Wir hatten die Hüttenvermietung nicht mit dem Mann in Verbindung gebracht, mit dem die Mädchen so viel Kontakt hatten. Erst als die Untersuchungen ergaben, dass er früher eine Gesellschaft hatte, die er ›Schwedische Sommerhäuser AG‹ nannte.«

Benjaminsen lehnte sich im Sessel zurück und kommentierte die Informationen, die er über seinen Apparat mithörte, mit einem anerkennenden Pfiff. »In Wirklichkeit vermietete er also Hütten durch irgendeine diffuse AG im Ausland?«, hakte Eira nach.

»Das dachten wir«, kam es langsam von Bomann. »Er konnte selbstverständlich auch den weiten Weg von Malmö bis nach Luleå fahren, ohne sich dafür Urlaub nehmen zu müssen, also ohne dass wir etwas davon mitbekamen. Er feierte ganz einfach Überstunden ab. Das wird nicht als Abwesenheit gewertet und notiert.« Am anderen Ende raschelte Papier. Bomann checkte etwas in seinen Unterlagen. »Die Hütte war schon frühzeitig vermietet worden, bereits im Januar. Sie sollte nicht vor dem 1. Juli benutzt werden.«

»Wenn Sie das jetzt erneut nachprüfen, werden Sie, glaube ich, herausfinden, dass er im Januar in der Region Malmö gearbeitet hat. Aber als der Sommer kam, hatte er seinen neuen Job in Luleå angetreten. Und keiner wusste, dass er es ursprünglich war, der diese Hütte mal vermietet hatte, am allerwenigsten die Mädchen«, überlegte Eira.

»Als die beiden Studentinnen verschwanden, zeigte sich, dass die Hütte längst einen neuen Besitzer hatte, nämlich die Bank«, seufzte Bomann. »Es handelte sich um eine Zwangseinziehung, weil der Kredit, der auf der Hütte lag, nicht zurückgezahlt worden war. Die AG war aufgelöst. Es ist uns nie gelungen, ihm was nachzuweisen.«

»Hütten …« Eira starrte vor sich hin. Ein weiteres Mal hatte er eine Hütte benutzt. Er zwang sich, seine Aufmerksamkeit wieder auf das Telefongespräch zu richten. »Wie hieß dieser Mann?«

»Waltin, er hieß Waltin.«

Eira rutschte unruhig auf seinem Stuhl herum, während er blitzschnell die Namen auf dem Bildschirm überflog. Die Zeit raste, und sie konnten sich keine Irrwege mehr erlauben. »Das ist ja alles hochinteressant, Bomann. Aber das kommt dennoch nicht hin. Jedenfalls nicht für uns. Wir sind bei unseren gesamten Ermittlungen nicht auf diesen Mann gestoßen. Der Name ist unbekannt, und er wird auch nicht auf den Listen der Angestellten von Universität oder Klinikum geführt.« Er wandte den Blick vom Bildschirm zu Benjaminsen.

Bomann unterbrach ihn: »Ich sagte, er *hieß* Waltin. Sein Name *war* Waltin. Als er in Schweden lebte, war der Mann kurze Zeit verheiratet, und er nahm den Namen seiner Frau an. Das ist heutzutage nicht ungewöhnlich. Aber genau das wussten wir damals nicht. Schauen Sie in Ihre E-Mail, Eira. Ich schicke Ihnen die beiden Fotos, die ich von ihm auftreiben konnte.«

Sie starrten stumm auf den Monitor, und bald schon standen die beiden Archivaufnahmen der schwedischen Polizei vor ihnen auf dem Bildschirm. »Was soll …«, begann Eira.

Bomanns Stimme klang so sachlich und ruhig, als sei er der Sprecher der Tagesschau: »Es ist immer ungünstig, einen Namen mitzuschleppen, der mal bei Ermittlungen in einem Mordfall auftauchte. Er wollte neu anfangen, und als er Schweden verließ, nahm er eben seinen ursprünglichen Namen wieder an.«

Benjaminsen warf einen Blick auf Eiras Gesicht, das auf einmal wie aus Stein gemeißelt wirkte.

Bomann fuhr fort, genauso sachlich wie zuvor: »Natürlich habe ich alles gecheckt und noch mal gecheckt. Die Personalien des Mannes stimmen.«

Eira hob ungläubig die Hände. »Das ist Dr. Lindberg.«

Hansson hatte eilig etwas auf einem Zettel notiert und war verschwunden.

Benjaminsen deutete auf die Liste. »Marie Bengtsson steht natürlich auch auf der Liste der Angestellten.« Eira nickte bloß. Benjaminsen fuhr fort: »Ihr vorheriger Arbeitsplatz war ebenfalls in Luleå, und zwar zu der Zeit, als dort die Morde passierten.«

»Marie Bengtsson kam vor etwas mehr als einem Jahr hierher. Als sie verschwand, war sie nur wenige Monate hier gewesen. Sie kann ihn wiedererkannt haben«, rief Eira verblüfft. »Tatsächlich kann sie den Mann erkannt haben, der in Schweden mal als Tatverdächtiger gegolten hatte.« Lange starrte er vor sich hin. »Kann das der Grund gewesen sein, warum er Marie Bengtsson umgebracht hat?«

Benjaminsen verschränkte die Arme und lutschte Pastillen, ohne etwas zu sagen. Er hatte seit Stunden das Büro nicht mehr verlassen. »So ist es«, sagte er schließlich. »Lindberg jobbte zwei Jahre in Schweden, vermietete unter unklaren Bedingungen Hütten und lernte so die Mädchen kennen. Ganz genau so ist es.«

Hansson war nach kurzer Zeit zurück. »Die Informationen sind korrekt. Der Mann, den wir hier vor uns sehen, ist Lindberg. Sein letzter Arbeitsplatz war in Schweden.«

Eira saß regungslos vor dem Bildschirm, und auch als er sich erhob, hatte er den Blick noch darauf gerichtet. »Überwacht ihn. Durchforstet alle seine Bewegungen, alles, was wir in den letzten Jahren zu seiner Person registriert haben. Jetzt sofort.« Eira wurde urplötzlich von Unruhe gepackt, und er gab Mona Lies Handynummer ein. Er bekam nur die Mailbox und hinterließ eine kurze Nachricht. Sie möge sich bei ihm melden, so schnell wie möglich.

Kine Berger stand mit verschränkten Armen an der Tür und hörte dem Gespräch zu. »Wir müssen uns was einfallen lassen, wo Per Roan heute übernachten soll«, sagte sie nur. »Als er schließlich zur Vernunft kam und anfing, verständlich und in zusammenhängenden Sätzen zu sprechen, erzählte er uns, dass er es längst hätte durchschauen müssen. Dieser Mensch, den er an den beiden Freitagabenden im Laborflügel beobachtete, hatte einen alten Bergans-Rucksack bei sich. Das war so etwa das Einzige, was er sagen konnte.«

»Das hat er erwähnt«, nickte Eira. »Aber wie identifiziert man einen Menschen nur anhand eines Rucksacks der Firma Bergans? Auf fünfzig Meter Entfernung?«

»Ein Bergans-Rucksack? Die gibt es gar nicht mehr. Mein Vater hatte in den Fünfzigern so einen. Per Roan bemerkte ihn wieder, als Lindberg ihn mit in sein Büro schleppte, ›zum Reden‹ über das, was mit den Mädchen passiert war. Da hatte Roan noch nicht geschaltet. Erst heute ging ihm der Kronleuchter auf, und plötzlich waren ihm alle Zusammenhänge klar.«

»Und er hat keine Zweifel?«

»Überhaupt keine. Und bis Lindberg gefasst ist, sollten wir ihn unter Personenschutz stellen. Denn im Moment können wir den Mann nicht finden, er ist weder zu Hause noch an seinem Arbeitsplatz.«

82

Eira saß tief in Gedanken versunken an seinem Schreibtisch. Schließlich griff er zum Telefon. Er scherte sich nicht um die üblichen Wege, sondern rief gleich an oberster Stelle an. Olaf Skram, der Direktor des Klinikums, war gerade von seinem Abendspaziergang mit dem Hund nach Hause gekommen. Eira hatte ihn als energischen Menschen kennengelernt, unkompliziert im Umgang und bereit zu kooperieren.

»Skram, ich hab nur eine einfache Frage. Wenn jemand hier am Krankenhaus oder der Universität angestellt werden soll, wie gründlich werden die Papiere dieser Person überprüft? Oder anders gefragt: Werden die formalen Unterlagen überprüft? Wird ein polizeiliches Führungszeugnis angefordert?«

»Führungszeugnis?« Der sonst so sprachgewaltige Mann war für einen Moment still. »Eira, worauf wollen Sie hinaus? Haben Sie jemand aus dem Klinikum in Verdacht, dass er was auf dem Kerbholz hat? Eine Patientengeschichte, die womöglich in die Medien kommt, oder was?«

Eira antwortete ruhig: »Ich frage nur nach den Gepflogenheiten bei der Anstellung.«

»Wir prüfen nach, ob sie auf der schwarzen Liste der staatlichen Gesundheitsbehörde stehen«, sagte Skram langsam. »Mit anderen Worten, ob Ärzte oder Pflegepersonal die Erlaubnis haben, ihren Beruf auszuüben.« Er schwieg einen Moment. »Es kommt vor, dass der eine oder andere die Approbation verliert, wegen Drogenmissbrauchs oder grober Fahrlässigkeit im Dienst zum Beispiel. Das wissen Sie doch so gut wie ich. Und so etwas wird natürlich registriert. Weitere Nachforschungen stellen wir nicht an.«

»Die könnten also in ihrem privaten Führungszeugnis Sachen stehen haben, von denen Sie nichts wissen?«

Eira erklärte sich die lange Pause damit, dass der Direktor seine Worte sorgfältig abwog. »Von ernsten Verfehlungen würden wir schon erfahren. Das Entscheidende ist, dass wir nicht automatisch von früheren Vergehen Kenntnis erhalten, deren Strafe verbüßt ist. Nicht, solange das Sachen waren, die nicht das professionelle Leben der Person betrafen. Es gibt keinen Grund«, rief er plötzlich, »uns deshalb vorzuführen! Wir checken die Zulassungen, Approbationen und dergleichen unseres Gesundheitspersonals. Das tut im Übrigen nur ein Krankenhaus von neun, was ich als schlimme Unterlassungssünde bezeichnen würde. Die kommen hier ins Land mit Papieren von überall auf der Welt, und dann werden sie nicht mal überprüft.«

»Sie könnten also für was auch immer ihre Strafe verbüßt haben, ohne dass Sie davon wissen, es sei denn, sie berichten selbst davon?«

Eine neue lange Pause entstand am anderen Ende. »Dass Sie so fragen, Eira, dafür gibt es doch einen Grund, oder? Geht es um die Morde an den Studentinnen?«

Eira war äußerst reserviert. »Ich kann mich nicht zu den Ermittlungen äußern, Skram, wir befinden uns in einer kritischen Phase.«

Skram seufzte.

»Geben Sie mir bitte Bescheid, bevor es die Medien auf der ersten Seite bringen«, sagte er nur.

Vor Müdigkeit schmerzten Eira die Augen. Es war nach zehn, und sein Blick wanderte permanent zur Straße draußen, als wartete er darauf, dass Anniken Ås jeden Augenblick dort draußen vorbeispazierte.

Er war inzwischen im Krankenhaus gewesen. Weinend hatte Hilde Samuelsen von dem Mann berichtet, den sie an jenem fatalen Vormittag auf der Lyngenfähre getroffen hatte, und dass sie Åge Markussen nicht kannte. Sie erzählte auch, dass der Mann im Krankenhaus aufgetaucht sei. Von seinen Drohungen. Dass sie seine Stimme sofort wiedererkannt habe, obwohl sie immer noch so neben der Spur war, und wie sie Angst und Schrecken dermaßen überwältigt hatten, dass sie anfangs nicht davon erzählen konnte.

Die Durchsicht von Lindbergs Daten hatte ein kleines, aber hochinteressantes Detail ans Licht gebracht: Der Mann war aus Schweden ausgereist, ohne schon eine feste Anstellung in Norwegen zu haben. Diese Information stützte die These, dass es Lindberg wohl sehr eilig hatte, aus dem Land zu kommen. Aber noch wichtiger war die Tatsache seines Intermezzos als ärztliche Vertretung der Gemeinde Kåfjord. Dort hatte er sich drei Monate aufgehalten, bis er schließlich in Tromsø eine Anstellung als Pathologe gefunden hatte.

Eira betrachtete den schmalen Streifen Sonnenlichts an der Wand hinter seinem Schreibtisch, ein kleines Stück Mitternachtssonne.

Benjaminsen steckte den Kopf zur Tür herein. Er ging gerade noch ein weiteres Mal alle Details des Falls Marie Bengtsson durch. Sie wollten herausfinden, ob nun, nachdem sicher war, dass sich die Spuren nach Schweden zurückverfolgen ließen, vielleicht die eine oder andere Einzelheit mehr Sinn ergab.

»Hier ist so ein typisches Detail, nach dem wir früher gesucht haben«, sagte er. »Marie Bengtsson hatte direkt vor ihrem Verschwinden zur Polizei hier in Tromsø Kontakt aufgenommen. Der Wachhabende nahm das Telefongespräch entgegen. Sie habe etwas, das sie mit der Polizei diskutieren wolle. Es handele sich ›möglicherweise um eine Anzeige‹, wie sie es ausgedrückt hatte. Das ist protokolliert, aber mehr haben wir nicht. Am nächsten Tag verschwand sie.«

»Sie hat ihn wiedererkannt, eventuell hatte sie Informationen, die sie der Polizei mitteilen wollte.« Höchstwahrscheinlich wollte sie ihn anzeigen, dachte Eira. Vielleicht fühlte sie sich von ihm bedroht. Der Mann wusste, dass sie Informationen über ihn hatte, von denen er nicht wollte, dass sie irgendwem zu Ohren kamen.

Seine Kiefer schmerzten, weil er so fest die Zähne zusammenbiss. Es mussten sich Beweise finden lassen, die Lindberg und die Morde in Verbindung brachten. Die Techniker waren schon in seiner Wohnung gewesen und hatten alles gesichert, wovon sie meinten, dass es wichtig sein könnte. Aber die Rückmeldung war dieselbe wie immer gewesen – keine überzeugenden Spuren. Keine Aufzeichnungen, keine Karten, keine Medikamente. Sein Notebook hatte Lindberg offenkundig mitgenommen. Der Mann befand sich immer noch auf freiem Fuß. Der Verdacht, dass er Anniken gefangen genommen hatte, um sie zum Schweigen zu bringen und seine Spuren zu verwischen, trieb Eira wieder zum Auto. Gemeinsam mit Vang und Berger fuhr er zu Lindbergs Wohnung.

Während sie rannte, hörte Mona Lie seine Schritte nicht, nur den Sturm in ihren Ohren, das Blut, das pumpte. Die Angst trieb sie vorwärts. Alle Treppen, die vom Korridor abgingen und zu den verschiedenen Abteilungen führten, endeten vor verschlossenen Türen. Das waren Sackgassen, Fallen.

Ihre Beine lenkten sie instinktiv in eine bestimmte Richtung, noch ehe Mona der Gedanke gekommen war. Erst die Treppe, dahinter die Tür zum Festsaal. Sie riss sie auf, stürmte hinein und schlüpfte durch die Falltür unter den Bühnenboden.

Sie hörte ihn, wie er draußen die Treppe nach oben trampelte, dann wieder hinunter. Danach das Öffnen der Tür zum Festsaal.

Es war, als gäbe es da unter der Bühne keine Luft, als versinke sie in einen Brunnen. Das Dunkel umschloss sie wie eine Art eisiges Wasser, es schien Mund und Augen zu füllen. Die Brust war zu eng, die Lungen schmerzten, sie konnte nicht durchatmen. Sie sah plötzlich Lise Beck am Wassersaum vor sich, sah das nasse wirre Haar, erinnerte sich der drei Tage, von denen niemand etwas wusste. Vielleicht ist es besser, hier jetzt so zu sterben, dachte sie noch. Dann wurde alles schwarz.

»Mannomann, ist das öde hier!« Kine Berger platzte mit dem heraus, was alle drei dachten.

Eira stand zusammen mit Vang und Berger in Lindbergs spartanisch eingerichteter Wohnung. Sie kam ihm wie eine Mönchszelle vor. »Die Wohnung liegt in nächster Nähe des Studentenwohnheims. Und da wir nicht herausfinden konnten, wo Beate Moberg entführt wurde, liegt doch die Vermutung nahe, dass er sie hierherbrachte. Und dass er sie so lange hier behielt, bis er sie beim Prestvannet auf der Bank platzierte.« Während er redete, öffnete Eira Schranktüren und Schubladen. »Lasst uns diese Wohnung auseinandernehmen, wie wir's mit Schneehühnern machen«, sagte er bedächtig. »Erst die Eingeweide. Dann jede einzelne Feder ausrupfen. Schrotkörner herauspicken und schließlich das Fleisch von den Knochen lösen. Daraus kochen wir Brühe, ehe wir das Fleisch essen und eventuelle Schrotkörner ausspucken. Dann sind die Tapeten an den Wänden dran. Wenn es nötig ist, lösen wir sie ab.« Er unterbrach sich und fragte plötzlich: »Was ist uns über die Methoden bekannt, Ricin herzustellen?«

»Man benutzt einen Chromatographen«, antwortete Berger. »Die gibt es an der Uni, und sie sind nicht schwierig zu bedienen.«

Eira nickte. »Dort hat Lindberg doch wahrscheinlich seine Laborarbeiten betrieben. Beschlagnahmt ihre Chromatographen. Vielleicht findet man ja Spuren von Ricin.«

Sie standen immer noch in dem engen Flur. Eira ließ den Blick über jeden einzelnen Quadratzentimeter der Wohnung wandern. Beate Moberg war das erste Opfer des Mörders gewesen, und sie war nicht länger als zwei Tage dort gewesen.

Vang hatte eine der Schreibtischschubladen aufgezogen und ging nun den Inhalt durch. »Autoschlüssel.« Er hielt sie hoch. »Die gehören zu einem Volkswagen.« Die Schlüssel verschwanden in einer Tüte. »Wahrscheinlich Markussens Autoschlüssel. Schätze mal, er hat sie ›verloren‹, wie er sagt, weil jemand sie ihm aus der Tasche genommen hat.«

Sie durchsuchten die ganze Wohnung und standen dann vorm Schlafzimmer. »Vielleicht zwei Tage lang Beate Mobergs Aufenthaltsort.« Alles war vom Bett entfernt. Eira zog eine kleine Taschenlampe aus der Tasche und kniete sich auf den Fußboden.

»Ich schätze, er hat eine Persenning benutzt wie bei Hilde Samuelsen in Kåfjord«, meinte Kine Berger. »Also, der Gipfel wär ja, dass er sie ans Bett fesselt, und dann bekommt sie plötzlich ihre Tage.«

Der Blick, den Eira ihr zuwarf, war eiskalt. »Wir haben's kapiert.«

Sie machte sich schon an den Schränken zu schaffen. »Ich glaub, wir gehen mit leeren Händen von hier weg«, rief sie frustriert. »Der ist nicht gerade ein Fetischist. Hat nichts unter seinen Wollhemden versteckt, keine gestohlenen kleinen Tangas oder BHs von Beate Moberg oder einer der anderen.«

Eira wollte sie gerade bitten, damit aufzuhören und sich zu konzentrieren, als der Schein seiner Taschenlampe auf etwas fiel, das am Boden glitzerte. Eira beugte sich vor. »Eine Glasscherbe?« Er zog Handschuh und Tüte aus der Tasche und studierte das trockene, unebene Stückchen, das wie rundes Plastik aussah.

»Das ist eine eingetrocknete Kontaktlinse!«, rief Kine Berger. »Ich trag selbst welche, ich weiß, wie so was aussieht.«

Er legte sie unendlich vorsichtig in der Tüte. »Beate Moberg trug Kontaktlinsen. Bei der Obduktion fehlte eine«, sagte er langsam. Er hielt die Tüte, als sei sie aus zerbrechlichem Glas. »Wenn das die Kontaktlinse ist, die Beate Moberg fehlte, dann haben wir ihn. Daran finden wir ihre DNA.«

Aus dem Badezimmer war Vangs Stimme zu hören. »Meine Frau faselt ständig von so was«, rief er. »Ihr wisst schon, grüne Blätter, die überall von den Fensterbänken und Regalen herunterhängen. Und das will sie ausgerechnet im Bad haben! Was soll denn das, wo man sich doch eh nur kurz unter die Dusche stellt, und dann nichts wie los zur Arbeit.«

Eira ging zu ihm.

»Ich gebe ja zu, sie machen es freundlicher.« Vang nickte zu der grünen Pflanze, die auf einem Schmuckregal über der Badewanne stand. »Aber in dieser Wohnung hier könnte selbst *ich* mir andere Stellen für Pflanzen vorstellen als ausgerechnet das Badezimmer.«

Eira vergaß ganz, Vang für diese Tirade anzuschnauzen. Er neigte den Kopf auf die Seite und sah sich die unscheinbar wirkende Pflanze genauestens an, die tief eingeschnittenen sternförmigen Blätter und Früchte, die an Beeren erinnerten. Früchte mit stacheligen Kapseln. »Diese hier braucht mehr Wärme als nur Zimmertemperatur, Vang. Und mehr Feuchtigkeit. Gedeiht am besten im Treibhaus. Aber das Badezimmer ist okay.«

Vang sah ihn verblüfft an. »Eira, seit wann interessierst du dich für Topfpflanzen?«

»*Ricinus communis*«, murmelte Eira. »Ja, für Ricinusstauden habe ich mich mal interessiert.«

83

Mona Lies Handy blieb abgeschaltet. Das Telefon zu Hause klingelte lange, auch dort wurde nicht abgenommen, und im Büro gab es ebenfalls keine Antwort. Eira schickte zwei Polizisten zu ihrer Wohnung. Er und Kine Berger fuhren zum Klinikum Åsgård und bekamen einen Universalschlüssel ausgehändigt.

Sie gingen durch den langen Korridor in Richtung ihres Büros. Eira schritt so kräftig aus, dass Kine Berger fast rennen musste, um mitzuhalten. »Wo steckt sie denn bloß? Warum kommt man denn mit einem Mal nicht an sie ran?«, machte er sich Luft. Dabei hatten sie erst vor einigen Stunden miteinander geredet. Die Personalsituation erlaubte eine weitere Vermisstensuche schon jetzt nicht mehr.

Von Mona wusste er eigentlich nur das wenige, das sie ihm erzählt hatte. Plötzlich wurde ihm bewusst, wie sehr er ihr vertraut hatte. Bei dem Gedanken wurde ihm richtig heiß. Das war naiv gewesen, fast schon unprofessionell. Aber er hatte beschlossen, sich auf seinen Bauch zu verlassen. Auf eine innere Stimme, die sagte, Mona Lie sei okay. Er kniff die Augen zusammen. »Lass es verdammt noch mal nicht so sein, wie ich es befürchte«, murmelte er halblaut, erstaunt über die eiskalte Furcht, die ihn mit einem Mal gepackt hatte.

Stickige Wärme und verbrauchte Luft schlugen Eira entgegen, als er die Tür zu ihrem Büro öffnete. Sein Körper fühlte sich einen Augenblick lang sonderbar kraftlos an. Der Bürosessel mit der hohen Rückenlehne war ihm zugewandt, und die vielen Jahre bei der Polizei sagten ihm, dass die Frau, die dort saß, tot war.

Breites Klebeband über dem Mund, starre, aufgerissene Augen und Haut, die im Mitternachtslicht gelblich aussah. Das dünne T-Shirt war hochgerutscht und ließ den Bauch frei, und der enge Rock verdeckte kaum die Schenkel.

Ein klagendes Stöhnen kam von Eira, als er ausatmete. Hinter ihm stand Kine Berger, starr und stumm. Sie hatten Anniken Ås gefunden.

Als er auf den Stuhl zuging, trat er auf etwas. Er bückte sich und hob es auf. Es war Mona Lies Handy.

Eira stand draußen auf der Treppe, während die Techniker und Rechtsmediziner drinnen am Werk waren. Er sah sich um und stellte fest, dass Monas Auto nicht vor dem Klinikum stand. Noch vor einer Stunde war die Wolkendecke kurz aufgerissen und blauer Himmel zu sehen gewesen, aber inzwischen war er wieder bleiern grau. Vereinzelte dicke Regentropfen klatschten Eira ins Gesicht.

Mona hatte von einer Idee gesprochen, der sie nachgehen, und von Dingen, die sie überprüfen wollte. Hatte sie auf eigene Faust etwas unternommen?

Eira zuckte zusammen, als sich eine Gestalt neben ihn auf die Treppe stellte. »Hast du Feuer?«

Er erkannte den Mann, der bei der Rezeption gesessen hatte. Er schüttelte den Kopf, während sein Blick gleichzeitig das Areal vor dem Krankenhaus absuchte. »Leider nein.«

Der Mann blieb neben ihm stehen, die Zigarette im Mund.

»Kennst du Mona Lie?« Eira betrachtete ihn, versuchte eine Reaktion zu entdecken.

Der Mann antwortete nicht.

»Eine dunkelhaarige kleine Frau. Hübsch, mit hellen blauen Augen«, hörte er sich selbst sagen, und er hörte auch, wie hektisch seine Stimme klang.

Der Mann reagierte nicht. Es war ja auch nicht anders zu erwarten. Das Krankenhaus war groß. Da sagte der Mann plötzlich: »Klar kenne ich Mona.« Und wiederholte: »Hast du Feuer?«

Eira schüttelte mechanisch den Kopf. »Hast du sie gesehen?«

»Sie kam her«, sagte er nur.

»Hast du auch gesehen, dass sie wieder gegangen ist?« Eira hielt die Luft an, als er auf die Antwort wartete.

Der Mann schüttelte nur den Kopf. »Nein.«

Eira ging eilig um das Gebäude herum, er hatte schon zweimal diese Runde gedreht, während das Krankenhaus durchsucht wurde. Es gab im Erdgeschoss jede Menge Türen, die ins Freie führten, sowohl auf der Rückseite als auch auf der Vorderseite der Klinik. Sie konnte das Gebäude durch eine davon verlassen haben. Die Angst packte ihn, seine Kehle war wie zugeschnürt. Hatte sie womöglich die Situation falsch eingeschätzt und war in eine Falle geraten? Ein ebenso überwältigendes Szenario stürzte auf ihn ein: Hatte *er* sie falsch eingeschätzt und war er selbst in eine Falle geraten?

Er griff in derselben Sekunde nach dem Handy, als es klingelte. Berger war dran. »Wir haben sie gefunden«, sagte sie nur, und wieder packte ihn die Furcht.

Als hätte Kine Berger das intuitiv begriffen, ergänzte sie: »Sie lebt.«

Zwei Minuten später stand er im Festsaal, wo Mona Lie auf einer Trage der Ambulanz lag, bleich und mit geschlossenen Augen.

»Sie hatte das Glück, dieses Haus besser zu kennen als er«, erklärte Kine, und es klang unendlich sachlich. »Die Hunde haben sie gefunden. Sie hatte sich hinter der Falltür unter dem Bühnenboden versteckt. Da hat Lindberg sie nicht gefunden.«

Eira wandte sich an Gerhard Eng, der daneben stand. »Was ist mit ihr?«

Der Arzt schüttelte den Kopf. »Sie wird schon zu sich kommen. Ohnmacht, so sieht es aus.«

Eira bückte sich und sah durch die Falltür. Dort sollte genug Luft sein. Er ahnte, dass es ganz andere Gründe waren, weshalb sie das Bewusstsein verloren hatte.

»Wir nehmen sie mit und behalten sie zur Beobachtung heute Nacht in der Klinik.« Eng nickte ihnen zu und ging.

Die Stimmung war düster und hektisch. »Wir haben Kontrollposten an beiden Brücken von der Insel«, sagte Benjaminsen. »Er besitzt einen dunkelblauen Volvo-Kombi, den er so gut wie nie benutzt. Wir vermuten, dass er heute Abend damit unterwegs ist.«

»Richtung Kåfjord?«

»Er kann die Insel kaum schon verlassen haben. Der hält sich irgendwo in der Stadt versteckt. Jetzt loszufahren, ist für ihn zu riskant. Wir haben alles, was es an Polizei gibt, auf den Straßen.« Dann ergänzte er noch das Offenkundige: »Er ist nirgendwo beobachtet worden. Niemand hat ihn nach der Arbeitszeit gesehen.«

Berger war kurze Zeit später wieder da. »Wir haben Mona Lies Auto gefunden«, erklärte sie. »Sie hat es auf der Rückseite der Klinik geparkt. Das stützt die Theorie, dass er mit seinem eigenen Auto unterwegs ist.«

Eira folgte ihr zu Monas Wagen. Der Wind war aufgefrischt, und es goss in Strömen. Das Gras war rutschig. Er schlug den Jackenkragen hoch bis über die Ohren und ging einmal um ihr Auto herum. Nicht eine Schramme.

Lindberg musste in seinem eigenen Wagen abgehauen sein. Die andere Möglichkeit war natürlich, dass er sich irgendwo auf dem Gelände des Krankenhauses versteckt hielt. Eira fuhr sich mit dem Jackenärmel übers Gesicht. Wir kreisen ihn langsam ein, dachte er. Langsam, aber sicher zieht sich das Netz um ihn zusammen, während er im Kreis läuft und müde wird. Bald haben wir ihn in Schussweite.

84

Der Sweater war schon total durchnässt. Niillas zog sich die Kapuze über den Kopf, hängte sich den Gitarrenkoffer über die Schulter und kämpfte sich weiter gegen den Wind vorwärts. Er war auf dem Weg ins Zentrum. Es war jetzt halb zwölf, und bei dem strömenden Regen und mit der Gitarre auf dem Rücken würde er für den Heimweg mindestens zwanzig Minuten brauchen. Er blieb ratlos mitten auf der Straße stehen. Der Sweater hing wie ein nasser Lappen auf seinen Schultern, und das Haar klebte ihm in Strähnen am Kopf. Seinen Vater anzurufen, hatte gar keinen Sinn, der hatte einen der hektischsten Tage seit Langem. Er hatte schon eine SMS geschickt, dass er ihn nicht abholen könne. Niillas biss die Zähne zusammen.

Das Taxi, das langsam den Åsgårdsbakken hinauffuhr, war frei. Er winkte mit beiden Armen, und es hielt wenige Meter weiter am Bürgersteig an. Der Taxifahrer streckte den Arm aus und öffnete ihm die rechte Hintertür, und er sprang hinein. »Nordre Tollbugate«, murmelte er.

Der Fahrer trug eine Kappe. Er nickte, zog kurz am Mützenschirm und fuhr ohne ein Wort zu sagen los.

Niillas zog sein Handy aus der Tasche und beschäftigte sich mit den eingegangenen SMS. Fünf Stück waren im Lauf des Abends gekommen. Er lehnte sich zurück und konzentrierte sich darauf.

Nach einer Weile steckte er das Handy in die Tasche und sah aus dem Fenster. Links von ihm sauste die Eismeerkathedrale vorbei. Er drehte sich um und sah mit Schrecken, dass sie soeben die Insel Tromsøya verlassen hatten und schon auf dem Festland waren. Sie fuhren noch immer im Rahmen des Tempolimits. Gerade waren sie an einigen Polizisten vorbeigekommen, die am Brückenkopf eine Fahrzeugkontrolle einrichteten.

Vor ihnen lag die E 78, wo niemand sonderlich auf ein Taxi aus Tromsø achtete, in dessen Fond ein wild gestikulierender Passagier saß.

»Anhalten!« Er zerrte am Sicherheitsgurt des Fahrers. »Scheiße, was soll das!«

Der rechte Arm des Chauffeurs hob sich, und Niillas blickte in den Lauf einer abgesägten Schrotflinte. »Bleib einfach schön ruhig sitzen«, sagte der Fahrer, ohne den Blick vom Verkehr zu nehmen. Er legte die Waffe auf seinen Schoß und schaltete runter.

Der Wagen heulte auf und schoss durch den Regen.

Benjaminsen hatte ein Stück von der Gruppe entfernt unter einem Dach gestanden und telefoniert. Jetzt rannte er fast zu Eira hinüber. »Die Kollegen von der Wache haben angerufen«, sagte er. »Die Taxizentrale vermisst einen Wagen.«

»Vermisst einen Wagen?«

»Taxi Nr. 905 hat sich um Mitternacht nicht zum Schichtwechsel gemeldet. Der Fahrer, der übernehmen soll, steht da und wartet, und der andere antwortet nicht.«

»Kein Verkehrsunfall gemeldet?«

»Nichts. Den letzten Kontakt zum Fahrer hatten sie heute Abend im Zusammenhang mit einer Tour vom Mellomveien zum Klinikum Åsgård. Der Fahrgast wurde dort um elf Uhr abgesetzt. Die Betreffende wurde befragt, aber sie hatte es eilig und achtete nicht darauf, ob der Fahrer auf dem Weg zurück einen Fahrgast mitnahm.«

Eira warf einen Blick auf die Uhr. »Das ist bald eine Stunde her. Gib an alle Kontrollposten durch, dass sie sämtliche vorbeifahrenden Taxen überprüfen. Es ist möglich, dass der Fahrer eine Pistole im Nacken hat. Oder Lindberg hat den Wagen einfach gestohlen. Aber wo ist dann der Taxifahrer?« Er sah sich um. »Vang, sieh zu, dass du dir ein paar Mann organisierst, und dann kämmt ihr das Gelände um das Krankenhaus durch. Mit Hunden. Gesucht wird ein Mann. Er kann bewusstlos sein oder geknebelt, also sperrt die Augen auf.« Der Mann konnte ermordet sein. Lindberg war jetzt in einer verzweifelten Lage. Er musste zusehen, aus der Stadt zu kommen. Er wandte sich an Kine Berger. »Er kommt nicht weit. Die Taxizentrale meint, der Fahrer hatte höchstwahrscheinlich noch nicht aufgetankt. Das wird unmittelbar vorm Fahrerwechsel erledigt.«

Berger nickte. »Hoffentlich schnappen wir ihn irgendwo auf dem Festland.«

»Es werden überall an den strategisch wichtigen Punkten Kontrollen postiert. Wir bekommen Verstärkung durch Kollegen aus dem Nachbardistrikt.«

Benjaminsen rief an. »Das Taxi wurde mehrfach angefunkt«, berichtete er. »Und nun kam auch eine Antwort. Aber nicht vom Fahrer, sondern von Lindberg. Der sitzt nämlich da drin.« Benjaminsen räusperte sich wiederholt. »Er hat eine Geisel im Auto. Und er ist bewaffnet.«

Eira packte das Handy fester. »Eine Geisel?«

Benjaminsen schwieg. Schließlich sagte er: »Deinen Sohn, Eira. Er hat deinen Sohn als Geisel genommen.«

Eira schwankte einen Moment, dann gewann er die Kontrolle über sich zurück. »Was hat er gesagt?«

»Er will, dass wir ihm freies Geleit zusichern. Er fährt über Lyngen direkt nach Schweden. Sein Ziel ist Russland, und er lässt den Jungen nicht frei, ehe er über die Grenze ist. Und sicher weiß, dass niemand hinter ihm her ist. Ein Hubschrauber ist schon unterwegs. Die haben den Wagen zwanzig Kilometer landeinwärts entdeckt, er fährt mit wahnsinniger Geschwindigkeit. Ungute Sache bei diesem Regenwetter und dem Gegenverkehr.«

»Benjaminsen, bitte ihn, sich zu beruhigen.« Eira fühlte sich kraftlos und wie betäubt. Seine Lippen waren ganz steif, es fiel ihm schwer, die Worte zu formen. »Wir dürfen nichts riskieren. Lindberg hat jetzt nichts mehr zu verlieren.« Seine Hand zitterte, als er auf die Uhr sah. Zehn nach halb eins. »Bis Russland ist es ein ziemliches Stück. Lass ihn einfach fahren. Wir müssen in der Zwischenzeit alles organisieren und koordinieren.«

85

»Er hat den Wagen geparkt.«

Die Meldung kam eine halbe Stunde später vom Polizeihubschrauber. Es waren keine Straßensperren eingerichtet worden, denn Lindbergs Ansage war glasklar. Bei dem geringsten Versuch, ihn aufzuhalten, war der Junge erledigt.

Das Auto stand mitten im Niemandsland, an einem einsamen Straßenstück im Lavangstal.

Niillas rief im selben Moment auf dem Handy seines Vaters an und überbrachte Lindbergs Botschaft. Der Hubschrauber solle verschwinden. Eira solle zwei Zehnliterkanister Benzin neben dem Auto abstellen, allein, und sich die ganze Zeit so bewegen, dass Lindberg ihn sehen konnte.

Sie fuhren in einem zivilen Polizeifahrzeug, Eira, Berger, Vang und Benjaminsen. Zwei weitere Wagen waren mit ausreichend großem Abstand hinter ihnen. Alle waren bewaffnet. Zwanzig Minuten später erreichten sie die Stelle, wo das Taxi verlassen am Straßenrand stand. Die Gegend war einsam, es gab keinerlei Besiedlung in der Nähe, nur schütteren Wald und auf beiden Seiten steile Berghänge.

»Er muss hier den Hang hinaufgestiegen sein«, meinte Eira. »Am Bachbett.«

Im nächsten Moment klingelte das Telefon. »Eira, ich sehe euch.« Es war Lindberg. »Ich will, dass Sie allein aus dem Auto steigen. Stellen Sie sich mitten auf die Straße. Sorgen Sie dafür, dass die Autos weit genug wegfahren, so dass ich sie nicht mehr sehen kann und dass die Ihnen keine Deckung geben können. Stülpen Sie alle Hosentaschen nach außen. Krempeln Sie die Hosenbeine bis zu den Knien hoch. Ich will, dass Sie mit bloßen Beinen und bloßem Oberkörper herkommen, strecken Sie die Arme vor, damit ich sehen kann, was Sie machen.«

»Eira, verdammt, das ist Selbstmord!« Vang fauchte ihm die Worte ins Ohr.

»Das geht in Ordnung, Lindberg.« Eira war kreidebleich. Falls Niillas etwas zustieß, würde ihn das große schwarze Loch aus seinen Träumen für immer verschlingen.

Er konnte die Gestalten ausmachen, die sich durch das Gesträuch bewegten, Niillas ging vorn, Lindberg direkt hinter ihm. »Lassen Sie den Jungen laufen, Lindberg. Lassen Sie ihn gehen, und ich mache genau, was Sie sagen.«

Die Antwort kam unmittelbar: »Der Junge bleibt bei mir, Eira, bis ich die Grenze nach Russland überquert habe. Solange Sie vernünftig sind, geschieht ihm nichts. Solange Sie dafür sorgen, dass sich alle auf der ganzen Strecke vernünftig verhalten. Bringen Sie mir das Benzin. Danach ziehen Sie die gesamte Mannschaft ab.«

Eira zuckte zusammen, als im nächsten Augenblick ein Schuss aus einem Schrotgewehr die düstere Stille durchbrach. »Lindberg …« Der Ausruf war kaum mehr als ein heiseres Flüstern.

»Nur eine Warnung, Eira. Sie reagieren so langsam, wenn ich rede. Sie sollten doch wissen, dass ich nicht mit Ihnen spiele.«

Eira wand sich aus der Regenjacke.

»Aslak, hast du den Verstand verloren?« Kine Berger packte seinen Arm.

Er riss sich los und zog rasch Pulli und T-Shirt über den Kopf. Die Hosenbeine der Jeans krempelte er bis über die Knie hoch. »Zieht euch zurück«, sagte er und zog die Schuhe aus. »Wenn möglich, versucht mir Deckung zu geben. Versucht oben am Hang in Schussbereitschaft zu kommen.« Er schob die Tür auf und sah im selben Moment, wie Niillas mitten auf die Straße geschubst wurde. Lindberg hatte sich hinter einen Felsen gehockt und zielte auf den Jungen.

»Komm mit den Kanistern, Eira. Ich hab deinen Sohn im Visier.«

Eira hob die Kanister auf die Straße. Dann streckte er beide Arme vor und stieg aus dem Auto, wobei er den anderen ein Zeichen gab, sich zurückzuziehen.

Lindberg kam näher zur Straße und stand jetzt im Gebüsch. »Bestens, Eira. Hoffentlich frierst du nicht. Und so wunderbar enge Jeans.« Er wedelte mit dem Schrotgewehr. »Dreh dich einmal rum.«

Eira gehorchte.

»Ausgezeichnet. Senk langsam die Hände. Nimm die Kanister und geh *langsam* zum Auto. Füll den Tank. Langsam.«

Eira tat, was Lindberg sagte. Aus dem Augenwinkel sah er, wie Lindberg sich so aufstellte, dass er Niillas wie einen Schild benutzte.

Eira leerte beide Kanister in den Tank, richtete sich langsam auf und streckte wieder die Hände vor. Ging zehn Schritt rückwärts, wie ihm Lindberg befahl, und stand starr wie eine Salzsäule, während sich Lindbergs große Gestalt mit Niillas an sich gepresst seitwärts zum Auto hin bewegte. Der zarte Junge reichte Lindberg nur bis zur Brustmitte. Beim Anblick eines so ungleichen Kräfteverhältnisses spürte Eira eine unglaubliche Wut in sich aufsteigen. Er hatte nicht geahnt, dass er dazu fähig war. Und da wusste er schlagartig, dass auch er in der Lage war, zu töten.

Mit der linken Hand öffnete Lindberg die Autotür, während die rechte Niillas und das Gewehr hielt. Er gab Niillas einen Stoß mit dem Gewehrkolben, dass der Junge auf den Beifahrersitz fiel.

Eira hatte es die ganze Zeit wie eine schmerzhafte Liebkosung am Körper gespürt. Den flachen Schaft aus Knochen, der gegen den Hoden drückte. Die Klinge wie eine kalte, scharfe Zunge, die den nackten Schenkel ritzte und stach.

Seine langen Finger öffneten den Hosenschlitz und fischten es blitzschnell heraus, schneller, als der kurze Moment dauerte, in dem Lindbergs Augen ihn losließen, um den Jungen ins Auto zu stoßen. Sowie er es fasste, waren das Messer und er eins, und die Wut eine Kraft, die es in eine präzise und tödliche Waffe verwandelte.

Das Messer sauste in hohem Bogen durch die Luft. Ein lautloser Komet, der in einem Aufblitzen vor Lindberg explodierte, bevor er seinen rechten Oberarm traf und wie ein Speer mitten im Muskel stecken blieb. Das Gewehr fiel geräuschvoll zu Boden. Mit einem Aufschrei packte Lindberg seinen Arm, der schlaff herabfiel und sich nicht mehr bewegen ließ.

»Gib auf, Lindberg.« Eira machte zwei Schritte in Richtung der auf dem Boden liegenden Waffe. »Jetzt ist es vorbei.«

»Du Schwein!« Lindberg sank auf die Knie. »Du hast mich verletzt.« Er starrte auf den Arm, in dem immer noch tief das Messer steckte. Entlang der Schneide begann Blut auszutreten.

Eira ging noch einen Schritt weiter, während Lindberg auf den Knien schwankte.

Ehe Eira bei ihm war, warf er sich nach vorn und griff nach der Waffe.

»Lindberg, sieh dich um, es ist sinnlos.«

Überall ringsum waren die Scharfschützen der Polizei in Aufstellung gegangen.

Lindberg lag auf dem Bauch. Er hob den Kopf vom Boden und lachte heiser: »Sinnlos, Eira?« Er ignorierte alle Polizisten ringsum und krümmte den Finger um den Abzug. Die Luft in dem einsamen Tal hallte von Schüssen wider.

EPILOG

»In diesem Fall gibt es keinen Zweifel, Herr Kommissar. Die norwegische Gesundheitsbehörde hat Terje Lindberg niemals approbiert. Unseren Unterlagen entnehmen wir, dass er Papiere aus verschiedenen Orten im Ausland eingereicht hat.« Der Ton der Sekretärin der staatlichen Gesundheitsbehörde war nüchtern und präzise, und Eira ging davon aus, dass die Gesundheitsbehörde mehr als einen Anruf mit Fragen zu Vergangenheit und Qualifikationen von Gesundheitspersonal bekommen hatte.

Sie hatten den Vormittag damit zugebracht, die letzten fehlenden Teile zusammenzusetzen. Lindberg hatte in Bergen studiert. Er hatte das Studium abgeschlossen, aber nicht den klinischen Dienst absolviert und entsprechend keine ärztliche Approbation erhalten. Aus frühen Archivunterlagen ging auch hervor, dass man bei ihm »Unregelmäßigkeiten« festgestellt hatte, weshalb er als »ungeeignet« betrachtet wurde.

»Der Mann hat seine Ausbildung nie abgeschlossen«, konstatierte Eira. »Er ist kein Arzt. Wie kann es da sein, dass er hierzulande als Arzt praktizieren konnte?«

»Bitte entschuldigen Sie, aber ich habe Ihnen gerade erklärt, dass Lindberg sich im Ausland Papiere verschafft hat, und daraufhin erhielt er in Norwegen eine Arbeitsgenehmigung als Arzt.«

»Sind die Approbationen echt? Wurden seine Papiere jemals überprüft?«

Vor Entrüstung verstummte die Sekretärin in der Gesundheitsbehörde. »Echt?«

Nach einer Nacht ohne Schlaf tat Eira der ganze Körper weh. Er hatte weder Zeit noch Energie übrig, um sich besonders gewählt auszudrücken. »Er wäre doch wohl nicht der Erste, der ohne die richtigen Papiere einen Platz im Gesundheitswesen findet.«

»Es liegt in der Verantwortung der Arbeitgeber, die Papiere ihrer Angestellten zu überprüfen«, unterbrach ihn die Frau. »Dass sie das sind, als was sie sich ausgeben. Die Gesundheitsbehörde gibt die Vorschriften aus, mehr können wir nicht tun.«

Eira beendete das Gespräch. Er hatte Berichte abzuschließen. Sobald er ein paar Stunden geschlafen hätte, würde er seinen Sohn und die Angelutensilien ins Auto packen und Richtung Norden fahren.

Und sobald Lindberg aus dem Krankenhaus entlassen wurde, wenn die Behandlung der Schussverletzungen in Schultern und Beinen abgeschlossen war, konnte der Mann mit 21 Jahren Gefängnis rechnen.

Eira selbst erwarteten jetzt ein paar freie Tage.

Aber zuerst musste er noch bei Mona Lie im Krankenhaus vorbeischauen. Zunächst hatte er Blumen kaufen wollen. Stattdessen waren es Möweneier geworden. Er erinnerte sich, dass sie ihr geschmeckt hatten. Verwundert registrierte er, dass er sich freute, sie zu sehen.

Er brauchte frische Luft. Ein paar gute Angeltouren. Dann würde er schon wieder zu sich kommen.

DANK DER AUTORIN

An der Entstehung dieses Buches sind einige Menschen beteiligt gewesen.

Mein besonderer Dank gilt Einar Pedersen, dem Abteilungsleiter der Kriminalpolizei im Bezirk Tromsø. Er stand mir in allen Fragen zu polizeilichen Ermittlungsverfahren mit Rat und Tat zur Seite.

Bei allen Fragen zum Samischen danke ich der Journalistin Ragnhild Enoksen und Dr. Siv Kvernmo.

Bei medizinischen Fachfragen unterstützten mich Johan Arndt Heggvik, Anästhesist, und Jan Pål Loennechen, Internist; Letzterem danke ich auch für wertvolle, kritische Bemerkungen zum Manuskript.

Meine Kollegin Anne Lise Windstad war mir eine große Hilfe, als sich der Abgabetermin näherte.

Vielen Dank an Alexander Opsal und Arnstein Bjørkly für die Arbeit am Manuskript und für konstruktive Kritik.

Und nicht zuletzt ein großes Dankeschön an meine Lektorin Benedicte Treider.